ハヤカワ・ミステリ

JUSSI ADLER-OLSEN

アルファベット・ハウス

ALFABETHUSET

ユッシ・エーズラ・オールスン
鈴木 恵訳

TOKYO HAYAKAWA BOOKS

A HAYAKAWA
POCKET MYSTERY BOOK

ALFABETHUSET
by
JUSSI ADLER-OLSEN
Copyright © 1997 by
JUSSI ADLER-OLSEN
Translated by
MEGUMI SUZUKI
First published 2015 in Japan by
HAYAKAWA PUBLISHING, INC.
This book is published in Japan by
arrangement with
JP / POLITIKENS FORLAGSHUS A/S
through TUTTLE-MORI AGENCY, INC., TOKYO.

装幀／水戸部 功

アルファベット・ハウス

おもな登場人物

第一部

ブライアン・ヤング　イギリス軍パイロット
（アルノ・フォン・デア・ライイエン）
ジェイムズ・ティーズデイル　イギリス軍パイロット
（ゲルハルト・ポイカート）
ヴィルフリート・クレーナー　あばた面の男、ドイツ軍親衛隊（SS）上級大隊指揮官
ホルスト・ランカウ　大顔の男、ドイツ軍SS連隊指揮官
ディーター・シュミット　やせっぽちの男、ドイツ軍SS大隊指揮官
ペーター・シュティヒ　赤目の男、ドイツ軍SS上級大隊指揮官
ヴェルナー・フリッケ　カレンダー男、ドイツ軍SS将校
ペトラ・ヴァーグナー　アルファベット・ハウスの看護婦
フォンネグート　アルファベット・ハウスの雑役係
ギーゼラ・デヴァース　デヴァース集団指揮官の妻
ウィルケンズ　イギリス軍情報将校

マンフレート・ティーリンガー　　ドイツ軍軍医
ホルスト　　ドイツ軍軍医補
ジル　　ジェイムズの姉

第二部

ブライアン・アンダーウッド・スコット　　スポーツ専門医、製薬会社経営者
ローリーン・アンダーウッド・スコット　　ブライアンの妻
ブリジット・ムーア　　ローリーンの兄嫁
ヘルマン・ミュラー　　投資家
ハンス・シュミット　　貿易会社経営者
アレックス・ファーバー　　工場経営者
アンドレア　　ヘルマンの妻
エーリヒ・ブルーメンフェルト　　聖ウルズラ療養所の入院患者
クラレンス・ウィルケンズ・レスター　　商社役員（元イギリス軍情報将校）
ケン・ファウルズ　　ブライアンの会社の販売責任者

キース・ウェルズ　ハンブルク在住の医薬品販売代理店経営者
リジー・シャスター　ブライアンの秘書
マリアン・デヴァース　ギーゼラ・デヴァースの娘

https://www.google.com/maps/d/edit?mid=zbU3DlUA5YPM.kuqfyVPj09JE

『アルファベット・ハウス』事件マップ
著者の記述から読み解いた事件マップです。携帯やパソコンからアクセスして、お楽しみください。ただし、この作品はフィクションであり、実在する人物、団体、地名とは一切関係はありません。

第一部

1

絶好の天候とは言えなかった。

寒いうえに風が強く、視界も悪い。

イングランドの一月にしても、とりわけ寒々しい一日。

アメリカ軍の搭乗員たちが滑走路に腰をおろしてからだいぶたったころ、背の高いイギリス兵がやってきた。彼はまだ寝ぼけていた。

搭乗員たちの後ろのほうで、ひとりが起きあがって彼に手を振った。イギリス兵は手を振り返し、大きなあくびをした。夜間出撃ばかりやってきたあとで昼間の任務につくのは楽ではない。

長い一日になりそうだった。

飛行場のむこうの端では、各機がゆっくりと滑走路の南端へ移動していた。まもなく空を埋めるはずだ。

そのイメージは彼の気分を浮き立たせるとともに、陰鬱にもした。

この任務を命じてきたのは、サニングヒル・パークにあるアメリカ空軍のルイス・H・ブレアトン少将のオフィスだった。少将がイギリス空軍のサー・アーサー・ハリス中将に協力を要請してきたのだ。米軍が関心を持っているのは、英軍のモスキート爆撃機が十一月にベルリンを夜間空襲した際に発見したドイツ軍の最高機密——すなわちゼンプリンのV1飛行爆弾基地だった。

人員の選抜はハドリー・ジョーンズ大佐に一任され、大佐はその実務を直属の部下であるジョン・ウッド中佐にゆだねた。

中佐の仕事は十二名のイギリス軍搭乗員を選ぶことだった。八名は指導員として、四名は支援要員として、アメリカ第八ならびに第九航空軍のもとで特別写真偵察任務につくのである。

この任務のために、複座のP51Dマスタング戦闘機にレーダーと精密光学機器が搭載された。

ジェイムズ・ティーズデイルとブライアン・ヤングがこの装備をいわゆる〝通常の条件下〟でテストする最初の搭乗員に選ばれたのは、つい二週間前のことだった。

通常の条件下とは、早い話が、ふたたび実戦に出るということだ。

出撃予定日は一九四四年一月十一日。爆撃機編隊の標的はアッシャースレーベン、ブラウンシュヴァイク、マグデブルク、ハルバーシュタットにある各航空機工場だった。

ふたりはクリスマス休暇を短縮されることに抗議した。まだ連戦の疲れが抜けていなかった。

「二週間でそいつを使いこなせるようにしろっていうんですか！」とブライアンはかぶりを振った。「そんな機械のことは何も知らないんですよ。なぜ米軍(アンクル・サム)が自分でやらないんです？」

ウッド中佐はふたりに背を向けて書類を読んでいた。

「〝アンクル・サムがきみたちを必要としている〟からだ（志願兵募集の標語）」

「話になりませんよ」

「きみたちはアメリカさんの期待にこたえ、無事に帰還するんだ」

「それは保証ですか？」

「そうだ」

「ジェイムズ、何か言えよ！」ブライアンは友のほうを向いた。

ジェイムズは絹のスカーフをつまみ、肩をすくめた。

ブライアンはなげやりに腰をおろした。

どうしようもなかった。

作戦は全体でゆうに六時間はかかる計算だった。P51長距離戦闘機の掩護のもと、六百五十機にのぼる米第八空軍の四発爆撃機が、ドイツの航空機工場を爆撃するのだ。

ブライアンとジェイムズの機は攻撃中に編隊を離脱することになっていた。

この二、三カ月、ドレスデン南方のラウエンシュタイン地方に、ポーランドとソヴィエトの強制労働者に加え、国内の建設労働者と技術者、高度な専門家が続々と集められているという噂が根強く流れていた。

情報部はその地域で何かが建設されていることはつかんでいたものの、それが何かまではわからなかった。合成燃料の製造工場ではないかと予想していた。だとすればドイツの新たなV爆弾計画にはずみがつくことになる。

ブライアンとジェイムズの任務はそれゆえ、ドレスデン一帯を鉄道網もふくめてくまなく写真撮影し、情報部が情報を更新できるようにすることだった。任務を完了したら、ふたたび編隊に合流して帰投する予定だった。

攻撃に参加するアメリカ兵の多くは、もはや歴戦のつわものだった。この寒いなか、出撃が迫っているにもかかわらず、滑走路と呼ばれるでこぼこの、霜におおわれた地面に寝ころんでいた。大半はダンスにでも行くところか、実家のソファでくつろいでもいるように、談笑している。膝を抱えてぼんやりと宙を見つめている者もちらほらいるが、これは未熟な新米たちだった。悪夢を忘れて不安を抑えるすべを、まだ知らないのだ。

イギリス兵は座っている連中のあいだを相棒のほう

へ歩いていった。相棒は頭の後ろに手を組んで地面に寝ころがっていた。

脇腹を足でつつかれて、ブライアンははっと目をあけた。

雪が鼻や眉にゆっくりと舞いおりてきた。上空はますます暗くなっていた。今回の出撃も、これまでの夜間空襲と大差なさそうだった。

ブライアンの体の下で座席が軽く振動していた。

レーダー画面を見ると、周囲の空域は編隊の各機で混み合っていた。それぞれの位置を示すエコーがはっきりと見分けられる。

レーダーはきわめて正確だったので、ふたりは訓練中にたびたび、風防を塗りつぶして計器だけで飛行できるな、と冗談を言い合った。今回の飛行ではまさにそれが要求された。視界はジェイムズによれば、〝ベラ・バルトークの交響曲なみに鮮明〟だった。風防ガラスのワイパーと、雪雲につっこんでいく機首——見えるのはそれだけだった。

かくも短期間に任務と装備を変更するのは狂気の沙汰だという点で、ふたりの意見は一致していた。だが、ウッド中佐の真意をめぐっては意見が食いちがった。ふたりが選ばれたのは、中佐によればふたりが最も優秀だったからで、ジェイムズはその言葉を真に受けた。

だが、ブライアンは友のせいにした。中佐がふたりを選んだのは、ブライアンにしてみればほぼまちがいなく実戦任務中にジェイムズが一度も不平を言わなかったからであり、この作戦では命令に疑問をさしはさまれては時間的に困るからだった。

ブライアンの非難にジェイムズはいらだった。気がかりならほかにいくらもある。道中は長いし、新しい装備には不慣れだ。天候も悪いし、編隊を離れたら掩護してくれる連中もいなくなる。情報部の言うとおり重要な工場が建設中だとすると、目標地域の防御は厳重だろう。写真をイギリスに持ち帰るのはきわめて困難な任務になるぞ。ジェイムズはそう言った。

彼の言うとおりだった。誰かがやらなければならないのだ。それに、ベルリンの爆撃任務とそう変わらないかもしれない。

自分たちはここまで生き延びてきたのだ。

ブライアンは黙りこんでジェイムズの後ろの座席に座り、いつもどおり自分の仕事に集中した。

ブライアンの地図と計器のあいだには、アメリカ陸軍婦人部隊員の写真がかかっていた。しばらく前からつきあっている相手だった。

指揮棒の合図で序曲が始まるように、ドイツ軍の高射砲が飛来する連合軍機を迎えはじめた。ブライアンはその一斉射撃を数秒前に予測し、編隊から離脱しろとジェイムズに合図を送ってきた。その瞬間からさしあたり、ふたりの運命は悪魔の手に握られた。

機は掩護もなく単機になったのだ。

二十分後ジェイムズは、「これ以上高度をさげると、腹をこすっちまうぞ」とブライアンに警告した。

「六十メートルを維持していたら何も写らない」後ろからそう返事が来た。

ブライアンの言うとおりだった。目標地域には雪が降っており、強風が雪を巻きあげている。もっと接近しなければ、その隙間から写真を撮ることはできなかった。

マグデブルク上空で弾幕を逃れて以降、ふたりはまったく攻撃されていなかった。まだ気づかれていないのだろう。その状態を維持するためにジェイムズは全力を尽くすつもりだった。マグデブルクでは多くの機が撃墜されていた。あまりにも多くの機が。

騒音のなかで彼はブライアンに、敵の戦闘機はロケットみたいなものを発射していたぞと叫んだ。閃光のあとにすさまじい爆発があったと。

ゆうべケンタッキー訛りで、「ドイツ空軍（ルフトヴァッフェ）なんか屁（へ）でもねえ」と笑っているアメリカ軍操縦士がいたが、その笑いももはや消えていることだろう。

「つづいて南へ百三十八度！」ブライアンは眼下の雪の海を観察していた。「ハイデナウからの幹線道路が見えるはずだ。十字路が見えたか？　ようし。じゃあその道を稜線のほうへたどってくれ」

速度は時速二百キロにまで落とされており、機体はこの天候の中、ぎしぎしと不平を漏らしていた。

「ジェイムズ、道の上をジグザグに飛んでくれ。でも、気をつけろ。南の斜面にはかなり険しいところもあるからな。何か見えるか？　ここからガイジングまでのあいだが臭いと思うんだが」

「おれにわかるのは、道幅がずいぶん広いようだということだけだ。こんな人けのないところで、なぜだろうな？」

「それがおれも不思議だったんだ。南へ旋回できるか？　見ろよあの森。やけに密じゃないか？」

「偽装網だってのか？」

「ことによるとな」ここに工場があるとしたら、山腹を掘りこんであるはずだった。土塁など築いたところで、いったん発見されてしまえば、猛烈な精密爆撃に対する防御にはならない。だから工場などないはずだった。「あれは見せかけだよ、ジェイムズ。このあたりに最近建物が造られたことをうかがわせるものは何もない」

命令では、ふたりは線路をまず北のハイデナウ方面へたどり、次いで西のフライタール方面へ飛んでケムニッツまでたどり、そこで北へ転じ、さらに北東へ転じて、ヴァルトハイムまでたどる予定だった。ソ連軍の要請で、鉄道網を詳細に撮影することになっていたのだ。ソ連軍はレニングラード近郊でドイツ軍に激しく圧力をかけており、戦線全体を押しもどしそうな勢いだった。彼らによれば、ドレスデンの鉄道ジャンクションはドイツ軍の臍の緒だという。切断すれば、東部戦線のドイツ軍師団への補給はたちまち途絶える。問題は、それをいかに効果的に実行するかだけだった。

ブライアンは眼下の線路を見おろした。線路は雪におおわれていて、写真からではたいしたことはわかりそうになかった。

突然、ブライアンの座席の三十センチ後ろで、すさまじい音がした。彼が振り向く前にもう、ジェイムズは機を急上昇させていた。ブライアンは座席の安全ベルトを締めた。コックピット内のなま暖かい空気が座席の下から吸い出されていくのがわかった。

床には拳大の、天井には皿ぐらいの大きさの穴があいていた。高射機関砲の弾が貫通したのだ。

やはり見落としていたものがあったようだ。

急上昇をつづけるエンジンの爆音のせいで、敵がまだ撃ってきているのかどうか判然としなかった。

「被害は深刻か？」とジェイムズが叫び、答えを聞くとうなずいた。「じゃあ行くぞ！」そう言うなり、機体を片側に傾けて旋回し、急降下にはいった。数秒後、マスタングの機銃がバリバリと吼えだした。彼らを狙う高射砲の発射炎が道筋を教えてくれた。

その発射炎に囲まれたあたりに、ドイツ軍が部外者に知られるのを極度に嫌うものがあるにちがいない。

地上の砲手たちはマスタングを照準にとらえようとし、ジェイムズはそれを避けるために針路を絶えず左右に変えた。砲そのものは見えなくとも、その独特の音はまちがいようがなかった。フラックツヴィリング40二連高射砲だ。

大地が近づくと、ジェイムズは機を一気に水平にもどした。チャンスはこの一度しかない。区域の幅は約三、四キロ。撮影には安定が必要だった。

風景が眼下をぐんぐん飛び去っていく。灰色の畑と白い渦が、林や建物と交互に現れる。ふたりが上空を飛んでいる区域には高い柵がめぐらされていた。いくつかの監視塔からいっせいに機関銃を撃ってきた。強制労働者はこういう収容所に入れられている。前方の森から曳光弾が飛んできたので、ジェイムズはすかさずさらに高度を下げ、その森へまっすぐ向かった。マスタングの機銃弾が木々のあいだに吸いこまれると、その一画からの反撃はやんだ。

そこでジェイムズは樅の木々をかすめるようにして、広大な灰色の平面と化した偽装網や塀、貨車、点在する物資の山の上を飛んだ。ブライアンが撮るべきものはたくさんあった。数秒後、マスタングはふたたびバンクして上昇し、その場を離脱した。

「撮ったか？」

ブライアンはうなずいてジェイムズの肩をぽんとたたき、これ以上敵が現れないことを祈った。

だが、そうはいかなかった。

「ブライアン、まずいことになったぞ！　エンジンのカウリングだ！　見えるか？」

もちろん見えた。カウリングの一部が三角にめくれて空中に突き出している。急降下であれ、爆風であれ、被弾であれ、原因はどうでもよかった。まずいことに変わりはない。

「速度をだいぶ落とさなきゃならない。編隊にもどれる見込みはなさそうだぞ」

「なんでもいいから、最善だと思うことをやってくれ」

「線路をたどろう。敵が戦闘機を発進させるとすれば、きっとおれたちは真西へ去ったと考えるだろう。おまえは周囲に目を光らせててくれ、いいか？」

帰路は果てしなく長くなりそうだった。

眼下の田園はしだいに平坦になってきた。晴れた日なら四方に地平線が見えただろう。だが、悪天候でなかったら、何キロもかなたから爆音を聞きつけられたはずだ。

「いったいどうやって帰投するんだ、ジェイムズ？」

とブライアンは静かに尋ねた。地図など見てもむだだった。見込みはほとんどない。

「いいから、そのちっぽけな画面をにらんでろよ」と返事が返ってきた。この速度で飛んでるかぎりは、カウリングしかない。この速度で飛んでるかぎりは、カウリングもおとなしくしててくれると思う」


しかない。「おまえにできるのはそれぐらい

「なら、最短距離で帰ろうぜ」

「ケムニッツの北か。ああ、そりゃ名案だ」

「狂ってるな、おれたち」

「いや、狂ってるのはおれたちじゃない。この状況さ」

眼下の線路は支線ではなかった。遅かれ早かれ、兵員や物資の輸送列車が現れる。取りまわしのいい小型の連装機関砲か、フラック38二〇ミリ対空機関砲があれば、ふたりはひとたまりもなくやられるだろう。それにメッサーシュミットもいる。格好の餌食にされるはずだ。空戦、撃墜——報告書はそれで終わりだろう。

撃墜されないうちに着陸することを、ブライアンは提案したかった。彼の哲学は単純で実際的だった。死ぬよりは捕虜になるほうがまし。

彼はジェイムズの二の腕をつかんで軽く揺すった。

「見つかっちまったぞ」と静かに言った。ジェイムズは何も言わずに高度をさげた。

「前方はナウンドルフだ。その北を通過して……」頭上に機影が見えた。「来たぞ、真上だ！」

操縦桿を乱暴に引いて、ジェイムズは機を大地から引き離した。加速すると機体全体が振動しはじめた。急上昇のあいだにブライアンの後ろの穴から機内の空気がほとんど吸い出された。ブライアンに標的が見える前に、ジェイムズの機銃はもう火を噴いていた。腹への容赦ない一連射で、メッサーシュミットはたちまち動きを止めた。つづいて激しい爆発。操縦士は何が起きたのかもわからなかっただろう。

どこかで激しい音が二度した。それから急に機体が水平になった。ブライアンはジェイムズの後頭部を見つめて反応を待った。前方から吹きこんでくる風のうなりで、カウリングの三角片が急上昇中にちぎれて風防ガラスを突き破ったのだとわかった。

ジェイムズが声も立てずに首を振った。

それから顔を横に向けて、がくんと前のめりになった。

エンジンのうなりが大きくなった。マスタングはあらゆる継ぎ目をきしませて、猛烈な勢いで下降していた。ブライアンは安全ベルトをはずすと、すばやくジェイムズの上に身を乗り出して操縦桿をつかみ、ぐったりした体のほうへそれを引いた。

血が頬を伝い落ちていた。金属片がこめかみにあたり、耳たぶの大部分を引きちぎっていたのだ。

そのときまた、カウリングの一部がバリッとはがれ、左の翼の上を転がっていった。まだぎいぎいと音がするので、ブライアンはふたりのために決断をくだし、ジェイムズの安全ベルトをはずした。

その瞬間、風防ガラスが吹っ飛んでブライアンは座席から吸い出された。吹きつける寒風をものともせずに、両腕をつかんでジェイムズを翼の上に引っぱり出した。そのとたん、機がふたりの下から消えた。宙に放り出されたブライアンは、もはやジェイムズを抱えていられなくなったが、ジェイムズの曳索が引かれたのはまだわかった。一瞬のあいだ、ジェイムズは空中でぐったりしていたが、すぐにパラシュートがひらいた。両腕がぱたぱたと上下し、初めて巣から飛び出したひな鳥のように見えた。

ブライアンはかじかんだ手で自分の曳索を引いた。頭上でパラシュートのひらく音がしたのと同時に、地上からバリバリと銃撃が始まった。吹雪をつらぬいて曳光弾が飛んでくるのがおぼろげに見えた。

マスタングは機体を傾けてゆっくりとふたりの背後

へ墜落していった。二名の搭乗員を捜索するのは容易ではないだろう。ブライアンはさしあたり、ジェイムズのパラシュートを見失わないようにしなければならなかった。

着地の衝撃は予想外に激しかった。地面はこちこちに凍り、畑の畝(うね)はまるでコンクリートでできているかのようだった。倒れたままうめいていると、風をふたたびはらんだパラシュートに引きずられて飛行服が裂けた。それでも彼はいちおう無事に着地していた。

そのとき、ジェイムズが地面に激突するのが見えた。衝撃で下半身が砕けたように思えた。

あらゆる規則に違反して、ブライアンは自分のパラシュートが吹き飛ばされるのを放置したまま、よたよたとジェイムズのほうへ歩いていった。杭が何本か古い柵囲いの跡に残っていた。馬たちはとうに屠(ほふ)られて、いなくなっている。ジェイムズのパラシュートはその杭の樹皮にひっかかっていた。

ブライアンはあたりを見まわした。物音はしなかった。風が雪を巻きあげている。彼は暴れるパラシュートを両手でつかみ、縫い目と金具とストラップを順にたぐって、ジェイムズのところまで行った。

三度押してようやくジェイムズを横向きにした。飛行服のジッパーはしぶしぶひらいた。ごわごわした服の下にブライアンは冷たい指を潜りこませた。そこに見つけた温もりは痛いほどだった。

息を詰めていると、やがてかすかな鼓動が伝わってきた。

風がようやく収まると、雪もやんだ。あたりはつかのま静まりかえった。

ブライアンは力なくあえいでいるジェイムズを木立へ引きずっていった。梢を透かして空が見えた。木々の横にはたびかさなる吹雪でできた吹きだまりがあり、避難所兼遮蔽物になってくれた。

「拾われてない焚き木がこんなにあるってことは、このあたりに人が住んでる可能性は低いな」とブライアンは独り言をつぶやいた。

「なんだって？」と、雪の上を引きずられているぐったりした体から声がした。

　ブライアンはひざまずいて、ジェイムズの頭を注意深く膝にのせた。

「ジェイムズ。どうした？」

「何があったんだ？」ジェイムズの目はまだ焦点が合っていなかった。ブライアンを見あげはしたが、視線は宙をさまよった。ジェイムズは顔を横に向け、白黒の風景をながめた。「ここはどこだ？」

「墜落したんだ。怪我はひどいか？」

「わからない」

「脚の感覚はあるか？」

「冷たくてたまらん」

「でも、感じるんだな？」

「いやってほど感じてるよ。冷たくてたまらんと言っただろ、馬鹿野郎！　おまえ、いったいどんな場所におれをおろしたんだよ？」

2

周囲は数キロ先まで見渡せたが、それは逆に言うと、ふたりの姿も見えてしまうということだった。

ジェイムズのパラシュートは、村をひとつ養えるほど広い畑のまんなかに残されていた。その畑からジェイムズを引きずってきた跡が黒々と明瞭に、ふたりの隠れている木立までまっすぐにつづいていた。

そんなことが気になりだしたのは、ジェイムズの怪我が思ったほどひどくないとわかったからだった。耳の出血は寒気のせいでとうに止まり、顔と首の腫れも寒さのおかげでかなり引いていた。おたがいに途方もなく運がよかったのだ。

だが、その運も尽きたようだった。

あまりの寒さで口の端がひび割れ、寒気が骨身にしみてきたのだ。凍死したくなければ、どこかへ避難するしかなかった。

ジェイムズは爆音が聞こえないかと耳を澄ました。敵機に発見されたら、じきに灰緑色の猟犬たちが現れる。

「パラシュートをまとめたらすぐに、あそこの窪地まで行ったほうがいいな」と、ジェイムズは北のほうの暗灰色の畑を指さし、それから逆のほうを見た。「仮に南へ行ったとしたら、いちばん近くの村までどのくらいあると思う？」

「ここがおれの思ってる場所だとすれば、それはナウンドルフへ直行するということだから、たぶん二、三キロだろう。確信はないが」

「じゃあ、線路はおれたちの南にあるわけか？」

「ああ、おれがまちがってなければ。でも確信はないぜ」ブライアンはまた周囲に目をやった。現在地を教えてくれるものは何もなかった。「おまえの提案どおりにすべきだな」

防風林沿いにかなり先まで雪の吹きだまりがつづき、遮蔽物になってくれた。林沿いにしばらく歩いていくと、吹きだまりに最初の穴が現れた。ジェイムズは苦しげな呼吸をしていた。ブライアンがパラシュートを穴の奥へ押しこんでいるあいだ、胸を抱えて寒さをしのごうとむなしい努力をしていた。

だいじょうぶか、とブライアンが尋ねようとしたそのとき、ふたりははっと動きを止めて耳を澄ました。爆音が近づいてきたのだ。敵機はふたりのすぐ背後に現れ、彼らが後にしてきたばかりの木立の上を、わずかに翼を傾けて飛んできた。ふたりはすばやく雪面に伏せた。敵機は木々のむこうの畑の上空で南へ旋回した。爆音がしだいに低くなり、敵は去っていったようだった。ジェイムズは呼吸ができる程度に雪から顔をあげた。

そのときキーンという音がして、ふたりは首をめぐらせた。木立の上空に浮かぶ小さな黒雲のひとつから、敵機がふたたび現れた。こんどはまっすぐにふたりをめがけて飛んでくる。

ジェイムズはブライアンの上に身を投げて、彼を雪の中に沈めた。

「尻が凍えそうだ」とブライアンは下からくぐもった声で言った。顔を雪に埋めたまま笑ってみせようとした。ジェイムズはブライアンの背中を見おろし、裂けた飛行服を見て口をゆがめた。雪のかたまりが体温で溶け、腰と太腿を伝い落ちている。

「しばらくそのまま凍えてろ」とジェイムズは答え、頭を上に振った。「あいつがおれたちを発見してれば、じきにたっぷりと温めてもらえる」

敵機は轟然と頭上を通過していった。

「なんだよあの道化野郎は？　見えたか？」とブライ

アンは尻から雪を落とそうとしながら言った。

「たぶんユンカースだ。ずいぶんちゃちに見えたな。見つかったと思うか？」

「見つかってたら、おれたちはいまごろ生きてないさ。でも、足跡には気づかれたはずだ」

ジェイムズはブライアンの手をつかんで彼を立ちあがらせた。逃げ切れる可能性はあまりないことは、おたがいにわかっていた。

ふたりはしばらく立ち止まらずに走った。どちらも動きがぎくしゃくしていた。凍った地面に足をつくたびに背筋に衝撃が走った。ジェイムズは死人のように蒼白だった。

後方から低いうなりが聞こえてきた。ふたりは顔を見合わせた。前方からも物音が聞こえてきた。こちらはむしろ列車の走る音のようだった。

「おまえ、線路はおれたちの南にあると言わなかったか？」ジェイムズがあえぎながら言い、かじかんだ手を腋にはさんだ。

「うるさいな、確信はないと言ったろ！」

「たいした航法士だぜ！」

「おまえをあのヤンキーのスープ缶から引っぱり出す前に、もっとじっくり地図を見ておきゃよかったのか？」

ジェイムズは返事をしなかった。ブライアンの肩に手をかけ、左右に延びる灰色の谷間を指さした。そこから、まちがいようのない蒸気機関車のブラスト音が聞こえてくる。「これで現在地がどこか、もっとよくわかっただろ？」

ブライアンが短くうなずくと、ジェイムズは緊張を解いた。これで自分たちがどこにいるかはわかった。だが、問題はそれが役に立つかどうかだった。ふたりは藪の陰にしゃがんだ。まっすぐに延びる線路は白い風景の中の細い縞模様のようだった。線路までの距離は六、七百メートル、土地はかなりひらけていて隠れる場所はない。

ふたりはずっと線路の南側にいたのだ。

「だいじょうぶか？」ブライアンはジェイムズの襟毛皮をそっと引っぱり、顔を自分のほうに向けた。蒼白さのせいで頭蓋の形がいっそうはっきりわかる。ジェイムズは肩をすくめると、ふたたび線路のほうに目を向けた。長大な貨物列車の音が風に乗って運ばれてきた。

それは美しくも恐ろしい眺めだった。果てしなく連なる貨車が大蛇のように、前線と祖国を結んで谷間を這ってくる。蒸気を吐く装甲機関車、無数の砲を積んだ貨車、土嚢で守られた機関銃座、明かりが漏れないようにカーテンを引いた灰褐色の兵員輸送車。それらが通過していったと思うと、すぐにまた次の列車の音が風に乗って聞こえてきた。

列車どうしの間隔はほんの数分だった。すでに数千の命が通り過ぎていったにちがいなかった。くたびれきった古参兵たちは西へ、おびえて黙りこくった補充兵たちは東へと。毎日この線路に数発爆弾を落とすだけで、地獄の東部戦線におけるソ連軍の仕事はずいぶん楽になるはずだ。

ジェイムズがブライアンの袖を引っぱった。唇に指をあて、じっと耳を澄ました。するとブライアンにもその音が聞こえた。ふたりの背後の両側から聞こえてくる。

「犬か？」

ブライアンはうなずいた。「だけど、一方だけじゃないか？」

ジェイムズは少し体を起こして耳を凝らした。「もう一方はオートバイ部隊だな。それがさっき聞こえたうなりだ。おれたちが溝を跳び越えたところで、オートバイを降りなきゃならなかったんだろう」

「見えるか？」

「いや、でもじきに見えるだろう」

「どうする？」「どうするもこうするもあるかよ」ジェイムズはふたたびしゃがみこんで、体を前後に揺すった。「おれたちは盲人でもたどれるような足跡を残してる」

「じゃあ、投降するのか？」

「撃墜された搭乗員を、やつらがどうするか知ってるか？」

「おれの質問に答えろよ。投降するのか？」

「敵から見えるように、ひらけた場所に出る必要がある。さもないと、よからぬことを企んでると思われる」

ブライアンはジェイムズのあとから斜面をおりはじめた。刺すような風にたたかれ、頬がじんじんした。

足早に数歩くだると、ひらけた場所に出た。ふたりは追っ手のほうを向いて両手をあげ、そのまま待った。

初めは何も起こらなかった。叫び声がやみ、動きがとだえた。ジェイムズが小声で、やつらはもう後ろを通り過ぎてしまったのかもしれないとささやき、手をおろしかけた。

そのとたん、敵が撃ちはじめた。

ふたりはすばやく地面に伏せ、どういうことかと顔を見合わせた。

ブライアンはすぐさま線路のほうへ匍匐前進を始め、絶えず振り返っては、ジェイムズの様子を確かめた。ジェイムズも膝と肘を使って必死に這ってきており、耳の傷口がまたひらいて、凍った雪に赤い染みを点々と残していた。

機関銃の短い連射が何度かふたりの頭上の空気を引き裂いた。それから兵隊たちの叫びがまた聞こえてきた。

「やつら、犬を放すつもりだ」とジェイムズがあえぎながら、後ろからブライアンの足首をつかんだ。「逃げる用意はいいか？」

「どこへ？」ブライアンの鳩尾が熱くなり、胃がきゅっと縮んだ。

「線路のむこうだ。いまはちょうど列車が来ない」

ブライアンは頭をあげ、その危険なひらけた長い斜面をうかがった。で、そのあとは？

機関銃の長い連射がやむと、ジェイムズは立ちあがってブライアンをひっつかんだ。斜面は急で、かなり危険だった。それも、硬いブーツをはいた凍えきった足で駆けおりるのは。銃弾が頭上にぴゅんぴゅん飛んできた。

二百メートルほどくだると、ブライアンはちょっと後ろを振り返った。ジェイムズは指を広げ、首をのけぞらせ、体じゅうの関節が凍りついたような格好で走ってくる。その後ろから敵兵たちが続々と現れ、最初の急斜面を尻で滑りおりはじめた。

そのあいだ敵は撃ってこなかった。ふたたび撃ちはじめたときには、狙いがだいぶはずれていた。やつらはもうくたびれたのか？　それとも、あとは犬どもに任せるつもりなのか？

いずれにせよ敵はもう犬を放しており、しなやかで筋肉質な吠える殺人機械たちが、教えこまれたとおり躊躇なく突進してきた。

ブライアンは斜面をおりきると、左右を見渡した。両側からそれぞれ列車が接近していて、線路のむこうの防風林へ逃げこむのは無理だった。すぐそばで大きな銃声がし、彼はぎくりとした。ジェイムズが走りながらエンフィールド・リボルバーを抜いて、襲いかかってくる犬を倒したのだ。

残りの三頭は血に飢えて、なおもふたりのあとを追ってきた。

ふたたび連射音がし、ふたりの周囲の雪が舞いあがった。いずれ命中するだろう。

ジェイムズはまた撃った。ブライアンもホルスターのフラップをあけて、銃把を握った。それからしばし立ち止まり、ジェイムズが脇を駆けぬけていくあいだに狙いをつけた。

決定的なその一瞬に、ジェイムズがいま負傷させた犬は、ブライアンの動きに気を取られて宙に噛みついた。ブライアンが撃つと、そいつは雪面を転がってきて動かなくなった。だが、残りの二頭は迷わずブライアンに飛びかかってきた。ブライアンは押し倒されながらも、どうにか一頭を撃って傷を負わせた。

彼は左側のジャーマンシェパードの後頭部を銃把で力いっぱい殴りつけた。犬はぐったりと横に転がった。ブライアンはすばやく立ちあがり、三頭目が腕に噛みついてくる直前に、そいつを撃った。だが、犬の体が地面に落ちた拍子に足を滑らせ、銃を落としてしまった。すると敵がまた撃ちはじめた。もはや自分たちの犬を撃ってしまう恐れはなくなっていた。

ジェイムズは五十メートルほど先を走っていた。革のジャケットが肩からずり落ち、一歩ごとに体が揺れている。

そのとき、谷間を東へ数百メートル行ったところから、別のパトロール隊が現れた。むこうからはよく見えないにしても、そいつらがそこに現れたことで、ふたりはもはや線路めがけてまっすぐ走りつづけるしかなくなった。まもなくふたりの進路を遮断してしまう二本の列車のほうへ。

ブライアンは息を切らして全力で走った。なんとしてもジェイムズに追いつきたかった。撃たれるのはもはや避けられないにしても、どうせ死ぬのなら、せめて友のそばで死にたかった。

ふたりの進路を先に横切る列車は、手前の線路を東から近づいてきた。

機関車の乗員たちは近づいてくるパトロール隊をぼんやりながめていた。赤十字の標識をつけた茶色の木造車輌が次から次へと、荒涼たる白い風景の中を走ってくる。わずかな窓に人の顔はいっさい見えない。

つづいて、灰緑色の列車を牽引した二両連結の装甲機関車が煙を吐きながら西から走ってきて、病院列車のむこう側に隠れた。貨車の屋根に乗っている兵たちは、すでにふたりに気づいて動きだしていたが、発砲はできなかった。角度が急すぎて病院列車にあたる恐れがあった。

ブライアンはジェイムズの足跡を踏んで大股で走っていた。前を行くジェイムズの苦しげな呼吸が、はあはあと聞こえてくる。ブライアンはスピードを落として後ろを振り返った。

ジェイムズのほうは病院列車までたどりつくと、最後の力をふりしぼってペースをあげ、近くの手すりに手を伸ばした。だが、下のほうをつかみすぎて、ステップに足をかけられなかった。汗をかいた手のひらがたちまち金属の手すりに吸いついた。バランスを失って転びそうになり、エンフィールドを線路に落っことしたが、そこでブライアンが追いついて後ろから強く押してくれたので、ステップに足をかけることができた。

ブライアンのほうは別の手すりをつかみ、横向きに走った。つまずいて車輪の下に倒れこみそうになり、必死でこらえた。彼の手も手すりに凍りついていた。だが、ブライアンは手を離さず、さらに足を速めてデッキに飛び乗った。手の痛みは言葉にできないほどだったが、ふたりはそれに耐えぬいた。

斜め後方に最初のパトロール隊の兵たちが現れた。寒さで青ざめ、吹雪の中でまともに立つこともできないほど疲労していた。ひとりが最後尾の車輛の屋根にのぼる梯子をつかんだが、よろけてずるずると引きずられた。それから転倒して枕木の上で派手にもんどりをうった。

そして動かなくなった。

その間に列車どうしは完全にすれちがい、病院列車は速度をあげた。

そこでようやく追っ手は追跡をあきらめた。

3

走っていく列車の南につらなる丘の上には、踊っているような裸の木々のシルエットが見えた。

呼吸が平常にもどってくると、ジェイムズは友の背中をたたいた。「起きろ、ブライアン。肺炎になるぞ！」

ふたりとも歯の根が合わないほど震えていた。

「いつまでもこんなところにいるわけにはいかないな」ブライアンは冷えきったデッキに倒れこんだまま言った。

線路が丘のほうへゆるやかにカーブして、列車の進行方向がつかのま見えるようになった。

「ここにいたら凍死するか、駅を通過するときに見つかるかだ。なるべく早く飛びおりないと」

ブライアンは前方を見つめた。カタンカタンという走行音が速まっていく。

「まいったな——何もかも」

「怪我をしたのか？」ジェイムズはブライアンを見ずに言った。「立ちあがれるか？」

「おまえよりひどいざまだとは思わないよ」ブライアンは答えた。

「でもまあ、病院列車に乗れたのはついてたな。そのドアのむこうにはベッドがあるんだからさ」

どちらも笑わなかった。ジェイムズは手を伸ばして、把手を指先でちょっとまわしてみた。鍵がかかっていた。

ブライアンは肩をすくめた。そんな考えはどうかしていた。「あけたとたんに撃たれるのがおちだ。中に何が隠れてるか、わかったもんじゃない」

言っていることはジェイムズにもわかった。ドイツ軍の使う赤十字など真に受ける者はいない。彼らはその慈悲の印を頻繁に悪用してきた。だから連合軍パイロットはもはやこの標識をつけた列車を容赦しない。それはふたりともよく知っていた。

だが、本当に病院列車だったとしたら。ドイツ兵が連合軍パイロットを憎むのも無理はない。こちらがドイツ軍パイロットを憎むのとなんら変わらない。みな罪を犯しすぎて、慈悲心など容れる余地がないのだ。この狂った戦争に参加している者はみな。

ジェイムズがブライアンを見ると、ブライアンはうなずいた。その目には憂いが表れていた。

この幸運がいつまでもつづくことはありえない。

列車はガタゴトと踏切を通過した。五十メートルむこうの踏切番の小屋の横の路上に、年輩の女が立っているのが、朝の光の中に見えた。

ジェイムズは用心深く顔を出して前方をのぞいた。次のカーブで何が現れるか、その次では何が現れるか、皆目わからなかった。

　車輛の中から物音が聞こえてきた。夜間当直が交替の準備を始めたのだ。車輛のあいだの狭いデッキにいるふたりの背後で、ドアに鍵を差しこむ音がした。

　ブライアンはジェイムズの肩をぽんとたたくと、自分はすばやくドアの陰に退き、ジェイムズにも同じようにしろと合図した。

　一瞬ののち、ドアの把手がまわった。ひどく若い男が顔を出し、新鮮な空気を吸いこんで満足げに溜息をついた。それから外に出てきて、ふたりのほうに背を向けたまま、デッキの端まで行った。小便をしに出てきただけのようだった。

　小便を終えた衛生兵がドアのほうに向きなおると、ジェイムズが飛び出して顔を殴りつけた。衛生兵は後ろによろけ、列車から転げ落ちていった。

　ブライアンは呆然とした。ふたりはこれまで空からは何度も死をもたらしてきたが、面と向かって人を殺したことはなかった。

　ジェイムズは揺れる壁にもたれた。「やるしかなかったんだよ。やるかやられるかだったんだ！」

　ブライアンは溜息をついた。「これで投降は難しくなったな」

　本来なら、いまのが投降する絶好のチャンスだった。若い衛生兵はひとりだったし、武器も持っていなかったのだから。しかし、いまさら悔やんでもしかたなかった。すんだことはすんだことだ。レールはふたりの下を猛スピードで流れ、車輪が継ぎ目を乗りこえる音がますます速くなった。

　いま飛びおりたら、ずたずたになるだろう。

　ジェイムズは横を向いてドアに耳をつけた。中は静まりかえっていた。さきほどの経験で懲りていたので、手のひらの汗をズボンで拭ってから、ドアの把手をそっとつかんだ。人差し指を口にあててみせ、ドアを少しだけあけて中をのぞいた。

それから、ついてこいとブライアンに合図した。

中は暗かった。一枚の仕切りがそのむこうの広い空間とのあいだを隔てていた。くぐもった物音と細い光が漏れてきた。天井のすぐ下には棚が吊られ、さまざまな瓶やチューブ、大小の紙箱が詰めこまれている。隅に腰掛けがあった。ここは当直衛生兵の詰め所なのだ。

ふたりがいま命を奪ったあの若者の。

ジェイムズは静かに自分の上着のジッパーをひらき、ブライアンにも飛行服を脱げと合図した。

まもなくふたりはシャツと長下着だけの姿になった。そのほかの衣類はデッキから投げすてた。この格好なら見つかっても即座に撃たれることはないだろうという読みだった。

仕切りの奥へはいったとたん、ふたりはぴたりと足を止めた。大勢の男たちが、狭い鉄製のベッドや床にならべられた灰色の縞模様のマットレスにぎっしりと寝かされていた。粗末な板で作られた細い通路が一本、車輛のむこう端まで延びている。そこしか通れるところはなかった。男たちの顔に表情はなく、ふたりを見てもこれといった反応はない。多くはいまだに軍服を着ていた。みな将校だった。

むっとする大小便のにおいに混じって、かすかにカンフル剤やクロロフォルムの甘ったるいにおいがした。重傷者の多くは何やらうわごとを言っていたが、大声で苦痛を訴える力はなかった。

ジェイムズは慎重に通路を歩いていき、多少の生気が見られる連中にうなずいてみせた。彼らを寒さから守ってくれるものといえば、薄っぺらな汚れたシーツだけだった。

ひとりがブライアンのほうへ力なく手を伸ばし、ブライアンも力なく微笑みかえした。ジェイムズは突き出している足につまずきそうになった。はっとして手を口にあて、その男を見おろした。男の目に生気はなかった。一巻きの包帯を握りしめたまま死んでいた。そのまま一晩じゅう床に横たわっていたのだろう。

　マットレスには血がべったりとこびりついていたが、包帯はきれいだった。

　ジェイムズは死んだ男の手からその包帯をひったくり、ちぎれた自分の耳たぶにあてた。ふたたび出血しはじめていたのだ。とそのとき、ふたりがいまはいってきた車輛の入口から、ガチャガチャという物音が聞こえてきた。

「行こう！」ジェイムズがささやいた。

「ここにいたほうがいいんじゃないか？」ブライアンが言った。ふたりは通路に立っていた。床のほとんどは、いやなにおいのする外科用衛生材料でおおわれていた。

「ブライアン、おまえの目は節穴かよ？」

「え？」

「こいつらは親衛隊（SS）の記章をつけてる。全員が！　おれたちを最初に見つけるのが衛生兵じゃなくて親衛隊のやつらだったら、どうなると思う？」彼はにやりと暗い笑みを浮かべた。それから真顔になり、厳しい目でブライアンを見つめた。「おれがここから連れ出してやる。決断をおれに任せてくれたらな」

　ブライアンは黙っていた。

「いいか？」ジェイムズはしつこく訊いた。

「ああ、いいよ」ブライアンは微笑もうとした。足元のバケツの中で、クロームメッキされた外科器具がカチカチと鳴った。どれも正体不明の黒っぽい液体にひたっている。

　どう見ても、この列車でドイツの大地へと帰還するドイツの息子たちは、まもなくその大地に埋葬されそうだった。

　これが標準的な病院列車だとすると、東部戦線はこの世の地獄にちがいなかった。

次の車輌には明かりがともっていた。電球がいくつか、両側の壁沿いにぎっしりとならんだベッドを照らしていた。

ジェイムズは一台のベッドの横で立ちどまり、ぶらさがっているカルテを手に取った。それから、ぼんやりと横たわっている患者にうなずいてみせ、隣のベッドに移動した。次のカルテを見ると、ぴたりと動きを止めた。ブライアンは静かに近づいていって、カルテをのぞいた。

「なんて書いてあるんだ？」彼はささやいた。

「〝シュヴァルツ、ジークフリート・アントン。一九〇七年十月十日生まれ、主任中隊指揮官(ハウプトシュトルムフューラー)〟(大尉に相当)」

ジェイムズはカルテを放して、まっすぐにブライアンを見た。「全員が親衛隊将校だ。この車輌も」

近くのベッドに横たわっている男は、どう見ても数時間前に死んでいた。負傷した裸の腕は、列車の揺れで痛まないようにと、頭上の梁に固定されていた。男の腋の下の刺青(いれずみ)を見て、ジェイムズは思わずブライアンの腕をつかんだ。

ふたりはさらに先へ進み、次の車輌にはいった。するとそこは、はいったとたんにこれまでとちがうのがわかった。レールの音が小さくなった。ドアの把手は真鍮製で、ドア自体もすんなりと音もなくひらいた。

そこには仕切りもなかった。いくつかの電球が、平行にならんだ十台のベッドに黄ばんだ光を投げていた。ベッドどうしの間隔は、衛生兵がかろうじてはいりこめるほどしかなかった。輸液のはいったガラス瓶がベッドの上に吊られ、金属スタンドにぶつかって小さな音を立てている。聞こえるのはそれだけだった。声を立てるとまちがいなく隣の車輌に聞こえそうだった。

ジェイムズはベッドのあいだへはいっていって、最初の負傷兵の上に身をかがめ、しばらくその男の胸を観察した。胸はそれとわからないほどわずかに上下していた。彼は反対側を向いて、次の男の心臓のあたりに耳をつけた。

「ジェイムズ、何してるんだよ、いったい」とブライアンが精いっぱい小さな声で文句を言った。

「死んでるやつを探すんだ。急げ!」ジェイムズは彼のほうを見もせずにそう言うと、すばやく次の男のほうへ移動した。

「まさか、このベッドに潜りこもうっていうんじゃないだろうな?」ブライアンは驚いて言った。

ジェイムズが投げてよこした視線からすると、図星のようだった。〝ほかに名案があるか?〟そう言っているように見えた。

「そんなことをしたら殺されるぞ! あの衛生兵のことで殺されなかったとしても」

「ふん、見つかったらどうせ殺されるさ。もっともらしい口実をつけてな」ジェイムズは隣のベッドから顔をあげると、あわただしくその男の上体を起こして、シャツを頭から脱がせ、ふたたび男を後ろに倒した。男の腕がベッドの縁からだらりと垂れた。

「手を貸せ」ジェイムズは死体の腕から点滴の針を抜き、毛布をはぎ取った。腐臭が立ちのぼってきて、ブライアンは息を止めた。

ジェイムズはブライアンを死体のほうへ押しやり、それを抱えさせた。死体の肌は変色してひんやりしていたが、冷たくはなかった。ブライアンは吐き気に襲われて、顔をそむけた。その間に、ジェイムズは手近の窓の掛け金を力いっぱいひねった。

あいた窓から寒風が吹きこんできて、ブライアンは頭がくらくらした。ジェイムズは死体の向きを少し変え、左の腕を持ちあげて腋の下をのぞくと、こんどはそいつの顔を見た。年はふたりとたいしてちがわなかった。

ふたりは渾身の力で死体を窓から押し出した。それが線路脇の用水路に張った薄氷を破るのを見て、ブライアンは事態を悟った。

　これでもうあともどりはできない。自分たちは完全に有罪となったのだ。

　ジェイムズはすばやく隣のベッドに向きなおり、次の男の脈を取った。それからさきほどと同じようにして男の上体を起こした。

　ブライアンは何も言わずにそいつを支え、毛布を床に放った。その男は包帯をしておらず、さきほどの男よりいくぶん小柄でがっちりしていた。

「でも、こいつはまだ死んでないぞ」ブライアンは温かい体を抱えてそう反論したが、ジェイムズは男の腕を後ろにあげて腋の下を見た。

「血液型Aプラス。いまのを覚えとけよ、ブライアン！」腋の下に刺青されたふたつのぼんやりした文字が見えた。

「どういうことだ？」

「おれよりおまえのほうが、こいつに似てるってことだよ。いまからおまえの血液型はAプラスだ。親衛隊将校は全員が左の腋の下に血液型を彫っててな、たいていは右腕にＳＳの印も入れてる」

　ブライアンは体を起こした。「馬鹿言うな！　すぐにばれるぞ！」

　ジェイムズは答えなかった。ふたつのベッドのカルテを手に取って、交互に見た。「おまえの名前はアルノ・フォン・デア・ライエン。上級指揮官（オーバーフューラー）だ（上級大佐に相当）。おれはゲルハルト・ポイカート。忘れるなよ」

　ブライアンは〝まさか〟という目でジェイムズを見た。

「いや、聞きまちがいじゃない。上級指揮官だ」ジェイムズの顔は真面目だった。「で、おれは連隊指揮官（シュタンダルテンフューラー）だ（大佐に相当）。おたがい昇進したな」

　ふたりは下着を脱ぎ、それも二名の将校と同じように窓から捨てた。まもなく一軒の小屋の横を通り過ぎたので、踏切を通過したのだとわかった。

「そいつをはずせ」とジェイムズはブライアンが四年あまり首にかけていた認識票を指さした。

ブライアンはためらった。するとジェイムズはそれをすばやく引きちぎり、自分の認識票と一緒に外に放り投げて、窓を閉めてしまった。

「ジルのスカーフは？」と、ブライアンはジェイムズが首に巻いたままの、ハートの刺繡をほどこした絹のスカーフを指さした。

ジェイムズは返事をせず、死体から脱がせた病院着を頭からかぶった。それから平然と、糞便で汚れたベはベッドに横になった。大きく息を吸って自分を落ち着け、しばらく天井を見つめてから、そのままの姿勢でささやいた。「よし。ここまではうまくいった。こんどはここに横になるんだ。いいか？　おれたちの正体は誰も知らないし、おれたちもしゃべらない。何があろうと、その口を閉じてろよ！　一言でも漏らしたら、ふたりともおしまいだぞ」

「言われなくてもわかってるさ、くそ！」ブライアンは染みのついたシーツを暗澹たる気分で見つめた。横になってみると、シーツは湿っていた。「おれはむしろ、衛生兵どもがおれたちを見てどう反応するか、おまえの考えを訊きたいね。やつらをだますのは無理だぞ」

「口を閉じて意識のないふりをしてりゃ、不審に思われたりしないさ。心配するな。この列車には千名以上の負傷兵が乗ってるはずだ」

「だけど、この車輛にいるのは特別な……」

前方の車輛からガチャンという金属音がしたので、ふたりは口をつぐんで目を閉じた。足音が近づいてきて、前を通り過ぎていった。ブライアンが目を細くあけると、軍服を着た男が隣の車輛へはいっていくのが見えた。

「点滴の針はどうする？」ブライアンは小声で訊いた。

ジェイムズは首をひねって横を見た。ゴム管ドの脇に垂れさがっていた。

「そんなものを自分の腕に刺せとは言わないだろ」

ブライアンはジェイムズの表情を見てぞっとした。

ジェイムズは音もなくベッドから出ると、ブライアンの腕をつかんだ。ブライアンは目をむいた。「おい、よせ!」と、おびえて声を強めた。「あいつらがどんな病気にかかってたのかわからないんだぞ。命に関わるかもしれない!」一秒後、ブライアンはあえぎを漏らし、自分の肘の内側に深々と刺しこまれた針を愕然と見つめた。まだ管が揺れていた。ジェイムズは自分のベッドにもどった。

「心配するな。そんなものじゃ死にはしないさ」

「どうしてわかる? あいつらはどこにも外傷がなかった。やばい病気にかかってたのかもしれない」

「おまえは病気になる危険を冒すより、撃たれるほうがいいのか?」ジェイムズは自分の腕を見おろし、針先を血管の適当な場所にあてた。それから顔を横に向けて、針を刺しこんだ。

そのとき、車輛の後方のドアがあいた。

ブライアンの鼓動が危険なほどに高鳴りだしたとき、足音とともに話し声が聞こえてきた。だが、ブライアンには一言も理解できなかった。

ケンブリッジでもっと真面目に勉強しておくんだったと、彼は後悔した。あのころジェイムズのほうは、学生生活のばか騒ぎにも加わらず、専攻していたドイツ語の勉強にいそしんでいた。そのおかげで、彼はいまここで話されていることを理解しているはずだった。自分もそれを少しでも理解できるのなら、何を差し出しても惜しくなかった。

ブライアンはもどかしさのあまり薄目をあけてみた。ふたつ離れたベッドで数人がうつむいてカルテを見ていた。

それから看護婦が患者の顔にシーツをかけ、ほかの連中は次へ移動した。ブライアンの生え際に冷や汗が噴き出し、額をゆっくりと伝い落ちた。

太った年輩の女が先に立ち、ベッドの端を軽く揺すっては、容態を確かめるように患者を見ながら近づいてきた。責任者なのだろう。ジェイムズの耳に気づくと、ジェイムズとブライアンのベッドのあいだで立ち止まった。

女は何ごとかつぶやき、ジェイムズに食らいつかんばかりに身をかがめた。

それから体を起こし、向きを変えてブライアンを一瞥した。ブライアンはあわてて目を閉じ、どうかこのまま行ってくれますようにと祈った。二度とこんな不注意なまねはしませんと。

女の足音が遠ざかっていった。ブライアンは薄目をあけてジェイムズを見た。ジェイムズはあいかわらずブライアンのほうを向いて静かに横になっており、目をしっかりと閉じて微動だにしなかった。

ジェイムズの言ったとおり、連中には個々の患者の区別などつかないのかもしれない。なんにせよ、いまの先任看護婦は何も言わずに通り過ぎていった。

だが、もっとくわしく調べられたらどうする？　体を拭かれるときとか。大便や小便をせざるをえなくなったときとか。ブライアンはその問題を最後まで考える勇気がなかった。すでに膀胱がぱんぱんになりつつあったのだ。

最後のベッドを点検しおえると、先任看護婦はぽんぽんと手をたたいて、何やら命令を発した。まもなく車輛内は元のように静かになった。

しばらく待ってから、ブライアンは薄目をあけた。ジェイムズが横向きのまま、もの問いたげに彼を見つめていた。

「行っちまった」と、ブライアンはあたりを見まわしてささやいた。「どうなってるんだ？」

「おれたちのことはとりあえず放っておくつもりなん

だ。もっと重傷の連中がいるんで」

「やつらの言ってることがわかるのか？」

「ああ」ジェイムズは耳に手をやり、自分の体を見おろした。体と手の傷はそれほど目立たなかった。「おまえの怪我はどうだ？」

「さあな」

「調べろよ」

「これじゃシャツが脱げない」

「いいからやれって。出血してたら拭くんだぞ。じゃないと不審に思われる」

　ブライアンは点滴の針を見た。それから通路の先に目をやると、大きく息を吸い、シャツを頭から脱いで、針を挿入したままの腕に垂らした。

「どんな様子だ？」

「あまりよくない」腕も肩もきちんと洗う必要があった。傷はどれも浅かったが、長いものが一本、肩から背中までつづいていた。

「唾をつけて、こすり落とせ。最後に手をよくなめとくんだぞ、急げ！」

　ジェイムズはちょっと体を起こした。ブライアンがふたたびシャツを着て肩の傷を隠すと、彼は小さくうなずいた。口元は微笑もうとしていたが、目はほかのことを考えていた。「おれたちも刺青をしなきゃならないな。なるべく早く」

「どうやって？」

「皮膚の下に染料を入れるんだよ、ちくちくと。点滴針を使うしかないな」

　ブライアンは気分が悪くなった。「染料はどうするんだ？」

「爪の垢が使えると思う」

　指先を見てみると、量は充分にありそうだった。

「破傷風になる危険があると思わないか？」

「何から？」

「爪の垢から！」

「気にするな。そんなのはたいした問題じゃない」

「どのくらい痛いか想像できるか？」

「いや。それより、おれはなんと彫るべきか悩んでる」

そう言われてブライアンは愕然とした。そんなことは自明だと思っていたからだ。「おまえの血液型は？」と彼は訊いた。

「O型のRhマイナスだ。おまえは？」

「B型のRhプラス」ブライアンはすかさず答えた。

「それはまずいな」とジェイムズは困ったように言った。「だけど、〝A＋〟と彫らないと、いずれ何かがおかしいと勘づかれる。カルテにはそう書いてあるんだからな」

「でも、ちがう血液を輸血されちまったらどうなる？やばいなんてもんじゃないぞ！」

「ああ、たしかにな」とジェイムズは溜息をついた。

「おまえは自分の好きにしろよ。だけど、おれは〝A＋〟と入れる」

膀胱がぱんぱんになり、ブライアンはほかのことを考えられなくなった。我慢の限界だった。「小便が漏れそうだ」

「じゃあ漏らせよ。こんなところで我慢しなくていい」

「ベッドでやれってのか？」

「ああ、そうさ、ベッドでだよ！　ほかにあるか？」

突然、背後の車輛から人がやってくる音がし、ふたりはぴたりと動きを止めて目を閉じた。ブライアンは片腕を体の下にし、もう片方の腕を毛布の上に出したまま、不安定な体勢で横になっていた。もはや小便など、したくてもできなかった。

声からすると、看護婦は四人いるようだった。ふたり一組でベッドをひとつずつ見ているらしい。ブライアンは頭を動かす勇気がなかった。

後ろのほうにいる一組が、死んだ男のベッドの手すりをおろした。死体を運び去るつもりなのだろう。近くにいるふたりは、親しげにおしゃべりをしながら手際よく仕事をしており、患者のシャツをすっぽりと脱がせたようだった。ブライアンはほんの少しだけ目をあけてみた。ふたりはベッドの上にかがみこんで、そいつの脚と下腹部をてきぱきと、脇目もふらずに拭いていた。

後ろのほうの看護婦たちはすでに死者を仰向けにし、シーツでくるもうとしていた。ふたりが男をシーツのまんなかへずらしたとき、男が突然うめき声を漏らしたので、四人とも作業の手を止めた。男の肩から後頭部へかけての長い傷が出血しはじめていたが、それには目もくれずに、ひとりが襟から看護婦バッジを抜いて、そのピンを男の脇腹に突き立てた。男がうめき声をあげたとしても、ブライアンには聞こえなかった。患者の生死をどう判定したにせよ、看護婦たちはふたたび男をくるみはじめた。

どうすれば不審を招かないようにじっとしていられるか、ブライアンにはわからなかった。働いている看護婦たちの無表情な顔を見た。自分がピンを突き立てられたらどうする？　おとなしくしていられるだろうか？　いられないだろう、と彼は思った。

不安でたまらなかった。

看護婦たちがジェイムズを飛ばしてまっすぐ自分のところへやってきたので、ブライアンはあわてた。毛布が一気にはぎ取られた。手をかけられたと思うと、ごろりとうつぶせにされた。

女たちは若かった。両脚を広げられ、肛門と陰嚢の裏側をごしごし拭かれはじめると、彼は恥ずかしくなった。

水は氷のように冷たく、太腿の筋肉がそれとわかるほど震えそうになった。彼は必死でこらえた。ここで不審を招くことだけは避けなければならない。腕を腋から離さないように気をつけていると、ふたたび仰向けにされた。

　ひとりが彼の脚を押し広げて下のシーツに触った。それから相棒と、ふたことみこと言葉を交わした。シーツがまだ濡れていないので驚いているのかもしれない。するとひとりが彼の上にかがみこんできた。その直後、ブライアンは頬に平手が飛んでくるのを察知した。ひっぱたかれるのだと瞬時に気づいて、体の力を抜いた。おかげで、頬骨と眉に衝撃を受けても彼はまったく表情を変えなかった。

　次はピンが来るはずだった。

　列車内の悪夢のような現実から思考を遠くへさまよわせていると、ピンが太腿に突き立てられた。

　彼はひやっとした。だが、筋肉はぴくりとも動かさなかった。

　この次はもっと難しくなるだろう。この次があればだが。

　そのとき列車が横に揺れはじめ、ベッドがきしんだ。後ろのほうでどすっという音がした。ジェイムズのところまで来ていたふたりの看護婦が叫び声をあげ、あわててもどっていった。シーツにくるんでおいた死体が床に落ちたのだ。ブライアンはそっと腕をずらして、ピンを刺された太腿をさすった。隣のベッドではジェイムズが、シャツを頭から半分脱がされたまま静かに横になり、まっ青な顔で目を見ひらいてブライアンを見ていた。

　心配するな、体の力を抜いて目を閉じていろ、とブライアンは口の動きだけで伝えようとした。だが、不安と恐怖にとらえられたジェイムズには伝わらなかった。

　気づかれたら怪しまれそうな冷や汗が玉になり、顔を伝い落ちていた。列車が立てつづけに揺れ、手こずっていた看護婦たちがまた死体を取り落とした。ふたりが大声で不平を漏らしたので、あとのふたりもあわてて手を貸しに行った。通路を駆け抜けていくふたりにジェイムズはぎくりとし、毛布の下で荒い息をしはじめた。

列車はさらに二度大きく揺れ、ブライアンはベッドの端まで滑った。ジェイムズは両脚を体に引きよせて、シーツをしっかりとつかんでいた。

列車が揺れながら走りつづけるなか、ブライアンはジェイムズのほうに腕を伸ばして彼を落ち着かせようとした。だが、もはやジェイムズは気づかなかった。喉の奥から小さな悲鳴を漏らしはじめた。ブライアンはすばやく起きあがり、看護婦が半裸のジェイムズの脇に置いていった金属の洗面器をつかんだ。

そして、壁に水をぶちまけながらそれで友のこめかみを殴りつけた。看護婦たちがその音を聞いて振り向いたが、彼女たちに見えたのは、ベッドの端から半分ずり落ちているブライアンの姿だけだった。洗面器は床にひっくりかえっていた。

ブライアンにわかるかぎり、看護婦たちはジェイムズになんの不審も抱かずに彼の体を拭きおえた。おしゃべりに夢中になっていて、腋の下の刺青が消えていることにはまったく気づかなかった。

看護婦たちがいなくなると、ブライアンはジェイムズをしげしげと見た。ちぎれた耳たぶと打ち身のせいで、均整のとれたいつもの容貌がゆがんで、実際よりも老けて見えた。

ブライアンは溜息をついた。

列車に飛び乗る際に脳裏に刻みこまれた映像によれば、自分たちが乗っている車輛は前から五、六輛目だった。後ろには目の届くかぎり車輛がつらなっていた。昼間にこの列車から飛びおりざるをえない状況になったら、四十輛もの車輛が自分たちのそばを通過することになる。見つからずに逃げおおせるとは思えない。

それに、敵の戦線の何百キロも後方で、どこに隠れろというのか？

だが最悪なのは、もはや投降できないということだった。ふたりはすでに、三人もの人間の死に責任があると言われかねない立場にあった。ひとりはすでに死んでいたし、もうひとりも死にかけていたという事実は、なんの足しにもならない。正規の軍服を着ていない以上は、スパイと見なされて拷問され、知っていることを洗いざらい吐かされるだろう。銃殺される前に。ブライアンはこの戦争であらゆる不幸を目にしてきたが、これはあんまりだと思った。まだ死にたくはなかった。やりたいことがたくさんあった。家族のことを考えると悲しみと絶望に襲われた。だが、それとともに胸が温かくなってもきた。

体から急に力が抜けて、ついに膀胱が空になった。

曇った窓から青白い冬の光が射しこんできた。列車内でも新たな一日が始まっていた。人声がして、回診があるのがわかった。

看護婦たちをしたがえた長身の白衣の男がつかつかと最初のベッドにやってきて、手早くカルテをめくった。そして何ごとかメモを書きつけると、それを破りとって看護婦に渡した。

誰も診察はされなかった。長身の軍医はベッドの脇からちょっと患者の様子をうかがい、看護婦らとふたことみこと言葉を交わし、指示をいくつか出すだけで、あわただしく次へ移動してしまう。ブライアンのベッドまで来ると、軍医はうやうやしくカルテを見て、先任看護婦に何ごとかささやいて首を振った。

そのあと、軍医はジェイムズのベッドの頭の側をさして指を振った。若い看護婦があわてて飛び出していって、ベッドのそちら側を高くした。ブライアンは懸命に呼吸が速くならないようにし、自分はどこか遠くにいるのだと想像した。いま彼の心音を聴いたら、心臓が破裂しそうになっているのがわかっただろう。

一同はブライアンのベッドの前に立ったまま、しばらく話し合っていた。聞き憶えのある先任看護婦の高い声がした。彼女はブライアンの反応にも、全般的な容態にも、納得していないようだった。ベッドが揺れ、誰かが身を乗り出してきたのがわかった。力強い手で腕をつかまれ、彼は仰向けにされた。指先で眉の上を軽くたたかれ、つづいてもう一度たたかれた。瞬きをしてしまったにちがいない。彼は息を止めた。

声が入り交じったと思うと、突然、誰かの親指でまぶたを押しあけられた。まばゆい懐中電灯の光を眼球にあてられて目がくらんだ。それから頬をひっぱたかれ、また眼球を照らされた。

両足が冷気にさらされ、こんどは爪先をつかまれた。軍医がふたたびまぶたを押しあけた。爪先に繰りかえしちくちくと針を刺されても、ブライアンはまったく反応しなかった。身じろぎもせずに横になっていた。生きた心地がしなかった。

するとこんどはいきなり、アンモニアにひたした布を口と鼻に押しつけられた。それはまったく予期していなかった。脳と呼吸器系が即座にその刺激に反応した。ブライアンは目を大きくあけ、布から逃れようと首を枕にのけぞらせ、空気を求めてあえいだ。

涙の膜を通して、顔のすぐ前に軍医の目が見えた。軍医はブライアンに何やら語りかけて、優しく頬をたたいた。そのあと上体をまっすぐに起こされ、ベッドの頭の側をさらに高くされて、起きあがった姿勢で敵と対面させられた。

ブライアンは彼らの後ろの壁に視線を固定し、目を大きく見ひらいたまま次のビンタを受けた。息を止めろ……瞬きをするな。そう自分に言い聞かせた。子供のころジェイムズとよくドーヴァーの夏の別荘で、こんなふうに我慢くらべをして過ごしたものだった。

次のビンタはもっときつかった。ブライアンはさからわずに、あっさりと首をのけぞらせた。一同はしばらく話し合ったあと、先へ進んだ。ひとりだけがブライアンのベッドの前に残り、カルテに何やら書きこんだ。それから紙ばさみを元の場所にカチャンと落とし、行ってしまった。

ブライアンはそのまま目をあけていた。回診が終わるまでたえず観察されているのがわかった。やがてまぶたをゆっくりと閉じた。

彼は注射を打たれたことにもろくに気づかないまま、眠りに落ちた。

4

「おい、ブライアン！」その声は遠くから夏の物音に混じり、霧でぼやけた姿とともに聞こえてきた。「起きろ！」

彼は自分が揺れているような気がした。声が低くなり大きくなった。腕を揺すられているのがわかった。それからようやく、自分がどこにいるのか思い出した。

列車の中はもうすっかり薄暗くなっていた。ジェイムズは不安げに微笑んで、最後にもう一度ブライアンの腕を揺すった。ブライアンは笑いかえした。

「しっ。小声で話せよ」

ブライアンはうなずいた。それは理解していた。

「気がついたら、おまえは意識を失ってた」とジェイムズはつづけた。「何があった？」

「おれがおまえをノックアウトしたんだ」とブライアンは意識を集中しようと努力しながら言った。「そのあと回診が来て、おれは瞳孔を調べられた。それから目をあけちまった。やつら、おれのことを何かおかしいと勘づいてる」

「そうらしいな。何度かおまえの様子を見にきた」

「おれはどのくらい意識を失ってたんだ？」

「そんなことより、おれの話を聞け」ジェイムズは腕を引っこめた。「前の車輛には兵隊がぎっしり乗ってる。休暇で故郷に帰るところなんだが、負傷兵から目を離すなとも命じられていると思う」

「故郷？」

「ああ、この列車はドイツの奥深くへと進んでる。一日じゅう走ってた。この一時間ぐらいは、やけにのろのろと進んでる。どこへ向かってるのか知らないが、いまはクルムバッハに停まってる」

「クルムバッハ？」ブライアンはジェイムズの話についていくのにひどく苦労した。クルムバッハ？　列車は停まってる？

「バイロイトの北だ」とジェイムズはささやいた。「バンベルク、クルムバッハ、バイロイト。憶えてるだろ？」

「あいつら、いったい何を注射しやがったんだ。口がからからだ」

「おい、ブライアン、眠るな！」ジェイムズに揺すられて、ブライアンはふたたび目をあけた。「看護婦に体を拭かれたとき、どうしたんだ？」

「どうしたって？」

「刺青だよ、まぬけ。どうした？」

「別に見られなかったぜ」

ジェイムズは頭を枕にどさりともどし、天井を見あげた。「いまやるしかない、まだ光が残ってるうちに」

「おれは寒くて死にそうだよ」

「たしかに、くそ寒いな。空気を入れ換えたんだ。さっきまで床に雪が積もってた」ジェイムズは天井を見たまま床を指さした。「ほら、まだ残ってるだろ。だから隣の車輌の兵隊どもは、外套を着こんだままなんだ」

「見たのか?」

「ときどきはいってくる。二時間前にはあの衛生兵を捜しにきた。イギリス軍搭乗員が逃亡中だということも知ってる。そいつらが列車に飛び乗ったこともな。あのパトロール隊が通報したんだろう」

「どうやって?」ブライアンは自分の内部で現実が急激にふくれあがってくるのを感じた。

「どうやってかは知らん。とにかく、この列車の連中はそれを知ってる。で、おれたちを捜してる。だが、おれたちは見つかってないし、これからも見つからないさ」

「あの衛生兵のほうは?」

「さあな」

それだけ言うと、ジェイムズは左腕の点滴針をつまみ、目をつむって引き抜いた。血液と混じりあった輸液がシーツにぽたぽたと垂れた。ブライアンは肘をついて体を起こし、友のしていることを見た。ジェイムズはゴム管を結んで薬剤の流れを止めると、シャツの袖を肩の上までまくりあげた。それから針の先で二枚の爪の垢をきれいにこそげとり、細かな動きでそれを腋の下の薄い皮膚にちくちくと入れはじめた。

彼の顔色がまた悪くなってきた。頬から赤みが消え、唇が紫色に変わった。針はちくちくと動きつづけ、血のしずくが次々に現れた。A+の文字を入れるには何度も何度も針を刺さなければならなかった。

「炎症を起こさないといいけどな」とブライアンはつぶやき、自分の点滴針を腕から抜いた。「だけど炎症を起こすとしたら、おれは安全策をとりたい。自分の血液型を入れるよ」

「おまえ、気は確かか？」とジェイムズは言い返したが、強制するつもりはないようだった。自分のことだけで手一杯なのだ。

ブライアン自身は充分に考えた結果だと思っていた。もちろんA＋ではなくB＋と刺青することには危険がともなう。だが、血液型の印というのはみな似かよっているから、連中はカルテに記入した人間がまちがえたのだろうと思うはずだ。両者を比べたとしても、せいぜい困惑するぐらいで、カルテのほうを修正するに決まっている。

それなら輸血をされても危険はない。重要なのはそこだった。連中が腋の下を見ずカルテの記載にしたがう可能性は無視することにして、ブライアンは爪の垢をこそげはじめた。

刺青を入れるのには時間がかかった。

ふたりは二度、前の車輛からの物音で作業を中断した。二度目には、ブライアンは反射的に針を毛布の下に隠した。目の隅に人影が見えたので、あわてて目を閉じた。

またしても何者かが患者たちの様子を見にきたようだった。ブライアンは列車が大きく揺れた拍子に、頭をごろりと横へ向けた。ジェイムズのベッドの横に、黒い制服がちらりと見えた。親衛隊の保安将校だった。

ブライアンは冷たい戦慄を覚え、腋の下の痛みをしばし忘れた。針を握りしめて手の中に隠し、ジェイムズもうまくやってくれていることを祈った。

将校は背中で手を組んで、〝意識を失った〟男の顔をまっすぐに見おろしていた。外からガチャンという音と、何か叫ぶ声が聞こえてきた。車輛が不意にがくんと揺れたが、将校は不動のままだった。

後ろからさらに何度か衝撃が伝わってきて、ガチャンガチャンという大きな音とともに車輛が左右に揺れた。入れ替え作業が行なわれているようだった。作業が終わると、将校は踵(きびす)を返して姿を消した。

その夜遅く、黒い制服を着た別の将校がはいってきて、まっすぐジェイムズのひとつ先のベッドへ行った。それから懐中電灯で患者の顔を照らした。一瞬ののち、将校は体を強ばらせて押し殺した叫びをあげると、あわただしく後ろの車輛へ姿を消した。

しばらくすると、そいつはほかの連中を連れてもどってきた。ブライアンの初めて見る軍医が、患者のシャツの襟元を引き裂いた。

数秒間耳を凝らしたあと、患者の胸から聴診器を離すなり、彼は怒りを爆発させた。それは激しい動揺を引き起こし、看護婦たちは首を振ってあとずさりした。

そこへ保安将校がせかせかとはいってきた。彼は即座にいくつか指示を出すと、そばにいた看護婦の顔をいきなり張りとばした。激しいやりとりがさらにあり、最初の将校が駆けだしていって、すぐに応援を連れてもどってきた。やがて患者は運び出され、衛兵と看護婦があとにつづいた。

「どうしたんだ？」とブライアンは訊いた。

ジェイムズは唇に指をあてた。「死にそうなんだ。あいつは集団指揮官(グルッペンフューラー)（少将に相当）なんで、保安将校があせってるのさ」と、ささやき声で答えた。

「グルッペンフューラー？」

「少将だ」ジェイムズはにやりとした。「考えてみると面白いよな。武装親衛隊の将官が隣に寝てたなんてさ。担当医たちがあわてるのも無理はない」

「あいつはどこへ連れていかれたんだ？」

「保安部の連中がバイロイトへ運んでる。そこの病院へ」

ブライアンは指に唾をつけて、腋の下に固まった血を丁寧にこすり落とし、その指をきれいになめた。痕跡をいっさい残さないことが大切だった。

「なあ、ジェイムズ、おれのいちばん心配してるのがなんだかわかるか？」

「いや」とジェイムズは寝返りをうって毛布を引っぱりあげた。彼のベッドから、いやなにおいが漂ってきた。

「この病人たちが家族のもとに帰るところだったらどうする？」

「帰るところだと思ってるよ」

「なぜそう思うんだ？」

「やつらがあの少将を運び出すときに、〝ハイマートシュッツ〟とか言ってたからな。意味はよくわからないが、直訳すれば〝郷土防衛〟みたいなことだ。だからこの列車は、おれの理解するところじゃ、そこへ向かってるんだよ──郷土へ」

「そりゃまずいだろ、ジェイムズ！」とブライアンは語気を荒くした。

「そうだな」

「ここから逃げ出さないと。こんなのは狂気の沙汰だ。おれたちは自分がなんの病気にかかってることになってるのかも、どこへ向かってるのかも知らないんだぞ！」

ジェイムズの顔にはほとんど表情がなかった。「ちょっと考えさせてくれ」

「じゃあ、ひとつだけ答えてくれよ。逃げ出すべきだということには同意するか？　たとえば今夜とか。この列車がまた動きだしたら」

ジェイムズは黙りこんだ。外でトラックがゆっくりと駅から走り去っていく音がし、話し声も線路の先へ移動していった。ブライアンの隣の患者が短くうめいて、深い溜息を漏らした。

「逃げれば凍死するだろうが、でも、おまえの言うとおりだ」ジェイムズはようやくそう答えた。

逃亡するという考えは、朝が来る前に息の根を止められた。デッキにつづくドアが音もなくあいて、冷たい風が吹きこんできたと思うと、三人の私服姿の女がはいってきた。軍医たちがブライアンのベッドのすぐ前でそれを迎えて、「ハイル・ヒトラー」と従順に答礼すると、すぐさま異を唱えはじめた。三人はほとんどロをはさまずに、軍医たちの興奮が静まるのを待った。それから彼らのとりとめのない所見を聞きながら、すべてのベッドを見てまわった。一行はブライアンのベッドのそばで手短かにひそひそと言葉を交わすと、隣の車輛へ行ってしまった。

「ゲシュタポだ。あの女たちはゲシュタポだ」ドアが閉まるなりジェイムズが言った。「おれたちを監視するために来たんだ。二十四時間！ これ以上の失態があったら処罰すると脅されてるらしい。おれたちはいいところに紛れこんだぞ。やつらにとって重要な存在なんだ、なぜだか知らないがな」

それからというもの、三人の女のうちの誰かが、つねに車輛のいちばん端で椅子に腰かけているようになった。護送隊が到着して、ぐったりした傷病者を空のベッドに寝かせるために運んできても、動こうともしなかった。手を貸すのはそいつの任務ではないのだ。担架が通りやすいようによけてやることさえしなかった。

女たちは無言で交替した。交替は一時間おきに行なわれているようだった。交代要員がやってきて腰をおろすのを待って初めて、休憩するほうは持ち場を離れた。

ジェイムズと話せないことが、ブライアンの不安を増大させた。逃げるという点ではふたりの意見は一致していた。だが、こうなったら？ 何度ジェイムズに目をやっても、不動の体の輪郭が見えるだけだった。

走行音から判断すると、列車はふたたび全速力で走っているようだった。監視役がいようがいまいが、飛びおりるにはもう遅かった。

つまり、自分たちは見つかるということだ。それは簡単に答えが出たが、わからない点がまだふたつあった——それはいつ、どこでなのか。

ふたりが飛び乗って以来この列車が走破した距離は、せいぜい二百キロだった。ブライアンは目を閉じれば、ドイツの輪郭と地形をさして苦労もなく思い描くことができた。二百キロというのは既知の数字であり、行く先は未知だ。到着までに一日か二日かかるのかもしれないし、数時間なのかもしれない。

ブライアンが目をあけると、頭上でぼんやりした乳白色の光を発するランタンが揺れていた。ジェイムズの腕がまだベッドの縁から垂れている。ブライアンのベッドを揺すって彼を起こしたのだ。

「うなされてたぞ」と口の動きだけでジェイムズが伝えてきた。心配そうな顔をしていた。自分が何をしていたのかわからず、ブライアンは一気に現実へ引きもどされた。鼾(いびき)をかくことなどめったにないし、自分の知るかぎりでは寝言を言ったこともない。それとも、あるのだろうか?

看護婦たちはすでに朝の体拭きをはじめていた。昨日に比べるとまったく元気がなく、機械的に手を動かしているだけだった。目の下のくまと青白い顔色を見れば、事情は一目瞭然だった。睡眠不足と、何百名もの傷病兵への責任、瀕死の少将の世話を怠ったという叱責——それらが重くのしかかっているのだ。

ブライアンとジェイムズが敵地に取りのこされて、今日で三日目だった。〝一九四四年一月十三日木曜日〟と、ブライアンは記憶に刻みつけた。いつまでこうして月日を数えていけるだろう。いつまでそれを敵は許してくれるだろう。

突然、車内が緊張し、ふんぞりかえった保安将校が視察にまわってきた。ブライアンが顔を横に向けたままじっとしていると、ジェイムズがそれとわからぬほどゆっくりと拳を握るのが見えた。恐怖のせいだろうか？ それとも怒りだろうか？

ブライアンは自分の心の状態さえよくわからなかった。

ふた組の看護婦が同時にブライアンとジェイムズのところにやってきた。今回はひどく乱暴にシーツを引っぱられたので、体がごろりと転がった。どすんという音がして、ジェイムズがベッドの枠にぶつかったのがわかった。

ブライアンは体を拭かれているあいだ、左の腋の下を腕で隠していた。今回は冷たい水がありがたかった。小便のほかに大便も夜のあいだに漏らしていたので、それが皮膚にこびりついて、かゆくてしかたなかったのだ。不快なのは敏感な陰嚢の皮膚にあたる看護婦の指の爪だけだった。

シーツは新しく、まだ変色していなかった。その滑らかな生地が、ごわごわした折り目とともに脇腹を通過していった。全員がいなくなるまで、その姿勢でいなければならなかった。だがそのおかげで、看護婦たちがジェイムズの世話をするところが見えた。

ジェイムズの耳の傷はまたしても出血していた。看護婦は耳たぶの付け根の皮膚を少しはがし、彼の頭の横のガーゼにのせた。保安将校がそれを見ていて、看護婦がヨードチンキを塗りはじめると、近づいてきた。看護婦は見られていることに緊張して、茶色の液体を一滴、ジェイムズの額に垂らしてしまった。

看護婦はそのまま手早く仕事をつづけた。将校はさらに近づいてきて、しずくがジェイムズの目の隅へゆっくり伝い落ちていくのを見守った。露見の瞬間がじりじりと近づいていた。だが、ジェイムズは自分が見られているのに気づいているらしく、しずくを拭うことも、顔を横に傾けることも、目をもっときつく閉じることもしなかった。しずくは鼻梁を通過して速度を増した。

しずくが目にはいりそうになった瞬間、黒い乗馬ズ指をこすった。

ボンがブライアンの顔の前に割りこんできた。将校は親指の腹でしずくをすっと、ジェイムズの眉のほうへ拭った。それから背中でまた手を組み、薬液のついた指をこすった。

二日間なにも食べていないというのに、ブライアンは空腹を覚えなかったし、口内の不快な乾きを別にすれば、喉も渇かなかった。管を通して供給されている栄養分で、とりあえずは足りているのだろう。

最後にまともな食事をしてからすでに六十時間がたつ。墜落してからゆうに五十五時間はたつし、このベッドにもはや五十時間近く横になっている。だが、百五十時間後にはどうか？　いつゴム管を喉に通されるだろう？　どうすればそれに反応せずにいられるだろう？　答えはいやになるほど簡単だった。反応せずにいられるわけがない！

だから、そんな処置を受けないようにしなければならない。ということはつまり、偽の意識不明状態から覚める必要があるということだ。自分もジェイムズも。昏睡しているふりをやめて、ほかの連中と同じように振る舞うのだ。

自分たちが窓から放り出したあのふたり、ひとりは死んでいたし、もうひとりも死にかけていたが、あのふたりはどこが悪かったのか？　あいつらと入れ替わった自分たちは、どこが悪いことになっているのか？

自分たちが突然目をあけて周囲のものに反応しはじめたら、どうなるだろう？　大ごとになるだろうか？　何をされるだろう？　改めて検査される？　レントゲンを撮られる？　そしてそこにいるのがまったく健康なふたりの人間だと判明したら、いったいどうなるだろう？

それを考えると、おおっぴらに目をあけたらどうすべきか、答えはおのずと明らかだった。

ほかに選択肢はない。

精いっぱい演技をするのだ。

5

考えれば考えるほど、ブライアンは自分のしたこと以外に正解はなかったという確信を深めた。慎重に目をあけて、自分の〝新たな〟状態を知らしめたのだ。衛生兵や兵士らが一日じゅう車輛を行き来していたが、誰も関心を向けてこなかった。

ジェイムズは隣のベッドで身じろぎもせず横になっていた。眠っているのだろうか。だとすれば、ゆうべは長いこと寝ずの番をしていたにちがいない。ブライアンはゲシュタポの女が伸びをしたりうたた寝をしたりするたびに、ジェイムズをつついてみた。一度だけジェイムズは顔を横に傾けて深く息をついた。あとはなんの反応もなく、それがブライアンを親衛隊員たちの巡回を告げるドアの音より不安にさせた。

保安将校は定期的に現れた。

そいつの冷たい視線を最初に感じたときには、心臓が止まりそうになった。二度目は、天井に向けた目をひたすら動かすまいとした。将校は何度かブライアンを注視したものの、立ち止まることは一度もなかった。まったく不審を抱かなかったのだ。

時間はのろのろと過ぎていった。

ブライアンにはまわりを見まわす時間がたっぷりあった。ときおり、影のちらつく頭上の窓からかすかな日射しが射しこんできては、近くのベッドの男たちのすでに死相の表れた顔にぼんやりと光を落とした。

夜が明けてからというもの、列車はひどくゆっくりと走っていた。停まっていることも何度かあった。近くから車の音や人の声が聞こえるたびに、またひとつ町を通過したのだとわかった。

ブライアンの読みでは列車は南西に向かっており、とうにヴュルツブルクを過ぎたはずだった。シュトゥットガルトかカールスルーエのような、まだ空襲で麻痺していない都市を目指しているのかもしれない。これらの壮麗な過去の記念碑も、灰燼に帰するのは時間の問題だった。夜間にはイギリス空軍の戦友たちが、昼間にはアメリカ軍がやってくるはずなのだから。破壊するものがなくなるまで。

ジェイムズが目をさますのをじっと待つうちに、やがてまた日が暮れてきた。交替の監視役がくたびれたように持ち場に腰をおろした。今日はもうこれで三度目なのだ。きれいな女だった。溌剌とした若さはないが、ブライアンとジェイムズがよくドーヴァーの浜で裸体を想像したような、大きな胸をしたにこやかな熟女たちと同じ輝きを放っていた。ブライアンはそちらを見まいとした。女は浮かない表情をしていた。苦労してきたのがわかる顔だった。だが、それでも美しかった。

女は伸びをしてから、両腕をぱたんとおろし、外の夕闇を見つめた。その目には耐乏生活と運命への無力感が表れていた。それから立ちあがり、ゆっくりと窓に近づいた。またぼたん雪が降りだしていた。女は曇った窓ガラスに額を押しつけて、しばしもの思いにふけった。ブライアンはその隙に行動した。

ジェイムズの腕を何度か揺すると、ジェイムズは驚いたり急激に動いたりすることもなく、ゆっくりと目を覚ました。この自制力にブライアンはいつも感心した。しっかりしろ、と目顔で伝えると、ジェイムズはわかったというようにうなずいた。

〝目をあけていろ〟とブライアンは指で伝えた。〝頭がいかれたふりをするんだ〟そう口を動かしてみせ、

〝そうすればチャンスはある〟と目で訴えた。ジェイムズならわかってくれるだろうと思った。

〝頭がいかれてるのは、おまえだ〟とジェイムズは口の形だけで答えた。だが、そこで彼は腹をくくった。

〝おまえが先だぞ！〟としかめ面で伝えてきた。ブライアンはうなずいた。

どのみちそうするつもりだった。

その夜、車輛の明かりが消される前に軍医の回診があった。ゲシュタポの女は軍医の丁重な挨拶にぞんざいな会釈で応じ、彼の動きをじっと目で追った。軍医は新入りたちのひとりの脈を調べおえると、ひとりひとりの患者の様子を見ながら大股で歩いてきた。目をぱっちりとあけたブライアンに気づくと、踏み出した足を止めて回れ右をし、監視役を呼んだ。興奮したやりとりのあと、女はあわただしくドアを閉めて出ていった。

隣の車輛から連れてこられた軍医と看護婦はブライアンの上に身をかがめ、ひどく近くから彼の顔をのぞきこんだ。

ブライアンは宙を見つめたままでいなければならな

かったので、彼らが何をしているのか、はっきりとはわからなかった。

彼らはまずブライアンの目に光をあて、それから大声で呼びかけた。次に彼の頬を軽くはたき、穏やかな口調で話しかけた。看護婦は彼の頬に手をあてたまま、軍医と何やら言葉を交わした。

ブライアンは彼女が襟の看護婦バッジを手にするのを待っていた。だが、彼女のほうを向く勇気はなかった。息を止めて身を硬くし、バッジの針が突き立てられるのを待った。針が突き立てられると、眼球をぐるりとまわした。天井が回転木馬のようにまわり、彼はめまいを覚えた。

看護婦が二度目に針を突き立てると、彼はまた同じ反応をして眼球を裏返し、白目をむいた。

彼らは手短かに話し合い、目にもう一度光をあてたあと、彼を残して去っていった。

その夜更け、ジェイムズが突然、口をだらりとあけて、単調な鼻歌を歌いだした。監視役ははっと顔をあげ、うろたえてあたりを見まわした。

ブライアンが目をあけて顔をほんの少し横に傾けたとき、明かりがついた。まぶしくて一瞬、目がくらんだ。ブライアンも夢の世界にひたっていたのだ。

ジェイムズの演技は非常にみごとで効果的だった。うつろでぼんやりした表情は、かなり狂っているように見えるうえ、痛みとそれに対する無関心もほの見えた。全体の印象はグロテスクで嫌悪をもよおすものだった。毛布の上に力なく置かれた両手は、大便まみれだった。便のかたまりが爪にこびりつき、腕が茶色く汚れている。毛布、枕、シーツ、頭の後ろの手すり、シャツ――すべてに悪臭を放つべとべとした便がなすりつけられていた。

ジェイムズもついに生理的要求に屈したのだ。

監視役は嫌悪のあまり、自分の胸を抱きしめてあとずさりした。
駆けつけた軍医と看護婦がようやくそれぞれの寝場所に帰っていくと、ジェイムズの単調な鼻歌はしだいに小さくなり、やがて彼はふたたび眠りに落ちた。打たれた注射が効きはじめたのだ。

6

まぶたの上で踊る蠅たち。夏の風の中で穏やかに揺れる海。頬にかかる冷たいしぶき。それらの感触が、場ちがいな物音とひどくなる一方の背中の痛みを相手に、もう長いこと争っていた。そのとき、波が盛りあがってきて、水滴がブライアンの目に飛んだ。彼は瞬きをした。次の水滴はさらにはっきりと感じた。おかしな背中の痛みは腿にまで広がりつつあった。

目をあけると、顔の上に大きな雪片がふわふわと舞いおりてきた。ブライアンは朦朧とした頭で現実を把握しようとした。

彼は冷たいプラットフォームに置かれた担架に寝かされていた。停止している列車とプラットフォームの屋根のあいだから、雪雲の垂れこめた空が細くのぞいている。周囲では担架が次々に運び去られていた。列車の先頭からは親衛隊員たちがひとりずつ、背嚢と銃を肩におりてくる。

そのうちのふたりが、談笑しながらプラットフォームから飛びおりると、背中にヘルメットとガスマスクをぶらぶらさせて線路を歩きだした。

家へ帰るところなのだ。

耳ざわりなきしみとともに、しんがりの車輛が列車から切り離されると、舞い踊る雪のむこうに街並みと山々が姿を現した。ブライアンの頰にまたひらひらと雪が舞い落ちて、夢と現実をほんのしばらく結びつけた。床から伝わってくる冷たさを軽減するために背中を少し持ちあげると、彼はゆっくりとあたりを見まわし、雑然とならべられた担架の上にジェイムズの姿を捜した。

柱の列が張り出し屋根を支え、木造の建物の前に幅二メートルたらずの通路をつくっていた。建物の壁には担架が何本も立てかけてあり、足元の雪が蹴ちらされている。すでに運び去られた傷病兵もいるのだ。ブライアンはあきらめて背中をつけた。ジェイムズもすでにどこかへ連れていかれてしまったのだろう。乾いたエンジン音がして、トラックがまた一台、プラットフォームの端の斜路にバックしてきた。

数人の男たちが現れ、横たわっている連中を見渡した。体をぽんぽんとたたいて外套から雪を払うと、手近の担架を持ちあげた。しばらくするとプラットフォームに残っているのは、郵便用の手押し車の陰に半分隠れたひとつをのぞけば、ブライアンの担架だけになった。毛布の端から自分のはだしの足がのぞいており、先っぽに赤いものがついていた。ブライアンはそろそろと爪先を動かしみた。すると赤い紙切れがつけてあるのだとわかった。白い雪を背景にして血のように目立っていた。

風に舞う雪をすかして、遠くにもうひとつ建物が見分けられた。列車に乗っていた兵士の大部分はそこへ移動していた。小さな黒っぽい人影がうれしそうに声をあげている。その雰囲気はブライアンにも憶えがあった。長い前線勤務のあと家族や友人に迎えられるのがどんなものかは、彼も知っていた。生きてもう一度それを味わえますようにと、しみじみ思った。

そのとき、ブライアンの後ろで木造の建物のドアがあいた。私服姿の年輩の男がふたり、戸口に立って煙草に火をつけた。それから、ドアを閉めもせずに機関車のほうへ歩いてきた。

するとまもなく、先頭の客車から兵士たちがぞろぞろとおりてきた。これから家に帰る陽気な兵隊たちではなく、疲れてうなだれた連中で、たえず後ろから押されないと前に進まない。プラットフォームで待っていた男が最初のひとりを迎え、腕をつかんで列車の横を歩かせながらブライアンのそばを通り過ぎていった。あとの連中は外套姿の武装した兵隊たちにつきそわれて、おとなしくあとにしたがった。

列車からおりてくるのは、あらゆる部隊から来た親衛隊将校たちだった。ブライアンにはほとんど区別がつかなかったが、ドイツのエリート軍人であり、正真正銘のナチの英雄だった。不意に嫌悪感がこみあげてきた。そいつらの襟章や、髑髏（どくろ）の記章、乗馬ズボン、硬い制帽、勲章、装飾、すべてに対する嫌悪が。そいつらはブライアンが憎めと教えられ、戦えと教えられた敵だった。

無表情な将校と揺れる担架の列は、淡い光の射しこむプラットフォームの端へぞろぞろと移動した。また一台トラックがバックしてきた。

だがそのエンジン音は、凍った雪をザクザクと踏みしめる大勢の足音にまぎれて聞こえなかった。列のしんがりの男がつきそいの兵隊に何やら叫び、ブライアンの担架ともう一台の担架を指さした。すると兵隊たちがやってきて、ブライアンたちも列の後尾へ運ばれた。

プラットフォームのはずれまで来ると、担架はいったんおろされた。トラックにのせるには時間がかかるのだ。ひとりの鉄道員が線路を渡ってやってきて、長いハンマーで転轍機をたたきながら通り過ぎていった。するとと兵隊がその男を怒鳴りつけ、銃をかまえた。男はハンマーを雪の中に放り出して、もと来たほうへあとずさりしていき、ふた組の線路のあいだに立つ大きな看板の陰に姿を消した。看板には〝フライブルク・イム・ブライスガウ〟と、わかりやすい文字で記されていた。

待機させられている将校たちはずっと黙りこんでいた。すべてがきびしい監視のもとに行なわれているのだ。ブライアンは二メートル先に置かれた担架にジェイムズがのっているかどうか、首をひねって確かめることもできなかった。

すでに午後もかなり遅い時刻にちがいなかった。まもなく日が暮れるだろう。駅舎のむこうの通りに人けはなく、その貨物駅の前の広場を警備している親衛隊員たちがいるばかりだった。

ではここが当面の目的地なのか――フライブルクが。ドイツ帝国の南西の隅にあり、フランス国境に接するライン地方の都市。スイス国境と自由まで、わずか五十キロのところだ。

患者たちは薄暗いトラックの荷台のベンチに向かい合って座った。担架はあいだの床にぎっしりと、縦にではなく横にならべられた。荷台が狭いので、両端は座っている連中の足元に突っこまれている。幸いにもブライアンは脚の短い男の下に置かれたので、凍えたむこう脛(ずね)に重い軍靴をのせられずにすんだ。

最後の担架が積みこまれると、同乗するふたりの兵隊が飛び乗って幌をおろし、つきそってきた兵隊がテイルゲートをあげた。

急に暗くなったので、ブライアンは何も見えなくなった。隣に寝かされた男はまったく動かない。四十人の男が重苦しく不規則に呼吸をしている。つぶやきやうめき声があちこちから聞こえた。二名の番兵はベンチの端にむりやりならんで腰かけ、小声で言葉を交わした。

そのとき、横の人影が動くのを感じた。手がおずおずとブライアンの脇腹を探り、胸を見つけると、そこにとどまった。

ブライアンはその手をつかみ、静かに握りかえした。

シルエットがしだいに顔になってくると、ブライアンはそのトラックの荷台に乗っている患者にはいくつか共通点があることに気づいた。なかでもひとつは歴然としており、ジェイムズと自分もいまやその仲間になっていた。

つまり、全員が精神を病んでいたのだ。

ジェイムズはすでにブライアンにそれを伝えようとしており、とりわけ顕著なひとりふたりに意味ありげな視線を向けてみせた。

大半の連中はじっと座ったまま、トラックの揺れに身を任せていた。首筋を緊張させ、空中の一点を凝視している者もいた。両腕を一緒にしてぎこちなくひねり、体をわずかに前後に揺すりながら、手をひらいたり閉じたりしている者もいた。

ジェイムズは目をぐるりとまわし、だらしなくあけたままの自分の口を指さしてみせた。〝こいつら、薬をたっぷり打たれてるんだ〟そう言っているのだとブライアンは解釈した。自分たちも鎮静剤をあたえられており、反応のもたつきや脳の働きの異様なにぶさから、その毒がまだ体内に残っているのがわかった。立ちあがる機会があったとしても、よろけて転ぶのがおちだった。

ブライアンはほっとするとともに、新たな不安も覚えはじめた。ではあの赤いタグは、精神病患者を意味したわけか。それがこちらの狙いだったのだから、とりあえずはひと安心だ。が、その結果、精神を病んだ将校の一団に放りこまれてしまった。敵はこの連中をどうするつもりなのか？　治る見込みのない患者に対する〝支配者民族〟の処置は、一本の注射器であっさりと行なわれることもある。あるいはもっと簡単に、一発の銃弾で。

そういう噂だった。

この連中は明らかに、貨物駅にいた民間人たちに姿を見られないよう周到に隠されていた。そしていま暗闇にこうして横たわり、いずことも知れぬ場所へ運ばれている。二名の兵隊が監視のために同乗し、衛生兵はいない。それがブライアンの不安を掻きたてていた。

彼はジェイムズに微笑みかけた。だが、ジェイムズの反応はそっけなかった。不安になるべき理由などいまだに何もないと思っているのだ。

カーブを曲がるたびに患者の足がブライアンの脛の上で揺れた。トラックは雪におおわれた土地をくねくねと走っているようだった。自分たちの飛び乗った列車は、シュヴァルツヴァルト南部を通過してフライブルクに到着したが、その途中で小さな駅を数多く通過している。自分たちがもし南へ送られるのであれば、それらの駅でおろされていたはずだ。だからこのトラックはシュヴァルツヴァルトの北か北東へ向かっているのではないか。ブライアンはそう推測した。

要するに、ここで姿を消さなければならないということなのだ。どういう形でかはわからないが。

トラックはさらに一時間走って停まった。かなり山の中へはいってきたようだった。

白衣の男たちが一行を待ちかまえていた。ふたりが別れを告げ合うまもなく、ジェイムズの担架が荷台から引っぱり出された。ブライアンの担架を持ったふたりの衛生兵は、雪で足を滑らせて彼を落っことしそうになった。前方には黒っぽい砂利敷きの広場があり、枯れた樅の木がそのまわりをぐるりと取り巻いていた。背後には雪をかぶった松の木々がびっしりとそびえ、強風を防いでいる。下の谷のほうは雪にけぶってよく見えない。その〝約束の地〟には人の存在を示す明かりひとつなかった。フライブルクはおそらく真南にあるのだろう。

トラックは迂回路を通ってやってきたのだ。広場は一部が防風林の陰になっていた。朦朧とした男たちはこづかれて担架をよけ、指揮する兵隊の後ろについて無気力にのろのろと歩いた。トラックがもう一台見えてきた。荷台は空で、テイルゲートがあいている。そのトラックで運ばれてきた男たちは広場の奥のほうにならんでいた。広場には三階建ての建物がいくつか見えた。窓から漏れる淡い黄色の光が広場をぼんやりと照らしている。傾斜した屋根に赤十字が描かれているのを見て、ブライアンは溜息をついた。一般の病院に似てはいても、壁ぎわには一定の間隔で多数の土嚢が積みあげられ、二階と三階の窓には格子がはまり、犬を連れた警備兵が大勢いる。外から見ると、それらの四角い建物は、増加する一方のイギリス空軍の負傷者が送られる急造の病院より、はるかに上等に見える。でも、だまされるなよ、とブライアンは建物のほうへ運ばれながら、そう自分に言い聞かせた。

患者たちは少しずつ敷地のはずれに集まっていた。担架が運ばれていったときには、全体で六、七十人がそこで待っていた。前のほうで、ジェイムズの担架の後ろを持つ衛生兵が、揺れる担架の縁からぶらんと垂れた彼の腕をもどそうとした。突き出された二本の指が、危険をかえりみずひそかにブライアンにVサインを送ってきた。

一同が集合した場所からは、何棟かの黄色い建物が、たがいちがいに少しずつずれて建っているのが見えた。そのうちの二棟は岩の上にしっかりと基礎を置いているのに対して、あとの建物は樹木に囲まれた台地に点在していた。無秩序に生いしげったぼさぼさの柊（ひいらぎ）の茂みから、杭のてっぺんがいくつかのぞいているのが見えた。岩壁のあいだに設けられた柵の支柱だろう。さらに奥には敷地を大胆に横切る有刺鉄線の柵があり、わずかな電灯の光で冷たくきらめいている。門のところに、前のドアに鉤十字（ハーケンクロイツ）を、フロントフェンダーに小旗をつけた黒塗りの乗用車が停まっていた。そのヘッドライトの光の中で数人の将校が話をしていた。その中から白衣を着た将校が出てきて、手まねでそばの建物から衛兵たちを呼んだ。衛兵たちは命令を受けると、数十メートル離れた一同のところまで、銃を肩にしたまま外套をひるがえして駆けてきて、指示を伝えた。

一同は動きだした。こんどは担架が先頭だった。何人かは反応もなく黙然とつっ立っていて、兵隊たちに脅され、こづかれてようやく歩きだした。締まった雪をザクザクと踏みしめる大勢の足音と、遠くから聞こえるトラックのうなりをのぞけば、聞こえるのは担架を運ぶ連中のあえぎだけだった。ブライアンのところからは九棟か十棟の建物が見えた。そのうちの何棟かは、白く塗られた木造の渡り廊下でつながれて対になっていた。彼らが向かっているのはそのうちのひとつで、そのブロックのいちばん奥にあった。

入口の上の壁にぼんやりとともっているひとつきりの電灯をのぞけば、その建物はまっ暗だった。

ナースキャップをかぶった看護婦がドアから出てくると、冷たい風にちょっと身震いをした。それから一行に手ぶりで、すぐ左手にある二棟の木造バラックまで自分のあとをついてくるよう伝えた。担架を運んでいる連中は不平を漏らしはしたものの、言われたとおりにした。

その木造バラックは平屋建てながら、高さがかなりあった。軒のすぐ下に、きらきらする霜におおわれた窓がならんでいる。鎧戸と分厚いカーテンが、外の塔に据えられた投光器の強烈な光をさえぎっていた。

中はひとつのがらんとした部屋で、薄っぺらな縞模様のマットレスが床にぎっしりとならべてあった。両側の壁には肋木(ろくぼく)が取りつけられ、天井には平行棒と、吊り輪、空中ブランコが引きあげられたままになっている。体育館なのだ。奥の壁には隣の建物へつづくドアがひとつあるきりで、そこにバケツが四つ置かれていた。便器がわりということだろう。横のほうには帆布でいくつか小部屋のようなものが作られ、中に黒っぽい汚れた木の椅子が置いてあった。

運び手たちは中ほどにあるマットレスにブライアンをおろし、その下にカルテを差しこむと、患者がきちんと横になっていることを確かめもせずに、担架を持って出ていった。

うつろな目でのろのろと中にはいってくる男たちの列がようやくとだえた。ジェイムズは数枚離れたマットレスに横になり、最後にはいってきた連中を目で追っていた。全員がマットレスに腰をおろすか横になるかしたところで、ひとりの看護婦が手をたたきながら同じ言葉を繰りかえして列のあいだを行き来した。何を言っているのかブライアンにはわからなかったが、患者たちが当惑しているのはわかったし、彼らがもたもたと裸になってマットレスの横に衣類を積み重ねはじめたのもわかった。反応しない者たちもいたが、そういう連中には衛生兵が乱暴に手を貸した。ジェイムズとブライアンも反応せず、手荒にシャツを頭から脱がされた。おかげで耳がひりひりした。ブライアンはジェイムズがジルのスカーフを巻いていないのを見てほっとした。

裸の男がひとり立ちあがり、両腕を脇にだらりと垂らしたまま、いきなり自分のマットレスと隣の男に向かって放尿しはじめた。隣の男はのろのろとそれをよけた。駆けつけてきた看護婦がそいつの頭をひっぱたいて小便をやめさせ、奥のバケツのところへ連れていった。

自分はこの数日何も飲み食いしていなくてよかったとブライアンは思った。

隣の建物につづくドアがあいて、台車に積んだ毛布が運ばれてきた。

それはしばらくそこに置かれたままになっていた。館内の床は冷たくなかったが、入口から隙間風が吹きこんできた。ブライアンは体を丸めて寒さをしのいだ。

そのうちに、裸の男たちはうめき声をあげはじめた。大半はそれとわかるほど震えていた。一同を監視していたふたりの看護婦が、もどかしげにかぶりを振って、台車のほうを指さした。自分で毛布を取ってこいということらしい。がりがりに痩せた男がふたり、マットレスを飛びこえていって、台車から毛布をひったくった。

だが、あとの連中はその場を動こうとしなかった。

ブライアンはそこに数時間横になっていた。寒さがつのるにつれて、歯がカチカチと鳴る単調な音も大きくなってきた。看護婦たちは奥のほうで腰かけに座ったまま、しきりにこっくりをしていた。

薄暗い電灯の光で、体を丸めて横になっているジェイムズの姿がかろうじて見分けられた。マットレスの下からジルのスカーフがのぞいているのが見えた。

〝頼むからそのままにしておいてくれよ〟とブライアンは祈った。

そのとき突然ジェイムズが立ちあがり、バケツのほうへ走っていった。排便そのものは瞬時に終わったものの、腹の状態が落ち着くまでもうしばらく、彼はそのさえない姿勢をつづけた。やがて溜息をつくと、尻を拭く紙を求めてバケツのまわりを探ったが、見つからなかった。

あきらめると台車に駆けより、毛布を一枚ひっつかんで、大急ぎで自分のマットレスにもどってきた。

〝馬鹿野郎、なんでおれの分も持ってこなかったんだよ〟とブライアンは腹の中で毒づいた。奥でうとうとしている制服の看護婦たちに目をやり、自分も持ってこようかと考えた。

だが、そうはしなかった。

その夜遅く、表のドアが勢いよくあいたと思うと、天井の電灯がついて、館内がいきなり明るくなった。ブライアンはじっとしていた。親衛隊員たちがずかずかとはいってきて、毛布をかぶって寝ているふたりの男のところへ行った。腰をかがめて彼らのカルテを手に取ると、最初のページの隅を破り取った。

こうしてマークされたうちのひとりは、ジェイムズの隣に寝ていた。そいつの上に丸まってのっているのはジェイムズの毛布だった。あんなずる賢いまねは自分にはとてもできない。ブライアンはそう思った。ジェイムズはわざと一枚しか毛布を取ってこなかったのだ。

7

一同は夜間視察で起こされた。そのときにはもう大半の連中が寝間着を着て、配られた毛布にくるまっていたというのに、うめき声やうなり声は時間を追うごとに増えていた。薬の効果が切れてきたのだ。

体を前後に揺すっている者が多く、じっと横になっている者もいたが、たいていはうつろな顔をしていた。ブライアンはそんな光景を初めて見た。彼自身は静かに横になっていた。

数名の軍人が館内をざっと見てまわった。ひとりは踝(くるぶし)まである黒い外套を、首まできっちりとボタンをかけて着用していた。その将校がドンと床を踏み鳴らすと、全員が顔をあげた。将校が命令を叫ぶと、二、三人がしぶしぶ立ちあがり、隣の連中の寝間着を引っぱって、そいつらを立たせた。やがて、横になっているのは六、七人になった。

将校は二名の衛生兵を脇にしたがえ、横になっている患者のひとりに何か質問した。返事がなかったので、将校の合図で衛生兵たちが腕をつかんで患者を立たせた。だが、患者は手を離したとたん、ぼろ人形のようにくずおれて床に頭を打ちつけた。あまりの勢いにブライアンは息を呑んだ。衛生兵たちはひざまずいて、意識をなくした男をもう一度マットレスに寝かせると、将校を見あげた。だが、将校はすでにブライアンのほうへまっすぐに近づいてきていた。

そいつの青白い顔を見たブライアンは、自分で立ちあがることにした。

立ったのは数日ぶりだったので体がふらつき、膝が震えた。血の気が引いて頭がくらくらした。それでも彼は立ちつづけた。あとの六人のうち、ブライアンにならったのはジェイムズだけだった。

そのあと一同はシラミ駆除のために、ひりひりするシャワーを浴びさせられた。ブライアンはそのあいだにジェイムズのほうへ近よろうとしたが、女たちが絶えずゴム手袋でゴムの前掛けをたたいては急き立てるので、うまくいかなかった。

ジェイムズはタイル貼りの壁の横にならんで、ほかの連中と同じように番号つきのシャツを腕に抱え、手近のシャワーが空くのを待っていた。そのとき、シャワーを浴びていた男のひとりが首をのけぞらせ、目を大きく見ひらいて噴き出す水を見つめた。男は長いあいだそうして立っていたが、ついに痛みで悲鳴をあげはじめた。するとそれが患者たちのあいだに次々と広がり、まるで遠吠えをする狼の群れさながらになった。

騒ぎは怒声とビンタによって、起こったときと同じように急速に静まった。騒ぎの張本人は、目を赤くしたまま殴られてうめいており、まわりで何が起きているのかまるでわかっていなかった。髪の毛をつかまれて壁にたたきつけられたが、それでもうめくのをやめなかった。拘束衣を着せられてやっとおとなしくなった。

ブライアンが最後に見たときには、ジェイムズは笑顔で鼻歌を歌いながら、おとなしく冷たいシャワーの下に押しやられていた。あいかわらずシャツを抱えたまま。

体育館にもどると、彼らはみな同じサイズの靴を支給された。それから肋木のある壁ぎわに中央を向いて三列にならばされた。何人かはすぐさま選び出されて、入口の壁ぎわに集められた。ゆうべ自分で毛布を取ってきた哀れな愚か者ふたりも、そのなかにいた。自分が置かれた特別な立場を理解しているようには見えなかった。

その間に机がいくつか、帆布の小部屋の前に据えられた。例の将校が外套を脱いで、他の保安将校や白衣を着た衛生科の代表らのあいだに座った。そのなかにもはや女はいなかった。

名前を呼ばれて、ひとりの男がびくりとした。兵隊がその男を査問委員会の前に引っ立てていった。さらにいくつかの名前が呼ばれたが、誰も反応しなかった。すると保安将校のひとりが名簿を見て、番号を読みあげはじめた。ブライアンの見るところ、シャツに記された番号と対応しているようだった。言葉がわかれば、と彼は歯がゆかった。懸命に耳を凝らした。頭がくらくらしてきたとき、将校がブライアンを指さし、彼も列に引っぱられていった。

ジェイムズは最後に名前を呼ばれた連中のなかにいた。プロイセン流の几帳面さで、アルファベット順に呼ばれていたのだ。彼も列に押しこまれた。

患者たちはカーテンの裏に二、三分いてから、ふたたび連れ出され、奥の壁ぎわに新たな列を、最前と同じ順番で作らされた。痛めつけられたようには見えなかったが、滑稽なほど大げさに直立不動の姿勢を取っており、灰色の顔に表情はなかった。

カーテンのむこうから聞こえるのは、ぼそぼそした声と紙をめくる音だけだった。不安を抱かせるようなものはなかった。患者のひとりが甲高い命令口調で返答した。すると、自分の番を待っていた連中がふたり、ありもしない長靴(ちょうか)の踵(かかと)を打ちつけて胸をそらした。

ブライアンが中へ連れていかれると、机のむこうに座った保安将校が彼のカルテを読んでおり、それを軍医が後ろからのぞきこんでいた。ブライアンを連れてきた兵隊は、机の前の椅子にブライアンを座らせると、さっさとカーテンの外へ出ていった。将校がページに指を走らせていくにつれ、ブライアンに対するふたりの態度が少しずつ変化したようだった。将校はブライアンに会釈して、うやうやしく呼びかけた。ブライアンは恐怖と不安を必死で抑えようとした。いまはにこやかに微笑んでいるが、次の瞬間にはそのふたりがブライアンの死刑執行人になるかもしれないのだ。

ふたりはブライアンに何やら質問をした。ブライアンが黙っていると、やがて将校は指先で机をこつこつとたたき、後ろに立っている軍医を見あげた。軍医はブライアンの手首を取って脈を調べた。それから眼球に光をあて、頬をひっぱたくと、もう一度光をあてた。ブライアンは朦朧としてしまい、軍医が後ろにまわってきたことに気づかなかった。後ろからいきなり目の前でパンと手をたたかれて、ブライアンは思わず目をつむり、上体が揺れるほど激しく身をすくめてしまった。だが、ふたりはそれを異常なことだとは思っていないようだった。

軍医は書類から顔をあげている将校の後ろへもどると、振り向きざまに机から何かをつかんでブライアンの顔に投げつけた。鼻梁に痛みを感じて彼ははっと目を見ひらいた。一瞬のことだったので、よけようにもよけられなかった。

だが、それ以外は表情を変えなかった。

隣の小部屋から殴打の音がして患者が悲鳴をあげ、もう一度殴打の音がすると黙りこんだ。保安将校はまたブライアンに微笑みかけると、軍医と何やら相談した。軍医はひどく早口だったので、ブライアンにはそれが英語だったとしても、一言も理解できなかっただろう。将校は肩をすくめて立ちあがり、ブライアンはほかの連中のところへ連れていかれた。

そこはちょうどジェイムズのむかいだった。ジェイムズは短くなってきた列にまだならんでいた。濡れたシャツが体に貼りついていて、襟ぐりの下に黒っぽい影が見えた。ブライアンははっとした。またもやジルのスカーフをつけているのだ。それは正気とは思えないほど危険なまねだったが、ジェイムズは平然としているように見えた。だが、ブライアンはだまされなかった。のんきなうわべの下で、ジェイムズはおびえていた。五感をすべて警戒させていた。そのお守りのほかに、すがりつくものがないのだ。けれども、それを捨てなければ、やはり死ぬことになる。

〝だいじょうぶだ〟とブライアンは口の動きで伝えた。だが、ジェイムズはそれとわからぬほど小さく首を振り、ほかの連中に合わせて一歩前に詰めただけだった。

主任保安将校がついに立ちあがり、隅にいた小グループ、すなわち夜のあいだに自分で毛布を持ってきた連中に合図して、入口にいちばん近いカーテンの前にならばせた。

カーテンの中から激しい怒声が聞こえ、誰かがそこにもたれたように帆布がふくらんだ。主任保安将校は顔をまっ赤にして中にはいり、質問されていた男を引きずり出してきた。

すかさず二名の衛兵が男の腕をつかんだ。男は無表情な一団を必死の形相で見つめ、すがりつくものをむなしく探した。ブライアンはどうでもよさそうに男のほうへ視線を向けた。額に血が流れていた。彼も何かを投げつけられたのだ。そしておそらく、それをよけようとしてしまったのだろう。

主任保安将校は後ろにある机の端に腰をかけた。そしてにやにやと冷酷に笑いながら、衛兵たちがその男を見せしめにするため列のあいだを引きずりまわしているのをながめていた。やがて笑みが消えた。将校は攻撃的に大きく息を吸うと、整列している連中に向かって男の罪をわめきはじめた。滔々と流れ出てくる言葉のなかで、ひとつだけ聞きまちがいようのない単語があった。

仮　病（ジムラツィオーン）。

自分の罪名を聞くと、男は震えるのをやめた。反省して首をうなだれ、償いをする覚悟を決めた。

突然、将校は怒りをぶちまけるのをやめた。にこやかに笑いながら両腕を広げ、優しい言葉で聴衆に訴えた。ほかにも仮病を使っている者がいるとしたら、自首しろと言っているのだろう。いまのうちに前に出てくれれば、何もしないと。

この獣が一同を見つめているかぎり、ジェイムズのほうを見るのは不可能だった。おれたちは投降しないぞ、ジェイムズ！　ブライアンは心の中でそう叫び、それによって何よりもまず自分自身にそう誓った。

将校はにこやかにうなずきながら、ブライアンが主の祈りを唱えられるぐらいのあいだ、じっと待った。それから突然、被告の後ろに近づくと、すばやくホルスターから拳銃を抜いて、被告が悲鳴をあげるまもなく後頭部に一発撃ちこんだ。

あとの連中はほとんど反応しなかった。男の頭からどくどくと血があふれ、ゆっくりとジェイムズのほうへ流れていくのを、ブライアンは気づかれないように目で追った。ジェイムズはまっ青な顔で身じろぎもせずに立っていた。

ふたりの衛兵が死体を抱えあげ、引きずっていった。白衣を着た軍医のひとりは、ショックのあまりまだ手で顔をおおっていた。我に返ると、軍医は力なく抗議した。主任保安将校は何も言わずに背を向けた。こんなできごとが報告書に記されることはないのだ。抗議など問題外だった。

ジェイムズがカーテンのむこうに姿を消すと、ブライアンは数を数えはじめた。二百まで数えたところで、ジェイムズはふたたび外へ連れてこられた。心ここにあらずといった態で、呆然としているように見えた。次にならんでいた男は、軍医がカーテンをあけて呼んでいるというのに、つっ立ったままだった。兵隊たちが男の両腕をつかもうとすると、男はゆっくりと床にうずくまった。兵隊たちはその男をよけて次の患者を連れていった。男は床に寝ころんですすり泣きながら、ひとつの名前をうわごとのように繰りかえした。ブライアンも何度か耳にしたことのある名前だった。恋人だろうか、妻だろうか、母親だろうか、娘だろうか。

ジェイムズはまたゆっくりと単調に鼻歌を口ずさんでいた。拘束衣を着せられた痩せっぽちのほうは、ジェイムズの隣で黙想しているように見えたが、やがてズボンに黒々とした染みができ、小便がしたたってきた。

シャワーを見あげながら水をがぶ飲みしすぎたのかもしれない、とブライアンは思った。

ブライアンははっと目をさました。誰かが英語で「放せ！」と叫んだのだ。言葉を理解できたということは、叫んだのは自分だったのだろうか？　そう考えてブライアンはぞっとし、看護婦に目をやった。いままで彼のベッドの脇に立っていたのだ。眠ったのはほんの一瞬だったらしい。看護婦はコップに水をつぐと、ブライアンの隣の男の口に錠剤をふたつふくませた。何も聞かなかったようだ。自分の夢だったのかもしれない。

病棟はすでに静かになっていた。ブライアンは用心深く周囲を見まわし、木造のバラックから移される途中でジェイムズと離ればなれになってしまった一瞬を悔やんだ。あれがなければ、いまごろふたりはならんで横になっていただろう。そのほうがまちがいなく安全だったはずだ。だが実際には、ブライアンが寝ているのはドアの左側の五番目のベッドで、ジェイムズのほうは右側のいちばん奥だった。ブライアンの側には十二台、ジェイムズの側には十台のベッドがならんでいた。病棟の造りからするとそれは六台多すぎた。ベッドどうしの間隔は三十センチしかなかった。

薄緑色に塗られた病室は天井が高く、幅十メートル、奥行き二十メートルほどだった。そこが彼の全世界でもあった。持ち物といえば、中央の通路にほかの二十二脚とともに置かれたはげちょろけの椅子と、病院着、スリッパ、それに薄い部屋着だけだった。

彼らがその病室にはいってきたとき、すでに四台のベッドは、包帯を巻かれた意識のない負傷者でふさがっていた。だが、あとのベッドに寝ているのは、みな一緒に運ばれてきた連中だった。たまたまそばに立ったベッドが、それぞれの寝床になったのだ。靴をはいたままベッドにはいって、早くもシーツを汚した者がふたり現れたあと、看護婦たちが薬を配りにきた。めいめいに白い錠剤を二錠と、カップについだ一口分の水を渡した。カップは同じものを使いまわし、琺瑯（ほうろう）びきの白い水差しからそのたびに水をついだ。

看護婦たちはほぼ薬を配りおえていた。

最初の食事は得体の知れないにおいがして、いまひとつ魅力的とは言えなかったが、それでも異様に食欲をそそられた。この数日、食べ物のことを考える勇気がなかったのだが、いまは口に唾がたまり、最後の数秒の待ち時間が拷問のように長く感じた。

鉄皿に盛られた塊はセロリのように見えたが、味がしなかった。蕪甘藍（かぶかんらん）かもしれない。ブライアンにはわからなかった。ヤング家では食べたことのないものだった。

スプーンで食べ物をかちゃかちゃとすくい、動物のようにがつがつと咀嚼する音が、野火のように広がった。ブライアンは自分の感覚がまだ麻痺していないのを悟った。

ジェイムズのベッドの上の皿はすでに空になり、ベッドの縁から落ちそうになっていた。ジェイムズのくつろいだ表情と深い呼吸からは、人間というものが途方もない順応力を持っていることがわかる。友の安らかなまどろみがブライアンはうらやましかった。眠っているあいだに正体をあらわしてしまうのではないかという不安が、いまだに頭を離れなかった。たった一言で、自分もあの体育館にいた哀れな男のような最期を迎えるのだ。死体はまだバラックの外の雪の上に放置されたままだった。

それを彼らはここへ移動してくる途中で見たのだった。

甘ったるいにおいが蕪甘藍の薄い味と混じり合い、頭がぼんやりしてきて、それ以上ものが考えられなくなった。薬が効いてきたのだ。

結局、否も応もなく眠ってしまうわけか。

右隣の男は横向きになって、うつろな目でブライアンの枕を見つめていた。毛布の下でしきりに放屁しているが、本人はそれに気づいていないようだ。

そう感じたのを最後に、ブライアンは眠りに落ちた。

8

英雄記念日には、病棟でヒトラーの演説を聞くことを許可された。そんなことはここに来てからの二カ月間で初めてだった。それを祝して天井の電灯がすべてつけられ、暖房も強められた。奥の壁ぎわのテーブルに雑役係が小型スピーカーを置き、中央の通路にコードを引いた。

そわそわしたり、体を前後に揺すったり、通路をわけもなく歩いたりと、病室内は期待のあまりざわめいていた。総統の演説が始まると、たいていの看護婦は笑顔でそれに聴きいり、見るからに感動していた。ブライアンの左隣の男は数日前に意識がもどったばかりで、何もわかっていなかったが、右側の男は普段にもまして目をぎらつかせ、衛生兵に止められるまで手をたたきつづけた。

ブライアンは前日にいつもの電撃療法を受けたばかりで、まだ印象をうまく整理できなかった。その騒ぎにすっかり当惑した。こんなキンキンするスピーカーからこんなヒステリックな声が何を叫んでいるのか、みんなよくわかるものだと思った。療法を受けたばかりの彼には、《リクエスト音楽会》という番組で孤独な主婦や新婚さんや記念日を祝う人々に捧げられる曲でさえ、音のごたまぜにしか聞こえなかった。

だが、みなはそれが大いに気にいり、一緒になってうれしそうに腕を振った。オペレッタ、映画音楽、ツアラー・レアンダー（スウェーデン出身の女優・歌手）、『エス・ゲート・アレス・フォリューバー』（戦時中の流行歌）。そんな日には、人は戦争など起きていないと思うものだ。

そのほかの日には、いやというほど思い知らされるにしても。

何も心配いらない。初めてそのガラスドアから廊下へ連れ出されたとき、ブライアンはそう思いこもうとした。

すでに大勢の患者がその治療室へ連れていかれていた。もどってきたときにはぐったりして、何時間も死んだように横になっていることが多かったとしても、いずれは回復したし、後遺症が残ったようにも見えなかった。

病室のスイングドア――当然だが、ブライアンはそれをこれまで内側からしか知らなかった――を出ると、廊下にはそれ以外に六つのドアがあった。両端はそれぞれ出口で、左のいちばん奥は衛生兵と看護婦の詰所、その手前が治療室だった。あとのふたつは軍医の部屋だろうとブライアンは想像した。

治療室では数人の衛生兵と軍医が待っていた。ブライアンは状況を把握するまもなく革帯で手荒に縛りつけられ、注射を打たれた。それからこめかみに電極を取りつけられた。電撃波は瞬時にして彼をしびれさせ、あらゆる感覚が数日間、麻痺したままになった。

通常の治療サイクルでは、週一回の電撃療法を四、五週間つづけ、そのあとしばらく休みを置く。自分もそれを繰りかえされるのかどうか、ブライアンにはわからなかったが、どうもそうなりそうだった。最初の患者たちはひと月の休止期間を置いて、ふたたび治療を開始されていた。休止期間のあいだは薬をあたえられるのだ。つねに同じものを、一日に一錠ないし二錠ずつ。

こういう治療が自分たちにどんな影響をおよぼすか、ブライアンは不安だった。これまですがりついてきたさまざまな光景が、脳裏から徐々に消えはじめていた。頭がぼんやりして、ガールフレンドにふたたび会うという望みも、ジェイムズと話せるようになるという望みも、たんに灰色の雨の中をつきそいなしで散歩するという望みも、しだいに衰えてきた。記憶がいたずらをするようにもなった。昨日は、子供のころの忘れていた記憶を思い出したかとおもうと、今日は、自分がどんな顔をしているのかも思い出せなくなるのだ。

ふたりの脱走計画は、検討もしないうちに立ち消えになった。

食欲もほとんどなくなった。週に一度のシャワーを浴びる際に自分の体を見ると、腰骨と肋骨がひどく浮き出ているように思えた。それは食事がまずいからではなかった。ポテトパンケーキやグーラッシュ、スープや砂糖煮の果物などは、かなりうまいこともあったのだから。だが、電撃療法のあと体が新たなエネルギーを求めて悲鳴をあげているときには、朝食に粥(かゆ)やマーガリンつきのライ麦パンを食べると考えるだけで吐き気がした。だから皿には手をつけなかったし、食べろと強制もされなかった。夕食になるとようやく、昼食の残り物をのせたパンと、たまに出るソーセージやチーズを、どうにか嚥下できるようになったが、それも充分に時間をあたえられればの話だった。

ジェイムズのほうは病室の隅で横になったまま、耳を澄ましたり夢を見たりして時を過ごしていた。しきりにジルのスカーフをいじっており、つねにそれを身近に置いていた。マットレスの下や、シーツの下や、シャツの下に。

最初の二、三週間はみな自分のベッドを離れなかった。だが、患者が少しずつ自力で通路の突きあたりにある便所へ行けるようになると、看護婦が差しこみ便器を持ってくるのにも時間がかかるようになった。ブライアンは「便器（シーバー）、便器（シーバー）」という言葉は覚えたものの、ときには耐えがたいほど待たされたあげくにようやく、琺瑯びきの便器が毛布の下に差しこまれることもあった。

立ちあがったのはジェイムズのほうが先だった。ある朝、突然ベッドから足をおろすと、みんなのベッドをまわって朝食の皿を集め、配膳ワゴンにのせたのだ。ブライアンは舌を巻いた。なんと完璧な演技だったことか。長靴下はずり落ちて踝のあたりにたまっている。肘を脇につけたままにして、動作をことごとくぎくしゃくさせる。首を硬直させて、振り返るにはそのたびに体全体をまわす。

友が動きまわれるようになったのが、ブライアンはうれしかった。これならじきに接触できるだろう。

ところが数日後には、ジェイムズはみずから任じたこの役目をほかの男に奪われてしまった。ジェイムズが病室内をまわりはじめるや、あばた面の大男がベッドを出て、それをじっと見つめはじめた。それからジェイムズのところへ行き、肩に腕をまわして頭をなでると、ジェイムズをがっちりと押さえつけたままベッドに連れもどし、頭をそっと枕に押しつけた。それ以降、職員の手伝いはあばた面の役目になり、あばた面は機会をとらえては患者の世話をしてまわるようになった。

ジェイムズはさながらあばた面の恋人になったかのようだった。夜中に枕をベッドから落としたり、食事中にパンのかけらを毛布に落としたりすると、すぐさまあばた面が拾いにいった。

あばた面は当初、ブライアンのむかいに寝ていた。ところがある日、ジェイムズの隣の男が霊安室へ運ばれていくと、その空いたベッドへ勝手に移ってしまった。若い看護婦たちが自分のベッドへもどるよう彼に言ったが、彼は哀れっぽく泣きついて、大きな手で彼女たちの腕をつかんだ。最後に婦長がやってきたときには、あばた面は自分の新しいベッドでぐっすり眠りこんでいた。

しかたなく婦長は彼をそのままにしておいた。

重要な仕事を得ようとするこの試みに失敗したあと、ジェイムズがベッドから出るのは、体を洗うときか便所へ行くときだけになった。

ブライアンが初めてひとりでベッドを出たのは、電撃療法を受けた二日後のことだった。

ベッドでいつものようにそそくさと顔を洗っていると、めまいがして吐きそうになった。洗面器がひっくりかえってベッドの縁から水がこぼれ、磨き粉とおが屑でできた石鹼が床に落ちた。そのとき、看護婦のなかでもいちばんの石頭が病室にはいってきた。彼女はブライアンを助けるどころか、水をこぼしたことについて悪態をつき、ブライアンを病室の奥の、通路の突きあたりにある便所まで引っぱっていった。ブライアンは満足に立つこともできず、磨いたばかりの床に何度も嘔吐した。

白いタイル貼りのその部屋には大きな窓から光が射しこんでいて、ほかの建物や、そのむこうの雪におおわれた岩場が見渡せた。看護婦は苦もなくブライアンを個室に閉じこめた。ブライアンは便器の前にひざまずき、うめきながらさらに吐いた。胃の痙攣が治まってくると、冷たい便器に腰かけてまわりを見た。

個室に窓はなかったが、ドアと天井のあいだが大きくあいていて、光はそこからはいってきた。壁を徹底的に調べてしまうと、こんどは床に腹這いになって、まわりを精いっぱい見まわした。仕切りの壁は、床のコンクリートから突き出ている錆びた金属棒にのっていた。壁のむこうにも便器があり、そのむこうは煉瓦壁になっている。むかいの壁には細いドアがあり、清掃用具をしまっておく物置になっているようだった。清掃係が道具を台車にのせて行き来するのを、ブライアンは見たことがあった。となると、隅の部屋はシャワー室にちがいなく、窓の横のドアは道具の洗い場につづいているはずだった。

回診の前にようやくブライアンはトイレから出してもらえた。看護婦が頬をぺたぺたとたたいて、しつこく笑いかけてくるので、しまいには笑い返すしかなかった。

それ以来、ブライアンは日に何度かベッドを離れるようになった。最初の数日間は、ジェイムズと接触しようとした。ジェイムズがトイレに立つと、ほんの少し遅れて自分もトイレに立った。だが、むだだった。絶好のチャンスであっても、ジェイムズはブライアンの姿を見るなり、あわてて反対のほうへ行ってしまうのだ。

しかたないので、ブライアンは目でコンタクトを取ろうと試みた。たいていは午後の検査のあと、病室内が静かになったときに。だが、それもうまくいかなかった。

しまいにはジェイムズは、ブライアンが眠っているときにしかベッドを離れなくなった。

要するに、ブライアンとかかわりあうのをいっさい拒んだのだ。

9

時間の経過がきちんとわかるのは、カレンダー男のおかげだった。カレンダー男とは、ジェイムズのむかいに寝ている患者にブライアンがつけた綽名だった。ここへ運ばれてくる際にブライアンの担架の上で短い足をぶらぶらさせていたのは、その男だった。にこやかで寡黙な小男で、ベッドから離れたことがなく、楽しみといえば、自分のベッドの頭の側の手すりに、毎日その日の日付を刻むことだけだった。看護婦たちはそれに腹を立てた。罰として食事の量を減らし、彼がいかに手に負えないかを回診の際に軍医たちに訴えた。そのため軍医たちはほかの患者によりもきびしい治療を彼にほどこした。その結果、電撃療法からもどってきた彼は、ひどい痙攣を起こして背中を弓のように反らしていることもあった。

そんなある日、トラックいっぱいの新たな傷病兵とともに、彼の救い主が現れた。その一団につきそってきた三名の若い看護婦が、カレンダー男を最も虐待していた連中と交替したのだ。数日後、そのなかでいちばんかわいらしい、ブライアンたちとほとんど年のちがわない看護婦が、カレンダー男に小さな灰色のザラ紙の束を持ってきた。そして、彼のベッドの頭上の壁に頭のない釘を打ちこんでやった。それ以来彼はもう、苦労してベッドの手すりに日付を刻まなくてすむようになった。

ブライアンが不思議でならなかったのは、カレンダー男がどうして電撃療法のあとも毎回、正しい日付を書けるのかということだった。彼にわかるのは、失われた時が毎回奇跡のように正確に、カレンダー男の頭にもどってくるということだけだった。

四月になったというのに病室はまだ寒く、たいていの患者はウールの毛布を二枚かけて寝ることを許されていた。風邪を引いてベッドの中で震えながら咳をしている連中も多かった。窓の隙間から吹きこんでくる風から少しでも体を守ろうと、ブライアンは靴下をはいたまま寝ていた。

だが、あばた面は寒さを感じていないようだった。ブライアンが毛布にきちんとくるまっていることを、その夜これで三度目だったが、確かめにきた。吹きつけていた風がいくぶん収まって、あたりは静かになっていた。目をつむっていると、大きな手が毛布を丁寧に体の下にたくしこみ、猫の肉球のような手のひらが額をなでるのがわかった。それからあばた面は、赤ん坊を相手にするようにブライアンの頰をくすぐった。ブライアンは目をあけて微笑みかえした。すると突然、驚いたことに、大男はブライアンの耳に何ごとかささやいた。顔の表情が一瞬、油断のない冷ややかなものに変わった。ブライアンの表情をすばやく把握したあと、すぐにまたいつものぼんやりした表情にもどった。それからあばた面はブライアンの隣の男のほうを向き、そいつの頰をぺたぺたとたたいて、「グート、グーート!」と言った。

最後に通路の椅子に腰をおろして、ジェイムズのベッドのほうを見つめた。すると、あばた面の隣のふたつのベッドに寝ていた患者たちが頭を起こした。窓の月明かりでシルエットがはっきりと見えたが、そのふたりも、静かに寝ているジェイムズのほうを見ていた。

ブライアンは鼻の頭ごしに、慎重に室内に視線をさまよわせた。彼にわかるかぎりでは、あとの連中はみな眠っていた。とぎれとぎれにささやき声が聞こえたあと、ふたつの影はふたたび枕に頭をもどした。ささやきがまた聞こえた。

ブライアンはぞっとした。いまのは本当に人のささやきだったのだろうか？　それともただの風の音だったのだろうか？

あくる朝、あばた面はそのまま椅子に座ってぐうぐう眠っていた。看護婦がはいってきて、鼾をかいている彼の頭を引っぱたいた。それから溜息をつき、かりかりしながら朝の仕事を始めた。

患者のなかには快方に向かっている者もいた。ブライアンの隣の男はもはや、ぼんやりと毛布を見つめて横になっているだけではなくなった。穏やかな表情になり、ぎくしゃくした調子で看護人たちと話をしては、励ますように肩をたたかれていた。すでにベッドを離れられるようになり、もっぱら部屋の奥のテーブルで雑役係の持ってくるカラー雑誌をめくっている連中もいた。年輩の雑役係ふたりがカードをやっていると、まわりに小さな人だかりができることもあった。

日中に日が照っていると、窓辺に立って中庭をながめている連中もいた。ほかの病棟の男たちがそこで馬跳びやドッジボールや鬼ごっこに興じているのだ。彼らは普通の外傷を負った親衛隊員たちで、もはや退院の日も近いのだろう。

ベッドの頭の側にあぐらをかいて首を伸ばせば、ブライアンは中庭で起きていることをすべて観察できた。そうやって何時間も座って、門の脇の監視塔や、そのむこうに起伏するなだらかな山々をながめていられた。

そしてその姿勢だと、ベッドの支柱のてっぺんに手を伸ばして木製の栓をはずし、鉄パイプの中に錠剤をこっそり捨てることもできた。電撃療法を受けてからというもの、ブライアンは口に錠剤を押しこまれても呑みこまないようにしてきた。ときには一錠だけ呑んでしまうこともあれば、手の中に吐き出すチャンスを見つける前に、なかば溶けてしまうこともあった。それでも最終的には彼の期待どおりの結果になった。頭がだんだんはっきりしてきたのだ。それとともに脱走への意欲も高まってきた。

病室の患者のなかでひとりにだけ、ブライアンは薬を捨てるところを見られてしまった。それは最初の日に、噴き出してくるシャワーの水を見あげていた男だった。当初、この華奢な男は自傷を繰りかえしたため、大半の時間は拘束衣と薬でおとなしくさせられていた。三カ月後のいまは、体を丸めて静かに横になり、頬に手をあててほかの連中をながめていた。薬をパイプの中に落とした瞬間、ブライアンはそいつと目が合い、にこやかな笑みを返されたのだ。そのあとブライアンは通路を歩いていって、その男のベッドの前に立った。男の顔はすっかり弛緩していて、ブライアンがそいつの上に身をかがめても、誰なのかわかったようには見えなかった。

季節はゆっくりと春になり、中庭の灰色がかった茶色が押しのけられて、日陰が生気を帯びてきた。ブライアンは窓の外に見えるものを隅から隅までじっくりと調べた。

彼らの病棟は岩場のいちばん近くにあり、窓は真西を向いていた。夕陽はふたつの監視塔のちょうどあいだに沈み、薄赤い光で表の建物を包んだ。南側のいちばん左手には厨房があったが、それは便所の横の、廊下の窓からのほうがよく見えた。南西のもっと先には、衛兵と保安関係者の宿舎になっている小さなバラックがいくつか建っていた。ブライアン自身の窓からは、病院職員の宿舎の切妻壁が、さえぎるものなくじかに見えた。若い軍医たちがよくそこに立っては看護婦を口説く姿が見受けられたが、それはさっぱり成功していないようだった。おかげで場面全体が喜劇になり、主人公たちが滑稽に見えたものの、どういうわけか少しも人間らしくは見えなかった。

北側には彼ら自身の病棟と平行に、だが少しだけずれて建物が立ちふさがっていて、体育館とそのむこうの区画は見えなかった。さらに先にあるいくつかの病棟も、その黄色い建物の角にほぼ完全に隠れていた。

犬を連れた衛兵が柵沿いを四六時中巡回しているのが見えた。病院への立入を許可された民間人はつねに、保安将校か親衛隊員につきそわれていた。

長い長い最初の数週間、ブライアンは自分がなりすましている将校の家族が見舞いにくるという恐怖にさいなまれつづけた。だが、見舞いは誰のところにも来なかった。患者たちは隔離され、存在を誰にも知られないようにされていた。ましてや精神状態など。では、なぜそもそもこの連中を生かしておくのか。それがブライアンには謎だった。

ジェイムズが窓の外をながめているのを、ブライアンは見たことがなかった。四月の初めからほとんどベッドを離れず、あたえられた薬でひどく朦朧としているようだった。

トラックが三台、正門を出ていき、門がふたたび閉められた。〝あれに乗ってどこまでも走っていけば家に帰れるんだ〟とブライアンは夢想した。まもなくエンジン音は聞こえなくなり、トラックは尾根を越えて下の谷間へ消えていった。あばた面の隣に寝ている顔の大きな男が、ブライアンのベッドの横にやってきて、無言で衛兵たちを見つめた。片脚を小刻みに揺すり、唇をひっきりなしに動かしている。この大顔の男は、初日からずっとこうして自分と無言で会話していた。両隣のベッドにいるあばた面ともうひとりの男が、彼の口許に辛抱づよく耳を近づけているのを、ブライアンはよく見かけていた。そのあとふたりはたいていかぶりを振って、知恵の足りない子供のようにイヒヒと笑うのだ。

それを思い出したブライアンは、たえまなく動いている唇を見てつい笑ってしまった。男はブライアンのほうを向いて、ひどくうろたえた顔をしたので、なおさら滑稽な表情になった。ブライアンは口を押さえて笑いをこらえた。すると突然、男は唇を動かすのをやめ、にたりとブライアンに笑いかけた。それは見たこともないほど大きな笑みだった。

10

ある朝、廊下からワルツ音楽が聞こえてきた。前日に来たばかりだというのに、その日も床屋がやってきて、一同の髭を普段にもましてつるつるに剃りあげた。雑役係のひとりで、第一次大戦の復員兵の男が、義手の鉤手でいつものように手近のベッドの支柱をカンカンとたたいた。浴室へ行けという合図だ。日課のこの変更にブライアンは戸惑い、まごついた。

それは患者のなかで彼ひとりではなかった。

当番の看護婦たちはたいていにこにこしながら、洗ったばかりのまっ白な部屋着を患者たちに手渡し、急いで支度をしなさいと言った。体育館で仮病の男を射殺した例の保安将校がスイングドアの前に脚を広げて立った。全員がベッドの前に整列すると、将校は一同を点検し、もったいぶって、ほとんど親しげにうなずいてみせた。それから名前が呼ばれた。自分の名前を呼ばれても反応しない者もいたが、ブライアンはとうにそれはやめていた。

「アルノ・フォン・デア・ライエン」と将校が叫んだ。ブライアンはどきりとした。なぜおれが最初なんだ？　彼はためらったが、衛生兵に腕をつかまれると観念した。

患者たちは次々に呼ばれた。できあがった珍妙な行列は、踵を打ち合わせてナチ式の敬礼をする保安将校の前を通って廊下へ出ていった。あとに残ったのは電撃療法を受けたばかりの連中だけで、ジェイムズもそのなかにいた。

先頭のブライアンは神経質にちらちらとまわりを見まわした。後ろにつづく十七、八人の男たちは、いまだに完全な狂人と言っていい。もうここに三ヵ月も入院している。いまさらどうするつもりなのか？　ほかの病棟か病院に移すつもりなのか？　それとも〝選別〟するつもりなのか？　なぜ自分がまっさきに呼ばれたのか？　石の床に長靴（ちょうか）を打ちつけた保安将校にも、両側から一同につきそう衛生兵と雑役係にも、ブライアンは不吉なものを感じた。ジェイムズはあとに残されて結局よかったのかもしれない。

列になった男たちは、診察室、電撃療法室、軍医部屋の前を通り過ぎた。そして最初の日にはいってきて以来一度も使ったことのないドアから外へ出た。石段の上で早くも彼らは不安を見せはじめ、すぐにふたりの患者が胸を抱きしめて立ち止まってしまった。行きたくないのだ。衛生兵たちが笑ってふたりを励まし、にこやかに列にもどした。

すばらしい日だったが、まだ四月の下旬であり、標高の高いこのあたりはいまだにじとじとして寒かった。ブライアンは自分の靴下とスリッパに目をやると、さりげなく水たまりとぬかるみをよけつつ、先導の親衛隊将校のあとから泥んこの中庭を横切りはじめた。体育館のほうへ連れていかれることがはっきりすると、彼はパニックに襲われた。

先導の将校はブライアンの一歩先を歩いており、ベルトにつけた拳銃ホルスターが一歩ごとに揺れていた。ブライアンの手からほんの数十センチしか離れていない。拳銃を奪おうとしたらできるだろうか？　できたとしても、どこへ逃げればいい？　体育館のむこうの柵までゆうに二百メートルはあるし、衛兵の数もいつもより多い。

行列は建ちならぶバラックの横を通り過ぎた。

体育館のむこうは、だだっ広い広場になっていた。細長い草地のかたわらに、ブライアンがこれまで想像するしかなかった建物が見えた――体育館と平行に建つ建物が一棟、病棟が二棟、管理棟に似た、茶色い両びらきのドアのある窓の小さい建物が一棟。体育館と隣の建物は木造の渡り廊下でつながっており、行列はその横で止まった。将校は彼らをそこに残していなくなった。

太陽が昇るのを見るのも今日で最後か。そう思いながら、ブライアンは樅の林の上に顔を出した朝日に目をやり、それから、壁を背にしてならんでいる男たちを見た。背筋を伸ばしてきちんと立っていると、あばた面はずぬけて背が高かった。

血色の悪い大顔の男もそのあいだに立っていた。あいかわらず唇をたえまなく動かしているが、言葉は一言も聞こえない。さらに大勢の足音が聞こえてくると、ブライアンはその場に凍りつき、大顔の男の唇も一瞬ぴたりと止まった。

後方から朝日が広場に射しこんできて、現れた黒や灰緑色の制服をどこかおごそかで神々しく見せた。それはブライアンの予期していたものとはまるでちがった。現れたのは銃殺隊ではなく、勲章と、鉤十字と、ぴかぴかの綬と、エナメルの長靴のカーニバルだった。いたるところにSSのルーン文字と髑髏が見えた。あらゆる部隊の、あらゆるタイプの、あらゆる年齢の、あらゆる種類の負傷者たち。傷痍軍人の行進だった。包帯や三角巾や杖や松葉杖が勢ぞろいしていた。

血を流さずして戦争に勝つことはできない。それをこのエリート軍人たちは立証していた。

軍人たちは小グループに分かれて、広場の中央にある掲揚塔の前を行進した。そのあとに車椅子の軍人たちが看護婦に押されてつづいた。そして最後に、大きな車輪のついたベッドが何台か、平らな通路を衛生兵に押されてやってきた。

空気はすがすがしかったものの、寝間着と部屋着だけという薄着の身には、刺すように冷たくもあった。ブライアンの隣の男が歯をカチカチと鳴らした。〝心配するな〟とブライアンは自分に言い聞かせ、一同がヒトラー式の敬礼をするなかで厳かに粛々と掲揚されるハーケンクロイツを見あげた。

彼らが立っているのは、敷地の北西の隅の、ほぼ最後方だった。ブライアンはうとうとしたふりをして体を少し傾け、建物のむこう側を盗み見た。岩場の端に立つ小さな煉瓦造りの建物がどうにか見えた。この病院の礼拝堂だろう。反対側のはずれ、西側の柵には別の門があり、左右に哨兵が立っている。哨兵たちは直立不動で敬礼しながら式典を見ていた。

一同は国旗のほうへ腕を伸ばしたまま、いっせいに『ホルスト・ヴェッセル』を歌いはじめた。あまりの熱狂ぶりに、鳥たちが木々からぱたぱたと飛び立った。

精神病棟の患者は誰も歌わなかった。ぼんやりとつっ立っているか、わけがわからずにまわりを見まわして独り言をつぶやいているか、どちらかだった。大勢の歌声が広場に力強く響きわたった。ブライアンはそのグロテスクな美を前にして呆然としていたが、やがて総統の肖像画のおおいがはずされ、そこで初めて自分たちがここに整列されられたわけを、一日早く髭を剃られたわけを悟った。目を閉じて、カレンダー男のベッドの上にかけられた紙切れを思い浮かべた。昨日は四月十九日だった。ということは今日は四月二十日、ヒトラーの誕生日だ。

将校たちは制帽をきちんと左脇にはさんでいた。戦傷をものともせず、直立不動の姿勢で、うやうやしく肖像を見つめていた。それはイギリス空軍の兵舎で見かけるヒトラーの似顔絵、ダーツの矢で穴だらけにされていたり、罵言を書きこまれていたりする似顔絵とは、なんとも対照的だった。

まぶしい朝日を手でさえぎりながら、恍惚として国旗を見あげている軍人たちもいた。ブライアンはその隙に彼らの背後の様子をじっくりと観察した。長辺をなす有刺鉄線の柵のむこうにもうひとつ、荒削りの材木に有刺鉄線を巻いた柵があった。その脇を、かつて彼らがトラックでのぼってきた石の道がしばらく走っていた。それからたぶん岩場を越えて、山地へはいっていくのだろう。ブライアンは首をわずかに西へめぐらして、もう一度ふたりの哨兵を見た。ふたりはいま、ならんで立ち話をしていた。

逃げるとしたらこの方角だろう。最初の柵を乗りこえ、次の柵をくぐり、小川に沿った道をくだり、平地へ出て、線路を目指す。鉄道はライン川沿いにバーゼル方面へ通じている。線路伝いに南へ行けば、いずれスイス国境に出るはずだ。

国境をどうやって越えるかは、いまにわかるだろう。

気配のようなものを感じて、ブライアンは首をめぐらした。あばた面があわてて目をそらして下を向いた。だが、その視線がやけに鋭かったのを、ブライアンは見逃さなかった。あばた面を監視する必要がある。できるだけこっそりと。それからブライアンはまた柵を見た。

たいして高くはない。そう判断した。

掲揚塔のボルトをはずして旗竿を倒すことができれば、柵の上に橋のようにかけることができる。だがそこで、ボルトの頭をおおう赤錆に気づいた。それはそうだ。スパナが必要だ。スパナがなければできない。

大切なのはこういう些細な点なのだ。どうでもいいものごとや出来事なのだ。将来の夫婦の偶然の出会いとか、子供のころの思いがけない出来事とか、ここぞというときに微笑んでくれる幸運とか。あらゆる断片が突然ひとつに組み合わさって未来を形づくるからこそ、未来はつねに予見しがたいのだ。

あのボルトをおおう赤錆もしかり。

となると柵をよじのぼって越えるしかなく、有刺鉄線でずたずたにされることを覚悟しなければならない。そのうえ歩哨もいる。気づかれずに最初の柵を乗りこえても、次がひかえている。暗闇に向けて機関銃を一連射されるだけでおしまいだ。ここでも偶然が主役を演じることになる。

偶然に命を託すことはできない。人は偶然に手を貸すことはできないのだから。

式典の締めくくりに主任保安将校の短い演説があった。これほど血色の悪い男のどこにそんな力があるのかと思うほど熱狂的な演説だった。最後に〝ハイル〟の唱和が、永遠につづくかと思うほど延々と繰りかえされた。それがすむと、広場から車椅子とベッドがゆっくりと出ていった。寝たきりの患者たちは唇に笑みを浮かべて、誇りと愛国心に包まれていた。自分は祖国への義務を果たしたのだからもう安全だと、そう確信しているのだろう。

暗い樅の林が彼らの病棟のむこうでざわざわと風に揺れていた。病棟まで数百メートルも寒いなかを歩かされたせいで、体じゅうの関節が痛んだ。〝体を大事にしろ。病気にならないように気をつけるんだ〟ブライアンはそう自分に言い聞かせた。

脱走経路はすでに見つけたのだ。いま病気になったら、次の電撃療法が始まる前に脱走できなくなる。だから急いで計画を練る必要があった。ジェイムズにも伝えなければならなかった。本人が気にいろうが気にいるまいが。ジェイムズ抜きでは理性的な計画は立てられないのだから。

それにジェイムズ抜きでは脱走するつもりもなかった。

11

電撃療法を受けると、ジェイムズは毎回ぼろぼろになった。何よりもまずへとへとになり、全身の筋肉から力が抜けた。あらゆる感覚が麻痺した。そのうえ感情までおかしくなった。喜怒哀楽がぐちゃぐちゃに攪拌され、慢性的な不安と憂鬱をもたらした。

不安はよき相談相手ではないことを、ジェイムズはずいぶん前から悟っていた。だが時とともに、それと折り合いをつけて飼いならすことを覚えた。戦線が近づいてきて、カールスルーエ方面から爆撃音が轟いてくるようになると、この悪夢もいつか終わるというほのかな希望を抱くようになった。絶えず警戒してはいても、楽しめる時間は楽しもうとした。じっと横になってまわりの人間を観察したり、どこか遠いところにいる自分を夢想したりした。

この数カ月でジェイムズはすっかり自分の役になりきれるようになっていた。仮病を使っていることは誰にも疑われなかった。いつその夢うつつから覚醒させられても、うつろな目で相手を見返すだけだった。あたえられるものはなんでも食べたし、ベッドを汚すこともなかったので、看護婦たちにしてみれば手のかからない患者でもあった。何より大切なのは、いやがるそぶりを見せずに薬を服むことだった。そのせいでつねにぼんやりしていて、ものを考えるのに時間がかかったが、その反面、まわりのことに無関心でもいられた。

その薬は信じられないほどよく効いた。

当初ジェイムズは、回診にきた軍医中尉に声を荒らげられても、うなずいてみせるだけだった。命令されなければいっさい動かなかった。回診のおりに婦長が彼のカルテを読みあげることがよくあったので、自分がなりすましている男の過去を少しずつ、その黄ばんだページから知るようになった。死体を列車の窓から放り出したことに罪の意識を感じていたとしても、それはその男の本性を知った瞬間に消えた。

ジェイムズも彼のなりすましている将校もおおよそ同年配だった。ゲルハルト・ポイカートというそのドイツ人は、信じがたいほどのスピードで昇進し、最後は親衛隊保安警察の連隊指揮官にまでなっていた。大佐に相当する階級だ。そんなわけで、ブライアンのなりすましているアルノ・フォン・デア・ライエンを別にすると、ジェイムズの階級は病棟内でいちばん上だった。ポイカートは病棟内で特別な地位を占めているようだった。ベッドに座っている連中から冷ややかに見つめられると、ジェイムズはよく、自分はそいつらに恐れられたり憎まれたりしているのではないかという印象を受けた。

この男ゲルハルト・ポイカートは、あらゆる罪を犯してきた。いかなる場合でも、おのれの邪魔になるものは容赦なく取りのぞき、おのれの機嫌をそこねた相手には無慈悲な罰をあたえていた。東部戦線は彼にとってうってつけの場だった。たまりかねた数名の部下がポイカートを、本人が手ずからパルチザンや民間人を拷問するのに用いていた桶で溺死させようとした。

その結果、ポイカートは長らく昏睡状態のまま野戦病院に入院していた。回復の見込みがあるとは誰も思わなかった。にもかかわらずポイカートが昏睡から覚めると、彼は祖国の大地に抱かれるべく、故郷へ送還されることになった。その旅の途中でついに本人は悪行の報いを受けて息絶え、ジェイムズがすり替わったのだ。

ポイカートを襲った連中への処分は迅速だった。ピアノ線を首に巻かれて絞首刑に処された。

ポイカートはこの病棟の患者の典型といえた。親衛隊の高級将校であり、前線で精神に障害を負ったとはいえ、そのままにしておくにはあまりに惜しいナチ信奉者だった。通常なら、このような重症者に対する親衛隊の処置はひとつしかない。注射一本であの世送りだ。しかし、総統の最も忠実なる支持者であるこれらの高級将校の場合、回復の見込みがあるかぎりはあらゆる手がつくされる。その間、患者の運命は外の世界から厳重に秘匿される。親衛隊将校を狂気のまま祖国に帰還させるわけにはいかないからだ。そんなことをしたら士気の低下を招く。偉大なる第三帝国の汚点になり、前線からの報告の信頼性が揺らぎかねない。そればかりか国民の心に、英雄らの不屈さに対する疑いの種をまくことにもなり、家族も面目を失う――保安将校は繰りかえし軍医たちにそう念を押した。

醜聞になるくらいなら死んでもらったほうがましだ、とも言った。

精神を病んだ将校らが精鋭の一員でもあるという事

実は、国家の外敵ばかりか内なる敵からも守られなければならなかった。そのため病院は要塞と化し、無用の者は立ち入ることができず、回復した患者とその付き添い以外は、出ることも許されなかった。

負傷兵が続々と送られてくるので、入院患者は絶えず増加していたものの、精神病患者は例外だった。戦況から判断して、第三帝国にはもはや彼らを再生利用する時間はないという見方が、ひそかに受け容れられていたのかもしれない。東部戦線が崩壊したいま、彼らの心を癒やす試みにむだな時間を使う余裕がなくなったのだろう。

このところ、多くの患者が回復の徴候を示すようになっており、治療の成果のあがらない患者は今後、目立ちそうだった。ジェイムズは鼻歌を口ずさむのをやめ、電撃療法を免れられることを期待した。この乱暴な治療法は、何よりもまず彼の集中力に悪影響をあたえ、その結果、お気にいりの暇つぶしの脅威となっていた。すなわち、ベッドに寝ころがって目を閉じ、好きな映画を頭の中で思い浮かべることの……。

《ガンガ・ディン》も、そんな彼の空想レパートリーの常連作品だった。

映画を〝上映〟するとき、彼はたいてい最初から最後まで、できるだけ場面ごとに、ぶっとおしで上映する。実際には一時間しかかからないシークエンスが、彼には午前中そっくり、あるいは午後じゅうそっくりかかることもあった。映画に夢中になっているかぎり、その世界に没頭していられた。憂鬱な考えや、愛する人々に二度と会えないのではないかという恐怖に耐えられなくなると、ジェイムズはこの暇つぶしに慰めを求めた。

気前のいい彼の母親は、よく彼ら姉弟に小遣いをあたえ、日曜日の映画館のマチネに行かせてくれた。おかげで子供のころはずいぶんと、両親がウィンドーショッピングを楽しんでいるあいだに、ディアナ・ダービンや、ローレル＆ハーディ、ネルソン・エディ、トム・ミックスの映画を見て過ごしたものだった。

姉のエリザベスとジルのことは、難なく思い出せた。ふたりはヒーローとヒロインが口づけを交わして観客がそれをはやすと、映画館の暗がりでくすくす笑ったり、小声でささやき合ったりしていた。

学校時代に夢中になった映画や本の記憶のおかげで、彼は気が変にならずにすんでいた。だが、電撃療法を受けるにつれ、薬を服むにつれ、記憶にふと穴が生じ、場面がとどこおることが多くなった。

《ガンガ・ディン》に登場する三人の軍曹のうち、ケイリー・グラントの演じたのがカッターという名前だということは憶えていたのだが、ダグラス・フェアバンクス・ジュニアとヴィクター・マクラグレンの演じた軍曹が何という名だったか、いまはそれが思い出せなかった。だが、いずれ思い出すはずだった。

いつもそうだったのだから。

ジェイムズは枕にどさりと頭をあずけ、マットレスの下にあるジルのスカーフをいじった。

「連隊指揮官殿、少しは起きて歩きまわってみるべきだと思いません？　午前中はずっとうとうとなさっていたんですから。具合が悪いんですか？」

ジェイムズは目をあけて看護婦の顔をまっすぐに見あげた。看護婦はにっこりとしながら爪先立ちになり、枕の下に腕を差しこんでゆっくりと持ちあげた。もう何ヵ月も前から、ジェイムズは彼女に返事をするなり回復の兆しを見せるなりしたいものだと思っていた。だが実際には、無表情のままうつろに彼女を見つめるだけだった。

彼女はペトラという名で、いまのところこの病院でただひとりの、本当に人間らしい存在だった。まるで天が遣わしたかのようにこの病院へ赴任してきた。

彼女がまずやったのは、暦マニアのヴェルナー・フリッケという患者が誰にも邪魔されずに年月日を記録できるようにしてやることだった。

次に、彼女は同僚のふたりにかけあい、寝小便と〝行儀の悪い食べ方〟に対する罰を軽くさせた。

そして最後に、彼女はジェイムズを特別あつかいしはじめた。

初対面のときからジェイムズに同情心をそそられたようだった。もちろんほかの患者にも何くれとなく世話はやいたものの、悲しげで無防備な表情を浮かべるのは、ジェイムズのベッドの横に立っているときだけだった。〝ゲルハルト・ポイカートのような男によくも何かを感じられるものだ〟とジェイムズは不思議に思った。女子修道会の経営する学校からまっすぐバート・クロイツナハの看護学校にはいったような、ただの素朴で想像力のない娘にすぎないのだろう。

ペトラはいかにも人生経験がなさそうだった。自分の教師であり保護者でもあるザウアーブルフ教授のことを同僚たちに話す際には、いつも目を輝かせ、手をいっそうてきぱきと確実に動かした。患者が暴れて悪態をつくと、助けを呼びにいく前にすばやく十字を切った。

ジェイムズを依怙贔屓するのはたぶん、ロマンチックな考えで頭をいっぱいにした内気でつまらない娘だったからだろう。たんに彼のことを、白い歯とがっしりした肩を持つハンサムな若者だと思ったのではないか。戦争はもう五年近くつづいている。つらく厳しい病院勤めが日常になったとき、彼女はまだ十六、七だったはずだ。そんな毎日のなかで、夢や空想の捌け口を見つけられるわけもない。愛したり愛されたりする機会があったとは、とうてい思えなかった。

自分がペトラの願望と想像を刺激した可能性は認めざるをえなかった。彼女は優しいうえに、かわいい娘だった。だからさしあたってジェイムズは、用心しながら彼女の好意を受けていた。電撃療法のあとでものを食べさせてもらったり、隙間風に閉口しているときに窓を閉めてもらったりしているかぎりは、間の悪いときに肉体に裏切られることはないはずだった。

「さあ、ぐずぐずしないで」と彼女はさらに言い、ジェイムズの両足をベッドからおろした。「これじゃ治りませんよ。よくなりたいんでしょう？　なら起きて歩かないと！」

ジェイムズはベッドのあいだに立ち、のろのろと中央の通路へ進みはじめた。ペトラはうなずいて微笑んだ。彼にとってありがたくないのは、この手の特別あつかいだった。ほかの看護婦たちの目を惹いてしまう。こうして依怙贔屓されていると、正義の名のもとに対抗措置や報復措置を取られかねない。

とはいえ、ジェイムズが何より恐れているのは報復ではなかった。ある種の警戒と緊張が病室内に広がるのを、頻繁に感じるようになっていたのだ。今日もその漠然たる居心地の悪さを感じた。彼はとろんとした目つきのまま、むかいにならんだベッドを見やった。

今日これで三度目だったが、ブライアンが彼のほうを見て注意を惹こうとしていた。

〝よせ、馬鹿たれ！　それじゃ露骨すぎる！〟と彼は内心でののしった。ブライアンは嘆願の目でひたすら彼を見つめていた。ペトラがジェイムズの腕を取り、いつものようにあれこれしゃべりながら、彼を部屋の反対側の窓辺へ連れていった。背後でブライアンが立ちあがろうともがいているのがわかった。最後に電撃療法を受けてからまだ一日しかたっていないのだが、そんなことでブライアンはあきらめなかった。

ジェイムズはブライアンに部屋の隅へ追いつめられたくなかった。自分のベッドのほうへペトラを引きもどしたので、彼女はおしゃべりをやめた。ブライアンもジェイムズの作戦に気づいた。がっかりしてベッドの枠にもたれかかった友の前を、ジェイムズはペトラに支えられて通り過ぎた。

〝おまえはいま、弱ってるんだ、ブライアン。でも、明日にはまた元気になる。おれは同情しないぞ。おれにかまうな！　それがいちばんなんだ、わかるだろう？　いまにおれがここから逃がしてやる。約束する。だけど、いまはだめだ。みんながおれたちを監視してる〟

ブライアンのベッドがきしむ音がし、ジェイムズは絶望した友の視線に背中をえぐられるのを感じた。

クレーナーというあばた面の男が音もなく近づいてきて、ジェイムズの背中をひっぱたき、何やら囃したてた。

ジェイムズはペトラの腕から身をよじって逃れ、ふたたびベッドに横になった。〝《ガンガ・ディン》にもどろう。あの無茶な軍曹たちはなんという名だった？　考えろ、ジェイムズ、憶えてるはずだ！〟

ようやくペトラがほかの患者の世話を再開すると、クレーナーはジェイムズの隣のベッドにどさりと腰をおろして、彼女を見送った。「かわいい尻をしてますよね、連隊指揮官殿」

言葉の端々に冷たい棘がふくまれていた。

それから大男は踵でベッドの枠をどしんと蹴りつけた。ジェイムズは反応しなかった。そのうちに話しかけてこなくなるだろう。

ブライアンが毛布の下にもぞもぞと潜りこみ、くたびれきっておとなしくなると、クレーナーの隣の男たちがベッドに起きあがり、禿鷹よろしくブライアンのほうを見つめた。〝落ち着け、ブライアン〟とジェイムズは念じた。〝さもないと、やつらに食われちまうぞ！〟

12

名前を思い出したのは、ぐっすりと眠っているときだった。ジェイムズははっと目をあけて、暗い病室の天井を見あげた。《ガンガ・ディン》に登場するあとのふたりの軍曹の名は、マクチェスニーとバランタインだ。

あちこちから鼾と深い寝息が聞こえてきて、ジェイムズはゆっくりと現実に引きもどされた。鎧戸の隙間から一瞬、光の条が射しこんできた。ジェイムズが四十二まで数えたところで、光はまたもどってきた。バラックのむこうに立つ監視塔の連中はさらに二回、型どおりに探照灯の光を這わせたあと、ふたたび屋根の下へ引っこんだ。すでに四夜連続で雨が降っていた。

おとといの夜には、カールスルーエが空襲を受ける音が岩の斜面にこだまし、外で衛兵たちが叫ぶのが聞こえてきた。

ゆうべはジェイムズのほかにもうひとり、九番のベッドの患者が目を覚ましていた。大隊指揮官だったが、体を丸めて静かにすすり泣いていた。東部戦線で味方の火炎放射器があたりを焼きつくすあいだ、十時間あまりも倒木にはさまれていたのだ。今夜、病室内で目を覚ましているのはジェイムズだけだった。

彼は大きく息を吸って溜息をついた。夕方、ペトラを赤面させてしまったのだ。

その日は朝から病室に険悪な雰囲気が漂っていた。ペトラと婦長の関係が冷えきっていたのだ。夕方、ペトラの勤務がまもなく明けるころ、婦長はペトラを新人たちの応援という名目で別の病棟へ行かせた。明らかにいやがらせだった。むっとしたペトラは、婦長が背を向けたとたん、威嚇のしぐさをしてみせた。

薄茶色の制服に白のエプロン、平たい靴というい
でたちで昂然と立つペトラに、惚れずにいるのは難しかった。彼女が腰をかがめて、黒いウールのストッキングのせいでちくちくする膝の裏をかくと、ジェイムズは思わず頬をゆるめた。

その瞬間、ペトラが振り向いて彼の視線に気づいた。

そして顔を赤らめたのだ。

隣のクレーナーがもぞもぞと体を動かしはじめた。こういうときはたいてい、じきに目を覚ます。〝そのまま永久に寝ていろ、豚め！〟とジェイムズは内心でつぶやいて、ペトラのことをさらに考えた。ペトラはいまこのとき、上の屋根裏部屋のベッドで、自分を見つめていたジェイムズの眼差しを夢に見ながら眠っていることだろう。彼がいまこうして、振り向いたペトラの眼差しを思い出しながら横になっているのと同じように。こんな空想はしないほうがよかったかもしれない。欲望で悶々とするしかないのは、若いジェイムズにはつらかった。

闇の中でクレーナーがこちらを向いて様子をうかがうのが、まぶたの隙間から見えた。ジェイムズは用心深く目を閉じたまま、今夜もささやきが聞こえてくるのを待った。

悪夢が始まったのは、ふた月あまり前の夜だった。ジェイムズは夜勤看護婦の足音で目を覚ました。廊下を音高く歩いていって、中庭へ出る階段の裏にある職員便所へはいる音だった。だが、目の前に人影が立っているのが見えた。隣のベッドの頭のほうへ身をかがめていた。室内は静かで、ベッドの裾のほうからすばやく二度、ばたばたという音が聞こえただけだった。やがて人影は枕をもとどおりに置くと、急いで反対側の列のベッドにもどり、横になった。

翌朝、フォンネグートという雑役係が、いつものように義手の鉤手でベッドの支柱をカンカンたたきなが

ら患者たちを起こしていて、ジェイムズの隣の男が死んでいるのを発見した。顔が黒ずみ、口から舌がいやらしく醜悪に突き出ていた。必死だったと見えて、目が飛び出していた。

その男はいつも食べ物の残りを枕の下に隠していたので、魚の骨でも喉に詰まらせたのだろうということになった。軍医補のホルストは、婦長が何ごとか耳うちするのをかぶりを振りながら聞くと、白衣のポケットに両手を突っこんだ。そしてフォンネグートの質問には答えずに、保安将校と軍医が当直職員の責任を問題にしないうちに死体を片づけろと命じた。

ジェイムズはその夜、薬で朦朧としてはいても、殺人を目撃していたのだ。

何人かがベッドから頭を起こし、看護婦たちが死者のシーツを取り替え、空いたベッドをふたたび整えるところを見ていた。

昼食の時間に、ひとりが自分のベッドを離れてジェイムズのほうへ歩いてくると、整えられたばかりのベッドに横になった。病室内をまわる看護婦の手伝いをするというジェイムズの思いつきを横取りした男だった。男がそこに寝ていると、琺瑯引きの器にはいった肉団子と豚足が運ばれてきた。男は泣き声をあげて抵抗したものの、結局もとのベッドへ連れもどされた。

だが、そんなことではめげなかった。

職員が背を向けるたび、男はこっそりともどってきてそのベッドに横になり、毛布を顎の下まで引っぱりあげて握りしめていた。そこで手脚を伸ばして初めて、おとなしくなるのだ。そんな場面が何度か繰りかえされると、職員たちはついにあきらめて、男を放っておくことにした。

こうしてジェイムズは、どうにも納得できないことながら、人殺しを隣に迎えるはめになってしまった。

何が起きているのかさっぱりわからなかった。最初の幾晩かは、怖くてとても眠れなかった。この狂人の動機がなんであったにしろ——動機があったらばの話だが——ふたたび同じことをする恐れがあった。だから、昼間に寝て夜に起きているほうが安全に思えた。隣の男がベッドをきしませて寝返りをうつ回数を数えているほうが。何かあったら大声で助けを呼ぶか、起きあがって壁から垂れている紐を引くつもりだった。その紐は患者がむやみに引っぱれないよう、適当な長さに縮められていたので、これまでは誰も引いたことがなかったが。

事件から三日目の夜、病室は闇に包まれていた。鎧戸はすべて閉ざされ、廊下の電灯もふだんとはちがって消されていた。聞こえるのは深い寝息と鼾ばかりで、ジェイムズはいくぶん緊張を解いた。しばらく眠らずに警戒をつづけたあと、幸福なケンブリッジ時代に見た最後の映画であるアレクサンダー・コルダの大作に逃避して、ついうとうとしてしまった。

まず、押し殺したささやき声が、ジェイムズの夢にそれとわからぬほどかすかにはいりこんできた。ラブシーンに異物のように不快にまぎれこんでくるので、とうとうジェイムズは目をあけた。そしてはっとした。その声は夢ではなく現実であり、慎重に抑制されていた。精神障害者のものではとうていなかった。隣に寝ているあばた面の男、人殺しのクレーナーの声だった。

闇の中でほかの声がそれに加わった。全部で三人——クレーナーと、そのむこう隣のベッドのふたりだ。

「まったく、えらい目に遭いましたよ」と、いちばんむこうのベッドから声がした。「フォンネグートの雑誌を読んでるところを、婦長のやつに見つかりましてね」

「それは軽率なまねだったぞ、ディーター!」とクレーナーがささやいた。

「じゃ、どうすればいいんです。狂人じゃなくたって、こんなところで何もせずにごろごろしていたら狂人になってしまう」

「まあいいが、これからはあの雑誌に近づくなよ。二度とやるな」

「もちろんですよ。わたしが遊びでやったと思うんですか。何日も保護室に監禁されるのが面白いと思うんですか？　二度とごめんですよ。それはそうと、連中はあの狂人どもを始末しはじめましたよ。ほかにどうしようもないんでしょう」

「あいつら、なんでわめくんだ？　あそこまでイカレるのは急降下爆撃機（シュトゥーカ）の操縦士だけかと思ってたぜ」あいだのベッドでホルスト・ランカウという、大きな顔の男がささやいた。

興奮を抑えつつ会話を追ううちに、鼓動が激しくなってきた。自分の息づかいでささやき声が聞こえなくならないようにと、歯の隙間からゆっくりと息を吸っていたので、酸素不足で頭がくらくらしてきた。状況を別にすれば、その会話はまったく正常だった。三人は精神的には少しも狂っていなかった。

狂気を装っているのが自分とブライアンだけではないとすると、状況が自分たちにとってどれほど不安定になるかを、ジェイムズは朝になってようやく本当に理解した。

最大の問題はブライアンが何も知らないということだった。彼がこのまま接触をはかろうとしつづけると、ふたりは死ぬことになる。

なんとしてもブライアンを避けなくてはならなかった。接触をはかろうとする試みだけでなく、自分たちふたりを結びつけるようなまねはなんであれ。

それをブライアンがどう考えるかは、本人しだいだった。長いつきあいなのだから、最後にはきっと、ジェイムズがそのように振る舞うのはそうせざるをえないからなのだと、理解してくれるだろう。

ブライアンには用心することを学んでもらわなければ。

クレーナーの話し方には教養が感じられた。ごつごつした大きな体とあばただらけの顔の裏には、知的で教育のある、どこまでも利己的な男が潜んでいた。三人のなかで主導権を握っているのはクレーナーであり、不審な動きや奇妙な物音があるたびに話をやめさせるのもクレーナーだった。彼が昼間でもつねに警戒し、絶えず活動していたのに対し、あとのふたり——顔の大きな男と、痩せっぽちのディーター・シュミット——は、夜ごとの密談のために起きていられるようにと、昼間はほとんど眠っていた。

クレーナーの行いのすべてには、ひとつの単純な目的があった。戦争が終わるまでこの病院で生き延びることだ。昼間の彼は全員のよき友であり、まめな下働きだった。夜の彼は、目的遂行の邪魔になると思う相手であれば、殺すこともいとわない。それはもう実証ずみだった。

ひそひそ話は二時間以上つづくこともあった。魚の骨による死亡事故以来、夜間の監視がやや厳しくなり、当直看護婦が不意に現れるようになっていた。看護婦はダイナモ電灯の光を患者たちの顔に這わせると、もう一度ダイナモをくるくると回す。

光が病室を出て、足音が廊下を遠ざかっていったあと、クレーナーはさらに一拍待って、病棟が完全に静かになったのを確かめる。それからようやくひそひそ話が再開される。そしてジェイムズもまた聞き耳を立てるのだ。

クレーナーが男を窒息死させたのは、たんに仲間たちのそばで話ができるようにするためだった。ジェイムズは彼らの脅威にならないかぎり、何も恐れる必要はなかった。

だが、彼はもはや安眠できなくなっていた。それは偽患者たちの密談の恐るべき内容を知ってしまったからだった。

13

話の内容はたいていが、ぞっとするほど詳細だった。偽患者たちは夜ごとに自分たちの悪事の物語に興じ、たがいの上を行こうとした。聞いているうちに少しずつ、三人がいかにしてここにたどりついたのか、そしてなぜ戦争が終わるまで——あるいは戦争から逃れられるまで——なんとしてもここに居座ろうとしているのか、事情が明らかになってきた。

ジェイムズは何度もショックを受けた。

三人の怪物がようやく口をつぐむと、それらの物語は豊かなディテールをそなえた悪夢に変わり、ジェイムズが汗びっしょりになって目を覚ますまでつづいた。

ヴィルフリート・クレーナー上級大隊指揮官（オーバーシュトゥルムバンフューラー）（中佐に相当）は一九四二年から四三年の終わりまで、命令により保安警察部隊を率いて東部戦線のSS機甲師団に追随していた。その間に彼は、どんなに意志の堅い人間でも必ず屈服させられることを学び、おのれの仕事を愛するようになった。

「東部戦線におもむく前は、ソ連のパルチザンというのは拷問されてもしぶといと聞いていたんだがな。最初の十人が悲鳴をあげなくなったら、次の十人を連れてくればいいのさ。ひとりぐらいは必ず、もっと楽に天国へ行くために何かしゃべるやつがいるものだ」

罪人を絞首する際には爪先が地面にかろうじて届くところまでゆっくりと吊りあげるのだと彼は話し、地面が凍っていて罪人の爪先が氷の上でつるつると必死に踊るのを見るとどれほどぞくぞくするかを言葉にしようとした。長さがぴったりのロープを絞首台にかけ、体重の同じパルチザンふたりをその両端で同時に処刑したこともあるという話を満足げに語った。「もちろん、あまりもがかれるとうまくいかないから、従来の方法に頼るしかない場合もあるが。それ以外の場合は、多少の想像力を見せてやるほうがいい。尊敬の念を起こさせるのさ。だからわたしに尋問されると、パルチザンは進んでしゃべるようになる……」クレーナーは病室内に動きがないかどうか、あたりを見まわした。そのあばた面が自分のほうを向いた瞬間、ジェイムズは目を閉じた。「……しゃべるとすればだがな」とクレーナーは締めくくった。

ジェイムズは吐き気をもよおした。

尋問というのは、クレーナーにとっていろいろな意味で満足のいく時間だった。あるとき、しぶといソ連軍の中尉がその鉄の意志にもかかわらずついに屈服し、ズボンから革の財布を取り出したことがあった。どのみち殴り殺されたのだから本人の助けにはならなかったのだが、その財布は興味深かった。

指輪とドイツの現金、金銀のお守り(アミュレット)と数ルーブルがテーブルに転げ出てきた。副官は、その戦利品を自分たちで分け合ったら二千マルクになると見積もった。つまりクレーナーの側近たちにそれぞれ四百マルク、クレーナー自身に八百マルクということだ。彼らはそれを〝取りもどした戦時略奪品〟と呼び、今後はすべての捕虜を必ず自分たちで身体検査をしてから、尋問に連れていかせることにした。あるいはクレーナーが簡潔に〝始末〟と呼ぶ即決処刑に。本人が笑いながら話したところでは、クレーナーはあるとき、捕虜から巻きあげた金を独り占めしようとしているところを部下に見つかったという。「密告するとわたしを脅すんだ、馬鹿な連中さ! 自分たちだって同罪のくせに! みんな何かしらくすねていたんだ、ばれないと思えばな」前にも聞いた話だったというのに、聞き手のふたりは体を丸めたまま声を忍ばせて笑った。するとクレーナーは秘密を打ち明けるような低い声でこう言った。

「だが、用心するに越したことはない！　二度と余計なまねができないように、三人とも始末してやった。死体がふたつ発見されたときに取り調べを受けたが、もちろんむこうは何も証明できやしない。三人目は脱走したと判断された。けっこうずくめさ。これでもう誰とも分け合う必要がなくなったわけだろ？」

クレーナーがホルスト・ランカウと知り合ったのは一九四三年の冬のことで、正確にはクリスマスの二週間前だった。その日、クレーナーは東部戦線の南方区域で、残敵の掃討を目的に村々の手入れを行なっていた。

村はどこも荒廃していたが、壊滅はしていなかった。砲撃で破壊された板壁や藁束の奥にはまだ住民が残っていて、殺された家畜の最後の骨でスープをこしらえていた。クレーナーは全員を引っぱり出して射殺すると、「前進！」と親衛隊員たちに命じた。探しているのはパルチザンと思われる連中ではなく、ソ連軍将校だった。将校なら何かを知っているし、金目のものも多少は持っているかもしれない。

四つめの村の郊外で分遣隊のひとつが、まだ燃えている小屋のあいだからひとりの男を引きずってきて、クレーナーの参謀乗用車の前に放り出した。そいつはすぐさま立ちあがって顔の雪を払うと、捕獲者たちをせせら笑い、大胆にもその指揮官をにらんだ。「こいつらにどこかへ行けと命じろ」男はきついプロイセン訛りで言い、親衛隊員たちを追い払うように手を振った。それから平然とこう言い放った。「貴様らに重要なことを教えてもいい」

死を侮るようなその態度にいらだったクレーナーは、ひざまずけと男に命じ、革手袋をはめた指を引き金にかけて、ふてぶてしい顔に狙いをつけた。すると、みすぼらしい百姓着をまとったその男は、一瞬のためらいもなくこう打ち明けた。自分はドイツ軍の脱走兵で、山岳師団の連隊指揮官である。複数の受勲歴のある優秀な軍人であり、軍法会議にかけられることもなく銃殺されるような者では断じてないと。

　クレーナーの心に好奇心がめばえ、それが男の命を救った。男は大きな顔に早くも勝利の色を浮かべつつ、自分はホルスト・ランカウだと名乗り、提案がひとつあると伝えた。

　ホルスト・ランカウの軍歴は多彩だった。軍にはいったのはまだ戦争が始まる前のことだったらしい。年季のはいった軍人で、伝統的ではあっても輝かしい軍歴を持つように運命づけられていたようだった。

　だが、その輝かしい伝統も東部戦線の戦闘で息の根を止められた。

　そもそもランカウの連隊が投入されたのは、攻撃の切り札のひとつとして、敵の後衛にいる参謀将校をとらえるためだった。とらえた捕虜は保安部(SD)か、場合によってはゲシュタポに引き渡し、そこで聞き出せるかぎりの情報を聞き出す。そんな任務にランカウは数カ月間従事していた。汚れた危険な任務だ。

　しかしある日、ランカウは大きな幸運をつかんだ。ひとりのソ連軍少将を捕虜にしたところ、そいつの所持品のなかにあった小箱から、小粒ながらガラスのように透明なダイヤモンドが三十粒も出てきたのだ。ひと財産だった。

　ランカウは戦争を生き延びようと決意した。どんなことをしてでも生き延びようと。その三十粒のダイヤモンドのために。

　だが、そのネコババは部下たちに見つかってしまった。ランカウがどこか申し訳なさそうにそう話すと、クレーナーは笑った。自分にも憶えがあったからだ。

「おれはそいつらを焚き火のまわりに集めて、代用コーヒーをふるまってやった。だまされやすい馬鹿どもに」彼らがコーヒーをすすっているあいだに、ランカウはその幹部将校らと捕虜を手榴弾で吹っ飛ばした。

物語が最高潮に達すると、ランカウとクレーナーは一緒になって笑った。その後ホルスト・ランカウはソ連の農民たちのあいだに逃げこみ、わずかな金で身の安全をあがなっていた。こうしているかぎり、自分は戦争にかかわらずにいられる。彼はそう考えていた。

ところがそこへクレーナーが現れ、面倒なことになってしまった。

ランカウは自分を捕まえた相手を平然と誘惑した。

「おれの命と引き換えにダイヤを半分やろう。全部よこせと言うなら、いまおれを撃つがいい。そしたらあんたは何も手に入れられないし、見つけることもできない。だが、その拳銃をこっちへ渡して、おれをあんたの宿舎へ連れていってくれたら、半分は手にはいる。時機が来たら、おれをソ連のパルチザンから解放したと報告してくれ。それまではあんたの宿舎に置いて、ほかの将校たちといっさい接触しなくてすむようにしてほしい。そのあとどうするかは、いずれまた教える」

クレーナーはダイヤモンドの取り分を増やそうとねばったが、結局、ランカウに押しきられた。十五粒ずつ。そしてランカウは装塡した拳銃をポケットにしてクレーナーのテントに泊まることになった。

クレーナーはなおもねばった。「食事と宿泊の代金として毎週一粒ずつもらいたい」ランカウの大きな顔がもっと大きな笑顔に変わった。拒否されたのだ。無用の注目を惹かないようにするために、なるべく早めにランカウを始末する必要があったのだが。

クレーナーが三日間のクリスマス休暇をキャンプの外で過ごすあいだも、ランカウは自分の救い主のそばを離れなかった。クレーナーは落ち着かなかったが、それはランカウが拳銃のはいったポケットにつねに手を突っこんでいるせいなのか、それとも絶えず浮かべている人のいい、善人のような表情のせいなのか、よくわからなかった。だが、しだいにクレーナーは彼の図太さと忍耐心に敬服するようになった。この男とふたりでなら、ひとりではできないようなこともやり遂げられるのではないか。そう思いはじめた。

三日目にふたりはキロヴォグラードへ出かけた。キャンプの食事が単調になりすぎたり、前線の生活が重苦しくなりすぎたりすると、たいていのドイツ兵がそこへ行く。クレーナーはよく酒場のテーブルに肘をついてうとうとしながら、相手を選んでは喧嘩をふっかけて楽しんでいたが、もっと楽しいのは、ぶちのめすのをやめてやるかわりに金を払わせることだった。

その酒場でランカウは、ソ連の村に潜んでいた数ヵ月のあいだ温めてきた計画をクレーナーに話した。

「おれはできるだけ早くドイツに帰りたいし、その方法もわかってる」とクレーナーの耳にささやいた。

「まず、あんたは近いうちに司令部へ行って、前に同意したように、おれを敵の手から救出したと報告する。次に軍医から、おれがパルチザンにあんまりひどく拷問されたんで完全に気がふれているという証明書をもらう。おれがめでたく西行きの病院列車に乗れたら、ダイヤをもうふたつあんたにやる」

その考えはクレーナーの気にいった。ランカウを厄介ばらいできるうえに、得もする。東部戦線での暮しが危険になりすぎた場合の、いわば予行演習にもなる。

だが、予行演習もなにもなかった。その将校用酒場の裏手には、便所の不足を補うために小さな屋外便所が四つあり、クレーナーはいつも外で用を足すのを好んだ。

用便をすませてズボンのボタンをかけおえると、彼は余分にもらえる二粒のダイヤモンドのことを考えてにんまりしつつドアをあけた。すると目の前にひとつの人影が、闇に包まれて立っていた。脇によけようというそぶりも見せない。ちびすけのくせに生意気なまねをしやがって、とクレーナーは思った。

「ハイル・ヒトラー、上級大隊指揮官殿」男は外見にふさわしい声で言った。クレーナーが邪魔者をどかそうと拳を握ったとき、男は後ろに下がって、裏庭の壁を照らす薄明かりの中に出た。

「ちょっとお時間をいただけませんか。あなたに提案があるんですが」

　少し話を聞いただけで、クレーナーはすっかりその将校に興味を惹かれた。あたりを見まわすと、その男に腕をまわしてランカウとともに店の外へ連れ出し、自分の車に乗せた。

　この痩せっぽちの小柄な男の名はディーター・シュミットといった。上官からヴィルフリート・クレーナーに接触しろと命じられたのだという。上官は正体を明かすことを望んでいないが、クレーナーが本気で知りたければ突きとめるのはそう難しくない、とも言った。

「おたがい正体を知らないほうが、まずいことが起きた場合に安全なのです」とディーター・シュミットは言い、名乗ろうともしないホルスト・ランカウに目をやった。「これはわたしの上官の計画であり、実際に動きだすまでは彼ひとりが罪に問われることになりますので、匿名でいたいという要望を尊重してほしいと申しております」

　シュミットは外套のいちばん上のボタンをふたつはずし、ふたりを長いこと見つめてから、話をつづけた。

　この痩せた男がSS機甲師団に所属しているのは、軍服を見れば明らかだったが、もともとは大隊指揮官（シュトゥルムバンフューラー）（少佐に相当）で、強制収容所の副所長だったという。それを知っているのはごく少数の人間だけだ、と彼は言った。

　数カ月前までシュミットとその上官は、強制収容所とそれに付属するいくつかの小規模な労働収容所を管理していたのだが、その任を解かれて降等されたうえ、東部戦線の親衛隊師団の事務職につけられた。不名誉処刑にかわる実際的処分だった。だが、ソ連の国土に長らくいるうちに、自分たちは二度とそこを離れられないだろうと気づきはじめた。ドイツ軍は必死に戦線を支えていたものの、ソ連の大軍を阻止できる見通しはもはやどこにもなかった。シュミットたちの任務はもっぱら事務仕事だったとはいえ、前線からはソ連の装甲車で三十分とかからない距離だった。

要するに、彼らの命は絶えず危険にさらされていたのだ。ふたりは毎日、砲声を聞きながらタイプライターをたたいていた。当初二十四人いた幕僚も十四人しか残っていなかった。

それが東部戦線の日常だった。それは誰でも知っていた。

「収容所でわれわれがしていた悪さは、さほど珍しいことではなかったのですが、あのころはそうとは知りませんでした」とディーター・シュミットは弁解した。「われわれには守らねばならない日々の予算があったのです。囚人の食費は一日千百マルクとか。だから本部をだまして、五日に一度ぐらいの割りで食事の配給を飛ばしたのです。囚人どもは別に大騒ぎもしませんでした。われわれがそれを集団空腹刑と称して、ありもしない違反のせいにしたものですから。もちろん、そのせいで数千名があの世行きになりましたが、それについちゃ誰も文句を言いませんでした。

それから強制労働者の派遣による収入がありました。正確な記録などめったにつけませんでしたが、最後には賃貸料を少々下げましたから、取引高はまちがいなく増加しました。工場経営者たちもほかの雇用主たちも、決して文句は言いませんでした。模範的な協同関係でしたよ。

夏の終わりごろには、稼ぎの合計はざっと百万マルクを超えていました。すばらしい商売でしたが――それもひとりのカポ（囚人の監視役となった囚人）が、ベルリンから視察にきた役人を誤って突きたおして、その男の眼鏡を割ってしまうまででした。カポはすぐさまひざまずいて命乞いを始めました。そいつからわざわざ命を奪う人間などいるはずもないのに。泣いて、頼んで、すがりつくんです。役人は必死で振りほどこうとしましたが、カポはかえってきつく抱きつくばかりで、しまいにこうわめいたんです。命さえ助けてくれたら、収容所の経営の実態を洗いざらいしゃべってもいいと。

もちろん、そいつの知っていることはごく限られていましたが、そいつは役人から引き離されて連行されていく前に、食事の配給がごまかされているんだ、と叫んだのです。

監査の結果、われわれの貯めこんでいたものは発見され没収されました。われわれは死刑の執行を待ちながら、ひと月あまりルブリンの刑務所に入れられていました。戦争の成り行き以外に、判決が変更された理由はわかりませんが、とにかく誰かが考えを変えて、われわれは東部戦線に送られたのです」

ジェイムズは頭の中で少しずつこれらの話を整理していった。断片的な情報、短い物語、果てしない自慢話、それらがしだいにまとまって、隣にいる三人の悪党の過去が明らかになってきた。

いちばん遠くに寝ているディーター・シュミットは、いつもひどく小声で話すので、言葉が聞き取りにくいことも多かった。生来おとなしい男なのか、見つかるのを恐れているからなのかは、このような極端な状況のもとでは判然としなかった。はっきりしているのは、電撃療法を受けるにつれてシュミットがどんどん朦朧としてきたのに対し、クレーナーとランカウのほうはさほど影響を受けた様子もなく、飽かずに自慢話を交わしているということだった。

いずれ看護婦が声を聞きつけてくれることを、ジェイムズは期待した。そうすれば三人の正体が露見して、自分の悪夢も終わる。

それまではひたすら、彼らに疑われないようにするほかなかった。

偽患者たちの過去はたしかに忌まわしくはあったが、魅惑的でもあった。ジェイムズが脳裏によみがえらせる映画や小説と同じく、それはしだいに彼を夢中にさせた。

ひとつひとつの場面が目に浮かぶようだった。ディーター・シュミットは匿名の上官をいつも〝郵便配達〟と呼んだ。収容者をあの世へ送ることを〝発送〟と呼んでいたことからついた綽名だった。

シュミットは郵便配達を創意に富んだ陽気な男、強制収容所の生活をあらゆる点で家庭生活と変わらないものにした男だと語った。

だが、降等されて東部戦線送りになると、彼らのささやかなビジネスと飽食は終わりを告げた。手段はなくなり、責任は他人が持つようになり、仕事はうんざりするほどこまごまと執拗に監視されるようになった。

それでもチャンスはすばらしい偶然という形でふたりにめぐってきた。

「ある日、前線が何ヵ所かで崩壊したとき――ベルリン好みの言い方にならえば〝前線の縮小〟ですが――郵便配達が名案を思いついたんです」とシュミットは語った。「その日、第四機甲軍司令のホート上級集団指揮官（オーバーグルッペンフューラー）（中将に相当）は怒りくるっていました。みなが援軍や補給物資をよこせとわめいてくるのに、戦車のスペア部品を積んだ貨物列車がそっくり消えたんです。彼はわれわれの部隊に即刻その部品を取りもどせと命じました。

われわれはキエフがソ連軍に奪回される三日前に、その列車を街の片隅の操車場で発見しました。ホートは喜んで、それをただちにヴィンニツァへ運べと郵便配達に命じました。損傷を受けた戦車がそこでスペア部品を待っているんです。

ヴィンニツァにつくと、エンジンの部品だの、キャタピラの履板（りばん）だの、車軸だの、さまざまな部品を収めた重たい木箱が何百も倉庫におろされました。この巨大な倉庫の奥のほうはほとんどまっ暗で、すでに大量の木箱がでたらめに積みあげられていました。その光景を見て、郵便配達とわたしは息を呑みました。われわれの興味を惹くようなありとあらゆるものが箱からのぞいていたんです。どうやら膨大な戦利品がそこに保管されて、利用できる貨物列車のあるまで、ドイツへ送られるのを待っているようでした。

　まもなくわれわれの勘が正しかったことがわかりました。近隣の教会、役所、美術館、個人の家などから略奪されたもののうち、三千ライヒスマルク以上の価値のあるものはすべて、その年のあいだずっとそこに保管されていたんです。前線が近づいてきているいま、この膨大な戦利品は速やかに疎開させられるはずでした。そのときですよ、郵便配達がすばらしい考えを思いついたのは。二百箱の木箱を選んで、それだけをさらに五十メートルほど奥に、別に積んでおこうというんです。

　そうしておいて、どうなるか様子を見ようと」

　五日後、倉庫にもどった郵便配達とディーター・シュミットは興奮した。策略はまんまと成功していた。木箱はすべて運び出されていた。

　ふたりが奥によけておいた分を残して。

　ふたりは急がなければならなかった。列車がベルリンに到着すれば、荷おろしと員数確認が行なわれ、二百箱の木箱が消えていることが明らかになる。「だからわたしがあなたに接触するよう命じられたのです、クレーナー上級大隊指揮官殿」と、シュミットはキロヴォグラードの将校酒場の裏手の車中で、ふたりに説明した。「保安部とつながりのある高級将校の助けが必要なのです。このあたりの連中はみな、保安警察とかかわりあうのをいやがりますから。そのうえ、保安警察とともに活動する部隊には、機動性や決定権といった利点もありますし。あなたこそわれわれにふさわしい人物だという結論に達したわけです。

あなたはわれわれと同じ区域の前線で働いています。だからわれわれは、あなたがさまざまな場面でたぐいまれなる指導力を発揮したことを知っています。あなたは有能で独創的なかたですが、われわれが何よりも感心したのは、罪悪感をいっさい持たないということです。あけすけなものの言い方をして恐縮ですが、きれいごとをならべている時間はないもので」

三人は計画を練りはじめた。

まずクレーナーがソ連人強制労働者をヴィンニツァに移送させる。それからランカウがその労働者を使って古美術品やイコン、銀の祭壇具などの品々を貨車に積みこませる。貨車はあらかじめ郵便配達が倉庫から数百メートル離れた側線に入れさせておき、〝スペア部品の引き取り〟に使われることにしておく。そうすれば誰も行方を気にしたりしない。

用済みになった強制労働者の始末はクレーナーとランカウに任せれば安心だった。

そのあとディーター・シュミットが貨車に偽の輸送書類を用意すると、貨車は書類の命ずるとおり、ただちにドイツ中央部のとある村に移動し、そこの側線に戦争が終わるまで、施錠されてひっそりと置かれたままになる。

列車が出発して初めて、クレーナーはランカウをソ連の〝パルチザン〟から〝解放〟したことを司令部に報告する。それからランカウは当初の計画どおり、精神に障害を負っていると宣告されてドイツへ送還される。

最初は懐疑的だったディーター・シュミットも、狂気を装う点には大いに乗り気になった。もちろん露見したり、殺されたりする恐れはあった。シュミット自身、強制収容所の運営にたずさわっていた当時は、何百人もの精神障害者を殺害する命令を出していたのだから。しかし、決定要因になるのは狂気の程度だった。治癒不能と診断されないように気をつけさえすれば、成功の見込みは充分にあった。

だいいち、ほかに代案があるだろうか？　この数週間のあいだに前線はこの世の地獄と化していた。抵抗はぞっとするほど執拗かつ効果的で、ドイツが勝つ見込みはなかった。もはや問題は、何がなんでも生き延びることだった。このペテンが露見した場合を考えると、なるべく遠くへ離れているに越したことはなかった。

狂気を装うというのは名案だった。前線から何千キロも離れたところにいる砲弾ショックの犠牲者が、数トンもの美術品を隠匿しているなどと、誰が思うだろう？　ディーター・シュミットは自信満々だった。みな精神障害のふりをすべきです。わたしも、クレーナー上級大隊指揮官も、ランカウ連隊指揮官も、郵便配達も、全員が！

計画は魔法のようにうまくいった。もたらされるはずの莫大な利益のほかにも、四人にはそれぞれ東部戦線を離れたい理由があった。

〝精神病作戦〟は郵便配達が郷土防衛（ハイマートシュッツ）という暗号を発すると実行に移される手筈だった。暗号を受け取ったら、クレーナーはただちにウクライナのふたつの村の住民を皆殺しにし、ランカウを発見・救出したふりをする。

それからクレーナーはディーター・シュミットを公式に訪ね、補給状況の悪化を理由にSDの護衛部隊を特別あつかいするよう求める。

この会合のあいだに彼らは口実をもうけて午後にふたりだけになる。ソ連軍の砲兵隊がドイツ軍の後方をたたく時間帯だ。砲撃が迫ってきたら、ふたりは安全な場所に隠れてシュミットの宿舎を吹っ飛ばす。ソ連軍の砲弾がそれたように見えるだろう。砲撃が終わったあと瓦礫（がれき）の中から救出されたふたりは、砲弾ショックですっかりおかしくなっている。そしてそのままの状態で終戦を迎える。

郵便配達は自分で手筈を整える。「時が来たら姿を現す」と彼らに伝えた。時間は少々かかったものの、ディーター・シュミットはどうにかクレーナーとランカウに、郵便配達は仲間を裏切るような人物ではないことを納得させた。

14

昨夜もジェイムズはろくに眠れなかった。今週になってこれで三度目だった。体じゅうがじっとりしていた。

〝必ずここから連れ出してやるからな、ブライアン！約束する！〟心の中でそう誓うと、頭を振って夢のなごりを追い払おうとした。だが、途中で頭をベッドのパイプにぶつけた。痛みですっかり目が覚めた。見ると、隣のクレーナーはすでに目覚めていた。枕をふたつ重ねて横向きに寝ころび、まっすぐにジェイムズを見つめている。ジェイムズはすぐさま単調な鼻歌で応じ、クレーナーの冷たい視線を感じながら寝返りをうった。鎧戸の隙間から朝日が射しこんでいた。その赤い輝きを見て、彼は十年前にドーヴァーの断崖で迎えた朝のことを思い出した。

ブライアンの両親はドーヴァーに別荘を持っていた。気が向くと平日でも家族を車に乗せて、美しい田園風景のなかを二十五キロ離れた海岸までドライブした。別荘はブライアンの父のヤング氏が独身のころから利用してきたもので、いつでも使えるように管理人の夫婦がつねに気を配ってくれていた。

ヤング氏はその海と風と眺めを愛していた。

週末にはジェイムズもたいていブライアンの家族に同行した。

ジェイムズの母親に言わせれば、ドーヴァーは車で通り過ぎるところであって、住むところではなかった。それでも彼女にすればその町は未知なるもの、危険なものを象徴していた。彼女はもともと心配性だった。だからジェイムズは両親には、ブライアンとともに行なった悪臭煙爆弾の実験のことも、鰊樽（にしんだる）でこしらえた筏や自転車のタイヤチューブを三つ編みにしてつくった投石機のことも、内緒にしていた。

息子が煉瓦をものすごい勢いと正確さで発射して、五十メートル先のトウモロコシの袋を貫通できると知っても、ジェイムズの母親はまず大喜びしなかっただろう。

ふたりの少年にしてみればドーヴァーはまさにオアシスだった。ふたりが海岸の遊歩道をぶらぶら歩いていると、「ほらヤングさんちの坊やたちだ！」とよく町の人たちに言われたものだった。

兄弟にまちがえられると、ふたりはいつも喜んだ。肩を組んでは、自分たちの戦いの歌を大声で歌ってみせた。それはマルクス兄弟の映画で使われていたくだらない歌だった。

人がなんと言おうと知ったこっちゃない

どのみちなんの変わりもない
なんだろうとぼくは反対だ！

きみの提案は素晴らしかろうが
ひとつ理解しておいてくれ
なんだろうとぼくは反対だ！

　歌はこんな調子でつづき、さまざまな状況をあげては、必ず〝ぼくは反対だ！〟というつむじ曲がりのリフレインで締めくくられる。ふたりはこの歌詞を何度も何度も大声でわめいたので、近所の人たちはみな気が狂いそうになった。この先の歌詞は、ふたりともついに知らないままだった。

　大好きなデナム先生の歴史の授業で、ふたりは勇気ある人々のなしとげた偉業の数々に触れた。オリヴァー・クロムウェルやトマス・ベケット、ヴィクトリア女王、メアリー・スチュアートなどの歴史上の人物が生き生きとよみがえり、鎧を着た騎士たちが蹄の音を轟かせて先生の机の前を駆けぬけていった。

　ふたりのいちばん好きな授業だった。

彼らは学校でジュール・ヴェルヌとともに地球の中心に迫り、海底に潜り、不思議な機械で空を飛んだ。

　ひとりが簡単なスケッチを描けば、もうひとりはすぐさま相手の考えを理解して、無言のままたがいのアイディアに磨きをかけた。

　こうしてふたりは、フランスまでトンネルを掘削したり完璧な坑道を掘りあげたりできる巨大ドリルや、町じゅうの人々を天気のいい場所へ運べる乗物を発明した。

　少年の目からすればどれも実現可能だった。とうの昔にできていないのが不思議なくらいだった。だから自分たちで挑戦してみたのだ。

　ある秋の嵐の日、秒速二十五メートルという風速をデナム先生は観測した。ブライアンとジェイムズはその小さな風速計を見つめた。時速九十キロ！

途方もない数字だった。

学校からの帰り道、ふたりは穀物取引所の前の歩道に座りこんで、通行人の迷惑もかえりみずに話し合った。

時速九十キロだと、順風ならフランスまで三十分でつける。氷上ヨットだってその倍はかかるだろう。

その日の終わりまでには、ふたりの運命を決することになる冒険の概略がまとまった。気球をつくって、このすばらしい風のエネルギーを試してみるのだ。

ふたりは空を飛ぶつもりだった。

週末になるたびに少年たちはドーヴァーの港へ行って、帆布を少しずつ盗んだ。それをカンタベリーまで運ぶのは、ブライアンの父親が何も知らずにやってくれた。後ろの座席の下に広々としたスペースがあったのだ。

ほぼ一年かけて、ふたりはヤング家の古い物置で気球をつくりあげた。誰にも知られてはならなかったが、急ぐ必要もあった。この夏にはカンタベリーのキングス・カレッジを卒業し、休みが明けたらイートン校に入学することになっていたからだ。

そうなると週末ごとにドーヴァーへ行くことはできなくなってしまう。

夏休みにはいって三日目に、ふたりはついに気球を完成させた。

崖と風の待つドーヴァーまでそれをどうやって運ぶかという問題は、偶然にもジルが解決してくれた。

一九三四年の七月十日でジルは十八になった。彼女の暮らす土地では、良家の子女は十八になると嫁入りじたくを始めるのが流行になっていた。もともとは使用人階級の娘の習わしだったのだが、結婚前に食器と銀器をそろえるのである。ジルと友人たちによれば、そのためにはそういう宝物を収めるガラスケースがなくてはならなかった。ある日、彼女はこんな新聞広告を見つけた。〝ガラスケース売りたし。程度良好の一流メーカー製婦人用自転車との交換も可。問い合わせはブリッグズ商会へ〟彼女がその住所を読みあげるのを聞いて少年たちは狂喜した。

こうして彼らはドーヴァーへ行くことになった。ティーズデイル夫人の自転車が交換に出されることになり、彼らはそれを気球の布でくるんだ。

目的地につくとふたりは、ティーズデイル氏とジルが用事を足しているあいだに、とある荷積みスロープの下に布を隠した。

ガラスケースはすでに売れてしまっていた。ジルはしょげかえり、帰りにジェイムズがいくら慰めてもむだだった。とうとう彼は「ハンカチを貸そうか?」と申し出た。ジルは差し出されたハンカチをうさんくさげに見つめ、それから笑いだした。「それより、わたしのをあんたにあげたほうがよさそうね」

ジェイムズはいまでも姉のえくぼを憶えていた。

ジルがくれたのは青いハンカチで、彼女自身が刺繍した縁取りがついていた。

それ以後、ジェイムズが毎朝そのハンカチをお守りがわりに首に巻いてスカーフにしているのを、ブライアンはあきれ顔で見ていた。

ふたりは望みの風が吹くまで二週間待った。そしてついにその日が来た。風が強くなってきたのだ。ふたりは枕と毛布でベッドをふくらませて、それぞれの家を抜け出した。崖のてっぺんは、彼らのほうへ急降下してくる鷗でさえ翻弄されるほどの強風が吹いていた。ふたりは肩を組んでしばしそこに立ち、約束の地がある海峡のむこう側を見つめた。

風向きは申しぶんなかった。

秋のうちに薪を詰めて林に隠しておいた籠は、すでに取ってきてあった。その籠を五本のロープで気球の開口部にしばりつけると、立派なゴンドラになった。それから木の下に薪を積み、梢に帆布をかけた。夜が明けるころには、火はすでに数時間も気球の下で明るく燃え、布を少しずつふくらませていた。

だが、帆布が三分の二もふくらまないうちに、晴れた空に日が昇り、ヨーロッパ大陸の輪郭が見分けられるようになった。着替えの小屋がならぶ下の海水浴場では、民宿の客たちが早くも波打ちぎわを歩きまわっていた。

彼らの声をジェイムズはいまでも憶えていた。

離陸を前にした決定的な数分間に、彼はいくつか失敗を犯した。浜に海水浴客が現れたとたん、見つからないうちに出発しようと言いだしたのだ。ブライアンは反対した。気球はまだ完全にふくらんでいないと。「だいじょうぶだよ」とジェイムズは言った。「うまくいくさ!」

風がついに気球を数センチ持ちあげると、ジェイムズは自信を持った。頭上の帆布は巨大な卵形にふくらんで、いかにも頼もしげに見えた。彼は最後の繫留ロープを解き、ゴンドラから丸太を二本放り出した。

気球の巨大なシルエットが断崖の縁で一瞬ゆらりと揺れた。ブライアンはぎょっとして上を見あげ、縫い目のひとつを指さした。暖かい空気がしゅうしゅうと漏れていた。「日を替えてやりなおそう」彼はそう言ったが、ジェイムズは首を振って対岸のグリネ岬のほうを見つめた。そして次の瞬間、悪魔にでもとりつかれたように、残りの薪と食料と予備の衣類を地面に放り出した。

ゴンドラが優雅に上昇しはじめると気球はたちまちしぼみ、思いがけない突風を受けてセイルのように延びた。ブライアンはすぐさま飛びおりて事なきを得たが、ジェイムズのほうは呆然とそれを見ていた。

その瞬間、気球は風にさらわれて断崖の縁を越えた。

下で見ていた町の人々からのちに聞いた話によると、気球はすぐさま乱気流で崖にたたきつけられ、とがった岩の先にひっかかったという。

「馬鹿野郎！」ジェイムズは崖っぷちからこわごわと顔をのぞかせたブライアンを見あげて怒鳴った。頭上でしぼんでいく夢から、びりびりという不吉な音が立てつづけに聞こえてきた。突風にあおられて岩壁に絶えずこすりつけられているうちに、帆布が徐々に裂けてきたのだ。町の人が帆布の盗難を誰も届け出なかったのは、もともとすりきれて用済みになったものだったからだった。

ジェイムズは怒鳴るのをやめた。ブライアンが両足をおそるおそる突き出して、断崖を這いおりはじめたのだ。大勢がこの崖で死んでいることは、ふたりとも知っていた。

びびっという音とともに気球がまた五十センチほどずり落ち、裂けた帆布が風にはためいた。ジェイムズは多孔質の白い崖をおりてくるブライアンを見あげながら、ふたりの戦いの歌を口ずさみはじめた。

人がなんと言おうと知ったこっちゃない

どのみちなんの変わりもない

なんだろうとぼくは反対だ……

そのあとのことは、ほとんど憶えていなかった。ついに崖の上に這いあがると、ブライアンは息を整えようとしながら、長いことジェイムズの顔を見つめていた。

彼はまだ歌っていたのだ。

この事件のことをジェイムズはたびたび思い出した。アフリカの砂漠における〝スーパーチャージ作戦〟のさなかにも、夜間に空を飛んでいるときにも、トリニティ・カレッジの自分たちの部屋でも。そしていまこの奇妙な状況のなかでも。

ジェイムズはドイツの病室という現実にもどろうとした。下の階から朝いちばんの、カチャカチャという物音が聞こえてきた。空気には眠る男たちの体臭がこもっていた。彼は用心深く首をめぐらしてブライアンのほうを見た。鎧戸は閉まっているというのに、彼の後ろのカーテンがわずかに揺れていた。ブライアンの列で目を覚ましているのは、赤い目をした小男だけだった。男はジェイムズを見つめて微笑んでみせた。ジェイムズが反応できずにいると、顔の上に毛布を引っぱりあげておとなしくなった。

〝必ずここから連れ出してやるからな、ブライアン！〟心の中で何度もそう唱えるうちに、沈滞した病室の空気とたびかさなる電撃療法の影響で、ようやく彼はうとうとしはじめた。

15

やがて暑さが訪れた。それとともに、さまざまな変化も。

看護婦たちは膝丈のストッキングを踝までの白いソックスに替えた。

病室内のにおいもひどくなった。奥のドアをあけるたびに、便所と浴室からむっとする湿った空気が流れこんでくるようになったのだ。そこでフォンネグートが、大工だったという親衛隊の兵隊を呼んだ。兵隊は窓のひとつをせっせと鉋(かんな)で削り、その窓があいていようが閉まっていようが新鮮な空気が流れこんできて、室内のにおいが薄まるようにしてくれた。

そのほかの窓はどれも窓枠にがっちりと螺子(ねじ)どめさ

れていた。

一階半上の庇の下で小鳥がたえまなくさえずっていた季節は、すでに過ぎていた。長い筋になって窓ガラスにこびりついた糞だけがそのなごりだった。

フォンネグートはじっと座ったまま独り言をつぶやいていることが多くなった。日課にしていた新聞の戦死者名簿に目を通すのは、もうやめていた。近頃では、その日のユダヤ・ジョークを読みあげては笑い、誰よりも先にクロスワードパズルを解くことで満足していた。

何名かの患者は目だって回復しており、数週間以内には原隊にもどされそうだった。

Z15‐1、L15‐1、vU15‐1、vU15‐3に分類された患者は、あらゆる疾病休暇を無期限に取り消される(付録参照)。この病棟の患者は、一時的にであれ慢性的にであれ、みなこのカテゴリーのどれかに分類されていた。平時であれば無条件で兵役免除になるか、軽い任務につけられる疾患だ。しかし、各人が実際にはどこに分類されているのか、誰も教えてくれなかったので、時がたつにつれて誰もそんなものを気にしなくなった。文字と数字によるこの分類法のなごりといえば、看護婦たちがこの病棟につけた綽名だけだった。

彼らはここをアルファベット・ハウスと呼んでいた。

この病院の治療のおもな目的は、下級将校ならば、どちらに銃を向けろと命じればいいかわかる程度に回復させることであり、高級将校ならば、なぜそもそも銃を向けるべきなのかふたたび判断できるようにすることだった。

しかし、この特別病棟にはそれ以上のことが期待されていた。

軍医中尉のマンフレート・ティーリンガーはすでに二度も所轄の大管区長(ガウライター)に呼びつけられていた。大管区長はベルリン政府の代表として、実質的な成果をあげることを求められていたらしく、軍医にこう申しわたした。一部の将校たちの健康には最高司令部もきわめて関心を持っている、これらの優秀な軍人がはかばかしい回復を見せない場合、きみ個人の責任になる。

マンフレート・ティーリンガーは口髭をひねりながらこの言葉を部下たちに繰りかえしては、その〝優秀な〟患者なるものを診察するのが好きだった。そいつらは自分のスリッパと隣の患者のスリッパをかろうじて区別できる程度だったが、「しかし回復は回復だ」と彼は言った。たとえヒムラー長官その人がなんと言おうとも。

ジェイムズの集中力は週を追うごとに衰えてきた。最初に消えたのは、彼の空想の飛翔にスパイスを添え、物語の登場人物たちに個性と生彩をあたえていた細部だった。次にプロットがあちこちで思い出せなくなり、思考の衰えが明白になった。

薬を服まないでおこうかと何度も考えてみた。服むと一切がどうでもよくなるが、ここでの生活に耐えるのも楽になる。床に捨てると、正体がばれる危険がいちじるしく高くなる。毎日の清掃は徹底的ではないにしても、充分に行なわれている。便所に持っていくところを捕まったら、どんな結果が待ち受けているかは想像に難くない。ほかに可能性はあまりなかった。

それにもちろんペトラがいた。

考えてみればペトラこそ、彼が薬を服むのを拒もうとしない本当の理由だった。彼女が顔を近づけて、錠剤を舌にのせてくれるからなのだ。

彼女の息は甘やかで女らしかった。

もちろん、ジェイムズは悩んだ。ペトラは敵とはいえ、恩人であり救済者でもあるのだ。だから彼女を困らせないためにも、薬を服むしかなかった。

いまのままでは脱走など論外だった。三人の偽患者に何かを勘づかれる恐れはつねにあった。ジェイムズは身動きが取れなかった。勘づかれることはただちに死につながる。三人はすでに二度、人を殺していた。最初はクレーナーがジェイムズの隣の男のベッドを横取りするために、その男を窒息死させたとき。

そして二度目は、一週間たらず前のことだった。

新たな患者がひとり、通常病棟から移されてきた。脚に穴がひとつあいているうえに脳がショートしている男で、カレンダー男の隣のベッドで一日じゅう溜息をついていた。

西部戦線で重大な展開があったという報道があり、自分のラジオでそれを聴いたフォンネグートが、軍医補に知らせようと病室に駆けこんできた。軍医補は手にしていた書類をそばのベッドに放り出すと、すぐさまフォンネグートのあとについて衛兵室へ行った。しばらくすると噂が聞こえてきた。夜になると噂は確かな報道になり、看護婦のおしゃべりや雑役係のつぶやきという形で、病室にももたらされた。

「敵がフランスに上陸しやがった！」ついにフォンネグートが叫んだ。それを聞いてジェイムズははっとした。連合軍部隊が数百キロ離れたところで戦っている、こちらへ進軍してこようとしている、そう考えるだけで涙がこみあげてきた。〝これをおまえに知らせてやれたらな、ブライアン！〟と彼は思った。〝そうすればおまえもリラックスできるだろう〟

ジェイムズが壁のほうを向こうとしたとき、斜めむかいにいた新入りがヒステリックに笑いだした。とうとうジェイムズの隣でクレーナーが反応した。毛布を脇に押しのけて、おもむろに起きあがり、その無遠慮な男をにらみつけたのだ。クレーナーの視線が自分にもそそがれたのがわかると、ジェイムズの体が一瞬かっと熱くなり、たちまちもとにもどった。笑いは唐突にやんだものの、クレーナーはふたたび横になろうとはしなかった。

それからの数日、偽患者たちは交替でこの新入りを監視した。食事をあたえられているとき、差しこみ便器で用を足しているとき、着替えさせられてアルコールで体を拭かれているとき。四六時中。夜中のひそひそ話はやみ、何が起こるかわからなくなった。四日目の夜、ランカウが起き出していって、ほとんど音もなく新入りを殺した。首の骨が折れるボキッという音は、部屋の反対端にいるうすのろが指の関節を鳴らすときよりもかすかだった。それから三人はあの親衛隊の兵隊がきれいに削った窓のところへ死体を引きずっていき、頭から押し出した。

外の衛兵が叫びだしてから保安将校が病室に現れるまで、三分とかからなかった。電灯がすべてつけられた。将校は大声でののしりながら、おろおろする当直看護婦とその窓のあいだをせかせかと行き来した。彼の怒りはとどまるところを知らなかった。窓をただちに釘づけし、それをあけられるようにした者を全員呼べと命じた。

それから将校は病室内の通路を往復して、患者をひとりずつじっくりと見てまわった。ジェイムズが露骨にショックを受けた顔をしていたので、将校は彼の前で一瞬足を止めた。

主任保安将校が眠そうな目をして病室にはいってきた。疲れきった様子の親衛隊将校がふたり、そのすぐあとにつづいた。軍医も現れたが、待ちかまえていた非難には反応しなかった。「窓は明日釘づけさせます」そうぶっきらぼうに言うと、背を向けて自室へもどっていった。

電灯が消される直前に、ブライアンが朝の電撃療法による麻痺状態から覚めて、呆然とあたりを見まわした。ジェイムズはあわてて目を閉じた。

その夜遅く、ひそひそ話が再開され、いつもの落着かない状態がもどってきた。偽患者たちは短く言葉を交わした。クレーナーは死んだ男を知っており、男のほうも明らかにクレーナーの正体に気づいたのだった。彼はランカウを褒めたものの、こんど〝問題〟が病室に現れたら別の手を考えたほうがいい、とそっけなく言い添えた。

「なぜだ？」とランカウが応じた。「窓を釘づけされたらどうなるっていうんだ？　閉じた窓から身を投げる野郎をどうやって阻止する？」ランカウはくすくす笑った。だが、クレーナーは笑わなかった。

これは憂慮すべき展開だった。ブライアンはジェイムズに接触しようとして、遠からずまた小さな合図を送ってよこしはじめるはずだった。

シュミットとランカウはあいかわらず昼間は眠っているだろうが、クレーナーは油断する気配をまったく見せない。

そこをブライアンに理解させなくては。

16

看護婦たちが朝からやたらとブライアンに微笑みかけてきた。

あばた面がリネンを山積みにした台車を押して通り過ぎながら、しきりにうなずいてみせ、スイングドアのほうを指さした。看護婦の一団がはいってきて、ブライアンのベッドの前にならぶと、だしぬけに歌いだした。その意気込みと声量はなかなかのものだったが、すばらしい合唱とは言えなかった。

ブライアンはたじろぎ、彼らが帰ってくれることを願った。しかし年輩のひとりが胸に両手をあててベッドに身を乗り出してきた。まるでバリトンのような歌い方だった。ベッドに飛びこんでくるのではないかと不安になった。患者がぱらぱらと拍手をすると、婦長が薄紙できれいにくるんだ小さな包みを渡してよこした。それから背後でもどかしげに手を振ると、看護助手がみすぼらしい茶色の物体を手のひらにのせて差し出してきた。ブライアンにわかるかぎりでは、小さな鉤十字をあしらった一切れのケーキだった。まわりは全員にこにこしている。それから軍医中尉が現れた。彼はそのケーキをうらやましげに見ると、ブライアンに初めて親しげに微笑みかけた。歯がぼろぼろだった。

ブライアンは枕にもたれて、その乾いたケーキを見つめた。この病室で誕生日を祝ってもらった患者は初めてだった。奇妙な気分だった。他人の誕生日なのに、自分がその中心にいるというのは。

ジェイムズも先日、二十二歳の誕生日を迎えていたが、その誕生日は当然ながら静かに過ぎた。ブライアンは小さくうなずいてみせようとしたが、本人はじっと横になって天井を見つめていた。

誕生日にジェイムズがふさぎこんでいるのはまだ理解できた。だが、ほかの日は？　なぜあんなふうに自分を孤立させているのか？　こちらはいつまで待たなければならないのか？

ブライアンはそのケーキを何口かかじってみてから、隣の男にやってしまった。男はいつものように踵を打ち合わせると、命令でもされたようにそれをむさぼり食った。地獄に送り返されるのも時間の問題でしかないだろう。当人もそれを心待ちにしており、一日の大半は窓辺に立って、監視塔のむこうに起伏する緑の風景をながめていた。

あばた面が大顔の男とともに夕食のワゴンを病室に運んできた。ちょうどそのとき、北のほうから低い轟きが聞こえた。音はまもなくやんだものの、熟練のイギリス空軍将校の注意を惹くには充分だった。ブライアンはジェイムズに目をやったが、ジェイムズは頭の後ろで手を組んで寝ころんだままだった。

轟きはかなり遠くから聞こえた。バーデンバーデンとささやく声がした。シュトラスブルクという声もした。最後にフォンネグートが鉤手で窓の外を指して、清掃係の女に両方の都市の名を叫んだ。だが、女は通路のまんなかに這いつくばり、世の中のことなどどうでもいいというように床を磨いていた。

するとにわかに轟きが大きくなった。何人かの患者が立ちあがり、日が暮れるにしたがって明るくなってくる高射砲のひらめきを見まもった。シュトラスブルクはひと晩じゅう燃えつづけ、黄ばんだ赤い光のオーラを夏の夜空に放っていた。

〝味方は近づいてきている〟とブライアンは思い、上空にいる友軍と、自分と、ジェイムズのために祈った。

〝こんどはフライブルクかもしれない。そうしたらおれたちも行動を起こすぞ、ジェイムズ！〟

これまで無気力に寝ころんでいるだけだった患者のひとりが、急に病室内を踊りまわりはじめた。その後ろを、首だけをまわすより全身をまわすほうを好む痩せた男がついてまわった。ふたりは朝からずっとシャム双生児よろしくカレンダー男の窓の前に立ち、まだ何かが起こるというように無言のまま辛抱づよく下の平地を見つめていた。シュトラスブルクをおおう炎がピークに達し、稜線のむこうからかすかに爆発音が響いてくると、痩せた男は相棒に腕をまわして、そいつの肩にそっと頭をのせた。

部屋の反対端で、めったに行かない便所からもどってきたカレンダー男が、窓格子に顔を押しつけているシャム双生児を見つけた。カレンダー男は何やらうなりながら、自分の縄張りからふたりを引き離そうとしたが、ふたりは頑としてそこを離れなかった。

ブライアンはそれに気づくと、自分も窓のほうへ身を乗り出した。双子の耳は正しかった。たしかに何かが空を飛んでいるらしく、低い爆音が山々にこだまして森に消えていた。〝南へ向かっている。たぶんイタリアへ〟ブライアンはそう思いながら、ジェイムズを見つめた。

それから数秒後、双子がはっとした。背後で立てつづけににぶい爆発音がして病院を揺るがし、数百メートル先の岩壁にぶつかり、ほとんどひとつのうつろなこだまになって返ってきたのだ。編隊は西よりほんの少し南からやってきたのだろう。コルマー上空を通過してきたのかもしれない。風で音が攪乱されて、ブライアンがだまされているのかもしれなかったが。

いずれにしろ、これでフライブルク空襲も現実のものになった。

「急いで（シュネル）、急いで（シュネル）！」と看護婦たちはみなを急かしたが、あわてふためくどころか、驚いたりおびえたりしている様子もなかった。意識のない数名をその場に残し、あとの患者はみな二分後には階段をおりていた。

外から空襲警報が聞こえてきた。あわただしい足音と、乱暴にドアを開け閉めする音も。中庭への出口に銃をかまえた衛兵が立っているので、外には出ずに鉄の手すりを伝ってアルファベット・ハウスの地下へおりるのだということは、いやでもわかった。患者たちはしきりに前の背中を押していた。爆発音と騒然たる雰囲気のせいで、自分たちを狂気に追いやるもとになった体験がよみがえっているのだ。

地下はふたつに区切られていた。左手には灰色の鉄扉をそなえた小部屋がならび、中からくぐもった嘆き声や悲鳴が絶えず聞こえてくる。右手にはドアがひとつだけあり、それをくぐると、彼らの病室の半分ほどの大きさの部屋になっていた。ブライアンはジェイムズのほうへ近づくチャンスもないまま、前に押されていった。ほかの病棟の患者たちが続々と狭いドアからはいりこんでくるので、気づいてみると奥の隅に押しこまれていた。

見ると、ジェイムズは部屋のまんなかで、ちかちかする薄暗い電灯の下に立って、あばた面に肩をつかまれたまま、ぼんやりと宙を見つめていた。隣の病棟から来た負傷者のなかには、立っているとつらいので少しでも空間を獲得して床にうずくまるか、せめて押されないようにしようとしている連中もいた。

職員たちはとりわけ憤慨している患者をなだめ、誰にも踏まれないようにしてやるのにいそがしかった。若い衛生兵が荒い息をしながら、顔をつたう汗をぬぐいもせず心配そうに上を見あげていた。空襲の激しいところに身内がいるのかもしれない。

ブライアンはジェイムズが最初にやったように、鼻歌を歌いながら体を前後に揺らした。揺らすたびに前に隙間ができ、まわりから文句を言われずにそこへ割りこむことができた。〝鳴りつづけろ、空襲警報、鳴りつづけろ〟そう心のなかで念じつつ、鼻歌を歌いながら体を揺らし、じりじりとジェイムズのほうへ進んでいった。天井の電灯の瞬きはすでに収まっていた。外の爆発音はもはやひとつに溶け合っている。

ひとりの患者がブライアンのシャツをつかみ、わけのわからないののしりを彼に浴びせはじめた。目はもの憂く、手には力がない。どこからこれほど攻撃的なエネルギーが湧いてくるのか。ブライアンはそいつの手をもぎ離し、ジェイムズのほうを見た。

そこにあったのは、これまで友の顔には見たことのない目つきだった。それは憎しみや怒りの目ではなく、拒絶し威嚇する凶暴な目だった。

ブライアンは鼻歌をやめて、重い溜息をついた。ジェイムズは目をそらした。そこでブライアンがもう一歩近づくと、すぐにその目がもどってきた。あばた面が後ろから、ジェイムズの鼻が向いている方向を目で追った。目をそらすのが間に合ったかどうか、ブライアンにはわからなかった。

ふたたび自分のベッドに横になるまで、ブライアンは見張られているという感覚を振りはらえなかった。

地下室で時間を過ごすあいだに、彼はいろいろなことを考えた。通路にならぶ小部屋から聞こえる悲鳴のこともそうだった。全員に聞こえていたはずなのに、誰も反応しなかった。防空壕から出ていくときでさえ。どんな人間があんなふうになるのか？ 彼らに何があったのか？ ことによると軍医のホルストとティーリンガーは、人間の脳が生涯に耐えうる電気ショックの回数を実際にはわかっていないのではないか？ それともあれはジェイムズと自分の正体がばれたときに待ち受ける罰なのか？ 自分たちもあの小部屋にいる哀れな連中のようになるのか？

それに、ジェイムズとあばた面のあの目つきのこともあった。

その晩も、あばた面は大顔の相棒とともに、かいがいしくにこやかに食器を配った。大顔はいつも昼間はほとんど寝ているくせに、食事の時間になるとひょこひょこと廊下を歩きまわり、二ブロック離れた厨房まで食事のバケツを取りにいく。重いバケツを手にしたふたりが通りかかると、誰もがにこやかに笑いかけた。

その晩、あばた面は相棒に片目をつむってみせた。はたからはほとんどわからなかったが、ブライアンはたしかに見た。その瞬間、あばた面がブライアンのほうを向いた。彼を見つめていたブライアンは不意をつかれたが、とっさに機転をきかせ、たまっていた涎をたらたらと顎に垂らしてみせた。

大男は隣の男の皿をまっすぐにして、パンの横にひと匙余分にソーセージのスライスをよそった。隣の男は恩知らずにも、この余分の配給を拒もうとしたが、あばた面は気づかなかった。ブライアンの顎の涎しか見ていなかったのだ。

この病院に来てからブライアンはドイツ語の単語をいくつか覚えたものの、意味は必ずしも明確ではなかった。だが、口調や強勢や話し手の表情から推測して、まわりの患者たちの精神状態や、軍医たちが彼らの回復をどう予測しているかは、ある程度理解できた。

この推測にはたいへんな集中が必要だったが、電撃療法を受けている最中はなかなかそれができなかった。朦朧とした最初の数日が過ぎると、まわりの世界が一連の緩慢に動くゆがんだ映像となってよみがえってくるのだ。

あばた面を見つめてはいけないことはわかっていた。ブライアンの勘が正しければ、病室で何やら彼の知らないことが起こっていた。警戒しなければならないことが。ブライアンがうとうとしていると、あばた面はよく彼をのぞきこんできた。口調をしじゅう変え、親しげなおしゃべりと陽気な笑顔でブライアンをぎょっとさせた。言葉は一言も理解できなかったが。〝ばれないように気をつけろ〟大男の息が顔にかかるのを感じると、ブライアンはそう自分を戒め、〝意識をしっかり持つんだ！〟と、頭の靄(もや)を懸命に振り払おうとした。

フライブルクが空襲を受けてから病院の雰囲気が変化した。若い衛生兵はあらかた、前線や周辺都市の復興作業に送られてしまった。そのため病棟内の作業量が増えた。そこへもってきて、到着する負傷者の数が送り出される者の数をはるかに上回るようになり、体育館を緊急病棟にする必要が出てきた。アルファベット・ハウスもそうなるのは時間の問題だった。負傷者のほうがつねに優先されるのだから。

不安が職員たちの顔に表れていた。多くは空襲で誰かしら家族を亡くしていた。ペトラは日に何度も十字を切り、ジェイムズ以外にはめったに言葉をかけなくなった。あの笑みとささやかな親切も影をひそめた。

誰もが自分の任務をこなすだけになった。

17

電撃療法の副作用のひとつは喉が渇くということだった。ブライアンは渇きをこらえて、看護助手がリネンを交換しおえるのを待った。看護助手は慣れた手つきで毛布カバーと枕カバーを交換して、手早くベッドを整えた。ブライアンは病院臭のする枕にどさりと頭をのせた。舌が口蓋にはりつき、頬の内側から甘ったるい味が広がっている。頬を噛んでも一滴の唾液も出てこなかった。

シャム双生児のかたわれの痩せた男のベッドから、癇癪（かんしゃく）を起こす声が聞こえてきた。ブライアンは頭をもたげた。あばた面が痩せっぽちに水を飲ませようとしていた。だが、痩せっぽちは双子の相棒以外に自分のベッドにさわられるのをいやがり、あばた面を追い返そうとしていた。その様子をぼんやりと見つめながら、ブライアンはもう一度唾を呑みこもうとしてみた。かたくなに閉じられた痩せっぽちの唇に大男が水のコップを押しつけるのだが、痩せっぽちはわがままな子供のようにそれをいやがり、そのたびにコップから水がこぼれた。ブライアンはたまらずに手をあげて振ってみせた。大男は痩せっぽちをからかうのをやめて、彼のほうを向いた。口元に大きな笑みが広がり、もったいをつけてブライアンのところへやってくると、コップを差し出した。

水は途方もなくうまかった。ブライアンはむさぼるように飲みほした。それを見たあばた面は、お代わりをつぎにいこうとして、振り向きざまに勢いよくベッドにぶつかった。錠剤が支柱の中でガシャッと大きな音を立てた。全員が仕事の手を止めて非難のまなざしで自分を見るだろうとブライアンは思った。たちまち口がまたからからになった。あばた面がゆっくりと向きなおり、ベッドを見つめた。膝でベッドの枠をそっと蹴ってみたが、錠剤は音を立てなかった。そのときブライアンが激しくむせはじめたので、看護助手が背中をたたきに駆けつけてきた。あばた面はしばらくそれを見ていたが、看護助手に水をもう一杯持ってくるように言われて、しぶしぶそれにしたがった。

錠剤はすでに支柱の底で落ち着いていて、もうほとんど音を立てないはずだとは思ったものの、その日の残りをブライアンはほとんど動かずに過ごした。

音を聞いたのはどうやら、あばた面ひとりだけのようだった。

夜更けに月が雲に隠れた。ブライアンはいまこそ錠剤を始末するときだと判断した。病室内に動くものはなく、スイングドアのむこうにも人影はない。目覚めているのは自分ひとりだと確信すると、起き出してベッドの頭のほうの右脚を持ちあげた。脚の底のキャップは、ベッドが組み立てられたときから一度もはずされたことがなかった。指の皮がむけるほど強くひねったが、はずれなかった。声を漏らさないように気をつけながら、何度も手を変えてやってみた。ついにキャップがはずれたときには、もうへとへとで、自分の勝利にも気づかなかった。

一秒の数分の一遅れて、あわててパイプの端をつかんだものの、錠剤はサイロの穀物のようにあふれ出てきた。床を転がっていったものもあった。ブライアンは闇の中で目を見ひらいて行方を追った。

ひとつは通路のまんなかで止まり、もうひとつはほかのベッドの下に転がった。ブライアンは少しずつ慎重に手を離し、残りの錠剤をその場に山にした。シャツの前を広げてそこに錠剤をすくい入れると、こんどは膝をついてあたりを手探りし、その白い悪魔をすべて拾った。一粒も残っていないことを確信すると、向てなおって支柱のキャップをふたたびきつく押しこんだ。そのとき、雲間からふたたび月が顔を出して、病室全体を照らしだした。通路のむこう側のベッドから人影がむっくりと起きあがり、ブライアンのほうをうかがった。ブライアンはベッドの下に這いこんだ。

あばた面だった。まちがいなく。

月光は冷たく穏やかにベッドの脚の森を照らし、くっきりとした影が病室の床に何十本も斜めに伸びた。そのあいだにひとつ、ちっぽけな影が見えた。もうひとつ錠剤があったのだ。それは通路のむこう側の、あばた面のベッドの裾の下まで転がっていた。

大男のベッドがきしんだ。横になるつもりはないようだった。

月がふたたび雲に隠れると、ブライアンはそろそろと体を起こし、ベッドの毛布を手探りした。それからすばやく毛布をめくって立ちあがった。あばた面には、いまベッドを出たように見えたはずだった。

便所へ向かうブライアンを、あばた面は露骨な関心を持って見送った。ブライアンはよそ見をせずに、持ちあげているシャツの裾に集中した。

便器の水を三回流してようやくすべての錠剤が消えた。

もどってみると、病室はふたたび月光に照らされていた。あばた面がベッドに腰かけて足をぶらぶらさせていた。すっかり目を覚まして、ブライアンの様子をじっとうかがっている。どう見ても、簡単には通してもらえそうになかった。

ばれたのだという気がして、ブライアンは足を止めると、口をだらしなくあけて舌を垂らした。あばた面は瞬きもせずにじっと見つめているようだった。ブライアンは阿呆のように目をむいて前のめりになり、あばた面にくっつきそうになるまで顔を近づけた。眠りこみそうなふりをして片足を前に出し、裏切り者の錠剤を見かけたあたりをそっと探った。ついにそれを探りありあて、足指で慎重におおったとたん、あばた面に頭突きを食らった。不意をつかれたブライアンは後ろへひっくりかえり、床に頭をぶつけた。耐えがたい痛みが襲ってきた。

　倒れた拍子に舌を思いきり嚙んでしまったのだ。

　ゆっくりと静かに後ろのベッドまで尻を滑らせてゆき、自分を追ってくる目から逃れた。もう一度ベッドに横たわったときには、心臓が激しく打っていた。もうだいじょうぶだ。そう自分に言い聞かせた。あばた面もついに自分のベッドに潜りこんだ。

　それからの一時間でブライアンの舌は腫れあがり、激しく疼きはじめた。何度もうめき声が漏れたが、懸命に押し殺していたので、誰も目は覚まさなかった。

　ようやく落ち着きを取りもどし、眠りが訪れてくるのを感じたとき、錠剤のことを思い出した。

　転んだ際にふたたび見失ってしまい、まだ床に落ちているはずだった。這っていって捜すべきかどうか、天井を見つめたまま長いこと思案した。

　だがそのとき、どこからかささやきが聞こえてきた。

18

あくる朝ブライアンを見て、ペトラ看護婦が肝をつぶした。

痛みと不安の一夜を過ごしたために、ベッドは汗びっしょりだった。額は腫れあがり、口内はずきずきし、シャツの襟と枕には血がついている。彼は一睡もしていなかった。ささやきがやんで静けさだけが残ったあとも、体は眠りを求めなかった。事態に気づいてしまったせいで、すっかり興奮していたのだ。

それはぞっとする発見だった。ジェイムズと自分以外にも、この病室に仮病を使っている者が三人もいるというのは。そいつらは利口で、悪知恵が働き、抜け目がないうえに、まちがいなく危険でもあった。しかもまだ、ブライアンの知らないことがあるかもしれないのだ。それが何より恐ろしかった。未知の要素が。

あばた面がブライアンに目をつけているのはまちがいなかった。しかし問題は、これまでに何を見られたかだった。ジェイムズは偽患者たちのことをブライアンに警告しようとしていたのだ。ブライアンはそれにようやく気づいた。さぞ無力を感じていたことだろうと思うと、胸が痛んだ。自分はこの数週間、いや数カ月、どれほど友に忍耐を強いていたのだろう！　もっと慎重に合図を送るべきだったと、つくづく後悔した。

〝もうおまえを困らせないからな〟とひそかに誓った。それがジェイムズに伝わることを祈った。ゆうべのできごとに気づいていないはずはなかった。

目に見えない絆がふたりのあいだにふたたび結ばれたのだ。

新任の看護婦がスイングドアを乱暴に押しあけて、

患者たちをぎくりとさせながらはいってくると、ヒトラーと狼の巣（ヴォルフスシャンツェ）（総統大本営のひとつ。ヒトラー暗殺未遂事件が起きた）について、何やらわめきだした。

看護婦は十字を切るペトラや、ぽかんと見ているフォンネグートを尻目に、通路をずんずん歩いてきた。ヒトラーが死んだという話であればいいが。ブライアンはそう思った。ホルスト軍医補は看護婦を見ながらじっと話を聞いていた。だが、彼女の口調も興奮も、ホルストにはさして感銘をあたえなかったらしい。ところがジェイムズはベッドの上になかば起きあがり、いささか熱心すぎる表情で話を聞いており、それを隣のベッドから、あばた面が見ていた。

それからホルスト軍医補は看護婦もヒトラーもヴォルフスシャンツェも放っておいて、ベッドのほうに向きなおった。彼には病院の日常業務のほうが優先するのだ。報告があまりに唐突に終わったため、不意をつかれたジェイムズがいつもの放心状態にもどるのに苦労したのが、ブライアンにはわかった。あばた面のほうは微笑んだだけで、自分の番がまわってくると軍医が診察しやすいよう毛布をめくった。

ホルストが無反応だったとはいえ、何か重大なことが起きたのはまちがいなかった。誰もがぴりぴりし、外の雰囲気がいつもとは一変しており、数週間ぶりに保安将校が病室に現れた。

初めて見る将校だった。まだ少年も同然で、ブライアン自身より若そうに見えた。通路を大股で歩きながら、ひとりひとりの目をまっすぐに見て簡略な敬礼をし、答礼があるとうなずいてみせた。次にそいつは便所と浴室へつづく廊下を検分した。ゆっくりとした足音とドアをあけはなつ音が、うつろに響いてきた。だが、黒衣の男の登場は一同にまったく感銘をあたえなかった。偽患者たちでさえ、敬礼する将校の顔をまっすぐに見た。大顔の男はいつにも増してにこやかに、一同がぎくりとするほど力強く〝ハイル・ヒトラー〟

と答礼した。

その隣の小柄な共謀者はもう少し穏やかに応じた。顔はたしかに微笑んだが、腕は途中まであげただけだった。そのとたんに毛布が半分、床にずり落ちた。するとまさにそこに、そのベッドの下に、ブライアンがあばた面の頭突きを受けた際に見失った錠剤が落ちていた。ブライアンはすぐさまそれに気づき、ごくりと唾を呑みこみそうになるのを懸命にこらえた。

保安将校がそれを見つけても、もちろん出どころはわからないはずだった。だが、将校がしつこく問いただしたら、その偽患者はなんと言うだろう？　そしてあばた面はゆうべのできごとからどんな結論を引き出すだろう？　そのちっぽけな薬のせいで自分がこれまでの何倍も破滅に近づいてしまったことは、ブライアンにもすぐにわかった。その薬は遅かれ早かれ誰かが拾うだろうが、それは自分ではない。何があろうと、もう一度危険を冒すつもりはなかった。

痩せっぽちのシャム双生児の隣の男は、顔にひどい火傷を負っていた。その男はブライアンたちが入院する前からこの病室にいた。もはや包帯はすべてはずされ、損なわれた皮膚も正常な色合いを取りもどしつつあった。彼は炎上する戦車内に仲間とともに閉じこめられ、ひとりだけ生き残るという過酷な体験をしていた。そのせいで口がきけなくなったうえ、頭がおかしくなったのだ。保安将校はその男が敬礼のために腕をあげようとしているのを見て、手を貸そうとベッドのあいだに踏みこんだ。

するとその足が錠剤を蹴とばしたため、錠剤は壁にぶつかって跳ねかえり、病室のどこかへ滑っていった。危機は回避されたように見え、ブライアンはほっと息をついた。だが二分後、入口の前で将校はその錠剤を踏んづけた。ゴリッという音がして彼は立ち止まった。

将校に大声で呼ばれて、看護婦のひとりが病室に駆けこんできた。将校は床に膝をつくと、白い粉を指先でそっとついた。それから立ちあがり、粉のついた指先を看護婦になめさせた。表情と身ぶりからすると、看護婦はそれを大ごとにさせまいとしているようだった。もちろん自分のせいではない、自分は何も知らないと、そう訴えてもいるようだった。若い将校がいくつか質問をすると、彼女は首を振った。いつのまにか顔色が変わっていた。数分の事情聴取ののち、看護婦の目が泳ぎはじめた。どこか遠いところへ行ってしまいたいと、心から願っているように見えた。

そこで将校はしゃがみこんで、ブライアンから見えなくなったが、まもなくベッドのあいだにふたたび姿を現した。ブラッドハウンドよろしく顔を床にくっつけるようにして這っていた。短い捜索ののち、さらに二錠の錠剤が発見された。ブライアンはぞっとした。

全員が呼び集められた。日勤の看護婦に、起こされたばかりでまだぼうっとしている夜勤の看護婦。フォンネグートをはじめとする雑役係。衛生兵、看護助手、清掃係。ホルスト軍医補、そして最後にティーリンガー教授まで。何があったのか筋の通った説明のできる者は誰もいなかった。質せば質すほど、何かがおかしいという将校の確信は深まった。

体育館で一同を尋問した主任保安将校が呼ばれ、状況が説明された。興奮した口調で吐き出された多くの単語のなかで、ブライアンにわかったのは、仮病（ジムラツィオーン）の一語だけだった。

ただちに徹底的な捜査が始まった。上着を脱いだ親衛隊の兵隊たちが、膝をつき、腹這いになり、爪先立ちになって、病室内のありとあらゆる場所を調べた。隠し場所になりそうなところはいっさい見逃さなかった。ベッド脇の戸棚は空にし、新聞のページはすべてめくり、衣類と寝具は手探りし、マットレスは持ちあげ、窓枠と鎧戸も検（あらた）めた。立ちあがれない数人だけがベッドに残ることを許された。残りは脚をむきだしにしたまま奥の壁ぎわに立って、呆然と作業をながめていた。ジェイムズは誰も見ていない隙にスカーフをマットレスの下から引っぱり出し、首に巻いて襟の下に隠した。

事態を鎮静できないことにいらだち不機嫌になったティーリンガー軍医は、一同にしきりに冷静さを求めた。だが、一台のベッドの脚のキャップがはずされて何十錠もの錠剤が床にこぼれ出てくると、彼は黙りこんだ。

たちまち病室内の動きがすべて止まった。指揮をとっていた下士官はすぐさま、すべてのベッドからキャップをはずせと命じた。保安将校がフォンネグートに質問した。フォンネグートは息子を密告することを強制されたとでもいうように、ゆっくりとしぶしぶ鉤手をあげて、奥の壁ぎわにならんでいる連中のまんなかあたりを指した。とたんに、痩せたほうのシャム双生児が悲鳴をあげ、がたがた震えながら将校の前にひざまずいた。

残りのキャップがはずされているあいだ、ブライアンは自分のベッドのパイプにあのちっぽけな錠剤が残っていないことを、心から祈った。痩せっぽちが泣きながら連れていかれ、病室がふたたび静かになって初めて、あの男の不幸は自分のせいなのだと気づいた。そしてこの病室にいる最初の二十二人のうち、少なくとも六人が狂気を装っていたのだということも、これではっきりした。信じがたい数字だったが、もっと増える可能性もあった。痩せっぽちは一度もブライアンに疑念を抱かせなかった。それどころか、これまでの数ヵ月、ゆっくりとではあるが着実に回復している精神疾患者の姿を、完璧に示してきた。トラックの荷台で最初に出会ったときから、自分の役をこのうえなく小さなディテールにいたるまで綿密に演じてきたのだ。

もうひとりのシャム双生児はいつものように自分のベッドに腰かけて、おとなしく鼻をほじっていた。彼何が起こるのかわかっていたにちがいない。

正午に、若い保安将校が兵を一名したがえてはいってきた。命令が出され、患者たちはブライアンのベッドとは反対側の窓辺に移動しはじめた。不平を言う者はいなかった。ブライアンは最後に動きだしたので、二列目に立つことになった。そこからだと外で起きていることを見るには爪先立ちするしかなかった。それでも窓格子のあいだから見えるものは限られていたので、顔をそっと突き出して前の男の肩に顎をのせた。

病棟の壁から数百メートルむこうの礼拝堂まで延びる高さ二メートルの岩場の縁は、比較的よく見えた。その狭い岩の境界に立つものといえば、そこに古い発破孔か何かがうがたれていることを示す一本の杭だけだった。

痩せたほうの双子はその杭に縛りつけられ、半年あまり空間と空気と生活をともにしてきた仲間の見ている前で銃殺された。銃声が轟いた瞬間ブライアンは顔も仮病を使っているとしたら、驚くべきことだった。いま起きたことについての不安や悲しみは微塵も見せていない。反応するのは人差し指が大当たりを探りあてたときだけだった。

そのあと、痩せっぽちが痣をこしらえて蒼白でもどってきたときにも、〝双子の兄弟〟のほうはこれといった変化を見せなかった。微笑んだだけで鼻をほじりつづけた。反対にブライアンは自分の目が信じられなかった。痩せっぽちがどうやって窮地を逃れたのか、それが気になった。

あとの全員はどうやら事態の成り行きに満足しているようだった。軍医たちは笑顔を見せ、看護婦たちは元のように親切になった。それまで途方もない重圧にさらされていたのだ。

あくる朝、痩せたほうの双子はふたたび連れていかれた。彼は一晩じゅう木の葉のように震えていたので、をそむけ、かわりにジェイムズを見た。ジェイムズは前の列で、長身のあばた面の横に立っていた。銃声を聞いてぎくりとしたのがはっきりわかった。そしてしばらくのあいだ、くずおれた人影を食いいるように見つめていた。だが、ブライアンがぞっとしたのは、処刑の様子でもジェイムズの反応でもなく、ジェイムズを見つめていたあばた面が大顔の男にうなずいてみせた際の、その目つきだった。

　やがて次の男が杭に縛りつけられて処刑された。その男が何者かブライアンにはわからなかった。アルファベット・ハウスの患者ではないが、軍務を逃れようとして捕まったのはまちがいなかった。そのような違反は容赦なく厳罰に処せられることを、全員に知らしめたいのだ。

　痩せた男の生命のないうなだれた頭は、もうひとりの双子になんの印象もあたえなかった。彼はどう見ても何があったのか理解していないようだった。慰めようとする者もいなかったし、質問する者もいなかった。処刑がすむと病院側は不運な男のベッドを撤去して、病室じゅうの床を拭いたうえ、代用コーヒーをふるまい、フォンネグートにスピーカーを運ばせてきて、バイオリンとケトルドラムで一同の心を落ち着かせた。

　つまるところ、病室の男たちは治療を受けるためにそこにいるのだから。

あばた面はまずジェイムズに目をつけた。夜に三人そろってジェイムズを注視しているのにブライアンは何度も気づいた。明らかに監視しているのだ。とはいえ、あばた面以外のふたりはそれほど長いこと集中できず、数分もするとまぶたが下がってくる。薬が効いてくるのだ。しかしあばた面のほうは、何時間も目を覚ましていることができた。

最初ブライアンはこう思っていた。三人はジェイムズを放っておいてくれるだろう。ほぼ一日じゅう気絶したように寝ているだけの男を、恐れる必要などないはずだと。ところがそうではないことが、ある日わかった。カレンダー男が腕をぱたぱたさせてジェイムズを指さし、叫びはじめたのだ。リリーという看護婦が駆けこんできて、すぐにジェイムズの背中をたたきはじめた。ジェイムズは顔面蒼白で、咳の発作をこらえようとしていた。

あくる日の昼食時に、また同じことが起きた。

19

それからというもの、毎週のように銃声が聞こえるようになった。三人の偽患者は夜中にひそひそしゃべるのをやめ、ジェイムズは食事が運ばれてきたときに反応するだけで、あとは無気力に寝ころんでいた。だが、それ以外の生活は普段どおりつづいた。

三人のなかでも、あばた面はとくに警戒しているのが明らかだった。ほかの患者の世話はあいかわらずつづけていたものの、以前なら目をきらきらさせて誰にでも言葉をかけていたものが、いまは口数が減って警戒の目で相手を見るようになっていた。何を考えているのかブライアンにはわかったし、自分も同じことを考えていた——ほかに誰が偽者なのか？

それからの数日、ブライアンは食事時になると、いつものように脇のテーブルのほうを向いて腰かけるのではなく、ベッド上に起きあがっていた。そうするとジェイムズの食べている様子が見えるのだ。室内には皿の音や、くちゃくちゃと咀嚼する音、満足げなげっぷの音が響いていた。だが、ジェイムズだけはじっと動かず、食欲を掻きたてようとするように自分の皿を見つめていた。皿が集められるころになってようやく、彼は溜息をつくように肩を落とし、スプーンにふたすくい、食べ物を呑みこんだ。

すると、とたんに咽せはじめた。

これが六日つづけて繰りかえされた翌日のこと。昼食が配られると、ブライアンは自分の皿を手にベッドを出て、鼻歌を口ずさみながらおもむろにフォンネグートのテーブルに行った。フォンネグートかリリー看護婦がいたら、ただちにベッドへ追い返されていただろう。だが、その日は電撃療法を受けた患者のひとりがひどくあばれ、雑役係も看護婦も午後の回診の前にやることがたくさんあった。ブライアンはフォンネグートのテーブルに皿を置き、食べ物を口に運びはじめた。舌はまだ腫れていたものの、だいぶよくなっていた。偽患者たちは彼の落ち着いた食べ方を興味深げに見つめ、隅で硬直しているジェイムズとブライアンを交互に見た。ジェイムズは顔をあげなかったが、ブライアンに注視されていることは充分に承知しているはずだった。

そのとき、ジェイムズが一口食べ、つづいてもう一口食べた。ブライアンとの距離はほんの二、三メートルだった。ブライアンは自分の皿の縁を軽く押してみて、重さと抵抗を確かめた。

そしてジェイムズが咳きこみはじめるや、皿の縁をたたいた。皿はテーブルから飛んでいってジェイムズの足のすぐそばの、ベッドの脚にぶつかった。けたたましい音がして、全員が顔をあげた。ブライアンはあわてて皿を拾いにいった。

そしてジェイムズの前で急に立ち止まり、床に散らばった食べ物とひっくりかえった皿を指さしながら、単調に彼の顔に笑いかけた。ジェイムズは自分の皿を見つめたままだった。豚肉のかたまりと、くたくたになった灰色のセロリの根のあいだに、人糞に似たものがのっていた。

ふたたび鼻歌を歌いながら、ブライアンはふざけたように身を乗り出して、スプーンでそれをつついた。抑えがたい吐き気が襲ってきた。ジェイムズの皿のまんなかにのっていたのは、まさしく人間の大便だったのだ。

あばた面は笑いだしただけだったが、大顔が飛び出してきてジェイムズから皿をひったくった。そして床に散らばったものを集めてそこへのせ、足早に便所へ持っていった。

大便がどうして食べ物にまぎれこんだのかは謎だった。だが、はっきりしていることがふたつあった。犯人は偽患者どもだということと、それを秘密にしたがっているということだった。

三人はこうして何日もジェイムズにいやがらせをしてきたのだ。それは一方的で容赦のない露骨な戦争であり、目的はただひとつ、ジェイムズの正体を暴くことだった。そしておそらく彼らは成功していた。ジェイムズは反応してしまったのだ。食べようとしないことで。

その日の午後はずっと、ジェイムズはベッドに腰かけたまま放っておいてもらえた。

ブライアンがしてやれることは何もなかった。

防空鎧戸ががたがたと窓を打つ音で、ブライアンははっと目を覚ました。隣のベッドでは、ひどい火傷を負った戦車将校が深い寝息を立てている。列のさらにむこうでは、シャワーを見あげていた男がベッドの背枠にもたれて、むかいの列をぼんやりと見つめていた。

外はまだまっ暗ではなく、青白い夏の光がほのかに残っている。ジェイムズのベッドのまわりに偽患者たちのシルエットが見え、ブライアンはぞっとした。ひとりは頭のほうに、もうひとりはまんなかに、残るひとりは足のほうに立っている。腕を振りあげては殴りつけていた。そのパンチをどう受けているのか、ジェイムズは一度も悲鳴をあげない。三人がようやく引きあげたあとになって、うめき声だけが聞こえてきた。

〝二度とジェイムズに手出しはさせないからな〟翌朝ジェイムズが足を引きながら浴室へ行くのを見て、ブライアンはそう心の中で誓った。

だが、そんなことで三人がやめるはずはなかった。顔に痣こそつくらなかったものの、くぐもったパンチの音は夜ごとに聞こえてきた。

ブライアンは絶望した。ジェイムズの命が心配だった。大声で叫ぼうかと何度も思った。ベルの紐を引いて看護婦を呼ぼうか、それともジェイムズと三人のあいだに飛びこんでいこうかと。だが、戦争は彼に生き延びるためのルールをたたきこんでいた。平時であれば不合理で非人間的に思えるはずのルールを。だからブライアンは自分の無力さに身をゆだねた。

ペトラ看護婦が血だまりの中に意識を失って倒れているジェイムズを見つけたのは、彼が最後の暴行に耐えた翌朝のことだった。ペトラは驚きのあまり呆然とした。そのうろたえぶりが、ことの重大さを物語っていた。ホルスト軍医補だけでなく、ティーリンガー軍医までが呼ばれた。彼らが怪我の原因を求めて、ベッドの縁や前後の枠ばかりか、床まで調べだすと、ブライアンは心の中で〝その額の傷が自然にできたものじゃないことぐらいわかるだろう！〟と叫んだ。そして自分を〝裏切り者！〟とののしり、ジェイムズの命が助かるよう祈った。

軍医らの反対にもかかわらず、簡単な調査が行なわれた。若い保安将校がジェイムズの額に手を触れ、医師の資格があるわけでもないのに深い傷口をじっくりと観察した。それからこんどはベッドを隅から隅まで検め、さらに床と壁とベッドの支柱を調べた。何も見つからないと、次はベッドからベッドをまわって患者から毛布をはぎ取り、何か隠していないか調べた。

〝やつらの手に痕が残っているか、シャツに血がついていますように〟ブライアンはそう祈った。ジェイムズはシーツのようにまっ白で、大量の血液を失っているにちがいなかった。だが、何も見つからなかった。そこでようやく将校は、何をどうしていいかわからずにいる看護婦たちに指示をあたえた。長靴を鳴らしながらベッドのあいだを行きつ戻りつしていると、ペトラ看護婦が必要な医療器具を持ってもどってきた。

何が行なわれるのかブライアンが把握する前に、彼らはもうジェイムズの肘の内側に針を刺しこんでいた。そして黒っぽいものがはいった瓶をベッドの上に吊るした。

〝よせ、そんなことをしたら死んでしまう！〟ブライアンは内心で悲鳴をあげ、あの病院列車でジェイムズが血液型についてなんと言っていたか思い出そうとした。〝おまえは自分の好きにしろよ、ブライアン。だが、おれはA＋と入れる〟ジェイムズはそう言い、その言葉で自分に死刑を宣告してしまったのだ。すでに瓶からは、まちがった血漿が管を流れおちていた――重傷者の血管へと。

偽患者どもはジェイムズを殺すつもりはなかったはずだ、とブライアンは思った。殺したければ殺せただろうが、連中はそれを望んでいないのだ。ゲルハルト・ポイカートはどこの馬の骨ともわからぬ男とはちがう。親衛隊の連隊指揮官だ。そんな男が殴り殺されていたり、不自然な死に方をしていたりしたら、調査と事情聴取はまちがいなく徹底的なものになる。ブライアンの見るところ、三人組の望みはジェイムズが偽患者だという確信をつかみ、彼を支配することだった。いまのところどちらも成功していなかったが。

輸血がすむと、ジェイムズは体を拭くために裸にされた。体は死人のように青白かった。スカーフは身につけていなかったので、ブライアンはほっと溜息をついた。それだけが不幸中の幸いだった。三人は事態の推移をじっと見まもり、青痣や出血の跡が現れるほどに、安全な寝床のなかで身を縮めた。

この奇妙な怪我の原因を探ろうとペトラは何度も試みたが、そのたび不機嫌な上司に一喝された。ペトラは不安をあおった。それに対してリリー看護婦のほうはいつも、病室内を可能なかぎり速やかに常態にもどそうとした。犯罪の疑いがあれば自分もそれに巻きこまれてしまう、という現実的立場を採用しているらしかった。調査や事情聴取は不信につながりかねず、不信は移動につながりかねない。そうなると東部戦線の野戦病院送りになることもありうる。

リリー看護婦には想像力は不足していないようだった。

そんなわけで、ペトラは不満だったようだが、それから数日間、ジェイムズの看護の責任はすべてリリー看護婦が負うことになった。患者の症状は思わしくなく、輸血がふたたび行なわれた。こうして、まちがった型の血液が二本も――すなわち一リットルも――ジェイムズの体内に注ぎこまれた。

それでも彼は生きていた。

なり、こめかみの血管が青っぽく浮きあがっている。

「がんばれよ！」とブライアンはあたりをうかがいながらささやいた。「じきに味方が来る。あとひと月かふた月だ、それで自由になれる、それを待つんだ」返事はなかった。ジェイムズは微笑み、〝しっ〟と言おうとするように唇をすぼめた。それから言葉を口にした。ブライアンは友の乾いた唇に耳を近づけて、ようやくそれを聞き取った。「近づくな」それだけだった。

ブライアンがあとずさると、三人目の偽患者が毛布をかぶりなおした。

20

日がたつにつれて、悪夢はいっこうに終わっていないことがわかってきた。

最初の兆しが現れたのは、ある朝のことだった。ブライアンが目を覚ますと、ペトラがジェイムズのベッドに腰かけて、身を震わせる彼の頭を胸に押しつけ、なだめるようにさすっていた。

その数日後、ジェイムズはこんどはベッドに起きあがって嘔吐していた。ブライアンはその日の夜、あばた面と大顔が食事のバケツを取りにいっているあいだに、思いきって友の前で足を止めた。もうひとりの偽患者はぐっすり眠っているようだった。

ジェイムズの顔は蒼白だった。肌は羊皮紙のように

連合軍はカールスルーエをふたたび爆撃し、疎開者が続々とシュヴァルツヴァルトの田舎に流れこんできた。

九月の中頃にいくつかのできごとが起きて、ブライアンは予防手段をもう一度、これで最後かもしれないが、考えなおした。

秋の光が鎧戸の隙間から明るく射しこんでくるある晴れた朝、ジェイムズがまたしても失血死しそうになっているのが見つかったのだ。包帯はすべてむしりとられ、治りかけていた頭の傷口がひらいて大量に出血していた。顔は紙のようにまっ白で、両手には暗赤色の血がこびりついていた。自分で自分を傷つけたのだろうと判断され、二度とできないようにと手を縛られた。

それからまたもや輸血をされた。

ジェイムズのベッドの上にふたたびガラス瓶が吊されるのを見て、ブライアンは途方に暮れた。

ブライアンと三人組とのあいだには力の均衡が生じており、たがいに目を光らせていた。そんなある日、ジェイムズはホルスト軍医補が〝昏睡〟という言葉を用いるほど深い失神状態におちいった。ホルストは首を振りながら診察を終えると、ブライアンの隣とむかいの患者のほうを向いて微笑みかけ、別れの挨拶をした。ふたりともついに退院の緑のスタンプをもらったのだ。

病室の連中が病院着以外のものを着ているのを、ブライアンは初めて見た。最初の日からずっと、彼らは首のまわりで紐を結ぶ膝丈のシャツしか着ていなかったのだから。下着をはいていることなど、めったになかった。

アイロンのきいた乗馬ズボンと、とがった制帽を身につけて、すっかり威厳と自身を取りもどしたふたりの将校は、にっこりと微笑みかえした。ごわごわの上着からは安ぴかの勲章がぶらさがっている。ホルストはふたりと握手を交わし、看護婦たちはおおげさなお辞儀をしてみせた。同じ看護婦がつい数日前までは、入浴のあと裸の彼らが一列になって前を通過しないとビンタをくれていたのだが。ブライアンの隣の男がフォンネグートに握手を求めると、フォンネグートはすっかりあわてて、左手ではなく右の鉤手を差し出してしまった。

軍医たちが何を基準に健康と病気を判別するのかは謎だった。なんにせよ、このふたりは砲弾の餌食になれる程度には回復したと判定されたのだ。

ふたりともたいそう誇らしげで、哀れなほどうれしそうだった。アルンヘム（オランダの都市。四四年九月に連合軍空挺部隊が降下して激戦となった）という地名を口にしていた。

どうやらそこへ送られるらしい。

隣の男がブライアンの目をまっすぐ見て別れを告げた。隣のベッドで八カ月あまり、昼も夜も苦しげに呼吸をしていた患者とその男とが、ブライアンにはどうにも結びつかなかった。

アルンヘムにおけるドイツ軍勝利の報がもたらされると、病室内の空気は二分された。まもなく退院できそうな患者は背筋を伸ばし、あらゆる機会をとらえて自分が充分によくなっていることを証明しようとした。あとの患者は症状がますます悪化し、ますます頻繁に夜中に悲鳴をあげ、ますます体を前後に揺すり、奇妙な痙攣やしかめ面を見せるようになり、豚のようなものの食べ方をふたたび始めた。

偽患者たちも反応した。

あばた面は自分の仕事を極端に熱心にやってみせ、ついには誰かを火傷させたり突き倒したりしかねないとして、配膳の仕事を一時的に取りあげられた。大顔の男も同じ芝居を毎日演じ、フォンネグートやほかの患者にしじゅう「ハイル・ヒトラー！」をやっていた。そのうえ、夜中にいきなり歓喜の発作に見舞われて大声で歌をうたいだし、それに合わせてベッドの鉄パイプをたたいては、看護婦たちを病室に駆けつけさせるようになった。

ブライアンは小柄なほうの偽患者と同じように、ベッドで身を縮めて頭から毛布をかぶり、沈黙を守っていた。ブライアンの階級の高さと責任の重大さ、虚脱と遅々とした回復ぶり、それは彼の命の保険であり、あのふたりの将校のように前線送りにはされないという保証だった。彼をどこへ送ったものか、もしかすると誰にもわからないのかもしれなかった。

自分自身のことは心配ではなかった。問題はジェイムズのことだった。三人組が友に何をしようとしているか、それだけが心配だった。

ジェイムズはいつのまにか昏睡から覚めていたものの、もはやかつての面影はなかった。型ちがいの血液を輸血されてどうして死ななかったのかは謎だが、ふたたびベッドから出られるようになるまでには、まちがいなくしばらくかかるはずだった。

だが、ブライアンはもう何カ月も脱走のことばかり考えてきた。それをやり遂げる方法を絶えず思案していた。

問題はまず衣類だった。病院着のほかにブライアンが持っているものといえば、靴下がひと組だけだった。三日に一度、いままでのものよりさらに洗濯してすりきれたものと交換される。自力で浴室に行くようになってからは、バスローブを一枚あたえられていた。それがあれば、少なくとも雨風からは身を守れたはずだ。けれどもそのバスローブはもうなかった。雑役係のひとりが長いことそれを物欲しげに見つめていたことと関係がありそうだった。スリッパもとうになくなっていた。

スイス国境まではおそらく五、六十キロなので、なんとか行けそうだった。晩夏の季候はまだ穏やかで、晴れた日には風景がくっきりと浮かびあがっている。ただし、夜はかなり冷えるようになってきた。

数週間前に風向きが西に変わって以来、新しい物音が聞こえてくるようになった。ときには列車の汽笛と低い轟きも、救いの響きのように風に運ばれてきた。

〝ここは山脈のはずれだ、ジェイムズ！　線路はそう遠くないはずだ。あの列車に飛び乗れば国境まで行ける。前にもやったことがあるんだ、こんどもやれる。そうすればバーゼルまで行ける！　あの列車に飛び乗ればいいんだ！〟

だが、そのジェイムズが問題だった。目の下のくまは永遠に消えないように見えた。ペトラ看護婦の表情はますます深刻になった。

ある晩ついにブライアンは、ひとりで脱走するしかないと悟った。寝言を言ったような気がしてならず、はっと目覚めたときのことだった。あばた面がブライアンのベッドの横に立って、疑るように彼を見つめていたのだ。

もはやこれ以上脱走を延期するわけにはいかなかった。

ときには無謀にも、雑役係を殴りたおして服を奪おうかなどと考えることもあった。でなければ軍医の部屋から私服をくすねようかと。だがもちろん、それはただの夢想にすぎなかった。現実にはブライアンの日々の活動範囲は広くない。よく知っているのは病室と、診察室、電撃療法室、それに便所と浴室だけだ。民間人の服が手にはいるとは思えなかった。

問題が解決したのは、患者のひとりが浴室のドアに小便をし、わめいたり叫んだりしたあげくに鎮静剤を打たれて連れていかれたときだった。ブライアンは膝をついて小便を拭いているフォンネグートの脇をすりぬけて便所へ行った。

個室のむかいの物置のドアが大きくあいていた。ブライアンは個室のドアをあけたまま便器に腰をおろした。物置の中を見るのは初めてだった。

実際には大きな戸棚と変わらず、雑巾や粉石鹼、ほうき、バケツなどが、棚に積みあげられたり床に置かれたりしていた。

中は横から射しこむ細い光で照らされていた。フォンネグートはまだ、聞こえよがしにぶつくさ言いながら外の床を拭いていた。ブライアンはそっと物置の前に行った。ドア枠を調べてみると、腐りかけていた。ぼろぼろの木材にかろうじて錠がくっついている。金具はとうにゆるんでいた。内びらきだから、膝で圧迫しながら把手をぐっと押せば、難なくあくだろう。

中にはいってみると、ドアの裏の陶製のフックに、すりきれたつなぎが掛かっていた。

そのとき、フォンネグートがドアをあけた。はっと息を呑んだブライアンの手首を彼はがっちりとつかみ、ベッドに連れもどした。そのあいだブライアンは心臓をどきどきさせながら息を詰めていた。

月が沈んで室内が闇に包まれるまでのあいだ、彼は物置の様子を何度も頭の中で反芻した。そしてその夜は何度も便所に通うことにした。悪化する一方の食糧事情のせいで、下痢に見舞われるのはここでは珍しいことではなかった。

最初に便所に行ったときは、物置に押し入って上の棚板を二枚はずした。

棚の最上段の上に小さな窓がひとつあるのだ。近づきにくいが、大きさはなんとか足りる。しかも浴室と便所の天井近くにある細い窓とちがい、格子がはまっていない。

掛け金は音も立てずにあいた。

ブライアンは即座に決断した。次回かその次の回に実行しようと。つなぎを着て、棚にのぼり、窓から這い出し、運を天に任せて地面に飛びおりる。それからあの広場までひそかにたどりつき、有刺鉄線を乗りこえるのだ。不確定要素だらけの危険きわまりない計画だった。ブライアンとジェイムズがこれまでくぐりぬけてきた無謀な企ての数々と変わらない。いや、それよりも悪い。ジェイムズが危険な状態にあるのだから。現実はきびしい。残りの人生を良心の呵責とともに生きていくことを考えると、ブライアンは耐えられなかった。

だが、ほかにどうすればいい？

さらに三回便所に通い、ついにブライアンは物置にとどまった。二回目は赤い目をした小男に邪魔をされた。おのおの鎖を引いて水を流すと、ならんでよたよたと温かい寝床にもどった。

三回目にようやく病院着の上につなぎを着た。寒さしのぎにはほとんどならなかった。

棚板を危険なほどどきしませてその上に乗り、ブライアンは窓枠をつかんだ。窓は思ったより狭かった。病室からは物音ひとつ聞こえてこない。

あと少しで落ちるというところまで、窓から這い出してみた。まっ暗だというのに、下の様子が恐ろしいほど詳細に見えてきた。飛びおりるのは自殺行為だった。

パラシュート降下と墜落訓練ならブライアンはたいていの連中より慣れていた。だが、六メートルも自由落下して無傷でいられる可能性はとてつもなく低い。その暗い深淵に〝不幸中の幸い〟はないのだ。転落して即死すればまだしも、負傷して捕まったりすれば、保安警察にどんな目に遭わされることか。

岩壁にこぢんまりと寄りそっている暗い厨房棟が、いかにも平和に見えた。下の壁ぎわからおなじみの物音がして、夜間巡回中の衛兵が現れた。彼らの口から押し殺した笑いとともに白い息が漏れ、ブライアンのほうへ立ちのぼってきた。

通り過ぎざまにひとりが声を立てて笑いだした。その明るい声が耳に届いた瞬間、背後でギシッという音がして、突然、棚が壁から離れた。

ブライアンの口から小さく悪態が漏れた。彼は煉瓦壁に肘でしがみついて体を支えながら、むなしく足がかりを探した。

寒いのにもかかわらず、じっとりと汗をかいていた。衛兵たちはまだ広場のむこうへ完全に消えてはいなかった。犬たちは主人の陽気さに刺激され、うれしげにまわりを跳ねまわっている。

音を聞きつけたら、たちまちもどってくるだろう。

物置の内部の騒音はすさまじかった。ブライアンは懸命に体をずりあげようとあがいた。すると突然、後ろから足首をがっちりとつかまれた。

21

ジェイムズは輸血によって引き起こされた吐き気と体調不良にまだ苦しんでいた。そのうえ不安と知覚の混乱、ひどい倦怠感にもさいなまれていた。これはたびかさなる電撃療法と薬の影響でもあった。頻繁に意識を失うようになるにつれ、白日夢にふけることもできなくなってきた。映画や小説はあらかた忘れてしまうか、ごちゃごちゃに混じり合ってしまった。

彼はもはや末期的状態にあった。身も心もむしばまれていた。疲れはて、孤独で、涙も涸れていた。周囲には虚脱と狂気が潜んでいた。呆けた顔、抑圧された熱狂、鬱屈した不気味なふるまいが。それに彼を痛めつける連中と――ブライアンも。

偽患者どもが新たな犠牲者を見つけてくれたので、ジェイムズはもはや何も気にかけず、一日のほとんどを放心したふりをして過ごした。

それは難しくなかった。

脱走しようとしたブライアンを阻止したのは偽患者どもだった。「生かしておけよ」ブライアンを中へ引きずりこむと、クレーナーがそうささやいた。「壁の血を拭いて、棚をもどせ」

命令は驚くほど迅速に実行された。病室では、残ったほうのシャム双生児だけがそわそわしていた。頭上のベルの紐と床のあいだを目が行ったり来たりしていた。クレーナーが山猫のように威嚇してみせると、哀れな声を出して毛布に潜りこんでしまった。

ブライアンはおとなしく病室に連れもどされた。両手から出血していた。偽患者たちは鎧戸の隙間から漏れてくる早朝のかすかな光の中で、ブライアンに質問を浴びせた。ほかにも仮病を使っているやつがいるのか？　仲間がいるのか？　どこまで知っているのか？

だが、ブライアンは沈黙を守り、偽患者たちは判断をつけかねた。こいつは本当に仮病を使っているのか？　何をしようとしていたのか？　脱走なのか自殺なのか？

ブライアンは翌朝の試練にも耐えた。だが、絶望しているのは明らかだった。

朝になって清掃係が物置の壁に残った痕跡を見つけたのだ。彼女は急を伝え、ぐらつく棚を揺すってみせたが、病室の看護婦はとくに関心を示さなかった。

朝の身繕いはとうに終わっていた。偽患者たちが安堵と敵意の入り混じった表情で見守るなか、ブライアンも手脚とシャツからゆうべの痕跡を洗い流すために、ぎこちない足取りで浴室へ行った。

だが、窓から這い出ようともがいた際にできた指先の傷は隠せなかった。それに気づいた雑役係が、交代要員にブライアンを指さしながら懸念を伝えた。

ブライアンのほうもそれに気づいたようだった。

しばらくすると、ついに保安将校が現れた。彼がひとりひとりを点検しながら通路を歩いてくると、さきほどの雑役係がブライアンの両手を将校に見せた。ブライアンはへらへらとうなずいた。血だらけの指先から無数の細かな棘が突き出していた。まるでヤマアラシの針のようだった。雑役係は顔をしかめ、ブライアンの腕をいたずらな小犬の首のように振った。するとブライアンは手を振りほどき、指先を背後の鎧戸に何度かこすりつけ、そうしながら気持ちよさそうに目を閉じた。

将校は一同がぎくりとするほど猛々しく自分の権威を見せつけた。かっとしてブライアンのシャツをひっつかみ、彼を床に投げ倒したのだ。「なめたまねをすると承知せんぞ！」そう吐き捨て、ブライアンを立ちあがらせた。ブライアンは首をすくめて自分の運命と向き合った。

これは彼にしてみれば命を賭けた戦いだった。

将校はブライアンの体をくまなく調べた。ねずみ色にくすんだ病院着はくしゃくしゃで、さきほど徹底的にシャワーを浴びたせいでまだ湿っていた。雑役係は肩をすくめた。「脱がずにシャワーを浴びたようですね」

将校はシャツの裾をおろさずに、そのまますらにめくりあげた。そしてブライアンの睾丸をそっと、ほとんど愛撫するように握り、顔を優しく見た。「家が恋しくなったんですか、上級指揮官殿？　だいじょうぶ、わたしにはうち明けてかまいません。あなたに害は及びませんから」握った手をゆるめずに、彼はしばらくブライアンの顔を見つめた。

「むろん、わたしの言っていることは理解できませんよね？　そうでしょう？」将校が手を握りしめるにつれてブライアンの顔に表れた苦痛の陰に、ジェイムズは彼の無力と狼狽を見て取った。将校の問いは、ブライアンがなりすましている狂人のアルノ・フォン・デア・ライエンにとってと同じくらい、ブライアン自身にとってもちんぷんかんぷんのはずだった。いまの状況では、理解できないほうが、理解できるよりはるかにいいはずだった。ブライアンの無抵抗さに将校はいらだったが、その一方で自信が揺らいでもいた。

五回目の質問で将校が思いきり手を握りしめると、ブライアンは絶叫し、嘔吐した。将校はあわてて手を離し、制服が汚れないように脇へよけた。それから大声で雑役係を呼び、足元の床を拭かせた。

近くのベッドにも吐物が飛んでいた。患者のひとりが起きあがり、人差し指を伸ばしたまま汚れたベッドの横をすりぬけていって、壁を指さした。

その患者のことは、ジェイムズはあまり知らなかった。ペーター・シュティヒという名で、いつも赤い目をしている男だった。

その男がいまブライアンの命を救ったのだ。

保安将校はその手を払いのけようとしたが、そこで彼が指さしている場所を見た。それはいまだに背を丸めているブライアンのすぐ背後にある窓の鎧戸だった。半分あいたその鎧戸の縁の木肌に、長い褐色の染みが何本かついていたのだ。将校は近づいていって粗い木肌を触り、もう一度ブライアンの指を見た。それから突然くるりと向きなおると、赤目の男を突き飛ばして部屋を出ていった。

ブライアンは時間との戦いのなか、将校が点検に現れる前に、粗い鎧戸の木肌に指先をこすりつけて、無数の棘をあらかじめ刺しておいたのだ。

将校が出ていくと、彼は鎮静剤を打たれたが、物置の棚は結局そのままになった。

しばらくは夜中のひそひそ話が増えた。

小鬼（ノーム）を思わせるディーター・シュミットは、自分たちの将来の計画はアルノ・フォン・デア・ライエン上級指揮官にすべて知られていると確信しており、行動を起こすべきだと主張した。

だが、あばた面のクレーナーはこう反論した。もはや病室で騒ぎを起こすのは避けるべきだ。状況はまもなく変わる。戦利品はいまや連合軍側にある。戦争はいつのまにか終わるかもしれない。

アルノ・フォン・デア・ライエンが殺されているのが見つかれば、尋問が果てしなくつづく。尋問というのがどんなものかは、自分もランカウもよく知っている。誰であろうと口を割らずにはいられないし、見逃してもらえない。

自分たちも例外ではない。

「どうしてもあいつから何か聞き出したいのなら、目をつつくか、口蓋垂（こうがいすい）をつねるか、耳道の内側を強く押すかしてやれ。だが、目に見える痕を残したり、悲鳴をあげさせたりはするなよ。いいか？」

それにつづく数夜、ブライアンのすすり泣きとうめき声が聞こえた。だが、ついに彼は一言もしゃべらなかった。偽患者どもは当惑した。

ジェイムズがしてやれることは何もなかった。彼らの暴行もいずれ終わるはずだった。それをジェイムズは自分の経験から知っていた。

クレーナーは下唇を突き出してブライアンからジェイムズに目を移した。「狂人だろうがなかろうが、おとなしくしてないと殺されるということを理解してるかぎり、ほかに何を知っていようとかまわん」

シュミットが首を振った。「アルノ・フォン・デア・ライエンは何もかも知っていますよ、本当です。郵便配達はあいつを消せと言うでしょう」

「ほう？　それを郵便配達はどうやって伝えてくるんだ？」クレーナーは皮肉な口調で尋ねた。「テレパシーでか？」その顔は笑っていなかった。郵便配達など、全能の幽霊と変わらなかった。「彼はとっくに逃亡したと思わないか？　忠実な従者のことなどすっかり忘れてると思わないか？　だとしたら大隊指揮官、きみはなんだ？　ただの阿呆じゃないか？　それがわれわれじゃないのか？」

「いまにわかりますよ」ディーター・シュミットは奇妙に目を輝かせて言った。

〝『デイヴィッド・コパフィールド』！　今日は『デイヴィッド・コパフィールド』にしよう〞ジェイムズは枕に頭を横たえた。病室は静かだった。子供のころから彼はこの作品をディケンズの最高傑作だと考えてきた。その他の大作家の作品も記憶に刻みこまれてはいた。ヴィクトル・ユゴーからスウィフトやデフォー、エミール・ゾラ、スティーヴンスン、キプリング、それにアレクサンドル・デュマまで。だが、それらの上に燦然と輝くのがチャールズ・ディケンズと『デイヴィッド・コパフィールド』だった。

看護婦たちに仕事がたくさんある午後に、ジェイムズはこの心なぐさむ物語を思い返した。

物語を思い返すには平穏さが必要だった。混乱と散漫な思考はいまや最悪の敵になっていた。電撃療法もさることながら、それ以上にあの不快な塩素化合物の錠剤のせいで、記憶がしだいにぼやけてきていたからだ。

物語をひもときはじめたジェイムズは、もはや最後までたどりつけないことに気づいた。登場人物の名前が思い出せなかったのだ。〝コパフィールドの二番目の妻はなんという名だったか？　子供のころの友達は？〞彼はしばし考えこんだ。〝最初の妻はドーラだ。もうひとりはエミリーか？　いや、ちがう。エリザベスか？　なんだ!?〞

記憶力が永遠に損なわれてしまったのではないかと不安になった。だが、その憂鬱なもの思いはそこで妨げられた。二名の雑役係がはいってきて、カルテをめくり、手をたたきながらこう言ったのだ。「病室を移動します。私物をまとめてください、上階へ行きます！」

ジェイムズをふくめて数名が廊下に出され、かわりに新たな患者が病室へはいっていった。ペトラがジェイムズに微笑みかけ、ちょっと顔を赤らめた。

案内役はフォンネグートだった。集められたのはとんでもない顔ぶれだった。三人の偽患者に、ジェイムズとブライアン、赤目とカレンダー男の計七名である。

「教授によると、あんたがたは回復途上にあるそうだ」とフォンネグートは不信の色を浮かべながらも言った。「だからほかの連中とは別にする。そうすれば必ずよくなるとさ。上階（うえ）の部屋が空いたんだよ。一部屋そっくり。まとめて前線に送られたんだ！」

22

まずはカレンダー男が自分の後ろの壁に年月日を記した紙片をとめた。一九四四年十月六日とあった。

部屋は前の病室よりずっと狭かった。下の階の物音はくぐもり、不潔さは見えなくなった。

ジェイムズのベッドは一台だけ、短いほうの壁ぎわにあった。そこの窓からの眺めは誘惑的だった。右側には痩せっぽちのディーター・シュミットと大顔のホルスト・ランカウが、カレンダー男のヴェルナー・フリッケをあいだにはさんで様子をうかがっており、部屋の反対側のドアは隙間風でがたついていた。

ジェイムズは赤目とクレーナーのあいだのブライアンのベッドをぼんやりとながめた。ブライアンも数時間後に電撃療法からもどってきたら、自分と同じように、ぐったりしたままなすすべもなく偽患者どもの意のままにされるはずだった。そのあとの日々は、何年にも思えるほど長いものになるだろう。ジェイムズは全身の関節が痛み、内臓の調子が悪かった。体に力がはいらず、抜け殻になった気分だった。

〝ブライアン、おれがここから連れ出してやるからな〟彼はそう思ったが、もはや自分でもできるとは思っていなかった。

その前にまず自分がよくなる必要があった。

クレーナーは手まねでもう何度もホルスト・ランカウのおしゃべりをやめさせようとしていた。クレーナーでも汗をかくのだということを、ジェイムズは初めて知った。クレーナーの目は室内を注意深く見まわしていた。監視されていると感じているようだった。

夜の回診がすんでようやくクレーナーは自由にしゃべるようになった。盗聴装置はしかけられていなかったらしい。

ティーリンガー軍医は治療の成果に満足しているようだった。これからは看護体制が強化されるだろう。数カ月のうちには、彼らはふたたび総統につかえるにふさわしいまでに回復したと判断されるはずだ。

「ティーリンガーはまるで疑っていない」とクレーナーは穏やかに口をひらき、ランカウとシュミットを交互に見た。「だが、見通しは暗いぞ。われわれはじきに元の任務にもどされるだろう。そうしたらどうなると思う？　郵便配達はその問題にも解決法を持っているのか、シュミットさんよ？」

「おれ自身は、自分が前線送りになるとは思わないね。おまえらもだ！」ランカウがうなるように言い、そこで声を落とした。「おれに言わせりゃ、もっとまずい問題がいろいろある！」そう言うと静かに立ちあがり、カレンダー男の前に立った。

「立て、フリッケ。おまえはこっちに寝るんだ」とランカウは自分のベッドをたたいた。最初カレンダー男はそれを真剣には受けとめず、動こうとしなかった。三度目にベッドをたたいたあと、ランカウは拳を握りしめてカレンダー男の顔の前に突き出してみせた。

「次は手のひらじゃないぞ、わかるか？　こいつだ。移動する気になったか？」

「こんなにしょっちゅうベッドを交換して、看護婦にどう思われると思ってるんだ？　いま決めなくたっていいだろう」クレーナーはうんざりした顔をした。

「正しいカルテが正しいホルダーに収まってるかぎり、あいつらは気づきやしない。それだけだ！」ランカウはカルテのホルダーをぽんとたたくと、また自分の隣になったディーター・シュミットのほうを向いた。

「これでおれたちはまた幸せな家族ってわけだ！　だから、兄弟、おれたちの質問に答えるんだ。郵便配達はどこにいる？　そいつの計画についておまえはいったい何を知ってる？　白状しろよ。白状したら、あのふたりをどうするかも、ついでに教えてもらおうか」とランカウはディーター・シュミットから目を離さずにブライアンの空っぽのベッドを指さし、それからこんどは親指でジェイムズのほうをさした。「あのふたりは知りすぎてる。それが目下の最大の問題だ」そこでちらりとジェイムズに目をやった。ジェイムズは目を閉じて軽く寝息を立てていた。「フォン・デア・ライエンの馬鹿がまた脱走しようとしたら、どういうことになると思う？　郵便配達にはそれもわかってるのか？」

「むろんです」ディーター・シュミットは冷ややかにランカウを見つめた。

「なら言ってみろよ！」

そのとき廊下で足音がし、ランカウは耳をそばだてた。ペトラ看護婦が部屋をのぞいたときには、全員が静かにベッドに横になっていた。彼女はランカウがベッドを移ったことには気づかなかった。ジェイムズしか見ていなかったのだ。

その夜、偽患者たちはなおも言い争いをつづけた。郵便配達のことや、貨車に積まれた貴重品のこと。それにブライアンのことで。

状況は悪くなる一方だった。ジェイムズは満足に体も動かせなかった。吐き気は慢性的になり、熱もあった。しかもブライアンはまだ電撃療法からもどってきていなかった。これほど長時間もどってこないのは初めてだった。気にする理由はまったくちがうにしろ、病室の全員が気にしていた。

ジェイムズはとにかくブライアンに早く無事にもどってきてほしかった。これほど時間がかかるのは、通常は患者が痙攣を起こした場合だけだ。痙攣を起こせば二、三時間は余計にかかる。だが、そう思う一方で、別の病室に移された可能性もあると思っていた。それは自分が孤独になるということだったが、ブライアンにとっては結局いちばんいいことだとも思った。

時がたつにつれて偽患者たちは、アルノ・フォン・デア・ライエンを本人がもどりしだい始末するという意見に傾いていた。ジェイムズは気が気ではなかった。彼自身も偽患者たちの密談の対象にされたものの、とりあえずは屈服したと思われているようだった。赤目とカレンダー男は頭から無視されていた。

こんどばかりはクレーナーも慎重だった。ランカウは首にシーツを巻きつけたブライアンを窓から放り出そうと提案した。クレーナーは「いや」と低い声でうなり、首を振っただけだった。部屋を移ってまだ数時間にしかならない。この狭い病室での〝自殺〟は無謀だった。

「事情を訊かれるときには六人しかいないんだぞ」と、しばらくしてクレーナーは答えた。「おまえたちはきびしい追及に耐えられるのか？」

するとは驚いたことに、思いがけないところから返答があった。

「わたしは耐えられる!」闇の中の新たなその声は冷ややかで尊大だった。室内が明るくなったように思えた。「きみらが耐えられるかどうかは、かなり疑問だがな」

声の主はブライアンの隣のベッドにいるペーター・シュティヒという目立たない男だった。鋭い顔つきの、あの赤目の男だ。

「長らく一方的な知り合いだっただけに、こうしてようやく挨拶できてうれしいよ」クレーナーとランカウのベッドから聞こえてくる物音からすると、ふたりはすでに起きあがっているようだった。ジェイムズはシュティヒから目を離さなかった。「大隊指揮官、待ちたまえ」階級で呼ばれたディーター・シュミットは、ジェイムズのベッドの前で立ち止まった。「ご苦労だったな。きみの忠誠と沈黙にはたいへん満足している。おかげで目標に大きく近づくことができた。では、ベッドにもどってくれ。さて、諸君」と彼は注目を楽しみつつ言った。「こうなったからには自己紹介させてもらおうか。ご推察のとおり、わたしがきみらの頭に長らく〝郵便配達〟としてつきまとってきた男だ」

反応は意外なほど小さかった。ホルスト・ランカウが何ごとかつぶやいたが、たちまちクレーナーにさえぎられた。「なんとまあ。これはまたずいぶんと閉鎖的な集団になってきたもんだな」クレーナーは驚いた様子もなく赤目にうなずいてみせた。「黒幕がみずから化けの皮を現したか。なかなかの変装だったよ、たしかに。みごとにだまされたぜ」

「だからこの先もつづける」赤目はクレーナーの皮肉を抑えこんだ。「だが、きみの言うように閉鎖的集団だ。きみらがあの世に送ろうと考えている男はこの病室でいちばん階級が高いのだということは、改めて指摘する必要もないだろう。むろん、わたしもきみたちの見解には同意する。アルノ・フォン・デア・ライエンのふるまいは狂人らしくない。それどころか、あいつはわれわれとまったく同じように正気だと、そう確信している。狂人ならするはずのないことをしているのを目撃したんでね。薬を隠すとか。だが、フォン・デア・ライエンに関してはもうひとつ、心に留めておくべきことがある。フォン・デア・ライエン上級指揮官の功績について、きみらはわたしほどくわしくないようだな」

ランカウが鼻で嗤った。「あんなやつは腰抜けだ。おれたちに手もなくとっ捕まった。あわてた犬ころみたいにな。こっちが実戦に出てるあいだは脇で見ていて、手柄だけかっさらっていくような野郎さ」

「それはそうかもしれんが。あいつは札つきの日和見主義者でもある。それを知っておくべきだ。天性のごますり野郎ではあるが、忠誠心も厚い。本物の国家社会主義者だ。そして何より総統と親しい。ベルリンの聖人のひとりだ。そんなきらびやかな男があれほど簡単にとっ捕まったんだから、きみらはさぞうれしいだろう、ランカウ連隊指揮官。だが、わたしの知るアルノ・フォン・デア・ライエンは、たんなる神童ではなく、きわめて有能な殺し屋でもある」赤目はゆっくりと三人を見まわし、肯定するようにうなずいた。

ランカウは疑わしげな顔で彼を見ていた。

「そうなんだよ、ランカウ連隊指揮官」と赤目はつづけた。「きみはあの若造がどうやっていまの地位まで昇進したと思うんだ？　わたしが請けあうが、アルノ・フォン・デア・ライエンはまだ髭も生えそろわないうちから総統の親衛隊の一員だったんだ。髑髏の記章やら何やらをくっつけて。誰もがあれほど若くしていまの地位に就けるわけではない。まさに若者の鑑だ。そのうえ戦争の英雄でもある。もちろん、あいつの勲章は血であがなわれたものだ。その地位のおかげで、あいつは特別あつかいを受けている。あいつがいなければ、われわれは誰ひとりここにいないだろう。重要なのはあいつであり、われわれではない。われわれはただのルームメイトであり、その他大勢なんだ。わかったか、諸君？」

ジェイムズは郵便配達の冷ややかで淡々とした口調にぞっとした。この男は数ヵ月のあいだ、ひたすら沈黙したまま敵と味方の両方を観察していたのだ。この男が三人を操っていたのだ。自分の正体もばれているかもしれない。そう思うと体が震えた。

「だが、わたしが知っているのはアルノ・フォン・デア・ライエンの経歴と功績だけではない」と郵便配達はつづけた。「あいつの顔も知っている。会ったのはずいぶん昔だし、そのときはあいつになどろくに目も向けなかったにしても。

さて、ここからが面白いところなんだが。わたしには自分の見たそのアルノ・フォン・デア・ライエンと、そこに寝ている男とが、どうにも結びつかないんだ。ここに入院する前にあの顔を見たことがあったかどうかすらはっきりしない。つまり疑っているわけだ」

郵便配達は口をはさもうとしたクレーナーを身ぶりで黙らせた。ジェイムズは全身が震えているのに気づいた。シーツが汗でじっとりしていた。ブライアンの正体に疑いを持たれたのであれば、あとは神にすがるしかない。クレーナーでさえ郵便配達の前では自制するしかないのだから。

最悪の状況だった。

「われわれは理性的にものごとを考え、あらゆる可能性を考慮しなければならない。だからここから先は、これまで以上に注意深く聞いてほしいのだが。きみらはどちらがまずいと思う？　あいつがわれわれのちょっとした手助けで自殺し、われわれの人生から消えてくれ、その結果われわれが拷問を受ける可能性が生じるのと、ある日あいつが仮病を使っていることが露見するのと。あいつを生かしておいても、あいつが本当にアルノ・フォン・デア・ライエンであれば問題はないが、それでもきみたちの夜ごとのおしゃべりのおかげで、あいつがわれわれの計画を知りすぎているという事実は残る。あいつがアルノ・フォン・デア・ライエンではないとしても、知りすぎているという事実は変わらない。あいつが偽者だということが露見したら、保安部の連中はまずまちがいなくわれわれのことも疑うはずだ。われわれの過去を洗うだろう。だからこそわたしは鎧戸の一件であいつを助けにいかざるをえなかったんだ。脱走しようとしたことがばれたら、あいつはきみらに脱走のチャンスをつぶされた仕返しを必ずしていただろう。そこでもわれわれの運命は、あいつの運命と結びついているんだ」郵便配達は三人を見まわした。三人は険しい表情をしていた。「そうなんだよ。どう見てもこれは熟考を要するジレンマなんだ。入院の初日からわたしはあいつを観察してきた。わたしの見るところ、あいつは未熟で、不安定で、途方に暮れている。あいつが本物のアルノ・フォン・デア・ライエンかどうかは判断がつかない。しかし、本物ではないとすると、その芝居をとことんまでやりとおすことはできないだろうと思うんだ」郵便配達は三人を順に見つめた。「苦痛というのはわたしにしてみれば、わくわくする新しい感覚のダンスであり、肉体というものを新たに知る絶好の機会なんだが。しかし、誰もがそう思うとはかぎらないからな。そうだろう?」と郵便配達は話を締めくくった。

ディーター・シュミットは肩をすくめた。顔がまっ青だった。

ランカウはディーター・シュミットほど郵便配達を畏怖していないようだった。だが、クレーナーは状況を受け容れた。「黙ってろ、ランカウ。おまえの考えてることはわかってる」ランカウのぶつぶついう声が大きくなると、そうたしなめた。「これからは四人で団結するんだ。いいか?」

「では、結論を出そう」と郵便配達が淡々と言った。「行動の人であるランカウ連隊指揮官に、フォン・デア・ライエンなる男をあの世へ送ってもらうんだ」

ブライアンを亡き者にする準備は、彼が病室にもどされてくる前にほぼ完了していた。

「ランカウ、本人のシーツを使うわけにはいかないぞ！ 連中があいつをベッドにもどすときに気づかれる。どうしてもいまから用意しておきたいのなら、自分のを使え」とクレーナーが言った。「あとでいつでも交換できる」

「あいつがもどってくるまで待とう。それから本人のを取りあげればいいんだ。そうじゃないか、ポイカート連隊指揮官？」と郵便配達がジェイムズに微笑みかけてきた。ジェイムズは全身の血が冷たくなるのを感じながらも、反応せずに宙を見つめていた。

「おれたちのすることを、あいつが逐一見てるのが気に食わないな」ランカウがいまいましげにジェイムズを見た。

郵便配達がうなずいた。「まあな。だが、密告はしないだろう。理由はわからないが、しないはずだ。きみらは彼をすっかり屈服させている」

ジェイムズは窓の外の樅の林に目をやり、無意識のうちに数を数えだした。終わるとまた最初から数えなおした。それでも落ち着きは取りもどせなかった。

予想どおり、ブライアンは電撃療法のあと痙攣に襲われたのだった。一晩じゅう監察下に置かれ、翌朝もどってきた。自分の身を守れるようになるまでには、ずいぶんかかりそうだった。ジェイムズは途方に暮れた。重圧で心身ともに疲れきっていた。

看護助手たちがほかの病室に昼食を配っているあいだに、ランカウは洗面台の中でブライアンのシーツをよじりあげていた。麻ロープのように細く引きしぼったそのシーツはいま、一方の端をベッドの背枠に縛りつけられて、ブライアンの毛布の下に準備されていた。ベッドはすでに看護婦が整えたあとだった。本人が目を覚ますまで、アルノ・フォン・デア・ライエンはそのまま放っておかれるはずだった。

「ほんとにこれが正解か？　自殺というのが？　放り出すだけでいいんじゃないか？」とランカウは落ち着かなそうに尋ねた。「そうすりゃ脱走しようとしたように見える。柵のむこうの樅の木々までそう遠くない。窓の縁から思いきりジャンプすりゃ、むこう側に着地できるかもしれない」

「で……？」と郵便配達が訊いたが、答えは求めていないようだった。

「で、その〝ジャンプ〟が失敗するのさ、もちろん」

郵便配達は笑みをこらえた。「つまりこの病室で脱走が試みられ、またしても捜査が行なわれるというわけか。すると当然、窓も釘づけされる。となるとそのルートをわれわれは使えなくなる。だいいち、やつが下に落ちても死ななかったらどうする？　だめだ、暗くなったら吊るすんだ」

ジェイムズのところにだけ、看護婦を呼ぶベルの紐がなかった。六人部屋のまんなかというその場所は、そもそも仮のものなのだ。歯がゆい状況だった。彼らの企みを妨げようとすれば、自分もブライアンと同じ運命をたどることになる。おまけに目下のジェイムズは、意識を保つだけでもやっとだった。

助けは外に求めるしかなかった。そのために手を打たなければならなかった。

だが、もしその間に合わせのロープが発見されたら、ただちに捜査が行なわれ、郵便配達の予言が現実のものになってしまう。破局を防いで疑惑を正しい方向に向けられるのは、ペトラ看護婦だけだった。

だが、ペトラはもはや毎日は来なくなっていた。

その日はブライアンの消えゆく命を象徴するかのよ

うに、午後のなかばには早くも暗くなりはじめた。

ペトラがなんの前触れもなく病室にはいってきた。天井の電灯がついたとき、クレーナーは明らかに虚をつかれた。ペトラは洗面台で水差しに水をくむと、各人のベッドをまわり、ベッドテーブルのコップに水をついでまわった。

ペトラがやってくると、ジェイムズはベッドに起きあがろうとした。「だめです、ポイカートさん!」と彼女はジェイムズをそっと押しもどした。ジェイムズは自分の顔が彼女の頭に隠れてほかの連中から見えないようにした。だが、言葉が出てこなかった。彼の必死の目つきと抑えのきかない動作は、ペトラにとって初めてのもので、理解不能だった。

そこで彼女は婦長を呼んできた。

職員にも患者にも思いやりというものをまず見せたことのないこのいかめしい女は、ジェイムズの上にかがみこんでしげしげと彼を見た。体を起こすと、寛大に首を振り、心配するペトラの脇をすりぬけていって、窓のカーテンを少しだけ引いた。それでジェイムズの頬に踊っていた灰色の小さな光が消滅した。効果のほどにしばし満足を味わったのち、婦長はブライアンのところへ行き、彼の頬を驚くほど強くひっぱたいた。

ブライアンはかすかにうめき、手が飛んできた方向から顔をそむけた。「これで目が覚めるよ」婦長はそう言いながら、ペトラがついてくるかどうか確かめもせずに部屋を出ていった。「もうすぐだ」というのが最後の言葉だった。

ペトラはジェイムズの上にかがみこんで髪を優しくなでた。彼は何やらかすかに、わけのわからないことをささやいた。うれしさのあまりペトラの目が輝き、唇がひらいた。

だが、そこで彼女は婦長に呼ばれて部屋を出ていった。

そのあとの数秒間はまるで永遠のように思えた。

「さてと、戦友」とランカウがカレンダー男に笑いかけた。「ちょっと面白いことをやるからな。こっちへ来い！」と言いながら、ブライアンの首にシーツを縛りつけた。計画どおり結び目が頸動脈の上に来るようにした。落下距離は短くとも、効果的に首が折れるはずだった。

偽患者たちは自分たちのしていることをよく心得ていた。ジェイムズはベッドに横になったまま浅い呼吸をしており、カレンダー男のほうは遊んでいる子供のようににこにこしながら、ランカウに言われたとおりブライアンを背負った。彼は大喜びで跳びはねてはブライアンの裸の尻をぺたぺたとたたき、ランカウのほうはそれを見て笑いながらブライアンのベッドの後ろの窓を大きくあけた。ほかの偽患者たちは傍観しているだけだった。

カレンダー男がなおもはしゃぐうちに、ブライアンが目をあけた。自分は誰かにおぶわれている、冷たい窓枠に足が触れている。そう気づいた彼は、はっと頭を起こし、狂ったようにわめきはじめた。

「ちくしょう、腕を押さえろ！」とクレーナーが叫び、ベッドから飛び出してきてブライアンの肩を殴りつけた。遊びが急に真剣になったのに戸惑ったカレンダー男は、突然立ち止まって手を離した。そして回れ右をし、泣き声をあげながらランカウとクレーナーの体を手の甲で力なくひっぱたいた。ふたりはブライアンの両側に立って彼と格闘しており、ブライアンの片脚はすでに窓の外に出ていた。だが、必死で抵抗する彼は、もう一方の脚を窓枠にがっちりとかけていた。

郵便配達はベッドから動かなかったが、ディーター・シュミットが怒りに任せて飛び出していって、ブライアンの腹に頭から突っこんだ。結果は思いがけないものだった。ブライアンが声をあげながら体を前に思いきり倒したので、ごつっという鈍い音とともに痩せっぽちの頭のてっぺんに額がぶつかった。ディーター

・シュミットは声もなくひっくりかえった。
「やめろ!」と郵便配達が叫び、偽患者たちにベッドへもどれと命じた。廊下を走ってくる職員の足音を聞きつけたのだ。

ふたりの雑役係が駆けこんでくると、ブライアンが床に倒れていた。目を狂気でぎらつかせ、首にシーツを食いこませて。

「完全に正気を失ってる! 押さえつけてろ」とひとりが窓を閉めながら言った。「拘束衣を取ってくる」

だがそのとき、空襲警報が鳴りだした。

23

地下室への避難があわただしく行なわれ、雑役係はほかのことを考える余裕がなくなった。日がたつにつれてブライアンは、事件は報告されなかったのだと確信するようになった。ありがたいことに拘束衣はついに着せられずにすんだ。着せられていたら、偽患者たちの格好の餌食になっていただろう。

フライブルクへの空襲は病院の周辺には被害をあたえなかった。

だが、病棟の過密状態を緩和するためだろう、広場の横に小さなバラックがいくつか建てられていた。したがって、その方面からの脱走はもはや考えてもむだだった。すべての柵に陶製の碍子と警告表示が見えた。

とはいえ、そういう変化と、職員の緊張した表情をのぞけば、あいかわらずの日々がつづいた。

だが、ブライアンにとっては別だった。その日から二昼夜、彼は眠らなかった。恐ろしい体験をしたうえ、電撃療法のあとの合併症にも悩まされていたが、気力は充実していた。偽患者たちに絶えず監視され、脅すような視線を向けられていたにもかかわらず、その絶望的な状況に不安も無力感も覚えなかった。

隣のベッドから赤目が同情するように微笑みかけてきた。ブライアンのほうを向いたまま横になり、好奇心と陽気さの入り混じった目で何時間も彼を見つめていた。事件のことを思い返してみると、介入して助けてくれたのは赤目だったような気がした。「やめろ！」という叫びがいまだに耳の奥に響いていた。

赤目に救われたのはこれで二度目だった。回診のあいだに名前は憶えていた。ペーター・シュティヒ。ブライアンは微笑みかえした。たがいのあいだに心休まる頼もしい連帯感が生まれたような気がした。

ペトラ看護婦はしきりにジェイムズの様子を見にきた。ブライアンは友の視線をめったにとらえられず、体調がよくないのだろうと思っていた。ところがペトラはとても満足そうだった。

そんなある日、回診にやってきた軍医たちがジェイムズのベッドの前でしばらく話し合っていた。そのあとジェイムズは何度か廊下の奥の一室に連れていかれ、診察と検査を受けた。

その夜、軍医は異例のことながらジェイムズと温かい握手を交わした。ペトラは腕組みをして恥ずかしげに微笑みながらその横に立っていたが、どこかはしゃいでいるようだった。ふたりはまったく普通にジェイムズに話しかけた。ジェイムズは返答こそしなかったものの、言われたことは理解しているというように、ふたりの目を見つめた。

この進展を見てブライアンは喜んだ。ジェイムズもじきに脱走計画にふくめられるようになるという期待がふくらんできた。

次の夜、偽患者たちは長いこと熱心に相談をつづけた。なぜか赤目までが、天井を見つめたまま醒めた口調で口をはさんだ。ブライアンにはほかの連中をからかっているように思えた。ほかの連中が赤目を放っておくのは、彼の精神疾患と凶暴なふるまいのせいだろうと思った。ブライアンはジェイムズを見るたびに、友の顔にいらだちが表れているような気がした。だが、彼はそこにとりたてて意味を見出さなかった。

そこへ新任の看護婦がやってきて電灯をつけた。ひそひそ話がぴたりとやんだ。看護婦はドアを押さえ、見知らぬ若い将校と、満面に笑みをたたえたティーリンガー軍医を中へ通した。若い将校は病室の患者たちに手短かに語りかけ、看護婦とティーリンガーの両方と握手をした。それから踵を打ち合わせて、ハイル・ヒトラーと敬礼し、三人そろって部屋を出ていった。

このできごとに強い印象を受けたらしく、偽患者たちはひそひそと話をつづけた。その声でブライアンは意外にも眠気をもよおした。

若い将校はブライアンと一緒に入院した男だった。それがいまや戦場へ送り返されるまでに回復したらしい。死者よりは元気に、病人よりはまともになり、みなの模範になるまでに。

ブライアンの思考はもつれ、ささやきはしだいに遠くなった。自分の命綱はすべて断たれている。頭上の呼び出しベルの紐は引きちぎられているし、ジェイムズのベッドにはそもそも紐がない。夢の入口で若い将校が最後の敬礼をした。

そこでブライアンは眠りに落ちた。

金属音というのはどれも固有のメッセージを伝えて

くる。B17爆撃機の翼がちぎれるときと、胴体が裂けるときとでは、音が異なる。重い金槌で小さな釘をたたくと、軽い金槌で大きな釘をたたくときとはちがう音がする。音は金属を伝わり、その音でそれ自身の出自を語る。だが、この耳慣れない音は解読が難しかった。金属的であるとともに旋律的でもあった。まぶたがひどく重たく、答えはもうしばらくおあずけにするしかなかった。あたりが白っぽく光っているように感じるので、すでに昼間になっているらしく、夜を無事に乗り切ったのがわかった。部屋がいつもとちがうようだった。

その謎めいた金属音の特徴がはっきりしてくるにつれ、ガチャンガチャンと音を立てて作動する機械の姿が脳裏に浮かんできた。H・G・ウェルズの発明や、子供のころに縁日で一ペニー払って見た宇宙船のようなものが。

ブライアンは目をあけた。そこは見慣れない部屋だった。

自分のベッドの隣にもう一台ベッドがあったが、室内にベッドはそれだけだった。隣のベッドの横にはガラス瓶が吊られ、つながれたチューブの内側に黄ばんだ白い液体がぽたぽたと、たえまなく落下していた。瓶には四分の一ほど液体が残っている。誰かが毛布の下で不規則に呼吸していた。マスクに半分おおわれた顔に見憶えはなかった。

ベッドのむこう側には、そのマスクとつながった酸素ボンベがあった。ベッドのかたわらの緑色に塗られた棚の上では、換気扇のようなものがまわっている。その羽根がゆがんでいて、それが耳慣れない金属音を発生させていたのだ。

室内のすべてが、病院の現実とは切り離されているように思えた。悪臭も、騒音も、異常な行動もなかった。

ブライアンは周囲を見まわした。室内にいるのはふたりだけだった。ほかの部屋とちがい、床には絨毯が敷かれ、壁には絵や写真がかかっている。宗教的な主題の銅版画や、第三帝国の軍服をまとって誇らしげにポーズを取る若者たちの写真だった。

この新たな病室への移動はブライアンにとって謎だった。どうやら最近退院した将校のベッドをあたえられたらしい。だが、なぜ自分に？　病院側が何かに勘づいて、迫害者たちから引き離してくれたのだろうか？　それとも特別な監視のもとに置くつもりなのだろうか？

むかい側にある部屋が、ブライアンのもといた部屋だった。看護職員の顔に見憶えがあった。

ペトラ看護婦の表情にはブライアンを不安にするものは何も表れていなかった。彼女はいつもどおり朗らかで、かいがいしかった。ブライアンに微笑みかけては、明るくうやうやしい口調で際限もなくしゃべりかけてきたが、それは彼が回復途上にあると考えている証拠に思えた。ブライアンは心を決めた。よくなっている印を見せるのだ。そうすれば行動の自由が増す。だが、それはあまり唐突に起きてはならなかった。

便所に行く際に一度、その階の造りをよく観察してみた。廊下は幅三メートル。ドアどうしの間隔はどこもさほどなく、どの部屋もベッド数が少ないことがわかる。ブライアン自身の部屋は病棟のいちばん端にあった。廊下のそちら側には、さらに小部屋がひとつと、ふたり部屋がひとつある。その奥に診察室と、便所と、浴室。これが彼の世界の限界だった。廊下の突きあたりまでは行ったことがなかった。廊下の反対側には、ジェイムズのいる部屋と同じ大きさの部屋がもうひとつあった。

ブライアンのもといた病室では従来の役割分担が復活したと見えて、クレーナーがまた自発的に雑役係の地位についていた。誰もそれに反対していないらしく、クレーナーはどこの部屋へも、仕事だという顔をして自由に出入りしていた。

ブライアンにしてみれば別の人間のほうがうれしかった。

24

ペトラ・ヴァーグナーはバーデンのヴァーグナー大管区長の遠縁にあたる。ありふれた姓なので、この事実はこれまで一度も明かさずにすんでいた。

ここに勤務するようになって、彼女はシュヴァルツヴァルトとこの地方が好きになった。この病院の荒っぽい軍隊調には馴染めなかったものの、どうにか自分の場所を見つけていた。いそがしい仕事の合間につきあうわずかな友人はみなこの病院の職員で、看護婦宿舎でレースを編んだり娘らしいおしゃべりをしたりして過ごす平和なひとときのおかげで、過酷な戦争を身近に感じることはほとんどなかった。

ペトラとはちがい、友人たちはほぼ全員が戦地にいる恋人の身を案じているか、愛する者が戦死したり負傷したりして悲嘆に暮れていた。戦争というものにいやでもつきまとう不安や憎しみとともに暮らしていた。だがペトラとて、戦争に暮らしを脅かされていないわけではなかった。形が少しちがうだけで。

病院では、ペトラが愕然とするような専横なふるまいが数多く見られた。新薬の実験、性急な決定、不可解な診断、露骨な依怙贔屓。軍の病院を支配するのは階級と軍規だ。いくらペトラがいやがろうと、脱走兵や仮病者の処刑とときおりの安楽死は、その秩序に不可欠の要素だった。これまでその現実を直視するのを避けてはきたが、その秩序の哀れな犠牲者を彼女は看護したことがあった。

シャム双生児と呼ばれていた患者が仮病を使っていながら、それをこれほど長らく隠しおおせたことに、彼女はいまだに驚いていた。双子のかたわれと手をつないで小猿のように歩きまわっている彼を、一度も疑ったことはなかった。けれどもこの錠剤事件以来、彼女は周囲を新たな目で見るようになった。

ここは精神科病棟だった。患者の大半は症状が重く、回復の見込みはまずない。過酷な電撃療法には計画性がなく、効果があるかどうか疑問だった。彼女が赴任してきてから退院していったわずかな患者たちは、不安定きわまりない前途に直面した。病は深く、反応はにぶく、治療はすんでおらず、とうてい退院できる状態にはなかった。軍医も同じ考えだったが、新たにやってくる患者のためにベッドをあけざるをえなかった。

そしてペトラの持ち場でも、まもなく数人が退院することになっていた。

なかにはヴェルナー・フリッケのように、話しかけても反応しない患者もいた。自分だけの世界に閉じこもった彼にわかるのは、自分のカレンダーだけだった。有名なアルノ・フォン・デア・ライエンでさえ、彼女の言うことがわからないようだった。けれどもゲルハルト・ポイカートはすべてわかっているようだった。まだ、言葉を交わすことには成功していなかったものの、ペトラはそれを確信していた。

ゲルハルト・ポイカートの示す症状には、砲弾ショックだけでは説明のつかないものが多かった。なかには彼女が内科病棟で目にした病気を連想させるものもあった。体調がほかの患者に比べて異様に悪く、肉体が弱っているように見えたし、アレルギー性ショックのような不合理な反応を示してもいた。軍医たちがそれを問題にしないので、彼女はいっそう不安になり、無力感を覚えた。

ポイカートほどハンサムな男を彼女はこれまで見たことがなかった。ファイルに記されているような悪魔だとはどうしても思えなかった。誇張でないとすれば、別人のファイルと入れ替わってしまったのだ。

その程度には彼女も人間というものがわかっていた。とはいえ、なぜポイカートが体にこれほどひどい傷を負っているのか、それはわからなかった。多数の打ち身と大量の失血を見て、彼女は不審に思った。だが、自傷にいたるメカニズムというのは不可解なものだ。不安の根は深く、予想もしていないときに養分を吸いあげる。それはしじゅう目にしていた。アルノ・フォン・デア・ライエンのように自分の舌を食いちぎりそうにまでなるのは理解不能に思えたが、そういうことは実際に起こるのだ。ならばポイカートも例外ではないだろう。彼が最近少しよくなってきたのはうれしかったが、まだまだ弱っているので、油断はできなかった。

ポイカートが彼女の優しさに反応し、初めて言葉を口にしようとしたとき、彼女はこう決意した。ゲルハルト・ポイカートの不安を追い払い、ほかの大勢と同じ目に遭わないようにしてやろうと。

自分の一存で決められるものなら、戦争が終わるまでポイカートを入院させておきたかった。ミュンヘン、カールスルーエ、マンハイムなど、いまや何十というドイツの都市が激しい空襲を受けていた。ナンシーはすでに占領され、フライブルクすら攻撃を受けた。アメリカ軍は前進をつづけ、連合軍はドイツ領内に集結している。すべてが終わったときにも、彼女はゲルハルト・ポイカートに生きていてほしかった。

彼のためにも、自分のためにも。

「ベルリンからの最新指令だ。国防軍最高司令部が、八月に行なわれた衛生制度に関する審理の決定を最終的にまとめた」マンフレート・ティーリンガー軍医は白衣の袖をまくりあげて細い手首をあらわにしていた。「司令部は仮病の取締をきびしくするよう求めている。すでにエンゼンの予備病院は、疑わしい患者をすべて退院させて前線勤務につけるという形で、それに応じている」ティーリンガーは狭い室内をゆっくりと見渡した。病棟の過密対策として古い会議室を患者の治療にあてることにしたのは彼だった。バラックを建てても、もはや追いつかないのだ。東部戦線の戦いとアーヘンにおける最近の戦闘のせいで、病院はてんてこまいだった。だが、これでもう一度、常態にもどることができる。

このベルリンからの指示で、余裕が生まれるはずだ。

ホルスト軍医補の目は分厚い眼鏡の奥で小さく見えた。「エンゼンの予備病院があつかうのは基本的に戦争神経症だけですよ。それがうちとなんの関係があるんです？」

「関係があるんだよ。こちらもエンゼンと同じようにしないと、こちらの成果がエンゼンと比べて見劣りしてしまう。すると上は、残っている連中に致死薬を注射しろと言ってくるはずだ。お気にいりの抱水クロラールやら、カルブロマールやら、バルビタールやらを、大量に。そうすればそのあとは、われわれを前線勤務につけられるしな」彼は軍医補を見つめた。「われわれがどれほど特別あつかいされているのか、きみはわかってないのか？　病院が患者をもっと大事にするようゲッベルス夫人が夫に頼んでくれていなかったら、きょうのわれわれの最大の仕事は、精神疾患者を処分することだったはずだ。さらなる安楽死だよ、そうだろう？　〝死因――インフルエンザ〟さ、わかるか？　これまでは、われわれをこの問題に直面させたのは、地下室にいる一握りの泣き虫どもだけだったのにな」

彼は首を振った。「いや、期待されているとおりのことをしよう。少しずつ退院させていくんだ。さもないと、アルファベット・ハウスでの実験もおしまいになってしまう。きみのいかがわしい塩素製剤の試験だのなんだのも。異なるタイプの電撃療法の効果を調べることも。どちらかといえば快適なここでの暮らしも。何もかも！」

ホルスト軍医補はうつむいた。

「そう、われわれは幸運なんだ、ゲッベルス夫人が夫にわが軍の精鋭をいたわってほしいと頼んでくれて。そのおかげで仕事があるんだから。そうだろう？　親衛隊は無謬だという国民の幻想を支える手伝いをさせてもらえるんだからな！」

ティーリンガー軍医はペトラたち病棟の看護婦を見まわした。それまで看護婦には目もくれなかったのだが。こうして見まわすことで、自分の締めくくりの言葉を注意深く聞けと伝えたのだ。彼はカルテの束をつかんだ。

「というわけで、第四病棟の投薬量を減らさなければならない。インスリン治療は今日からすべて中止する。ヴィルフリート・クレーナーとディーター・シュミットの化学療法は十二月までに終える。ヴェルナー・フリッケについては近々見切りをつけてかまわないと思う。これ以上ましにはならない。彼は裕福な家の出ではないな？」

誰も答えなかった。軍医はさらにページをめくった。

「ゲルハルト・ポイカートはもうしばらく監察下に置くが、彼は回復しているようだ」

ペトラは手を握りしめた。

「それにまだアルノ・フォン・デア・ライエンがいる。情報によると、クリスマスにベルリンから要人が見舞いにくるそうだ。われわれは彼の回復に全力をあげる必要がある。本人は自殺を図ったという話だが、本当かどうか誰か知っているか？」

看護婦たちは顔を見合わせ、無言で首を振った。

「何があろうと危険は冒せない。内科病棟からまもなく退院する予定の患者が二名、まわされてきた。こっちで最終治療を受けるんだ。そのふたりに監視してもらい、二度と自殺を試みられないようにする。ふたりは三カ月置いておける。それだけあれば充分だろう。どうだ？」

「二十四時間監視することになるんですか？」婦長がいつものように、看護婦たちに余分の夜勤が課せられないかどうか確認した。

ティーリンガーは首を振った。「いや。夜はフォン・デア・ライエンにも同室のデヴァースにも眠ってもらう。あんたはそれが実現するようにはからってくれ」

「そのデヴァース集団指揮官ですが。具合はどうなんです？」とホルスト軍医補が不安そうに尋ねた。

「回復の見込みはない。ガスで肺と脳をひどくやられているんだ。全力は尽くすべきだが、このまま最大限の投薬をつづけるしかない。彼には有力な友人たちがいるんでね。わかったか？」

「彼でいいんですか？　だって……」フォン・デア・ライエンと同室にする相手は。ホルストはどう言っていいかわからずに口ごもった。ティーリンガーに見られて、椅子の上で身じろぎをした。「ああして寝ているだけですから……」

「ああ、名案だと思う。言っておくが、ホルスト・ランカウら三号室の患者を、アルノ・フォン・デア・ライエンとデヴァース集団指揮官の病室に入れてはならないぞ」

「でも、クレーナーさんにはいくつか仕事を手伝ってもらっています。あの人もはいっちゃいけないんですか?」とリリー看護婦が言った。

「クレーナー?」ティーリンガー軍医は下唇を突き出して考え、首を振った。「いや、彼はいいだろう。彼は順調によくなっている。だが、ランカウ連隊指揮官のほうは、行動パターンが改善されていないように思う。不安定に見える。退院の日まで、彼がほかの患者に迷惑をかけずにおとなしくしているよう、万全の注意を払ってくれ」

ゲルハルト・ポイカートの容態についてはすでに検討されていたので、ペトラの質問はひとつしかなかった。「デヴァース集団指揮官のお見舞いのかたを、どうもてなしたらいいですか? 何かさしあげてもかまいませんか? 頻繁にお見えになるんですが」

「どのくらい頻繁に?」

「週に何度も。ほぼ毎日だと思います」

「ああ、かまわない。何がいいか本人に訊いてな。彼女ならアルノ・フォン・デア・ライエンの話し相手になってくれるかもしれない」ティーリンガーはうれしそうな顔でペトラを見た。「うん、それは名案だ。彼女に会ったら、それについてわたしから話しておこう」

初めて見かけたときからペトラはデヴァース集団指揮官の妻をうらやんでいた。それは容貌のせいでも、いかにも安楽そうな暮らし向きのせいでもなく、ひとえに彼女の服のせいだった。デヴァース夫人はいつもきちんと背筋を伸ばして歩き、ペトラとすれちがうと愛想よく会釈してくれた。だが、ペトラの目は夫人のストッキングとドレスに釘づけだった。「全部バンベルク・シルクね」と上階の自分たちの部屋にもどると、彼女は同僚たちに言った。誰ひとりそんなものを身につけたことはなかった。

夫のベッドの横に座って本を読んでいるギーゼラ・デヴァースを、アルノ・フォン・デア・ライエンはしじゅう見つめていた。それに気づくとペトラは、ゲルハルトがデヴァースと同室にならなくてよかったと、ひそかに神に感謝した。

新たに任命されたふたりの番兵は青白い若者で、ほかの大勢と同じように暗い目をしていた。アイロンをかけたばかりの軍服は真新しかったものの、SS分隊（ロッテン）指揮官（フューラー）（伍長に相当）の階級章はすりきれていた。

ギーゼラ・デヴァースが現れると、ふたりは気をつけの姿勢で直立した。ギーゼラは親衛隊の高級将校の上品な妻であり、病棟に見舞いにくることを許されているただひとりの一般人なのだ。

だが、彼女が通り過ぎてしまうと、ふたりはたちまち表情をゆるめておしゃべりをはじめた。ほかの連中には、軍医もふくめてみなぞんざいに対応したが、自分たちの役目は心得ていて、それはきちんと果たした。一日十八時間勤務だろうと、前線での一時間よりましだった。

たしかにティーリンガー軍医の言うとおり、ホルスト・ランカウは以前とずいぶん変わった、とペトラも思った。日焼けした大きな赤ら顔から笑みが消えていた。ほかの患者はランカウを怖がっているように見えた。デヴァースとフォン・デア・ライエンの病室に何度も勝手にはいりこんでいるというのも、軍医の言うとおりだった。

自分の病室を離れることを禁じられると、ランカウは怒りくるった。驚くほど下品で荒っぽい言葉を吐きちらし、とうとう鎮静剤を打たれた。

それ以後、ランカウはいくぶん以前の感じのよさを取りもどした。

　ほかにもいろいろなことが起こった。ヴィルフリート・クレーナーはずいぶんよくなり、いまではアルファベット・ハウスを自由に歩きまわるまでになっていた。周囲を大いに楽しませつつ洗濯物を地下に運びおろし、各フロアで食事の台車を押してまわっていた。抑えがたい筋肉痙攣と、発話を妨げるときおりの引きつけをのぞけば、彼の行動は基本的に治療が終わりに近づいていることを示しているように見えた。

　冷ややかな笑みを浮かべた変人のペーター・シュティヒは、入浴の際にシャワーを見あげるのをやめ、かわりに鼻をほじるようになった。それがひどく乱暴なので、そうやって慢性的な頭痛を取りのぞこうとしているようにも見えた。ときには鼻血が出ていることもあった。

　ペトラは吐き気をもよおした。

　ふたりの番兵はやがて、もうひとり患者を警備することになった。神経衰弱の上級集団指揮官が、アルノ・フォン・デア・ライエンの隣の部屋に入院してきたのだ。雑役係が容貌をくわしく語ったにもかかわらず、マンフレート・ティーリンガーとホルストをのぞけば、この将軍の正体を誰も知らなかった。ペトラにわかるのは、彼が身なりのいい中年の紳士で、すっかり正気を失っているように見えるということだけだった。

　軍医の立ち会いのもとでなければ、彼の部屋にはいることは許されなかった。体力回復のために安静を必要としているのだという話だった。第三帝国の柱石のひとりがこんなところにいるという噂が漏れたら、たいへんな醜聞になるはずだった。

　ギーゼラ・デヴァースは如才なく立ちまわって、上級集団指揮官を見舞う許可を得ようとしたが、むだに終わった。彼女がいまの地位を得たのもそのようにしてだった——そうほのめかす者もなかにはいたが、ペトラは信じなかった。ギーゼラのハンドバッグにはI

・G・ファルベン（戦前の化学製品メーカー。合成皮革などのほか毒ガスの製造でも知られる）のラベルがついていた。経営者とつながりがあるという噂もあり、彼女の服装と婚姻関係もそれを裏づけているように思えた。そう考えると、彼女がこれほど自由に病棟に出入りできる理由も説明がついた。

25

突然、ランカウはブライアンを悩ますのをやめた。

外の廊下には番兵が立っていた。彼らがそこに配置された理由はわからなかったが、隣室の患者がただ者でないことは確かだった。

ふたりの番兵はブライアンよりさらに若く、死体より冷たい目をしていた。

彼らは一日に二度、部屋のドアをあけはなって空気を入れ換えた。そういうときによくあばた面が通りかかり、彼らとおしゃべりをした。

いかにも温厚そうなその見せかけにブライアンはだまされなかった。その下には残忍な意志がひそんでいるのだ。

ぞっとする組み合わせだった。

部屋にはいってくると、あばた面はいつもまず隣の男の枕をまっすぐにし、頬をちょっとなでた。それからゆっくりとブライアンのほうを向き、人差し指で喉を掻き切るしぐさをしてみせた。そのあと意識不明の男の頬をもう一度ぽんとたたき、親切そうな顔に穏やかな笑みを浮かべて巡回を再開するのだ。

痩せっぽちも、ドアがあいていると中をのぞきこんできた。だが、それ以上は番兵が許さなかった。

彼らは痩せっぽちを見下していた。

夜、ブライアンは孤独で不安だった。昏睡している隣の男のうめき声を聞いただけでも、ベッドに跳ねおきた。

錠剤は自分で服めるようにと、ベッド脇のテーブルに置かれていた。日没後は部屋のドアに鍵をかけられてしまい、便所へは行けなかったし、室内には洗面台もなかった。二度試みたあと、室内便器の小便に錠剤を溶かすのはあきらめた。しかたないので、病棟が静まりかえるのを待ってから隣の男のところへ行き、マスクをずらし、錠剤を口に押しこんだ。水のコップを唇に押しつけてやると、男はちょっと咽せたが、しばらくすると必ず嚥下運動が始まった。

隣の男には看護婦の手で別の薬があたえられていた。その薬が男を眠りつづけさせるためのものなのか、目覚めさせるためのものなのか、それはわからなかったが、組み合わせると危険なものになりはしないかと、もちろんブライアンは心配した。だが、何も起こらなかった。呼吸がいくぶん静かで穏やかになるだけだった。

偽患者たちは、まだブライアンを狙っているとすれば、夜に襲ってくるしかなかった。となるとブライアンのほうは、身を守るために昼夜を逆転するしかなかった。

こんどは抵抗するつもりだった。大声で叫べば、当直室はすぐそばなので、手遅れにならないうちに助けが駆けつけてくるはずだった。

ブライアンは死人も隣の男も目を覚ますほどの大声で叫ぶつもりだった。

ところがそこへギーゼラ・デヴァースが現れ、彼の休息の妨げになりだした。

危険だが心を惑わす妨げに。

彼女がいると、両親がドーヴァーで毎年夏の終わりにもよおしたパーティのことを思い出した。まもなく各地の冬の住まいへ散っていく裕福な中流階級の人々を集めたそのパーティで、ブライアンは女たちの香水のぞくぞくする香りを知ったのだ。

デヴァース夫人は彼よりいくつか年上なだけだった。いつも姿勢がよく、体の曲線を引き立てる衣装が似合っていた。初めて彼女を見たとき、ブライアンはずっと薄目をあけていた。

上品な横顔とアップにした髪からうなじにこぼれる後れ毛に、すっかり魅了された。彼女の香水の香りを吸いこむと、欲望が高まってくるのがわかった。香りは軽くほのかで、新鮮な果物のようだった。

腰をおろした彼女のスカートは太腿の曲線を浮きあがらせていた。

電撃療法のあとは誰もブライアンに関心を向けなかった。通常の活動水準にもどるまで四日かかると考えられていたのだ。だから彼はのんびりと、うつらうつらしながらギーゼラ・デヴァースを見ていることができた。

三日目の夕方、ギーゼラは身を震わせはじめた。いまにもわっと泣きだしそうだった。読みさしの本を膝にのせてうなだれたまま、夫のベッドの上に身を乗り出した。悲しんでいるのだ。ブライアンにもそれはわかった。

それから震えがやみ、まもなくこんどは奇妙な押し殺した笑いが全身に広がった。突然の笑いにつられて、ブライアンも思わず笑いだした。

するとギーゼラはさっと彼のほうを向いた。ブライアンの存在などすっかり忘れていて、まともに彼を見たこともなかったのだ。ブライアンの目は笑いできらきらしていた。

そこで初めてギーゼラは彼を意識した。

あくる日から少しずつ彼女はブライアンのベッドに近づいてきた。よそよそしい沈黙に好奇心をそそられたようだった。そんなにたくさんのドイツ語をブライアンは初めて聞いた。彼女は慎重に言葉を選んで、ゆっくりと話しかけてきた。ブライアンの壁を壊すのは容易ではないことを知っているようだった。

そして彼女はそれに成功した。何度も繰りかえされるうちに、単語がしだいに意味を持つようになったのだ。ついにブライアンはわかったということを示すようになった。彼女はそれを面白がった。ブライアンが熱心にうなずくと、彼の手をとって優しくたたいた。しまいにはブライアンがうなずかなくても、手をなでるようになった。

彼女はブライアンに魅せられていた。

痩せっぽちは旺盛な好奇心で前々から番兵たちをいらだたせていた。いまもまた、彼らの警告を無視して病棟めぐりをやっていた。すると番兵のひとりがいきなり後ろから彼を押さえつけ、もうひとりが喉に指を深く突き立てた。痩せっぽちは嘔吐し、あとはうめき声しか出せなかった。ふたりは彼を蹴り倒し、吐物を袖で拭けと命じた。ブライアンが午後の診察を受けていると、婦長が彼をしかりつける声が聞こえてきた。

番兵たちが笑いだすと、ギーゼラは当惑した顔をした。

若い彼女は病棟で起きていることなど何も知らなかった。かわりにたいてい、ブライアンにわかるかぎりでは、自分のことを熱心に話した。ブライアンの正体を知ったら躊躇なく保安将校を呼ぶはずだった。それをブライアンは一瞬たりとも疑わなかったが、それでも彼女をものにしたくてたまらなかった。彼女が毛布の下に手を差しこんで耳慣れない言葉を静かにささやきかけてくると、ブライアンはぞくぞくした。

ギーゼラのほうも、ブライアンが彼女に惹かれているのと同じくらい、アルノ・フォン・デア・ライエンに惹かれていた。

ある日のこと。戸口に立ったペトラ看護婦がギーゼラの黒いドレスをちらちらと盗み見しながら、やけに長いこと無駄話をしていた。

ギーゼラのほうは愛想よくうなずくだけで、関心を示すどころか、言葉を返しもしなかった。

ペトラが番兵たちに呼ばれて行ってしまうと、すぐにギーゼラ・デヴァースはブライアンのほうを向いた。唇が軽くひらいていた。膝の本が床に落ちるのもかまわずに彼女は立ちあがり、ドアをそっと閉めた。しばらくドア枠に背をあずけて、ブライアンの目を深くのぞきこんだ。膝を突き出すようにして片足を壁につけ、息づかいが聞こえるほど大きく呼吸しはじめた。

ブライアンの体がかっと火照り、全身から力が抜けた。やがて彼女が近づいてきて、ベッドのすぐ脇に立ったので、太腿の形を浮きあがらせているドレスの襞(ひだ)しか見えなくなった。彼女はベッドの縁に片膝をついて身をかがめてきた。ブライアンが起きあがると、彼の首に腕をまわした。彼女のドレスはつるつるして、しなやかで、ひんやりとし、肌は温かく、しっとりとしていた。

その後ふたりはこういう抱擁を繰りかえしたが、それは短期間で終わった。病棟の日常は絶えず変化し、平穏はなかなか訪れないし、ふたりにはそれぞれ慎重にならなければならない理由もあったからだ。

結局、何時間も見つめ合うだけで満足するようになった。欲望に屈することはほとんどなくなった。彼女の声を聞くだけでも愛を交わしているような気がした。

そんなある日、ギーゼラのいつものおしゃべりの口調が変化した。切迫した真剣な口調になった。

ブライアンの内部の警報ベルは反応がにぶかった。初めは、デヴァース集団指揮官に見舞客が来るという話なのだろうと思った。

だがそこで、彼女が話しているのはアルノ・フォン・デア・ライエンのことなのだと気づいた。あなたはうらやましい人だ、クリスマスまでにはきっと家に帰れる。まもなくベルリンから大物が見舞いにくるのだから。

自分は寂しくなってしまう。そう言っていたのだ。

ギーゼラは夫のほうにさげすむような目を向けた。

彼女の言葉をブライアンが正しく理解しているとすれば、それは恐ろしい知らせだった。

新しい部屋に移されてからというもの、日付を追うのがますます困難になった。そんなだらしない自分にブライアンは嫌気がさした。カールスルーエが大規模な空襲を受ける音が最後に響いてきた日のことを思い返してみた。たしか十一月五日、自分の誕生日の二日前だった。それから二週間ぐらいたつはずだった。

ライン川の対岸での戦闘はもはや無視できないものになっていた。形勢がどちらに有利なのかは知りようがなかったが、連合軍がこの地域に進出してくる恐れが出てくれれば、病院の患者がよそへ移されることは明白だった。

ベルリンから見舞いが来ることを考え合わせると、早急に脱走計画を練る必要があった。

こんどは失敗は許されない。

毎晩、警戒をつづけながら彼は計画の細部を検討し、ジェイムズのことを考えた。

解決しなければならない問題はいくつもあった。服と履きものをどうするか。警戒の目をどうくぐりぬけるか。どのようにして建物を出て、どのようにして見つからずに離れるか。犬を連れたパトロール。新たに設けられた電気柵。闇に包まれた岩の斜面。最高度の警戒態勢をしく谷の道路をどのようにして移動するか。寒さと、濡れた地面と、いくつもの流れ。ライン川の手前に十キロにわたり広がる平坦な葡萄畑。こんな晩秋まで葡萄の収穫が行なわれているのかどうか。

さらには下の村々でいきなり人に出くわす恐れもあったし、ブライアンの知らない営みもいろいろあるはずだった。それをすべて乗りこえなければならないのだ。

もはや南へ向かうことはできない。それはわかっていた。スイス国境には途方もない兵力が集結しているはずだ。だからもっと短いルートを取り、西へ逃げるしかない。それにはライン渓谷の山裾を走る線路を越え、ライン川にたどりつく必要があった。

ここ数週間大きくなる一方の砲爆撃の音からすると、連合軍部隊はライン川のむこう岸まで到達しているようだった。だが、こちらはどうやってそこまで行くのか？

ブライアンが空から何度も陸標（りくひょう）として利用したことのあるこの大河は、いま世界一警備のきびしい川になっている。そこで捕まった者がどんな目に遭うかは、考えなくてもわかる。そこまで前線に近いと、疑わしい民間人はみな脱走兵と見なされ、その場で射殺されるはずだ。

そして最後にライン川が目の前に横たわったとき、それをどのようにして渡るのか？　幅はどのくらいあり、深さはどのくらいか？　流れはどのくらい強いのか？

心配はそれだけではなかった。仮に対岸へ渡れたとしたらどうなるのか？　味方が即座に撃ってこないだろうか？　動くものはなんでも撃つのではないか？

どう見ても勝ち目はなかった。子供のころブライアンは継父から、愚か者には確率を考慮することの大切さがわからないのだと教わった。そういう連中は人生の舵を安全な——そしてたぶんありふれた——方向へ切るよりも、実現しそうにない夢や空想や妄想のほうを繰りかえし選ぶ。そのようにしてたびたび決断不能におちいる。確率を無視したせいで、チャンスのとぼしい袋小路に追いこまれ、敗者になるのだと。

そう教えられたのに、この状況を前にしてブライアンは確率を無視することにした。継父はもうひとつ大切なことを教えてくれたからだ。

すなわち、問題は解決されるためにのみ存在するという永遠の真理を。

もちろん周辺の土地のことは何も知らないし、ドイツ語の知識もほとんどなかった。だが、それはこの脱走の変えられない前提条件なのだ。いまいる場所にはもはやいられない以上、できるかぎりのことを、それも早急にやるしかない。

何より重要なのは、日の出前にライン川にたどりつくことだ。

問題は、ジェイムズがついてくるかどうかだった。

ブライアンは右腕と引き替えにしてでも、建物のまわりを一度歩くか、ほかの窓からもっとよく外を見るかしたかった。

電気柵が最初の障害になるはずだった。たとえ岩場のほうへ行ったとしても、この柵にはぶつかる。よしんば柵を越え、なおかつその岩場を越えることに成功したとしても、西へ向かう道路にたどりつくには、病院の敷地をぐるりとまわりこむことを余儀なくされる。

いちばん簡単なのは門から出ることだったが、それは殺されるのにいちばん簡単な方法でもあった。

次に考えられるのは、柵の下を掘りぬけることだった。だが、ひらけた土地に面した敷地にはどこもバラックが建っている。それ以外の場所では、ブライアンの知るかぎり柵の下は岩だらけだった。柵に触れずに下をくぐりぬけることはできない。

ヒトラーの誕生日に広場から寒い思いをしてもどってきたときのことを、彼はよく憶えていた。東側の柵のむこうに樅の大木が何本もそびえていた。あそこをちょっと散歩できれば、木に飛びうつれるかどうかわかる。

だが、もうひとつそれを確かめる方法があった。ジェイムズの部屋にはいれさえすれば、窓から樅の林までの距離はすぐにわかるのだ。

ブライアンは決然とうなずいた。そうしよう。いずれにせよ、できるだけ早くジェイムズを計画に引き入れる必要があるのだ。

不意をつかれたギーゼラは、ハンドバッグをつかんで廊下へ駆けだしていった。ブライアンに口づけをしようとした直後に、ドアがギッとあく音がしたのだ。彼女が憤然とすりぬけていった戸口に、あばた面がにやにやしながら現れた。ふたりが抱き合うところを、こっそり見ていたのだ。ブライアンとあばた面は冷たい視線を交わした。彼女の体のしなやかな丸みと絹の世界から、いきなりあばた面の下卑た笑いに直面させられたのだ。火照りと憎しみの入り混じった強烈な感覚が体を走った。

ブライアンが威嚇するようにベッドから起きあがっても、あばた面はまだ笑っていた。口を押さえて笑いながら廊下にあとずさった。番兵たちはブライアンがあばた面を追いかけてくるのを見て一瞬緊張したが、あばた面が便所に飛びこんで鍵をかけてしまうと、警戒を解いた。あばた面が何をしたいのか、ブライアンにはわからなかった。まだ笑いが聞こえていた。自分に何ができる？　外で延々と待ちかまえていて、出てきたら飛びかかるのか？

　そうしてやりたい気もしたが、そんなことをしてもしょうがなかった。

　番兵たちは小声で雑談を始め、すべてがいつものののんびりしたペースにもどった。あばた面が閉じこもっている便所のドアの横で、浴室のドアが少しあいていた。その二メートル先のドアも同じように少しあいていた。その薄緑色の部分がドアだとは知らなかった。裏階段へ出るガラスドアの手前の、壁の一部にすぎないと思っていた。

　ブライアンがそちらへ歩いていってドアをあけても、番兵たちはまったく反応しなかった。理由はすぐにわかった。

　そこもまた便所だったのだ。

　その晩、看護助手とともに食事の台車を押してまわるあばた面は、まだにやにやしていた。ブライアンが見ていると、うれしそうに眉を吊りあげて近づいてきて、あざけるようにこうささやいた。「バルト、ヘル・フォン・デア・ライエン！　ゼーア・バルト……ゼーア、ゼーア・バルト！」言葉の意味はブライアンにはわからなかった。

　何はともあれ、脱走計画の問題のひとつはこれで解決した。新たに発見した便所に窓があったのだ。細い鉄の窓枠はボルト留めされていてあかなかったものの、そこから見えたものは大いに有望だった。

　便所は裏階段の増築部分に造られていた。そこからだと自分のいる病棟の表側がすっかり見えた。シャワー室から、便所、診察室、ふたり部屋、謎のひとり部屋と、建物の角までずっと。壁面に三、四メートルおきに縦樋（たてどい）がならぶ、すばらしい眺め。とりわけ興味深いのは、軍医のほかは誰も使わない部屋の外にある縦樋だった。この樋を伝って下におりると、ごみバケツや資材をしまってある小屋とのあいだの狭い隙間にはいりこんでしまう。しかし上は、傾斜屋根の張り出し窓のすぐ前に固定されているのだ。

この屋根裏部屋の窓はあいていて、日射しが室内の棚とそこに積まれたリネン類を照らしていた。

ブライアンは下ではなく、上に行くことにした。

それからの二日間、ギーゼラ・デヴァースはやってこなかった。

ブライアンは彼女が恋しくてたまらなかった。

悪夢のふた晩と孤独な二日を過ごしたあと、だしぬけに彼女がふたたび現れた。三日目の朝、何ごともなかったかのように夫のかたわらに座り、本を読みだしたのだ。そこにいた数時間、彼女は何も言わなかったし、なんのそぶりも見せなかった。だが、帰りぎわにブライアンのベッドの横にしばらく腰をおろした。彼の手を静かにたたいて、誇らしげにうなずいてみせた。口にしたいくつかの言葉から判断すると、総統が近くに来ているという噂を耳にしたようだった。その話題に興奮して、楽観的な口調でアルデンヌの攻勢のことに触れ、総統の名を口にすると微笑んだ。

そしてブライアンに片目をつむってみせた。英雄アルノ・フォン・デア・ライエンのもとに、まもなく見舞客がやってくるのだ。総統自身ではないにしても、総統に近い人物が。

去りぎわに彼女がブライアンに向けた尊敬のまなざしが、彼の記憶に焼きついた。

26

〝眠っていろよ、そのまま眠っていろ〟とブライアンは思った。デヴァースは重たい男で、ベッドから引きずり出すのがひと苦労だった。ブライアン自身のベッドの毛布はすでに、デヴァースを受け容れられるようにめくってあった。空になったベッドには本人の部屋着を置き、人が寝ている形にして毛布をかぶせた。それから自分の部屋着をまとい、廊下に番兵しかいないことを確認してから部屋を出た。

夜の七時少し前だった。火を通しすぎの夕食は、あっというまに平らげていた。職員は一日じゅう緊急訓練であわただしく過ごしていた。ブライアンは最初それを本物だと思い、自分たちも避難するのだと勘ちがいした。脱走のチャンスを逃したことに気づくと、後悔はやがて腹立ちに変わった。

だが職員たちは、勘ちがいしたブライアンを微笑ましげに見た。フォンネグートまでが愉快そうに戸口から顔をのぞかせた。おかげで夜の薬はいつもより数時間も前に配られた。

チャンス到来だった。

ブライアンが廊下で立ち止まって困ったように頭を掻くと、番兵たちは笑った。そこで彼はぱっと明るい表情になり、けろりとした態度で肩をすくめると、七人部屋のほうへ歩きだした。

番兵たちは彼を止めるどころか、むしろほっとした顔をした。

偽患者たちはすでにそれぞれのベッドで眠っていた。ブライアンがはいっていくと、クレーナーだけが肘をついて体を起こし、あざけりの目で彼を見た。ジェイムズはクレーナーと赤目にはさまれた、ブライアンの元のベッドに寝ていた。

突きあたりの壁ぎわのベッドでは、見知らぬ男が毛布の縁から顔を出して、大顔の男のベッドへ歩いていくクレーナーを見ていた。大顔はクレーナーに揺さぶられて、うなりながら目を覚ました。するとジェイムズも目を覚ました。

ジェイムズの目には疲労というより無気力のようなものが表れていた。

それだけ見ればブライアンには充分だった。

ジェイムズを連れていくのは無理だった。

彼はクレーナーとジェイムズのベッドのあいだにはいっていって、窓から外を見た。南の岩場の手前にそびえる樅の木々は、建物の壁から少なくとも六メートルは離れていた。だが、それはその窓の正面の場合で、もう少し建物の奥に行けば、距離はかなり短くなる。木々は深緑色で、頑丈な枝が密集していた。適切な角度で飛びおりれば、つかまるところはたくさんあった。

下の階にいたころ、ブライアンは毎日ベッドからこの木々の巨大な影が踊るのをながめていた。穏やかな普通の暮らしの断片が、窓のむこうでもの憂く、近づきがたく、いざなうように揺れるのを。

ようやくいまその木々の完全な姿を目にしたのだ。

ブライアンの後ろでランカウとクレーナーがベッドのあいだに立ちふさがった。クレーナーは静かに待ちかまえていたが、ランカウのほうは我慢できずにじりじりしていた。ゆがんだ笑みを浮かべるクレーナーの首には、ジルのスカーフがいたずらっぽく結んであった。クレーナーは手の甲でそれをなで、ブライアンが気づいたのを見てにやりとした。偽患者どもはジェイムズから最後の心のよりどころまで奪い取ったのだ。

ブライアンはジェイムズを見おろしたが、ジェイムズはブライアンに見つめられても瞬きすらしなかった。

ジェイムズのむこう隣にいる赤目が、何ごとかとふたりを無心に見つめていた。

ブライアンはシャツをまくりあげて、裸の尻を後ろへ突き出した。クレーナーとランカウが笑いだすと、彼はさらに尻を突き出してふたりの面前で長々と放屁した。あばた面は笑うのをやめて思わずあとずさったものの、ランカウは後ろで大笑いを始めた。何ごとだという顔でブライアンが後ろを振り返ると、あばた面もつられてすぐにまた笑いだした。

ブライアンは最後にもう一度ジェイムズを見た。友の顔はひどく青白く苦しげで、ブライアンのことがわかっているのかどうかも判然としなかった。ブライアンはたまらず目をそむけた。それから気を取りなおすと、額がくっつきそうになるまでクレーナーに近づき、目の前でげっぷをした。

クレーナーのあばた面がまっ赤になった。ブライアンは一瞬無防備になった相手の頬をまともに殴りつけた。クレーナーは不意をつかれて後ろへよろけ、ランカウの腕に倒れこんだ。怒りを抑えられないふたりの偽患者は、赤目の男が止めるのも聞かずブライアンに飛びかかった。

だが、ブライアンはもう欲しかったものを手に入れていた。

ランカウにつかまれたとたん、墓の中の死人も目を覚ましそうな大声で叫びはじめた。室内の全員がすっかり目を覚まし、もつれあう三人を見つめた。番兵たちが廊下から黒い影のように飛びこんできて、すぐさま喧嘩を止めにはいった。クレーナーもランカウも、もはや抑えがきかなくなっていた。ひとりの番兵がブライアンを引き離すと、ランカウはこんどはその番兵にパンチを浴びせた。

突然、すべてが静かになった。ブライアンだけが床に座りこんですすり泣いていた。赤目は呼び鈴の紐を引き、すでに駆けつけてくる途中だった看護婦たちの叫びを聞いて、諦めといらだちの溜息とともに枕にもたれた。

ブライアンは最後にもう一度ジェイムズに目をやると、泣きながら後ろ向きで部屋を出た。だが、ジェイムズはもう横を向いて毛布に潜りこんでいた。

ブライアンは足早に廊下を渡った。看護婦たちが階段室からスイングドアを押してはいってくる直前に、別の部屋に飛びこんでドアを閉めた。そしてぴたりと泣きやんだ。そこは謎の重要人物が寝ているひとり部屋だった。

室内はまっ暗だった。

目が慣れるまでブライアンはそこに立っていた。クレーナーとランカウはいまごろ鎮静剤を打たれているだろう。何があろうと、看護婦たちはあと五分か十分はジェイムズたちの部屋を離れないはずだ。

廊下の奥から、自分の部屋のドアがあけられる音がした。番兵たちの声がはっきりと聞こえた。ブライアンがもうベッドにもどっていることを確認して、ほっとしているのがわかった。

どうやらブライアンの同室者のデヴァースは、ブライアンのベッドでおとなしくしていてくれたようだった。大量の睡眠薬が効いたのだ。

闇の中で彼を見つめている人物の輪郭が、しだいに見分けられるようになってきた。

その男の表情のなさがブライアンを不安にした。病棟のほかの患者もそうだが、なぜ反応しないのか不思議だった。ブライアンは人差し指を口にあてて、男の横にしゃがんだ。いまにも悲鳴をあげようとするように、男の呼吸が深く速くなり、下唇がわなないた。

ブライアンは男の肘の下から枕を引き抜き、男をベッドに押しつけた。ブライアンが枕を持ちあげて顔に押しつけはじめても、男はあわてたようにすら見えなかった。

まるでドーヴァーの別荘の管理人が鳩をつかんでゆ

っくりと絞め殺すところを見ているようだった。男はなんの抵抗もせず、もがきさえしなかった。軟らかく無防備な体はひどく孤独で見捨てられたように見えた。だが、細い腕がちょっと持ちあがると、ブライアンはもはやそれ以上つづけられなくなった。枕をどけて、迫りくる死を見たばかりのおびえた目をのぞきこんだ。

自分でもほっとして、彼は男の頬を優しくなでた。微笑みかけると、ひかえめな笑みが返ってきた。

おきまりの部屋着がフックにかかっていた。ブライアンはそれを自分の部屋着の上に重ね着し、腰のまわりでベルトをきゅっと締めた。ほかにも役に立ちそうなものを探すために電灯をつけたいという誘惑に駆られたが、それは我慢した。

窓のひらく方向が悪く、縦樋に取りつくには邪魔になった。窓をヒンジからはずして、カーテンの裏の洗面台の横にそっと置いた。患者は喉をかすかにごろごろと鳴らしただけだった。

病棟の騒ぎはすっかり収まっていた。職員の叫び声はもう聞こえなかった。廊下から聞こえてくるのは番兵たちのくすくす笑いだけだった。任務は果たしたのだ。

彼らの知るかぎりでは。

病棟の日課がこのあと普段どおりに進行すれば、脱走が発覚するまでに少なくとも七、八時間はあるはずだ。

そう思いながら、窓の縁によじ登ろうとしたとたん、ブライアンはぴたりと動きを止めて、カーテンから手を離した。誰かのズボンのポケットで鍵がちゃらりと鳴ったような気がしたのだ。

その誰かがドアの把手をにぎる直前に、ブライアンはドアのほうへ後ろ向きに身を投げた。だが、その途中で足首をひねってしまった。激痛が走るのを感じながら、横のドアを見つめた。

細い光が部屋の床と彼の爪先に落ちた。十センチと離れていないところに番兵が首を突き出して、室内をのぞいた。後ろから照らされた頭のまわりに不気味な輪光ができていた。ほんの少しでも音を立てたり動いたりすれば、ブライアンはおしまいだった。患者はベッドに横になったまま、枕に頭を沈めてぼんやり微笑んでいた。窓のカーテンがわずかに揺れ、外気が流れこんでくるのが感じられた。しかもまずいことに、カーテンの陰に置いた窓の縁に光があたっていた。番兵は何やらつぶやき、ドアをもう少しだけあけて闇に目を慣らすと、患者がおとなしく寝ているのを確かめた。踝の痛みはますます激しくなり、ブライアンはいまにもよろけそうになった。それがいちばんいいのかもしれない。あきらめてしまうのが。逃げおおせると思うのか？　デヴァースの毛布の下には部屋着が突っこんであるし、デヴァースはアルノ・フォン・デア・ライエンのベッドに寝ている。ブライアン自身は二枚の部屋着を重ね着している。

それらが見つかったら、言い逃れは難しい。

そのとき患者が突然起きあがった。すっかり目が覚めているようだった。「グーテ・ナハト」と彼は穏やかに、ブライアンにも理解できるほど明瞭な発音で言った。「グーテ・ナハト！」と番兵は挨拶を返し、なんとも人間らしい態度で静かにドアを閉めた。

夜気が冷たく身に染み、早くも冬の到来を感じさせた。下の広場には人っ子ひとり見えない。縦樋は頑丈そうに見えたが、思ったよりつるつるだった。

しかも踝が痛むので、張り出し窓までよじ登るだけでも予想外にたいへんで、心身ともに疲労した。窓は屋根の縁からほんの十センチしか離れていなかったが、閉まっていた。ブライアンは曇った窓ガラスを慎重に押した。パテはゆるんでいたものの、ガラスはどうしてもはずれなかった。そこでこんどは殴りつけた。ガラス片で手をちょっと切ってしまったが、ガラスははずれた。だが、掛け金はいちばん上にあって、手が届かなかった。しかたなく枠をつかんで、壊れるまで引っぱった。上のほうのガラスが一枚、そっくりはずれて落下し、十メートル下のごみバケツにぶつかった。ガラスの砕ける鋭い音は、ブライアンには天が落ちてきたような音に聞こえた。

だが、ほかには誰もその音に気づかなかった。

それは幸運だったが、ブライアンはまだそこから一歩も進んでいなかった。皮肉な運命がまたしても彼の計画をくじいたのだ。窓はあいたというのに、中にはいるには別のルートを見つけなければならなかった。二日前に下から見たときにはなかった家具が、張り出し窓の前に置かれていたのだ。

それも、やたらにどっしりとした家具が。

もう一度下におりなければならないのか。ブライアンは必死になってスレート葺きの屋根に目をさまよわせ、中にはいる方法を探した。屋根は滑らかでつるつるしており、厨房棟の裏手にある街灯の光が蜃気楼のようにちらちらとほのかに映っている。黒い表面に屋根裏の窓の鉄枠もいくつか見えた。

北北西の方角に閃光が次々とまたたき、くぐもった爆発音が聞こえてきた。ライン川の対岸の戦闘はこの一時間で一気に激しさを増していた。シュトラスブルクは連合軍の攻勢の前に陥落寸前に見えた。

二メートルむこうの張り出し窓から、女の話し声が聞こえてきた。どうやらそのあたりは看護婦居住区のようだった。それに彼の後ろの窓から聞こえるのは、遅番の看護婦たちが夜の休憩にもどってくる音だった。誰かが部屋の空気を入れ換えようとしたり、どちらから砲声が聞こえてくるのか確かめようとしたりしたら、ブライアンは簡単に見つかってしまう。屋根の上にちらりと目を這わせればそれでいいのだから。寒空の下にいるというのに彼はひどく汗をかきはじめ、窓枠をつかんでいる手が滑りはじめた。ただちに中へはいるルートを見つけなければ。もうじき衛兵たちが角を曲がってくる。

こんなところにしがみついていたら、すぐに見つかってしまう。

ブライアンはもう一度屋根をじっくりと見た。スレートを一枚一枚、継ぎ目をひとつひとつ。新たな希望が湧いてきたのは、張り出し窓の屋根のむこうにもうひとつ、窓の鉄枠がのぞいているのに気づいたときだった。マンサード屋根の軒樋がしっかりした手がかりになってくれれば、その窓まで行けそうだった。

最初につかんだ場所は最悪だった。いまいましいほどに冷たいうえ、腐った落ち葉でぬるぬるしていた。手が滑って落ちそうになり、あわてて屋根にしがみついたとたん、衛兵がやってきたことを知らせる犬の吠え声が聞こえた。

衛兵は通常ふたりひと組でやってくるが、今回はふた組が出くわしたらしく、ブライアンのしがみついている屋根の真下で雑談を始めた。

衛兵たちはぼそぼそと話をしながら、無意識のうちに胸のポケットから煙草を取り出した。街灯の光の中に立っているので姿がよく見えた。それぞれが銃を重そうに肩にかけ、犬たちは先に進みたくてリードを引っぱっている。ブライアンがまた手を滑らせそうになり、片足を張り出し窓の横に突っ張ったとき、ようやく犬たちは何かに勘づいた。

どろどろした落ち葉のかけらがいくつか屋根から滑り落ち、ごみバケツにぺたぺたと落下した。たちまち二頭が吠えだした。衛兵たちはわけがわからず、あたりを見まわした。それから首を振り、しぶしぶ煙草を消して、それぞれの方角へ去っていった。

彼らの声が聞こえなくなるとすぐに、ブライアンは屋根を這いあがり、窓から中にはいった。あと数秒遅かったら、脚が痙攣を起こしていただろう。

屋根裏にこれといったものは何もなかった。埃っぽい木の床に、使われなくなったベッドと傷んだマットレスが積みあげてあるだけだった。逃走経路がわかるような痕跡を残さずにここまで来られたとしたら、何日かひそんでいられたかもしれない。天候がもう少し穏やかになるまで待てば、道中の危険も多少は減っただろう。

だが、現実には、ただちに出発するしかなかった。その前に何か履きものを手に入れる必要があったが、そこにはなかった。

下の階へおりる階段は一枚のドアで終わっていた。かつては施錠されていたのかもしれないが、いまは湿気と汚れ以外に抵抗するものはなかった。廊下は静まりかえっていた。中にはいると砲声の響きも変化した。屋根全体が震動し、破壊が迫ってきているのがひしひしとわかった。

廊下は狭く、建物の端から端まで延びており、両側にドアがならんでいた。薄暗い電灯の光の中に立ったブライアンは、全身から冷や汗が噴き出すのがわかった。部屋着姿の男が女性居住区にいるのだ。不審人物だということは誰が見ても明らかだった。

屋根からはいれなかったリネン部屋は、前にある三つのドアのうちのひとつにちがいなかった。右のドアから聞こえる物音と、ドアどうしの間隔とから、そこが浴室と便所だということは見当がついた。となると、まんなかのドアが階下の診察室の真上にある部屋、左のドアがリネン部屋にちがいない。

便所のドアの内側から、鎖を引く音と鼻をかむ音が聞こえてきた。ブライアンがリネン部屋に隠れた直後、その女が廊下に出てきた。くたびれた足取りで隣のドアまで来ると、それをノックして何か叫んだ。たちまち廊下に人声と足音があふれた。

大きな戸棚の上に細くのぞく窓から、夜空に閃光がまたたくのが見えた。下の中庭からトラックのエンジンをかける音が響いてくる。

いつもの夜より動きがあわただしい。

ブライアンは室内を見まわした。爆発の閃光がまたたくたびに見えるのは、きちんとたたまれたリネンの山ばかりで、靴はなかった。せめてシャツか下着でもあればよかったのだが。

役に立つものは何ひとつなかった。

廊下の騒ぎはしだいに収まった。鍵穴のむこうに見える誰のものかわからない人影も消え、聞こえるのはほかの部屋からのくぐもった話し声だけになった。ブライアンのチャンスはきわめて小さかった。いまの身なりのまま屋根にもどり、樅の木々に飛びつくか。だが、それだと落下距離が長くなる。でなければ、廊下の反対側の部屋のどれかにこっそりとはいりこむか。そうすれば何か着るものが見つかるかもしれない。それに木々に飛びつく際の危険もいくぶん減る。どちらの選択肢もぞっとしなかった。〝おまえがいてくれたらな、ジェイムズ！　どうすればいいかわかるのに〟ブライアンはそう思った。

胃がきりきりした。

爆発音が同時にいくつも轟いて窓ガラスをびりびりと震わせ、ほかの部屋からざわめきが起こった。廊下の反対側のドアがいくつかあわただしくあいて、女たちが展望のいい西側の部屋に駆けこんだ。また轟音が立てつづけに轟いてきた。ブライアンは迷わずドアをあけた。若い看護婦が何人か廊下の奥を走りまわっていたが、誰も彼がむかいの部屋に姿を消したことには気づかなかった。

部屋は狭くて暗く、ベッドはいましがたまで人が寝ていたようだった。暗色の灯火管制カーテンが窓をおおっている。ベッド脇の戸棚で探していたものが見つかった。色褪せたシャツとウールの長靴下、それにだぶだぶのズボン下。ためらわずに窓をあけ、それらを大晦日の花火のような爆発の閃光でしきりに照らされている、いちばん近くの樅の木のほうへ放った。靴下は枝にあたって跳ね返り、柵のこちら側に落ちた。

ジャンプする直前にふと、部屋の住人がもどってきたらカーテンの裏の窓があいていることに気づくのではないか、という考えが浮かんだ。

さんざんなジャンプだった。体をばさばさとたたかれつつ、湿った枝にしがみつくと、衝撃で手の傷口がまたひらいた。一瞬ののち、針のような葉に顔を引っ掻かれながら二メートルずり落ちた。無数の枝に串刺しにされかけて一瞬ぴたりと止まったあと、さらにずるずると滑り落ち、ついに地面に落下した。

首をしたたかに打ちはしたが、頭を起こしてまわりを見た。一メートル横にずれていたら、鋭い岩にぶつかっていたはずだった。ズボン下とシャツはかたわらに落ちていた。すぐ後ろに、灰色に光る柵があった。柵のむこうの建物に人がいることを示すものは、かすかに漏れてくる細い光だけだった。

人っ子ひとり見えなかったが、二階の窓のひとつに、シルエットが見えたような気がした。ぼんやりとだが、見憶えのあるシルエットが。

27

しばらくしてようやく、盗んだ衣類を身につけられるまでに力を回復した。靴下をなくしたことが悔やまれた。早くも足がじんじんしていた。岩場をくだって軟らかな地面に出れば、すぐに歩調を速めて温かくなれるだろう。くじいた踝は腫れてきたものの、痛みはなかった。これには寒さが味方していた。

一帯はあわただしい動きに包まれていた。

奥地の村々から西へ向かう狭い道には、トラックがひっきりなしに行き来しており、ブライアンは脇の溝を走らざるをえなかった。

初めは一本の小川をくだった。足元は暗く、水は氷のように冷たかったが、こうすれば犬たちは彼の臭跡を追えないはずだった。つらい思いをする価値はあった。

あたりにはどの方角から聞こえてくるのか、兵士たちの命令が絶えず響いていた。北北西からは低い砲声が轟いてきた。夜の空気にはそれ自体の命があった。

建物の屋根が見え、前方に村があることがわかった。ブライアンは道を離れて山の斜面にはいりこんだ。こういう晩は誰もが目を覚ましている。爆発音がするたびに、誰かの息子や夫や父親が、家に帰ってこなくなるかもしれないのだから。

こんな夜に、人は祈ることを覚えるのだ。

村のむこう側には大きな町があり、そのむこうにはライン川まで葡萄畑が広がっていた。この豊かで牧歌的な風景を損なっているのは、この地方の生命線として谷を縦貫する一本の広い舗装道路だけだった。

それが彼の越えていかなくてはならない土地だった。

町の外には農家が点在していた。牛舎にはそわそわした牛たち、物干しには洗濯物、畑にはジャガイモを掘り起こすための鋤。いつもどおりの暮らしがつづいていることがわかる。さらに歩いていくと、新しい建物や、うちすてられた古い納屋、崩れた作業場、さらなる水路が次々に現れた。

背後のシュヴァルツヴァルトのほうから、砲声がこだまして穏やかに返ってきた。地上の戦闘にこれほど近づくのは初めてだった。川のこちら側に築かれた砲兵陣地は、一矢報いようとむなしい努力をつづけていた。あたり一帯が死と災厄の顎にとらえられているように見えるのに、砲弾は一発も落ちてこない。

だが、そこはまだ地獄の突端にすぎなかった。

現実とは思えないものが――理性と人間性に逆らう対立が――現実のものになっているのは、川のむこう側なのだ。

ついにブライアンはその舗装道路にたどりついた。

それを誰にも気づかれずに横断するのはほぼ不可能に思えた。路面は濡れており、ヘッドライトの細い光を反射している。この長い直線道路上に出たら、いやでも目立ってしまう。たとえ道路灯が壊れていても、発見される恐れはきわめて高い。

兵員や物資を積んだトラックが目の前を次々と行き交っていた。二、三百メートル先で、長い外套をまとった数名のオートバイ兵が、行き交うトラックを徐行させている。彼らの後方を見ると、巨大な道標がへし折られて右側の車線に大きく倒れこんでいた。二キロ先に山地からの連絡道路があることを示していたものらしい。

兵たちのいるところにもう一度目をやると、その下をヘッドライトが通過したのが見えた。ブライアンは壊れた道標のほうへそろそろと近づいていった。この幹線道路の下を車が通過できるのなら、自分もできるはずだった。

下の道はほぼ闇に包まれていた。ときおり荷を満載した小型トラックや、川岸に近い村々から避難する人々を乗せた自家用車のヘッドライトに照らされるだけだった。少し離れたところから突然、ぼそぼそと人声が聞こえてきた。ブライアンはすばやく道路脇の斜面に身を隠した。見ると、人々が薄着のまま家の前に出てきて、震える体を抱きしめながら事故現場の様子をながめていた。

　爆発の閃光が立てつづけに夜空を照らした。それに注意を奪われた一台の平床トラックが、徐行せよというオートバイ兵の指示を見落とした。兵たちは何やら叫びながらあわてて飛びのき、運転手は車線に倒れこんでいる道標に寸前で気づいて急ブレーキをかけた。車輪がロックしてトラックは斜めを向き、そのまま横滑りしていって道標に激突し、ガードレールにぶつかってようやく止まった。そこへ後続が次々にやってきて停止したので、どのトラックも後退できなくなった。たちまち渋滞が発生し、それとともに道路は闇に包まれた。

　ブライアンは南のほうを見た。数分もすればこの交通障害は解消され、目の前の道路は往来する車でふさがれてしまう。そうなると身動きが取れなくなる。北のほうを見ると、ちょうど車が途切れていた。すばやく決断すると、彼は足を引きながら大急ぎで道路を渡った。

　後ろを振り返り、村人にも兵隊にも見られていないことを確かめたとき、ほんの一瞬、ほかにも人影が道を渡るのが見えたような気がした。

　葡萄はとうに収穫されていた。畑の土はぐちゃぐちゃに攪拌され、切り落とされた無数の枝が突き出している。はだしの足に怪我をしたくなければ、一歩ずつ慎重に歩くしかなかった。一足の靴と引き替えになら、何を差し出してもいいと思った。

　寒さが身に染みた。爪先は感覚がなくなっていた。

捻挫した踝も。個々の痛みはもはや、ひとつの大きな痛みに呑みこまれていた。

北のほうの砲声がなぜか急にやむと、川のむこう側から銃声が響いてきた。その銃声もやむと、背後の藪からかさこそという物音が聞こえてきた。ブライアンはすばやく体を起こし、なかば裸になった葡萄の木々を五感を総動員して見渡した。十列と離れていないところに、またしても見慣れない灰色の人影が動くのが見えた。

ブライアンは足を速めた。

やがて畑が終わり、風に揺れる防風林が前方に黒々と立ちはだかった。とても通り抜けられそうにないほど鬱蒼としていた。川に近づいているのがわかった。流れの音がしだいにはっきりと聞こえてくるようになった。足を滑らせ、あわてて腕を広げてバランスを取った。驚いた鳥が前方からぱたぱたと飛び立ち、ブライアンは足を止めた。すると後ろのほうから、彼の足音のこだまのように、グチャッ、とかすかな音がした。

ブライアンは振り向いてしゃがみこんだ。

誰かいるのだ。

十歩と離れていないところに、人影が腰に手をあてて立っていた。顔は見えなかったが、シルエットで誰なのかわかった。背筋がぞっとした。

ランカウだった。

どうあってもブライアンを逃がさないつもりなのだ。

その気になれば数歩でブライアンを捕まえられるというのに、大顔は無言で立っているだけだった。何かを待っているような態度だった。ブライアンは耳を澄ました。背後の下生えががさがさと音を立てた。

こんな場所をブライアンはこれまで見たことがなかった。そこからライン川までは、流水と森が織りあげた植物の迷路だった。湿地とジャングルの組み合わせ。人を消すのにうってつけの場所と、うってつけの夜。これを追跡者はあてにしていたのだ。

ふたりはしばらくにらみあっていた。状況の深刻さを考えると異様に長いように思えたが、考えてみれば、ランカウにはいくらでも時間があった。ブライアンはもう一度後ろを振り返った。また下生えががさごそと音を立てた。そこでようやく気づいた。誰かもうひとり、その茂みから襲いかかってこようとしているやつがいるのだ。ブライアンは茂みに逃げこむのをやめ、いきなり葡萄畑の縁に沿って南へ走りだした。不意をつかれたランカウは、葡萄の木を何列か飛びこえて、ようやくブライアンがいまいたところまでたどりついた。

おかげでブライアンはかなりのリードをものにした。下生えにはいりこめる個所があるのを見つけると、すぐさまその見慣れない藪に飛びこんだ。二、三歩進んだだけで腰まで水に沈んだ。底は滑りやすかったものの、とりあえずしっかりしていた。問題はランカウたちに反対側から行く手をさえぎられるかどうかだった。いや、それより、底がこのまま体を支えつづけてくれるかどうかだ。ぬかるみで緩慢に溺死するのだけはお断わりだった。一歩踏み出すごとに、彼は時間をかけて爪先で底を探った。

後ろのほうから興奮した話し声が聞こえてきた。やはりランカウひとりではなかったのだ。追っ手が行方を見失っている隙に、ブライアンは音を立てないようにして水の中を進んでいった。水の冷たさに、もうあまり耐えられそうになかった。まもなく身体機能が停止するところまで体温が下がってしまうだろう。

追っ手のひとりが後ろの茂みで、うつろな悲鳴をあげた。むこうも冷たい水の中にはいってきたのだ。

藪の中にはいると、さきほどまで前方から聞こえていた機関銃の銃声が不明瞭になった。ドイツ軍の守備隊は機動力があり、ライン川の堤防はとりあえず直接の銃火にはさらされていないようだった。

ブライアンはぬかるんだ土手に這いあがった。腐った木の枝があちこちにひっかかり、新たに根をおろしていた。夏は鳥と花と色彩にあふれた美しいところにちがいない。だが、いまは地獄だった。

時間がなくなってきた。すでに六、七時間はたっている。朝の三時か四時にはなっているだろう。五時にはなっていないことを祈った。なっていたら、夜明けまで二時間しかない。

すぐ前方を、ごうごうというエンジン音が、宙を飛ぶように通過していった。堤防はもうすぐそこなのだ。物音もずいぶんと明瞭になってきた。堤防まであとせいぜい二、三百メートルだろう。どのようにして堤防を越えて川床におりるか。ドイツ軍が追いつめられている対岸にはどのような混乱が待ち受けているか。それを考えると緊張と不安に襲われた。五感を総動員して慎重に、彼は湿地の残りを渡りだした。

突然、騒々しい羽ばたきとけたたましい鳥の鳴き声とともに、あたりが暗くなり、それと同時に、つんとする腐敗臭が襲ってきた。何百という水鳥がいっせいに飛び立ったのだ。ブライアンがその場に立ちつくしていると、青白い月光の中、群れがふたたび木々のてっぺんにゆっくりと集まっていくのが見えた。上空から敵が襲ってくるとでもいうように、みなくちばしを上に向けている。樹上は彼らの砦であり、枝からエキゾチックに垂れる蔓状の植物は彼らの盾なのだ。まるで太古の森にいるようだった。

このけたたましい騒ぎはかなり遠くまで聞こえたにちがいなかったが、それでもあたりは静まりかえっていた。ブライアンはそのまましばらく耳を澄ました。そばの茂みのほうへ踏みだしたとたん、不意にディーター・シュミットが飛びかかってきた。シュミットはブライアンの喉をつかむのと同時に、水中で股を蹴ろうとしてきた。ブライアンは反射的に身を守った。もつれあったまま転倒し、鳥たちをまたいっせいに飛び立たせた。彼は横向きになり、泥だらけの折れた枝をつかんでシュミットの耳に突っこんだ。シュミットは痛みのあまり絶叫して激しく底を蹴り、ふたりは同時に水から飛び出した。シュミットはすぐさまよたよたと、水をひっぱたきながらブライアンに迫ってきた。ブライアンは必死で背後の様子をうかがった。ランカウの姿はどこにもなかった。

シュミットがふたたび狂犬のように突進してくると、ブライアンは浮いていた枝をつかみ、顔をめがけて突き立てた。痩せた男は悲鳴もあげられなかった。枝は口から斜めにはいり、左の頬から半分突き出した。ブライアンは横へ跳んで、もう少ししっかりした場所に立つと、さらに二歩すばやく横へ移動して足場を安定させた。シュミットは歯をむきだして、膝まで水につかったまま、しばらく気を落ち着けていた。ふくれた頬から突き出た枝が呼吸のたびに動き、命がけの状況だというのにどこか滑稽に見えた。身にまとっているのは、ずぶ濡れになった灰色の部屋着だけ。細い脚はむきだしで、いまつかっている水と同じように青黒くなっている。ふたりとも大あわてで病院を抜け出してきたにちがいなく、その行動力には感心せざるをえなかった。

ただもうブライアンを殺すという目的だけのために、ここまでやってきたのだ。

どこか近くでランカウの呼ぶ声がした。ブライアンが追いつめられた獣のように目を細めたとき、シュミットが両手を突き出して突進してきた。だが、ブライアンはもう恐れていなかった。シュミットは穏やかな水の中で一瞬足を滑らせて、バランスを取ろうと前かがみになった。その瞬間、ブライアンは喉笛をもろに蹴りあげた。

シュミットはわななきながら、ろくにうめき声も漏らさず後ろに倒れた。ブライアンは渾身の力で彼を水中に押しこんだ。

シュミットの命が消えかけたそのとき、ランカウが茂みから飛び出してきた。膝を高くあげながら、ざぶざぶと湿地をぶざまに駆けてくる。機関銃の連射音がふたたび聞こえだした。こんどはかなり近い。ブライアンはふくらはぎまである水の中でランカウと対峙した。

ランカウは彫像のように身じろぎもしなかった。左手にナイフを持ち、長いぎざぎざの刃を宙に向けている。そのナイフには見憶えがあった。病院で食事どきに使うごく普通のナイフだ。それをどうやってちょろまかしたのか？　いや、それより、どうやってそこまで研ぎ澄ましたのか？　先が錐のようにとがっていた。

ランカウはしばらくブライアンの様子をうかがい、それから静かに話しだした。ブライアンに敬意を抱いているようだった。だが、決意を変えるつもりもないようだった。

戦いは避けられないのだ。しかもそれは不公平な戦いだった。

このままじっとしていたら、どちらも凍えてしまう。だが、たがいに先手を取られたくはないにしても、取りたくもないのだ。そのとき、かすかな物音がブライアンの感覚を覚醒させた。シュミットの体が水中で四分の一回転して横向きになり、最後の吐息が口から漏れてきたのだ。音もなく浮いてきたその泡で、ブライアンは水が味方だということを思い出した。水と、闇と、年齢の差、それが自分の味方なのだ。

あとはすべてランカウが有利だった。

ブライアンの頭上で複雑にからみあった蔓がかさかさと音を立てた。もつれあった枝々から養分と足がかりを求めて下へ伸びる細く長い根が、彼の目の前ですさまじい網の目をつくりあげていた。

ブライアンは瞬時にチャンスを見て取った。蔓にとびつくと、それを三度たぐっただけでランカウの頭上に達した。ランカウは軟泥に足を取られて突進が遅れ、首をのけぞらせて彼を見あげた。その顔にブライアンが全体重をかけて激突すると、首がぼきりと音を立て、ランカウはその場にくずおれた。抵抗がなくなり、ぐったりした体はずるずると水中に沈んでゆき、そのままになった。

戦いは始まってもいないうちに終わった。ブライアンはそばの土手に倒れこみ、ランカウの死体の上の水面が静まっていくのを見ていた。周囲の風景が徐々に細かいところまで判別できるようになってきた。一時間もすれば夜が明けるだろう。彼は一瞬ぼんやりとした。ランカウの死体から泡が浮いてこなくなったのはなぜだろうと思ったときには、もう遅かった。

水から飛び出してきたランカウは、すでに目をあけていた。睫毛は泥にまみれ、仮面をつけたような顔はまさに狂人だった。

ナイフはまだしっかりと握っていた。ブライアンはあわてて立ちあがり、反射的に左腕を突き出した。鋭い痛みが走った。肘のすぐ上に深々とナイフが突き刺さっていた。その腕をナイフもろともに勢いよく引き、ランカウを前によろけさせた。すかさずその目に指を突き立てると、あとは大顔の男の体重がやってくれた。

たちまち悲鳴があがった。ランカウは両手で顔を押さえて土手に倒れこんだ。無防備に仰向けになったまま濁った泥水につかり、脚をばたつかせて絶叫した。

機関銃の銃声が、こんどはかなり近くで轟いた。ブライアンは敵を運命にゆだねて、後ろも振り返らずに土手をのぼった。

堤防沿いの最後の防風林を抜けてようやく、ブライアンはぐったりと膝をついた。ナイフを肘から慎重に抜いた。さいわいにも、恐れていたほどには出血していなかった。きれいに刺されたのだ。

ほかにましなものがないので、上に着た部屋着を細く裂いて包帯がわりにした。とてつもなく寒かった。

あまりに寒いので、目の前に見える流れの激しさにもさほど驚かなかった。これ以上凍えることはありえないのだから。それなのに堤防の上で出くわした光景には恐怖と当惑を覚えた。

堤防の先から戦車が近づいてきたのだ。通行止めの柵が轍の横によけてあり、補給物資を運ぶ車列が自由に北へ向かえるようにしてあった。

ブライアンは地面に伏せた。いますぐ逃げなくてはならなかった。堤防上に身を隠す場所はなかった。流れのむこう側に暗い岸が見えた。岸は数百メートルにわたって北へ延び、そこで広い流れの中に消えていた。つまりそこに延びているのは、ライン川をふたつに分ける長い中洲だった。

なんという幸運か。これなら二度に分けて流れを渡れる。いったん中洲にあがれれば、息を整えることができる。先頭のトラックのヘッドライトがブライアンの数メートル横にある泥炭の山を照らし出したときには、彼はすでに堤防を渡って川へ転げおりていた。命を救ってくれる流れの中へ。

だが、それはまちがいだった。水は死に神よりも冷たかった。あまりに冷たいので、ずぶ濡れの部屋着でさえ温かく感じた。いまにも低体温症で危険な状態になりそうだった。彼は危険の徴候を知っていた。凍えた落下傘兵たちが衝撃にそなえる準備もできず地面に激突するのを見たことがあった。その種の寒さはひそかに、容赦なく、生きる意志とは無関係にやってくる。体の機能が停止してしまうのだ。

それに流れも速かった。まるで雪解けの季節のようだった。なすすべもなく流れに身をゆだねていると、中洲は後方へ過ぎ去っていった。

そこは川幅も相当に広かった。どのくらいあるのか水面からではわからなかったが、この薄闇の中では彼の姿がどちらの岸からも発見されないほどの広さだった。ときおり水面を走る探照灯の光にとらえられないかぎりは。

どこからともなく死体がふたつ浮かびあがってきて、ぷかぷかと川のまんなかで止まった。しばらく水中にあったと見えて、かなり膨張していた。この寒さにもかかわらず、一体の顔はすでに崩れかけている。もう一体のほうは、ほとんど水中に沈んでいてよく見えなかった。

西岸の撃ち合いは、もはやほとんど切れ目なくつづいていた。ブライアンは片方の死体につかまり、岸辺に人影がないかどうか見きわめようとした。体温がひどく下がっているので、数分以内には何がなんでも対岸にたどりつかなければならなかった。数百メートル北に橋がそびえていた。さらに北にもかすかな光が見え、高い橋がもう一本あるのがわかった。その二本のあいだにいくつも、工兵隊が巧みに浮橋を渡していた。今夜は補給の重要性が増しているのだ。

迫撃砲の閃光がつづけざまにまたたき、炸裂音が空気を震わせた。それに混じってときおり悲鳴も聞こえてきた。

ブライアンは死体から手を離した。死体はぷかぷか揺れながらくるりと仰向けになった。そこで初めて彼は、死体が川下へ流れていかない理由に気づいた。格子にひっかかっているのだ。偶然かもしれないが、そこには川を縦に二分する長い柵がずっと延びているようだった。あたりが明るくなるにつれて、ひっかかった木の葉や枝のまわりに細波が立っているのが見えるようになってきた。

ということは、短い時間とはいえその柵を乗りこえるあいだ、岸からまる見えになるということだった。東岸は静まりかえっているが、西岸には何がひそんでいるかわからない。頼れるものは自分の視力しかなかった。すさまじい砲声の轟きのなかで、人の立てる音が聞こえてくるはずもなかった。

ブライアンは腐食した尖端をしっかりとつかんで柵

をまたぎ越え、後ろ向きに反対側へおりた。荒い息をしながら柵にしがみついて西岸の様子をうかがった。

見定めた目標地点を正確に目指すつもりだった。ひとむらの木立が風に揺れていた。茂みは深く、身を隠せそうだった。そこで体を温めてから先へ進むことにした。

その危険は獣にしか察知できなかっただろう。いきなり腕をがっちりとつかまれたとき、ブライアンは心臓発作に見舞われた男のように、なんの心構えもできていなかった。

死者が甦ってつかみかかってきたとしても、ブライアンはランカウの顔をのぞきこんだときほど驚きはしなかっただろう。声にならない悲鳴をあげることしかできないまま、首をつかまれて深みへ引っぱりこまれた。自分はこんなところで死ぬのか。むこうは明らかにそれを望んでいた。

ブライアンは格子の横棒に足をかけ、最後の力をふりしぼって体を上へ押しあげた。だが、ランカウは手を離そうとせず、あいだをへだてる柵に腕がはさまって、痛みのあまりわめき声をあげた。それがブライアンを救ってくれた。

突然、後ろの岸からドイツ軍が撃ってきたのだ。ランカウはますます大声でわめいたあと、静かになり、ぐったりとして、ついにブライアンを放した。ブライアンは対岸を目指して必死に泳ぎだした。

銃撃は始まったときと同じように唐突にやんだ。岸のドイツ兵たちには、やるべきことがほかにもたくさんあった。

岸まであと少しというところで、ついに体が言うことを聞かなくなった。脚が動かなくなり、ブライアンは水に沈んだ。

あとから思い返してみると、彼はそこで突然笑いだしたのだった。水にすっかり呑みこまれる前に、底に足がついたのだ。

歩いて岸にあがったときには、冷たい朝の光に包まれていた。小火器の銃声は南へ移動していた。茂みがほうぼうにあったが、そこでも夜間の戦闘で犠牲者が出たことはすぐに見てとれた。その軍服を目にすると、体が震えだした。

そのアメリカ兵は藪が急に途切れたことに不意をつかれたのだろう。まだ驚いた顔をしていた。ブライアンは死体の隣に倒れこんで、凍えた指をさすった。その兵隊の軍服を着れば多少は体が温まるはずだった。

彼はあたりを見まわした。中洲ははるか上流にあり、先端に艀(はしけ)が何艘かとまっていた。もう少し上流の川の西岸にも平底船が一艘、舫(もや)ってあった。家畜の糞を満載しており、漂ってくるそのにおいが、ブライアンに平和でのどかだったころのことを思い起こさせた。だが、まもなく北のほうで炸裂音がして、彼は現実に引きもどされた。

ランカウの大きな顔は、川の中の小さな点になっていた。

28

「その上級集団指揮官のことをもう一度話してくれるか？　見張りがついているのか？　閉じこめられているのか？　本当に正気を失っているのか？　確かなところを教えてくれ」ウィルケンズというその情報将校の指はニコチンで黄ばんでいた。彼はもう一本煙草に火をつけた。たぶん同僚に警告されてきたのだろう――ブライアン・アンダーウッド・スコット・ヤングは口が重いぞと。

煙草の煙が鼻に届くとブライアンは顔をしかめた。

「わかりません。気がふれているとは思いますが。わかりません。自分は医者ではありませんから」

「十カ月もその病院にいたんだ。誰がまともで誰がまともでないかぐらい、わかるはずだろう」

「本当にそう思いますか？」ブライアンはまた目を閉じた。疲れたのだ。ウィルケンズ大尉は同じ質問を何度も繰りかえしていた。単純な説明を求めているのだ。もう一度深々と煙草を吸うと、長いことブライアンを見つめてから煙を吐きだした。指の股に煙草をはさんだまま、突然ブライアンの顔の前で手を振り、なんらかの反応を引き出そうとした。ブライアンのベッドの縁に灰が落ちた。

「何度も申しあげたでしょう、その将軍は気がふれていたと！　とにかく自分はそう思いますね」ブライアンは床に目を落として無感情につづけた。「そう、まちがいなく気がふれていたはずです」

「どうかね、具合は？」だしぬけに軍医がはいってきた。「だいぶよくなったんじゃないか、ヤング君？」

ブライアンは肩をすくめた。ウィルケンズは体を引いて椅子にもたれた。邪魔をされたことへのいらだちはうまく隠している。

「話をしなければならないときがいやですね。舌がまだ変なんです」

「それはしかたないだろう」軍医は微笑みながら、すでにメモ用紙をまとめているウィルケンズ大尉にうなずいてみせた。

ブライアンは枕に頭をもどした。アメリカ軍の歩兵に助けられてから三週間近くがたつ。その間に数えきれないほどの事情聴取を受けて、母国語にはもううんざりしていた。言葉のうえで孤立していた数ヵ月のあいだに、質問というものに過度に敏感になってしまい、答えなどどうでもいいように思えた。

精神病院に入院していたことによる後遺症はいっさい残らない、と医師たちは繰りかえし保証したが、ブライアンにしてみればそれは事実ではなかった。たしかに、体の傷痕は小さくなるかもしれない。不可解な気分の落ちこみもしだいに解消されるかもしれない。電撃療法を受けた脳細胞も元にもどるかもしれないし、命を奪われるという絶え間ない不安もやがては消えるかもしれない。だが、本物の傷は、友を見捨てざるをえなかったことへの後悔は、日ごとに深くなっていた。それは彼らには治せなかったし、治せるはずもなかった。

毎晩、夜が長かった。

フライブルクの中心部が瓦礫と化したという報告があったのは、まだシュトラスブルクの米軍野戦病院にいるときだった。「二十分もかからなかった」と報告者は誇らしげに述べた。それ以来、寝ても覚めてもジェイムズのことが頭を離れなかった。

ブライアンとジェイムズは撃墜されて以降、行方不明者とされてきた。家族は何ヵ月も悲嘆に暮れていた。ブライアンにとって何よりつらいのはジェイムズの両親と顔を合わせることだった。ティーズデイル夫妻は二度と息子に会えないのだ。それはまちがいない、とブライアンは思っていたが、ほかのことは何ひとつわからなかった。

「もう少し様子を見よう。これ以上悪くなることはないはずだ。あとは訓練の問題だよ、ヤング君。こういう事情聴取のときにもっとしゃべるようにすれば、治りももうちょっと早くなるだろう。無理にでもしゃべるようにしないと。それしか手はない」

ひとしきり舞っていた雪が雨に変わった。窓が曇っていて外が見えなかったので、軍医は話しながらブライアンに背を向けては窓を拭いた。

「きみは勇敢な兵士として受勲者に推薦されている。それを断わるつもりだそうだが、本当か?」

「ええ」

「それはあの戦友の一件にまだこだわっているということか?」

「ええ」

「友人にもう一度会いたいのならば、情報将校に協力するべきだぞ。それはわかっているな?」

ブライアンは口を結んだ。

「まあいいだろう。とにかく、きみにはもうしばらく入院してもらうことにした。体の傷は二週間もすれば治るはずだ。腕の腱は結局のところ、さほどひどく損傷していないことがはっきりしたんでね。全体としては、きみの怪我は順調に治っている」軍医が微笑むと、もじゃもじゃの眉が鼻の上でくっついて、どこか滑稽に見えた。「しかし、心もそれに遅れないようにしないとな。そうだろう?」

「じゃあ、家に帰してください」

「そんなことをしたら、われわれは疑問に答えを得られなくなってしまうじゃないか。それにまだ早すぎる、そう思わないか?」

「そうですが……」とブライアンは窓のほうを向いた。窓はまたしても曇っていた。「でも、話すことはもう何もないんです。知っていることはすべて話しました」

長身の若い娘が、重傷の兄の寝ているむかいのベッドから振り向いた。豊かな髪を後ろで団子にまとめたごく普通のウェールズ娘だったが、自信と落ち着きをそなえていた。微笑むと目のまわりに笑い皺ができた。

元日から数日後、ブライアンはまもなく帰還させるとほのめかされた。クリスマスは孤独だった。愛する家族のもとへ帰りたくてたまらなかった。

ウェールズ娘に会えなくなるのだけが残念だった。


年が改まって二週間あまり、事情聴取はようやく終わった。ブライアンはベッドを離れることを許された。話すことはもう何ひとつなかった。

イギリス軍情報部のウィルケンズ大尉が最後に訪ねてきたのは、一九四五年一月一六日の火曜日だった。前日の晩ウィルケンズはブライアンにこう伝えていた。きみは明日一二〇〇時に退院になる、二月二日一四〇〇時にグレイヴリーの基地に出頭せよ。そのほかの指示は直接キャッスル・ヒル・ハウスからカンタベリーのきみの家に送られる。

ブライアンは最後の事情聴取に機械的に応じた。もう一度空を飛ぶという考えにはまったく心を惹かれなかった。できるかどうか疑問だった。

「その病院の位置をもう一度だけ確認しておきたい」とウィルケンズは言った。

「なぜです？　もう十回は話しましたよ」ブライアンはあたりを見まわした。大尉が煙草を指先ぎりぎりまでふかすので、気分が悪くなったのだ。

背を向けて廊下に出ると、廊下も混雑していた。病室と廊下のどちらに、より大勢の負傷者が寝かされているのかわからない。踊り場のない広い階段から下の階を見ると、そこにもひとつひとつの区別がつかないほど、ぎっしりとベッドがならんでいた。

「なぜ知りたいかというとだな」と、あとを追ってき報告書には事故だったと記された。

たウィルケンズが言った。「その毒蛇の巣をまちがいなくたたきつぶしたことを確認したいからだ」
「なんの話です?」ブライアンはさっと振り返った。冷たい目が彼を見つめていた。
「きのう百七機のB17がフライブルク・イム・ブライスガウを爆撃して、二百六十九トンの爆弾を投下した。おれにはぴんとこないが、相当の量らしい。その際にわが軍は、きみの懐かしい病院にもそれを二トンばかり割いたんだ。これでもう、その病院からいかれた連中が前線に送りこまれる心配はなくなったと思うんだが、どうだ?」

あとから思い返してみても、それが故意だったのかどうか、ブライアン自身にもわからなかった。ウェールズ娘の話によれば、その瞬間、彼は階段に後ろ向きに倒れたのだという。医師たちの見るところ、一段ごとに骨が一本ずつ折れたらしい。

第二部

プロローグ　一九七二年

西行きの車線はもう三十分あまりも渋滞していた。下の家事室では早くもラジオが鳴りひびき、メイドがそれに合わせて調子っぱずれにハミングしている。部屋はすでに絶えがたいほど暑くなっていた。この夏は太陽が容赦なく照りつけてくる。

彼女はもう一度鏡をのぞいた。

しばらく前から彼女は、夫にもの悲しげな目で見つめられていることがあるのに気づいていた。心理学者なら中年の危機の始まりと見なすような目つきだが、そうでないことはわかっていた。鏡は嘘をつかない。彼女が老けたのだ。

彼女は口の端を指先でそっと伸ばしてみた。肌にはそれなりに張りがあった。唇をなめて、首をちょっと横へかしげてみた。

なんと時がたったことか。

けさの彼女はひとりで先に起床した。夫はまんじりともせずに何時間も天井を見つめていたようだった。こういう夜はこれまでにもあった。繰りかえし悪夢にさいなまれて眠れない夜は。

ゆうべもそんな一夜だったのだ。

夫がおりてきたのは朝食がすんだあとだった。夫はしばらくためらうようにそこに立っていた。まだ覚めきっていないような、ぼんやりした目をしていた。おどおどと申し訳なさそうに微笑んだ。「もう出かけないと」と彼は言った。

急に居間が広くなったように思えた。

そこで電話が鳴った。彼女はしぶしぶ受話器を取った。「ローリーンですが」と応じ、義姉の声を聞きながら無意識に頭に手をやった。髪はきっちりと後ろでまとめられていた。

29

「いえ、何時に出社するかはわかりかねます。ええ、普段は十時前にはまいります」秘書は受話器を置くと、九時二十九分からそこに座って辛抱強く虚空を見つめているふたりの男に、申し訳なさそうに微笑んだ。ふたりはそれぞれ時計を見た。ロレックスだ。そう気づいて、彼女は若いほうの男の裾広がりのズボンに目をやった。ずいぶんお洒落だ。

彼女の前にあるインターコムの小さな赤ランプがようやくともった。

「スコットがまいりました、どうぞおはいりください」ボスはケニントン・ロード側の地下に車を駐めて、裏階段からあがってきたのだ。きっとまたブルック・

ドライヴが渋滞していたのだろう。

スコットはその客をきわめて慇懃に迎えた。彼はふたりを知らなかったし、招いてもいなかった。いつもどおりのいそがしい週だった。いそがしいのはもちろん会社の成功の表れなのだが、彼は少々うんざりしてもいた。今週はずっとよく眠れなかった。

「お待たせしてすみませんでした。今日のM2は渋滞がことにひどかったもので」

「東からいらしたんですか」と年輩のほうがにこやかに言った。「ということはまだカンタベリーにお住まいで?」

スコットはいぶかるように目を細くして客を見た。デスク上の予定表にもう一度目をやり、そこに書きこまれた名前をよく見た。コヴェントリーのウィスコム&レスター親子商会、専務取締役クラレンス・W・レスターならびに下級共同経営者W・W・レスター。

「ええ、そうですよ。それ以外の土地に住んだことはありません」と微笑んだものの、目はさらに細くなった。彼の目のまわりの深い皺は魅力的だと思われることが多い。「前にお目にかかったことがありましたか、レスターさん?」

「ええ、ありますよ。ずいぶん昔のことですし、状況もまるでちがいましたが」

スコットは人差し指を立てた。「でも、あなたご自身はカンタベリーの生まれではありませんね、訛りからすると。あててみましょうか? ウルヴァーハンプトンでは?」

「惜しい。シュルーズベリーの生まれで、若いころはシェフィールドにいました」

「で、いまはコヴェントリーにいらっしゃるわけですね」と、もう一度予定表に目をやりながら言った。「以前に商売上のおつきあいをしたことがありましたか?」

「いや、ありません。まあ、遅かれ早かれイギリスじゅうの製薬会社がおたくのライセンスとぶつかることになるでしょうが。商売上のおつきあいはまだありません」

「では、ロータリークラブですか？　スポーツ連盟ですか？　イートン？　ケンブリッジ？」

若いほうの男がブリーフケースをまっすぐにして微笑んだ。レスターは首を振った。「昔話をしにきたわけではありませんから、正体を明かしたほうがよさそうですね。あなたはおいそがしいかたですし。実は、当時はおたがいにちがう名前でした。それで話がややこしくなっているんです」

「ああ、なるほど。たしかにわたしは名前を変えました。母と継父が離婚したものですから。そのことをすぐに忘れてしまうんですが。昔はヤングという姓でした。ブライアン・アンダーウッド・スコット・ヤング。いまはただのスコットです。あなたは？」

「レスターというのは妻の姓です。わたしの姓は田舎っぽいと妻が言うものですからね。でも、わたしは仕返しに、自分の姓をミドルネームにして守ってやりました。ウィルケンズです」

ブライアンは時間をかけてその年輩の紳士の顔をよく見た。ブライアン自身の顔にも時ははっきりと痕跡を残していたとはいえ、彼は自分がそれほど大きく変わったとは思っていなかった。しかし、すっかり禿げあがったレスターの丸い顔に、あの厳格なウィルケンズ大尉の鋭い面影を見出すのは難しかった。

「わたしのほうが年上ですからね」レスターはそう言って、わずかな白髪をなでつけてうなずいた。「でも、あなたはたいそう元気そうだ。あのひどい転落事故は乗りこえたようですね」

「ええ」時とともにブライアン・アンダーウッド・スコットは氷の男として知られるようになっていた。自信にあふれ、相手から決して目をそらさず、つねにしっかりとした論拠で意見の相違を解決する男として。過去のいきさつや友人のよしみは、いっさい考慮されなかった。

医師の資格を取ったあと胃病の専門医として開業したものの、近年では研究者とスポーツ医としての活動に軸足を移すとともに、ビジネスマンとしてもますます多忙になっていた。その意志の強さとドライな態度には代償も必要だった。といっても財政的にではない。四年前に母親が亡くなったときには、すでにかなり裕福になっており、遺された六百万ポンドの遺産の分け前も、彼にしてみればたいした額ではなかった。

ライセンスのおかげだった。すなわち、さまざまな医療品を製造する権利だ。薬剤、外科器具、スキャナーの構成機器、日本製とアメリカ製モニターのスペア部品。医療分野というのは巨大な市場であり、そこでは財源もいわゆる〝英国的節度〟にはしたがわないようだった。

その間には不愉快なビジネス上の経験も多々あったが、どれもこの思いがけない再会にはおよばなかった。あのウィルケンズ大尉と向かい合って腰をおろしているとは。温かい感情など湧いてくるはずもなかった。

「もちろん憶えていますよ、ウィルケンズ大尉」

「変わりましたな、状況も時代も」クラレンス・W・レスターは腕組みをして背もたれにもたれた。「たいへんな時代でした。誰にとっても」そこで眉をあげた。「その後、お友達の消息はわかりましたか？」

「いえ」

「もちろん手は尽くしたんですよね？」

ブライアンはうなずいて出口のほうを見た。ジェイムズ・ティーズデイルの捜索はドイツ軍が降伏しもしないうちに打ち切られていた。情報部は八カ月後にようやくしぶしぶと、ゲシュタポの記録文書はソ連軍の手中にあり、したがって親衛隊将校ゲルハルト・ポイカートの運命は不明のままであると認めた。ブライアンには何もできなかった。ジェイムズは大勢のひとりにすぎない。父親の政治的影響力と数々のコネをもってしても、新たな事実は何ひとつ明らかにならなかった。それ以来ブライアンは金で情報をあがなおうとしてきた。努力はむだに終わったものの、後ろめたさは少しずつ薄らいでいた。そうして二十八年が過ぎた。

ウィルケンズは同情の表情をつくろうとした。

出口まではほんの数歩だった。ドアをたたきつけて出ていってしまうべきだろうか。ブライアンはすさまじい吐き気に襲われた。悪夢がもどってきていた。

「ちょうどけさ息子にも話したんです、あなたがお友達に関する情報を手に入れようと、どれほど努力なさったか。ドイツへはいらっしゃいましたか、あれ以降？」

「いいえ」

「それは不思議ですね、あなたのお仕事を考えると」

ウィルケンズはそう言ったが、ブライアンは反応しなかった。「古い話を蒸しかえしたりして、ご気分を害したでしょうかね？」答えがわかっているような口調だったが、それは誤解だった。会合は応接室のグランドファーザー時計が三十分を打つ前に終わった。ふたりの男はブライアンがライセンスを持つ薬を製造する許可を求めにきたのだが、許可は得られなかった。意味のない口約束がいくつかなされ、注文がひとつだけ、検討のためスコットの助手のケン・ファウルズに送られた。父子は見るからに落胆したようだった。

もっと期待していたのだ。

フィルターなしのペルメルを吸うのは久しぶりだった。

暑いというのにブライアンは上着の襟を立てた。壁にもたれて新聞売場に目をやった。地下鉄のエレファント&キャッスル駅から人が続々と出てくる。昼休みが終わったのだ。

「今日はもう、もどらないよ」と秘書のシャスター夫人には伝えてあった。

それは珍しいことだった。いまごろはもうローリーンが何かおかしいと勘づいているだろう。妻は彼の気分の変動とその理由にとりたてて関心を示しはしないが、家庭がおびやかされるのを察知する不思議な能力を持っている。彼女がオフィスに電話すれば、シャスター夫人は疑念を隠しておけないだろう。そういう点ではローリーンはとても有能なのだ。彼女のおかげでブライアンはここまで成功したのだとも言える。ローリーンがいなければ心の迷いと自己憐憫に溺れていただろう。

ローリーンはごく普通の、どこにでもいるウェールズ娘だった。一度ブライアンに微笑みかけると、あとは彼が笑みを返さなくても、そうしつづけた。

イギリス軍の野戦病院で階段から転落したブライアンを、彼女は献身的に世話してくれた。ローリーン・ムーアという名前だった。

彼女は戦争で八人の身内を亡くしていた。重傷で入院していた兄は、ブライアンの目の前で彼女に抱かれて死んだ。四人の従兄、ふたりの兄、叔父、そして父親。父親のことを話すときにはまだ声に悲しみがこもっていた。自分でも悲しみをよく知っているので、ブライアンのことも静かに悲しませておいてくれた。彼女の大きな部分を占めるのは、過去には敬意を払わなければならないにしても、人はいまを生きなければならないという態度だった。

そんなところが――ほかのところもふくめて――ブライアンは好きになった。

だが、その代償として、彼は自分の過去とひとりでつきあわなければならなかった。自分の悪夢や、体験や、悲しみと。ふたりは一度もジェイムズの両親を訪ねなかった。通りをほんの数本へだてたところに住んでいるというのに、ブライアンはティーズデイル家のことも彼らの運命のことも、一度も話題にしなかった。そんなわけでローリーンもブライアンと同じく、心の奥底は自分の内に秘めていた。

けれども、いまの人生を自分たちのためにつくり変えることについては、彼女はきわめて有能だった。「興味が持てないのなら、お金持ちたちの下痢や腸の不調のことなんかで頭を悩ませなくてもいいじゃない、ブライアン」と彼女は何年も前に言い、そこからふたりの新たな生活が始まったのだ。「どうせあの人たちは、あなたに高価なチョコレートや葉巻やウィスキーソーダを取りあげられたといって、あなたを恨むんだから」彼女はそう言って笑っただけで、つつましい暮らしを強いられる可能性を受け容れた。それから一週間とたたずにブライアンは自分の医院を売りに出した。

当初は研究で暮らしを立てていくことはできなかったが、ローリーンは愚痴をこぼさなかった。いざとなったらブライアンの母親が援助してくれると、心のどこかでわかっていたからかもしれない。だが、ローリーンがいなければ、未来は別のものになっていただろう。

そしてついに成功が訪れると、それは本当に訪れた。

彼がついにロンドンにオフィスを構えると、娘のアンは「ああもう、パパったら！」と不満の声をあげた。「ランベスにオフィスなんて。みんなが気軽に立ち寄れないじゃない。どうしてテューダー・ストリートとかチャンセリー・レーンにしなかったの？」アンは率直で魅力的な娘で、陸上競技と――手脚のすらりとした男子選手とに――大いに関心を抱いていた。それが縁となって、ブライアンは研究と企業活動に加えて、スポーツ医療の専門家としても活動するようになった。

食餌療法と急性胃病の治療が彼の専門だった。スポーツ関係者は腹の調子が悪くなると、それぞれのスポーツ連盟やハーリー・ストリートの専門医のところへではなく、彼のところへやってきた。

全体としては、なかなかいい暮らしだった。

ブライアンはもう一本煙草に火をつけて、煙を深々と吸いこんだ。事情聴取をするウィルケンズの、脂に染まった指が思い出された。当時ブライアン自身は煙草を吸わなかった。よりによって今日ウィルケンズが現れたというのは、なんとも不思議な偶然の一致だった。ゆうべの悪夢の余韻がまだ体に残っていた。夢の内容は毎回ちがうものの、核心はいつも同じだった。ブライアンがジェイムズを見捨てるのだ。そういう夢を見たあとは何日も深い自責の念にとらえられた。そんなときにはよく、オフィスから数百メートル離れた帝国戦争博物館に行った。そこに集められた膨大な不幸と困苦に比べたら、自分の悲しみなどちっぽけなものに思えた。その堂々たる建物は、何世紀にもわたる人類の過ちの数々と数千年におよぶ流血の歴史の象徴だった。

だが、今日は行きたくなかった。

ゆうべ英国オリンピック委員会の代表者からカンタベリーの自宅に電話があり、ミュンヘン・オリンピックの医療チームに顧問として加わってもらえないかと打診された。

その電話が悪夢を誘発したのだ。これまで彼はドイツへ行くことになる誘いはすべて断わってきた。古傷をえぐりかねないようなことはいっさい拒絶してきた。調査はすべて同じ結論に達していた。行ってもしかたない。ジェイムズは死んだのだ。

なぜこれ以上自分を苦しめる？

そう思っていたところへ、立てつづけに今回の打診と、悪夢と、ウィルケンズの訪問である。オリンピック委員会は考える時間を八日間くれた。オリンピックが始まるまであとひと月しかなかった。四年前にメキシコ・オリンピックの医療チームに胃の不調の専門家として加わってほしいと要請されたときには、もっと考える時間があった。

ハーパー・ロード、グレイト・サフォーク・ストリート、ザ・カット。街じゅうが活気にあふれていた。だが、ブライアンは何ひとつ気づかなかった。

「ブライアン、あなた、ミュンヘンに行くかどうか決めなくちゃならないから、そんな格好でこの暑さのなか、それもサザークなんかをほっつき歩いてたっていうの？　冗談でしょう。そんなこと、家でもできるじゃない」ローリーンのティーカップはいまにもあふれそうだった。「もちろん、そうしたらあたしが、行くのはよしなさいと言ったはずだけど。でも、いまからだって言うわよ、わかるでしょう？」

「まあね」

「ああいう愚痴は、メキシコのときだけでもうたくさん」

「愚痴？」ブライアンは彼女を見た。美容院に行ってきたようだ。

「暑いだの、人が多いだの、スケジュールがひどいだの」彼女はブライアンに見つめられていることに気づいた。ブライアンは目をそらした。

「ドイツは暑くないよ」

「そうね、だけどほかにもいろいろあるはずよ。すごくドイツ的なことが！」ローリーンのお茶はもう受け皿にこぼれていた。

ふたりはどちらも旅行が嫌いだった。ローリーンは知らないものを恐れるゆえに、ブライアンのほうは知っているものに出会うのを恐れるゆえに。

ブライアンが旅行に行くのを止められないときには、ローリーンはたいてい自分も同行し、すべてができるかぎり迅速にいくように段取りをした。ブライアンの出張旅行はたいがいそんな調子だったので、彼女は今回もそうするつもりだった。

あくる日、ローリーンはいつもどおり興奮もせず、ブライアンに旅行日程と航空券を見せた。するとブライアンは彼女に、やはりオリンピック委員会の招請は断わることにしたと告げた。ミュンヘンには行きたくないと。彼女はとくに驚きもしなかった。

その夜、ブライアンは近年にないほどうなされた。

30

翌日、ローリーンは旅行に行かなくてすんだことにほっとして、朝からうきうきと秋の銀婚式の準備に取りかかった。ブライアンは新しいカーテンの寸法を測ってまわっている彼女を残して、そっと家を出た。

二時間後、オリンピック委員会からオフィスに電話があった。ブライアンはシャスター夫人に手まねで合図して、部屋のドアを静かに閉めさせた。委員会が翻意を再度うながすというのは尋常のことではない。

「申し訳ありませんが、目下、ヨーロッパで新しい胃潰瘍向け鎮痛剤の発売をひかえておりまして。販売戦略の作成や代理店の選定に手を貸さなければならないんです」

会話はそれで終わった。基本的には彼の言葉はまちがっていなかった。実際に新たな販売攻勢をもくろんでおり、新しい代理店を求めていた。だが、新しいセールスマンや販売者との面接に、彼はこれまでいっさい関わってこなかった。

しかし今回は、苦しまぎれの嘘に真実味を加えるために、そのルールを破らなくてはならない気がした。

販売責任者のケン・ファウルズが面接することにしたのは、応募してきた五十の代理店候補のうち、十社だけだった。それを最終的に四社に絞り、各地域を担当させるのだ。

ブライアンの目にはどの候補もよさそうに見えたので、面接中はたまにしか口をはさまなかった。

礼儀上ファウルズから意見を求められることはあっても、最終的に決定をくだすのはやはりファウルズだった。

二日目にキース・ウェルズという応募者がやってきた。ウェルズは真面目な場でもついユーモアをもって受け答えをしてしまうという、快活な男だった。ほぼ一日じゅう待たされたあと、いちばん最後に面接を受けた。ファウルズがこの赤ら顔の男を採用しないのは明らかだった。北欧、ドイツ、オーストリア、オランダという予定販売地域は市場としてきわめて重要であり、自分と波長の合わない男の手にゆだねたりは絶対にしないからだ。

「で、以前の販売地域では何がうまくいかなかったんです？」とブライアンは助手よりも先に尋ねた。

ウェルズはブライアンの顔をまっすぐに見た。質問は予期していたものの、ブライアンから訊かれるとは思っていなかったらしい。「理由はいろいろあります。わたしのようなハンブルク在住の外国人は、ほかのどこよりもいいものを売る必要があります。そうでない場合、ドイツ人はボン在住の外国人と商売をするほうを好みます。もっと好まれるのは、海外在住のドイツ人ですね。そういうところなんですよ、ドイツというのは」

「で、おたくの商品はほかのどこよりもいいものではなかったと？」

「どこよりも？」ウェルズは肩をすくめて目をそらした。「どこの商品とも変わりませんでしたよ。あつかう分野が狭すぎて、このところ新発見や奇跡がさっぱりなかったもので」

「向精神薬ですか？」

「ええ。神経弛緩剤です」ウェルズはゆがんだ笑みを見せ、話をつづけた。「流行は変わります。その手のクロルプロマジン剤は、もはや必ずしも精神病治療における主流ではなくなっています。わたしは油断していたんです。結局、在庫がありすぎて、負債はますますふくらみ、商品が売れる見込みはほとんどなくなりました」

ケン・ファウルズが椅子の上でいらいらと尻を動かした。ブライアンはウェルズが口にした薬を憶えていた。ラーガクティル、プロジルなど、さまざまな名称があった。だが、有効成分はどれもクロルプロマジンだ。アルファベット・ハウスでモルモットにされていた患者のなかには、よく似た薬を投与されて姿を消した連中もいた。ブライアン自身は親衛隊の病院にいた十カ月のあいだ、ほとんどそれを服用せずにいられたとはいえ、副作用はその後何年にもわたり彼の日常の一部になっていた。考えるだけでも冷や汗が出て、口が渇き、落ち着かなくなった。

「ウェルズさん、あなたはカナダ人ですよね？」彼は気を取りなおして尋ねた。

「フレイザーヴィルです、セントローレンス川の近くの。母はドイツ人、父はイギリス人、住民はフランス語を話します」

「ヨーロッパで成功するのにふさわしい出発点ですね。

なのにまだフランスには進出していない。なぜです？」

「無理ですよ。妻がときどきわたしに会いたがるんですから。あれはわたしより賢いんです」

「奥さんが理由なんですか、あなたがボンではなくハンブルクに身を落ち着けたのは」

ファウルズはしきりに腕時計を見て、微笑もうとした。ウェルズの話は本題とまったく関係がない。

「わたしはマクレリー中将麾下のイギリス第十軍の一員として、一九四三年にイタリアのサレルノ湾上陸作戦に参加したんです。薬剤師でしたから当然、医療部隊に入れられましてね、部隊とともにそのままドイツまで行きました」

「すると奥さんが国境に立ってあなたを待っていたと」ファウルズがにやにやし、ブライアンににらまれた。

「いえいえ。初めて会ったのはドイツが降伏して一年後ですよ。部隊はヨーロッパの復興計画に取り組んでいました」ブライアンは黙って話をつづけさせた。その説明でふと新たな可能性を思いついたのだ。

ウェルズはデンプシー中将のイギリス第二軍がベルゲン・ベルゼン強制収容所を解放した際に、その一員となっていた。二度昇進し、ニュルンベルク裁判に先立ついくつかの審理で、ナチの強制収容所における医療実験について証言した。やがてイギリス軍情報部のつくった専門家チームの一員として、ナチの病院を調査する任務につけられた。

当時はドイツじゅうに何百という野戦病院があった。行ってみると、大半は放棄されたままだった。地域病院や個人病院になっているものもあった。なかには患者の死体が大量に埋められている場所もあった。心身に障害を持つ患者たちだった。

調査チームは何度も激しいショックを受けた。ときには負傷した普通の患者も交じっていた。ナチの人間観は自国の兵士たちにまで適用されていたのだ。戦争末期には食事の脂肪分がひどく欠乏し、患者は神経系に回復不能の障害を負うまでになっていた。

彼らが調査した病院のなかでは、南ドイツとベルリンにいくつか、まあまあの施設があるだけで、それ以外はまったく悲惨な状態だった。

その任務に何ヵ月も従事するうちに、ウェルズは心が空っぽになってしまった。しまいには自分がどこにいるのか、誰といるのか、何を飲んでいるのかも気にしなくなった。故国に帰ることも考えなくなった。母国という概念が彼にはもう意味を持たなくなったのだ。バート・クロイツナハの病院でウェルズは驚くほど生気にあふれた若い看護婦に出会い、すっかり生き返った。ブライアンは自分にも同じような経験があることを思い出した。

恋に落ちたふたりは二ヵ月後、彼女の家族が暮らすハンブルクに引っ越した。ハンブルクなら彼女が占領軍兵士と結婚しても、さほど白い目で見られることはなかった。

ウェルズはハンブルクで会社をつくり、経営は長らくうまくいっていた。いまは三人の子持ちで、人生におおむね満足していた。

彼の話はブライアンに強い印象を残した。

その日の夕方、ファウルズは自分が選んだ代理店のリストをブライアンに渡した。そのなかにウェルズの会社はなかった。あまりにも老けすぎ、快活すぎ、カナダ人的で、熱心さが足りないと見なされたのだ。

ブライアンは黙ってその決定に署名すればよかった。書類はその晩ずっとブライアンのデスクに置かれていた。翌朝、彼の目にまっさきにはいったのもそれだった。

電話を受けたウェルズの口調からは、失望も驚きもまったく感じ取れなかった。「なあに、だいじょうぶですよ、スコットさん」と彼は言った。「でも、わざわざ連絡をくださってありがとうございます」

「もちろん旅費はお支払いします。しかしまだ、あなたにお願いできることがあるかもしれないんです。ホテルにはいつまでいらっしゃいます？」

「あと二時間で空港へ行きますが」

「その前に会えませんか？」

ベイズウォーターにあるその宿は、ブライアンが自分の雇い人にふさわしいと考える宿泊施設の基準をずいぶんと下回っていた。ファッショナブルなその通りにはシティの銀行よりたくさんのホテルがあるというのに、キース・ウェルズはよりによっていちばんみすぼらしいところを見つけ出していた。階段を見るだけでも、その建物の全盛期がはるか昔だったことがわかる。

ウェルズは飲み物を飲みながらブライアンを待っていた。誰にも見られていないと思っているのか、見るからに落胆している様子だった。ブライアンが声をかけると、あわてて快活さの仮面をかぶった。

髭を剃っておらず、挨拶もどこかぎこちなかった。だが、ブライアンは彼を気にいっていたし、必要としてもいた。

「ウェルズさん、あなたに働き口があるんです。あなたがた一家がボンに引っ越してもかまわないとおっしゃるのであれば、その仕事は来月中旬からあなたのものです。うちの下請けの下請けの納入業者が、管理部門で英語を話せる薬剤師を探していましてね。まさにあなたにぴったりなんです。街から二キロほどのところにある、ライン川の近くの社員住宅も自由に使えます。給料はまずまずで、年金もつきます。いい話だと思いませんか？」

ウェルズはその会社を知っていた。明らかに当惑して驚いており、仮面をはずしてしまったことにも気づいていなかった。これほど簡単にものが手にはいることに慣れていないのだ。

「そのかわり、やってほしいことがあるんです」とブライアンは言った。

「法律に触れることと、歌をうたえと言われるのは困りますが」ウェルズは眉を寄せながらも快活をよそおうとした。

「昨日あなたは、戦後にドイツ国内の病院を調査したという話をしたときに、精神病院を訪れたと言いましたよね？　で、ドイツ南部にも調査におもむいたと」

「ええ、何度か」

「フライブルク周辺にも行きましたか？」

「フライブルク・イム・ブライスガウですか？　ええ、バーデン・ヴュルテンベルク州はすべてまわりましたから」

「わたしがとりわけ関心を持っているのは、フライブルクの北の、シュヴァルツヴァルトの裾にある、ヘルボルツハイムという小さな町の近郊にあった療養所のことなんです。というか、実際には病院だったんですが。親衛隊員専用の病院でした。そこに精神病棟もあったんです。何か思い出すことはありますか？」

「フライブルクにはたくさん療養所がありましたからね。いまでもたくさんありますが」

「ええ、でも、それはフライブルクの北なんです。大きな病院でした。山の上の。全体で少なくとも十棟は大きな建物がありました」

「病院の名前はわからないんですか？」

「精神病棟はよくアルファベット・ハウスと呼ばれていました。それ以上はわかりません。親衛隊員だけが入院できるんです」

「残念ながら、ご期待には沿えませんね。戦争中は予備病院がたくさん造られましたし、なにぶん昔のことでもありますし。一日にいくつもの病院や医院を調査することもありましたから。いまではもう、細かいことは思い出せないんです」

「でも、やってみることはできるでしょう？」ブライアンは身を乗り出してウェルズの目を見つめた。注意深く知的なまなざしが返ってきた。「ドイツに帰ったら、ご家族に話をして、二日で自分の用事を片づけてください。それがすんだら二週間ほどフライブルクに行って、いくつか調べてほしいことがあるんです。新しい仕事に就くまでにはまだ時間がありますから。もちろん報酬は充分に支払いますし、経費も全額もちます」とブライアンはうなずいた。「どうでしょう？」

「何を捜せばいいんです？　いまおっしゃったその病院を見つけるだけでいいんですか？」

「いいえ、その病院は一九四五年の初めに爆撃で破壊されています。捜してほしいのは、わたしがそこで出会った男です」

「その病院で？」

「ええ。わたしはそこに入れられていたんです。一九四四年の十一月二十三日に脱走するまで。事情はまたくわしく話します。が、その男は病院に残り、以来消息不明なんです。彼がどうなったのか知りたいんです。ゲルハルト・ポイカートという名で入院していました。必要な情報はすべて二、三日のうちにお知らせします。階級とか、外見とか、具体的なことは」

「存命かどうかはわかっているんですか？」

「おそらく死んでいるでしょう。病院が爆撃されたとき、そこにいたはずですから」

「通常の情報源や公文書は？　すべて調査ずみなんですか？」

「もちろんです。八方手を尽くしましたよ」

　ブライアンが話したのは必要最低限のことだけだったにもかかわらず、ウェルズはその仕事を戸惑いながらも引き受けた。時間はあったし、断わることはできなかった。

ブライアンは彼に病院の場所のほか、入院患者や職員についても、名前や肉体的特徴などを細かく伝えた。だが、ウェルズは最初の報告書で、ゲルハルト・ポイカートのその後について、新たなことは何ひとつ報告できなかった。三十年近くも昔のことなので、手がかりを見つけるのは不可能に近い。ウェルズはそう弱音を吐いていた。病院も、捜している男も、跡形もなく消えている。そのうえ第三帝国の末期に精神病院に入院していた患者は、殺された可能性もきわめて高い。国家にしてみれば、安楽死はそのようなタイプの患者に対する最も安全な措置だったのだ。

ブライアンの落胆は大きかった。オリンピック委員会からの招請につづいて、ウィルケンズとウェルズに出会ったことで、ついにこの件が解決して心の平安を得られるかもしれないという希望が芽生えていただけに、なおさらだった。

「スコットさん、二、三日こちらへ来られませんか?」とウェルズは言った。「そうしてもらえると、大いに助かるんですが」

三日目にブライアンは英国オリンピック委員会に電話をかけ、南ドイツに用事ができたので、選手村に宿舎を用意してくれるなら、深刻な問題が起きた際に喜んで相談にのる、と伝えた。委員会はそれを了承した。

メキシコ大会では金メダル五、銀メダル五、銅メダル三を獲得していたが、今回はそれを上回らなければならないのだ。

なんとしても。

ローリーンは不機嫌になった。ブライアンがドイツに行くからではなく、それを出発の前日になって初めて知らされたからだ。

「せめて昨日教えてくれればいいのに。たぶんあたし、一緒に行けないわよ。いまさらペナースの家にいてくれなんて、ブリジットに言えると思う? もう手遅れよ。彼女はいまこの瞬間、カーディフの駅で列車を待ってるんだから」

ローリーンはお手あげだという顔で時計を見ると、大きく溜息をついて肩を落とした。ブライアンは彼女の視線を避けた。妻の考えていることはわかった。兄嫁の訪問の手筈を整えるだけでもたいへんだったのだ。それをキャンセルなどしようものなら、この世の終わりが来る。

しかし、それがまさにブライアンの望んでいたことだった。

31

キース・ウェルズが笑顔で道を渡ってきた。車の流れは完全に止まっている。ミュンヘン空港でブライアンを出迎えた光景は、よく言われるドイツ的秩序や効率性なるものとはかけ離れていた。熱気が顔に襲いかかってきた。車はトランクもあけられないほど間隔を詰めて駐車してあった。

「まったく、てんやわんやですよ」ウェルズはにやりとして、ブライアンを車道の先へ引っぱっていった。バスだけが動いていた。誰も彼もが開会式を見にきているのだ。ブライアン以外は。

街は色彩にあふれたひとつの祝祭だった。ミュージシャンも芸術家もダンサーも、すべて集まっていた。

どの街角にも数えきれない準備の日々が反映されていた。ブライアンは自分がひどく場ちがいなところにいる気がした。

笑いながらのんきに歩きまわるドイツ人と外国人の群衆のあいだで、自分ひとりが真空の中にいるようだった。過去の幽霊をつかのま追い払うことができても、すぐにまた人声がして、かつて彼を震えあがらせた言語の調子と抑揚の記憶がよみがえってきた。ウェルズに案内されながら、彼は大勢の若者たちをながめた。屋外のカフェに座って自分の母語をごく自然に、優しく、歌うようにしゃべっており、あの野蛮で強圧的な調子は聞き取れなかった。だが、行き来する老人たちに目をやると、彼らの顔には神がカインにつけた忌まわしい印が見てとれた。

それでブライアンは自分が敵国にもどってきたことを知った。

実りのなかった調査についてブライアンに話して聞かせるあいだに、ウェルズはジョッキ二杯のビールを空にした。混みあった屋外カフェの気楽な雰囲気も、彼の気まずさは隠せなかった。ウェイターが三度目にまわってくると、彼は手をあげて断わった。「それはまあ、いつまでもつづけていれば、何か手がかりにぶつかって、フライブルクの病院にいた誰かにたどりつくことはできるでしょうが。しかし正直なところ、それには何年もかかるでしょう。わたしはプロじゃありませんからね。その仕事を引き受けるにふさわしい人間かどうか、問題はそこです」ウェルズは口を結んだ。「わたしには時間が足りません。病院はやたらとあるし、文書館もやたらとある、カルテもやたらとある、距離もやたらとある。そのうえあの壁もあります。決定的な手がかりは西ドイツにあるなんて保証はないでしょう？　東ドイツにあるとしたら、ヴィザの問題も出てきます。そうなったら、それにもまた時間をとられます」彼は微笑んでから真顔になった。「あなたに本当に必要なのは、有能な探偵と文書館員の軍団ですよ」

「それはもう試しました」

「なら、もう一度やってみればいいじゃないですか」

ブライアンはウェルズの顔を長いこと見つめた。残念だが彼の言うとおりだった。何もかもが、ジェイムズのその後の運命を突きとめるのは不可能だと指摘していた。その気ならプロに任せることができたのも、これまた事実だった。目の前に座っているこの無精ひげを生やした男を神が遣わしてくるまで、ブライアンはもはや過去をほじくりかえすつもりなどなかったのだから。

彼はずっと、ジェイムズは死んだものだと思ってきた。だが、こんどはどうしてもけりをつけたかった。

「あなたがここであきらめるというなら、わたしはとてもがっかりしますよ。ボンにおけるあなたの新しい地位に影響をおよぼしかねないほどがっかりね」

ウェルズの目に表れた反応から、それが名案ではないことがわかった。いずれにせよ不毛だ。

「すみません、ウェルズさん、約束は守りますよ。あなたはわたしになんの借りもないんですから。ただね、わたしは必死なんですよ。これから踏みこもうとしているのは、おそらく誰も調査したことのない領域です。自分のしていることがかえってマイナスになりはしないかと、心配でなりません。でもね、ウェルズさん、わたしたちの捜しているこの男は、わたしの親友なんですよ。イギリス人で、本名はジェイムズ・ティーズデイル。わたしは彼をその病院に残してきてしまい、それきり会ってないんです。彼がどうなったのかわからないと、この先一生苦しむと思います。もう一度やってみようという気力は、とても湧かないでしょうからね」

話しているうちに周囲のテーブルは客がどんどん入

れ替わっていたが、ふたりは腰をあげなかった。ウェイターも匙を投げ、お代わりをさせようとするのも、新たな客が席につけるようふたりを追い出そうとするのもやめた。開会式の中継放送が始まっていた。ウェルズはブライアンをじっと見つめていた。

「あと二週間ください、ウェルズさん。オリンピックが終わるまで」とブライアンは言った。「フライブルクの周辺に的を絞るんです。何も見つからなければ別の手を考えますから。追加で五千ポンドさしあげます。やってくれませんか?」

店内からファンファーレが聞こえ、数万の観衆の喝采が通り全体に響きわたった。ウェルズは真剣な面持ちでしばらく空のジョッキをもてあそんでいたが、そこに日射しがきらりと反射すると、口の端から笑みが広がった。そして手を差し出してきた。

「ならば、キースと呼んでください」

人が大勢集まるところにはつねに健康上の危険がひそんでいるものだが、ブライアンは選手村にいてもすることがなかった。この暑さにもかかわらず、深刻な胃の不調を訴える者はいなかった。これまでイギリス選手団と接触したのは電話でだけだった。チェックインした際にもらった許可証で競技会場にはいることもできたし、さまざまな歓迎会やイブニングパーティに顔を出すこともできた。だが、暇を持てあましてはいても、話し相手が欲しいとは思わなかった。彼はハリケーンの目のように、世界中が注目するイベントのまっただなかでぼんやりと過ごしていた。キース・ウェルズは朝の報告の電話で、「うらやましい」と言い、ローリーンは毎日の電話で、「うらやましくなんかない」と嘘をついた。

選手村は活気にあふれていた。誰もが絶えずどこかへ移動しているように見えた。ブライアンに気づく者はいなかった。宿舎にいないときには、ミュンヘンの街なかで過ごした。デパートのカフェテリアで昼食をとったり、博物館を訪ねたり、いっこうに手をゆるめようとしない夏の太陽にしおれた緑地のベンチに腰をおろしたりして。

待つのは耐えがたかった。読書も気晴らしにならなかった。ミュンヘンにあまたある製薬会社を見学しようかとも思ったが、やはり気乗りがしなかった。いっさいがジェイムズのまわりをまわっていた。

自分が年を取りすぎたのかもしれない。そう思いながらブライアンは、部屋の奥の隅にあるテレビを消した。これが最後のオリンピックというわけでもない。

十日目にウェルズが電話をかけてきた。いつもとは口調がちがっていた。「ブライアン、あたりをつかんだかもしれません」

ブライアンは息が止まりそうになった。

「期待しすぎないでほしいんですが、あなたの言う〝カレンダー男〟を見つけたと思うんです」

「いまどこにいるんだ？」

「わたしはシュトゥットガルトですが、彼はカールスルーエです。むこうで落ち合えませんか？」

ブライアンは脚を組んで体を揺すった。下痢にでもなったような気分だった。「レンタカーを借りていく。途中できみを拾えるか？」そう言うと、返事を待たずに先をつづけた。「ミュンヘンを離れると報告しておかなきゃならない。だが、三時間あればそっちにつける」

ブライアンが国外でいつもジャガーを借りるのは、速い車が好きだからではなく、イギリス人としての自尊心からだった。車は滑るように静かに走っていたが、ウェルズの好みからすると明らかに速すぎるようだった。彼は車の内側に体を傾けて、道路を見まいとしていた。「年月日を正確に記録することだけを生き甲斐にしている患者に、捜索の的を絞ったんですよ。このヴェルナー・フリッケという男がまだ生きているとすれば、あとは時間の問題ですから。かたっぱしから電話をかけていけば、必ず見つかると思いましてね。簡単そうに聞こえるかもしれませんが、わたしはこの数日、それしかしていなかったんですよ。プロならもっと別のやりかたをするんでしょうが、こっちは見つかるかぎりの病院に電話をするしかなかったものでね。五十軒はかけて、やっと見つけました」

「で、ゲルハルト・ポイカートは？　彼はどうだ？」

ブライアンは前方の路面に目をやったままハンドルを握りなおした。

「残念ながらいまのところ、ポイカートを知っている人間はひとりもいません」

「だいじょうぶ、一度に多くを期待しちゃいないよ。きみはよくやってくれている。一歩ずついこう」ブライアンは微笑もうとした。「再会するのが待ち遠しいな。生きていたのか、あのカレンダー男のやつ……」

ブライアンは宙を見つめた。「彼が生きていたということは、ジェイムズにも希望があるということだ」

「質問はなさってもかまいませんが、本人が答えるかどうかはわかりませんよ」院長のオフィスも、病院のほかの場所と同じように明るく色彩にあふれていた。高級な病院であり、誰でも入院できるところではない。

「あなたが訪ねてくることは、ヴェルナー・フリッケの家族に伝えました。かまわないそうです」ヴュルツ院長はにこりともせずに、訛りの強い英語でつづけた。「ウェルズさんが通訳してくださるでしょう」

「彼のファイルを見せてもらえますか？」

「あなたも医師ですよね、スコットさん。あなたなら許可しますか？」

「しないでしょうね」

「カードボックスをご覧になってください。重要なデータはそこに記載されています」

ブライアンはウェルズに精神医学用語はすべてとばしてくれと頼んだ。フリッケは病人であり、治療を受けている。それだけだ。ブライアンが知りたいのは、フリッケに回復の見込みがあるかどうかではない。彼がこの病院に来た経緯だ。

すべての記録は一九四五年三月に始まっていた。その前はどこにいたのかも、なぜ病気になったのかもわからなかった。フライブルクのことにはいっさい触れられていなかった。ヴェルナー・フリッケは一九四五年三月三日に突如、カールスルーエ近郊のこの病院に現れていた。テューービンゲンの親衛隊仮駐屯地から移送されてきたのだ。その前に一年あまり行方不明になっていたとある。過去の病歴については何も記されていなかった。軍の記録は、カレンダー男の人生の暦からちぎり取られた一年について、何も教えてくれなかった。

テューービンゲンの駐屯地は連合軍の前進にともなって撤退し、患者は全員カールスルーエのこの病院に移送された。六〇年代の初めに病院が民営化された際に、ほとんどの患者は転院していった。最初の患者で残っているのは彼ひとりだった。カレンダー男の家族には、彼をそこに入院させておく資力があったのだ。

当時の患者の名簿はかなり短いものだった。ブライアンの知っている名前はひとつもなかった。アルファベット・ハウスから来たのは、どう見てもカレンダー男だけのようだった。

突如ブライアンのなかに感動がわきあがってきた。脚の短いそのずんぐりした体と優しい目を見たとたんに、二十八年の歳月が消えた。驚くべき温かさがほかの感情をすべて呑みこんだ。ブライアンがテレビとのあいだに立つと、カレンダー男はまっ白なもじゃもじゃの眉をあげて「あああ！」と叫んだ。ブライアンは彼に会釈した。目頭が熱くなるのがわかった。

「彼は誰にでもそう言うんですよ」とヴュルツ医師が言った。

長年運動をしていないので体が縮んでいたものの、威厳は損なわれていなかった。袖なしのシャツに、ジッパーがあきっぱなしの半ズボンという格好はしていても、それはやはりブライアンのむかいに座って彼の目をもの珍しげに見ていたあの親衛隊将校だった。フライブルクの病院で経験したできごとがまざまざとよみがえってきた。そのカレンダー男がいまそこに座って、小さな白黒の画面でミュンヘンのオリンピック競技を見ているのだ。テレビの上にかかっている暦の日付はもちろん正確だった。

一九七二年九月四日月曜日。

「彼になんと言いましょうか？」とウェルズが訊きながら、ブライアンとフリッケの横にしゃがんだ。

「なんだろうな。わたしがきみに名前を伝えた人たちのことを訊いてみてくれ。ペトラ看護婦とフォンネグートのことを。それとアルノ・フォン・デア・ライエンを憶えているかどうかも。フリッケが窓から放り出そうとした男だ」

別れは手短かにすんだ。ふたりが部屋を出ていきもしないうちに、ヴェルナー・フリッケはもうテレビのほうに向きなおっていた。二百メートル競走決勝の出場選手たちがスターティングブロックについているところだった。

「がっかりしているのはわかりますが、しても意味はないと思いますよ。フォンネグートのことはもうさんざん、あちこちに問い合わせをしています。生きているとは思えません、仮に見つけられたとしてもね。珍しい名前じゃないということは念頭に置いといてください」

「で、フリッケはフォンネグートの名前にだけ反応したのか？」

「ええ。あなたが渡したチョコレートを別にすればですがね、もちろん。あまりおおげさに考えるべきじゃないと思いますよ」

キース・ウェルズはブライアンが口をひらくのを長いこと待った。ふたりがジャガーの車内に座っているあいだに、駐車場はほとんど空になった。不思議そうに中をのぞきこんでくる人たちもいた。ブライアンは身じろぎもしなかった。

「で、どうします？」最後の車が駐車場を出ていくと、ウェルズは沈黙を破った。

「うん、どうしようかな」ひどく小さな声だったので、ウェルズにはほとんど聞き取れなかった。

「ボンで仕事に就く前にまだ十日あります。あと五日つづけますよ。何かわかるかもしれないじゃありませんか」ウェルズは無理に楽天的な口調で言った。

「キース、きみはシュトゥットガルトにもどらなきゃならないんだよな？」

「ええ。資料も車も荷物も全部置いてきましたから」
「悪いんだが、自分で車を借りて帰ってくれないか？代金はもちろんわたしが払う」
「かまいませんが。なぜです？」
「フライブルクへ行ってみようかと思うんだ。これから」

カールスルーエの民間病院の小さな部屋では、ブライアンがカレンダー男として知る男が、椅子に座ったまま静かに体を前後に揺すっていた。テレビはすでに消されており、あたりはゆっくりと暗くなってきた。唇がかすかに動いたが、彼の言葉を聞く相手はいなかった。

六十キロ南では、ブライアンが激しい車の流れにうんざりしてアウトバーンをおりたところだった。選択肢はふたつ。ライン川に沿った美しい道を行くか、シュヴァルツヴァルトの裾をまわる街道を行くか。

街道を行くことにした。
ランカウとシュミットから必死で逃げたあの場所を通ることは、できそうになかった。
いまはまだ。

32

目が覚めると、耳慣れないゴロゴロという低い音が聞こえてきた。それがキーキーという高い音に変わると、ブライアンはようやく自分がどこにいるのか思い出した。フライブルクの路面電車にはゆうべすでに歓迎を受けていた。それがいま、朝の挨拶をしてくれているのだ。

天井の照明がつきっぱなしだった。ブライアンは服を着たままベッドに寝ていた。そしてまだ疲れていた。目をあけもしないうちから、卒業試験の前のようないやな気分に襲われた。横にローリーンが寝ていたら事情はちがっただろうが。彼の前には孤独な仕事が待っていた。

看板には〝ホテル・ローゼンエック〟とあった。ゆうべ受付係にもらった名刺には〝ウーラッハ通り一番地〟と住所も付記されていた。だが、それが街のどこにあるのか見当もつかなかった。

「電話はありますか?」と、ゆうべブライアンは尋ねた。すると受付係はそっけなく、急な階段のむかいにある公衆電話を指さした。

「小銭に両替してもらえますか?」というのがブライアンの最後の質問だった。

「ええ、明日の朝なら」という返事が返ってきた。だからローリーンにはまだ電話していなかった。

だがいまは、フライブルクの街が彼を待っていた。山々や駅が彼をいざなっていた。フライブルクは彼に催眠術のような効果をおよぼしていた。街の北にあった病院で過ごした十カ月のあいだ、彼は空想にしがみついていた。カンタベリーの実家の暮らしを思い、自由を夢想し、すぐ近くにあるこの街を想像していた。


そしていま彼はそこに来ていた。

ホテルは小さな緑地に面した街角にあった。入口は漆喰があちこちはがれていたとはいえ、凝った装飾をほどこしたポーチや、天井からさがる鉄細工の照明器具に、華やかだったころの面影を見ることができた。ウーラッハ通りはきらびやかな通りでこそなかったが、便利な場所だった。表通りのギュンタースタール通りに出れば、そのままカイザー・ヨーゼフ通りを経て、旧市街の門だったマルティン門をくぐり、中心部までまっすぐに行くことができた。

なんの心構えもないまま、ブライアンはいつのまにか都市の喧噪の中にさまよいこんでいた。歩行者、ジョギングをする人、自転車、車。急いでいる人もいれば、停留所で路面電車を待っている人もいる。まるで映画のセットの中にはいりこんだような気分だった。白髪まじりの太った主婦から、ポケットに手を突っこんでにこにこしている少年まで、ありとあらゆる人々がその中を動きまわっている。

どう見てもフライブルクは豊かな都市だった。

ブライアンは建物にまだ空襲の傷痕が残っているのではないかと思っていた。この街は過去の繁栄と切り離されていると思いこんでいた。ところが実際には、フライブルクの街は魅惑的で活気にあふれていた。修復され、再建され、多様な姿を見せていた。

店にはものがあふれ、人々には明らかにそれを買う余裕があるようだった。それが彼はなんとなく不満だった。どうしてこれほどのんきに生きていられるのか。過去の罪はもっと大きいはずだ。反省が足りないのではないか。

デパートの入口付近に女たちが群がり、ワゴンからこぼれ落ちそうな衣類の山をあさっていた。来年の夏のショートパンツ。大安売り。浅黒い肌をした老人が片足で跳ねながら、くしゃくしゃの長ズボンの上からショートパンツに片足を通し、サイズが合うか試している。それが、通りがかりにブライアンの目にした新しい平和の光景だった。

彼はあてもなく街をさまよった。

ベルトルト通りを歩いていくと鉄道の駅に出た。石畳の舗道を走る路面電車の線路が日射しにきらめき、二本の塔のあいだに架けられた鉄道橋を越えて延びている。

プラットフォームの群衆はかなり整然としていた。赤ら顔のツアーガイドが一団をまとめておこうと、ひっきりなしに注意をあたえている。その女たちは全員バックパックを背負い、ショートパンツの裾から脚をあらわにしていた。〝ローリーンなら目をむくだろう〟とブライアンは思った。

見知らぬものばかりだった。すべてのプラットフォームを見渡したが、見憶えのあるものは何ひとつなかった。三十年近く前に寒気の中で不安な時を過ごしたあのプラットフォームは影も形もなかった。イギリス空軍が跡形もなく破壊したのだろう。

彼は目を南の橋のほうへ向けた。駅の敷地のはずれ、側線のさらにむこうに、ほかの建物とは明らかに異なる、黒っぽいどっしりとした建物が建っていた。ブライアンは息を呑んだ。

昔の駅舎がまだ残っていたのだ。

線路からその煉瓦造りの古い駅舎の壁までは四メートルもなかった。記憶ではその倍はあるはずだったのだが。そこがブライアンの寝かされていたプラットフォームだった。目を閉じると、あのときの光景が甦ってきた。みんなどこへ行ってしまったのか？　担架にぐったりと横たわって震えていたあの連中は。とうのむかしに埋葬されたのか？　忘却のかなたに消えたのか？　それとも家族とともに家にいるのか？

遠くには穏やかな青緑色をしたシュヴァルツヴァルトの山々が、人形劇の書き割りのように重なりあってそびえていた。その山々のほうに向けて錆びた転轍機のレバーが倒してある。鉄道員がハンマーを取り落としてその線路を逃げていったことを、ブライアンは昨日のことのように思い出した。ガスマスクをぶらさげて休暇で家へ帰っていく楽しげな兵隊たちの姿も。古い貨物列車、残っている建物、色彩と静けさ――まさにあのときのままだった。プラットフォームに雪が舞っていたあのときの。それらすべてが、普段は固い殻に守られているブライアンの心の奥底を揺さぶった。

彼はうつむいて涙を流した。

ホテルにもどると、あとは一日じゅう部屋にこもっていた。ホテルにはレストランがなかったので、ボーイに近所のカフェからハムとしなびたレタスのサンドイッチを運ばせた。チップをはずんでやっても、ボーイはろくに笑顔も見せなかった。その晩も家には電話できなかった。食欲もなかったし、何もしたくなかった。だが、明日の朝ふたたび起きる力を得るために、わずかなエネルギーでもとっておく必要があった。

翌朝、彼は北へ向かった。ジャガーは子供たちの注目を浴びながらヴァルトキルヒを通過し、奥にヒュナースエーデルの頂がのぞくシュヴァルツヴァルトの山裾に分けいった。西側から山裾をまわりこんでいたら、些末なことに気を取られてしまい、病院のあった場所を見つけるという目的に集中できなかっただろう。パイロットとしての経験が、なるべく高いところから見渡すのがいちばんだと告げていた。オットーシュヴァンデン高原から見おろせば、西側の様子がよくわかるはずだった。

時間はかかったが、ブライアンはその場所を見つけた。目の前の谷から絶え間なく吹きあげてくる風が、腐植土のにおいを運んできた。カイザーシュトゥール が見えた。南に目をやると細い道があり、山々を縫うようにして北西へくだっていた。むかいの尾根は見渡すかぎり森におおわれている。道の脇に側溝があり、そのむこうにブライアンがその中を逃げた流れが見えた。細い沢が集まったその流れは、眼下の谷間をさらに数百メートル流れくだっていた。

感動的な眺めだった。雄大で、美しく――そしてまさに記憶にあるとおりだった。

ブライアンは車を降り、小径をたどって森の奥へはいっていった。あたりを見まわして地形を思い出そうとした。捜しているものの痕跡は何もなかった。周囲の木々は道路に近いところのものより若く、高さが半分ほどしかない。かつてこの場所に大きな施設があったことを示すものは何ひとつ残っていなかった。下生えがびっしりと繁り、細い獣道だけが、植物以外にも生命が存在していることを示していた。ブライアンはズボンの裾を靴下の中に入れると、前かがみになって藪に分けいった。いくぶんひらけた場所に出ると、樅の老木が何本か、間隔を置いて高くそびえていた。十メートルたらずむこうに、段差が二メートルはある苔むした岩場が地面から盛りあがっている。ブライアンは腰をかがめてあたりをゆっくりと見まわした。

厨房棟、職員宿舎、衛兵宿舎、数階建ての五つの病棟、礼拝堂、体育館、車庫、銃殺用の杭。何ひとつ残っていなかったが、それでもすべてがここにあったのだ。

ブライアンは車にもどった。起伏のある風景のなかを走りながら、現れてくる村々の名前を見ていった。湿地までの最後の数キロはとりわけゆっくりと車を走らせた。断片的な記憶がよみがえってきた。冷たいはだしの足。砲声。不安。そしてだしぬけに、それがふたたび目の前に現れた。ヨーロッパ最後の原始の森、タウバーギーセンが。彼が命を落としかけた大自然が。土手、湿地、川の中の砂洲、対岸の雑木林。すべてがまだそこにあった。足りないのは爆発音と、死体と、大顔の男と、痩せっぽちの男だけだった。

彼らはとうの昔にいなくなっていた。

ブライアン自身がここでそのふたりを殺したのだから。

彼はぼんやりしながら街へもどった。午前中の体験は本来なら、長年抑えつけてきた欲求を満足させていていいはずだった。フライブルクへ行こうと突然決心したあと、彼の心の中では、これでついに心の平安を見いだせるのではないかという期待がふくらんでいた。だがいまは、事実を直視しなければならなくなっていった。そう簡単にはいかないのだと。時の経過とともに頭の中の映像がいくら変貌しようと、いくらゆがもうと、過去は決して消えようとしないのだ。このまま先へ進むわけにはいかなかった。

フライブルクにもどってみると、街路から人の姿がほとんど消えていた。郵便局には奇妙な雰囲気が漂っていた。長距離電話のボックスを教えてくれた女性は、明らかに悲しげな顔をしていた。カウンターの前にならんでいる人々のなかには、ぼんやりと宙を見つめている人もいる。ブライアンはしばらく呼び出し音を鳴らしていた。ローリーンはクロスワードパズルをなかなかやめないことがある。

「はい？」ようやく電話に出ても、彼女はそれしか言わなかった。

「ローリーン？　きみか？」

「ブライアン！」妻の語気にはすぐに気づいた。「なんだって電話をよこさなかったのよ、馬鹿！　あたしがどのくらい心配したと思ってるわけ！」

ローリーンがこんな乱暴な言葉遣いをすることはめったにない。


「電話できなかったんだよ」

「あなたにも何かあったの？　何かに巻きこまれたの？」

「なんのこと？　ぼくが何に巻きこまれるんだ？　いそがしかっただけだよ」

「ブライアン」口調が変わった。「いまどこにいるの？　ミュンヘンじゃないのね？」

「ああ、いまはね。昨日フライブルクに来たんだ」

「仕事で？」

「うん、まあ」

電話のむこうが一瞬静まりかえったが、ブライアンが自分の嘘の重大さを把握しきるだけの時間はなかった。

「あたしが心配してた理由がわからないなんて、どうすればそんなことがあるわけ？」その声は穏やかで、彼女が自分を抑えようとしているのがわかった。「みんな知ってるのに。新聞をひらかなくたってわかるはずよ。世界中で第一面にのってるんだから!」

「なんの話をしてるんだ。イギリスがいんちきをして金メダルをとったとか、そういうこと?」

「知りたい?」とローリーンはぶっきらぼうな口調で言うと、返事を待たずにつづけた。「昨日イスラエルの選手が大勢、宿舎で人質に取られたの。パレスチナ人たちに。世界中がそれを中継で見てたのよ。ほんとにひどい、悲惨な話だった。全員死んだの。選手もテロリストも」彼女が言葉を切っても、ブライアンは何も言えなかった。言葉を失っていた。「世間はその話で持ちきりなのよ。世界中が悲しんでるの! なのになんにも知らないなんて。信じられない。いったいどうしちゃったの?」

ブライアンは頭を冷静にたもとうとした。くたびれきっていた。いまこそローリーンに、ドイツに来た本当の目的を打ち明けるときかもしれない。彼女はブライアンをつねに信頼し、根掘り葉掘り質問したりはしなかった。彼がパイロットだったことと、ドイツで撃墜された経験があることは知っていたが、それ以外は何も知らなかった。しかもそれはもう遠い昔のことだ。たとえジェイムズのことを説明しても、過去を明らかにしたいというブライアンの欲求を、彼女は理解できないかもしれない。過ぎたことは過ぎたことだ。

それが彼女のものの見方だ。

家に帰ったらすべてを話してもいいかもしれない。

そう思っているうちに好機は過ぎていった。

彼は黙っていた。

「まともにもどったら、もう一度電話をちょうだい」と彼女は静かに言った。

ベルトルト通りをまたしても駅のほうへ歩きつつ、ブライアンはもの思いに沈んでいた。キース・ウェルズと手短かに話をしたが、なんの進展もなかった。カレンダー男は袋小路で自分の暦をめくっているだけだった。

　旧市街の人混みを避けて、エンジスハイマー通りの湖畔の公園に行った。公園にはほとんど人けがなく、ボートはみな舫ってあった。人影があるのはベンチだけで、新聞を読む老人たちでふさがっていた。前を通りながら見出しに目をやると、異変が起きたことはすぐにわかった。これが郵便局で感じた雰囲気の原因だったのだ。みなショックを受けていた。〝死者十六（ゼヒツェーン・トーテ）！〟と肉太の大文字で書かれていた。〝人質全員遺体で見つかる（アッレ・ガイゼルン・アルス・ライヒエン・ゲフンデン）！〟《ビルト》紙は内容を容易に理解させるすべに長けているようだった。〝血の海（ブルートバート）〟（英語だと〝ブラッドバス〟）のような単語を理解するのに語学の知識はさして必要なかった。

　過去のことを考えると、ミュンヘンの事件が異常だとは思わなかった。憎しみが憎しみを生むとどうなるかということの、ひとつの実例でしかない。予測不能なことの予測可能な連鎖だ。今日のミュンヘン市民は、世界中の人々と同じく悲しみの仮面をかぶっている。別の時代にはその同じ顔が恐怖の仮面をかぶっていたのだ。

　だらだらと広がる新しい住宅街をさまよい歩くうちに、街はずれまで来た。もの思いに沈んでいたブライアンはそこでふと立ち止まり、通りのむかいにある地味な看板を見つめた。

　〝ペンション・ギーゼラ〟と記されていた。ギーゼラ。なんの変哲もない通りにあるなんの変哲もない名前。彼はその場に立ちつくした。

　なぜいままでこれに気づかなかったのか。

　何年ものあいだ彼はギーゼラ・デヴァースのロマンチックな思い出を胸に秘めていた。彼が折に触れて思い出してきたのは、当時の関係者のなかで彼女だけだった。

　期待で体が震えた。何かがつかめる見込みはごく低いというのに、彼は自分の予感を信じた。

忘却の扉をあけるために試してみるべき次の鍵は、ギーゼラ・デヴァースだ。

デヴァースというのはそれほど珍しい名前ではなかった。ホテルに帰ると受付係がずいぶん力になってくれ、その地域の電話帳を貸してくれたうえ、公衆電話の横にお茶まで置いてくれた。積みあげた十ペニヒ硬貨はこの二時間でだいぶなくなっていた。もう夕方だったので、電話をかけるとほとんどの人が在宅していた。大半は英語がしゃべれなかった。五十代なかばのギーゼラ・デヴァースという女性を知っている者はひとりもいなかった。

「亡くなったのかもしれませんね。フライブルクに住んでいないのかもしれないし、電話を持っていないのかもしれません」と受付係はブライアンを慰め、ふたたび大量の十ペニヒ硬貨を渡してくれた。だが結局、それほど大量の硬貨は必要なかった。数分後、穏やかな若い女の声がこう答えたのだ。

「ええ、うちの母はギーゼラ・デヴァースという名前で、生きていればもうすぐ五十七でした」たどたどしいが、正確な英語だった。

ブライアンの鼓動が速まった。あわててもう一枚硬貨を入れた。

彼女はマリアン・G・デヴァースといい、名前からすると独身のようだった。「なぜそんなことを？　母をご存じなんですか？」好奇心からというより儀礼上、彼女はそう尋ねた。

「亡くなったんですか、お母さんは？」

「ええ、もう十年以上前に」

「そうですか。それは残念です」ブライアンは一瞬、黙りこんだ。その気持ちに偽りはなかった。「では、これ以上お邪魔はしません」

「母はイギリスのかたと知り合いだったなんて、一度も話してくれたことがなかったと思います。どこで知り合ったんです?」

「このフライブルクで出会ったんです」落胆は隠せなかった。ジェイムズのことばかりではなかった。ギーゼラ・デヴァースが亡くなったということもだ。二度と会うことはできないのだと思うと、自分でも驚くほど悲しくなった。すらりとしたふくらはぎにまっすぐに延びるあのストッキングの縫い目は、いまでも忘れなかった。恐怖と隣り合わせの日々のなかで情熱的に口づけをしてくれた彼女は、本当に美しかった。

「それはいつのことです? 最後に母と話したのはいつです?」

「すみませんが、お母さんの写真をお持ちですよね。どうしても見たいんです。実は、お母さんとわたしはかつて、とても親しい間柄だったんです」

マリアン・デヴァースはブライアンが想像していたよりいくぶん年上だった。少なくともブライアンが出会ったころの母親よりは上だ。母親とはまるでタイプがちがった。化粧気もなかったし、すらりとしてしなやかでお洒落だった母親ほど美しくもなかった。だが、頬のあたりに面影があった。

彼女のアパートは靴箱と変わらないような大きさだった。壁に貼られた色あざやかな多数のポスターが、マリアン・デヴァースの自由なふるまいと奇妙な服装にみごとに調和していた。貧しくとも、工夫して生きることに慣れているように見えた。ブライアンが持ってきた花はたちまちアルコーヴに収まった。

「あなたは戦中の生まれですか。となると、わたしがお母さんに会ったときには、もうこの世にいたんですね」

「あたしは一九四二年の生まれです」

「四二年? 本当ですか?」

「すると、父にも会ったんですね?」マリアン・デヴァースは黒っぽい髪と、首に巻いている何枚ものスカーフを、さりげなくなおした。

「ええ」

「父のことを話してください」

情報をあたえられるたびに彼女の顔は少しずつ明るくなり、顔が明るくなるとブライアンはさらに話して聞かせた。彼女は父親のことをほとんど知らなかった。

「あたしが知っているのは、空襲で死んだということだけです。もしかするとそれがあなたの話している病院だったのかしら。あたしにはさっぱりわからなくて。母は場所がどこだろうと関係ないと言うんです」

「お母さんはフライブルクに住んでいたんですか？　でも、わたしの知るかぎりじゃ、お母さんはこのあたりの生まれじゃありませんよね？」

「ええ。でも、戦後に転居した人は大勢います。するしかなかったんです」

「というと？」

「裁判とか、財産の没収とか、そういうことで。母の家族もいっさいを失いました。あなたがたイギリス人の指導で」口調に恨みはこもっていなかったが、それでもその言葉はブライアンの胸に突き刺さった。

「そのあとお母さんはどうやって暮らしていたんです。手に職を持っていたんですか？」

「最初の数年はまったくやっていけませんでした。母はそれについて何も話しませんでしたから、どこに住んでいたのかも、どうやって生活していたのかも、あたしは知りません。バート・ゴーデスベルクに住む母の従姉妹に預けられていたので。七歳になるころ、ようやくこっちに引きとられたんです」

「じゃあ、お母さんはフライブルクで職を得たんですか？」

「いいえ、夫を得たんです」〝夫〟という言葉とともに、マリアン・デヴァースは軽くだが効果的にテーブルをたたいた。彼女自身が同じ状況に置かれたら、きっと別の手段を見つけたにちがいない。皮肉な笑みを浮かべた。

「お母さんはフライブルクで結婚したんですか？」

「ええ。この街で結婚して、この街で死んだんです。みじめな人生を送ってね。失望だらけの、精神的に虐待された人生を。でも、それは当然の報いだったんです。お金と地位が目当てで結婚したんですから。母の家は戦後、何もかも失いました。母はそれを受け容れられなかったんです。でも、あの男のあつかいはあまりでした」

「あなたも同じようなあつかいを受けたんですか？」

「まさか！　あんなやつに指一本触れさせるもんですか！」彼女が突然感情をむきだしにしたので、ブライアンはびっくりした「できるものならやってみやがれですよ！」

そのアルバムは少々すりきれていた。黄ばんでこわばったページに貼りつけてある写真には、ブライアン自身の娘と同い年ぐらいの若い娘が写っていた。木の幹の陰からおどけて顔をのぞかせたり、花の咲きみだれる高原の牧草地に寝ころんだりして、ポーズをとっている。ギーゼラ・デヴァースが娘に語ったところによれば、彼女の人生でいちばん幸せだった夏に撮られた写真だという。

アルバムの後ろのほうでは、ギーゼラは当時の夫とうらやましいほどに睦まじくならんで写っていた。マリアン・デヴァースは誇らしげに父親を指さした。軍服姿のハンサムな男だった。

「あなたはご両親のどちらにもよく似ていますね。気づいていました？」

「ええ。それに、明日の朝は早起きをしなければならないことにも。申し訳ありませんけど、スコットさん、目的のものはご覧になったんじゃありません？」

「ええ、そうですね、ありがとう。長居をしてすみません。ただ——戦後のお母さんの写真をお持ちじゃありませんか？　帰る前にそれだけおうかがいしたいんです。なにしろ、ずっと想像していたもので……」

彼女は肩をすくめると、膝をついて質素なベッドの下に手を突っこんだ。引っぱり出した籐のバスケットは埃をかぶっており、長らくほったらかしにされていたようだった。中にはたくさんの写真がごちゃごちゃになってはいっていた。それらはブライアンにとってまったくの時間旅行だった。ヘアスタイル、ポーズ、服装。どれも十数年のあいだに劇的に変化していた。

「これです」と彼女は色褪せた写真を渡してよこした。

中年の女が写っていた。どこにでもいるまったく普通の中年女が。マリアンもブライアンの肩ごしにその写真を見た。何年も見ていなかったようだ。ギーゼラ・デヴァースの顔はカメラに近すぎて、ピントが合っていなかった。ふざけている最中に撮られたスナップだろう。ギーゼラはカメラにむかって両手を伸ばし、何か叫んでおり、まわりの人々はにこにこしながらそれを見ている。大人たちの脚のあいだで芝生に腹這いになっているかわいらしい女の子は、マリアン・デヴァースにちがいない。そばに腕組みをした男が立っているが、その男だけは騒ぎのほうを見ていない。他人には関心がないのだろう。その女の子のことさえ、どうでもいいようだった。見るからに垢抜けした男で、いかにも社会的に地位のありそうな、自信にあふれた様子をしている。写真の表面に引っかき傷があり、顔が判然としない。にもかかわらず、ブライアンは落ち着かなさを覚えた。家族の写真から継父の顔を削り取って復讐しようとする、若い娘の考えにではない。何か別のことに。何かに見憶えがあるような気がするのだ。

申し訳ないけれど、これ以上ましな写真はないのだ、とマリアン・デヴァースは言った。母が亡くなった際に、あの男のところから持ち出せたのはこれだけなのだと。

「でも、あなたのお義父さんは、この街では名士なんですよね？」

彼女は曖昧にうなずいた。

「だとしたら、公式に撮られた写真があるんじゃないですか？　この写真ではお母さんの顔がよくわからない」

「公式な写真なら山ほどあります。でも、母は写っていません。あの男は母を恥じていたので。母はお酒に溺れていましたから」マリアン・デヴァースはきゅっと口を結んで、ブライアンの椅子の肘掛けに腰をかけた。ブラウスの腋の下に穴があいていた。ブライアンはまたしても落ち着かなくなった。何かいやな感じがするのだ。いま見た写真のせいで。

そのうえ、若い女の部屋に押しかけていることに後ろめたさを覚えてもいた。

「愛していたんですか、母を？」マリアン・デヴァースが唐突に尋ねた。彼女は背筋を伸ばして服を整えた。

「かもしれません……」

マリアンは上唇を噛んだ。ブライアンはやむなくもう一度同じことを自問した。

「どうでしょうね」としばらくして彼は言った。「あの異常な状況のなかで自分の感情を見きわめることなど、できるものじゃありません。お父さんの容態はとても悪かったし、お母さんは本当にきれいだったし。わたしが恋をしたとしてもおかしくなかったでしょうね——まだしていなかったとすればですが」

「異常な状況って、どんな状況です？」マリアン・デヴァースは彼を見つめた。

「それを説明するのはなかなか難しいんですが、とにかく、きわめて特異な状況だったんですよ。イギリス人のわたしが、戦争中にこの国にいたんですから」

「じゃあ、母は決してあなたに心を惹かれたりしなかったでしょうね」と彼女は笑った。「母ぐらいごりごりのナチもいませんでしたから。第三帝国の夢を見ずに過ごしたことなんて、一日だってないんじゃないかしら。付随するいっさいを愛していました。制服、行進、パレード。なのにあなたはイギリス人。敵ですもの」

「お母さんはわたしがイギリス人だということを知らなかったんです。病院の誰も知りませんでした」

「じゃあ、あなた、スパイだったの？　サンタクロースの格好をして空から降りてきたの？」彼女は笑った。事実を知りたいとは思っていないようだった。「そうそう。そういえば、もう一枚写真があったんだ、あたしの卒業式の写真が。母は後ろのほうに立っているんですけど、いまの写真よりはましです」

　彼女はこんどはバスケットをひっくりかえし、額入りの写真を渡してよこした。額のガラスは割れてなくなっていた。そこに写っているのはこれまた、いま目の前に座っているのとは別のマリアン・デヴァースだった。つややかな髪をし、ベルボトムのズボンのかわりに、女らしい白いドレスを着ている。誇らしげな顔でその場の中心に立っていた。

　母親は後ろに立って、冷たく無感動に娘を見ていた。すっかりやつれており、歳月が彼女に優しくなかったことが遠目にもわかった。

　そこでブライアンは愕然とした。それは時の容赦ない作用のせいでも、彼女の目に宿る失望と苦悩のせいでもなく、ギーゼラの後ろに立っている男のせいだった。両手を彼女の肩にずっしりとのせているその男こそ、マリアンがもう一枚の写真から顔を削り取ろうとした男だった。

「これはお母さんの夫？」男を指さすブライアンの手は震えていた。

「そう、夫であり虐待者！　母を見ればわかるでしょう。母は幸せじゃなかったんです」

「で、夫のほうは？　まだ生きてるんですか？」

「まだ生きてる？　生きてるどころか、のさばりかえってるわよ。わが世の春ね。名声は得たし、再婚もしたし、銀行にはうなるほどお金もあるし！」

　刺すような痛みがひそかに胸に広がってきた。ブライアンは息を詰めており、唾を二度呑みこんだ。「すみませんが、水を一杯もらえませんか」

「具合が悪いんですか？」

「いえいえ！　なんでもありません」

　まだ青い顔をしていたが、ブライアンは、もう少し休んでいたらどうかという彼女の勧めを断わった。新鮮な空気を吸いたかったのだ。

「で、あなたのお義父(とう)さんは……」

　彼女はブライアンが上着を着るのに手を貸していたが、彼の言葉を途中でさえぎった。

「あの男をそんなふうに呼ばないでくれませんか」

「じゃあ、その男は……ええと……なんという名前でしたっけ？　もう聞きましたっけ？」

「シュミットです」

「お母さんの夫はシュミットというんですか？」

「ええ。ハンス・シュミット。なんとも独創的よね。あいつのお気にいりの呼び方をすれば、〝ハンス・シュミット社長〟」

　たしかに独創的だ。その名前の個性のなさにブライアンは感心した。なんともありふれている。ハンス・シュミットの住所を教えてほしいと頼むと、マリアン・デヴァースはびっくりしたようだったが、とにかく教えてくれた。

　そこは豪邸でこそなかったものの、趣味のよさと裕福さのうかがえる屋敷だった。細部まで丁寧に仕上げられているが、かといってこれ見よがしなところもない。ひかえめな美しい建築で、厳選された最高の品質の素材だけが用いられている。裏通りの邸宅。小さな真鍮のプレートに主の名前がそっけなく彫られていた――ハンス・シュミット。

〝嘘をつけ！〞とブライアンは思い、プレートを引っかきたくなった。では、ここにあの男は住んでいるのか。美しいギーゼラ・デヴァースをわがものにして、その人生をめちゃめちゃにした男は。

二階の南の角にまだ明かりがついていた。カーテンの裏にぼんやりと人影が見えるような気がしたが、風でカーテンが動いているだけかもしれなかった。それともギーゼラ・デヴァースを虐待した男の影だろうか？　なりすましの名人の。豚野郎にしてビジネスマンのハンス・シュミット、またの名を、あばた面のヴィルフリート・クレーナー上級大隊指揮官の。

あくる日、ブライアンは早朝からクレーナーの屋敷を通りのむかいで監視していた。近隣のビジネスマンがめいめいのBMWやベンツに歩いていくのが見えた。それは彼にも馴染みのある光景だった。イギリスの出勤風景と異なる点はふたつだけ。車のメーカーと女房族だ。イギリスの妻たちも夫を送りだしには出てくるが、カンタベリーのレディたちはフライブルクのこの女たちのような姿を見せるくらいなら、小切手帳を取りあげられるほうがましだと思うだろう。ローリーンは玄関に出てくる前に必ず、一分の隙もなく身だしなみを整える。だが、ここではどの家でも同じ光景が展開していた。家の大きさや夫のスーツの値段にかかわらず、妻はみな部屋着姿で頭にカーラーをつけて立っている。

だが、クレーナーの屋敷に動きはなかった。

もっと準備をしてくるのだったという思いが、しきりに頭をよぎった。ことによると武器も必要だったのではないかと。老獪きわまりないサディストと対決する可能性を前にして、若いころの攻撃心が呼び覚まされたのだ。クレーナーに受けた暴力のひとつひとつが、脳裏にまざまざとよみがえった。そのサディスティックな顔がブライアンに復讐をささやきかけた。だが、別の姿も脳裏に浮かんできた。ジェイムズの姿が。つかのまの希望が。油断するな、とブライアンは自分を戒めた。

　十時近くになってようやく屋敷に動きがあった。年輩の女が庭に出てきて、敷物をぱたぱたとたたきだしたのだ。

　ブライアンは監視場所を離れて、まっすぐに女のところへ行った。

　彼が英語で話しかけると、女はおびえた顔をした。それから首を振り、あわてて家の中にもどろうとした。ブライアンはにこにこしながら上着のボタンをはずし、顔をあおいだ。日射しが早くもきつくなり、上着を着るには暑すぎた。女にもそれは少なくとも理解できた。いかめしく彼をにらむと、こんどはさほど敵愾心を見せずに首を振った。「エイゴ、ハナセナイ、悪いわね(トウート・ミア・ライト)」

「ヘル・シュミット？」ブライアンは問いかけるように腕を広げた。

　女はまた首を振った。それから急に、かたことの英語とドイツ語をまくしたてた。旦那様(ミスター)も奥様(ミセス)も留守だということまでは、ブライアンにもわかった。だが、帰ってくるはずだった。いずれ。

　おそらくは、今日のうちに。

33

ローリーンは朝からブリジットにうんざりしっぱなしだった。「更年期にさしかかってるのよ、あなた」と、なるべくやんわりと兄嫁の目を事実に向けさせようとした。

考えることならローリーン自身にも山ほどあるのだ。

ブライアンのいないこの数日はたいへんだった。彼がいないこと自体が問題なのではない。家はローリーンの領域であり、夫がいなくてもとくに困ることもない。ブライアンの不在を際立たせているのはブリジットだった。ブライアンがいれば、兄嫁もいちおうは礼儀正しく慎みを見せる。だが、ブライアンという重しがないと、つくづく神経にさわる女になるのだ。

「あなたのお兄さんて、ほんと卑怯よ！」と、いきなり皿にフォークを放り出したりする。だからブリジットが滞在しているかぎり、ローリーンは普段用の食器しか使えなかった。

「まあ、そんなに興奮しないで……」とローリーンがなだめようとしても、義姉はたいていそれ以上言わせずに、わっと泣きだす。そして泣きはらした顔で、汗をかきながらノンストップでしゃべりつづける。それでも、夫の不貞を愚痴り、体の変調にいらだつブリジットに同情せずにいるのは難しかった。

「ちょっと待って。あんただってそうなるのよ！」と義姉は泣きながら言った。

ローリーンは曖昧にうなずいた。

ブライアンもローリーンもごく平凡なタイプだ。性的に変化や新味を求めることはめったにない。それはふたりとも承知していた。

だがいま、ローリーンの勘は何かがおかしいと告げていた。

ローリーンは長年のあいだに、どんな事業計画もまずは情報収集から始まることを学んでいた。市場、競争相手、コスト、需要、それを調べるのだ。それは自分とブライアンの個人的な問題においても同じだった。

需要に関してはわかっているつもりだった。だからそれ以外のことを、まずはとにかく調べる必要があった。

ブライアンの秘書のシャスター夫人は、ローリーンが泰然とうなずいてケン・ファウルズのオフィスのほうへ歩いていくのを当惑の目で見送った。スコット夫人が夫の留守中にランベスのオフィスに現れたのは初めてだった。

「スコットさんがフライブルクで何をしているのか、ぼくにはわかりませんね」そう言うと、ケン・ファウルズはローリーンを注意深く見た。「どうしてそんなことを訊くんです？　月曜に電話したときには、まだミュンヘンにいましたよ」

「で、そのあとは？　彼と最後に話したのはいつ？」

「そのあとは別に連絡をとる理由がありませんでしたから」

「じゃあ、ケン。ドイツでうちと組んで仕事をしているのは誰？　それを教えてくれる？」

ケン・ファウルズは首をかしげた。なぜそんなことに関心を持つのか不思議だった。いつもとちがう親しげな口調も。

「うちはドイツに永続的なパートナーなんか持っていませんよ。いまのところは、ですが。胃潰瘍の新しい薬のことで本格的な交渉を始めてまだ二週間ですから。北ヨーロッパでうちの販売網を築いてくれる代理人を雇ったばかりです」

「で、その幸運な男は誰なの？」

「ハインツ・W・ビンケン＆ブロイマン社のピーター

・マナーです。でも、この会社はまだドイツには設立されていません」

「なぜ?」

「なぜって。ビンケン&ブロイマンはリヒテンシュタインの会社ですから。ピーター・マナーはあなたやわたしと同じイギリス人で、現在はポーツマスにいますよ」

「ブライアンのかわりにちょっとやることがあるの、リジー」ローリーンはそう言いながら、シャスター夫人の横をまたさっさと通り過ぎた。ブライアンの大きなオフィスの空気はよどみ、甘ったるかった。ブライアンのデスクは彼の言わば文書保管庫で、やたらと大きい。ひとつひとつの山がそれぞれ成功を意味している。生涯をかけた研究が出番を待っている山もある。隣のオフィスにいるシャスター夫人が無理な姿勢でデスクに身を乗り出し、非難がましい目でこちらをのぞいていた。

引き出しにはすべて鍵がかかっていたので、ローリーンにはどうしようもなかった。デスク上に積まれた書類には、フライブルクはおろかドイツに触れているものもなかった。どっしりした家具の上の壁には、持ち主の保守的な趣味が如実に表れている。オフィスの端正さを乱すものはカレンダー一枚ない。絵が何枚かあるが、どれも二百年以上は前の作品で、真鍮の照明器具に照らされている。あとは何もない。ホワイトボードも、予定帳も、メモパッドも。その機能的でどこか古めかしい勤勉な経営者のオフィスの雰囲気にそぐわないものは、ひとつしかない。メモを突き刺しておく小さなスパイクだ。ローリーンにしてみれば凶器も同然なので、自宅のデスクに置くことは許さなかったのだが、ここにはそれがひとつ、三台の電話機のあいだに置いてあった。

ローリーンはそれがブライアンのアイディア保管所

だということを知っていた。そのときどきに考えたことや、優秀な社員のひらめき、展望などを几帳面な字で書きとめて、その針に突き刺しておくのだ。いまは五枚しか刺さっていなかったので、あまり期待できそうになかったが、いちばん下にあったメモを読んで手が止まった。

〝キース・ウェルズ！　コメルツ銀行ハンブルク支店に二千ポンド送金のこと〟

ローリーンはしばらくそれを見つめると、つかつかと秘書のオフィスにはいっていった。

「ねえ、リジー、ちょっと教えてほしいんだけど、これはいったいなんのこと？」シャスター夫人の前に彼女がそのメモを置くと、夫人はあきれた顔をしてから、眉間に皺をよせてそれを見つめた。

「スコットさんの字ですね」

「そう。それは見ればわかるんだけどね、リジー、どういう意味なの？」

「ケン・ファウルズならもっときちんとした返答ができると思うんですけど、いまはちょっと席をはずしてます」

「じゃあ、あなたががんばって。知ってることを全部教えてちょうだい」

「この人は大勢のうちのひとりでした。たしか、一カ月ほど前にスコットさんとファウルズさんが面接したいちばん最後の応募者だったんじゃないかしら。ちょっとスコットさんの予定帳を見てみます」

シャスター夫人はあたえられた仕事に没頭するとハミングをするくせがあった。ブライアンがどうして我慢できるのか、ローリーンには謎だった。だが、ブライアンは気づかないと言う。それは夫人の音感のなさを考えると不思議だったが、ローリーンは彼女の美点のほうを評価することにした。

「ああ、ありました。第三十三週。たしかに彼はいちばん最後に面接を受けています」

「その面接の目的は？」

「胃潰瘍の薬の新たな販売代理人を見つけることです。でも、キース・ウェルズは採用されませんでした」

「じゃあ、どうして二千ポンドも彼に払うの？」

「さあ。旅費じゃないでしょうか。ウェルズはドイツから飛行機でやってきて、ホテルに一泊しましたから」リジー・シャスターはしつこくものを尋ねられることに慣れていなかった。質問を次々に浴びせられると自信がなくなってしまうのだ。七年前にこの会社にはいったときから、ふたりは反りが合わなかった。ご主人をお願いします、とローリーンに電話をとりついでもらうだけのような、なんでもない場合でさえ、電話線に氷柱ができそうだった。これまでローリーンは一度も笑顔を見せたことがなかったのだが、いまついにそれをやってのけた。それは過剰ににこやかな笑みだった。

「ねえ、リジー、お願いがあるの。キース・ウェルズの電話番号を教えてくれない？」

「キース・ウェルズの？　わたしは知りません……探せば見つかると思いますけど。でも、ミュンヘンのご主人に電話して聞いたほうが簡単じゃないですか？」

ローリーンはまたしても微笑んで、わたしはあなたの雇い主の妻なのよという顔をしてみせた。ケン・ファウルズでさえ言われたとおりにするしかなかった表情だ。

まもなくシャスター夫人からメモを受け取ると、ローリーンは礼も言わずにオフィスを出た。

電話に出たのはキース・ウェルズの妻だった。疲れているらしく、すぐに娘に受話器を渡した。娘のほうはだいぶましな英語を話した。いいえ、父は留守です。ミュンヘンにいます、でなければちょうどミュンヘンを発つところです。よくわかりません。料金が嵩んでいくことを示すカチッ、カチッという音を聞きながら辛抱強く待っていると、娘はようやくウェルズのホテルの番号を調べてもどってきた。

二分後、ローリーンはホテルの受付係に同じ質問をしていた。お気の毒ですが、あいにくとウェルズ様はたったいまチェックアウトなさいました。ちょうどタクシーでお発ちになったところです。

「実はちょっと困っていまして、力になってもらえないかしら」ローリーンはゆっくりと説明した。「緊急に夫と連絡を取りたいんです。夫はいまフライブルクにいまして、キース・ウェルズが電話番号を知っているんです。彼はそちらのホテルから、夫に何度か電話をかけていますから。夫の名前はブライアン・アンダーウッド・スコットです。力になってもらえます？ホテルからかけられた通話のリストのようなものがありませんか？」

「当ホテルでは、お部屋から直接外線をかけられるものですから。そういうリストはございません。でも、バーテンダーが何か知っているかもしれません。ウェルズさんと何度か親しく話をしておりましたので。うちのバーテンダーもカナダ人なんです。少々お待ちください、訊いてまいります」

ローリーンが耳を澄ましていると、電話口のむこうからほとんど聞き取れないほどの話し声がし、そのあいだに何度かチンという金属音と短い会話がはさまった。新たな客が到着しているのだろう。それから二、三分はカチッ、カチッという音のほかは何も聞こえなかった。ブリジットが上着を着て、いらいらとローリーンのそばへやってきて、腕時計を指さして見せた。表の通りからタクシーのクラクションが聞こえた。

ローリーンは宙の一点を見つめて受話器を握ったまま、なだめるように反対の手を振った。「ありがとう！　どうもご親切さま」それだけ言うと、にっこりと微笑んだ。

数時間後、タクシーがロッテクリングのホテル・コロンビの前にローリーンとブリジットと荷物をおろした。そこはフライブルクでもわりとお洒落な通りだった。ブリジットはまずその白亜のファサードを呆然と見てから、ぴかぴかの大きな見晴らし窓に目をやり、それからむかいの公園を見た。ふたりはバーゼル・ミュールーズ・フライブルク空港に到着し、そこからフライブルク駅行きのバスに乗ってきたのだが、ホテルの予約確認が取れたのは、ようやく駅に着いてからだった。だがそんな苦労も、もうすっかり忘れていた。ブリジットはホテルの前庭を飾るたくさんの白いフラワーボックスのひとつにのんきに身をかがめ、縁にそっと指を這わせると、指先を検(あらた)めた。すっかりウェールズの主婦にもどっている。

「ローリーン、あなた、この街には炭鉱があると思わない?」そう声をかけてきた。

34

朝からクレーナーの屋敷の前に立っているブライアンは、息をするたびに、長年抑えつけてきた激しい怒りがこみあげてくるのを感じていた。ときおり車が近くに停まると、降りてくる人間に飛びかかりたいという抑えがたい衝動に駆られた。だが、降りてくるのはみな、彼の待っている相手ではなかった。その一方で、彼は自分がまだむかいの歩道に立っていることを、クレーナーの家政婦に気づかれるのを恐れてもいた。

屋敷は死んだように静まりかえっていた。

あばた面が長年何ひとつ不安のない安楽な暮らしを送ってきたことが、悔しくてたまらなかった。腹立ちのあまり、凶暴な考えが次々と頭に浮かんできた。

〝あいつを破滅させてやる。何もかもはぎ取ってやる。屋敷も、妻も、家政婦も、偽名も。やめてくれと懇願するまでつきまとってやる！　罪を償わせてやる。自分のしたことを後悔させてやる〟

だが、まずは、ジェイムズがどうなったのかを聞き出さなければ。

車は音もなくやってきた。暗色ガラスの窓の奥はまったく見えなかった。たちまち私道にはいっていった。男が三人、談笑しながら降りてくると、ズボンを引っぱりあげ、服を整えた。三人はブライアンが顔を見るまもなく家にはいってしまったが、クレーナーの声はすぐにそれとわかった。昔と変わらない愛想のいい、如才のない太い声。主人ぶった、男らしい、あのぞっとする口調。

ブライアンはさらに二時間待つことにした。それまでにクレーナーが現れなければ、まっすぐ屋敷にいってベルを鳴らそう。

だが、結局そんな必要はなかった。

屋敷の前にもう一台、クレーナーのものより少し小さめの車が乗りつけられた。一瞬ののち、後ろのドアがあいて、白に近い髪をした男の子が顔を出した。短い脚をそろそろと砂利の上におろすと、その後ろから、すらりとした若い女が重そうなビニール袋を手にして降りてきた。膝で子供を優しく前に押しやると、子供は笑い声をあげた。

数分後、最初にやってきた男たちが屋敷から出てきた。ふたりはしばらく私道にたたずみ、見送りに出てきた若い女と子供に明るく別れの挨拶をした。

最後にクレーナーが出てきた。彼は子供を持ちあげてしばらく抱きしめ、子供のほうも小猿のようにクレーナーの首に抱きついた。父子のこの愛情の発露をまのあたりにしてブライアンは唖然とした。そのあとクレーナーは若い女に、子供に対するのとはまるでちがったキスをし、帽子をかぶった。

　ブライアンが状況を把握する前に、三人の男はさっさとクレーナーのアウディに乗りこんで走り去った。あっと言う間のできごとだったので、ブライアンはどう反応していいかわからなかった。長時間の見張りで全身がこわばっていた。ようやくジャガーに乗りこんだときには、アウディはもう通りのはずれまで行っていた。

　それは大きなリードだった。

　ブライアンが最初の信号にひっかかっているあいだに、アウディは視界から消えた。ブライアンがタイヤをきしませて急発進すると、鳩たちがぱたぱたと飛び去り、歩行者が拳を振りあげてみせた。どの通りにも車があふれていた。週末を田舎で過ごそうと出かける家族連れが多いのだ。

　その界隈をあてもなく走りまわっていると、三十分後、奇跡的にふたたびアウディを見つけた。

　ブライアンが車を停めたところから五メートルと離れていない、通りの反対側に駐まっていた。

　クレーナーはさきほどの男のひとりと、車の横で親しげに立ち話をしていた。通りがかった人々に何度か挨拶され、そのたびに帽子を持ちあげてほんの少し会釈した。地域の人に好かれ、尊敬されているようだった。

　クレーナーの横に立っている男は、国や自治体で高い地位につく人間の典型のように見えた。クレーナーより見てくれはよかったが、人目を惹くのは、あばた面にわざとらしい笑みを浮かべてはいても、クレーナーのほうだった。クレーナーはバイタリティにあふれており、自分でもそれを充分に意識していた。病院にいたころ、クレーナーの年齢はブライアンにはいまひとつよくわからなかった。いま見ると、六十にならないのは確かだったが、五十でも通りそうだった。

　まだたっぷりと時間が残っているのだ。

突然、クレーナーが首をめぐらせてブライアンのほうをまっすぐに見た。あまりに急だったので顔をうつむける間もなかった。クレーナーは腕を広げてうれしそうに手をたたくと、話し相手の肩に手をかけて、自分がいま発見したものを見せた。ブライアンはシートに背を押しつけて窓枠の陰に顔を隠した。

クレーナーが目を惹かれたのはブライアンのジャガーだった。車の流れが途切れたら、道を渡ってきてよく見ようとしているようだった。ブライアンはあわてて後ろを見た。車の流れがまばらになると、すぐに車を出して彼らの前から走り去った。ルームミラーを見ると、ふたりは道のまんなかに立って首を振っていた。

そのフォルクスワーゲンを見かけたのはベルトルト通りにはいってすぐだった。艶消しの黒いペンキをぞんざいに塗ってあるが、その下からサイケデリックな塗装がのぞいている。後ろの窓に、手ごろな価格と電話番号が記してあった。メッセージは明白だ。

車が駐まっているのは、砂色をした背の低い陸屋根の建物の前だった。ガラス・ブロックでできた飾り気のない表の壁に、〝ロキシー〟と仰々しく店名を記した看板と、ラッサー・ビールとビットブルガー・ピルスの広告看板が見える。黒っぽいドアをのぞけば、店の表側は窓がわりの薄汚れたガラス・ブロックでおおわれている。〝都市の美化〟という無慈悲な流行を生き延びてきた恐るべき〝ビアホール（ビーアシュトゥーベ）〟だった。

店内は驚くほど明るかった。車の持ち主はひと目でわかった。赤ら顔の客のなかで、そのくたびれたヒッピーはひとりだけ浮いていた。ブライアンがはいってきたのに気づいたのも彼だけだった。その鉤針編みのチョッキとぴちぴちの絞り染めのTシャツのほうに、ブライアンはうなずいてみせた。

ヒッピーは交渉のあいだに少なくとも二十回は長髪を背中へ跳ねあげた。値段はとうに折り合いがついているというのに、彼は意味もなくねばった。

ブライアンはうんざりして金をテーブルにたたきつけ、登録証を渡してくれと言った。正式な手続きはあとでする。ただしそれは車を自分のものにしたくなった場合だ。そうでなければ、いま駐まっているところに返しておく。鍵はイグニションにさしたままにして、書類はグラブコンパートメントに入れておくから、車はふたたびきみのものだと。

かくしてブライアンは新たに手に入れた車をクレーナーの屋敷のむかいに駐めた。ちょうど午後の一時で、近隣の人々はほとんどが昼食をとりにいったん帰宅しているようだった。こんどは五分もしないうちにクレーナーが屋敷から出てきた。真剣な面持ちで午後の仕事に気持ちを集中しているようだった。

それから数時間で、クレーナーの仕事ぶりがかなりわかってきた。六ヵ所の異なる場所を訪ねた。どれも市内の最高の地区にあり、すべて十分足らずで出てきたが、出てくるたびに郵便物の小さな束を手にしていた。それはブライアンにも心当たりのある行動だった。

ブライアン自身も、面倒を見なければならない事業をいくつも抱えている。

どこへ行ってもクレーナーはくつろいでいるように見えた。スーパーマーケットに立ち寄り、シュパルダ銀行と郵便局へ行き、ときおり車を停めて窓をおろし、通りがかりの人と挨拶を交わした。

彼は誰でも知っているようであり、誰もが彼を知っているようだった。

それからやや郊外まで行き、蔦（つた）におおわれた大きな邸宅の前に車を停めた。服の裾を伸ばすと、これまでとはちがうのんびりした足取りで中へはいっていった。ブライアンは邸宅の門柱のすぐ手前まで車を近づけた。

エナメルの表札に記された装飾的なゴシック文字は時の経過でなかば腐食していたが、〝フライブルク・イム・ブライスガウ地区聖ウルズラ療養所〟とかろうじて判読できた。

朽ちかけた霊廟を思わせるその邸宅の外でクレーナーを待ちながら、ブライアンはあれこれと想像をたくましくした。

クレーナーが療養所を訪れる理由はもちろん無数にある。身内が入院しているとか、クレーナー自身が――たとえそうは見えなくても――病気だとか。地元の政治がらみの訪問とか。でなければ、それほどわかりやすくはないまったく別の理由があるとか。

最後まで考える勇気は出なかった。道の反対側を見ると、入口の両側に灌木の鉢を置いた建物があった。真鍮の飾りのついたドアをはいってみると、そこはビアホールとも高級レストランともつかないものだった。そこからなら療養所を見張ることができた。

ブライアンは隅の電話ボックスへ直行した。まず自宅に電話したが、なんの応答もなかった。彼は首をひねった。普段ならローリーンが留守にしていても、家政婦のアームストロング夫人が出るはずだし、アームストロング夫人がいなくても、留守番電話が応答するはずだ。ブライアンは悪態をついた。ローリーン自身がどうしてもと言ってそのテクノロジーの驚異を買い、〝イギリスの地に存在する最も高価なウォルナット〟と彼女が揶揄する先祖伝来の上品な家具の上に無神経にも置いているのだ。その機械がそこになくてはならないのなら、なぜ使わないのか？　ブライアンはもう一度かけてみた。たがいの波長がずれているときのローリーンはすぐに臍を曲げる。ブリジットと一緒にカーディフにでも帰ったのだろうか。

次にかけた電話はつながった。キース・ウェルズは予定どおりそこにいた。ブライアンから電話がかかってくるのを辛抱強く待っていたのだ。

「とくに期待はしていませんが」とウェルズは前置きもなく説明を始めた。「アグノーの老人ホームにゲルハルト・ポイカートという人物がいました」

「本当か！　どこなんだ、アグノーというのは？」ブライアンは電話ボックスの棚を指で連打した。後ろに客がもうひとり、いらいらしながら立っていた。ブライアンは振り向いて、首を振ってみせた。この場所は誰にも明け渡すつもりはなかった。

「実はそれが問題でして」とウェルズはしぶしぶつづけた。「アグノーはわたしがいまいるバーデン・バーデンからほんの三、四十キロのところなんですが……」

「なら行くんだ！」

「それはいいんですが、ただ、アグノーはフランスなんです」

「フランス？」ブライアンは懸命に話のつながりを追おうとしたが、うまくいかなかった。

「院長と話をしたのか？」

「誰とも話していません。今日は金曜日ですからね。話す相手がいないんです」

「じゃあ、直接行くんだ。でも、その前にひとつ頼まれてくれないか」

「できるなら行きますが。もう金曜の午後ですから」

「フライブルクの聖ウルズラ療養所に電話してほしいんだ」

「でも、それはもう何週間も前にやりましたよ。最初に電話した民間病院のひとつです」

「で、成果はなかったわけだな。だが、わたしはその病院に紹介してほしいんだよ。捜している男のひとりがそこへはいるのを見たんだ」

「まさか！　誰です？」

「クレーナーだ。わたしがあばた面と呼んでいる男さ」

「信じられないな。ヴィルフリート・クレーナーが？」ウェルズはちょっと黙りこんでから話題を変えた。「月曜日に辞めさせてもらってもいいでしょうかね。ボンで仕事を始める前に、二日ばかり家で家族と過ごしたいんです」

「なら、急ごうじゃないか。わたしは何かをつかんだという気がしている。頼むから聖ウルズラに電話して、こう言ってくれないか。フライブルクにきみの代理人がいるから、その男とどうしても会ってほしい。贈り物を持っていかせると」

ブライアンはそこの電話番号を伝えると、受話器を耳にあてたまま電話を切り、そのままフックを押さえていた。五分後に電話が鳴ると、後ろで我慢強く待っていた男が怒りの目を向けてきた。キース・ウェルズはすまなそうにこう言った。そのような急な訪問は困りますと断わられた。しかも〝週末は通常あいておりません、役員たちもお休みをいただきます〟所長はそう辛辣に言って、話を打ち切ったという。

ブライアンはいらだった。クレーナーが療養所を訪ねた理由について、想像がふくれあがってきた。なんとしても中にはいりたかった。だが、自分たちの素朴な調査が完了するまでは、気づかれずにいるほうがよかった。数時間前にクレーナーがつかつかとジャガーに近づいてきたときのあせりは、いまだに忘れられなかった。これ以上かつての虐待者に近づきたくはなかった。いまはまだ。

ビアホールの常連客はすでに自分たちの週末を始めていた。小さな色つきガラスの窓から療養所の入口が見えた。クレーナーはまだ出てきていなかった。ウェルズと話してから一時間もしないうちにブライアンは療養所に電話をかけた。電話ボックスの陰に身を沈めて深呼吸をした。電話口を手でおおっても、バーの喧噪を和らげるのは難しかった。彼は腕時計を見た。四時半だった。

ブライアンが英語で名乗ると、聖ウルズラ療養所の所長は面食らったようだった。さきほどあなたの上司に断わりを伝えたばかりだと言って、ブライアンと話をするのを拒んだ。

「どういうことでしょう、レーマンさん」とブライアンは受話器にしがみついた。「何か誤解があるのではないでしょうか。わたしどもは誰も電話をさしあげておりませんが」相手が黙りこんだので、少なくとも話は聞いてくれそうだとわかった。「さきほど申しあげたとおり、わたしはオックスフォード大学で医学部の部長をしているジョン・マクリーディといいます。現在バーデン・バーデンでひらかれている学会に参加中の、精神科の主任医師たちの代理としてお電話しています。われわれは明日フライブルクを訪れる予定なんですが、その一環として、ブライアン・アンダーウッド・スコットという参加者に、明日のできれば午前中、そちらの病院をちょっと訪問させていただけないでしょうか。もちろん、長居はいたしません」

「明日？」

そのぶっきらぼうな口調で、芝居に慣れていないブライアンは自分の役柄を忘れかけた。ややあって、ようやくマクリーディの気取った口調を思い出した。ふたり連れの客がはいってきて、店内の騒音レベルがさらに高まった。送話口を押さえている手が喧噪を充分に遮断してくれることを祈った。有名なオックスフォードの街からこんながさつなドイツ語のざわめきが聞こえてきたら、レーマン所長はきっと不審に思うはずだ。

「ええ、急な話だということは重々承知していますが」と彼はつづけた。「すべてわたしのせいなんです。アンダーウッド・スコットからは何週間も前に、そちらに打診してほしいと頼まれていたのですが、いそがしさにまぎれてすっかり忘れておりました。どうかこの窮地からわたしを救い出してもらえませんか」

「残念ですが、マクリーディさん、お力にはなれません。だいいち、土曜日にいらっしゃるというのは問題外です。休みを取ることはわたしたちにも必要ですから」

そう言うとレーマン所長は電話を切った。ブライアンは受話器をたたきつけて、小声で悪態をつきはじめた。新たにはいってきた客が目を丸くして彼を見た。ブライアンは丸腰だったものの、戦う気は満々だった。

こうなったら虎の穴に飛びこんでみるしか手はなかった。明日予告もなしに療養所を訪れ、数週間前にマクリーディから来訪を伝えたブライアン・アンダーウッド・スコットだと名乗るのだ。その時間に所長が職員居住区にいてくれることを祈るしかなかった。入口にある平面図によると、それは療養所の西翼にあるはずだった。

外はとうに暗くなりはじめていた。

療養所の外の通りの、楡（にれ）の並木が夜風にそよぎはじめたころ、ようやくクレーナーの姿が、玄関を照らす鉄細工の照明のぼんやりした光の中に現れた。

玄関先で女と冗談を交わすと、あとから出てきた猫背の男の腕を取り、小声で話をしながら男とともに私道を歩いてきた。ブライアンはそっと店から出ると、並木の陰に隠れた。心臓が早鐘を打っていた。

ふたりは彼のすぐそばを通り過ぎていった。その男に対するクレーナーの気遣いは感動的ですらあった。おそらく家族の一員だろうが、クレーナーの父親ということはありえない。そこまで年を取ってはいなかった。体つきは華奢で、顔には皺が刻まれ、顎鬚はまっ白だが、年齢はいまひとつはっきりしない。

老人は何も言わなかった。具合が悪くて疲れているようだった。ブライアンの目には気力を失っている男のように見えた。クレーナーはこの老人を訪ねてきたのであり、老人はこれから週末を過ごすためにクレーナーの屋敷へ行くのだろう。ブライアンはそう思った。

ところが案に相違して、ふたりはクレーナーの車に乗りこまず、そのまま並木の下を街の中心のほうへ歩きだした。

路面電車の停留所まで行くと、そこでふたりはしばらく静かに話をしていた。週末の最初のパーティへ向から元気な若者の一団がふたりの横に立ち、ふざけて押し合いをしながら周囲の建物に反響するほどの声で笑った。ブライアンは道を渡って停留所まで行き、若者たちの陰に隠れた。クレーナーと老人から一メートルと離れていなかった。ふたりはあいかわらず穏やかに話をしていたが、老人の声はしゃがれていて、言葉を発する前にいちいち咳払いをした。

そこへ電車がやってきた。

老人は乗りこんだが、クレーナーは連れのほうを振り返りもせずに、いま来た道をもどっていった。ブライアンはどうしていいかわからず、しばしクレーナーを見つめたあと、自分も電車に乗った。老人は静かに車内を見まわし、浅黒い肌をした若者の隣に空いた席を見つけた。

老人はその席の横にわざとらしく立ったものの、座ろうとするそぶりは見せず、憎々しげに若者をにらみつけた。若者は老人を見あげ、表情を変えまいとしたが、電車が次の停留所につかないうちに突然、立ちあがった。老人に触れないようにそっと彼の横を通り過ぎ、そそくさと後ろの出口まで行くと、息を荒らげながらそこに立っていた。

老人はふたり掛けの席にどさりと腰をおろし、二、三度咳払いをした。それから窓の外をながめた。

電車を乗り換えてさらに行った街の中心部で、老人はようやく下車し、明るいショーウインドウの前をぶらぶらと歩きだした。

ケーキ屋の前でしばらくためらってから、誘惑に屈して中へはいった。ブライアンはその間に、このあとどうすべきか冷静に考えてみた。クレーナーの屋敷へもどって見張りをつづけるべきか、それともこの老人をさらに尾行すべきか。彼は腕時計を見た。キース・ウェルズがアグノーの訪問の結果を報告してくるまでに、まだ四十五分ある。ここからホテルまでは、歩いてせいぜい十分だ。

老人が満足げな笑みを浮かべてケーキ屋から出てくると、ブライアンはふたたびあとを尾けた。

老人は手首から小さな紙袋をさげて、ホルツマルクトまで歩いていった。その上品な広場で足を止めると、通りがかりの人々とちょっと言葉を交わした。それから咳払いをし、ルイーゼン通りという横丁を曲がると、一軒の建物にはいっていった。古びてはいるが、美しい建物だった。

十分近くも待ったころ、三階にようやく明かりがともった。年輩の女が窓のところへやってきてカーテンをあけた。窓辺にならんだ大きな鉢植えのせいで、ずいぶんと手間がかかった。ブライアンの見たところ、フロア全体がひとつの住まいになっているようだった。さぞや広いことだろう。ほかの階はすべて明かりが消えていた。窓から見えるシャンデリアからすると、その部屋は古風なダイニングルームのようだった。顎鬚の老人が女の後ろから近づいてきて、両肩にそっと手をかけた。

ブライアンは建物の入口へ行った。古風なドア枠と現代的なドアホンのあいだに、細い真鍮の表札が取りつけられていた。表札には〝ヘルマン・ミュラー投資〟とだけ記されていた。

35

「ねえねえ、ローリーン、あそこの紳士があたしを見ているのに気づいた？」

「どの人？　わからない」ローリーンはホテル・コロンビのレストラン内を見まわした。百人ほどの人々が夜の始まりを楽しんでいた。食器の音と雑多な言語のざわめきがあたりにあふれている。だが、ローリーンの耳にははいらなかった。彼女の頭はブライアンのことでいっぱいだった。夫はなんだって突然フライブルクなんかに来たのだろう。そう自問すると、たちまち彼女はまた不安になった。

　こんな気持ちになったのは初めてだった。

「ほらあそこ！　ライラック色のクロスのかかった空のテーブルのむこう。格子縞の上着を着た人。こっちを見てる。ほら！」

「ああ、ほんとだ。わかった」

「ちょっといい男じゃない？」

「ええ、そうね」ブリジットがなぜそんなに興奮するのか、ローリーンには不思議だった。自分だったら〝いい男〟などとはまず言わないだろう。

ローリーンは明朝早起きをして、ブライアンのホテルを見張ることにした。ブライアンが出てきたら、こっそりあとを尾け、何が起こるのかを見とどけるのだ。夫をひそかに監視するというのは、それだけでもたいへんなことだった。だが、ブリジットの存在はたいへんどころではない。連れてまわるのは絶対に無理だった。

　あくる土曜の朝、ローリーンは四時十五分に起きた。よく眠れず、悪夢を抑えつけておくためにしがみついてばかりいた。窓側のベッドは手つかずのままだった。やましいことはしていない、大目に見てほしい、わかってちょうだい、というブリジットの声が早くも聞こえるようだった。

外はまだすべてが朝露に濡れていた。路面電車もタクシーも見あたらなかった。街はまだ眠っており、ローリーンは自分のホテルからブライアンのホテルまで歩く道すがら、誰にも出くわさなかった。

だが、それほど待たないうちに事態が動きはじめた。ウーラッハ通りに立っているほうがいいだろうか、それともホテルの入口から数メートル離れた栗の木の陰に隠れているほうがいいだろうかと迷っているうちに、問題はひとりでに解決していた。

ホテルの前の砂利を踏みしめる足音がしたかと思うと、もう通りにブライアンがいたのだ。ローリーンはまったく無防備でそこに立っていた。あたりには彼女のほかに誰もいなかった。あわてて背を向けたが、その前にブライアンの不安げな顔がちらりと見えた。もの思いに沈みながら襟を立てており、ローリーンにはまったく気づかなかった。ブライアンにしては珍しいことだった。

ブライアンは足早に繁華街のほうへ歩いていった。よそゆきの服装をしていた。ローリーンはあとを追って玉石舗装の道を爪先で歩きだした。頭にあるのは、早く通行人が増えてほしいということと、道がもう少しハイヒールに向いたものになってほしいということだけだった。

百メートル先の人影は、長年連れ添ってきた夫とは思えないほど若く見えた。彼が発散している活力と若々しさは、いまの彼が日常とは切り離されていることを物語っていた。見知らぬ都市を、それも人々がまだぐっすりと眠っている時間にさまよう、見知らぬ男のように見えた。

土曜日で休みの道路工事現場があった。ブライアンは上等な靴が砂利で傷つくのもかまわずにそこを渡った。ローリーンはためらっているうちに彼を見失った。あわててあたりを見まわしたが、ブライアンの姿はすでになかった。

ああ、もう！　と彼女は思った。通りにいるたったひとりの男を、それもこの朝の光の中で尾行していながら見失うとは。なんとも滑稽な話だった。素人まるだしだ！　こんなみじめな思いをするために、はるばるやってきたのだろうか。

ローリーンは気を取りなおし、足を速めて繁華街のほうへ歩きだした。

ありがたいことに、まもなく二百メートルほど先にふたたびブライアンの姿が見えた。通りには通行人が増えており、小股でちょこちょこと、だが首を折りそうな勢いで道を急ぐ彼女を、みなが不審の目で見ているのがわかった。ハイヒールも、痛む足首も、スカートも、コートも、年齢も、運動不足も、何もかもが尾行の妨げになっていた。

街の中心近くで彼女はブライアンにほぼ追いついた。だが、もう大丈夫だと思いかけた矢先に、彼は突然、道路の中央の停留所に駆けていき、路面電車に乗りこんでしまった。ローリーンも電車がやってくる音には気づいていたのだが、注意を払っていなかったのだ。

あわてて駆けつけたが、間に合わなかった。

ゆっくりと走り去る電車を彼女は呆然と見送った。

電車は運河のむこう側で停車し、早起きの人々を乗り降りさせた。降りた乗客のなかにブライアンの姿が見えた。彼は一区間しか乗らなかったのだ。

こんどは周囲の目も気にならなかった。彼女はスカートをたくしあげて駆けだした。

ブライアンが最初に曲がった角はわかったものの、次にどこを曲がったのかはよくわからなかった。だからローリーンは角までそろそろと近づいていっては、気づかれないように通りをのぞきこむということを繰りかえした。通行人がふたり、怪訝（けげん）そうに彼女を見ていた。

ルイーゼン通りとホルツマルクトの角で、ローリーンはふたたびブライアンを見つけた。通りを少し行ったところで壁によりかかり、格子のはまった大きな窓を見あげていた。古風で上品な建物だったが、だいぶ傷んでいた。彼は時間をつぶしているらしく、煙草を吸っていた。

ブライアンという人間をよく知らなければ、ローリーンは別の女がからんでいると思ったかもしれない。だが、それにしては状況がこんがらがっており、しっくりこなかった。

〝人は他人のことを何ひとつ知らないし、自分のことも何ひとつ知らない〟という娘のアンの大衆哲学が聞こえるような気がした。だが、そんな哲学はナンセンスだった。彼女は昔からそれを知っていた。大切なのは、ひとりの人間をつくりあげているすべての側面を直視する勇気があるかどうかだ。

最初からそうしていれば、不快な驚きを味わうこともない。

自分はこれまで夫を率直に見てこなかったのではないか。彼女はいまその可能性を認めざるをえなかった。もちろんブライアンが彼女をだましていて、別の女と関係を持っている可能性もあった。ローリーンとの関係とはちがう形の関係を。彼女に求愛していたころのブライアンは、彼女の部屋の窓の下に何時間も立っていたりはしなかったのだから。

だがそれでも、これは何か別のことだという気がした。もっと複雑なことだという気が。

ブライアンのような人間は、具体的な課題をあたえられたら、もっと直接それに取り組むのが普通だ。

それなのにいまの彼は、そこに立って煙草を吸っているだけだった。守勢にまわって。

ときおり朝風に乗って表通りの騒音が聞こえてきた。熟考のすえローリーンはその場を離れた。尾行をつづけるつもりなら、もっとふさわしい身ごしらえをする必要があった。服と靴を別のものにする必要が。ブライアンは当分いまの場所を動きそうになかった。

表通りまではほんの数百歩だ。開店したばかりのデパートに飛びこんで、ジーンズを一本買ったあと、入口付近にある特価品のワゴンからジョギングシューズを一足見つけた。それをはいているとき、ちょうど夫が通りの反対側を歩いていくのが見えた。

一瞬、たがいの目が合った。ローリーンが下唇を嚙んで、内気な女学生のようにおずおずと手を振ろうとしかけたとき、ブライアンは目をそらして行ってしまった。

気がつかなかったのだ。

環状道路まで行ったところでようやく彼女は、これならもう逃さないというところまでふたたびブライアンに追いつくことができた。ブライアンは長い歩道橋のまんなかで立ち止まって、むかいの公園のほうを見た。たしかシュタットガルテンという公園だった。彼女はスカートとコートのはいった大きなビニール袋をおろし、靴紐を結んだ。歩きやすいし、足首を支えてもくれるが、いかんせん新品だった。今日の終わりには指に肉刺（まめ）ができているだろう。

そのとき、ブライアンが女を見つけた。

だけで、別人だとわかったという。アグノーのゲルハルト・ポイカートは七十を超えた白髪の男で、生き生きとした茶色の目をしていた。この失敗により調査はまる一日遅れてしまった。

今日は土曜日だから、ウェルズは調査をこれ以上はあまり進めないだろう。ここからは自分でやるしかなかった。

本来なら今日の最初の予定は、例の療養所を訪ねることだった。だが、眠れない一夜を過ごした彼は、気づいたらあの猫背の老人の家の前に立っていた。なぜなのか自分でもわからなかった。むだな散歩だった。作業療法で時間をつぶしているようなものだった。療養所の前に置いてきた車を取りにいくか、クレーナーの屋敷を見張るか、どちらかにすべきだった。それなのに、こんなところにいるとは。

彼は寒さに身を震わせた。

いろんなものを見すぎてしまった。クレーナーに抱

36

ブライアンは肌寒さを覚えはじめた。

今日もいい天気で、夏も終わりとはいえ日中は暑くなりそうだったが、吹きさらしのルイーゼン通りはひどく寒かった。

彼は状況を把握しようとして、二時間もそこにぼんやりとたたずんでいた。

ゆうべのキース・ウェルズからの電話にはひどくがっかりした。ウェルズがアグノーまで会いにいったゲルハルト・ポイカートは、ジェイムズではなかった。ウェルズがぼんやりしていなければ、わざわざフランスまで出かけていく前に、その男の年齢を確認していたはずだった。目的地についてその患者をひと目見た

かれていたかわいい男の子の姿が頭を離れなかった。自分はあの男について何を知っているだろう？　クレーナーはなぜフライブルクにいるのか？　アルファベット・ハウスであれから何があったのか？

どの問いにも答えは出なかった。老人の家には人の気配がなく、みすぼらしいカーテンはまだあけられていなかった。人の出入りもなく、時刻はもう十時だった。ブライアンはその場を離れることにした。

療養所を訪問するまでにはまだ数時間あった。

表通りは土曜日の午前ののんびりとした雰囲気に包まれていた。女たちが夫を連れて歩いており、店はすでにあいていて、特価品のワゴンや派手な照明で客を誘っていた。二日前に移民が安もののショートパンツを試着していたデパートの前で、ひとりの女が特売品の靴をためしていた。あわただしくそれをはいて地面をぽんぽんと踏み、はき心地を確かめている。顔をあげた女はどことなくローリーンに似ていた。ブライアンはローリーンの買い物につきあわされては、厚いコートの下で汗をかきながら試着室の前で彼女を待っていることがよくあった。だが、その女は急いでいるようだった。ローリーンには決してないことだった。

あの女がローリーンだったらいいのに。彼はそう思った。

フライブルク大聖堂は三百年がかりで完成したゴシック建築の傑作で、八百年近くにわたってこの街の喜びと悲しみを包みこんできた。だから街の人々にとってはかけがえのない集いの場であり、三十年前に彼らの士気をうち砕こうとした連合軍パイロットにとっては、格好の目標だった。

今日は街の中心部が昨日より狭くなったように思えた。聖堂広場から交通の激しいレオポルト環状線を越えて、そのむこうのシュタットガルテン公園まで、歩いて二分しかかからないし、公園のすぐ東側にはもう、シュロスベルクという山がそびえている。

ブライアンはレオポルト環状線にかかる長い歩道橋の途中で立ち止まり、あたりを見まわした。気のせいかもしれないが、フライブルクに拒絶されているような気がした。街が彼を厄介払いしたがっているような気が。

通行人たちは彼に目を向けることもなく通り過ぎていった。車は下の道路をごうごうと行き交っている。立ち止まっているのは彼と、彼の数メートル後ろにいる背の高い女だけだった。女は大きなビニール袋を足元に置いて歩道橋の手すりにもたれ、シュロスベルクを見あげていた。

そのとき、歩道橋の床をかつかつとたたくヒールの音が聞こえてきた。

やってきた女は小柄ですらりとしていた。今日はこれで二度目だったが、女を見て彼はまた誰かに似ていると思った。だが今回は、誰に似ているのか思い出せなかった。

女はもはや若いとは言えなかった。いくつぐらいなのか正確にはわからない。

そこにまずブライアンは注意を惹かれた。それから、そのせかせかした足取りに。

彼は女のほうを向いて、よくよく顔を見た。

どこかで見たことがある、と必ず人に思わせるタイプの女だった。二十分前のバスの車内だったかもしれないし、二十年前の大学だったかもしれない。どこかの映画館のスクリーンだったかもしれないし、駅でちらりと目を惹かれただけかもしれない。いくら考えても結果は同じ。どこだったのかも、誰なのかも、ついに思い出せない。

女が通り過ぎると、ブライアンは距離を置いてゆっくりとあとを尾けはじめた。歩道橋をおりて公園にはいると、女は歩調をゆるめた。シュロスベルクへのぼるケーブルカーの切符売り場の前でちょっと足を止め、興奮した騒がしい子供たちを見ていた。女がそこにたたずんでいる様子はブライアンの記憶をかすかに刺激したものの、頭に浮かんだ可能性を彼はどれもしりぞけた。まもなく女は林の小径へはいっていった。ブライアンはこれでもう三、四回ここに来ていたが、いっこうにくわしくなった気がしなかった。女は池を左にまわって、ヤーコプなんとか通りのほうへ姿を消した。

ブライアンが林を抜けると、女はいなくなっていた。彼は小走りに公園のいちばん奥の、人けのない隅まで行き、四方を見まわした。

すると、後ろでがさがさという音がした。振り返ると、林の下生えの中から女が現れた。まっすぐにブライアンのほうへやってきて、彼をにらみながら数歩手前で立ち止まった。

「なぜあとを尾けてくるの？（ヴァルーム・フェアフォルゲン・ジー・ミッヒ）　ほかにすることがないわけ？（ハーベン・ジー・ニヒツ・ベッセレス・ツー・トゥーン）」女は憤然と言った。

言われていることはおおむねわかったが、ブライアンは答えなかった。答えられなかったのだ。

目の前にいるのはペトラだった。

耳の奥でどくどくと血の流れる音がした。

「すみません（アイム・ソーリー）」とブライアンはようやく答えた。英語を聞いて女ははっとした。ブライアンは息が苦しくなり、血の気が引いて顔がまっ青になった。何度も唾を呑みこんだ。

彼女の顔はほとんど変わっていなかった。小さく繊細な顔立ちとしぐさはかつてのままだった。彼女を平凡な中年女にした生活の苦労も、それらを変えることはできなかったのだ。

なんという奇遇か。ブライアンは背筋がぞくりとするのを感じた。抑圧されていた数々の光景が信じがたいほどの正確さで復元され、過去がまざまざとよみがえってきた。不意に彼女の口調まで、ありありと思い出した。

「じゃあ、失礼していいかしら？」彼女はそう言うと、答えも待たずに踵を返し、さっさと歩きだした。

彼女が数歩行ったところで、ブライアンはこらえきれずに「ペトラ！」と小さく声をかけた。

女はぴたりと足を止めた。

振り向いた彼女の顔には驚きが表れていた。「誰なの、あなた？　どうしてわたしの名前を知っているの？　答えて」彼女はブライアンの顔を見た。長いあいだ無言でまじまじと。

興奮のあまりブライアンの胸が高鳴った。ジェイムズの運命を明かしてくれるかもしれない人物が目の前にいるのだ。

何か思い浮かんだかのように、女がほんの少し顔をこわばらせたが、すぐに首を振ってその考えを振り払った。「イギリス人に知り合いはいません。あなたのことも、だから知りません。説明してくれます？」

「わたしが誰なのか、もうわかったでしょう」

「会ったことはあるかもしれません。でも、会った人なら大勢います。とにかく、イギリス人はひとりも知りません」

「わたしを見てください！　あなたはわたしを知っているんですよ、ペトラ。でも、それはもうずいぶん昔のことなんです。わたしがしゃべるのをあなたは聞いたことがありません。わたしは英語しか話せないんですが、それはわたしが本当にイギリス人だからなんです。当時のあなたがそれを知らなかっただけで」一言ごとに女の表情が和らぎ、見憶えのあるものになった。顔が少し青ざめ、興奮してきたのがわかった。「あなたを煩わせにきたわけじゃありません！　あなたがまだここに、このフライブルクにいるとは知りませんでした。偶然に歩道橋で見かけたんです。すぐさまあなただとわかったわけでもありません。見憶えがあるような気がしただけです。それで好奇心をそそられたんですよ」

「誰なの、あなた？　どこでわたしと会ったの？」彼女は真実を恐れるように一歩あとずさった。

「親衛隊の病院です。このフライブルクにある。わたしは一九四四年にそこの患者でした。アルノ・フォン・デア・ライエンという名前を憶えてますか？　それが当時のわたしの名前です」

　卒倒しかけた彼女を、ブライアンは前に飛び出してかろうじて支えた。だが、彼女はその手を振り払った。彼女はブライアンを上から下までながめると、また倒れそうになり、胸に手をあてて何度も深呼吸をした。

「すみません。驚かすつもりはなかったんです」ブライアンはこの偶然を嚙みしめつつ彼女を見つめ、相手を少し落ち着かせた。「フライブルクに来たのは、ゲルハルト・ポイカートを見つけるためなんです。できれば……できれば力を貸してくれませんか？」と彼は両手を差しのべた。あいだの空気がぴんと張りつめた。

「ゲルハルト・ポイカート？」彼女はもう一度大きく息を吸うと、ちょっと下を向いて心を落ち着けた。ふたたび顔をあげたときには、頬にいくぶん赤みがもどっていた。「ゲルハルト・ポイカートを捜してるんですか？　彼は亡くなったと思います」

電話のむこうの男は無言だった。

「問題が生じました」クレーナーは言った。

「というと？」

「いまペトラ・ヴァーグナーから電話がありました」

「またごねているのか？」

「いえいえ。ペトラは子羊みたいにおとなしいですよ」クレーナーはデスクの引き出しをあけて、小さな陶器のボウルから薬を一錠つまみ出した。「ただ、アルノ・フォン・デア・ライエンに出くわしたというんです。今日このフライブルクで」

長い沈黙があった。「本当か」男はようやく言った。

「アルノ・フォン・デア・ライエンに？　このフライブルクで？」

「ええ、シュタットガルテンで。偶然に出くわしたそうです」

「確かか？」

「〝偶然に〟という点ですか？　本人はそう言ってました」

37

晴れていた空に雲が広がり、室内の光が灰色で寒々しいものになった。ヴィルフリート・クレーナーはまだ受話器を握っていた。そのままの姿勢でもう二分以上も座っていた。ペトラ・ヴァーグナーからの電話でまだ呆然としていたのだ。ペトラはすっかり動転していて要領を得なかったが、信じがたいことを報告してきた。

クレーナーはようやく体を起こし、メモ用紙に何ごとか書きつけた。それから、ある番号に電話をかけた。

「ヘルマン・ミュラー投資です」と抑揚のない声が聞こえた。

「わたしです」

す」

「ふむ。で、どうなったんだ？」

「あいつは名乗ったそうです。まちがいない、とペトラは言ってます。まちがいなくあいつだと。はっきりわかったそうですよ、あいつが自分の正体を明かしたときに。えらく動揺してました」

「それはそうだろうな」相手はまた黙りこんだ。

クレーナーは腹に手をあてた。数週間ぶりにまた痛みだしたのだ。「あいつは人殺しです」と言った。

老人は軽く咳払いをし、他人ごとのように言った。「そう。ディーター・シュミットも気の毒にな。いい男だったが。あいつにやられちまった」そう言って、からからと笑った。

なぜおかしいのかクレーナーにはわからなかった。

「ペトラはもうひとつ、不穏なことを言ってました」

「あいつがわれわれを捜しているというんだろう。ちがうか？」

「ゲルハルト・ポイカートを捜してるんです」

「ゲルハルト・ポイカートを？　ふうむ。で、あいつはゲルハルトについて何を知っているんだ？」

「ペトラが話したことだけのようです」

「ならば、ペトラが余計なことまでしゃべっていないことを祈らないとな。ペトラのために」

「ゲルハルトは死んだ、としか言ってないそうです。それを聞いてあいつはショックを受けたようです」クレーナーは頬をなでた。まったく迷惑な話だ。ひさしぶりに自分が無防備になった気がした。

アルノ・フォン・デア・ライエンには消えてもらわなければならない。

「そのあと、あいつはゲルハルトの墓がどこにあるのか知りたがったそうです」クレーナーは言った。

「ところがペトラは教えられなかったというわけだな」老人はまた笑おうとしたが、げほげほと乾いた音を立てて咳きこんでしまった。

「調べてみると言っておいたそうです。二時にホテル・ラッペンで会うことになっているとか。力になれるかどうかわからないとは、はっきり伝えてあるそうです」老人の頭の中で歯車がまわりだす音が聞こえたような気がした。「どう思います？　ラッペンへ行くべきですかね？」

「だめだ」と老人は即答した。「ペトラに電話して、アルノ・フォン・デア・ライエンにこう伝えろと言うんだ。ゲルハルト・ポイカートはシュロスベルクの展望台のそばの記念林に埋葬されている。柱廊の上のほうだと」

「でも、そんな記念林なんかないでしょう」

「ああ、ない。だが、なくたって、あることにはできるだろう？」老人はかすれ声で笑った。「で、ペトラにこう言わせるんだ。ケーブルカーで登るのがいちばんいい。カールスプラッツのむかいのシュタットガルテンから、ほんの二分だと。ただし、そこへは三時前にはいれないと、そう伝えさせろ」

「で？」

「考えていたんだが、ランカウに連絡を取ってみるべきじゃないかな。この仕事にはあいつがうってつけだと思わないか？　シュロスベルクの上なら人目につかないし」

クレーナーは引き出しからもう一錠、薬を取り出した。一年後には息子は学校にあがる。ほかの親たちは子供にクレーナーの息子と遊べと言うだろう。息子は楽しい暮らしができるはずで、それこそクレーナーが望んでいるものだった。戦後、人生は彼を慈悲深くあつかってくれた。彼はこのままの暮らしをつづけたかった。何も手放すつもりはなかった。「この件じゃ、ほかにも気に食わないことがあります」

「なんだ？」

「あいつは自分をイギリス人だとペトラに思いこませたんです。英語しかしゃべらなかったらしい」

「ふうむ」老人はちょっと考えこんだ。「なぜかな」

「なぜでしょうね。そもそもあいつは何者なのか。ひとりでこの街に来たのか。なぜゲルハルト・ポイカートを捜してるのか。なぜ自分をイギリス人だと言うのか。この話にはわからない点が多すぎる。気に食わないですね」

「わからないことはわたしに任せておけ。それはわたしの得意分野じゃないか？　あいつには胡散くさいところがあると、わたしはつねづね言っていただろう。当時すでに、あいつは言われているとおりの男かどうか疑わしいと、そう言わなかったか？　言ったはずだぞ！　これでようやくきみにもわかっただろう！」と老人は笑ったものの、すぐに咽せた。「わたしはわからないことを糧にして生きているようなものだ。今日のわれわれがあるのも、わからないことを利用するわたしの能力のおかげじゃないか？」

「じゃあ、アルノ・フォン・デア・ライエンの得意分野はなんです？　あいつは当時われわれの話をすべて盗み聞きできたんですよ。すべて知ってるんです。どうすればわれわれを捕まえられるのかも、ちゃんとわかってるはずです」

「馬鹿を言え！」ペーター・シュティヒの口調がきびしくなった。「われわれがここにいるのがわかっているのなら、あいつはとうの昔に姿を現していたはずだ。われわれは名前を変えている。時の流れというものを忘れてはならない。あの病院にいた赤目の患者とヘルマン・ミュラーという白鬚の老人のあいだには、相当の隔たりがある。だがもちろん、あいつは始末しなければならない。それは疑問の余地がない。だからまあ落ち着いて、ペトラ・ヴァーグナーに電話してくれ。そのあいだにわたしはホルスト・ランカウを捕まえておく」

ルイーゼン通りのアパートにやってきたランカウは

怒りくるっていて、握手すらしなかった。彼のゴルフジャケットは、肩にまだゴルフバッグを掛けているかのようによじれていた。

「少しは遠慮ってものがないのかよ」開口一番そう言った。

クレーナーは心配げにランカウを見た。異様に大きな顔をまっ赤にしている。この数年でずいぶん体重が増えており、血圧が危険なほど高くなっていた。アンドレア・シュティヒがランカウのジャケットを受け取って廊下へ出ていった。まっ昼間だというのに、広いアパートには明かりが煌々ともっている。ペーター・シュティヒは顎鬚を一、二度なでてから、愛想よく隅のソファを示した。クレーナーもすでにそこに座っていた。

「土曜日はゴルフをやる日なんだぞ、くそ！　フライブルガー・ゴルフ・クラブはおれの聖域なんだ！　九ホールと十ホールのあいだにいつも、コロンビで相手と昼食をとるんだよ！　知ってるだろう？」ランカウは返事を待たずに、さらに言いつのった。「娘の出産のときだってそうだ、おれは邪魔されたくなかったんだ。わかってるはずだぞ！　どんな重大事ができておれを呼び出したんだか、聞かせてもらおうじゃないか」と彼はどさりと腰をおろした。「手短かに頼むぜ」

「まあそう怒るなよ、ホルスト。きみを呼んだのは、興味深い情報がはいったからだ」シュティヒは一、二度咳払いをしてから、いらだっている相手に事情をかいつまんで説明した。たちまちランカウの大きな顔から血の気が引いた。彼は言葉を失ったまま、太い指を組んで身を乗り出した。あいかわらずの大男だった。

「そういうわけなんだよ、ホルスト。きみがそのゴルフコースだかなんだかの、ささやかな聖域とやらを守りたければ、相手に電話して、今日の午後は残りの九ホールをひとりでまわってくれと、そう伝えることだな。昔の知り合いがひょっこり訪ねてきたと、そう言えばいいんじゃないか？」こんども老人は笑うかわりに咳きこんだ。

「いまはほかのことにかまけてるときじゃない」と、ランカウの不満げなまなざしを無視してクレーナーは言った。昔はもっと上下関係がはっきりしていた。「この件がかたづくまで二、三日、みんな家族をどこかへやったほうがいいと思う」

ランカウは眉を寄せた。片方の目が完全に閉じていた。それは二十八年前のあの十一月の夜、アルノ・フォン・デア・ライエンにやられたほうの目だった。

「あの野郎がおれたちの住まいを知ってるというのか？」ランカウはクレーナーのほうを向いて下唇を突き出した。ランカウは明らかに家族より家財のほうが心配なようだったが、どちらだろうとクレーナーはかまわなかった。ランカウが真剣に聞いてくれるかぎりは。

「わたしの考えじゃ、アルノ・フォン・デア・ライエンは充分に準備をしていて、いまは次の手を打とうとしてるはずだ。シュティヒはちがう意見だがね。彼は偶然だと考える」

「わたしはどうするかまだわからない」とシュティヒが言った。「きみらが自分の家族をどうしようと、それはきみらの勝手だ。慎重にやるかぎりはな。しかし、アンドレアをよそへ行かせることはできないと思うんでね。なあ、アンドレア？」

小柄な女は黙ってうなずき、それぞれの前にカップを置いた。

クレーナーはアンドレアを見た。アンドレアはしょせん夫の添え物にすぎなかった。無垢を絵に描いたようなクレーナーの妻とはちがい、荒波にもまれてきた女だった。長年夫のかたわらで過ごしてきたために、不安や苦痛には鈍感になっている。強制収容所長の妻が無垢な心でいられるわけがない。夫に敵が現れたら、そいつは排除されなければならない。それだけのことだ。アンドレアはそういうことを疑問に思わない。そ れは男たちの考えることだ。自分は家庭のことと自分自身の面倒を見る。だがクレーナーは、このゲームに家族を巻きこむわけにいかなかったし、巻きこむつもりもなかった。ランカウはしばらくぶつぶつと独りごとを言ってから、身を乗り出した。

「で、おれがあいつを始末するってわけか！ それがあんたらの言ってることか？ それは楽しみだぜ。長年このチャンスを待ってたんだからな。しかしそういうことなら、シュロスベルクよりもっといい場所があったんじゃないか？」

「そうあわてるな、ランカウ。しかるべき時間を選べば、あそこはうってつけの場所だ。三時過ぎなら授業で来ていた小学生もみんな下山している。それに九月の初めのその時間なら、柱廊には人っ子ひとりいないはずだ。きみは誰にも邪魔されずに恨みを晴らすことができる」

老人はコーヒーにもう一枚ビスケットをひたした。医者の耳には入れられない土曜日の楽しみだった。糖尿病患者というのは禁止されたことを守らないものだ。クレーナーは息子にそう教えられていた。

「その間に、ヴィルフリート、きみは両方の家族を週末のあいだよそへやる手配をしてくれるか？ すべてが終わったら、われわれは五時に〈ダトラー〉で落ち合って、死体を始末しようじゃないか。どう始末するかはわたしが考えておくから、心配しなくていい。だが、それまでにやっておかなければならないことがある。まず、ヴィルフリート、きみにもうひとつ、ささやかな仕事を頼みたい」

クレーナーはシュティヒをぼんやりと見た。妻になんと言おうかと考えていたのだ。あれこれ訊かれるだろうと。シュティヒはクレーナーの手に自分の手を重ねた。

「何はさておき、エーリヒ・ブルーメンフェルトを訪ねてくれ」

38

喜びと悲しみ、緊張と弛緩、不安と憂い。矛盾する感情の波にブライアンは襲われていた。息が苦しくなったかと思うと、次の瞬間には心臓がどきどきして、手が震えていた。

涙で視界がぼやけた。

ジェイムズはやはり生き延びられなかったのだ。それは驚きではなかったが、彼には非難のように感じられた。自分は友を見捨てたのだという長年の忸怩たる思いが、改めて襲ってきた。

「墓を見たんですか？」電話のむこうでウェルズが訊いた。呆然としたウェルズの顔が目に浮かぶようだった。

「いや、まだだ」

「死んだというのはまちがいないんですか？」

「ああ、その看護婦はそう考えている」

「でも、まだ墓を見てはいないんでしょう！　取り決めどおり、月曜日まで調査をつづけましょうか？」

「好きにしてくれ。わたしはもう目的を達したように思う」

「思うですか」ウェルズはブライアンのつけた留保に反応した。「まだ確信はないんですね？」

　ブライアンは溜息をつき、「確信ね」と首筋をなでた。「確信はあると思う。何かわかったらまた連絡するよ」

　ウェイトレスのひとりが怒りの目を向けてきた。その公衆電話は、厨房とカフェテリアのあいだの最大の障害物になっているのだ。みな電話機の上の貼り紙に顎をしゃくってみせた。なんと書いてあるのかブライアンにはわからなかったが、おそらく、客は一階のデパートの公衆電話を使えということなのだろう。山盛りのトレイを手にしたウェイトレスたちが、あきれたように首を振りながら後ろをそろそろと通りぬけるたびに、彼は肩をすくめた。これでもう三本目の電話だった。つながればだが。

　何度も試したあと彼はついに、ローリーンはカンタベリーの家にいないと結論した。きっとブリジットと一緒にカーディフに帰ったのだろう。

　次はミュンヘンにかけた。オリンピック村では彼を必要とするようなことは起きていなかった。会話はすぐに終わった。話題になったのはもっぱら、女子五種競技でイギリスが金メダルを獲得したことだった。ほかのことはすべてかすんでいた。メアリー・ピーターズは四八〇〇点の壁を一点上まわる、驚異的な得点をあげたのだ。すばらしい世界新記録だった。会話が途切れても、どちらも先日の悲惨な事件のことには触れなかった。あの野蛮な冒瀆（ぼうとく）行為のことには。それがスポーツにおける暗黙のルールなのだ。完全な集中が。

大聖堂のむかいにあるホテル・ラッペンの入口についたときには、彼の心臓は危険なほど激しく打っていた。バーはほぼ満員だったが、ブライアンにはペトラしか目にはいらなかった。ペトラはドアのすぐ横に座って、上着も脱がずに大きなグラスでビールを飲んでいた。ビールの上面の泡はすでに消えていた。かなり待っていたにちがいない。ブライアン自身も約束の時間より十分早くついたのだが。

一時五十分だった。

二時になる前に、ペトラはブライアンから最後の希望を奪った。彼は唇を震わせた。ペトラはテーブルに目を落としたまま小さく首を振った。それから顔をあげ、彼の腕に手を置いた。

タクシーの運転手は三回訊きなおしてやっと、ブライアンの行きたいところを理解した。あのままペトラと一緒にいればよかったと、ブライアンは早くも後悔していた。そうすれば当時おたがいが経験したことについて、いろいろと話ができたかもしれない。だが、どうしようもなかった。じっとしていられなかった。

とにかくあの店を出たかったのだ。

ゲルハルト・ポイカートはまちがいなく死亡している。ペトラはそう言った。しかもどこかの記念林の共同墓に合葬されているという。それはショックだった。一九四五年一月十五日の空襲で大勢が命を落とし、多くが身元も確認されないままそこに葬られたらしい。その事実の意味が、いまようやく彼にもわかってきた。ジェイムズはそこに眠っていることを示す墓石もなく、無名のまま葬られているのだ。それが何よりもつらかった。

連合軍爆撃機があの病院へ向かった際にもとにした情報は、ブライアンが事情聴取のおりにウィルケンズ大尉に話したものだった。その事実がいま改めて胸に突き刺さった。

それはひとりの人間にはとうてい担いきれない罪だった。

ぽんこつのフォルクスワーゲンは、ブライアンが昨日置いていった場所にまだ駐まっていた。彼はすっかり動揺したままその車を見つめた。

忍耐力を試されるような状況におちいると、人は各人各様の反応をする。ジェイムズの場合は眠気をもよおし、寝ころべる場所を求めてあたりを見まわすのが常だった。出撃の前もそうだったし、イートンやケンブリッジの試験の日もそうだった。

ブライアンからすればうらやましい才能だった。彼自身はむしろ落ち着かなくなり、そわそわしてくるタイプだった。待つのは得意ではなかった。待たされれば待たされるほど落ち着きを失い、じっとしていられなくなるのだ。

いまもブライアンは待つことに耐えられなくなっていた。あと一時間しないと、シュロスベルクの山上にある友の墓を見にいけないのだ。

おんぼろのフォルクスワーゲンを彼はもう一度ながめた。通りのほかの車からは明らかに浮いていた。信じがたいことに、昨日よりもさらに薄汚れていた。埃をかぶって灰色になっていた。

ブライアンはその車をあの跨線橋のたもとの酒場まで運転していって、売り主との約束どおり、そこに駐めておくつもりだった。

車の屋根に両肘をつき、腕が汚れるのにも気づかずに、道路のむかい側の聖ウルズラ療養所を見つめた。

聖ウルズラにも、精神障害者を収容している施設につきものの秘密が、それなりにあるはずだった。そのひとつがジェイムズであってほしい。ブライアンはそう思っていたのだが、いまはもうその希望も潰えていた。だが、あのあばた面の人殺しのクレーナーも、なんらかの形でこの施設に関係していた。なんらかの役割を果たしているのだ。それがなんなのかわかれば。

ブライアンはフォルクスワーゲンの屋根をぽんとたたき、すばやく決断をくだした。

待つのは終わりだ。


しばらくしてようやく所長のレーマン夫人が管理区画に現れた。初めは男性職員がつっけんどんにブライアンを追い返そうとしたのだが、ブライアンが花束を差し出してみせると、あわてて彼をレーマン夫人のオフィスの控え室に案内したのだった。ブライアンは早くも暑さでしおれてきた花束に目をやり、とっさの思いつきが功を奏したことを喜んだ。

それはジェイムズの墓に供えるために用意したものだった。

控え室はきちんとかたづいていた。デスクには一枚の書類も見えない。彼は感心してうなずいた。装飾的なものといえば、若い女が黒っぽい髪の少年の頭ごしにこちらを見ている額入りの写真だけだ。その写真からレーマン夫人の秘書を男だと推測し、彼は最悪を覚悟した。

その読みは部分的にはあたっていた。

レーマン夫人は実際に会ってみても、電話で話したときと同じように取りつく島がなかった。お引き取りくださいの一点張りだった。だが、ブライアンが背中の後ろから花束を差し出すと、いくぶん態度が和らいだ。その隙にブライアンは秘書のデスクに腰をかけて、自信たっぷりに微笑んでみせた。

あとは交渉しだいだった。ブライアンは交渉の専門家だった。たとえいまのように、自分がそもそも何を、なぜつかみたいのか、見当がつかない場合でも。

「レーマンさん、どうかお許しください。マクリーディの言葉を誤解してしまったようです。ホテルに預けられていた伝言には、午前中はあなたのご都合が悪いとあったもので、午後におうかがいしろという意味だと思いこんでしまったんです。出なおしてまいりましょうか？」

「そうね、そうしてもらえるとありがたいわね」

「そうですか、それは残念です、せっかくうかがったのに。委員会もさぞがっかりすることでしょう」

「委員会？」

「ええ。こちらの病院が最上の経営方針にもとづいて運営されていることは、むろんわたしどもも承知しています。しかし、これは同意していただけるものと思いますが、補助金をもらって得をしない病院はありませんよね」

「補助金？　なんの話をなさってるのかしら。なんですの、その委員会というのは？」

「あ、委員会と言いましたか？　それはちょっと言いすぎだったかもしれません。まだ設立はされていませんので。委員会の準備委員会と申しあげておきましょうか。わたしはそこのスポークスマンなんです」


「なるほど。委員会の準備委員会ね」とレーマン夫人は疑わしげに言った。

だが、ブライアンは手ごたえを感じていた。このとりすました女をこうもうまくだませるとは思わなかった。彼はうれしくなった。時計に目をやった。二時半。酒場の前に車を置きにいく時間はもうなかった。

「ええ。欧州経済共同体(EEC)の基金の話でして、まだ計画段階ではありますが、まもなく実現するとわたしどもは考えています。こちらのような民間病院ならば、かなりまとまった額の補助金がおりるでしょう」

「そう、EECのね」と彼女は言い、ちょっと考えこんだ。「そうそう、どこかで読んだような気がするわ……」レーマン夫人は芝居が下手だった。「まだ準備段階だとおっしゃったわね？　いつ設立されるの、その委員会は？　というか、補助金の分配と額についての決定は、いつ行なわれるの？」レーマン夫人はぎこちなくちょっと笑った。それでブライアンは狙いどころろがわかった。

レーマン夫人は愛想よく説明を加えながら所内を見せてまわった。ブライアンは形ばかりうなずいてみせ、適当に質問をはさんだ。彼の専門知識をもってしても、レーマン夫人がまくしたてる精神医学の専門用語はほとんど理解できなかった。それに彼の頭は別のことを考えていた。

現代的な病院だった。明るくて気持ちがよく、色彩は落ち着いていて、職員はみな笑顔だった。一方の翼では患者のほぼ全員がラウンジに座っていた。いたるところからオリンピックの決勝戦のテレビ放送が聞こえてきた。

最初の病室では患者の大部分が老人性痴呆を患っているようだった。明らかに薬の影響だろうが、放心したようにぼんやりと座っていた。

女性は極端に少なかった。

ブライアンがすべての部屋をのぞかせてほしいと要求すると、レーマン夫人は面食らったようだった。

「レーマンさん」とブライアンはすかさず言った。「これほど水準の高い施設をわたしは見たことがありません。だからこそ関心があるんですよ。病院全体が本当にこうなのかどうか」

そのお世辞に彼女はにっこりして、ブライアンの身長より頭半分も高くそびえている髪に手をやった。

反対の翼に行くためにふたりが玄関ホールを横切ったときには、すでに三時をまわっていた。

その玄関扉の両側に、大きな棕櫚（しゅろ）の鉢植えがひとつずつ置いてあり、一方の木陰に、顔にあばたのある大男が身を隠していた。男は懸命に自分を抑え、食いしばった歯のあいだから静かに呼吸をしていた。そしてレーマン夫人の連れの姿を見ると、拳を握りしめた。

最後の病室につくまで、レーマン夫人はブライアンを案内することに集中していた。インターホンで何度か呼ばれたものの、すべて無視した。

ブライアンは室内を見まわした。内装はこれまでの病室と変わらなかった。

だが、患者の状態はちがった。静かに死へ向かう老人性精神病とはまったく別だった。

冷たいものがブライアンの背筋を走った。そこは何にもまして、あの親衛隊病院の精神病棟で過ごした日々を思い出させた。不明瞭な発話と身ぶり。無感情。沈黙の鎧。

本当に若い患者は見あたらないものの、平均年齢は四十五歳を超えそうになかった。一見するとかなり健康に見える者もいて、所長にきちんと挨拶をしたが、所長のほうは、盛りあがった髪も動かないほどそっけなくうなずき返しただけだった。

見るからに統合失調症だとわかる患者もいた。表情にとぼしい顔、落ちくぼんだ目、困惑したまなざし。

みなそれぞれの場所からテレビを見つめていた。大半は上品なオーク材の肘掛け椅子にきちんとならんで座っていたが、色鮮やかなソファに座っている者や、入口に背を向けてどっしりとしたウィングチェアに座っている者もいた。

ブライアンが彼らを見ているあいだに、インターホンの前に立ったレーマン夫人の表情がそれまでになく真剣なものになった。彼女はふたことみこと話すと、まっすぐにブライアンのところへやってきて、彼の腕を取った。

「すみませんが、スコットさん、ちょっと急ぎましょう。申し訳ないんですが、まだ二階も見なければなりませんし、急用ができてわたしはまもなく行かなければなりませんので」

あわただしく出ていくふたりを、何人かの患者がぼんやりと見送った。ひとりだけ、この短い訪問に最初からまったく反応していない患者がいた。病室の最古参として自分のものにしているウィングチェアに、身じろぎもせずに座っており、目だけがわずかに動いていた。

彼が注意を向けているのは、テレビの画面に映っているものだけだった。

39

ふたりが出ていくとすぐに、ウィングチェアの男はトレーニングを再開した。いつもの手順をひとつひとつストイックに。まずは足首の曲げ伸ばし。つづいて足指をめいっぱい広げて、深呼吸をし、また脱力する。次はふくらはぎの筋肉をめいっぱい緊張させては、脱力する。それから脛と太腿の筋肉。それらの収縮と弛緩をひととおり終えると、最初からもう一度繰りかえした。

粒子の粗いテレビの画面では色彩が次々に変わっていた。画面上の選手たちは汗をかいており、みなとても興奮している。彼らがそのレースのスタートラインにならぶのはこれで三度目だった。自分の腕をぴしゃぴしゃとたたき、足で空を蹴っている。三本線のシューズをはいている者もいれば、一本線のシューズの者もいる。号砲とともにいっせいに飛び出し、腕を前後に激しく振り、最後は両手をあげて決勝線を通過した。みな筋肉が発達している。とりわけ黒人は。上から下まで。

男はゆっくりと椅子から立ちあがり、両腕を上に伸ばした。ほかの患者は誰もテレビから目を離さない。彼を無視していた。腕をおろすと、男はまた一ヵ所ずつ筋肉を収縮させはじめた。彼の体は黒人選手のようによく鍛えられていた。

芝生に倒れこむ選手もいた。それらはみな黒人ではなく、淡色のショートパンツをはいている。大半は淡色のショートパンツだった。十回目に両腕を上に伸ばしたとき、男は観衆の前の柵沿いにならんでいる役員の数を数えた。カメラが切り替わるたびに数えなおした。二十二人だった。

男は椅子に腰をおろし、一連のトレーニングをもう一度最初から始めた。

選手たちは手を腰にあてて、下を向いたままあたりを歩きまわっている。この競技は昨日も見ていた。ほとんどが三本線のシューズをはいていた。ひとりだけ、横線一本のみという選手がいる。男はまた柵の前の役員の数を数えた。こんどは少ない。八人だ。もう一度数えた。

次のレースまでの休憩のあいだに、男はまた立ちあがった。前屈して両足首をつかみ、上体を太腿に引きよせる。目を閉じて室内の物音に耳を澄ました。観衆のざわめきが静まり、次の選手たちが登場してくるのがわかる。それもやはり昨日見たものと同じだ。

男は額を膝につけると、数を逆に数えはじめた。百、九十九、九十八、九十七……ふたたび号砲が鳴る。逆さまの室内を見ながら顔を横に向け、数を数えつづけた。頭に血がのぼり、隣の椅子にいる男の顔がぼやけてきた。さまざまな色が画面を走り、ふたたび観衆の声援とどよめきが聞こえてくる。男は体を起こしてテレビにちょっと目をやり、そこに映った腕と色彩の波を記憶に刻みこんだ。それからまた目を閉じて、記憶にある頭の数を数えはじめる。背景の物音が消えていった。トレーニングがここまで来ると、彼はいつもめまいを覚えた。最後の三十回の前屈をほとんど無意識のまま行なうと、二度大きく息をついて、体を起こした。それから首の筋を何度か伸ばしたあと、また両腕を上に伸ばした。テレビ画面の無数の点がふたたび集まってひとつの絵になると、腰をおろした。

男は何度か深呼吸をしたあと、最後に息を止めた。それが一セット終わるごとの褒美だった。完全な集中と安らぎ。全身の毛穴がひらいていた。こういう瞬間に彼は周囲をありのままに認識できるようになった。目を閉じて、トレーニングのメニューをひとつずつ逆に思い出していった。最初までもどると、背後から聞こえた訪問者たちの足音がはっきりとよみがえってきた。彼はすべてを正確に憶えていた。

客は底の硬い靴をはいており、小刻みにこつこつと足音を立てた。所長がインターホンで話をしているあいだは、一か所にたたずんでいた。それからまた所長と言葉を交わした。

ウィングチェアの男は不意に膝を閉じ、目の焦点をずらしてまわりのものをすべてぼやけさせた。歯のあいだからゆっくりと息を吐き、それからもう一度すばやく吸って大きく吐いた。あのふたりは話をしていた。どちらも、いま思い返してみると、ひどく耳ざわりに思える声を発していた。男は目の焦点をふたたび合わせ、次のレースの出走者たちが気持ちを高めているところを見た。五人は三本線のシューズ、ふたりは一本線。次に男は柵の前にいる役員を数えた。こんどは四人しかいない。三度数えなおしたあと、男は呼吸を速めて上を見あげた。

ふたりの言葉のいくつかが頭を離れなかった。

男はまたテレビに目をやり、足首の曲げ伸ばしを始めた。今回はメニューの半分まで終えたところで、立ちあがって足首をつかんだ。しかし廊下から足音が聞こえてくると、男はさっと腰をおろした。トレーニングをしているところはこれまで誰にも見られていなかった。

あばた面の客がはいってきて隣に腰をおろすと、男はようやく顔を向けた。客に手の甲をなでさせておいて、これまで何度もしてきたように、その回数を数えた。客はいつになく沈んでいた。「さあ」と男の手を握りしめた。「今日は土曜日だ。ヘルマン・ミュラーのところへ行って、コーヒーとケーキをご馳走になろう、ゲルハルト」

長年のあいだで初めて、ジェイムズはその名前がまちがっているように感じた。

40

シュタットガルテン公園の小径を歩きながら、ブライアンは療養所でのことをいま一度思い返していた。インターホンで誰かと話をしたあと、レーマン所長はやけによそよそしくなった。

それから数分後には、ふたりは別れの挨拶を交わしていた。

訪問はまったくの空振りだった。クレーナーのことを――すなわちいまはハンス・シュミットと名乗っている男のことを――もっと知りたいという願いはかなわなかった。知りたいことを尋ねるチャンスがついになかったのだ。ＥＥＣの補助金の話題に私的ともいえる質問をからめるのは危険がありすぎた。即座に怪しいと気づかれただろう。そうすればすぐにクレーナーの耳にもはいる。それだけはお断わりだった。

ものには時機というものがある。あばた面と直接顔を合わせるのにも。

早い話が、療養所を訪ねたのは闇夜で鉄砲を撃つようなもので、時間のむだだった。

ジェイムズの墓に供えるつもりだった花束はレーマン所長のオフィスに置いてきてしまったので、彼はしゃがみこんで花を一輪つんだ。管理人に見つからないようにつむことができたのは、しおれかけたみすぼらしい雑草のような代物だった。彼は花びらをちょっと伸ばした。取るに足らないこの植物のほうが、店で買った花束よりも彼の気持ちと寂しさをよく表していた。

ケーブルカーはいつまでたっても目的地につかないように思われた。ゴンドラの揺れで気分が悪くなった。むかつきが収まらないまま、ブライアンはペトラに指示されたとおり、苔むした玉石敷きの小径を柱廊までのぼっていった。時代錯誤のような模造のギリシャ風円柱が斜面に立ちならんでいた。鉄製の手すりのついた低い壁がそれを囲んでいる。

ドイツの戦争記念碑というのは通常、匿名性を重んじない。シュタットガルテンの端にそびえる巨大な六角柱などは、そのいい例だ。そういう記念碑はドイツじゅうに見られるが、すべてに共通しているのは、その記念碑が建てられた理由がはっきり表示されていることだ。ところがいま目の前にある建造物には、どこを見ても、それを建てた目的はおろか、そもそもそこが墓地だということを示す表示すらなかった。ブライアンは首をかしげた。

しゃがみこんで、しばらく膝に腕をのせていた。やがて膝をつき、土をひとすくい手に取った。

土は湿って黒々としていた。

41

それよりちょうど四十五分前のこと。どっしりとした恰幅のいい男がその同じ小径を登っていた。

森を抜けたときには、彼はすっかり荒い息をしていた。ホルスト・ランカウがここへ来たのは少なくとも五年ぶりで、その前となると、もっとはるかに昔だった。その柱廊は多くの愛の営みを目にしてきた。ランカウがフライブルクで育っていたら、まちがいなく別の気持ちをこの場所に抱いていただろう。

だが、いまの彼はここを憎んでいた。

シュロスベルクの南にあるキャンプ場へ、二週間のしょぼくれた夏休みを過ごしにくる一家がいて、そこの若造に長女のパトリシアが三年つづけて夢中になったことがあった。キャンプ場のテントから、いまランカウのいるギリシャ風のモニュメントまで、山道を駆けあがってくるのは、のぼせあがったふたりには造作もないことだった。

パトリシアと過ごした三度目の夏が、その若造にとってフライブルクで過ごす最後の夏になり、それ以降、パトリシアは二度とそいつのことを口にしなくなった。ふたりはことにおよんでいるところをランカウにとっ捕まり、以後若造は二度とその種の行為を行なえなくなった。ランカウはたっぷりと慰謝料を払わざるをえなかったが、若造の両親はそれで満足したようだった。

あの馬鹿も少しは勉強になっただろう。

いまパトリシアは幸せに結婚しているし、妹たちは同じ轍を踏むほど愚かではない。

息子は好きなことをしてかまわなかった。

列柱の屋根にのぼると、若い連中がいまだにささやかな冒険を求めてここへやってきているのがわかった。壁ぎわに、長く伸びた使用ずみのコンドームが見苦しく散らばっていた。

まもなく三時半だった。待つのは気にならなかった。長年この日を待ち望んできたのだから。

アルノ・フォン・デア・ライエンはライン川でのあの運命的な一夜以来、杳として行方が知れなかった。ランカウの執拗な努力とすぐれたコネをもってしても、あの男がその後どうなったのか、手がかりすらつかめなかった。

来る日も来る日も、ランカウはあの死闘で受けた体の傷とともに生きてきた。ハンサムな男とはもはや言えなかった。片目をつぶされたせいで顔がゆがんで見えた。女には相手にされず、声をかけようとすると目をそらされた。椎骨が圧迫されたために絶えず頭痛がして、自分ばかりか家族の暮らしまでみじめなものになった。胸を撃たれて筋肉が断裂したために、左腕が腰までしかあがらず、ゴルフのスイングにも影響した。だがなんといっても、最悪の傷は心に負わされた傷だった。それがランカウをさいなむすさまじい憎悪を育んできたのだ。

それをもたらした相手に復讐できるのであれば、あと少しぐらい待つのはなんでもなかった。

すでにランカウは標的を発見していた。公園にはいったところでしゃがみこんで花をつむ姿が見えた。ランカウは柱廊の屋根にどさりと腰をおろして、拳銃の横に双眼鏡を置いた。

彼の前にある拳銃は、これまで大量生産された銃としてはきわめて無謀な銃のひとつだった。九四式拳銃すなわち〝シキ・ケンジュウ〟と通称される旧日本軍の拳銃で、精密工学に関しては日本人でさえ過ちを犯すという珍しい例だ。敵の命よりも味方の命を奪ったほうが多いとまで言われている。

この拳銃はまったく信頼がおけない。完全に装填してある場合、銃の側面に衝撃が加わるだけで暴発する。引き金と撃鉄をつなぐ逆鉤（シア）がむきだしになっているのだ。

だが、ランカウのコレクションのなかで、サイレンサーを取りつけられるのはこれだけだった。

彼が初めてそれを見たのは、ある夏の日に古い商売相手の日本人の自宅に招かれたときのことだった。豊橋（トヨハシ）のその家で、主は誇らしげに古い布包みをひらき、悪名高いその銃がこれまでいかに自分の身を守ってくれたかを、ランカウに語って聞かせた。

ランカウが露骨にうらやましがったため、それはひと月後、贈り物として混載貨物で彼のもとに届けられた。伝統を大切にする古風な日本人だったその男は、日本人のもてなしの規範が求めるところにより、面目を失わないためにそのようなふるまいをしたのだ。

だが、その後ふたりは二度と一緒に商売をすることはなかった。

もしかするとその日本人実業家は、ランカウがその銃を礼儀正しい抗議とともに送り返してくれるものと思っていたのかもしれない。

だが、ランカウはそんなことはしなかった。

定期的にオイルをひいて、試射をしていた。サイレンサーをつけたときの銃声は、映画の小道具とはまるでちがった。普通の銃声と同じだった。ずいぶんと静かで短いが、それでもやはり普通の銃声だった。

ランカウはあたりを見まわした。半径十五メートル以内に人影はなかった。このあたりでは屈指のレストランであり、街の自慢のランドマークでもある〈ダトラー〉の様子も、普段と変わりなかった。

この時期にシュロスベルクのこのあたりをぶらつこうと思う人間はめったにいない。それはペーター・シュティヒの言ったとおりだった。

ランカウは斜面を見おろし、見えないほうの目を閉じた。今日のケーブルカーはやけにのろいように思えた。

ゴンドラが林の陰に隠れて見えなくなると、彼は拳銃を手にして腹這いになった。九四式で標的を確実に仕留めるには、かなり近くまで引きつける必要がある。それは動物で実験ずみだった。

長年のあいだに体重が増えすぎてしまい、獲物を追いかけるのはもはや無理だった。獲物にこちらへ来てもらう必要があった。そしていま、むこうはまさにそうしてくれていた。

獲物は梢の下から一瞬姿を現し、すぐにまた消えた。アルノ・フォン・デア・ライエンは若者のしなやかさをいまだに保っていた。ランカウの記憶にある姿とは当然ちがったが、確かにあの男だった。口の中が甘くなってくるのがわかった。まさにこういう状況であの男と再会するのが、長年の夢だったのだ。

腹の下の柱廊からアルノ・フォン・デア・ライエンの足音が聞こえてきた。ゆっくりとして、ためらいがちだった。ゲルハルト・ポイカートの墓を探しているのだろう。ランカウは息を殺した。ライエンのような男は予断を許さない。危険を冒すつもりはなかった。今日で決着をつける必要があった。至近距離まで引きつけたら、ためらわずに引き金を引くつもりだった。

不意に山道のほうから騒々しい声が聞こえてきた。声からすると、遊びにきた若者の一団のようだった。ランカウは心の中で悪態をついた。まったくはた迷惑なやつらだ！

下の足音が止まった。

42

膝の染みがじわじわと広がってきた。ブライアンはやるせない溜息をついて顔をあげ、眼下の風景をながめた。屋根のつらなりと木々の茂る緑地がにじんでひとつになった。泣いたことなど何年もなかったというのに、この数日、やけに涙もろくなっていた。

上のほうから聞こえてくる若者たちののんきな笑い声と、強い松脂のにおい、美しい風景に、これまでにないほどの寂しさを掻きたてられた。友を偲ぶよすがとなる碑すら見つからないのだから。

唇を嚙みながら彼は立ちあがった。なんだってペトラの住所を聞いておかなかったのか。もしかすると彼女の指示を聞きちがえたのかもしれない。彼女がまちがえたのかもしれない。それとも——わざとちがう場所を教えたのか。

活気にあふれた街を眼下にしてブライアンは肩を落とし、その場にたたずんだ。もうどうでもよくなってきた。

ここはジェイムズの眠っている場所だ。それだけはまちがいない。

彼は頭を垂れて、友に黙禱を捧げた。それからしおれた花びらを伸ばし、供えるのにふさわしい場所を探してあたりを見まわした。記念碑でもあればそこに置くのだが。

柱廊のはずれで立ち止まり、記念林の中央にある小さな建物に目をやった。建物は閉まっていた。そこで目を上のほうへ向けると、一本の小径が見えた。林を縫うようにして、建物の裏手のほうへのぼっていく。土の色と地表に出ている根のすりへり具合からすると、いまも利用されているようだ。

そこをまだ調べていなかった。

数歩のぼったところで意外な物音が聞こえた。カチリという、ほとんど聞こえないほどの小さな音。この場にはおよそ似つかわしくない物音が。

ブライアンは首をひねり、それからはっと気づいた。疑いというのは根拠もなく生じることも多いが、いまの場合、根拠は充分にあった。

ペトラ・ヴァーグナー、マリアン・デヴァース、レーマン所長。三人とも人生のどこかでクレーナーとつながりがある。かつてブライアンの命を奪おうとした男であり、後ろ暗い過去へ引きもどされるのを断じて喜ばない男と。

そう、ブライアンの疑いにはたしかに根拠があった。

彼は小径を離れて、かたわらの藪の陰にそっとしゃがみこんだ。

五メートルと離れていないところに人影が現れた。

柱廊の屋根に立ちあがり、何かを探すようにあたりを見まわしている。ブライアンはすぐさまそれが誰なのかわかった。

その大きな顔をふたたび目にすることがあるとは思いもしなかった。ほかの何を見てもこれほど驚きはしなかっただろう。その男は二十八年前のあの夜、ライン川で死んだはずだった。川波に消えていくその姿を、ブライアンははっきりと憶えていた。

ランカウが生きている。それもほんの数メートルのところに立っている。それはこれまでに見たどんな悪夢をもしのぐ悪夢だった。

昔よりかなり太ったとはいえ、ランカウはそれほど老けたようには見えなかった。太り気味の男というのは、血色がいいと年を取ってもぽっちゃりした子供のように見える。ランカウの大きな顔も、片目がほぼつぶれてさえいなければ、そう見えただろう。手には拳が白くなるほどしっかりと拳銃を握りしめていた。

ブライアンを見つけたらランカウは一瞬たりとも躊躇しないだろう。ブライアンは足を下生えの中へそっと引っこめ、頭をできるだけ低くすると、地面に手をついて身構えた。

ランカウの靴が見えたときには、それはもうブライアンのすぐ横に来ていた。ブライアンはその足を正確に払ったが、大男は転倒せず、すばやく身をひるがえしてブライアンのほうを向いた。だが、その際に一歩後ろへさがったため、片足が径を踏みはずして下へ滑った。ランカウは腕をぐるぐるまわしてバランスを取ろうとした。

銃が暴発した。

音だけでなく衝撃にもブライアンは不意をつかれた。痛みは感じなかったし、どこを撃たれたのかもわからなかった。まだ銃声がこだましているうちに、滑らせた足を踏んばろうとしているランカウに飛びかかった。そしてランカウの頭をつかみ、膝で腹を蹴りつけた。

大男はあんぐりと口をあけてブライアンを見つめた。膝蹴りは相当に効いたはずだというのに、声も立てない。それから体を折り、ブライアンを放さないまま後ろの斜面に倒れこんだ。柔らかい下生えのおかげでブライアンはかろうじて意識を失わずにすんだ。何度もランカウの巨体の下敷きになり、もつれあったまま斜面を転がり落ち、柱廊につづく小径でようやく止まった。ふたりは身動きもできずにならんで横たわったまま、荒い息をしてたがいをにらんだ。ランカウの顔にはいくつか切り傷ができ、そこから目に血が流れこんでいた。転がっているあいだに銃の照星で切ったのだ。しきりに瞬きをして血を払いのけようとしたが、目はほとんど見えていないようだった。銃は二十センチほど離れたところに転がっていた。

ブライアンは首をのけぞらせ、立てつづけにランカウに頭突きを食らわせた。目の中に星が散りはじめたころ、ランカウは初めてうめき声を漏らした。ブライアンは巨体を乗りこえていって銃をつかもうとしたが、そこで何者かに後ろ髪をつかまれて引きもどされた。

ランカウの助けは後ろからやってきた。数人の若者が何やらさかんに叫びながら、ふたりを囲んだ。

そのうちのふたりがランカウを助け起こし、背中の埃を払ってやった。ランカウは血の伝う顔に手をあてて、きょろきょろと銃を捜した。そうしながらも絶え間なく彼らに何やら説明していた。若者たちはブライアンの髪の毛を放した。ブライアンは無言のまま、後ろ向きで斜面をゆっくりとずりあがった。銃が彼の下に滑りこんだことには誰も気づかなかった。

若者たちになんと言ったのかわからないが、ランカウはまもなく姿を消した。

若者たちはブライアンを囲む半円をなかなか解きそうになかった。

ブライアンはそろそろと後ろに手をまわして銃をつかんだ。思った以上にずっしりしていた。グリップのすぐ上に安全装置のレバーを見つけ、誰にも音を聞かれないように静かに押しあげた。それからズボンの腰の内側に銃を挿し、上着で隠した。痛みが襲ってきたのはズボンから手を離したときだった。思わずうめき声を漏らしたので、みなに見つめられた。彼が血に濡れた手を上に向けると、女の子のひとりが口を押さえて悲鳴をあげた。

「あいつに撃たれたんだ」ブライアンはそれしか言わなかった。どうせ通じないだろうと思ったのだ。

別の女の子がわめきはじめた。後ろから金髪の若者が現れて、ブライアンをそっと立たせてくれた。ズボンの尻を見ると、赤い染みが広がっていたが、恐れていたほどではなかった。弾は大臀筋をきれいに貫通していた。射入口も射出口もほぼふさがっており、出血はたいしてなかった。左脚がちょっとぐらつくだけだった。

一同は後ろへさがった。金髪の若者が何ごとか叫ぶ

と、彼らはランカウが姿を消したほうへいっせいに駆けおりていった。若者はブライアンのほうを向いて、

「歩けますか？」と尋ねた。英語を耳にしてブライアンはほっとした。

「ああ、歩ける。ありがとう」

「みんなあいつを捕まえにいきました」若者は斜面の下を見おろした。みんなの叫びが聞こえてきた。ランカウが見つかるとは思えなかった。「すみません。ぼくら、誤解しちゃったようですね。襲ってきたのはあいつのほうなんですか？」

「ああ」

「理由はわかります？」

「ああ」

「なぜです？」

「わたしの金を狙ったんだ」

「警察に知らせましょう」

「いや！　それはやめてくれ。あいつは二度とこんなことはしないと思う」

「どうしてそう思うんです？　知り合いなんですか？」

「ああ、ある意味では」

尻の筋肉というのは、怪我をしてもいちおう機能する大きな筋肉グループに属しているのだが、ブライアンは最初の数歩は、体を支えてくれるものにならなんにでもつかまった。

若者はそれ以上何も言わずに、仲間のあとを追って小径を駆けおりていった。

五分後、彼らの叫び交わす声もついに聞こえなくなった。

ケーブルカーの駅までの道は下りだというのに、登ってきたときよりも長く感じた。十歩あるいては立ち止まって尻を見た。染みの大きさはほとんど変わっていなかった。

林のむこうに空中ケーブルが見えてくるころには、

尻の怪我はさほど心配しなくていいことがはっきりした。圧迫包帯をしたり病院で診てもらったりする必要は、とりあえずなかった。そんなことより、ほかに心配しなければならないことがあった。

まずは命の心配。次はいつどこで襲ってくるのか見当もつかなかった。わかっているのは、それが避けられないということと、ランカウが狙っているのは彼の命だということ、彼を罠に誘いこんだのはペトラ・ヴァーグナーだということだけだ。

次に理由。

ペトラ・ヴァーグナーはなぜ嘘をついたのか。白昼に襲ってくるほど緊急にブライアンを始末しなければならない理由はなんなのか。

三つめの気がかりは、目の前の下生えの枝が何本か折れていることだった。茂みに目立たない小さな穴ができていた。その上の無傷の茂みの葉が、風もないのに揺れていた。ブライアンは背中から拳銃をそっと抜いた。あたりを見まわしたが、動くものはなかった。ケーブルカーの駅のほうまでずっと静まりかえっている。

「出てこい！」とブライアンは抑えた声で言い、地面を激しく蹴って小石を茂みに飛ばした。ランカウはすぐさま立ちあがった。顔の血が葉にこすられて茶色く広がっていた。

大男はうなるように何か言った。その口調をブライアンはよく憶えていた。三十年近い時がたっても、この男のたちの悪さは変わっていなかった。

「英語で話せ、おまえならできるだろう」

「なぜだ？」大きな顔に露骨な嫌悪を表して、ランカウは拳銃を見つめていた。ブライアンが安全装置を解除すると、あわてて横へ飛びのいた。ブライアンは怪訝に思い、銃を見た。

「もう一度そんなまねをしたら本当に撃つぞ。これからは黙ってわたしの言うとおりにするんだ。ひとつでも逆らったら命はないぞ」

ランカウは唖然としてブライアンの口を見つめた。

「母国語を忘れたのか、貴様?」ランカウの英語は現場で身につけたビジネスマンの英語で、強いドイツ語訛りがあった。

ブライアンが銃を振ってみせると、ランカウはおとなしく藪から出てきた。シャツはズボンからはみ出し、膝は土で汚れている。いかにも哀れな格好だったが、危険は冒したくなかった。医師の正確さで鳩尾(みぞおち)に二度当て身を食わせると、ランカウは気絶しかけた。ふたたび立ちあがったランカウを数メートル後ろから追い立てて、ブライアンは小径をくだった。

ケーブルカーの駅につくと、拳銃をポケットに入れて、銃口をランカウの分厚い背中に押しつけた。

「乗ったらおとなしくしてろよ、いいか?」とブライアンは銃口で背中をぐいぐいと押した。

ランカウは何やらうなった。それからゆっくりと体をまわしてブライアンのほうを向いた。つぶれかけた目が半分あいていた。「おい、その銃を雑にあつかうな。そいつはすぐに暴発するんだぞ」

ケーブルカーのそばに立っている男が改札係なのかどうか、判然としなかった。男はランカウの血だらけの顔を見ると、壁ぎわまであとずさりして、そこから動こうとしなかった。

「すまないが、この男を病院に連れていかなくちゃならないものでね。わたしは医者なんだ」男は緊張して首を振った。英語がわからないのだ。ブライアンはランカウをケーブルカーに乗せた。「彼は転んだんだよ」

ケーブルカーが出発してやっと、男は壁ぎわから離れ、くだっていくゴンドラを見送った。

「おまえの車に行け」麓につくと、ブライアンはそう命じた。ランカウはすぐに道を渡り、ポケットから鍵を取り出した。BMWのワイパーの下には違反切符がはさまれていた。少し先にブライアンのフォルクスワーゲンも駐まっていた。やはり白い紙切れがはさまれていたが、それはあのヒッピーの問題だった。

ランカウを運転席に座らせた。よく観察すると、敵のまったく別の面が見えてきた。醜くゆがんだ顔を別にすれば、ランカウはごく普通の家庭人に見えた。煙草のパックや飴の包み紙など、車内に散らばっているものはみな、不安のない平凡な暮らしの表れだった。ブライアンの横に座っているのは、ごく平均的な市民なのだ。そして、多少の贅沢を楽しめる男でもあった。後部席のゴルフバッグがそれを物語っていた。ランカウがイグニションをまわすと、スピーカーからたちまちワーグナーが鳴りひびいた。この男は人殺しであり、サディストであり、仮病使いであり、ワーグナー・ファンでもある――そしておそらくはもっと別のものでも。人間というのはたいていランカウと同じように、複雑さや、不正直さや、辛辣さを内に隠している。自分の内にもうひとりのランカウがひそんでいないと断言できる人間が、はたしているだろうか。

ブライアンは序曲のボリュームを絞り、「どこか誰にも邪魔されないところへ行け」と命じた。

「そうすれば誰にも邪魔されずにおれを殺せるな」大男は平然として言った。

「ああ、誰にも邪魔されずにおまえを殺せる。そうしたいと思えばな」ブライアンは道順を記憶しながら答えた。

ランカウはまだ太陽の照りつけている街の外へと車を走らせた。真夏でも水がたっぷり流れている広い側溝の中で、小さな子供がずぶ濡れになるのもかまわずスクーターをこいでいた。若い女がその子を捕まえようとして、尼僧を突き飛ばしそうになった。

「なぜもどってきた？ なぜおれたちを追いまわす？金が欲しいのか？」冷たい目で車の流れを追いながら、

ランカウは口をへの字に結んだ。

「なんの金だ？」

「ペトラ・ヴァーグナーの話だと、ゲルハルト・ポイカートのことを尋ねたそうだな。ポイカートにおれたちのところへ案内させるつもりだったのか？」

ブライアンははっとした。「ということは、ゲルハルト・ポイカートはまだ生きているのか？」彼はランカウの表情をうかがったが、何も読み取れなかった。

ランカウはゆっくりとブライアンのほうを向いた。

「いや」そう言うと、ふたたび前を向いてにやりとした。「あいつは死んだよ」

建物が少なくなって葡萄畑が広がりはじめると、ブライアンは決断を迫られた。ランカウはジェイムズのことについて、もっと情報を持っていると言っていた。邪魔されずに話ができる場所も知っているという。またしても罠にかけようとしている気配が濃厚だった。

フライブルクの中心から数キロ離れただけだというのに、あたりは早くも寂しくなってきた。

ランカウの平然とした顔を見るたびに、ブライアンは何か緊急事態にそなえた計画があるのではないかという不安に襲われた。クレーナーかペトラがその計画に手を貸していて、ランカウは獲物を獅子の穴にまっすぐ連れていこうとしているのではないかと。

邪魔のはいらないというその場所について、ブライアンがくわしく知りたがると、ランカウは面白がった。

「こぢんまりした農家さ、おれの隠れ家だよ」そう言ってブライアンの顔をちらりと見た。「いや、住まいじゃない。住まいは街にある。でも、家族はいまそこにいないぜ、おまえの狙いがそれだとしたらな。よそへやったよ」ランカウは笑った。

彼は一本の砂利道に車を乗り入れた。〝関係者以外立入禁止〟の看板が立っていた。

付近の農家とはちがってその家は平屋建てだったが、

いくつかの建物が付属していた。
これがこぢんまりした農家だとすると、ランカウはかなり羽振りがいいのだろう。小さな葡萄畑があることからすると、趣味でワイン造りをしているようだった。

前庭は大きな馬蹄形をしていた。ランカウがそこへ車を乗り入れてエンジンを切ると、ブライアンは頭を低くして、ランカウの脇腹に銃口を押しつけた。ここからは用心深さだけが命を守ってくれるのだ。これが罠だとすれば、どの方向から襲われてもおかしくない。
「何をびびってるんだよ！」とランカウは不機嫌に言い、ドアをあけた。「誰かがここへ来るのは、収穫のときか猟のときだけだ」

玄関にはいるなり、ブライアンはランカウの首筋を銃把で殴りつけて昏倒させ、すばやく居間に飛びこんだ。そこは呆れるほど不快な部屋だった。鹿の角が少なくとも百本は壁に飾ってあり、ランカウの性向を物語っていた。あらゆるものが悪趣味だった。彫刻をほどこした食器棚、分厚い本、数々のハンティング・ナイフと古い銃、縞柄の布を張ったごついオーク材の家具、似たり寄ったりの暗い絵画——モチーフはどれも自然の風景と死んだ動物だった。

空気が黴くさく、この家がめったに利用されていないことがわかった。

床に倒れているランカウがもぞもぞと動きだした。ブライアンはもう一度殴りつけた。まだ意識を取りもどされては困る。

それからしばらくブライアンはじっと耳を澄ましていた。遠くで吠える犬の声と、表通りを走る車の音をのぞけば、家の中も周囲も静まりかえっていた。いるのは自分たちふたりだけだった。

前庭の片側に細長い納屋があった。そこにも角や毛皮や頭骨のほか、形も大きさもさまざまなナイフや短刀が置かれていた。

奥の壁は全面が金物屋のようで、棚にペンキ缶や壁紙の残り、接着剤の容器、金具や螺子や釘のはいった箱などがぎっしりとならんでいた。撚り紐も何巻かあった。刈り取った穀物を束ねるのに用いたものだ。

ブライアンは背もたれの高い椅子にランカウをしっかりと縛りつけた。紐をひと巻そっくり使ってようやく、これなら引きちぎられることもないはずだと安心できた。

窮屈な姿勢で縛りつけられているというのに、ランカウは意識を取りもどしてもいっこうに動揺を見せなかった。あたりを見まわし、縛られている手脚に目をやっただけだった。それからブライアンのほうを向いて彼が口をひらくのを待った。急に老けたように見えた。

ブライアンはランカウの大きな顔を見つめた。ランカウは唇を山なりに曲げてむっつりとしていたが、目は冷静にブライアンの出方をうかがっていた。ブライアンは横を向いて牡鹿のガラスの眼球をのぞきこんだ。

一九四四年のあの冬の夜、ランカウとシュミットは命懸けでブライアンを捕まえようとした。それにはまちがいなくなんらかの理由があったはずだが、ブライアンはなぜふたりがあんなまねをしたのかついに理解できなかった。そしてそのせいで二十八年後のいま、ふたたび命を落としかけた。

同じ過ちを犯すつもりはなかった。

「何もかも話してもらおうか。命が惜しければ何もかもしゃべるんだ」

「何もかも、とはどういうことだ？」息づかいがやや苦しそうだった。「おれたちの金が欲しいわけか？」とランカウはわけがわからずに言った。「どのみち手に入れられやしないぞ。この家のちっぽけな簞笥に詰めこんであるわけじゃないんだ」

「金？　なんの金だ？　おまえの金などどうでもい

い」ブライアンは向きなおってランカウの顔をまっすぐに見すえた。「わたしが金など欲しがると思うのか？　ずっと金の問題だと思ってたのか、おまえは？」と一歩近づいた。「だとしたら勘ちがいもはなはだしい」ブライアンは静かにランカウを見つめた。ランカウは重要な交渉にのぞむビジネスマンのように、まったく無表情だった。だが、交渉ならブライアンのほうが得意だった。おおいかぶさるようにしてランカウをにらんだ。「わたしは金に不自由しちゃいないんだ、ランカウ。おまえのはした金など、うちのペットの餌代にもならん。生きて家族に会いたければ、ここは気を引きしめたほうがいいぞ。さあ、あのとき何があったのか話してもらおうか。その後何があったのかも」ブライアンはランカウのむかいに腰をおろし、まともなほうの目に銃を向けた。「最初から話すんだ。病院にいたときのことから」

「病院にいたときのことだと？」とランカウはあざけるように言った。「お断わりだね。あいつらがおれの言うとおりにしてりゃ、おまえはすでにあそこで始末されてたはずなんだ。病院についちゃそれしか言うことはない」

「でも、なぜなんだ？　なぜわたしを放っておいてくれなかった？　わたしがおまえらに何をした？　仮病を使っていただけだぞ、おまえらと同じように」

「何をした？　したかもしれないだろうが！　おまえのしたことを。脱走を！　それに、おれたちのことを密告したかもしれない」

「だが、しなかったぞ。そんなことをしてわたしになんの得がある？」

「あの貨車を自分のものにできるだろうが！」ランカウは吐き捨てるように言った。

「よくわからなかった。もう一度言ってくれ」ブライアンは後ろへ一歩さがった。ランカウはブライアンの顔に唾を吐きかけようとしたが、失敗し、唾は彼の大精通しているという事実は、撃たれたことよりもショックだったようだ。やがて落ち着きを取りもどしたらしく、彼は顔をあげた。

＊＊＊

「どこから始めてほしい？」とランカウは冷静に言った。むかいに座っている男は膝の上で手を重ね、安全装置を解除したままの銃を手の甲にのせていた。そのままじっとしていてくれよ。ランカウは心の中でそう祈った。

いまのところ状況は絶望的に思えた。縛りつけられた腕が痛み、ランカウは顔をしかめた。

この男はまったくの謎だった。どういうわけか英語しかしゃべれないようだった。だが、本当のことを話しているとすれば、ペーター・シュティヒについては何も知らないはずだ。シュティヒの役割も、素性も。

きな顎に垂れた。

ブライアンは拳銃を構え、ランカウの顔すれすれを狙って撃った。発射炎でランカウのいいほうの目の上の眉が焦げた。ランカウは愕然としてブライアンを見つめると、首をひねって椅子の背にあいた小さな穴に目をやり、それが自分の頬からほんの二センチしか離れていないことの意味を理解しようとした。

「何があったのか話さないと、こんどはもっと正確に狙うぞ」ブライアンはふたたび拳銃を構えた。「クレーナーがフライブルクにいることはわかってるんだ。あいつがどこに住んでいるかも知ってる。あいつの義理の娘のマリアンから話を聞いたんだ。新しい妻や男の子と一緒にいるところも見たし、立ちまわり先もわかってる。おまえがわたしの知りたいことを教えてくれなくても、あいつが教えてくれるさ」

ランカウはブライアンのほうを見もせずに、がっくりとうなだれた。ブライアンがクレーナーの私生活にそれはいいことだった。状況がこちらの有利になることがあるとしたら、ペーター・シュティヒに助けてもらうことになるかもしれない。老齢ではあっても、シュティヒならアルノ・フォン・デア・ライエンの好敵手になりうる。

どんなゲームでも、まずは時を稼がなくてはならない。それが第一のルールだ。ランカウはアルノ・フォン・デア・ライエンに話を聞かせてやることにした。

第二のルールは、敵を遠ざけているあいだに弱点を見つけろということだ。それはまだ見つかっていない。人間の最大の弱点というのは、そいつの行動の奥にある動機のなかに見つかることが多い。問題はどこを見るかだ。アルノ・フォン・デア・ライエンの動機は復讐なのか、金なのか。いまにわかる。

だが、最も重要なのは第三のルール、すなわち、おのれの武器の規模と力はできるだけ秘密にしておけ、というルールだ。したがってペーター・シュティヒの真の役割と正体には、絶対に触れてはならない。

アルノ・フォン・デア・ライエンも長い夜のあいだに郵便配達のことは耳にしたかもしれない。だが、ペーター・シュティヒと郵便配達が同一人物だということは知らないはずだ。郵便配達が素顔を現したのは、フォン・デア・ライエンが病室にいないときか、電撃療法を受けた直後だけなのだから。

この三つのルールを肝に銘じてさえいれば、敵の知りたがっていることを話してやってもかまわない。ランカウは唇を突き出してしばらく相手を観察した。沈黙が長くなったところで、フォン・デア・ライエンが身を乗り出してきた。

「ライン川でのことから始めてくれ」と彼は言い、たがいのあいだに親密さのようなものが生まれているとでもいうように、ランカウの目をじっとのぞきこもうとした。「わたしはおまえがあそこで死んだと思っていた。この地上から消えたと。あのあとどうなったのか教えてくれ」

ランカウはちょっと背筋を伸ばした。そして初めて敵の外見をじっくりと観察した。筋肉が衰えて、もはやかつてのようなたくましさはなかった。縛りつけられてさえいなければ、苦もなくやっつけられるだろう。肘掛けを拳でそっと押して、紐がゆるまないかランカウはもう一度試してみた。「あのあとどうなったか？どうなったかというと……」

フォン・デア・ライエンがさらに身を乗り出してきて、またうなずいた。

「とにかくおれは胸に穴をあけられて、片目を失った」むかいの男はなんの反応も見せなかった。ランカウはまた拳で肘掛けを押した。「そんなはめになったのも、みんなおまえのせいだぞ、豚め。しかもそんなざまじゃ、病院にもどるわけにもいかない。ディーター・シュミットがいないんじゃ、なおさらだ」見えないほうの目が細まった。フォン・デア・ライエンの首の皮膚は薄く、細い血管が透けて見えた。「だが、おまえへの憎しみがあったからこそ、おれは生き延びられたんだ、わかるか？　あの冬はとんでもなく寒かったよな。あんな大雪はめったに見たことがない。だが、おれはシュヴァルツヴァルトに助けられた。二日後にはもう、自分は死なないだろうと確信してた。あのあたりはどの農家や労働者の家にも、納屋やら屋外食料庫やらがあるからな」ランカウはにやりとした。「そんなわけでおれは、犬を連れたパトロールを差し向けられはしたが、どうにか生き延びた。だが、病院に残ったやつらは、もっとひどい目に遭った。とくにゲルハルト・ポイカートは」フォン・デア・ライエンがぎくりとしたのを見て、ランカウは満足を覚えた。隠そうとしてはいるが、ポイカートのことにとりわけ関心を持っているのは明らかだった。ゲームはもう始まっていた。

まもなく敵の弱点がわかるはずだ。

それから一時間、ランカウは過去を語り、さまざまな事実を明かした。

そして、アルノ・フォン・デア・ライエンの反応と身ぶりをすべて記憶にとどめた。重要なことは残らず話したが、郵便配達の正体だけは決して口にしなかった。いくつかのできごとを省略し、やむをえない場合はほかのできごとに置きかえた。

だがそれでも、ランカウの話したことはおおむね事実だった。

十一月下旬のその朝、起床したフォンネグートは自分のフロアから患者が三名いなくなっているのに気づいて青くなった。何も手を触れずに、彼は部屋から部屋へと駆けまわった。ふたつの部屋の窓があいており、それがすべてを物語っていた。ほかの患者はみなのんきに横になったまま、いつもどおり洗面器と朝食が運ばれてくるのをにこにこと待っていた。カレンダー男などは立ちあがってお辞儀までしてみせた。

十分もしないうちに保安関係者たちが現れた。彼らは怒りくるっていた。軍医たちにまで乱暴な質問を浴びせ、まるで彼らを犯罪者か、この事態を招いた張本人のようにあつかった。ランカウの病室に残った四名の患者は、二日間別々にされたあと、ひとりずつ階下の治療室に連れていかれた。そこで尋問され、革をかぶせた棍棒で殴られた。疑いを晴らすまでに時間がかかればかかるほど、拷問も激しくなった。ゲルハルト・ポイカートの場合はとくに時間がかかった。ポイカートは保安部(SD)の高級将校であり、言わば身内だったにもかかわらず、尋問者たちは手心を加えなかった。この尋問は誰も逃れられなかった。ペーター・シュティヒも、クレーナーも、カレンダー男も。むかいの病室に寝ている意識不明の将軍まで連行された。将軍は数時間後に解放された。一言も口をきかなかったのだ。

拷問のあとゲルハルト・ポイカートは失神し、その後しばらくは、誰からも死ぬだろうと思われていた。

数日して彼は危機を脱し、回復の兆しを見せた。拷問による体への影響をのぞけば、すべては平常にもどった。ゲルハルト・ポイカートも、目に涙をためたカレンダー男も、あとの連中も、消えた三人に何があったのかついに説明できなかった。

一週間もたたないうちに、いかめしい顔をした私服の男がふたり、責任者の保安将校を、すなわち尋問を指揮した将校を訪ねてきた。ふたりは食事の席からその将校を引っ立てていき、その男と数時間部屋に閉じこもった。それから中庭に引きずり出し、声高にあがうその将校を一般病棟の前で縛り首にした。前例のない不名誉な処置だった。銃殺にも値しなかったのだ。八年のあいだなんのしくじりもなく過ごしてきたというのに。彼の過失といえば、アルノ・フォン・デア・ライエンが脱走するのを許したことと、そんな大事件をただちにベルリンに報告しなかったことだけだった。

クレーナーとペーター・シュティヒは比較的速く回復した。年が明けると、もはや軍務に耐えられるまでになったとして退院させられた。一方、ゲルハルト・ポイカートのほうは、もう何ごとにも反応を示さなくなっていた。

ポイカートを残していくことに、ふたりはなんの不安もなかった。

前線の戦闘はますます苛烈になっていた。それはクレーナーにとって二重の危険を意味した。保安部とつながりのある将校は、味方に狙われて殺されることも多かったからだ。しかし彼は、敗走をつづける前線にあっても、以前と同じような悪事をはたらいて大勢の敵をつくってはいたものの、味方に背後から刺されるような場にはついに身を置かずにすんだ。総統が死んだという知らせとともに、ボリシェヴィキとの不屈の戦いが終わりを迎えると、クレーナーは黙って身ひとつでキャンプから姿を消した。かすり傷ひとつ負わずひとつには、収容所間の職員と囚人の移動が激しくなるなか、収容所の閉鎖と証拠の湮滅をはかる必要のあることが明確になってきたからだ。その手続きには相当の管理能力と専門知識と強硬さが求められた。もうひとつには、シュティヒが最近まで勤務していた機甲師団はみな、甚大な損害をこうむっていたからでもあった。多くの師団が壊滅するか、壊滅に近い打撃を受けており、もはやシュティヒは必要とされていなかった。だが、絶滅収容所では彼の存在は貴重だった。能力を百パーセント発揮してくれるはずだった。

こうして最後までシュティヒは、偽患者の役を誰よりも巧妙に演じきった。安全と力を手に入れたのだ。

「おれたちのまとめ役は〝郵便配達〟と呼ばれてたが、それは別に驚かないだろう？」とランカウは言い、うなずくフォン・デア・ライエンを疑問の目で見た。

「わたしが知っているかいないかは、どうでもいい。だが、隠しごとをするとためにならないぞ。とにかくに。

ペーター・シュティヒのその後について語る段になると、ランカウはしばらく宙を見つめ、それからこう言った。「ペーター・シュティヒからはその後、なんの便りもなかった」

アルノ・フォン・デア・ライエンは反応しなかった。ランカウをじっと見つめたまま黙っていた。

「あのころは大勢が死んだからな」とランカウはさらに言った。

オットーシュヴァンデンのあの親衛隊病院を退院させられたあと、シュティヒは強制収容所の管理官としての能力を買われて、まっすぐベルリンへ送られたのだが、それはアルノ・フォン・デア・ライエンが知らなくてもいいことだった。

シュティヒが必要とされたのにはふたつの理由があった。

洗いざらい話すんだ。いいか？」

ランカウはにやりとして口の端をなめた。「郵便配達の正体を知っても、おまえには意味がない。あの男はもう死んでるんだから。しかし、おれたちにとっちゃ有能な男だった」

アルノ・フォン・デア・ライエンは反応しなかった。聞き手はすでに話に惹きつけられていた。

第三帝国の末期にベルリンの中央政府に潜りこんだ郵便配達は、ゲッベルスの管区で政治的粛清が行なわれていることを知った。彼が手に入れた名簿には、収容所送りになった者や死刑判決を受けた者、処刑された者、行方不明になった者、勾留されている者の氏名が記されていた。次は誰がなんの罪で裁かれるのか、正確にわかった。

この名簿から彼は年齢と性別が自分たちに合致する四人分の身元を集めることにした。ランカウとディーター・シュミットが逃げ延びた可能性を、まだ排除していなかったのだ。

三人分の身元はさほど苦労もなく見つかった。第三帝国に敵対する者で、最近〝失踪〟していて、しかも家族のいない者。戦争が終わった暁には、英雄だとか自由の戦士だとか持ちあげられる連中。そういう連中になりすませば、司法の追及を恐れる必要もない。

それぞれの証拠を湮滅するのは、郵便配達にとってたやすいことだった。

四人目はしばらく探しつづけたあと、ポツダムの監獄でようやく候補者を見つけた。それは皮肉な形ではあれ、なんとも〝ふさわしい〟人物だった。ユダヤ人のくせに戦争中も偽名をもちいて市の上級公務員として働いていたうえ、市の中枢でその地位を悪用し、汚職、収賄、詐欺と、悪事を重ねてきた男だったのだ。取り調べがすんで収容所に送られてしまう前にその男に死んでほしいと、そう願っている人間は大勢いた。

郵便配達は喜んでその願いをかなえてやった。

そのユダヤ人はあとかたもなく姿を消した。

郵便配達にとって人間のひとりぐらい、大局的に見れば、どうということもなかった。こうして彼は四人のそれぞれに年齢と外見が一致する新しい身元を手に入れた。

そして第三帝国の崩壊とともに郵便配達自身も、あとかたもなく姿を消した。

降伏から九日目の一九四五年五月十七日、クレーナーと郵便配達は、フランケンヴァルト地方ナイラ市北方にある、ヘレ近郊の人けのない荒れた線路の脇で再会した。

国じゅうが混乱におちいっていた。商店は略奪され、しゃにむに逃げていく人々や命からがら避難してくる人々が、家財道具や家畜とともに、いたるところにあふれていた。

落ち合う予定の場所から二キロ手前で、クレーナーと郵便配達は別々に降伏の知らせを待った。幸いにも、ちょうどその地で西の連合軍は進軍をストップしていた。数キロ先に行けば、線路はもうソ連軍の支配下にあった。

さらに二日間身をひそめていると、浮浪者のようななりをしたランカウも現れた。ランカウとの再会は驚きだったが、喜ばしくもあった。三人はこの地獄にも、はるかな道のりにもめげずに、約束どおりここへやってきたのだ。戦争が終わったらここで落ち合おうと病院で打ち合わせたとおりに。廃車寸前の一台の貨車が彼らの未来を決めるのだ。そこには彼らがソ連人強制労働者らに積みこませた古美術品が、はちきれんばかりに詰まっている。

貨車はまだそこにあった。機関車でその場にそっと運ばれてきた日から、こうして戦闘がやむまでのあいだには、実にさまざまなことがあった。実際に戦闘がやんだことが信じられないほどだった。

誰にも触れられずに苔むした古い貨車は、忘れ去られたまま錆だらけで静かに側線に停まっていた。その中には聖遺物やイコン、銀の祭壇具などの貴重品が隠されているのだ。

とてつもない価値を持つ財宝が。

三人は有頂天になった。疲れはてていたし、ランカウの場合にはひどい怪我まで負っていたものの、計画を実行に移す力は充分にあった。

死んだディーター・シュミットのことは気の毒に思ったが、誰も悲しんではいなかった。そのぶん分け前が増えるのだから。一方、郵便配達とクレーナーは、アルノ・フォン・デア・ライエンが脱走に成功したと知らされてショックを受けた。郵便配達は怒りくるった。すぐさま貨車を移動させて、計画の残りを実行する必要があった。

貨車の引き戸の鍵は錆びついていたものの、無傷だった。あけてみると、手前にならんだ箱の上に強制労働者の骸(むくろ)がひとつ、くしゃくしゃの衣類の山になって残っていた。作業を急ぐあまり、始末したあと運び出さずに放置してあったのだ。骸の奥には茶色の箱が床から天井までぎっしり積みあげられていた。手前の列のふた箱には、目立たない十字の印がついていた。それを郵便配達があけた。中身はアメリカ・ドルと缶詰と民間人の服だった。それをめいめいに配りおえると、郵便配達は自分の書類鞄をあけ、新しい身分証を仲間たちに渡した。

郵便配達は充分に計画を練っており、これからのことをふたりに伝えた。いまからわれわれは別人になる。本名を使っていいのはこの三人のあいだだけだ。これまでの人生は捨て、仲間には無条件で忠誠を誓わなければならない。

ふたりは同意した。

その日クレーナーは仲間に対し、北ドイツには死ぬまで近づかないと誓わされた。北ドイツは彼の生まれ育った地であり、妻と三人の子供がおそらくまだ暮らしているはずだった。それゆえ自分でもすでに同じ結論に達していた。

ランカウの場合は考えるまでもなかった。戦争前の彼は妻を愛しており、四人の子供と幸せに暮らしていた。だが、いまはペーネ川に面した故郷のデミンも、両親が暮らすラントリュク一帯も、ソ連軍に占領されていた。二度と帰ることはできなかった。

郵便配達の場合は事情が少しちがった。戦前から彼は自分の生まれた地方を憎んでいた。単純な田舎の村人たちのなかには、ナチズムの恵みにも第三帝国の新秩序にも共感しない連中が多く、郵便配達はそういう反ナチどもを密告した。大勢の女たちが彼のせいで愛する者を亡くしていた。

それゆえ彼もまた故郷に帰るわけにいかなかった。

郵便配達に子供はいなかったが、彼がどこへ行こうと黙って彼にしたがう妻がいた。妻のことは信頼してかまわないと、彼はふたりに請けあった。

服を着替えて貨車の前に立つと、彼らは改めて神聖な誓いを交わし、これ以後は過去と訣別し、おのれの家族を死んだものと見なすことを確認しあった。

それから仕事を割りふった。郵便配達は貨車をミュンヘンへ移送する任務を引き受けた。その間にクレーナーとランカウはフライブルクへ行き、ゲルハルト・ポイカートを捜し出すことになった。ポイカートは彼らの企みを知っているはずだったが、その後の生死は不明だった。

生きていたら、始末する必要があった。

貨車の移送は驚くほど円滑にいった。数千ドルが手から手へと渡った。金を受け取ったアメリカ軍の連絡将校はその後、ナイラの市庁舎から基地へもどる途中で行方不明になった。

ミュンヘンは混乱のきわみで、闇取引と賄賂が横行していた。

それなりの額さえ出せば、買収できない相手はいなかった。荷下ろしはきわめて慎重に行なわれ、その月が終わる前には貴重品の大半は、バーゼルにある五つの異なるスイスの銀行の金庫に収められていた。

クレーナーとランカウの任務はそれほど容易ではなかった。

フライブルクまでの道中は悲惨だった。この土地をずたずたにした理念の残滓(ざんし)は、なんとしてもこの世から抹殺されなければならないのだ。自転車の旅は八日かかった。混乱と不信と検問につぐ検問のなか、占領地を四百五十キロも横断するのだ。

ランカウとクレーナーにとって、フライブルクへもどるのは小難を逃れて大難におちいるの譬(たと)えを地で行くものだった。街とその周辺はほとんど破壊されていたとはいえ、ふたりがアルファベット・ハウスに入院していたことを知る者が残っている恐れは充分にあった。

だが、目的地についてみると、不安はたちまち解消した。そこにかつて荒れくるう死から彼らを守ってくれた病院があったことを物語るものは、煉瓦やコンクリートの瓦礫とねじ曲がった鉄筋だけになっていた。しかも街はすっかり混乱していた。誰もが自分と家族のことを考えるだけで手一杯だった。人々は前を見て生きていた。

エッテンハイムやオットーシュヴァンデンのような近隣の村々でさえ、何があったのかについては情報がほとんどなかった。拾い集めたわずかな情報に共通するのは、最後のフライブルク空襲の際に一機だけ進路をはずれた爆撃機が、山の上で爆弾倉を空にしたという話だった。もっともなことながら、誤爆だったというのが一般の結論だった。山は山であり、森は森でしかない。注意深い市民のなかには、それ以降、一帯では救急車による搬送が減ったことに気づいた者もいた。病院はついにその秘密を、空襲で死んだ連中ともども、墓場まで持っていったのだ。

ミュンヘンに再集合したのち、人でごったがえすその街で三人はしばらくのあいだ、かなりひかえめな生活を送った。だが、連合軍がすべての行政機関を引きつぐと、目立たないように暮らすのがしだいに困難になってきた。そこで郵便配達が、ドイツの都市のなかでもとりわけ美しい都市フライブルクに腰を落ち着けようという驚くべき提案をしたのだ。

こうして三人はしばらく安穏に暮らしていたのだが、ある日、郵便配達が気になる情報を聞きこんできた。あの親衛隊病院が空襲で破壊される直前に、数名の患者がケルン近郊の街エンゼン・バイ・ポルツの予備病院に移されたというのだ。そこでは戦争末期に、ある種の戦争神経症にはどの程度の器質的な原因があるのか調査が行なわれていた。患者の大半は通りいっぺんの検査のあと、モルモットに向かないと判断されて、ただちに戦地へ送りかえされた。だが、郵便配達が教えられたところによると、アルファベット・ハウスの元患者が数名、いまだにそこにいるという。

エンゼンにおもむいた三人は、アルファベット・ハウスから移送された患者のなかにゲルハルト・ポイカートはいなかったことを知った。ポイカートはすでに死亡していた。

話しおえたランカウは椅子にもたれ、アルノ・フォン・デア・ライエンを見た。郵便配達の正体はついに明かさなかった。あいかわらず椅子に縛りつけられていることをのぞけば、ランカウは自分に満足していた。

フォン・デア・ライエンは首を振った。顔が青ざめていた。「ゲルハルト・ポイカートは死んだんだな？」

「ああ、そう言っただろう」

「どこの病院で？」

「だから、オットーシュヴァンデンの予備病院だよ！」

「それはおまえが〝アルファベット・ハウス〟とも呼んでいる病院か？　わたしたちが入院していたあの病院か？　ポイカートは空襲で死んだのか？」

「そのとおり、そのとおり、そのとおり」ランカウはせせら笑った。「ほかには？」

「もう一度聞きたかったんだ。念のために」フォン・デア・ライエンはランカウの顔をじっと見すえた。わずかな表情の変化も見逃すまいとしているのだ。ランカウは平然と相手を見返した。

フォン・デア・ライエンの表情がこわばった。「なんともわくわくする話だな」と冷ややかに言った。

「おまえたちがそこまで結束するからには、それなりの理由があるはずだ。からんでいるのはさぞや大金なんだろうな」

ランカウは目をそらした。「ああ大金だよ。だが、おれたちを強請れると思ってるなら大まちがいだぞ。むだなまねはよせ」

「わたしは何も要求などしていない。知りたいのは、ゲルハルト・ポイカートがどうなったのかだけだ」

「それはいま言っただろう。あいつは死んだよ」

「わたしが何を考えてるかわかるか、ランカウ？」

「知るかよ」ランカウは目を閉じて、たったいま気づいた物音に神経を集中した。体をほんの少し前に傾けると、ふたたびかすかなきしみが聞こえた。だが、そこで胸を殴られて、探求を中止させられた。フォン・デア・ライエンは怒りに顔を赤くしてランカウの脇腹に銃口を押しつけた。ランカウは銃を見つめて息を止めた。

「わたしが考えてるのは、おまえが本当のことを言わないなら、いまここで撃つのがいちばんいいということとだ。本当は何があった？　ペトラ・ヴァーグナーはこれにどう関わってる？」フォン・デア・ライエンはさらに銃口を押しつけた。ランカウはあえいだ。

「やれよ。そんな脅しはきかないぞ」ランカウは突然体を前に揺すって、フォン・デア・ライエンに頭突きを食らわせようとした。「おまえの考えてることだと？　おれたちが何年もかかって貯めたものを横取りしようって魂胆だろうが。そう簡単にいくと思うのか！」

「十分前まで、わたしはこれがなんのことなのか皆目わからなかったんだ。もちろん金のことなど何も知らなかった。ここへ来たのは、ゲルハルト・ポイカートの身に何があったのか知りたかったからだ」

まばたきしみが聞こえた。「うるさい、黙れ、この野郎！」とランカウは怒鳴り、椅子のどこがきしむのか突きとめようとした。「そんな話を信じろってのか？　何カ月も同じ病室に寝てたことを忘れたようだな。おまえがベッドで寝返りをうちながらおれたちの話に聞き耳を立ててたことを、おれが憶えてないとでも思うのか？　おれたちの話を盗み聞きしたおまえが、病院から脱走しようとしたことを？」

「おまえたちの話？　おまえたちがしゃべっていたことなど、わたしは一言もわからなかった！　英語しかわからないんだ！　わたしはただあのろくでもない病院から逃げ出したかっただけだ！」

「うるせえ、黙れ！」ランカウは自分が耳にしていることをいっさい信じなかった。

目の前の男は三十年近くも芝居をつづけてきたのだ。抜け目のない強欲で危険な男だ。シュティヒは当時すでにフォン・デア・ライエンの正体を疑っていた。手強い敵というのは相手の心に疑いの種をまくことができる。すぐれた敵というのは自分が敵であることを悟られない。ランカウは一度も疑ったことはなかった。彼にとってフォン・デア・ライエンはつねに敵だった。

いまも、当時も。

ランカウは顔をしかめて自分のありさまを初めて見た。ゴルフソックスに包まれた脚が、縛られてすっかりしびれていた。筋肉を動かして血行を回復しようとしたが、うまくいかなかった。もはや痛みも感じなかった。椅子をきしませて体をぐいと動かし、口を大きくあけて長々と奇声を発した。むかいの男は一瞬、戸惑ったようだった。「じゃあ、フォン・デア・ライエンさんよ、いまのも理解できなかっただろう」そう言ってひとりでくつくつ笑うと、しばらく黙りこんだ。顔色が普通にもどるとランカウは目を閉じ、相手に聞こえないほどにわざと声を落として、こんどは英語でこう言った。「ペトラのことについちゃ、何も話すつもりはないね。というか、これ以上はいっさい話さない。おまえにはうんざりだ。さあ、撃てよ。でなけりゃ、とっとと失せやがれ」

たがいの目が合った瞬間、ランカウは自分の命がとりあえずは助かったことを悟った。

43

シュロスベルクのレストラン〈ダトラー〉はクレーナーの贔屓（ひいき）の店ではなかった。たしかにメニューはすばらしいし、料理もたいていは妻が言うところの〝選りすぐり〟ではあったが、量が少ないうえに、ウェイターの態度も慇懃（いんぎん）無礼だった。クレーナーはたっぷりとした気取らない家庭的な料理を好んだ。だが、あいにくと先妻のギーゼラは料理ができなかった。ともに暮らした十数年のあいだにふたりは大勢の料理人を雇ったが、どの料理人にもクレーナーは結局満足できなかった。そこへいくといまの妻は、彼にしてみればまさに理想的な料理人だった。そこが彼は大いに気にいっていた。ほかのさまざまな点と同じく。

クレーナーのむかいに座ったシュティヒが、またしても腕時計に目をやった。この数分でもう五回目になる。

なんともあわただしい一日だった。妻とともに見送りに出てきた息子の抱擁が、まだ体に感じられた。この抱擁を奪われるのは、何があろうとごめんだった。そのためにはアルノ・フォン・デア・ライエンを始末しなければならなかった。

シュティヒが白い顎鬚をなでて、見晴らし窓の外をふたたびながめた。フライブルクの街が足元に広がっていた。「わたしも同感だよ、ヴィルフリート」クレーナーのほうへ向きなおり、しなびた華奢な拳でコーヒーカップの横のテーブルクロスをこつこつとたたいた。「早くかたづいてほしいよ。あとはランカウしだいだ。うまくいったことを祈ろうじゃないか。ここまでは運に恵まれている。ゲルハルト・ポイカートを連れてくるのも間に合ったしな。いつかそうしなけりゃならないと思ってたんだ。しかし、確かなんだろうな、フォン・デア・ライエンに見られなかったというのは？」

「ええ」

「で、レーマン所長は？　やつの訪問の目的について、それ以上は何も知らなかったのか？」

「いま話したことだけです」

「で、所長はやつの話を信じたのか？　やつが精神科医だという話を？　どこかの委員会だかのメンバーだという話を？」

「ええ。疑う理由はとくにないですから」

しばらく考えこんだあと、シュティヒは眼鏡をはずしてまたメニューをながめはじめた。五時十五分だった。ランカウはすでに十五分遅れていた。シュティヒはふたたび眼鏡をかけた。「ランカウは来ないな」ときっぱりと言った。

クレーナーはシュティヒの冷たい視線の示すものを読み取ろうとしながら額をさすった。胸の奥がずしりと重たくなった。息子の抱擁と明るい信頼のまなざしが、またしてもよみがえってきた。「まさかランカウの身に何かあったと思ってるわけじゃないでしょうね？」

「わたしがどう思うかなど、どうでもいい。アルノ・フォン・デア・ライエンは偶然あの療養所を訪れたわけじゃない。それにランカウが遅刻するのも珍しい」

クレーナーはまた額をさすり、ケーブルカーの空中ケーブルを見おろした。「ひとりで死体を片づけてるんじゃないですか？　ランカウにはそういうがむしゃらなところがありますから」

「かもしれん。だが、連絡してこないのはなぜだ？」

歳月のあいだに多少は性格が円くなり、新たな環境が気にいっていたとはいえ、クレーナーはあくまでもクレーナーだった。今日の成り行きもランカウの遅刻も、きわめて深刻に受けとめていた。三人組はかねてから、自分たちの新たな人生をおびやかすような事態が生じた場合にそなえ、ひそかに準備をしていた。その一環としてホルスト・ランカウは家族に、会社を売却して国外へ移住することを何度か提案したことがあった。アルゼンチンか、パラグアイ、ブラジル、モザンビーク、インドネシアあたりへ。家族はそれらの土地の暖かい季候とドイツ人社会の安全さには気を惹かれたものの、結局、反対した。

ランカウの真意がわからなかったのだ。

シュティヒとクレーナーの場合は快適さをつねに優先してきた。だが、いまは事情が変わった。クレーナーは快適さだけのために危険を冒すつもりはなかった。新しい家族を得て人間らしい感情を持つようになったいまは、もっと重要なことがらを考慮しなければならなくなっていた。

クレーナーもまた時計を見た。「ペトラか」とだけ言った。

「ああ、ペトラだな」と老人はうなずいた。「ほかに考えられんだろう」咳払いをし、口の端を拭った。「ひょっとすると、あの女はひたすらチャンスをうかがっていたのかもしれん。だとすると、それがついに訪れたようだな」

「ペトラがあいつに洗いざらいしゃべったわけですか」

「おそらくな」

「となると、ランカウはもう死んでますね」

「ああ、おそらくな」シュティヒが合図をすると、すぐさまボーイ長がやってきた。「帰るよ」と老人は言った。

柱廊のそばの地面には人が争った痕跡が歴然と残っていた。だが、争いの結果を示すものが、血痕をはじめ何ひとつないことがわかると、シュティヒとクレーナーはあわただしくルイーゼン通りのシュティヒのアパートに車を走らせた。数時間前にそこでゲルハルト・ポイカートをアンドレアの優しい手にゆだねていた。ペトラをのぞけば、ポイカートから笑みを引き出せるのはアンドレアだけだった。笑みはときおり、それもぎこちなく現れるだけだったが、現れるのは確かだった。だからアンドレアはポイカートの信頼にこたえなければならなかった。ポイカートがシュティヒのアパートに連れてこられるたびに、彼女はポイカートを甘やかした。クレーナーは目の前の建物を見あげた。アンドレアがなぜそこまで寛大になるのか理解できなかった。アンドレアらしくない。

アンドレアからすれば、夫たちが長年入院費用を支払ってやっているゲルハルト・ポイカートなど、人間のくずにすぎないはずだった。社会のごみは始末すべきだと、彼女はつねづね口にしていた。それが実行に移されるのを強制収容所でまのあたりにし、それを支持していた。能率的な抹殺は費用も労力も少なくてすむ。だが、夫たちがその狂人に奇妙な愛情を示すので、自分もしかたなく思いやりのあるふりをしているのだろう。

アンドレアは芝居が得意だ。

クレーナーが妻をアンドレアになるべく近づけたくない理由はいろいろとあった。

ふたりが玄関をはいるなり、アンドレアは彼らの機嫌を察した。狭い廊下の奥へ影のようにすっと引っこみ、ポイカートの腕をつかんで彼を食堂へ連れていった。ポイカートはよくそこで闇の中に座っていた。

もどってくると、アンドレアは壁の電灯をひとつつけた。

「どうしたの？」と彼女は尋ね、サイドボードに置かれたポートワインのデカンターを指さした。

シュティヒは首を振った。「われわれの手には負えないことが起きたと思う」

「ランカウはどこ？」

「わからない。だから困ってるんだ」

アンドレア・シュティヒはタオルで手を拭くと、黙って書斎から夫の電話帳を持ってきた。シュティヒは礼も言わずにそれを受け取った。

彼はランカウの自宅とカントリーハウスの両方に電話をかけてみたが、どちらも応答がなかった。クレーナーは頰の内側を嚙みながら眉間に皺を寄せ、見送りに出てきた妻子と別れたときのことを思い出してみた。自宅にも周辺にもとくに変わった様子はなかったはずだ。背筋を冷たいものが走った。だが、いまはそんな心配をしている場合ではなかった。ランカウのことを考えるべきなのだ。ランカウは大地に呑みこまれたかのように消えてしまった。

「考えてみよう……」とシュティヒはクレーナーの後ろに立って家の外の駐車スペースを見おろした。「フォン・デア・ライエンがランカウを始末したと仮定すると、じきに何かが起こるはずだ。ゲルハルトはライエンにとって大切な存在のようだからな。しかし、理由はなんだ？　きみにはわかるか？　なぜあの男はわれわれの物言わぬ友を見つけ出そうとする？」

「それは逆だと思いますね。あいつの狙いはわれわれですよ。ポイカートはわれわれを捜し出すための道具にすぎなかったんです」

「だが、それじゃ意味をなさんだろう。なんだってあいつはポイカート経由でわれわれを捜し出せると考えたんだ？　われわれとポイカートに共通するのは、数カ月間同じ病棟にいたということだけだぞ。それもはるか昔にな」

「それはよくわかりませんが。ライエンがここへ来たのは絶対にわれわれを強請るためですよ」

「ああ、その点には同意する。いまのところ、あいつは個人的な利益を得ようとしてるんだと思う。われわれはかつてあいつを痛めつけたが、あいつが復讐に燃えているとは思えない」シュティヒは大きな窓のほうを向いて外を見た。「そういうタイプではないはずだ。復讐というのは無思慮な連中のすることだが、フォン・デア・ライエンはどういう人間であれ、無思慮な男ではない。わたしに言わせればな」

　答えの出ないこれらの問いがシュティヒを不機嫌にしているようだった。顔には明らかにいらだちが表れていた。

「ペーター、ポイカートが何か手がかりをあたえてくれるとは思わない？」

　妻に声をかけられてシュティヒは振り返った。クレーナーにはアンドレアが部屋の片隅に座っている理由がわかった。シュティヒは不機嫌になると、ふたりきりになるや妻を殴ろうという考えを起こすことがある。たいていはあとになって後悔するし、パンチにもかつての力はないはずだが、アンドレアはほかの人間に夫の怒りを向けさせたいのだ。たとえば隣の部屋にいる阿呆に。

　アンドレアも彼女なりに、年齢とともに円くなっていた。

　さらに何度か電話をかけてみたのち、シュティヒはクレーナーのほうを向いて首を振った。厄介な事態が起きたことは、もはや認めざるをえなかった。

　クレーナーはしばらく電話機を見つめた。いまごろ妻子はもう目的地についているはずだ。電話しようと受話器に手を伸ばしかけたとき、アンドレアがロボットのような男を引っぱってきた。男はまだ口をもぐもぐさせていた。シュティヒは男の腕をつかんでソファの自分の横に座らせると、優しくその髪をなでた。それは長年の癖になっていた。この阿呆はもはや彼らのペットであり、囚われのマスコットのようなものだった。彼らの子猫であり、小猿だった。何年たってもそう見なさないのは、ランカウだけだった。

「何か食べていたのか、ゲルハルトや。アンドレアはちゃんと世話をしてくれたかな?」

アンドレアの名が出るたびに阿呆の顔が輝いた。アンドレアがシャンデリアをつけると、うれしそうに彼女のほうを見た。

「どうだ、ゲルハルトや、おまえもここに座っていたいか? クレーナーもこっちへ来て腰をおろしていいかな?」シュティヒは彼の手を取り、凍えた手でも温めるようにさすりはじめた。「ほら。これが好きなんだろう、おまえは?」と穏やかに微笑みかけながら、ポイカートの手の甲をぽんとたたいた。「アンドレアとわたしはな、ペトラがまだおまえのところへ見舞いにくるのかどうか知りたいんだ」

ポイカートの口元にごくかすかに笑みが浮かんだのにクレーナーは気づいた。それがすべてを語っていた。

シュティヒはまた彼の手をぽんとたたいた。「そうか。で、ペトラはおまえに何か質問をするのかな? 妙な質問を。たとえば昔のこととか、わたしらが森へ出かけて何をしているのかとか。そんなことを訊くのかな?」

ゲルハルト・ポイカートは考えこむように口を結んで天井を見あげた。

「まあ、それはなかなか思い出せないかもしれんな。だが、アルノ・フォン・デア・ライエンについてペトラから何か聞いたことがあるかどうかなら、答えられるんじゃないか?」

ポイカートはまた口を結んでシュティヒを見た。シュティヒはポイカートの手を、つかんだときと同じように唐突に放して立ちあがった。

「いいか、ゲルハルト、このアルノ・フォン・デア・ライエンというのはおまえを捜しているんだ。だが、わたしらにはその理由がわからん。しかもそいつは別の名を名乗っている。そいつがクレーナーになんと名乗ったと思う?」

問いのあとにつづいた沈黙のなか、ポイカートはゆっくりとクレーナーのほうへ顔を向けた。クレーナーにはポイカートが彼を認識しているのか、それともたまたま顔を向けただけなのかわからなかった。

「そいつはな、ブライアン・アンダーウッド・スコットと名乗ったんだ」とシュティヒはつづけ、乾いた笑い声をあげてから咳払いをした。「面白くないか？そいつは聖ウルズラに現れて、レーマン所長と英語でしゃべったそうだ。驚きだろう？　妙だと思わないか？」

クレーナーは近づいていって腰をかがめ、ポイカートの顔をのぞきこんだ。いつもどおりなんの反応も表れていない。もはや自分たちの力で問題に対処するしかなかった。

「ペトラを捜しにいきます」とクレーナーは体を起こして言った。

老人はポイカートから目をそらさなかった。「ああ。あの女を見つけたら、必ず本当のことをしゃべらせろよ。あいつがわれわれを裏切っているという感触を得たら、始末するんだぞ。いいな」そう言うと、手を伸ばして快活にポイカートの首筋をつかんだ。

「ペトラがわれわれを脅すネタにしてきた例の手紙はどうします？」

「ヴィルフリート、そんなことを言ってる場合か？手をこまねいていたら、まちがいなく面倒なことになるんだぞ。きみが気を引きしめて、やるべきことをやりさえすれば……まあ、あとはどうなるかわからんじゃないか」シュティヒはからかうような視線をクレーナーに投げた。「もう三十年近くもたつんだぞ。そんな紙切れを誰が真に受ける？　誰がそんなものが実在すると言うんだ？　あの女の言うことなど、そもそも信じられるのか？　さあ、わたしの言ったとおりにしてこい。いいな？」

「わたしに指図は無用ですよ！　自分で考えられます！」だが、それは事実ではなかった。クレーナーはもはやものが考えられなくなっていた。ペトラにはよく言いふくめたはずだというのに、状況は怪しくなっていた。クレーナーの日常が求める安全とは相容れない不安定なものに。部屋を出しなに彼はポイカートのほうを向いた。親しげに首をつかまれたポイカートは、ソファの上で身を縮め唇を震わせていた。その目には感情がなかった。

帽子をかぶりながらクレーナーは背後でシュティヒがさりげなく動いたのを感じた。振り向くと、老人が無力な男のこめかみを殴りつけるのが見えた。ポイカートは床に倒れこみ、両手で顔を守ろうとした。

「アルノ・フォン・デア・ライエンがおまえになんの用があるんだ？　なぜおまえがそんなに大切なんだ？」シュティヒはわめきながら、膝の関節が鳴るのが聞こえるほど激しくポイカートを蹴った。それから顔をしかめ、足元にうずくまっている男を冷たく見おろした。「あいつはおまえとどういう関係なんだ、え？」

ポイカートの顔が一瞬見えた。懇願しているというより、驚いている顔だった。

「あいつは三十年近くも外国で過ごしながら、なぜおまえを忘れないんだ？　わたしはそこが知りたい！　答えろ、ゲルハルト！　わたしとアンドレアに教えてくれ」そう言うと、シュティヒは答えを待たずにまたしても蹴りつけた。「さあ、教えてもらおうか。このブライアン・アンダーウッド・スコットと名乗る野郎は、おまえにいったいなんの用があるんだ？」

ポイカートは老人の足元ですすり泣きはじめた。珍しいことではなかった。めそめそしたわけのわからないその声が、シュティヒの怒りをますます掻きたてるはずだった。クレーナーはもどっていって、シュティヒの肩をつかんだ。だが、シュティヒの目を見たとたん、もはや介入の必要はないことがわかった。シュティヒ自身、やりすぎだと気づいていた。これからは時間が貴重になるのだ。冷静になる必要があった。

アンドレア・シュティヒが落ち着きはらって、香りのいい透明なシュナップスをグラスについで夫に渡した。シュティヒは一口でそれを飲みほすと、書き物机の前のすりきれた椅子に静かに腰をおろした。まもなく彼は頬杖をついて、何やら思案しはじめた。

アンドレアが食堂の明かりを消しに行くと、ポイカートも床から立ちあがってあとを追った。彼は無言のまま、いつもの薄暗い場所に腰をおろした。前の小皿にはバターつきのビスケットが四枚のっていた。好物のはずだったが、彼は手をつけなかった。テーブルの端に両手をのせ、椅子に座ったまま体を前後に揺すりはじめた。初めはそれとわからないほど小さく。それからしだいに大きく。

クレーナーは帽子をかぶりなおすと、黙って部屋を出た。

44

ゲルハルト・ポイカートが体を前後に揺すっているのは苦痛のせいだった。だが、呼吸が速くなっているのは、ペトラのことを考えたからだった。

強力な言葉が彼の鎧をつらぬいたのだ。

彼は体を起こして、化粧漆喰の天井を飾る薔薇形の装飾を数えはじめた。

それを二度数えたのち、体を揺するのをやめた。するとあの言葉がもどってきた。足で床をこつこつとたたき、もう一度数えはじめた。言葉はこんどは消えなかった。彼は耳たぶに触り、また少し体を揺すったあと、ぴたりとやめた。

首をめぐらせて部屋をじっくりとながめた。そこはまるで牢獄のように感じられた。彼が薔薇形を数えているときも、ビスケットを食べているときも、床をこつことたたいているときも、たいてい老人がそばにいる。ペトラは決してこの部屋にはいってこない。足で床をたたきながら薔薇形をもう一度数えた。それからビスケットを一枚取り、一口かじった。

何やら非現実的な感覚に襲われた。アルノ・フォン・デア・ライエンという言葉は彼もきちんと理解できた。それは珍しい名前だ。そしていい名前だ。前に一度、頭の中であまりに何度も繰りかえしたせいで、めまいがしてきたことがあった。だから考えるのをやめたのだ。

ところがいま、またその名前が現れて、心の平安を乱していた。

長々とものを考えつづけるのは、彼にとってよくなかった。それはトロイの木馬だ。言葉と感情が頭の中で不意に混じりあい、新たな考えをもたらすことがある。彼の決して望まない考えを。

だからこの言葉には、彼の頭の外のどこか遠いかなたで、独自に生きてもらうのがいちばんだった。

それなのにいまその言葉は、彼が長年のあいだに苦労してつくりあげた世界に侵入してきた。そして心をかき乱す新たな要素を生み出していた。

アルノ・フォン・デア・ライエンという名前には顔がなかった。それはとうの昔に彼の記憶から消え去っていた。名前にはぬくもりのようなものを感じるのに、顔が浮かんでこない。なんとも奇妙な感覚だった。

彼をときおり訪ねてくる三人の男たちは、彼をとことん動揺させることができたものの、彼を不安にさせたり混乱させたりすることはなかった。彼らの行為の影響は彼らがいなくなると同時に消えた。

だが、この名前はそうではなかった。

ゲルハルトはまた薔薇形を数えはじめた。床をたたく足の動きがどんどん速まり、薔薇形を数えるよりも速くなったが、名前はまたしても永遠の静寂を破って現れた。ついに彼は心の内につのりくる嵐に降参した。

そのまま長いこと座っていた。

アンドレアがはいってきて彼の皿を蔑むように一瞥したとき、また別の名前が、記憶から失われていたことなどなかったかのように浮かんできて、頭の中を飛びまわりはじめた。その名前の響きには独自の生命があった。手の届かない遠くにある生命が。ブライアン・アンダーウッド・スコット。その名前は短剣のように意識に突き刺さった。感情と記憶がいっせいに血を流し、混乱と不安のなかで彼は途方に暮れた。

だが、最悪なのは、あばた面がペトラに危害を加えるために出ていったことだった。

薔薇形の装飾をもう一度数えようとしたが、潜在意識から憎しみがこみあげてきた。思考がまたしても襲いかかってきた。

憶えているかぎり、彼はずっとゲルハルト・ポイカートだった。エーリヒ・ブルーメンフェルトと呼ばれることもあったが、やはりゲルハルト・ポイカートだった。両者はぶつかりあわなかった。だが、彼の中にはもうひとり何かがいた。誰かが。彼がいま生きている生と並行した生を生きている人物が。そしてその人物は幸せではなかった。いつも苦しんでいた。

だからその男が長らくいなくなっていたのは、いいことだった。

ゲルハルトは皿のビスケットに目をやった。ぼんやりとそれをつまむと、バターで指がぬるぬるになった。

彼の中のその不幸な人物が、忘れられていた過去と鬱積した怒りとともに、彼に取って代わろうとしていた。かなえられなかった希望に満ち、あたえられなかった愛にあふれた若者。ブライアン・アンダーウッド・スコットという名前を聞いたとたんに覚醒したのはその男だったが、この部屋に座っているのは依然としてゲルハルト・ポイカートだった。

　来る年も来る年も、彼は些末な作業に没頭して定期的な見舞いを受けるだけの暮らしを送ってきた。最初は不安で、見舞客を警戒の目で見ていた。殺されるのではないかという恐怖が、眠りも積極さも生気も奪った。それから数年は、単調な日々が際限もなくつづくと誰でもそうなるように、気楽な受け身の暮らしに身をゆだねた。そのころ、ものを数えることと体を鍛えることを始め、毎日が安定したリズムで過ぎるようになった。それを繰りかえすうちに彼はとうとう、自分がどこにいるのか、なぜそこにいるのか、なぜ口をきかないのかも忘れてしまった。とにかく無言のまま、食べ、眠り、ラジオを聴くだけになった。子供番組とドラマを。そしてテレビが普及しはじめると、テレビを見た。ときおり微笑んだが、あとはほかの者たちがバスケットを編んだり所長の本を製本したりしているあいだ、黙ってじっと座っていた。手を組んだまま、心と体を澄まして何時間も座っていられた。ときどきエーリヒ・ブルーメンフェルトになる以外は、ゲルハルト・ポイカートになりきっていた。

　フライブルクの療養所にはいってからの数年は、物語や、映画、芝居、本のわずかな断片だけが生き甲斐だった。だが、どの物語も、これから面白くなるというところで必ず止まってしまった。筋道がわからなくなり、先が思い出せないのだ。ものごとはますます彼を混乱させ、世界は朦朧としたものになった。ものの形や人の姿がぼんやりし、名前がわからなくなって別の名前と入れ替わり、行動が意味のないものになった。そして彼は停止した。これらの未完の物語の中から疑問がひとつだけ残り、それが何年ものあいだ来る日も来る日も彼をさいなんだ。デイヴィッド・コパフィールドの二番目の妻はなんという名だったか？

　そしてある日、その疑問さえも忘却の霧の中へ消えていった。

　結局、この失われた人格のうちに残ったのは、わずかな生命の火花だけ。安全と幸福の感覚だけだった。そしてその火花を燃えあがらせることができるのは、いつもそばにいてくれるペトラだけ、少しずつ大人になってくるこの愛らしい少女だけだった。いつも頰を優しくなでてくれるペトラは、彼の夢と喜びの最後のなごりだった。

この小柄な女性は彼が自分の人生の一部であるかのように、あらゆることを話してくれた。療養所の外のこと、自分の喜びや悲しみ。彼の理解できないことがらがたくさんあった。聞いたこともない国々、存在も知らなかった人々や俳優、大統領、画家。

ごくたまにペトラは彼を置いて外国へ旅行した。そしてお伽話のような奇妙な印象とともに帰ってきた。幸せに満ちて楽しげに。だが、重要なのは彼女が帰ってくるということ、優しく気をつかい、楽天的に彼の頰をぽんとたたいてくれることだった。

訪ねてくる男たちに彼は慣れていった。男たちの威嚇的な態度も歳月とともに収まっていった。誰もいないときに彼の腕をつかんで耳もとで脅しをささやくようなことは、もはやなくなった。彼らは日々の暮らしの一部にすぎなくなった。そしてたがいにずいぶん異なっていた。

あばた面の男は彼の友人になった。といっても、それは見舞いにくるといつも親切にしてくれるからではなかった。自宅へ連れていくと必ず何かおいしいものを出してくれるからでもなかった。何よりもまず、あばた面がいるところでは老人も大顔の男も彼を殴らないからだった。

少なくとも、今日まではそうだった。

ランカウは最もたちが悪かった。老人は一日じゅう彼をいじめることもあったが、それを帳消しにするようないいところもあった。それに老人にはアンドレアがいた。

決定は老人がくだし、実行はランカウがした。最初のころのランカウは、いかにも恐ろしげに空っぽの目をむいて、激しい罰をあたえつづけた。何が理由で殴られるにせよ、ゲルハルトはいつも最後には何をされてもまったく反応しなくなった。だが、時がたつにつれて罰を受けることも稀になり、パンチや蹴りにも以前ほどの激しさはなくなってきた。

今日までは。

ゲルハルトはまたしても化粧漆喰の薔薇を数えて、その名前を遠ざけようとした。隣の部屋の老人はもう咳払いをしていなかった。眠っているのか、重く規則正しい息づかいが聞こえてきた。

ゲルハルトのまわりに三人全員が集まることは、これまでごくたまにあった。そんなとき彼らは歌をうたい、ゲルハルトの背中を親しげにたたいて小さな葉巻を勧めたり、ランカウの仕込み杖（トリンクシュトック）に忍ばせた容器や、アルパイン・ジャケットのポケットに入れているヒップフラスクから、シュナップスを飲ませたりした。ときには街なかをちょっとドライブしたり、クレーナーや老人の家へ行ったり、はるばるランカウのカントリーハウスまで出かけたりすることもあった。そういうとき三人はよく商売のことについて熱心に話しこんだ。するとゲルハルトはどうしていいかわからなくなり、ものを数えはじめ、療養所に帰りたくてたまらなくなった。そしてしまいには車へもどろうとした。すると彼らはゲルハルトの腕を優しくつかみ、薬を一、二錠服ませておとなしくさせるのだった。

エーリヒ・ブルーメンフェルトことゲルハルト・ポイカートは、つねに薬をあたえられてきた。療養所でも、外出中にも、三人の家でも。どこにいても必ず服まされた。看護婦や、世話係や、三人の男とその家族に。

どの家にもキャビネットにその錠剤がしまってあった

一度だけ、見知らぬ人々が集まっている場所へ連れていかれたことがあった。ペトラもやってきて彼を抱擁してくれた。それは数千の観衆が集まる航空ショーだった。歓声と騒音と人混みは恐ろしかったけれど、ショーには魅了された。数時間のあいだ、彼は指さすことも頭を動かすこともせず、ひたすら驚きに目を輝かせていた。眼前の光景が深いところで心の琴線に触れたのだ。複数の戦闘機が轟音とともに空をよぎったとき、それを目で追いながら彼はほぼ十五年ぶりに言葉を口にした。そしてその日は就寝時間までずっと、その言葉を繰りかえしていた。
「すごく速い（ゾー・シュネル）、すごく速い（ゾー・シュネル）」と。

45

ローリーンにとっては不思議な一日だった。自分はブライアンとの暮らしに長年ひそんでいた問題を暴いてしまうのではないか。そんないやな予感がつのっていた。公園でブライアンが女と話しているのを見ているうちに、自分の運命はあの小柄な女と結びついているのだと、彼女は確信した。

あの女は何者なのか？　遠いドイツの街にいる、とくに若くもない女が、どうしてブライアンの関心をこれほど惹くのか？　ふたりはどこで知り合ったのか？　どういう関係なのか？　それをローリーンは突きとめるつもりだった。いまここで。

というわけで、それから数時間、彼女は夫ではなく女のほうを尾行した。

　黒のエナメル革のジャケットを着たその女は、あちこちに立ちよった。二度、電話ボックスにはいり、何度かどこかの家に姿を消した。ローリーンのほうはわけがわからずに、痛む足でにぎやかな通りに立っていた。女はいくつも用事を抱えていた。最後に大聖堂のむかいのワイン・バーにはいり、ぼんやりと窓の外をながめはじめた。ローリーンはふたつ離れた隅の席に腰をおろして、ほっと溜息をつきながら新しい靴を脱いだ。そこで初めて女を間近から観察した。

　とりたてて魅力的な女ではなかった。

　やがてブライアンがやってきて、女のむかいに座った。ひどく緊張しているようだった。夫が現れたことにはローリーンは別に驚かなかったが、ふたりの親密さは見ていてつらかった。女はテーブルに目を落としたまま穏やかに話をした。それからブライアンの前腕に手をのせて優しくさすった。現れてから五分後、ブライアンは店を出ていった。ローリーンが見たこともないほど険しい顔をしていた。彼女は窓越しに夫を見送った。酔っぱらいのようにぎくしゃくした足取りだった。

　このあとどちらを尾行すべきかという問題は、おのずと解決した。女はしばらく入口の横の席に座ったまま、ぼんやりと宙を見つめていた。どうしていいかわからない様子だった。ローリーンは煙草に火をつけて、背もたれにもたれた。とりあえずこの片隅に身をひそめていよう。女が立ちあがって出ていったら、こちらもそうすればいい。

46

ペトラは板ばさみになっていた。市内の家庭をまわるあいだに、何人かの患者から具合が悪いのかと訊かれた。「顔色が悪いよ、ヴァーグナーさん」と。

事実、ペトラは気分が悪かった。

アルファベット・ハウスにいた三人の偽患者のふるまいを、彼女は三十年近く見てきた。三人とも性格はずいぶんちがうものの、自分たちの邪魔をする者は容赦しない。

それはもうはっきりわかっていた。けれども気づくまでには長いことかかった。友人のギーゼラ・デヴァースがいなかったら、事態を正しい目で見ることはついになかっただろう。ギーゼラをクレーナーに紹介したことを、彼女はいまでも悔やんでいた。

そしてゲルハルト・ポイカートがいなかったら、この三人の悪魔どもと関わることも決してなかったはずだ。

彼女はゲルハルトのためだけに生きているのだから。

このハンサムな男を初めて見た日から彼女は恋に落ちた。それは希望のない愛だった。同僚たちからさんざんに言われて、彼女はしだいに孤立し、通常の社会生活からはぐれていった。それでも彼女は、いつの日かゲルハルトの心の傷も癒えるはずだという希望にすがりつづけた。ゲルハルトとともに普通の暮らしを送るという夢が、彼女の生きる糧だった。

それはもうすぐ実現する、そう感じたことは何度もあった。短い幸せのとき。だが、ついに彼女は気づいた。ゲルハルト・ポイカートの運命はこの三人の男の手に握られているのだと。

それを彼女は絶えず思い知らされた。思い知らされてはむかついた。

それなのに彼女は今日、別の男を裏切ってしまった。まだ希望を捨てていなかったのだろうか。

アルファベット・ハウスにいた患者に再会するというのは、たいへんなショックだった。あの三人が彼女の前にふたたび現れて以来、絶えてなかったことだった。

顔はアルノ・フォン・デア・ライエンだというのに、男はペトラの知らない人間だった。彼の話す言葉と外見が不安を掻きたてた。ゲルハルト・ポイカートのことを尋ねられて怖くなったのは、彼女の境遇を考えれば無理からぬことだった。

ゲルハルト・ポイカートの内面で何が起きているのかは、誰にも実際にはわからなかった。医師たちは長らく、彼の心は〝潜伏している〟のだと見なしていた。意識が無意識に支配されて休眠しているのだと。ギーゼラ・デヴァースがペトラに打ち明けたところによると、クレーナーはゲルハルトがいつの日か覚醒して正常にもどると確信しており、そうなったらゲルハルトはすぐさま自分たちに刃向かうはずだと彼女に漏らしたという。ギーゼラとクレーナーはそのことで何度も言い争いをした。「彼をそっとしておいて」とギーゼラは夫に求めた。けれども、三人組はゲルハルトを自由にするわけにいかなかった。彼は知りすぎているのだから。三人が安泰でいるためには、彼を抑えつけていなければならなかった。

ゲルハルトの具合がひどく悪くとも、精神状態が変わらないからこそ、三人組は彼を生かしているのだ。〝生かしている〟という言いまわしは、ギーゼラによれば、彼らの用いたものだった。

ペトラは不安だった。できればいまのままの状態がつづいてほしかった。だが、おかしな男が現れてしまった。男は自分の過去を彼女たちの過去と結びつけ、彼女が命を捧げてもいいと思っているたったひとりの人物について質問してきた。だから彼女はそれを脅威と感じ、適切に対処したのだ。

ペトラは溜息をついて血圧測定キットを巻いた。患者にうなずいてみせると、窓の外に目をやった。シュロスベルクは一日じゅう日射しを浴びていた。あの山でアルノ・フォン・デア・ライエンの身に何が起きるのか、彼女は知らなかった。だが、見当はついた。ヘルマン・ミュラーがペーター・シュティヒとしての本性を現したとき、ペトラは彼を敵にすまいと心に決めていた。ゲルハルトに会いたがる者は誰であれ、シュティヒの本性を呼び覚ます恐れがある。

想像するだけで彼女はむかついた。今日自分がしたことは結局のところ、自分をあの三人と大差ない人間にしてしまうのだ。

道のむこうにいるひょろりとした女にペトラの注意を向けさせたのは、小柄な患者のドット・ファンダーレーンだった。「見て」と窓の外を指さしたのだ。女は片脚で立ち、反対の足をさすっていた。「気の毒に。新しい靴をはいてるのね」とドット・ファンダーレーンは同情した。

そのあとペトラは市内の患者の家をまわりながら、何度もその女を見かけた。窓の外に目をやるたびに、同じ女が道の反対側に立って足をさすっていたのだ。

いつもの土曜日なら、ペトラは仕事を二時間ほど中断してゲルハルトを訪ねているはずだった。土曜の午後の遅い時刻こそ、ふたりが最も親密になれるように思えるときなのだ。毎週土曜の数秒間、ふたりは言わば目で愛し合う。その数秒のために彼女は生きているのだった。

三時にペトラは、フランク氏という床ずれのできた高齢の卸売業者の家を訪問した。当初の予定では、そのあとはゲルハルトに会いにいくはずだった。

だが、彼女はフランク氏の家を出ると、療養所方面へ行く路面電車には乗らず、反対方向のカルトッフェルマルクト広場を渡った。足を速めながら、見物人がまわりに群がっている大道芸人たちのほうへどんどん歩いていった。その横を足早に通り過ぎたときには、尾行者を大きく引き離していた。

ヴェーバー通りの終点のタクシー乗り場で、ペトラは先頭の空車に乗りこんだ。すると後ろのタクシーの運転手が声をかけてきた。「ちょっと待っててくださいね。フリッツはいま小便に行ってるんで。すぐにもどってきますから」

ひょろりとした女があたふたとヴェーバー通りをやってきた。くたびれているようだった。ペトラはシートに深くもたれて身を隠した。女は明らかにペトラを見失ったようだった。ヴェーバー通りを見渡しながら何歩か近づいてくると、こんどは後ろを振り返った。ぼさぼさの髪がエレガントな外見にそぐわない。建物の壁にもたれ、腰を曲げて両手を膝にあてた。

そうしたくなる気持ちはわかったが、足の痛みを和らげる効果はない。

ペトラを尾けているのはまちがいないものの、どう見ても素人のようだった。何度かあたりを見まわしたあと、とうとうあきらめて大きなビニール袋を歩道に置き、ペトラにも聞こえるほどの溜息をついた。

「来ましたよ」と後ろのタクシーの運転手が横の窓をたたいて言った。その瞬間、女はペトラの姿に気づいた。ペトラの顔をまともに見たあと、後ろのタクシーへと目をそらし、またペトラを見た。ペトラに気づかれたのがわかったようだった。

「どうも、お待たせしちゃって。どちらへ行きましょう?」まるまるとした男がシートに腕をかけて彼女のほうを振り向いた。ペトラは運転手がもどってきたことにも気づいていなかった。鞄をあけ、垂れ蓋のまんなかのポケットにいつも入れているメスを取り出した。

新しい刃をつけたばかりだった。それを手にすると、今日進行している謎を明らかにしようという覚悟ができた。

ペトラがタクシーを降りて近づいていくと、女は悲しげな顔をした。

「小便もさせてもらえないんですか？」と後ろから運転手が叫んだ。「たったの二分でしょう！　それぐらい待ってくれたっていいじゃないですか」

ペトラが腕の下からそっとメスの刃を見せると、女は啞然とした。逃げることもできずにそれを見つめた。

しばらくそうしていてから、ペトラはメスをおろした。

自分を追ってくる相手と向き合ったのはその日二度目であり、英語で話しかけられたのもその日二度目だった。アルノ・フォン・デア・ライエンとその女には、言葉のほかにも何か共通するところがあった。それはまちがいなかった。

「あたしが何をしたっていうの？」と女は言った。

「いつからわたしを尾けていたの？」

「けさから。あなたがうちの夫と公園で会ったときから」

「あなたの夫？　なんのこと？」

「今日二度もうちの夫に会ったでしょ。最初はシュタットガルテンで、二度目はホテル・ラッペンのワイン・バーで。否定してもむだよ」

「あなた、アルノ・フォン・デア・ライエンと結婚しているの？」ペトラは驚いて相手をまじまじと見た。

女は自分を落ち着けようとしているようだった。

「アルノ・フォン・デア・ライエン？　夫はそんなふうに名乗ってるの？」

「わたしの知るかぎり、三十年近く前からその名前よ」

女は一瞬わけがわからなくなったようだった。「それってドイツ語の名前よね？」

「あたりまえじゃない」とペトラは答えた。

「あら、そうかしら。彼があたしの夫で、イギリス人で、アルノなんて名前とはなんの関係もないとしたら、そんなにあたりまえでもないんじゃない？　夫はブライアン・アンダーウッド・スコットという名前なんだから。昔からずっと。出生証明書にもそう書いてあるし、夫の母親も亡くなるまでずっとそう呼んでたし。どうしてアルノ・フォン・デア・ライエンなんて呼ぶの、あんた？　あたしをからかいにきたの？　それともそれであたしの喉を掻き切ろうってわけ？」女は興奮して一気にまくしたてた。

　言葉は半分しかわからなかったものの、ペトラはその勢いに圧倒された。高価なファンデーションも、怒りで頬が赤らんでいるのを隠すことはできなかった。どう見ても演技ではないようだった。

「後ろを向いてみて」とペトラは言った。「何が見える？」

「何も」とローリーンは答えた。「空っぽの通りだけ。それが言いたいわけ？」

「あそこの建物の表に、大きな〝C〟の字が見えるでしょう？　あれはホテルのカフェ。あそこまでおとなしく一緒に行く、といまここで約束してくれたら、こんなものは必要ない」ペトラはメスをちょっと持ちあげてみせた。「わたしたち、話し合ったほうがいいと思うの」

47

ウェイターは平然と紅茶をコーヒーカップで出した。ローリーンはしばらくそれを冷めるにまかせたあと、恐る恐る口をつけてみた。ふたりとも黙りこんでいた。むかいに座った女はどう切り出そうか迷っているようだった。何度か時計に目をやり、そのたびに口をひらこうとしたが、結局、何も言わなかった。

やがて女はカップを手にして一口飲んだ。「わたしにはこれがまるで大きなジグソーパズルみたいに思えるの。わかる？」

ローリーンはうなずいた。

「それにわたし、なんだかよくないことが起こる気がするの。もしかすると誰かが命の危険にさらされているかもしれない。よくはわからないけれど。だからわたしたち、それを防ぐために、いますぐパズルを組み立ててみる必要がある。言っていることはわかるかしら？」

「ええ、たぶん」ローリーンは協力的に見せようとした。「でも、誰が危険にさらされてるの？　うちの夫じゃないわよね？」

「いいえ、彼かもしれない。でも、申し訳ないけれど、いまのわたしには彼はそんなに重要じゃない。だって、まだあなたたちのことを完全に信用したわけじゃないから」

「あらそう。じゃあ言うけれど。あたしだってあなたのことを何も知らないのよ。今日初めて会ったんだから。あたしに何がわかる？　あなたは三十年も彼を別の名前で知ってるという。だとすると、あなたは何か情報を握ってて、それであたしたちの結婚生活に長いこと影響をおよぼしてきたんじゃないかという気もする。こっちだってあなたを信用できないと思わない？」ローリーンはウェイターが紅茶だと称する茶色の液体にもうひとつ角砂糖を入れ、辛辣な笑みをペトラに向けた。「でも、そうは言ってもね。あたしに選択の余地はないんでしょう？」

「ええ、ないと思う」女は小柄な体に似合わぬよく響く声で笑った。「わたしはペトラ。ペトラ・ヴァーグナー。ペトラと呼んで」ときっぱりうなずいた。「あなたの夫に会ったのは戦争中のことだった。彼はフライブルクのすぐ北にある大きな予備病院に入院していて、わたしはそこで看護婦をしていた。それ以来彼とは一度も会っていない――今日までは。あなたが目撃したのが、わたしたちのほぼ三十年ぶりの再会。彼はまったくの偶然だと言っていたけれど。そうなの？」

「あたしにはわからない。夫とはもう何日も話をしてないから。彼はあたしがここに来てることも知らないの。あたしは本当になんにも知らないし、彼が戦争中ドイツの病院にいたことも初めて聞いた。でも、戦争から帰ってきてしばらく入院してたことは知ってる。その前に一年近く行方不明になってたことも」

「それがきっとこっちの病院にいた時期ね」

それはローリーンにとって思いがけない事実だった。信じがたい話だった。だが、ペトラが嘘をついているようには思えなかった。〝不安は真実の道連れ、傲慢は虚偽の道連れ〟と父親がよく言っていた。ペトラ・ヴァーグナーの穏やかな外見の陰には不安が見てとれた。

おたがいにできるだけ早く相手の信頼を得る必要があった。

「わかった。信じるわ、あなたの話。あたしにはとても奇妙に聞こえるけれどね」ローリーンは苦い液体をもう一口飲んだ。「あたしはローリーン・アンダーウッド・スコット。よかったらローリーンと呼んで。あたしたちは一九四七年に結婚して、あとふた月足らずで銀婚式を迎える。住んでるのはイギリスのカンタベリーで、夫はそこで生まれ育ったの。医学を学んで、いまは製薬業界で働いてる。娘がひとりいて、あたしたちはかなり裕福だと言っていいと思う。夫は結婚してから一度もドイツに来たことはなかった。二週間前まではね。それにあたしも、おとといまでこの街の名前を聞いたことさえなかった」それからローリーンは相手の目をまっすぐに見つめ、こう言った。「お願い、ヴァーグナーさん、夫がどこにいるか教えて」

＊＊＊

ペトラ・ヴァーグナーからすれば、そのイギリス人はヘブライ語をしゃべっているようなものだった。だから話は聞いていなかった。かわりに全神経を集中して、むかいの女の表情を観察していた。この背の高い女を信用できるか否かがすべての鍵だった。

ペトラが第一に考えなければならないのはゲルハルトのことだった。彼女が何もしなければ、ゲルハルトは新たな危険にさらされることはない。これまでと同じように安全なのだ。

もちろん彼女は、シュティヒら三人が最終的にはシュロスベルクでアルノ・フォン・デア・ライエンと相互理解に達することを願っていた。だが、心中は不安で、どうしていいかわからず、確信などまるでなかった。ものごとがそううまくいかなかったら？　むかいに座っている女がよからぬことを考えていたら？　そうしたら自分はどういうことになるだろう？　それはゲルハルトにどんな影響をおよぼすだろう？

だが、この女が探偵だということはありえない。アルノ・フォン・デア・ライエンの妻だというのは、たぶん嘘ではないのだろう。

「いくつか質問をしてもいい？」とペトラは妙に息切れしながら言った。

ローリーンは驚いた顔をしたが、うなずいた。

「じゃあ、すばやく答えて。テストのようなものだと考えてちょうだい。あなたの娘の名前は?」

「アン・レズリー・アンダーウッド・スコット」

「アンの綴りはAnne?」

「いいえ、eはつかない」

「誕生日は?」

「一九四八年六月十六日」

「何曜日?」

「月曜」

「どうして憶えてるの?」

「とにかく月曜なの!」

「その日何があった?」

「夫が泣いた」

「ほかには?」

「あたしがジャムつきのマフィンを食べた」

「憶えていることとしては、なんだか奇妙じゃない?」ローリーンは首を振った。「あなた、子供はいる?」

「いいえ」それを訊かれるのがペトラは大嫌いだった。買い物のあとひとりでカフェ・パルメラに座っているとき、たまに男から誘いをかけられるのと同じくらい嫌いだった。

「子供がいたら、それほど奇妙じゃないとわかるはずよ。もういい?」

「まだよ。まず、あなたの夫はゲルハルト・ポイカートに何を求めているのか教えて」

「本当にあたし、知らないの。あなたのほうがよく知ってるんじゃない?」ローリーンは唇をきゅっと結んだ。口の端にできた皺がファンデーションに亀裂を入れた。

「いいえ、知らない」

「ねえ、ヴァーグナーさん……」とローリーンは相手の手を取った。「知ってることを全部話してちょうだい。あたしを信用して」

＊　＊　＊

ローリーンは疑惑にとらわれていた。自分の聞かされている情報をなかなか消化できなかった。夫の過去だと言われるものは、見知らぬ男の過去だった。彼女は何も知らなかった。まったく何も。

ペトラ・ヴァーグナーは説明上手だった。ローリーンにもしだいにその病院と、そこでの日々と、ブライアンのいた病室の様子がわかってきた。「まあ、ひどい」と彼女は何度も声をあげた。「本当？」とたびたび、答えを求めずにつぶやいた。

ペトラの語るところによれば、丘陵地帯にあるその予備病院での月日は恐怖と抑圧の日々だった。組織的な不適切治療と孤独の世界で、三人の男が病室全体を静かに威圧し支配していた。

そしてある日、アルノ・フォン・デア・ライエンがそのうちのふたりとともに姿を消した。

「じゃあ、うちの夫とそのゲルハルト・ポイカートは、おたがい病院ではいっさい関わりがなかったというのね？」

「ええ、まったく」ペトラは途方に暮れているようだった。「それどころか、ゲルハルトはアルノ・フォン・デア・ライエンがそばに来ると、いつも顔をそむけていた」

「で、ゲルハルト・ポイカートはその後どうなったの？」

それを訊かれたとたん、ペトラは手を引っこめた。気分が悪くなったのか、椅子の背にかけてあったスカーフを取った。顔が青ざめ、涙が頬を伝った。ローリーンがハンカチを差し出すと、ペトラは黙ってそれを受け取った。

しばらくすると、気持ちが落ち着いたのか、彼女は微笑もうとした。鼻をかんで、恥ずかしそうに、だがほっとしたように小さく笑った。

「あなたのこと、信用してだいじょうぶよね？」

「ええ、だいじょうぶよ」とローリーンは言い、もう一度彼女の手を取った。「娘の生まれた日が月曜だったかどうかはあてにならないけどね」と、すまなそうに笑った。「あなたのことを話して。おたがいのためにいいと思うの」

ペトラはゲルハルト・ポイカートに恋をした。彼については恐ろしい噂をいろいろと耳にしたが、それでも彼を愛した。彼はほかのふたりの患者とともにケルン近郊のエンゼン・バイ・ポルツへ移されたあとも、いっこうに回復の兆しを見せなかった。付き添っていく許可をもらうには説得と賄賂の両方が必要だった。ドイツが降伏しても、ゲルハルトの健康状態はあいかわらずだった。あいかわらずとても悪かった。一日じゅう意識を失っていることもたびたびだった。エンゼンに転院してからはそれなりに手厚く看護されていたものの、それまでがひどかった。フライブルクの病院にいた過酷な数ヵ月のあいだに、電撃療法を受けさせられたうえ、保安将校や仲間の患者たちから暴行を受けており、ゆっくりと死に近づいていた。

そのうえ彼はアレルギー性ショックの症状を示していた。だが、この症状を深刻に受けとめるだけの専門知識が誰にもなかったし、くわしく調べている暇もなかった。

さらに悪いことに、戦争が終わるとゲルハルトのような患者はたちまち医師の関心を惹かなくなった。彼は一夜にして過去の存在になった。二度と語らないほうがいい過去の。鉤十字の呪いをかけられていない患者が優先されるようになった。ペトラだけがゲルハルト・ポイカートの病状を本気で心配した。だが、彼女には専門知識がなく、ゲルハルトのような患者をどうしていいのかわからなかった。彼はいつも服んでいた錠剤をあたえられるだけで、あとは一日じゅう眠っていた。

そんなある日、アルファベット・ハウスにいたふたりの男が現れたのだ。

ペトラの話がここまで来たところで、ローリーンにも彼女がおびえる理由がわかってきた。そのふたりの男は、ペトラの愛する男を殺しにきたのだった。ランカウという大柄でたくましい男のほうは、ローリーンの夫とともに病院から脱走したふたりのうちのひとりだった。

ふたりは白衣を着て病院内をぶらぶらと歩きまわった。当時は占領軍のオブザーバーなるものが大勢出入りしていたので、誰も気に留めなかった。身分証のたぐいはいっさい見せなかったのに、職員はふたりの言うがままになった。

ペトラがその日二度目の薬を配りに病室へ行ってみると、ゲルハルトがベッドごと消えていた。雑役係がリネン室のほうを指さしたので、行ってみると、ランカウとクレーナーがゲルハルトのベッドの上にかがみこんでいた。それを見たとたん、彼女は愕然として戸口まであとずさった。そこなら背後に人通りがあるので安全だった。ゲルハルトは身を震わせて浅く速い呼吸をしていた。

あと数分遅かったら手遅れになっていただろう。

ペトラはふたりを知っていた。ふたりも彼女のことを思い出したのが、その憎々しげな目つきでわかった。すぐにゲルハルトから手を離し、姿を消した。それからの数日間、彼らはひとりずつ定期的に現れた。なだめるように、にやにやしながら。相手がひとりで来るかぎり、ペトラは彼らに対抗できなかった。もうひとりがいつでも仕返しにこられるのだから。それにゲルハルトは無防備な標的だった。

いまやふたりとも危険にさらされていた。

そんなふうにして五日がたった。その間、ペトラ自身はつねにひとりにならないようにし、ゲルハルトからは一度に二、三分以上けっして目を離さなかった。ゲルハルトは日に日に弱っていた。ふたりが現れてからというもの、おびえて萎縮してしまったようで、食べることも飲むこともろくにしなくなった。

六日目、アルファベット・ハウスにいた男がもうひとり、彼女の前に現れた。

男はランカウとクレーナーとともに外で待ちかまえていた。ペトラと腕を組んで歩いていた友人がたちまち、クレーナーに媚びを売りはじめた。いい服を着た男には誰にでもそうするのだ。

なんとも異様な状況だった。

話しかけてきたのは三人目の男だった。ペーター・シュティヒという小柄で愛想のいいこの男を、彼女は治癒不能の患者だと見なしていたのだが、突然、軍務に耐えられるとして退院させられたのだ。シュティヒが話しているあいだ、ランカウは脚を大きく広げて立ち、落ち着かなげにあたりを見まわしていた。危険な状況だった。成り行きによってはペトラも友人もひどい目に遭う恐れがあった。ペトラは注意深く話を聞いた。

ペーター・シュティヒは穏やかな笑みとともに話しはじめた。「ゲルハルト・ポイカートはもっと安全な場所に移すべきではないかな？　なにしろこういう時代だし……彼は戦犯だしな。彼のような人間はあまり同情されないはずだ。そうだろう？」

シュティヒは彼女の腕をぽんとたたき、ランカウにちょっとうなずいてみせた。ランカウはすぐに姿を消した。

「きみはそれについてたぶんわたしと話し合いたいだろう」とシュティヒはつづけた。「都合のいい時間と場所を言ってくれないか」

協力するのはペトラにとってそれほど難しくなかった。状況がどれほど深刻かよくわかっていた。病気だろうがなかろうが、ゲルハルト・ポイカートはいつ過去の責任を問われてもおかしくないのだ。そういうニュースは毎日のように耳にしていた。ナチ政権下で権力をふるった人物たちの責任追及が始まっていた。ケルンの有力な市民がすでに何人か逮捕されており、ゲシュタポや親衛隊保安部に協力した者たちはみな罪人あつかいされていた。敵からも味方からも、助けどころか哀れみすら期待できなかった。

その日は奇妙なことばかりあった。連合軍の代表者たちがひっきりなしに出入りしていた。その混乱のなか、同僚の看護婦たちのなかには些細な仕事すら拒否する者もいた。かと思うと、病院の地下の隠れ家からはケルン市民がまたひとり、制服姿の男たちによって引きずり出され、連行されていった。ペトラはすっかり気分が悪くなっていた。

彼女はシュティヒに、話し合いの場は周囲になるべく人が大勢いるにぎやかな場所にするよう求めた。さらに偽患者の全員がその場に来ること、ただし彼女と話をするのはひとりに限ることも要求した。その結果、後刻、駅の仮設の待合室で改めて三人と会うことになった。

駅の周囲にはほとんど人けがなかった。駅前から出るはずのバスも、一台も到着していなかった。待合室にはいると、大勢の人々が床で眠ったり、まどろんだりしていた。スーツケース、鞄、袋、縛りあげたボール紙の箱、必需品をくるんだ毛布、ありとあらゆる荷物が散らばっていた。三人と会うには絶好の場所だった。

これ以上混雑している場所はまず望めなかっただろう。

待合室の中央の床に、幼い子供六人と十代の子供ふたりをふくむ一家が座りこんでいた。母親はやつれて、疲れた不安げな顔をしていた。父親は眠っていた。ペトラは近づいていって、その家族のあいだで三人を待った。ふたりの子供が彼女のスカートを引っぱり、顔を見あげてきた。

ペーター・シュティヒはすぐに現れた。クレーナーとランカウはシュティヒの数歩後ろで立ち止まった。

「あとのふたりはどこ？」彼女はすばやくまわりを見まわしながら言った。子供のひとりが彼らのあいだの床に腰をおろし、目を丸くしてペトラのスカートの下をのぞいた。それからシュティヒを見た。シュティヒは平然としていた。

「あのふたりとは？」彼は訊き返した。

「ランカウと同じ夜に姿を消したふたりよ。アルノ・フォン・デア・ライエンともうひとり。名前は思い出せないけれど」

「ディーター・シュミットか。あの男はディーター・シュミットというんだ。あいつらは死んだ。脱走した夜に死んだ。なぜそんなことを訊く？」

「あなたを信用していないから。そっちには何人いるのか知りたいの」

「三人だけだよ。それにきみとゲルハルト・ポイカートだ。その点は信用してくれていい」

ペトラはもう一度周囲を見まわした。「これ」と封をしていない封筒を渡した。シュティヒは中から一枚の書類を取り出して読んだ。

「どうしてこんなものを書いたんだ？」とゆがんだ笑みを浮かべて言い、クレーナーに書類を渡した。

「それは写し。原本はわたしの遺言と一緒に預けてある。それがわたしとゲルハルトの身に何も起こらないことを保証してくれる」

「きみは考えちがいをしてる。きみがわれわれの正体をばらしたら、われわれもゲルハルトの正体をばらす。そのぐらいのことはこちらも考慮ずみだよ」とシュティヒは言った。「だが、きみはこの書類でわれわれを抑えられると思うわけだな？」

　彼女はうなずいた。

　シュティヒはほかのふたりとちょっと相談してから、こう言った。「残念だが、そうなるとこちらはきみの身に何か起こらないかと、絶えず恐れていなくてはならなくなる。そのような保険は相互的であるべきだ。こちらとしては原本を破棄してくれと要請せざるをえない。そんなものを弁護士のところに預けさせるわけにはいかない」

「じゃあ、どうするの？」

「きみに契約書を書くから、それを弁護士に預けてもらいたい。その中でこちらはきみの要求をいくつか呑む。内容は、きみたちが死亡した場合われわれが大きな利益を得るような形にする。きみもしくはゲルハルトが不自然な死に方をすれば、当然われわれに疑いがかかるはずだ」

「だめ」ペトラはランカウの怒りを感じながらも首を振った。「その書類はどこか別のところに預ける」

「どこに？」シュティヒは首を横にかしげた。

「あなたには関係ない」

「そんなことを認めるわけにはいかないぞ」

　シュティヒがそう言うなり、ペトラは踵を返してさっさと出口のほうへ歩きだした。シュティヒが三度呼びかけて、彼女はようやく足を止めた。

　シュティヒが近づいてきた。

　好奇の視線を浴びながら、混雑する待合室でふたりは暗くなるまで話し合った。ペーター・シュティヒは彼女の提示する条件を受け容れ、とてもうち解けたようだった。だが、その反面、ペトラが彼らの信頼を裏切った場合には、彼女もゲルハルトも大きな代償を払うはめになるということも、隠そうとはしなかった。

　シュティヒはペトラをこう説得した。知ってのとおり、自分たちはゲルハルト・ポイカートと同じく親衛隊の高級将校だった。自分たちのような人間は、逮捕されて裁判にかけられれば、終身刑や死刑になる恐れもある。全員の安全を保証するのは、正体を隠すことであり、誰もそれを暴かれないことだ。したがってきみがゲルハルト・ポイカートを生かしておいてほしいと言うのであれば、きみもこちらに協力してくれなければならない。きみ自身とゲルハルトの沈黙を保証してほしい。

それができるのなら、自分たちもきみに見返りをあたえる。ゲルハルト・ポイカートに新しい身分を提供する。ディーター・シュミットのものになるはずだった身分を。

その場合にはゲルハルトはエーリヒ・ブルーメンフェルトという名前になる。鋭い顔だちをしているから、ユダヤ人の血が混じっているようにも見える。あのブロンドの髪を短く切ればなおさらだ。この作り話を維持するかぎり、彼の身には何も起こらない。このごろではみな、ユダヤ人がなぜ精神医学の助けを必要とするのかを理解しはじめている。自分たちは彼に新たな人生をあたえ、面倒を見てやる。

きみがゲルハルト・ポイカートに同行してつねに彼のそばにいることにも、反対はしない。

「で、フライブルクに来てしまったわけ?」ローリーンは首を振った。「よりによってフライブルクに。この街にいたら、あなたたちは誰も安全じゃないでしょう!」

「でも、来てしまったの。ほかの人たちはもう決断していたし、わたしはこのあたりに親戚がいたし。わたしには隠れる理由もなかったから」ペトラは手を組み、甲でカップを少し前に押しやった。「それで長年うまくいってたのよ。あなたたちが現れるまでは。二十七年間なんの問題なかった。フライブルクはあの三人にとっても、いろいろと都合がよかったの。第一に、スイスに近いし。第二に、彼らを知っている人たちはみんな病院が爆撃されたときに亡くなったし――まだ疎開していなかった人たちはね。第三に、あの三人はみんなここの出身じゃなかったし、フライブルクにほかに身内もいなかったし。この街はちょうどよかったの」

こうしてすべては計画どおりに進んだ。みなシュティヒが決めたとおり、別人になった。シュティヒ自身はヘルマン・ミュラーに。ヴィルフリート・クレーナーはハンス・シュミットに。ホルスト・ランカウはアレックス・ファーバーに。そしてゲルハルト・ポイカートはユダヤ人のエーリヒ・ブルーメンフェルトに。四人の刺青はシュトゥットガルトで見つけた老齢の医師――ニュルンベルク裁判では無罪を言い渡されたものの、いろいろと後ろ暗い過去のあった男――が、二千マルクという穏当な金額で消してくれた。こうして四人が本当は何者かを示す肉体上の証拠はすべて消えた。

「夫にはまだその刺青があると思う」とローリーンは打ち明けた。最後に見たのは何年も前だったが、彼女はいつもそれを、兵隊の馬鹿げた気まぐれで入れたものだろうと思っていた。

ゲルハルト・ポイカートの転院は問題なく終了した。まずケルンからロイトリンゲンへ転院させ、ロイトリンゲンからカールスルーエへ転院させた。最終的にフライブルクへ移したときには、彼の新しい身分はすっかりできあがっていた。

ゲルハルトをフライブルクに連れてくることができてペトラはとてもうれしく、彼がよくなるという期待をいつまでも捨てなかった。だから独身を通した。それが愛の代償だった。

だが、ペトラの信念と献身にもかかわらず、ゲルハルトの病状はいっこうに好転しなかった。彼は依然として近づきがたく、自分の内に引きこもっていた。そここにいるのに手を触れられなかった。

ガラスのむこうにいる恋人のように。

ペトラをのぞけば、三人の男がゲルハルトにとって、外界とのほぼ唯一の接点だった。彼女の知るかぎりでは、ゲルハルトはかなりきちんとあつかわれていた。数年後、三人組はその療養所を買い取った。以後は好きなときに出入りできるようになった。

「その三人はお金持ちなの？」

ペトラはその質問が聞こえなかったかのようにぼんやりと宙を見つめた。「フライブルクの親衛隊病院でわたしはギーゼラと友達になった。ギーゼラはわたしよりいくつか年上で、夫の見舞いに定期的にそこへ来ていたの。彼は治る見込みがなかった。だから戦争末期に病院が爆撃されて夫が死んだと聞いて、ギーゼラはほっとしていた。わたしたちは一緒にもう一度笑うことを憶えた」

ペトラの顔に感傷的な笑みがちらりとよぎった。それ以降あまり笑っていないのだろう、とローリーンは思った。

「ところがそのあと、運の悪いことにギーゼラは故郷に帰れず、わたしの人生はあの三人のせいで一変してしまった。数年後のある日の午後、またもや彼らに呼び出されたわたしは、ひとりで行きたくないばかりに、ギーゼラをそこへ一緒に連れていったの。いまでも後悔してる。あれが彼女の不幸の始まりだった。彼女は三人のうちのひとりで、クレーナーというあばた顔の男と結婚したの。クレーナーは三人のうちではいちばん教養があったけれど、彼女を死ぬほど苦しめた。それでも彼女がいなかったら、わたしはあの三人がこんなまねをする理由をいまだに理解できなかったと思う」ペトラはまたぼんやりと宙を見つめてから、腕時計を見た。背筋を伸ばし、自分がもたらした暗い雰囲気を払いのけた。

「ええ、お金持ちよ、あの三人は」と締めくくった。

「ものすごくお金持ち」

シュティヒとクレーナーは略奪品のごく一部しか投資にまわさなかった。彼らに新たな本拠地で影響力をもたらしてくれた少なからぬ財産は、真面目に働いて得たものだった。残りの品々は手つかずのままバーゼルの銀行の金庫で眠っていた。ランカウだけが資本に定期的に手をつけていたが、ペトラの知るかぎりでは、まだたっぷりと残っていた。ランカウは偽名を用いて大きな機械工場の所有者になり、多くの人々を雇用していたが、利益はあげていなかった。工場経営は彼のたんなる社会的アリバイであり、ワイン造りと同じく、有力者や狩猟仲間と知り合う機会をあたえてくれる趣味にすぎなかった。彼は街の名士として知られ、つねにジョークを絶やさず、誰とでも喜んで昼食をともにした。ペトラから見れば典型的な二重人格だった。

クレーナーのほうはもう少し手広く商売をしており、貿易会社を経営するかたわら、不動産の売買も行なっていた。どれも政治的な影響力と多くの友人を必要とする類の活動だった。クレーナーに抱かれたり頬をなでられたりしたことのない赤ん坊は、フライブルクにひとりもいないのではないかとペトラは思っていた。彼は自分を演出することに人生の大半を費やしていた。

シュティヒはまた別だった。三人のうちでいちばん質素に暮らしていたにもかかわらず、実際にはいちばん裕福だった。投機取引を行ない、ドイツの復興と、増大する貿易と、六〇年代の好景気で儲けた。小さなリスクで大きな利益をあげるこの仕事は、ものを見きわめる目と決断力だけが頼りだった。結果として、彼は他人と交わるのを避けるようになった。

親しい者たちのあいだでさえ、シュティヒは謎の存在だった。

三人の関係はひとえに、自分たちの過去を秘密にしておくという共通の目的にもとづくものだった。だから定期的にきちんとゲルハルト・ポイカートを見舞い、治療にあれこれ注文をつけていた。そしてだからまた、仲間がどんな妻や職業を選ぼうと口出しをしなかった。

やがて三人ともゲルハルトの病状にすっかり慣れてしまった。一度だけ彼の意識の深層が表にあらわれて、一同をびっくりさせたことがあった。ペトラもその場に居あわせた。みなで航空ショーへ行ったときのこと。ゲルハルトが初めて口をきいたのだ。「すごく速い(ゾー・シュネル)！」と。それだけだったが。一九六二年のことだ。同じことがまた起こるのではないかと、ペトラは何度も夢想した。

「それがもう、一九七二年になってしまった。ヴィルフリート・クレーナーは五十八、ランカウは六十、シュティヒは六十八。そしてゲルハルトはわたしと同じで五十歳。何も変わらない。みんな十歳年をとっただけ」ペトラは溜息をついた。「そんなふうにして時間が過ぎてきたの――今日までは」

ローリーンはしばらく彼女を見つめた。話をしたことで気が楽になったようだった。いまだに若々しい目には穏やかさと悲しみが表れていた。

「ペトラ……」とローリーンは言い、しばし黙りこんだ。「話してくれてありがとう。あなたの話はすべて信じる。ただ、そこに夫がどう関係するのかが、やっぱりわからないんだけど。その三人が夫に危害を加えるかもしれないわけ？」

「ええ、たぶん。彼があの人たちの言う条件を呑まなければ」

「どんな条件？」

「口をつぐんでいろとか。おとなしく国へ帰れとか。よくわからないけど」ペトラはちょっと黙りこんだ。

「あなたの夫は裕福なのよね？」

「ええ」

「彼はそれを証明できる？」

「もちろん。なぜそんなことを訊くの？」

「必要になるかもしれないから。生きてフライブルクを出るつもりならね」

「生きてフライブルクを出る？」ローリーンは愕然とした。「あなた、自分が何を言ってるかわかってるの？　ねえ、教えて。夫はどこにいるの？」

「わたしもすべてを知っているわけじゃないから、はっきりしたことは言えない。それに、あなたたちがゲルハルトに危害を加えようとしてはいないということを、命にかけて誓ってくれなければ、それも教えられない」

　ローリーンはこの数時間でいきなり別の現実に放りこまれ、その急激な変化に追いつけずにいた。この先自分が積極的な役割を果たせるかどうかは、いま少しだけ心をひらいてくれたこの女にかかっていた。ブライアンはローリーンを別の現実に引っぱりこみ、しかも大きな危険にさらされている恐れがあった。彼女の知らない夫の姿が明らかになりつつあるのだ。彼女にはもはや、夫がゲルハルト・ポイカートに危害を加えることはない、とペトラに誓える自信はなかった。昨日だったら、なんのためらいもなく誓っただろうが。

　いまは迷いが生じていた。

「ええ、命にかけて誓う」ローリーンはそう答えた。

48

BMWのエンジンがかかる音が聞こえてくると、ランカウはいいほうの目を細めてにやりとした。うるさい相手をようやく追い払うことができたのだ。自分たちはフォン・デア・ライエンを過大評価しており、フォン・デア・ライエンもこちらを過小評価しているのではないかという気がした。それはきわめて有望な仮定だった。

ホルスト・ランカウにとって、そこはホームグラウンドだった。彼の縛りつけられているオーク材の肘掛け椅子は、十年前に妻がミュールハイムの家具屋で買ったものだった。最初はいかにもしっかりした頑丈な椅子に見えたのだが、すぐに造りの甘いガラクタだと判明した。それで結局、このカントリーハウスへ格下げになったのだ。

ランカウはいま、その椅子を妻に売りつけた家具屋にひそかに感謝していた。肘掛けをがくがくと力いっぱい揺すっていると、ついに両方とも折れた。上体を背もたれに縛りつけられているので、脚の紐をほどくには手が届かなかった。やむなく体を前後に激しく揺すっていると、しだいに椅子が崩壊してきた。ドアの上の鳩時計が六時十五分を打ったとき、椅子はとうとうばらばらになり、ランカウは自由になった。

ペーター・シュティヒの声は遠かった。電話に出たときの声の様子からすると、シュナップスのグラスを前にして考えごとをしていたようだった。かけてきたのがランカウだとわかると、すぐさま「いったいどこへ行ってたんだ？」と嚙みついてきた。

「英語のお稽古をしてたんだよ。おれがどれほどうまいか、あんた知らないだろう」ランカウは受話器を肩ではさんで支え、腕をさすった。傷はどれもただの擦り傷だった。

「いいから、黙ってわたしの質問に答えろ、ホルスト！　どうしたんだ、いったい？」

「おれはいまワイナリーにいる。フォン・デア・ライエンのやつにとっ捕まっちまったんだが、いまはもう自由になった。あの馬鹿、おれをゲルダの椅子に縛りつけやがった！」ランカウはたまらず笑った。

「やつはどうした？」

「だからあんたに電話したんだ。あいつはクレーナーを見かけてる。クレーナーの屋敷を知ってるんだ。おれはいまクレーナーに電話してみたんだが、出ないんだよ」

「わたしのことは？　やつはわたしのことも知ってるのか？」

「いや、あんたのことは絶対に知らないはずだ」

「そうか」

電話のむこうからかすかに、ちゃぽちゃぽという音が聞こえてきた。アンドレアがシュナップスのお代わりをついだのだろう。

「で、きみが考えるに、フォン・デア・ライエンはクレーナーのところへ向かったわけだな？」老人は短く咳をしたあと、そうつづけた。

「ああ、まずまちがいない」

「クレーナーはまだ家に帰ってないはずだ。ペトラ・ヴァーグナーを捜しに出ている」

「ペトラを？　なんでまた？」今日は驚くことばかりだった。

「あの女はわれわれにすべてを話してないと思ったものでな。きみから何も連絡がないんで、ペトラがやつにシュロスベルクで何が待ちかまえてるかしゃべったんだろうと、そう考えざるをえなかったんだ」

「やつは何も知らなかった。ペトラはどこにいる？」

ランカウは大声で笑った。シュティヒが受話器を耳から遠ざけているさまが目に浮かんだ。「さあな。知らんだろう。だが、さしあたり一発は弾倉に弾がはいってると考えるべきだ。そいつをフォン・デア・ライエンは喜んでクレーナーのあばた面に撃ちこむだろう。だから、あんたはすぐに出かけたほうがいいぞ、ペーター」

「心配するな。いまから行く」シュティヒは静かにそう言うと電話を切った。

「たぶん患者の家をまわってるはずだ。いまクレーナーが所在を突きとめようとしてる。ペトラがフォン・デア・ライエンに何をしゃべったのか白状させて、われわれを裏切っていたら殺せと言ってある。ペトラの持ってる書類のことなど知ったことか。あんなものはもうどうでもいい」

「かわいそうにな、ペトラも」とランカウは言ったが、少しも本気ではなかった。「アルノ・フォン・デア・ライエンのやつは、やることをやったらここへもどってくるはずだ。それはまちがいない。そしたらこんどはおれがあいつをかわいがってやる。だが、まずあんたは、クレーナーにきちんとおれからのメッセージを伝えてくれ。フォン・デア・ライエンが九四式拳銃をポケットにBMWで走りまわってると」

「優秀な車に、がらくたの拳銃か。きみも気前がいいな、ホルスト。やつはあの銃が安全装置をいじるだけで暴発することもあるのを知ってるのか？」

49

ランカウを椅子に縛りつけてカントリーハウスを出てから、ブライアンはじっくりと考えた。何よりもまず、もう一度あの男を問いつめなければならない。ジェイムズが行方不明になった状況は信じるにしても、心の平安を得るには、すべてをしゃべらせる必要がある。あの大男はしぶとく抵抗するだろうが、どこかに弱みを持っているのではないか。それを見つけられたら、物語のさまざまな断片がきっと組み合わさるはずだ。そうしたらあの男を解放してやる。

だがその前に、クレーナーに会って同じ質問をする必要があった。クレーナーはことによるともっと協力的かもしれない。ブライアンはウェストバンドに拳銃

がはさまっているのを確かめた。もしかすると、郵便配達と呼ばれる謎の人物についても何かわかるかもしれない。ペトラの居どころも白状させられるのではないか。

それをすべて達成できたら、カンタベリーに電話しよう。ローリーンがまだ帰宅していなかったら、カーディフに電話してみよう。むこうに行っているのかもしれない。カーディフにいたら、明日の朝スーツケースに荷物を詰めてロンドン行きの急行列車に乗り、そのままピカディリー線でヒースロウまで行けと伝えよう。そこでパリ行きの最初の便に乗れと。一緒にふた晩ほどリヴォリ通りのホテル・ムーリスに泊まって、日曜日の公園を散歩し、サン・トゥスターシュ教会のゆうべの礼拝に出ないかと誘えば、きっと機嫌を直してくれるだろう。

その通りでまっ暗なのはクレーナーの屋敷だけだっ

た。あとの家々は、玄関や庭に少なくともひとつは明かりがともっている。

だが、クレーナーの屋敷にも人けがあった。

鉄細工の門のまん前に立っているブライアンは、いかにも人目についた。二十メートル奥の屋敷の玄関からひとりの老人が出てきて、ブライアンのほうへ歩いてきた。ブライアンは立ち去ることもできたし、そのままそこにいてゲームをつづけることもできた。老人は彼のほうを見て、ドアに鍵をかけたかどうか思い出そうとするようにちょっと足を止めた。それからもう一歩近づいてくると、気をとりなおしてブライアンをまっすぐに見た。そして前に会ったことがあるかのようににっこりし、両腕を広げた。「ズーヘン・ジー・エトヴァス？」そう言いながらブライアンの二歩手前で立ち止まり、咳払いをした。

「なんでしょう（エクスキューズ・ミー）？」とブライアンは反射的に言った。

老人は聖ウルズラ療養所でクレーナーと一緒にいたあの老人、ブライアンがルイーゼン通りのアパートまであとを尾けたあの人物だった。外国語に一瞬とまどったようだったが、すぐに笑顔になり、それがごく自然なことだというように英語に切り替えた。

「誰かお探しですかとお尋ねしたんです」

「ああ！　ええ、そうなんですよ」とブライアンは相手の顔をまっすぐに見て答えた。「実は、ハンス・シュミット氏を探しているんです」

「そうですか。お力になりたいところですが、ミスター……？」

「ブライアン・アンダーウッド・スコットです」ブライアンは老人の差し出した手を握った。華奢で冷たい手だった。

「あいにくと、シュミットさんとご家族は二日ばかり留守をなさっていましてね、ミスター・スコット。わたしはいま花に水をやっていたところなんです。誰かがやらなくてはならないでしょう？」と目尻に皺を寄せて親しげに微笑んだ。「何かお力になれることはありますか？」

白い顎鬚をたくわえた仮面の裏に隠れた顔が、ブライアンの潜在意識を刺激していた。声には聞き憶えがなかったものの、顔だちがなぜか彼を落ち着かなくさせた。

「さあ、どうでしょう」とブライアンはためらったが、こんなチャンスは二度とめぐってこないだろうと思いなおした。「実を言いますと、シュミット氏ともたしかにお話はしたいんですが、わたしが本当に話をしたいのは、シュミット氏の知り合いなんです」

「そうですか。しかし、それならお力になれるかもしれませんよ。ハンス・シュミットの知り合いの大半は、わたしもよく知っていますから。差し支えなければ、誰をお探しなのかおっしゃってみてください」

「昔からの共通の友人です。あなたはきっとご存じないでしょう。ゲルハルト・ポイカートという男です」

老人は一瞬、彼をまじまじと見た。それから口をとがらせ眉間に皺を寄せて考えた。「驚くかもしれませんが」と老人は眉をあげた。「その人のことなら憶えていると思います。病気でしたよね？」

それはブライアンにしてみれば思いがけない進展だった。一瞬、言葉が出てこなかった。「ええ、たしか」とようやく答えた。

「憶えていると思います。わたしのまちがいでなければ、ハンスがわりと最近、彼のことを話題にしたはずです。ありえますか？」

「わかりません」

「どうでしょう、わたしが見つけてさしあげましょうか。家内が記憶力に恵まれていましてね、きっと力になってくれるはずです。お急ぎですか？　フライブルクにお住まいですか？」

「ええ」

「それなら、わが家に食事にいらっしゃいませんか。八時半でどうでしょう？　ご都合はいかがです？　それまでにそのゲルハルト・ポイカートの所在を突きとめておきますよ。どうです？」

「すばらしい」めまいがするほどだった。老人の目は善意にあふれていた。「ありがたいお申し出です。とてもいやとは言えませんよ」

「では、決まりですな。八時半ということで」老人は首を振った。「あらかじめ申しあげておきますが、たいしたものはありませんよ。家内もわたしももう若くないものでね。住まいはレンゲンハルト通りの十四番地です。すぐにわかりますよ。シュタットガルテンを通りぬけていらっしゃるといい。シュタットガルテンはご存じですか？」

舌が上顎にはりついて唾が呑みこめなくなった。老人がルイーゼン通りに住んでいることはわかっていた。ところが彼はちがう住所を教えた。ブライアンは老人の目を避けて微笑もうとした。希望が見えたと思ったとたん嘘に直面するのは、悪い徴候だった。胃がきゅっと縮み、彼は急に便意をもよおした。

「ええ。ええ、もちろん知っています」

「では、まちがえようがありません。レオポルト環状線からまっすぐ公園にはいって池の裏手へまわると、モーツァルト通りに出ます。ふたつ目の角を右に曲がれば、そこがレンゲンハルト通りです。十四番地ですよ、お忘れなく。ドアに〝ヴンダーリヒ〟と出ています」老人は微笑んでもう一度ブライアンと握手をすると、途中で振り返っては手を振りつつ、角を曲がって姿を消した。

50

厄介なことになったものだ、とクレーナーは思った。ペトラ・ヴァーグナーを始末する機会ならこれまでいくらもあったのに、なぜそうしておかなかったのか。そうすればこんな苦労をせずにすんだのに、と彼は臍(ほぞ)を噛んだ。いまはペトラの居どころさえわからなかった。

最大の問題は今日が土曜日だということだった。誰かに連絡を取ろうにも、オフィスやスタッフ・ルームには誰もいなかった。自宅に電話をかければ、必ず何かの用事で出かけていた。ペトラ・ヴァーグナーはどこにいるのか――その問いに答えてくれる者は誰ひとりいなかった。

それに、今日がたとえ平日だったとしても、そんなことを誰に訊けるだろう？　遅かれ早かれ不審を抱かれるはずだ。その直後にペトラが失踪したとなれば、なおさらだ。

いまいちばんやりたいのは、進路を変えて車をティティ湖まで走らせることだった。いまごろは妻と息子がホテル・シュヴァルツヴァルトで罌粟の実のケーキ(モーンクーヘン)を堪能しているだろう。信号待ちの交差点でクレーナーは車を停めた。郊外へ向かう右の道が彼をいざなっていた。だが、目的地は左だった。信号が青になると、彼はゆっくりとアクセルを踏みこんで左折し、ペトラ・ヴァーグナーの小さなアパートのある住宅街へはいった。

ペトラの住む建物も、通りと同じようにさびれた印象をあたえた。建物の入口のドアも部屋のドアも、難なくあいた。しかるべき位置を全身でぐっと押すだけで充分だった。

ドアの内側に新聞が落ちていた。ペトラは数時間前に出かけたようだった。

クレーナーがここへ来たのは初めてだった。中年女の甘ったるい濃密なにおいがこもっていた。部屋はかたづいていたものの、陰気だった。

クレーナーはペトラの書き物机を調べてみた。鍵がかかっている引き出しはひとつだけで、あとは奇妙にもみな空っぽだった。書棚のいちばん下の段からファイルが何冊か突き出していた。抜き出してみると、料理のレシピがたくさん絨毯に落ちた。クレーナーは全部そのままにしておいた。書棚の中ほどには、棚板を一枚はずして額入りの写真がならべてあった。ペトラの家族や友人だろう。中央のいちばん大きな写真には、若いころのペトラが、青と白の縞模様のブラウスに胸当てのついた古風な白のスカートという制服姿で立っていた。クレーナーには見せたこともないような、くつろいだ笑みを浮かべている。ゲルハルト・ポイカートが彼女の前の椅子に腰かけ、修正で消してしまえるほどかすかな笑みを浮かべてカメラを見つめていた。

もうひとつの部屋は寝室だった。ベッドは整えられていなかった。鏡台には前の日に着ていたものが無造作にかけてある。ベッドの上の壁にも写真が何枚か飾ってあったが、クレーナーの知っている顔はなかった。

鍵のかかっている引き出しにもう一度目をやると、ポケットからペンナイフを取り出した。錠にずっと差しこんで慎重にひねると、引き出しはあっさりとあいた。

さまざまな書類とともに、ペトラとゲルハルトの写真がたくさんはいっていた。クレーナーは引き出しの中身を注意深く机の上に出した。書類はどれもせいぜい数年前のものだった。ペトラ・ヴァーグナーの預金口座と、たまの旅行の記念品は、本人の慎ましさと、想像力の欠如を物語っていた。どう見てもペトラの生活は、彼らの支払っている金で豊かになってはいないようだった。

クレーナーはすべてを元にもどして引き出しを閉め、かちりと音がするまでゆっくりとナイフを抜いた。次に机の下からくずかごを引っぱり出し、中身を調べた。くずかごを元の場所に押しこんだとき、床に落ちたままのレシピが目にはいった。溜息とともに彼は膝をついて、紙切れを拾い集めた。それを元のとおりにもどそうとしたとき、黄ばんだ一枚の書類に目がとまった。どう見ても料理のレシピではなかった。

その書類をひらく前から、彼には、これでもうペトラはゲルハルトと自分の命を保証するものを失ったのだとわかった。彼はその短い文章を読んだ。最後に見てから二十数年がたつというのに、一字一句おぼえていた。この紙切れのせいで自分たち三人は長年、心の安まるときもなかったのだ。

クレーナーはにやりとし、書類をきちんとたたんで内ポケットにしまうと、電話機のダイヤルをしばし見つめたのち、受話器を取った。一分近くたってようやく、息を切らせた女が電話に出た。

「今晩は、ビリンガーさん、ハンス・シュミットです」クレーナーは片手でペンナイフをたたみ、ポケットにしまった。「そちらに今日ペトラ・ヴァーグナーが姿を見せたかどうかわかりますか？」

ビリンガー夫人は聖ウルズラ療養所の最古参の看護婦のひとりだった。オフィスにいないときにはたいてい、厨房でいれたペパーミントティーを持って、A棟のデイルームへ行っている。そこのテレビがいちばん新しいし、椅子にはビニールがかけてあるので小便のにおいがしないのだ。そこに座ってテレビドラマに夢中になっていると、帰るべき家があるのを忘れてしまうこともよくあった。

「ペトラ・ヴァーグナー？　いいえ。だって、なぜ彼女がここへ来るの？　エーリヒ・ブルーメンフェルトはあなたがヘルマン・ミュラーのところへ連れていったんでしょう？　ちがうの？」

「そうなんですが、ペトラ・ヴァーグナーはそれを知らないんですよ」

「あら、そうなの」目を輝かせて考えこんでいるビリンガー夫人の顔が目に浮かんだ。「だとすると、ちょっと変じゃない？　もう六時過ぎだもの。いまごろはこっちへ来ていなくちゃ。でも、どうしてそんなことを訊くの？　何かあったの？」

「いえいえ、ペトラに提案をしたいだけですよ」

「提案？　なんの？　ペトラをここで働かせられると思ったら、それはまちがいよ。いまの仕事のほうが、お給料はずっといいんだから」

「ええ、そうですね、たしかに。すみませんが、ペトラが来たらすぐに電話をもらえるとありがたいんですが。やってくれますか、ビリンガーさん？」

電話のむこうの沈黙はビリンガー夫人の場合、たいてい承諾の印だった。

「それと、もうひとつお願いがあるんですが。エーリヒ・ブルーメンフェルトがいないと知って、ペトラが帰ってしまうと困りますからね、誰かにケーキでも買ってこさせてください。もちろん代金はあとでわたしが払います。ペトラにお茶でも出していてくだされば、すぐにそちらへ行きます。とにかく、ペトラが来たら忘れずに電話をください」

「あらあ！」とビリンガー夫人はうれしそうに声をあげた。「なんだかわくわくしてきた！　あたし、ケーキも秘密も大好き」

51

会話は——それを会話と呼べればだが——あっというまに終わった。ゲルハルトは数えるのをやめて恐る恐る顔をあげ、居間をのぞいた。アンドレアは顔をしかめて立っていた。めったにないことだった。明らかに不意をつかれたのだ。若いころはもっと用心深かったのだろう。彼女は悪態をついた。ゲルハルトは椅子の上で身を縮めた。

誰かが償いをさせられるはずだ。

「あの女！」とアンドレアはつぶやいた。「あの女狐め！」

それから居間は静かになり、ゲルハルトはまた化粧漆喰の薔薇を数えはじめた。まもなくアンドレアがスリッパを床にこすりながら静かにはいってきて、彼の腕をつかみ、キッチンへ連れていった。

そこに鼠のようにおとなしく座って、アンドレアがぶつぶつと愚痴をこぼすのを聞いていると、やがて夫が帰ってきた。ゲルハルトの目がうつろになった。彼は言葉を聞きながし、理解すまいとした。

「やつに会ったぞ！　アルノ・フォン・デア・ライエンに！」シュティヒは叫んだ。「信じられん。やつは英語をしゃべった。ランカウの言うとおりだ。信じられん！　やつがブライアン・アンダーウッド・スコットだと名乗ったときには、頭がいかれたかと思ったよ。まさにクレーナーの言ったとおりだ。ランカウもそこまでは知らん。なんたる名前だ！」シュティヒは笑おうとしたが、痰がからんで咳払いをしなければならなかった。「あの馬鹿！　言うにこと欠いて〝ブライアン・アンダーウッド・スコット〟ときた！」シュティヒは声を抑えようとしながら先をつづけた。「わたしがやつに話しかけたんだ。するとやつは〝エクスキューズ・ミー〟と英語で言いやがった、わたしが誰かも知らずに。わたしが誰かわからなかったんだよ、アンドレア!」と妻の頬を優しくつねった。「おまえのおかげだ。おまえがわたしの外見を変えさせてくれたおかげだ。いやはや! おまえにも聞かせたかったよ」

シュティヒはどさりと腰をおろして、また咳払いをした。興奮しているうえに、急ぎ足で帰ってきて階段をのぼってきたせいで、息が荒い。「二時間後に会う約束をしたぞ」と妻に微笑みかけた。「やつは夕食に招かれたと思いこんでる。八時半にレンゲンハルト通りの十四番地に来る。そこに誰が住んでるかは知らんがな」と笑いながら片方のブーツを脱いだ。「だが、アルノ・フォン・デア・ライエンもそれを知ることはない。知ることがないように、わたしとおまえで面倒を見てやるんだ。シュタットガルテンを抜けてこいと勧めておいたよ」

「あの女から電話があったの」アンドレアは用心深くそう言うと、自分の椅子をいくぶんずらして、ゲルハルトが夫と自分のあいだにはいるようにした。ペーター・シュティヒは反対のブーツも脱ぐと、まっすぐに妻を見た。

「ペトラ・ヴァーグナーか?」

ゲルハルトは動揺して目をあけてあたりを見まわし、アンドレアのエプロンに点々とついている染みに目を留めた。ポケットの下から始めて、下から上へ、左から右へと念入りにその染みを数えだした。アンドレアはゆっくりと立ちあがった。染みをひとつひとつ追っているゲルハルトの視線も、それに合わせて上にあがった。

「ええ、十分前に。あなたと話したいと言われた」

「で……?」

「留守だと答えると、切ってしまった」

「この馬鹿!」とシュティヒはわめいて、いま脱いだブーツをつかんだ。「薄のろの大馬鹿め！」

　ゲルハルトの見ている染みの飛んだ世界がゆがんだ。アンドレアが殴られまいとしてテーブルの縁に体を押しつけたのだ。シュティヒの殴打はきわめて正確だ。しかし、妻と目が合うと、彼はぴたりと動きを止め、腕をおろした。

「クレーナーがあの女を捜してることはおまえも知ってるだろう！」

　たとえ警戒していても、ゲルハルトはシュティヒの殴打をよけられなかっただろう。何度も底を貼り替えた古いブーツは重く、ゲルハルトのこめかみはむきだしだった。一瞬、彼は意識を失った。気がつくと、前に立っている男はまだ彼を殴っていた。

「貴様のせいだぞ、何もかも！」シュティヒはそう叫んで、また殴りつけた。「貴様と、貴様のイギリス人の仲間の。何が〝エクスキューズ・ミー〟だ！　あいつは絶対ここへ来させないぞ。厄介ごとはおまえだけでたくさんだ」

　最後にもう一度殴りつけると、シュティヒはブーツを放り出してキッチンを出ていった。アンドレアはカップをふた組手にすると、何ごともなかったかのように居間へはいっていった。ゲルハルトは戸棚の扉に頭をもたせかけたまま、ぐったりと倒れていた。まず片方の足首を動かし、次にもう片方を動かした。それから体じゅうの筋肉をひとつひとつ収縮させた。コーヒーを取りにもどってきたアンドレアが、何やらぶつぶつ言いながら、通り過ぎざまに彼の向こう臑を蹴った。痛みが意識に到達した瞬間、ゲルハルトはびっくりして彼女を見あげた。

　それからしばらくゲルハルトは放っておかれた。もう一度ものを数えて、混乱する頭を静めようとした。突然浮かんでくるさまざまな考えと馴染みのない感情とが絶え間なく入り乱れ、彼を内側から掻きまわした。

ひとつには、これまでの成り行きのせいだった。周囲の誰もが興奮していらだっており、クレーナーがペトラを始末しに出かけた。もうひとつには、名前のせいだった。アルノ・フォン・デア・ライエン、ブライアン・アンダーウッド・スコット、そしてまた——ペトラ。

今日は二度もペーター・シュティヒに殴られていたが、それが彼を覚醒させたわけではなかった。彼を覚醒させたのは、シュティヒの口から出た聞き慣れない言葉の響きだった。

ゲルハルト・ポイカートは立ちあがり、低くうなる蛍光灯の下にしばらく静かに立っていた。エクスキューズ・ミー。その言葉が、眠り姫を目覚めさせる口づけのように彼を目覚めさせたのだ。

居間ではペーター・シュティヒがなおも妻を怒鳴りつけていた。だが、それもいつものように唐突に終わった。

ゲルハルトは暗い廊下に出た。老夫婦がかろうじて何かできるほどの薄暗い光が、居間の戸口から漏れていた。ゲルハルトは音もなく戸口に立って中をのぞいた。老人は書き物机の上に身をかがめて作業に没頭していた。机の上には小さな金属の部品がならんでいた。何度も見たことのある光景だった。まもなく老人は拳銃を組み立ておえ、天井の電灯をつけるだろう。磨きあげられていつでも使える状態になった銃を、惚れ惚れとながめるのだ。するとアンドレアは、自分の編んでいるものがやっと見えるようになって、ほっと溜息をつくはずだ。

これらの部屋で三人の男たちは長いこと、自分たちが世界にもたらしてきた数々の不幸にも頓着せず、笑って生きてきたのだ。

「そこで何をしてるんだ?」と老人が言った。振り向きもしないのに、ゲルハルトの存在に気づいていたのだ。「キッチンへもどれ、この薄のろが!」と、こんどは振り返って怒鳴りつけた。

「ペーター、家具に気をつけて！」アンドレアが編み物から顔をあげた。

ゲルハルト・ポイカートは戸口に立ったまま、反抗的にシュティヒを見つめており、命令にしたがおうとしなかった。シュティヒはゆっくりと立ちあがった。

「わたしの言ったことが聞こえなかったのか？」老人は歯をむき出した犬のように威嚇的に戸口のほうを向いた。だが、ゲルハルトは銃が自分のほうへ向けられても、まったくひるまなかった。「アンドレア、この馬鹿は薬を服んだのか？」

「ええ、あなたが出かけたあと食堂のテーブルに錠剤を置いておいたら、なくなってたもの」

シュティヒは悠然とした足取りでゲルハルトに近づいた。ゲルハルトが一歩あとずさったとたん、彼の手から錠剤がばらばらと落ちた。シュティヒとアンドレアは金縛りにあったように動きを止めた。

アンドレアが先に反応した。「やられたよ」と一言言った。

老人はあんぐりと口をあけていた。が、そこで腕を振りあげて突進してきて、ゲルハルトを銃把で殴りつけた。

ゲルハルトの頬が深く切れたが、血はまだ出てこなかった。ゲルハルトは混乱して吐き気を覚え、犬のように四つん這いになっていると、その頭と首筋に銃把が何度も振りおろされた。

「どうだ、服む気になったか？　この野郎！」とシュティヒはわめきつづけ、ついに疲れはてて椅子に腰をおろした。それでもゲルハルトは床の錠剤を拾おうとしなかった。

「そうか。そういうことなら、おまえを殺すしかないな」とシュティヒはつぶやいた。アンドレアがシュティヒの腕をつかんで、首を振った。そんなことをしたら部屋が汚れるし、銃声が響く。

まったく無用の危険だと。

アンドレアはゲルハルトの横に膝をついて、絆創膏で止血をしてくれた。だが、彼を見る目は冷ややかだった。「あんたのためじゃなくて、絨毯のためだからね」といまいましげにつぶやいた。止血がすむと、彼女はゲルハルトの脇を抱えて立ちあがらせ、そばの椅子に座らせた。それから夫に顎で指示されて、床の錠剤を拾った。

ペーター・シュティヒは時計を見ると、銃に安全装置をかけて上着のポケットにしまった。それからこんどは穏やかな目をゲルハルトに向けた。椅子をそばへ引きずっていくと、囚人は反射的に体を丸めた。シュティヒは父親のように優しく彼の肩に手をかけた。

「なあ、ゲルハルトや。わかってるだろうが、おまえはわたしたちの言うとおりにするしかないんだよ。さもないとわたしたちは腹を立てて、おまえに罰を加えるぞ。いつだってそうだったじゃないか。ランカウとクレーナーとわたしが必ずいるんだよ、そうだろう？わたしたちはおまえにどんなことでもさせられるんだ。憶えてるだろう？自分のくそを食わされたことを」シュティヒはさらに顔を近づけた。「あんなことはもうしたくあるまい、え？」

シュティヒが手を差し出すと、アンドレアはうやうやしくそこに錠剤をのせた。

「さあ、ゲルハルトや、薬を服むんだ」とシュティヒは言い、咳払いをした。「さもないと、こんどはおまえをどんな目に遭わせるかわからんぞ」

ゲルハルトは乾いた唇をおとなしくこじあけられた。体は力がすっかり抜けて受け身になり、頭はさまざまな考えで疲れきっていた。

「さあ、嚙むんだ。でなければ、そっくり吞みこんでしまえ。どっちでもいい。とにかく胃に収めろ！」

頭を三度たたいてもゲルハルトが薬を吞みこもうとしないのを見ると、シュティヒは腹を決めたように立ちあがり、上着のポケットから拳銃を取ってきた。彼が安全装置を解除すると、アンドレアは夫がその脅しを実行に移すのを前にも見たことがあるのか、足早にソファのほうへ行った。ゲルハルトの呼吸が荒くなった。目はシュティヒにまっすぐ向けられていた。

「待って、ペーター、クッションを使って！」とアンドレアがひとつを差し出した。

老人は溜息をついてそれを受け取ると、ゲルハルトのこめかみにあてがって、銃口を押しつけた。「銃声はこれで殺せるな」と言った。

クッションはひんやりしていた。アンドレアはもうひとつをゲルハルトの頭の反対側にあてがった。こちらはいましがたまで誰かが寄りかかっていたらしく、ぬくもりが残っていた。

「よく聞け、この猿！」とシュティヒはクッション越しに銃口を頭にぐいと押しつけ、自分の言葉を強調した。「おまえはもう役割を果たした。ペトラを厄介払いしたら、おまえになど用はない。おまえはあの女への抑止力になっていたからな、そのかぎりじゃ有用な存在だった。しかし、あの女がいなくなったら、おまえなどなんの役に立つ？」

シュティヒにがっちりと押さえられながらも、ゲルハルトはどうにか首をまわして、相手の目をまっすぐにのぞきこんだ。

「これが最後のチャンスだぞ」と老人はつづけた。「いまその薬を服んだら、おまえは今夜、聖ウルズラのウィングチェアにもう一度座れる。服まなくても、おまえが失踪したことの説明などいくらでもできる。だからそいつを服むんだ！　十数えるぞ」

ゲルハルトが最後に薬を服んでから、すでにかなりの時間が経過していた。これまでにはなかったことだった。二分前に床に這いつくばり、犬ころのように殴られながら、床に散らばった白い粒を見つめて彼が感じていたのは、もっぱら驚きだった。

部屋がいつもより長くなったように見え、口に唾がたまるので絶えず呑みこんでいなければならなかった。体が大きくなったり小さくなったりするような感じがして、頭がくらくらした。アンドレアの歩く音が雄牛の足音のように響き、すべての言葉がメガホンから聞こえてくるように思えた。

老人が数を数えはじめると、自分の中に反抗心が湧きあがってくるのがわかった。老人の顔が邪魔だった。それが自分の上に影を落として、嫌悪感をもよおさせた。老人は饐えたにおいがし、顎鬚の剃り残しがいかにもだらしなく見えた。

五まで数えたところで、シュティヒはゲルハルトの顔に唾を吐きかけたが、それでも反応はなかった。老人の顔は怒りで蒼白になり、口から唾が垂れた。アンドレアはおろおろと夫を見ていた。「ああ、いやだわ、音がするし、汚れるし！」そう言うと彼女は、ゲルハルトの頭を貫通した銃弾が自分にあたらないようにと、精いっぱい後ろへ体を反らせた。風が吹いただけで椅子から落ちそうな、危なっかしい座り方だった。

七までできたところで、ゲルハルトは顔の唾を手の甲で拭った。シュティヒの乱暴な態度は狙いどおりの効果をあげていなかった。態度は穏やかになるほど、効果は大きくなる。たとえば彼の肩に優しく手をかけたとき、老人はゲルハルトの内に図らずも、逆らいがたいひとつの感覚を呼び覚ましていた。

何かを感じたいという欲求を。

最後のピースがなければパズルは完成しない。謎(パズル)がなければ思考もない。思考がなければ感情もない。そして感情がなければ反応もない。この連鎖が始まったのは、シュティヒが彼の肩に手をかけたときだった。その優しい手が感情を呼び覚ましたのだ。そしてペトラを厄介払いするという言葉が最後のピースだった。シュティヒが優しさをかなぐり捨てて脅しを再開したとき、ついに反応が始まったのだ。

パズルは完成した。

九まできたとき、ゲルハルトは口にふくんでいた錠剤をまとめてシュティヒの顔に吐きかけた。老人は一瞬、目が見えなくなった。最後の致命的な油断。

老人は驚いてあとずさり、アンドレアは金切り声をあげてクッションを凶器のように振りまわし、ゲルハルトをひっぱたいた。

ゲルハルトは唾を吐くと、老人の手首をつかんで、しなびた肌に思いきり爪を食いこませた。

拳銃が床に落ちたが、ゲルハルトがそれに気づいたときにはもう遅かった。あたりが静まりかえった。アンドレアが両腕を伸ばして、ゲルハルトの前に立っていた。手には拳銃がしっかりと握られており、本気で撃つつもりのようだった。シュティヒは怒りのあまり呆然とし、全身をわなわなかせていた。溶けかけた錠剤と唾液がねっとりと白く頬を伝い落ちていたが、気づいていないようだった。

ゲルハルトはアンドレアのほうを向いた。片手を彼女のほうへ伸ばして、首を横にかしげた。睫毛がくっつき合い、唇が震えた。「アンドレア……」と彼は言った。彼女の名前を呼んだのは初めてだった。頭がすっかり混乱し、それからまたはっきりし、彼は泣いたり笑ったりした。

「だけど、ゲルハルトや。なんだってそんなに興奮してるんだ?」後ろからひかえめな声がした。シュティヒの顔にゆっくりと血色がもどり、彼はいつもの自分を取りもどした。「そんなにいきりたつものじゃない。しばらくすれば、きっと気持ちも落ち着くはずだ、保証するよ。アンドレア、銃をよこせ」そう言って、手を差し出した。「さっさと終わらせよう」

その刹那、ゲルハルトが手を伸ばして銃をひったくった。あまりのすばやさに、アンドレアが自分の意志で銃を渡したように見えた。アンドレアにも夫にも何が起きたのかわからなかった。ゲルハルトはアンドレアを後ろの壁に勢いよくたたきつけた。アンドレアはカーテンと鉢植えを道連れにして床に倒れ、そのまま起きあがらなかった。

老人とゲルハルトのあいだの憎悪がついに爆発した。老人は骨張った手でゲルハルトの首をつかんだ。だが、長年の無気力をすでに脱していたゲルハルトは、老人の手を振りほどくと、顎に強烈なパンチをたたきこんだ。

それで老人は静かになった。

「何が望みだ?」乱暴に椅子に座らせられたシュティヒはあえいだ。両の手首を縛っているベルトが見るからに痛そうだった。「何が望みだ?」

ゲルハルトは鼻から垂れている透明な液体を手で拭った。それから長いこと天井を見あげ、気持ちを落ち着けた。シュティヒは咳払いをし、ゲルハルトをじっと見つめていた。自分に向けられた銃から一瞬たりとも目を離さなかった。

ゲルハルトは溜息をついた。どうしても言葉が口から出てこなかった。あの名前をもう一度言ってほしい、と老人に頼みたかったのだが。〝アルノ・フォン・デア・ライエン〟ではなく、もうひとつの名前。シュティヒを笑わせたほうの名前を。

すると不意にその名前が浮かんできた。

ブライアン・アンダーウッド・スコット。

突然ゲルハルトは老人を銃把で力いっぱい殴りつけ、老人は椅子から転げ落ちた。ゲルハルトは腰をおろして、天井の帯状装飾の薔薇形を数えようとした。思い出すたびに、名前はますますはっきりと浮かんでくるようになった。ついに彼は視線をおろし、しばらく考えこんだ。やがてキッチンへ行って、引き出しをいくつかあけた。探していたものを見つけると、明かりを消した。それから廊下の奥へ行って小さな扉をあけ、キッチンで見つけたアルミ箔を丸めて玉にした。

分電盤の主電源を切ると、ちょっと考えてから一本のヒューズをはずし、かわりにアルミ箔の玉を詰めて、もう一度、電源を入れた。

壁のスイッチを切ったとき、シュティヒはまだ床に倒れていた。ゲルハルトは卓上スタンドのソケットをつかんでコードを引き抜いた。ビニールの被覆の端から銅線が充分に突き出していた。端がむきだしになったその二本のコードを、彼はふたつに広げた。

ふたたび椅子に座らせられると、シュティヒは小さくうめいた。ふたりはしばらく相手の目を見つめた。老人の目は病院のシャワーを見あげていたときと同じくらい赤くなっていた。

だが、そこに恐怖は表れていなかった。

シュティヒは拳銃をじっと見つめたあと、こんどはゲルハルトが差し出したコードを見つめた。それから目をそむけて首を振った。胸を二度殴られると、それ以上抵抗する気力を失った。ゲルハルトはシュティヒの柔らかな手のひらにコードの端を一本ずつ押しつけ、それを握らせた。それから爪先で壁のスイッチを入れた。かすかにバチッという音がした。老人は電撃を受けたとたんにコードを取り落とした。ゲルハルトはスイッチを切り、コードをもっとしっかり拳に押しこんで、もう一度同じことを繰りかえした。五度目の電撃を受けると、老人は喉をゼイゼイいわせ、失神して床に転げ落ちた。

ベルトは手首に痕を残していなかった。ゲルハルトはそれを慎重にはずして老人の腰にもどした。

アンドレアは靴と足首しか見えず、あとはカーテンの裏に隠れていた。足をつかんで夫のところまで引きずっていっても、うめき声ひとつ漏らさなかった。ゲルハルトはふたりの手をたがいに組み合わせ、夫婦が見つめ合うような形で寝かせた。まるで一緒に眠りについているかのように。

た。シュティヒの口の端の唾液はもうほとんど乾いていた。ゲルハルトはその口をあけてコードの端を突っこんだ。それからアンドレアの手の甲と頬を優しくなでた。彼女の無表情な顔を最後にもう一度見つめると、ふたたびスイッチを入れた。電撃を受けた瞬間、アンドレアはぱっと目をあけた。筋肉が引きつり、いっそう強く夫の手を握りしめた。そのまま虐待者たちの最後の痙攣をながめていると、肉の焦げるにおいがしてきた。シュティヒの手が床に落ちて、腕時計がこつんと音を立てた。秒針は頑なにまわりつづけていた。きっかり七時だった。

ゲルハルトはカーテンをかけなおすと、床に転がる鉢植えをちょっと見つめた。それからこぼれた土を手で絨毯の下に掃き入れ、鉢をすべて窓の敷居にのせた。最後に廊下へ出て分電盤のアルミ箔をはずし、ヒューズをもどした。メインスイッチを入れたとたん、もどしたヒューズがバチッという音とともに切れた。

暗い居間に腰をおろして、あたりがすっかり静かになったところで初めて、彼は泣きだした。あまりに多くの言葉、あまりに多くの光景が、彼をさいなんでいた。無我夢中だったので、いまそこで起きたことに呆然としていた。頭がふたたび回転を始めたとき、電話が鳴った。

ゲルハルトは受話器を取った。クレーナーからだった。

「はい？」と答えて咳払いをした。

「あんたの書き付けを見つけましたよ。心配要りません。わたしはだいじょうぶです。ただ、ペトラは見つかりませんでした。心当たりは全部あたってみたんですが。アパートにも療養所にもいません。療養所に現れたらすぐに電話しろと、ビリンガー夫人に言っておきました。わたしはいま自宅です」

ゲルハルトは深く息を吸った。口の中でゆっくりと言葉が形になってきた。

「そこにいろ」ようやくそう言うと、電話を切った。

52

ペトラはもどかしさのあまり叫びだしたくなった。かたわらにいる背の高い女はほぼずっと無言で、青ざめてはいても落ち着いていた。シュロスベルクでの捜索は成果なしだった。昼間の出会いがどういう結末を迎えたのか、柱廊の周辺で手がかりを探しているうちに日が暮れてきた。眼下の街の輪郭をくっきりと浮かびあがらせている赤い夕陽の中で、ペトラはこの数時間で見聞きしたことをまとめようとした。

「あなたの夫がイギリス人なら、戦争中にフライブルクで何をしていたの？」やがてそう尋ねた。

「あたしが知ってるのは、彼がパイロットだったということと、ドイツの上空で友人と一緒に撃墜されたということだけ」ローリーンは静かにそう答えた。

そうだったのか！　そんな単純なことだったのか。突然いろんなことが簡単に説明がつくようになり、ペトラはめまいを覚えた。そうなると当然、こんどは新たな疑問がいくつも湧いてくる。

だが、それらの疑問はもうしばらく疑問のままにしておくべきだ。

「その友人だけど、ゲルハルト・ポイカートだという可能性はあるの？」と結局ペトラは訊いてしまった。

ローリーンは肩をすくめ、「さあ」と言った。夫のことしか頭にないようだった。

ペトラは山頂を見あげた。大型の黒い鳥の群れが、いっせいに同じ木のてっぺんにとまろうとしていた。不意に彼女は状況の深刻さに気づいた。自分とゲルハルトの命を長年もてあそんできた三人組が、答えの前に立ちはだかっているのだ。真相に近づこうとすれば、当然その三人と対決しなければならなくなる。これまではそれに関して迷いがあったとしても、いまはもうなかった。ローリーンの夫は命の危険にさらされているはずだ——まだ生きているとしてだが。その事実をペトラはとりあえず自分の胸にしまっておいた。

ブライアンのホテルの受付係は親切だったと言っていい。「いえ、ミスター・スコットはまだチェックアウトなさっておりません。明日まではまちがいなく、わたくしどもにお泊まりのはずです」次の質問には、彼は答える前に少しばかり記憶を探らなければならなかった。「わたくしの知るかぎりでは、今日は一度もミスター・スコットをお見かけしていません。でも、わたくしの前に勤務についていた者に、電話で尋ねてみることはできますが」彼はそう付け加えた。「いかがでしょう？」

ペトラは首を振った。

「電話をお借りできます？」彼女がそう尋ねると、受付係はふたりの後ろにある公衆電話をそっけなく手で示した。

呼び出し音をさんざん鳴らしつづけ、ようやく誰かが電話に出た。

「聖ウルズラ療養所、ビリンガーです」

「今晩は、ビリンガーさん。ペトラ・ヴァーグナーです」

「ああ」

「今日は少し遅れます。エーリヒ・ブルーメンフェルトが心配してるんじゃないかしら。彼はだいじょうぶ？」

「ええ、そりゃもう。だいじょうぶよ、まったく。あなたに会いたがってるということをのぞけばですけどね、もちろん」ビリンガー夫人の口調は妙に生き生きしていた。患者の家族からまたポートワインでも礼にもらったのだろうか。

「今日エーリヒに誰かお客さんが来ました？」

「いいえ、あたしは知らないけど」

「ハンス・シュミットも、ヘルマン・ミュラーも、アレックス・ファーバーも、そっちへは行ってません？」

「ええ、来てないと思う。あたしは一日じゅうここにいたわけじゃないけど、でも、来てないと思う」

ペトラは一瞬ためらってから、こう訊いた。「英語を話す男の人も会いにこなかったかしら？」

「英語を話す男の人？　いいえ、来なかったわよ。だけど、そう言えば午前中に、英語を話す人はたしかにひとり来たわね。でも、あの人はレーマン所長のお客さんだったから」

「その人の名前を憶えてません？」

「とんでもない。だいたい名前なんて聞かなかったと思うもの。あなた、何時ごろこっちへ来るの？」

「すぐに行きます。エーリヒにそう伝えてください」

三人組は土曜日にときおり、ゲルハルトを連れてドライブに出かけることがあった。ときにははるばるカールスルーエや、カイザーシュトゥール近郊の村まで出かけ、地元の酒場で飲んで、昔の歌をうたうこともあった。そんなときゲルハルトは陽気な連れのあいだで何時間も、表情ひとつ変えずにじっとしている。

今日はそんなことになっていなくて、ペトラはほっとした。ゲルハルトが療養所にいるかぎり、ローリーンを助けることに集中できた。それはたぶん、自分自身を救うことにもなるはずだった。

「何を訊いてたの、ペトラ？」受話器をかけもしないうちにローリーンが訊いてきた。ペトラは彼女を見た。ローリーンにファーストネームで呼ばれたのは初めてだった。

「ゲルハルト・ポイカートの様子を訊いただけ。彼はだいじょうぶだって。でもひとつ、わけのわからないことがあった」

「なあに？」

「あなたの夫が今日の午前中、療養所に行ったみたい」

「どういうことかしら。夫がそのゲルハルト・ポイカートを——これほど一生懸命に捜している男を——その療養所ですでに見つけていて、しかもその彼がいまもそこにいるのに、夫がそこにいないなんて。それじゃ、夫はいまどこにいるわけ？」

「わからない」ペトラはローリーンの手を取って握りしめた。冷たい手だった。「本当にあなたの夫はゲルハルトに危害を加えようとしてるわけじゃないのね？」

「ええ」とローリーンは上の空で答えた。「ねえ、いまからあたしのホテルにちょっと寄れない？」

「そこに彼がいるかもしれないわけ？」

「だったらいいんだけど。あいにくと、ブライアンはあたしがフライブルクにいることも知らない。そうじゃなくて、あたし、もう我慢できないの！」

「どういうこと？」

「いますぐこの靴をはき替えないと。肉刺が痛くても死にそう！」

ローリーンが自分の部屋へ行って楽な靴にはき替えているあいだ、ほろ酔い機嫌のブリジットが、ホテル・コロンビのラウンジでペトラの相手をした。ペトラはそわそわと時計ばかり見ていた。もうどうしていいかわからなかった。

「こんなこと、ほんとは義妹の前で話しちゃいけないってことは、あたしもわかってるのよ」とブリジットが夢中でしゃべっているところへ、ローリーンがエレベーターから降りて急ぎ足でもどってきた。彼女が腕時計を指さすと、ペトラはうなずいた。

「こんなことを言うとなんだか恥ずかしいけど」とブリジットはかまわずにつづけた。「でも、この街の男ってゴージャスじゃない？」

「まったくそのとおりよ」とローリーンは言った。「あたしのいるところでそんなことを言うべきじゃない。何をしてるか知らないけれど、兄に伝えられないようなことなら、あたしの耳にも入れないで」

ブリジットは赤面した。

「これからどうする、ペトラ？」ローリーンは義姉を無視して尋ねた。

「わたしもどうしていいかわからないけど……」ペトラは彼女のほうを見なかった。「あのいやな三人組の誰かに電話するしかないと思う」彼女は唇を噛んだ。「わたしが勘ちがいしていなければ、ペーター・シュティヒはたぶん自宅にいる。彼なら何があったのか知っているはず」

「え？　誰に電話するの？」とブリジットが口をはさんできた。「ペーター・シュティヒ？　誰その人？」と一瞬、顔を輝かせた。「あなたたちいったい何してるの？　教えて」

「あとで話してあげる」ローリーンは義姉のほうを見もしなかった。「そんなことしてだいじょうぶだと思う、ペトラ？」

「ほかにどうしようもないもの。あなたの夫はホテルにいない。どこにいるのか見当もつかない。わかっているのは、二時間前に三人に会いにシュロスベルクへ行ったということだけ。ほかにいい考えがある？」

「警察に通報すればいい」

「でも、通報できるような材料は何もないのよ」ペトラはローリーンを見た。「彼が行方不明だと届け出ることさえできないんだから」

「じゃあ、そのシュティヒという男に電話してちょうだい。あなたがいちばんいいと思うことをして」

ペトラがラウンジの公衆電話を探しにいってしまうと、ブリジットは義妹の手をつかみ、声を震わせて言い訳を始めた。「あなたと話し合わなくちゃ。お願いだから、あたしを助けて、ローリーン。いまの結婚生活には、あたしもう耐えられない。悪いけど、それが現実なの。わかるでしょう？」

「どっちとも言えないわ」とローリーンは曖昧に答えた。「あなたの人生なんだから。いまはあたし、自分の人生に起きてることだけで手一杯なの。悪いけど、それが現実」

ブリジットの唇が震えた。

ペトラはもどってくると、首を横に振った。ローリーンの思っていたとおりだった。

「ペーター・シュティヒの妻としか話せなかった。あの女しか家にいなかったの。何かまずいことが起きたんだと思う」

「クレーナーとランカウは？」

「どっちもつながらなかった」

「どういうことかしら？」ローリーンはいやな予感がしてきた。

「わからない」

「あなたたち、誰かと隠れんぼをしてるみたいね」ブリジットが口をはさんで微笑もうとした。

「隠れんぼ？」ローリーンはペトラに目をやった。まもなく六時四十五分だった。ペトラがワイン・バーでブライアンと話をしてから五時間近くたつ。三人組は明らかに状況を掌握しているようだった。どこにいてもおかしくない。「あたしたちがいましてるのは、隠れんぼなの、ペトラ？」

「隠れんぼ？」ペトラはローリーンを見た。ローリーンの胸に絶望が広がりはじめた。「そうね」とペトラは言った。「もしかしたら、隠れんぼみたいなものかもしれない」

53

ローリーンとペトラは脇目もふらずにホテル・コロンビをあとにした。ふたりがちょっと首を横に向けていれば、ホテルのむかいの小さな公園に大道芸人たちがやってくるのが見えただろう。街の中心部にあるコロンビ公園は、彼らの素晴らしい舞台なのだ。その晩夏の濃緑を背景に笑いさざめく人々から、ほんの一ブロック離れた夕闇の中に、もう一軒ホテルが立っていた。

こぢんまりとした造りながら、コロンビよりも少々高級で、〝ラインの黄金〟なる派手な名前がついている。そのホテルの前にブライアンがＢＭＷを駐めたのは、五分前のことだった。今日いちばんの懸案をここで片づけるつもりだった。

クレーナーの屋敷の前であの老人と出くわしたせいで、彼はすっかり不安になっていた。

老人が自分の住所について平然と嘘をついたというのが、悪い徴候だった。今日のできごとを考え合わせると、頭の中に警報が鳴りひびいて当然だった。きのう直感で老人をルイーゼン通りの自宅まで尾行していなければ、そんな嘘にはまったく気づかなかっただろう。そして明日の朝までには、ブライアンはどこかレンゲンハルト通りの近くで、この地上から抹殺されていたはずだ。

だが、ブライアンを不安にするのは、その歴然たる嘘だけではなかった。あの老人は彼の中にいくつかの顔や言葉、印象、考えなどからなる漠然とした感覚を呼び覚ますのだ。ブライアンはそれをひとつに統合しようと苦労していた。

だが、全体像はいっこうにはっきりと見えてこず、真相を突きとめようとするブライアンの努力にも影響をおよぼしていた。熱意が少しずつだが着実に薄れていた。その気になれば、今夜フライブルクを発つこともできた。そうすれば当初の予定どおり、明日はミュンヘンでオリンピックの閉会式に参加することもできるし、そのあとパリまで車を走らせることもできる。

一日ぐらい多くても少なくても、長い人生を考えれば大差はない。

それに対し、このままフライブルクに残ってわずかでもミスを犯せば、クレーナーとランカウとあの老人が襲いかかってくる。それほどの危険を冒してまで、なぜここに残る必要がある？　三人組の居どころはもうわかっているのだ、いずれまた来ればいいではないか？　カントリーハウスへ行ってランカウの縛めを解くことぐらい、やつらに任せてもだいじょうぶだろう。ランカウほどの体格と体力を備えた男なら、一日や二日縛られていたところでたいしたことはないはずだ。

そんなことを何度も考えながら、ブライアンはたまたまホテル・ラインゴルトの前に車を停めたのだった。いま大切なのは、ローリーンがパリで彼と落ち合うことに同意してくれるかどうかだけだった。世界の愛の都で。

ホテル・ラインゴルトの太ったフロント係は親切だった。ブライアンが現金を見せると顔を輝かせ、すぐに彼をカウンターの中に入れて、電話を自由に使わせてくれた。

自宅にかけるとアームストロング夫人が出た。つまりローリーンは留守だということだった。たいていは家政婦が現れるとすぐに、バッグをつかんで姿を消すのだ。

「いいえ、奥様はお留守です」

「いつ帰ってくるかわかりますか？」

「いいえ、あいにくと」

「どこへ行ったかわかります？」

「いいえ、まだ書き置きを見ていないものですから」

「書き置き？　なんの書き置きです？」

「おふたりで空港へいらっしゃる前に置いていった書き置きです」

「おふたりで？　ローリーンはムーア夫人と一緒に空港へ行ったんですか？」

「そうですよ。で、おふたりとも飛行機に乗ったんです」

「なるほど」それはさほど意外でもなかった。「じゃあ、ふたりはカーディフに行ったんですね？」

「いいえ」

「ねえ、アームストロングさん、何もかもわたしに質問させないでもらえるとありがたいんですがね。ローリーンとブリジット・ムーアがいまどこにいるか、教えてもらえませんか」

「さあ、どこでしょう。奥様は書き置きに書いてあるとおっしゃってましたけれど。カーディフじゃないのは確かです。ドイツかどこかです」

ブライアンは啞然とした。

「お手数ですが、アームストロングさん、書き置きになんと書いてあるか教えてもらえませんか」ブライアンは気を落ち着けようとしつつ言った。

「ちょっと待ってください」

ブライアンはいらいらしながら待った。受話器からカチッ、カチッという音がはっきりと聞こえてきた。

フロント係がもっと現金を欲しそうな顔をしはじめた。

「フライブルクのホテル・コロンビ？」ブライアンがローリーンの宿泊先を大声で復唱すると、フロント係はいやな顔をした。電話を貸してやったというのに、商売敵の名前を宣伝されたのだから。

彼はブライアンをにらみながら出口までついてきたが、ブライアンはまったく気づいていなかった。

ホテル・コロンビの受付係はすぐにブライアンが誰を捜しているのかわかってくれた。「ミセス・スコットはお出かけになりましたが、ミセス・ムーアがあちらにいらっしゃいます」と、まっ赤なマニキュアをした指で受付ラウンジの一隅を指さした。

「あら、ブライアン！」とブリジットが声をあげた。「噂をすれば影というけれど、まったくね！」

ほろ酔い機嫌の彼女を見るのは、これが初めてではなかった。「ローリーンはどこです？」とブライアンは尋ねた。

「たったいまあの外国人の女と出てったわよ。あたしをここにひとりぼっちで置き去りにして」そこで彼女が突然けらけらと笑いだしたので、近くに立っていたボーイが目をそらした。「でもまあ、そんなにひとりぼっちでもないかな。エーベルトがじきに降りてくると思うから」

「なんの話をしてるんです？　エーベルトというのは

誰です? ローリーンは誰と一緒に出かけたんです?」彼は義姉の腕を優しくつかんで、彼女を集中させようとした。「あなたたちはどうしてここにいるんです? わたしのせいですか? ローリーンは誰と一緒なんです?」

「誰と? ペトラとかいう人よ、たしか」彼女は酔っていないようなふりをしながら答えた。

ブライアンは体が冷たくなるのを感じた。「ペトラだって?!」彼女の腕をぎゅっとつかんで顔をのぞきこんだ。「ブリジット、しっかりして。ローリーンが危険にさらされているかもしれないんです!」

「だけど、危険にさらされているのはあなたじゃなかったの? あのふたりはそう言っていたような気がするけど」ブリジットはようやくブライアンに気づいたかのように彼を見た。

「ふたりがどこへ行ったかわかります?」

ブリジットはなかなか答えなかった。集中するのが難しくなったのだ。ブライアンが彼女を揺すると、ボーイがにやりとした。

「ふたりから何か聞いてます?」

「何人かの名前を口にしたけれど、憶えてない。でも、嫌ってるのははっきりわかった。ペトラが〝あのいやな三人組〟と呼んでいたから」

娘が生まれたときにローリーンの出血が止まらず、看護婦が泣きだしたことがあったが、ブライアンはそれ以来これほど激しい不安を覚えたことはなかった。できるだけ穏やかに呼吸をしながら、ブリジットを見た。ブリジットのまぶたがだんだん下がってきた。

「クレーナーという男のことを話してましたか?」

その質問で彼女はちょっと目を覚ました。「あら、どうしてそれを知ってるの?」

「ランカウという男のことは?」ブライアンは過呼吸におちいりそうだった。

ブリジットはあっけにとられて彼を見つめた。「三人目の男の名前もあてられる？　そしたらほんとに感心するけど」

「いや、それは無理です」

彼女は微笑んだ。「なら、ちょうどよかった。あたしが憶えてるのはその名前だけだから。なんだかすごくおかしな名前……」唇はすでにその音を発しかけていた。「漫画の擬音みたいな」

「ブリジット、じらさないで！」

「シュティヒだ！　すごい名字じゃない？　名前はペーターだった。こっちは普通ね。あのふたりが話してたのは、ほとんどこの人のことよ」

ブライアンは一瞬その場に凍りついた。

彼の急な咳の発作に誰より驚いたのは、ふたりの後ろに立っていたボーイだったかもしれない。

すべての疑問が一瞬にして解け、全体像が一気に明らかになるという経験は、めったにあるものではない。ブリジットがシュティヒの名を口にすると、ブライアンは我を忘れるほどの衝撃を受けた。

彼があの老人の中に垣間見たのはペーター・シュティヒだったのだ。そしてその意識下の発見がこの数時間、彼をさいなんでいたのだ。ペーター・シュティヒ、アルファベット・ハウスにいた赤目の男。それがルイーゼン通りのヘルマン・ミュラー投資を経営する白鬚の老人であり、郵便配達だった。

みな同一人物だったのだ。

ブライアンはめまいがしてきた。三十年近く前の光景が次々と脳裏に浮かんできた。ベッドに横になって微笑んでいる男の姿。気がふれてシャワーをまともに見あげている男の姿。ベッドの金属パイプの中に錠剤を隠しているブライアンに微笑みかけてきた男の目。もの静かで用心深いその男に二度も命を救われたことを、彼は思い出した。一度目は、指先が傷だらけになっているのを衛兵に見つかったとき。二度目は、偽患者どもに窓から放り出されそうになったとき。あまりの衝撃に目の前が暗くなった。

それらすべてがひとつの巨大な嘘を形づくっていたのだ！

そこでやっとブリジットが背中をたたいてくれた。

数分後、ブライアンはようやく我に返った。ブリジットに曖昧な言い訳をいくつか聞かせた。信用できるのは、もはやローリーンだけだった。

ところがそのローリーンは、よりによってペーター・シュティヒのところへ向かっているという。ブライアンを三人組の腕の中へ送りこんだペトラと一緒に。

54

ルイーゼン通りのシュティヒのアパートをのぞけば、ゲルハルトがこの街で知っているのはクレーナーの屋敷だけだった。外は肌寒かった。街灯がまぶしくて異様に見えた。酒場の喧噪と大笑いに押されて、彼は道の反対側へ渡った。顔をしかめて薄っぺらなウィンドブレーカーを体に引きよせた。それから胸を張り、クレーナーがシュティヒを待っているはずの屋敷を目指して歩きだした。

鉄細工の門の前まで来ると、屋敷をじっくりと観察した。明かりがついているのは二階だけだった。クレーナーの書斎以外は、窓にすべてカーテンが引いてある。風が強くなり、玄関ポーチもあまり風除けになららなくなった。ゲルハルトはドアベルに伸ばした自分の指先を、決心がつかないまま長いこと見つめていた。

＊＊＊

電話をするときの癖で、クレーナーは立ってしゃべっていた。妻に言わせれば、悪い癖だった。「なぜ座って話さないの？　皇帝(カイザー)がかけてきたわけでもあるまいに！」だが、彼にしてみればこれがいちばん落ち着くのだ。なかんずく今日は、逃げたアルノ・フォン・デア・ライエンがいまにも現れるかもしれないのだから。不安でしかたなかった。いまのようにして立っていれば、ほんの少し体を反らすだけで窓の外を見ることができる。それも、外からは見られずに。

電話の相手はビリンガー夫人で、普段より声が小さかった。

「どういうことです、いったい！　ペトラ・ヴァーグナーがそちらに電話したのは二時間近く前ですよ。わたしはすぐに知らせてくれと頼んだでしょう！」

「いいえ、あなたはペトラがこっちに現れたら電話しろと言ったのよ」

「ペトラから電話があったことをわたしが知りたがることぐらい、想像がつくでしょう」

「ええ、だからこうして電話してるの」

「そう、二時間前ではなく、いまごろね」

「ごめんなさい、テレビドラマにすっかり夢中になってたもんだから」

「テレビドラマ一本で二時間もかからないはずですよ！」

「ええ、次のドラマにも夢中になっちゃったもんだから」

「で、ついにそのドラマも終わったというわけですか。ペトラはほかに何か言ってましたか？」

「いいえ、すぐに来ると言っただけ。それと、何かイギリス人のことを訊いてきたわね」

「どこのイギリス人です？」

「さあ。でも、今日レーマン所長にイギリス人のお客さんが来たことは伝えておいたわよ」

「それで？」

「それだけ」

　クレーナーは怒りくるった。受話器をたたきつけると、デスクを殴りつけ、書類をすべて床に払い落とした。なんという怠慢だ！　新鮮な空気を入れて頭を冷やそうと、窓のほうを向いた。だが、そこで彼はぴたりと動きを止め、すばやくカーテンの陰に身を隠した。ビリンガー夫人の職務怠慢など、もうどうでもよくなった。問題が自分から解決してくれたからだ。通りのむこう側にペトラ・ヴァーグナーが立っていたのだ。横に見知らぬ女を連れて。

　ふたりは屋敷を見あげていた。

　クレーナーは窓から離れた。状況を検討しはじめたとたん、ドアベルが鳴った。

　キロヴォグラードの親衛隊キャンプでクレーナーはひとりの下級分隊指揮官（ウンターシャールフューラー）（軍曹に相当）から特殊なテクニックを教わった。凍えるように寒いある日のこと、この下級分隊指揮官は別の下士官とともにひとりの犯罪者を、そいつが絞首刑にされる直前、退屈しのぎに刺し殺した。ふたりは軽い譴責を受けはしたが、一同もそれをたいそう面白がった。

　クレーナーが魅了されたのは殺しそのものよりも、むしろテクニックのほうだった。

　やり方は簡単だった。必要なのは小さなナイフと、いかにして肋骨を避け心臓を突き刺すかという正確な知識だけ。多少の練習を積んだのち、彼はその技に熟達した。この方法の利点は相手の目を見ずにすむということ、つまり後ろから刺せるということだった。

　そもそもこの方法で彼はアルノ・フォン・デア・ライエンを始末するつもりだった。これなら簡単に不意をつけるので、相手は反応する暇もない。フォン・デア・ライエンの場合にはそれが肝要だった。だが、この新たな展開からすると、ほかの人間にもその技を用いる必要がありそうだった。いそがしくなるぞ、と彼は思った。

何はともあれ、これで少なくともペトラを厄介払いすることはできる。

クレーナーはペーパーナイフをポケットに入れ、鹿の蹄の柄だけが外に出るようにした。準備オーケーだ。あのふたりは難なく始末できる。

クレーナーの息子の友達に、クレーナー家の住まいよりも大きな屋敷に住んでいる子供がいた。とりわけそのガラスの玄関ドアは息子に強烈な印象をあたえた。ドアの外に誰が立っているのか、中にいてもわかるのだから。うちもああいうドアにしようよ、と息子にせがまれたものの、クレーナーは聞きながしていた。だが、いま玄関ドアがガラス製だったら、彼はそれほど

ショックを受けずにすんだだろう。

分厚いオーク材のドアをあけたとたん、笑みが凍りついた。そこに立っていたのは小柄な看護婦とその見知らぬ友人ではなく、ゲルハルト・ポイカートだったのだ。

いまここで会うことだけは想像していなかった相手だった。

「ゲルハルト!」と彼は声をあげ、あわてて中へ引っぱりこんだので、ふたりとも棕櫚（しゅろ）のマットの上に転びそうになった。「何をしてるんだ、こんなところで?」そう言いながら、黙りこくった従順なゲルハルトを二階へ連れていき、通りから自分たちの姿を見られないようにと、デスクの前に座らせた。

この異常な展開にクレーナーは当惑した。これまでゲルハルト・ポイカートは監視役から十メートル以上離れたことはない。ペトラ・ヴァーグナーが何かの使いとしてよこしたのだろうと、そう思いたかった。だ

が、なぜペーター・シュティヒが一緒にいないのかわからなかった。シュティヒはどうしたのか？

ゲルハルトの顔は蒼白で、唇は紫色になっていた。クレーナーはその冷たい震える手を取った。

「どうしたんだ？」と横にしゃがんで優しく尋ねた。「どうやってここへ来たんだ？」

〝やつはおれたちの言うこともすることも、全部理解してる〟とランカウはつねづね言っていたが、クレーナーはそれについてはまだ懐疑的だった。「ペトラと一緒に来たのか？」

その名前を聞くと、ゲルハルトは唇をとがらせ、ゆっくりと目をあげて瞬きをした。涙の膜の下で瞳がきらりと光った。それからまっすぐにクレーナーを見つめ、乾いた唇を震わせて何か言おうとした。「ペトラ！」ついにそう口にした。

「なんと」クレーナーは立ちあがって一歩後ろへさがった。「ペトラか、そうか！　あいつの名前を知ってるんだな。ペトラがおまえと何をしにここへ来た？何があった？　ペーター・シュティヒはどうした？」

ゲルハルトは首を振りはじめた。いまにも頭が破裂しそうに見えた。クレーナーは彼から目を離さず受話器に手を伸ばした。ゲルハルトの拳が固く握られているのが目にはいった。それとわからないほどかすかに体が揺れはじめた。

「ゲルハルト！　わたしがいいと言うまで、そこにおとなしく座ってるんだぞ！」そう言うと、彼はシュティヒの番号をダイヤルした。呼び出し音が鳴りつづけ、クレーナーは小声で悪態をついた。「おい、シュティヒ、電話に出ろ、老いぼれめ！」それからいったん切って、もう一度かけてみた。やはり応答はなかった。

「彼は出ない」低くこもった不明瞭な声がした。

クレーナーがさっとゲルハルトのほうを振り返ると、拳が飛んでくる直前にほんの一瞬、ゲルハルトの目が見えた。

その目はまったく落ち着いていた。

クレーナーが床に倒れる前に、ゲルハルト・ポイカートはもう一発、彼を殴りつけた。クレーナーはゲルハルトより大柄だったので、激しく床に倒れこんだ。

それでも彼はショックを受けただけで、呆然とはしていなかった。

「ふざけやがって……」それだけ口にすると、あとは本能のままに飛びかかっていった。ところがゲルハルトは、恋人をダンスに誘うように穏やかに両腕を広げただけだった。クレーナーはゲルハルトの体に腕をまわして背中で手を組み、骨も折れよとばかりに絞めあげた。この絞め技を使うのは初めてではなかった。二分もあればたいてい相手はぐったりするはずだった。

ゲルハルトの呼吸が感じられなくなると、クレーナーは腕をほどいて後ろへさがった。相手が床にくずおれるだろうと思ったのだ。

だが、そうはならなかった。ゲルハルトはうつろな目で彼を見ると、腕を脇におろして静かに大きく息を吸った。少しも弱っていないようだった。

「そんな馬鹿な、ゾンビかおまえは！」クレーナーはそう叫んでさらにあとずさりし、ポケットのペーパーナイフにそっと手を伸ばした。

ゲルハルトは小さくうなった。ロボットを思わせるぎこちない動作でベルトのバックルをはずし、ズボンからベルトを抜いた。

「いい加減にしろ、ゲルハルト！　わたしは本気だぞ！」クレーナーはまた一歩あとずさり、相手の様子をうかがった。ゲルハルトはいかにも無防備に見えた。

「ベルトを捨てろ！」そう命じて、そろそろとナイフを取り出した。

対決を前にしてのにらみあいならクレーナーは精通していた。ゆっくりした動作が不可欠だということを知っていた。少しでも急な動きをすれば、相手は分別を欠いた反応をする恐れがある。だから軽率な動作はいっさいしなかった。ゲルハルトは放心したようにその場につっ立ったまま、自分に向けられたナイフを見つめていた。まったく無表情で、刺されることを受け容れたように見えた。だが、それは大きな誤解だった。

「ベルトを捨てろ!」とクレーナーはどうにかもう一度言った。するとゲルハルトの顔がひくひくとゆがんだ。口の両端がさがり、肉食獣のように鼻梁に皺が刻まれたと思ったとたん、クレーナーの顔に頬から頬まで激痛が走った。ひゅっというベルトの音は、バックルで両目をひっぱたかれたクレーナーの悲鳴にかき消された。視野に光が弾けて空間も物も識別できなくなった。勝敗は一瞬にして決した。

ゲルハルトは床に落ちたナイフを遠くへ蹴とばすと、クレーナーを乱暴に床に押し倒してベルトで手首を縛った。クレーナーは突然の成り行きに呆然としたまま、そこに腹這いになっていた。

数分後、彼は両脚を体の下に引きよせた。それからひどく苦労して体を起こし、落ち着かない前かがみの姿勢になった。何十人もの捕虜をこうしてむきだしの冷たい地面に座らせ、処刑の順番が来るのを待たせたものだった。

こんどは自分自身が同じ姿勢で報いの時を待つのだ。

「ランカウはどこだ?」と頭の上から聞き慣れない声がした。

クレーナーは無言で肩をすくめ、痛みをこらえるべくさらにきつく目を閉じた。罰は即座にくだされた。肩がはずれそうになるほど強くベルトを後ろへ引っぱられた。それでもクレーナーは答えなかった。

すると階段を無慈悲に引きずりおろされ、家の中をどこかへ引きずっていかれた。だが、その痛みも、腹の中で煮えたぎる怒りに比べれば無に等しかった。

クレーナーとシュティヒは長年ランカウから、ゲルハルトには気をつけろと警告されていた。「始末しちまえばいいじゃないか。何を恐れることがある?ばれっこない。世間じゃ毎日どこかで精神病患者が姿を消してるんだ。突然ベッドを空にして。そいつらはどこにいる？　二度と現れない。それでどうなる？　誰が恋しがる？　ペトラ・ヴァーグナーか？　やむをえなけりゃあいつも消しちまうさ。かまうものか！」ランカウの言うとおりだった。ペトラの書き付けなどなんの害にもならなかっただろう。どちらもとうの昔に始末するべきだったのだ。

体がドアの敷居を越えるのを感じた。それから冷気を感じ、キッチンか浴室へ引きずられてきたのがわかった。浴槽の蛇口から水が流れる音がしはじめると、そこが自分の最期の場所になるかもしれないと気づいた。

「ゲルハルト、これをほどくんだ」嘆願口調にならないようにゆっくりとそう言った。「わたしはつねにおまえの味方だったじゃないか。わたしがいなければ、おまえはいまごろ生きていなかったんだぞ」

そこであたりが静まりかえった。ゲルハルトの穏やかな息づかいだけが聞こえてきた。ゲルハルトはクレーナーのすぐ目の前に顔を近づけていたのだ。

＊＊＊

クレーナーの口から欲しい情報を聞き出すのは簡単だった。あばた面を二十回水に沈めてやると、あえぎあえぎこう白状した。「ランカウはワイナリーにいる」

そこでゲルハルトは彼に永遠の安らぎをあたえてやった。

クレーナーの痙攣がやむと、彼は手首からベルトをはずした。ぐったりした死体は、浴槽の縁にあったビニールの家鴨を道連れにして水の中へ滑り落ちた。クレーナーの上着から泡がひとつ浮かんできてパチッと弾けた。それとともに浮いてきた一枚の書き付けが、水面でふわふわと踊った。揺れるたびに文字のインクが少しずつ溶け、青い靄のようにまわりに広がった。そこにひとつの名前が読み取れたように思ったが、次の瞬間にはもう、それも水に溶けていた。

ゲルハルトは長いあいだそこに立って、死体とその頭の横で揺れている小さな黄色いビニールの家鴨を見つめていた。自分のしたことに動揺していたわけではない。自分の内部の混乱が収まるのを待つ必要があっただけだ。

浴槽の水面が静かになると、ゲルハルトは目を閉じて、自分の過去の一部を消えていくにまかせた。虐げられた自分の心からこれで二本の棘を抜いたことになる。クレーナーとシュティヒと。彼は振り返り、薬のキャビネットに目をやった。

体が震えだした。

浴室が寒く思えた。周囲のすべてが突然ゆがみはじめた。現実と安全はたがいに相容れないものになった。

キャビネットの鏡で自分を見た。見知らぬ男の顔が映っていた。

キャビネットはとくに大きくもなかったので、三人組が彼に気前よく服ませていた錠剤の大瓶はすぐに見つかった。

彼はそれをポケットに突っこんだ。

争いのあったことを歴然と示すものといえば、家じゅうの敷物がよれていることぐらいだった。

それらをきちんと伸ばすと、ゲルハルトはクレーナーの書斎にもどった。床に落ちていた鹿の蹄のナイフを拾い、クレーナーのデスクのまんなかに置いた。部屋の奥の一隅に丈夫な竹で編んだ細長い籠があり、ステッキやボール紙の筒が差してあった。それらをしばし見つめたあと、籠の底に手を突っこんだ。しばらく手探りしたのち、捜していたものを見つけた。茶色の厚紙にくるまれた小さな細い筒だ。仲間たちとゲルハルトを飲みに連れ出したとき、クレーナーはよくそれを取り出して彼をからかったものだった。

ゲルハルトはそれをポケットに入れ、ウィンドブレーカーを体にきっちりと引きよせた。

屋敷を出ようとしたとき、ドアベルが鳴った。暗い廊下に立ったまま、頭と心を空っぽにしていると、ベルはやがて鳴りやんだ。

55

ペトラと連れだってホテル・コロンビを出たあと、ローリーンは急に泣きだした。

すっかり取り乱していた。

落ち着かせるために、ペトラは彼女を一軒の建物の戸口へ連れていった。「だいじょうぶ、彼はきっと間に合うように見つかるから」ひっぱたいてやるべきだろうかと思いながら、彼女はきっぱりとそう言った。

十分後、ローリーンは落ち着きを取りもどした。

「これからどこへ行くの？」微笑もうとしながら言った。

「ヴィルフリート・クレーナーに事情を聞くしかない。ペーター・シュティヒが捕まらないとなると、クレーナーに聞くしかないから」

「不安そうな口調ね」

「不安になる理由があるのよ。わたしたちふたりとも」

「なら、やめたほうがいいんじゃない、クレーナーを訪ねるのは」通りは明るく照らされていた。土曜日の買い物客で駐車スペースはすでにいっぱいだった。ローリーンは周囲を見まわした。「なんだかカンタベリーを思い出す」と上の空で言った。何光年もかなたの平和な暮らしをかいま見たようなもの悲しい気分だった。

クレーナーの屋敷は、私道に駐まっているアウディと明かりのともったひとつの窓をのぞけば、誰もいないように見えた。ローリーンは道の反対側に駐車してあるシルバーグレーの高級車によりかかった。「タヴィストック・スクエアにもこういう車が駐まってる」と独り言のようにつぶやいた。それからばつの悪そうな顔をして、「夫の会計士のオフィスがその通りにあるのよ」と弁解した。

ペトラはうなずいてローリーンを見た。明らかに平静を失っているようだった。

「ここへ来たのが正解かどうか、じきにわかる」しばらくの沈黙のあと、ペトラはそう言った。「いまドアのそばで何か動かなかった？」

「あたしの立ってるところからだと、ドアも見えないの」とローリーンは答えた。

犬を連れた近所の男が、これで二度目だったが、ふたりの前を通りかかり、どことなく不審そうに会釈した。ペトラはローリーンの腕をつかんで屋敷のほうへ引っぱっていった。「留守だと思うんだけど、どう？」

「あたしには何も見えなかった」

「いちおうベルを鳴らしてみなくちゃね」

「でも、実は誰かいたらどうする？　クレーナーはあたしたちをどうするかしら」

「さあ、わからない」ペトラは立ち止まって真顔でローリーンを見た。「でも、これだけは憶えておいて。万が一何かがあっても、あなたは自分の自由意志でここへ来たんだからね。あとになって、だまされたなんて言わないでよ」

ペトラはドアベルを押した。ローリーンが一歩あとずさったのがわかった。

しばらくそのまま待ったあと、ペトラは言った。

「あいつらはきっと一緒にいるはず。三人とも。ここにはいない。シュティヒとランカウがクレーナーをどこかへ乗せていったんだと思う」

「なぜそう思うの？」

「なぜって、クレーナーが自宅にいないのに、彼の車がそこに駐まっているもの」とアウディを指さした。

「じゃあ、三人はどこにいるの？」九月の夜にしては異様に暑い晩だったにもかかわらず、ローリーンは寒けを覚えた。

「知らないわよ！ そこはわかって。あいつらはいつも週末は家族と一緒にいる。いまは誰も自宅にいないんだから、どこかのレストランで『イム・グリューネン・ヴァルト』（ドイツ民謡）でも歌ってるのかもしれない。どこで何をしててもおかしくない。あいつらが家族と一緒にいるとすればね。でも、今夜はちがう。家族と一緒じゃない、それは絶対に確か。三人だけで外出している。どこにいるのかは不明だけど」

「どうして絶対に確かなの？」

「わたしがホテル・コロンビから電話したとき、シュティヒの家には妻しかいなかった。ペーター・シュティヒが夜に妻を連れずに外出することはない。あの男はいろいろと陰口をたたかれるけれど、ほかのふたりが妻を連れてくるときには、自分も必ずアンドレアを連れていく。それに、ここにはクレーナーの妻の車がない。クレーナーが息子ともども親戚のところかどこかを訪ねさせたのよ。ランカウのほうは、妻をどこか街の外へ行かせたんだと思う」彼女は自分の言葉にうなずいた。「そう、だからあの三人はいま、絶対に一緒にいるはず」

「で、ブライアンは？　彼はどこ？」

「そうなのよ。そのうえあなたの夫もいるのよね」とペトラは溜息をつき、ハンドバッグの中をまさぐった。

そしてその日初めての煙草に火をつけた。ローリーンにも一本勧めたが、彼女は首を振った。

「この家にほかの出口はある？」ローリーンは訊いた。

「ええ、庭に出るドアがある。でも、敷地から出るにはこの私道を通るしかないわよ、あなたの考えてるのがそういうことなら」

「そういうことじゃないの」

そう言うと、ローリーンは屋敷の角を曲がって姿を消した。ペトラはこれからどうすべきかを思案した。

ゲルハルトと彼女がフライブルクで暮らしていくのはもはや難しかった。ふたりの暮らしはすべて、長年のあいだに否応なく築かれてきた三人組との関係の上に成り立っている。たとえ警察が介入してきても、あの連中なら逃れるすべを心得ているはずだ。犠牲になるのはゲルハルトであり、彼女なのだ。とはいえ、警察を介入させないとすると、誰にとっても暴力的な事態を招く恐れがある。三人のひとりひとりとなら、戦うこともできなくはない。だが、三人が一緒にいて、しかも事態が手に負えなくなりそうだと思えば、彼らは危険になる。非常に危険に。

そしていま、まさにそんな事態が起ころうとしている。問題はそれにどう対処するかだ。結局のところ、三人組が捜しているのはローリーンの夫なのだ。ペトラは背を向けて立ち去ってもよかった。いつものようにゲルハルトを見舞ったら、家へ帰ってもかまわなかった。自分のテレビと、本と、家具と、退屈な隣人たちのもとへ。

ペトラが何よりぞっとしたのは、この最後の結論だった。それこそ彼女がうんざりしている日常だった。だったらなぜためらう。失うものなどないではないか。

ローリーンの靴は、まるで屋敷の庭をくまなく掘り返してきたようなありさまになっていた。「中にははいれない」と彼女はペトラに報告した。「全部の窓とキッチンのドアを試したけれど」自分からほんの数十センチしか離れていない玄関ドアのすぐ内側に、ひとりの男が体を押しつけて息を殺していることには、気づいていなかった。

ブロックのはずれの電話ボックスから、ペトラはランカウの家に電話をかけた。だが、誰も出なかった。彼女はボックスの壁によりかかった。なんとも不可解だった。

「明日まで待たなくちゃだめね。あいつらはどこにいてもおかしくない」

「でも、待つなんて無理よ！」

ローリーンの言うとおりだった。

「三人のいそうな場所に心当たりはないわけ？」とローリーンはさらに言った。「三人が落ち着いて相談できるような場所はないの？　オフィスとか、寂しいところにある一軒家とか。なんでもいいけど」

ペトラの見せた笑みは謎めいていたが、同情にあふれてもいた。「ねえ、ローリーン。あの三人はフライブルクじゅうに家を持っているの。ほとんどどの通りにも。だからどこにいてもおかしくない。療養所、シュティティヒのアパート、クレーナーの家。ティティ湖畔にあるクレーナーの別荘かもしれないし、ランカウの農場かもしれない。ザスバッハのライン河畔に繋留されたクレーナーの船かもしれない。どこかからどこかへ移動しているところかもしれない。明日まで待ちましょう」

「でも、ペトラ！」ローリーンは彼女の肩をつかんで真剣に顔をのぞきこんだ。「これはあたしの夫に関わる問題なの。過去のことがらがいろいろと関係してるのは、あたしにもわかってる。夫はそういう話を何もしてくれなかったから、今日あなたから初めて聞いたんだけど。でもね、それについて考えてみると、ひとつだけ確かなことがある。夫はここへ何をしにきたにせよ、それを最後までやり遂げるはず。そういう人なの。それにもうひとつ。夫とあたしは結婚してもうすぐ二十五年になるけど、いろんな点で極端にちがってる。でも、ひとつだけ、とてもよく似てるところがある。ふたりとも筋金入りのペシミストなの。わたしはいつでも最悪を想定するし、夫もそう。だからこれまで彼がしてきたことはすべて、想定しうる最悪のシナリオに基づいてる」ローリーンの身震いがやんだ。「いま想定しうる最悪のシナリオって、何かしら？」

ペトラは迷わず答えた。「あの三人が、自分たちの悪事を暴きかねない過去の痕跡を消し去ろうと、あらゆる手を使うことね。ためらいもなく」

「ブライアンもきっとそう考えるはずだわ。もしかしたら彼はシュロスベルクに行かなかったかもしれない。チャンスがあれば、逆に相手を尾行したかもしれない。その三人はいまどこにいるかしら。とにかくそれを突きとめなくちゃ。だってブライアンもきっとそこにいるはずだから」

「だからさっきから言ってるでしょう！　あいつらはどこにいてもおかしくないの！」そう言うとペトラは急に黙りこみ、考えこむような表情になった。それから淡々とした口調でこうつづけた。「でも、消去法で行くと、ランカウのワイナリーがいちばんありそう。あいつら、自分たちだけになりたいときには、あそこへ行くことがあるから」

「なぜ？」

「なぜって。寂しいところだから。近くには誰もいない」

「じゃあ、そこに電話してみて」

「だめ。ランカウはプライバシーを大切にしているから。電話番号を秘密にしているのよ。わたしにもわからない」

「そこへ行くにはどうしたらいい？　遠い？」

「自転車で二十分」

「自転車はどこで借りられる？」

「だけど、タクシーなら十分よ」ペトラはそう言うと、やってきたタクシーに手を振った。

56

年を取ったうえに障害を抱えてはいても、ランカウは依然として筋金入りの兵士だった。事態は完全に把握していた。アルノ・フォン・デア・ライエンが出ていったあとは、待つこと以外にすることはあまりなかった。縛めからは自由になったし、シュティヒには急を知らせた——いまは待つだけだった。兵士の最大の美徳だ。

闇に隠れて窓辺に腰をおろし、道路を見張りながら、彼はさまざまな土地に心をさまよわせた。ボリビアの山岳地帯には無限の可能性があった。指示を待つ労働力、ただ同然で手にいれられる放置された土地。多様な植物、有望な鉱物資源。肌の浅黒い従順な混血（ムラート）たち。

前回マモレ川沿いに狩猟に行ったときは、そいつらをずっと案内人に使っていた。彼が決心したのはそのときだった。サンボルハやエクサルタシオンの酒場では、空気が暑さで溶け、雑音まじりのジュークボックスから奇跡のようにエリーザベト・シュヴァルツコプフの歌声が鳴りひびいていた。

ここを自分の将来の地にする。

その決心はアルノ・フォン・デア・ライエンが現れたことにより、いっそう揺るぎないものになった。この件がかたづいたら彼はすぐに移住の準備を始めるつもりでいた。

安全への最後の一歩は慎重に踏み出すつもりだった。

ランカウはにやりとした。まっ暗な家の中にひとりで座っているというのも、なかなかいいものだった。決意と憎しみがいっそう強まり、集中によって途方もない力が湧いてきた。

目がひりひりし、肩が痛み、腕と脚の、紐が食いこんでいたところが赤くなって疼いていた。椅子がばらばらになった際に後頭部をぶつけてもいた。アルノ・フォン・デア・ライエンに仕返しをしてやるのが楽しみだった。

あいつは必ずもどってくる、ランカウはそう確信していた。

だから彼は待った。待ちながら現在の憎しみに身をゆだねたり、将来のおのれの姿を若いメスティーソの娘たちや、砂糖黍(さとうきび)とカカオとコーヒーの濃厚な香りとともに思い浮かべたりしていた。

家はアルノ・フォン・デア・ライエンが出ていったときのままだった。中庭にともっている小さな常夜灯をのぞけば、闇に沈んでいた。ときおり葡萄畑のむこう側の道を車が通り過ぎ、ヘッドライトの光でランカウの狩猟の記念品を照らし出しては、それらを一瞬よみがえらせた。

街道を走ってきた一台の車が速度を落とすと、客がやってくるのがわかった。車は低いエンジン音とともに砂利道の看板の前で停まり、ヘッドライトがまっすぐに家を照らした。まもなく車はバックで道路にもどり、街の方角へ去っていった。

ランカウは林檎をもう一口かじると、ゆっくりと咀嚼しながらそれを窓の縁に置いた。それからカーテンの陰に身を隠して道路のほうに目を凝らした。私道には誰もいないようだった。誰かが方向転換をしただけなのかもしれない。それでも、あらゆる事態を想定しておく必要があった。車から何者かが降りた可能性もあるのだ。クレーナーとシュティヒなら問題ないのだが。

長い時間が経過した。

やがて中庭をそろそろと歩いてくる足音がし、ようやく人影がふたつ見えた。ランカウは窓辺から離れた。どういうことだ？　やってきたのはペトラ・ヴァーグナーと見知らぬ女だった。ということは、クレーナーの任務は失敗に終わったわけか。

ランカウは窓から窓へ手探りでゆっくりと進んだ。通り過ぎる車に照らし出される外の様子は、まったくいつもどおりに見えた。

女たちだけのようだった。

ふたりは入口のドアを用心深く揺すってからそっとあけた。ランカウはソファの横のテーブルランプをつけた。

「誰だ？」ハイソックスの内側に短い諸刃のナイフを忍ばせながら叫んだ。

「わたし！　ペトラ・ヴァーグナーよ！　友達も一緒」

廊下の明るい照明がつけられ、ランカウはまぶしさに目を閉じた。ペトラが戸口に現れ、唇に指をあてて連れの女に〝しっ〟と合図したように見えた。ランカウは目をしばたたいた。タウバーギーセンの湿地でアルノ・フォン・デア・ライエンと対決して以来、残ったほうの目が光の急激な変化に惑わされることがあるのだ。

だから、自分の見たものを信じていいかどうかわからなかった。

「ペトラか！」彼は目をこすった。「これはうれしい驚きだな！」

その声に彼女はぎくりとした。声の主を見つけると、気まずそうに微笑んだ。

ランカウは太い指で薄くなった髪を掻きあげた。「どういうわけでご来臨を賜わったのかな」と手を差し出した。

ランカウが連れに挨拶をしたときにも、その女は何も言わず、ペトラが代弁をした。「ごめんなさい、こんなふうに押しかけちゃって。この人はわたしの友人のラウラ。前に話したことがあるでしょう。聾唖者なの」見知らぬ女は微笑んだまま、ランカウの口元をじっと見つめていた。「お邪魔だったかしら」ペトラは胸に手をあてた。「ああもう、家じゅうまっ暗なんだもの。本当に怖かった」

「怖がることなどないさ」ランカウはシャツの裾をニッカズボンにたくしこんだ。「ちょっとうたた寝をしていただけだ。心配するな」

どう見ても、ペトラとその女は不釣り合いな組み合わせだった。それに、ラウラという友人がいるなどという話をペトラがしたことは絶対にない。ましてや聾唖者の友人がいるなどという話は。そもそもペトラはゲルハルトに関すること以外、私生活について話したりはしない。ペトラがアルノ・フォン・デア・ライエンとぐるだとすれば、やつに言われてここへやってきたのだろう。その可能性は充分にある。

フォン・デア・ライエンは闇の中に身をひそめて待ちかまえているのかもしれない。

「ここの電話番号はわからないし」とペトラは肩をすくめた。「三人とも家にいないんだもの。思い切って来てみたのよ」

「おれはここにいるぜ。で、なんの用だ？」

「クレーナーとシュティヒもここにいるの？」

「いや、いない。知りたいのはそれだけか？」

「シュロスベルクで何があったのか教えて」

「なぜ？」

「アルノ・フォン・デア・ライエンが二度と現れないことを確認したいから。そうじゃないと気が休まらないの」

「ほう？」ランカウはにやりとした。

「彼は死んだの？」

「死んだ？」ランカウは得意げに笑った。おれを罠にかけようたって、そうはいかないぜ。「まさか、ぴんぴんしてるよ」

「それで？ いまどこにいるの？」

「さあな。飛行機にでも乗って、どこか遠くへ行ってくれてることを願うね」

「そんなはずないと思う。あんなにゲルハルトを捜し出すことに熱心だったんだから。ねえ、本当はシュロスベルクで何があったの？」

「何があった？ わかってるだろうが。やつは自分のゲルハルトを見つけたんだよ」当惑したペトラの顔を見てランカウはにやにやし、腕を広げた。「いったい何があったのか？ きょうの午後、うちの長男が小さな真鍮板にこう掘りこんだ。〝一九四五年一月十五日のフライブルク・イム・ブライスガウ空襲における犠牲者を追悼して〟息子はそれを小さな杭に取りつけて、柱廊のかたわらの地面に立てた」ランカウはまたにやにやした。「器用なやつなんだよ、うちのルドルフは！」

「それからどうしたの？」

「二時間後に息子が杭を抜きにいったら、そこに小さな花束が供えられてたんだ。感動的な話じゃないか？」ランカウはにやりとした。女たちは彼の目をまっすぐに見つめていた。彼の経験では、ふたりの人間がひとつの作り話をぴたりと同じように提示できることはまずない。とりわけそのふたりが女の場合には。アルノ・フォン・デア・ライエンが本当に外で様子をうかがっているとしたら、どちらかの表情に必ずそれが表われる。もっと緊張して、目がきょろきょろするはずだ。だからこのワイナリーにいるのは自分たち三人だけだ。ランカウはそう確信したが、だからといってそのふたりが信用ならないという事実は変わらなかった。それとわからないほどのペトラの笑みだけが、本物に見えた。

ペトラはほっとしているようだった。

「ルドルフはいつその真鍮板を取りにいったの?」と笑顔で尋ねた。

「なぜそんなことを訊くんだ?」

「わたしたちも六時ごろあそこへ行ったんだけど、何も見かけなかったから」

「なら、ルドルフが後始末をきちんとしていったんだろう。いい子なのさ。で、おまえはなぜあそこへ行ったんだ?」

「ここへ来たのと同じ理由からよ。何があったのか知りたかったの。そうでないとわたしたち、安心できないから」

「わたしたち?」

「あ、いえ、〝わたし〟ということよ、もちろん。わたしが安心できないから」ペトラの訂正はランカウの好みからするといささかくどすぎた。「でも、そういうことって、必ずまわりの人にも影響をおよぼすでしょう。だから〝わたしたち〟と言ったの。ラウラはちょうどフライブルクに来ていてね、うちに泊まってるのよ」

「で、このラウラはどこまで知ってるのか、訊いてかまわないか?」

「ええ、かまわないわよ。心配しなくてだいじょうぶ。

ラウラは何が起きてるのか、ほとんどわかってないから」ペトラの笑みはそれなりに自然だったので、ランカウもそれについては納得した。

「しかし、なぜシュティヒかクレーナーに電話しなかったんだ？」ランカウは彼女をじっくりと観察した。信じられないほどほっそりした首をしていて、フォン・デア・ライエンと同じように血管が透けて見えた。

「そうすりゃ、シュロスベルクで何があったのか教えてくれたはずだ」

「電話してみたわよ。さっき言ったじゃない、どっちも家にいなかったって。シュティヒのところにかけたら、アンドレアしかいなくて、何も教えてくれなかったの。わかるでしょう、アンドレアのことは」

ペトラは壁に飾られた狩猟の記念品に目をさまよわせた。ランカウはすでに室内を見まわし、暖炉の横に乱雑に積んである薪の山をのぞけば、すべていつもどおりに見えることを確かめてあった。ペトラがその薪の山に気づけば、部屋の中央にランカウの玉座がないことにも気づくだろうが、ばらばらになった椅子はたいして場所を取らなかった。

「でも、じゃあ、シュティヒとクレーナーはどこにいるの？」やがてペトラは言った。「あなた、知ってる？」

「いや」

ペトラはどうしようもないというように両腕を広げ、背の高い女を見てから、またランカウを見て微笑んだ。

「なんにしても安心したわ。ありがとう。これでもうアルノ・フォン・デア・ライエンのことは心配せずにすむ。悪いけど、タクシーを呼んでくれる、ホルスト？　乗ってきたタクシーは帰しちゃったから」

「いいとも」ランカウは軽くうめき声をあげて立ちあがった。事態がどう展開しようと、いまはまだ未知の要素がひとつ余計にあった。ここでふたりとも始末してしまうと、聾啞の女はまちがいなく捜索されるだろう。身内がいるかもしれない。絶好のチャンスではあるが、いまは自制するしかなかった。ゲルハルト・ポイカートとペトラ・ヴァーグナーは、必要があればあとでいつでも始末できる。ささやかな悲劇、薄情な現代を舞台にしたロミオとジュリエットの物語。希望のないロマンスにふさわしい結末を書く時間はまだある。そこに聾唖の女の出る幕はない。いまはとりあえず、ふたりを行かせるしかなかった。

「それはそうと、あなたの車はどうしたの？　あなたはここへどうやって来たの？」ペトラはいつもとちがってずばりと尋ねた。

ごく単純な質問だった。〝おまえたちと同じさ〟と笑顔で答えるだけでもよかった。だが、彼は見抜かれたのではないかと一瞬動揺し、答えるのをためらった。背の高い女を怪しむように見つめながら、受話器を架台にもどした。

「ずいぶん質問が多いな、ペトラ」しばらくにらみあっていると、やがてペトラがふっと微笑んで肩をすくめた。

「こんどはおまえがおれの質問に答えてくれないか」と彼は言った。背の高い女がペトラの後ろで彼の暗い目を見て、一歩あとずさった。「なぜその女のことをおれに話したことがあると言ったんだ？　でたらめのくせに」ランカウがすばやく近づいていくと、ペトラの表情が変わった。「そいつはほんとに聞こえないのか？　おまえらがはいってきたとき、おれはおまえがそいつに口をつぐんでろと合図するのを見た気がするんだがな」ランカウはペトラを羽根のように軽く横へ突き飛ばした。後ろにいた背の高い女はハンドバッグと腕で顔を守ろうとしたが、むだだった。一発で言葉もなく床に倒れ、そのまま意識を失った。

「どこへ行こうっていうんだ」ペトラが戸口にたどりつかないうちに、ランカウは彼女の手首をがっちりとつかんだ。

「何するの、ホルスト？　どうしちゃったのよ、あなた」彼女はつかまれた腕を引っぱった。「放して、お願いだから、落ち着いて」ランカウは彼女を放し、倒れている女のほうへ押しやった。

「そいつは何者だ？」と女を指さした。

「ラウラよ。というか、わたしたちはラウラと呼んでるけど、本当の名前はローリーン」

「そいつのハンドバッグをよこせ」

ペトラは溜息をつき、ローリーンのぐったりした腕からハンドバッグをはずしてランカウに渡した。バッグはランカウが思っていたよりもずっしりとしていた。

彼はそのおびただしい中身を戸口の脇の小さなサイドボードの上にあけた。その中から赤茶色の財布を迷わず手に取った。その分厚さからすると、これまた中身がぎっしり詰まっていそうだった。

ランカウは何枚ものクレジットカードをぱらぱらと見た。たしかに女の名前はローリーンだった。ローリーン・アンダーウッド・スコット。ランカウはその名前と住所をじっと見つめた。思いあたることは何もなかった。

「おまえの友達はイギリス人だ」とカードを振ってみせた。

「いいえ。フライブルクの生まれだもの。イギリス系ドイツ人で、イギリス人と結婚したの」

「おかしいと思わないか、今日にかぎってこんなにイギリス人が現れるってのは？」

「彼女はイギリス人じゃないんだってば！」

ランカウは財布を逆さまにした。さまざまな領収書のあいだからパスポート用写真が出てきた。ペトラは息を呑んだ。

「娘がいるようだな」とランカウは言った。「なんて名前だ？　もちろん知ってるんだろう？」

「アンよ」

ランカウは写真の裏を見て何かつぶやくと、廊下へ出ていって天井灯の下でもう一度よく見た。「このローリーンとはいつからの知り合いだ？　なんだってここへ連れてきた？」すばやく彼女のほうに向きなおって腕をつかんだ。「この女は何者だ？　アルノ・フォン・デア・ライエンとどういう関係がある？」ランカウはペトラが悲鳴をあげるまで腕をねじりあげた。

「痛いじゃない！」ペトラは涙をこらえながらランカウの顔をにらみかえした。「関係なんてないわよ。放して！」

戦いは一方的に終わった。ランカウはたくましい首をさすり、ゆっくりと伸ばした。ゴルフで下手くそなスイングをしたときに傷めたのだ。首の筋肉に必ず痛みが走った。だが、痛みは数時間もあればたいてい引いた。華奢なペトラ・ヴァーグナーは殴ってもろくに手ごたえもなかった。

まるで空気を殴ったようだった。

ランカウは自分がアルノ・フォン・デア・ライエンに置き去りにされたのと同じ場所に、自分が座らされたのと似た椅子を持ってきて、背の高い女を座らせた。血がにじむほどきつく足首を椅子に縛りつけても、女は身じろぎもしなかった。

まだ意識を失っていた。

彼は朦朧としたペトラを肩にかついだ。家事室で納屋の主電源のスイッチを切り、外へ出た。中庭の照明が消えたので、頭上に星空が見えた。

納屋の中央に彼の自慢の装置が据えつけられていた。彼は年にせいぜい二百本の良質の白ワインしか造らないのだが、去年、はるかに多くのワインを生産できる能力のある搾汁機を手に入れていた。二、三週間後にはきれいに洗浄して、ふたたび稼働させることになるが、それまではペトラを縛りつけておくのにもってこいの場所だった。作業を終えると、彼は猿ぐつわにしたスカーフを軽く引っぱってみた。しっかりと締まっていた。

「おとなしく横になってるかぎりは、なんの問題もない」と彼は言い、彼女を寝かせてある巨大な水平の螺旋刃をぽんぽんとたたいた。ペトラもワインの産地で育ったのだから、その螺旋の働きは当然知っているはずだった。ブドウをずたずたにして果汁をすべて搾り出すのだ。「おとなしくしていれば、鋭い刃で体を傷つけずにすむ」そう言うと、彼は手を伸ばしてスイッチを入れた。ペトラはきつく目を閉じた。「あわてなくていいぜ。主電源が切ってあるかぎり心配は要らない。数時間後には何もかも終わってる。それまでおまえはここでおとなしくしてるんだ。あとのことはそれから考えよう」

母屋へもどりながら、ランカウはひんやりとした夜気を吸いこんだ。待望の秋はもうすぐそこだった。二時間前だったら、壁に鹿の角をさらにふた組ほど飾る場所を見つけることを考えたかもしれない。

57

とんでもない話だが、しかし事実だった。

ローリーンはフライブルクにいるのだ。

忌まわしい現実が瞬時にしてもどってきた。ブライアンは深呼吸をしてアクセルを踏みこんだ。これ以降は最悪を覚悟しなければならなかった。さっきまではフライブルクでのできごとに背を向けて元の暮らしにもどろうと決心していたのに、運命はそれを許してくれないようだった。ブリジットから聞き出した情報がまだ彼を戦慄させていた。

事態は深刻だった。この件に関わっているのは、もはやブライアンと彼の心に長年とりついてきたあの三人組だけではなかった。考えうるかぎり最も不器用で無防備な人間がそこに巻きこまれてしまったのだ。

ローリーンはなんらかの方法で彼の居どころを嗅ぎつけたようだった。そしていま彼はそのローリーンを大至急見つけなければならなかった――三人組が彼女に危害を加える前に。

ブライアンは状況の有利な点と不利な点を洗い出してみた。彼は極端に不利だった。彼の強みはいまだに自由に動けることと、ランカウを支配下に置いていること、シュティヒの本当の住所を知っていること、装塡した銃を持っていること。わかるかぎりではそれだけだった。

ホテル・コロンビからホルツマルクトを通ってルイーゼン通りまでは、わずか数分のドライブだった。それだけの時間では、考えをまとめて危機に対処できるようにはとうていならなかった。

助けを求めようかとしばし考えた。これはもう警察に任せるべき状況だった。だが、警察はブライアンの話をまず信じてくれないだろうと思われた。尊敬されるふたりの市民に関する断片的な非難は、彼らを驚かせるだけだろう。充分に説明して納得してもらうには長い時間がかかる。

それでは間に合わない。

ブライアンは首を振った。現実の世の中というものを彼は承知していた。世界のどこへ行こうと、警察というのはその土地のゲームのルールを心得ており、それに基づいてプレーをするものだ。彼を脅かしている男たちは、決してこの街の小物ではない。それに、サイレンサーつきの拳銃を腰に差していることも、ランカウを縛りあげてあることも、ひどい目に遭わされた人間という役柄にはあまりふさわしくない。そして救援隊がしぶしぶ駆けつけるころには、容疑者たちは必要な予防措置をとうに講じているだろう。


昨日からこれで三回目になるが、ブライアンはルイーゼン通りに立ってシュティヒのアパートを見あげていた。明かりはひとつもついていなかった。無駄足を踏んだのではないかという気がした。けさ自分が立っていたのとまったく同じ場所から、暗い窓をしばらくながめていた。

すると些細なことが目に留まった。ブライアンは窓から窓へと目を転じた。どの窓の内側にも、カーテンの手前に鉢植えが三つ、きちんとならべられていたが、ひとつの窓だけは様子がちがった。見れば見るほど、ほかの窓とは逆の印象を受けた。だが、ちがいはほんのわずかだった。ほかの窓は中央に白いゼラニウムが、その両側に赤いゼラニウムが置かれているのに対し、その窓は赤いゼラニウムがもたれあい、白いゼラニウムはすっかり孤立していた。ブライアンは首を振った。そこにどんな意味があるのかわからなかった。ただ何かおかしいような気がした。

そこに住んでいるのは偽患者たちの頭目のペーター

・シュティヒだった。シュティヒがランカウをシュロスベルクに行かせて自分を殺そうとしたのだ。ブライアンはそう確信していた。あいつらは自分たちの本領を忘れてはいないのだ。

シュティヒとクレーナーはブライアンが突然現れたことに浮き足立っていた。ブライアンを恐れてさえいるかもしれない。ローリーンはブライアンの妻だということを知られたら、手ひどいあつかいを受けるだろう。

ランカウはとりあえず無力化したが、クレーナーに対しては最悪を覚悟する必要があった。息子への態度がいくら愛情深く見えようと、冷酷な人殺しであることはいまだに変わりがない。この街にいる以上、さまざまなことがブライアンにとって不利になるはずだった。敵はフライブルクの街を隅々まで知っている。こちらは一人だが、むこうはまだふたりいる。武器も充分に用意しているだろう。クレーナーの屋敷の外でシュティヒに姿を見られてしまったのだから、ランカウがブライアンの殺害に失敗したことは、シュティヒとクレーナーもすでに知っているはずだった。シュティヒはまちがいなく次の手をすでに用意しているだろう。レンゲンハルト通りへ行くにはシュタットガルテン公園を通り抜けるのがいちばんいいと、くわしく説明してよこしたからには、十中八九その途中で待ち伏せているはずだ。

言われたとおりにするのであれば、ブライアンは厳重に警戒する必要があった。

だが、ほかに選択肢があるだろうか。彼の勘ちがいでなければ、シュティヒがローリーンのところへ連れていってくれるはずだった。

ブライアンはもう一度アパートを見あげた。そこでふと思いついた。こんどはむこうが手を打ってくる番だったが、もしかするとこのアパートに何か、こちらにリードをあたえてくれるものがあるかもしれない。

彼は通りを渡っていってベルを鳴らし、すばやくもどってきて木の陰に隠れた。アパートに明かりはともらなかった。彼はさらに待った。

誰もいないようだった。ことによると待ち伏せの場所へすでに移動しているのかもしれなかった。

シュティヒの住まいは街の中心部にありすぎた。どこの店も閉まったというのに、ホルツマルクトと周辺の街路はあいかわらずにぎやかだった。土曜の晩なので人々が街に出ているのだ。

ブライアンは周囲を見まわした。いたるところに人がいた。上機嫌の人々や、急いでいる人々が。しかし二十分後、通りにはブライアンしかいなくなった。

彼にわかるかぎりでは。

だが、そうは見えなくとも、誰かに見張られていることを想定すべきだった。ことによると複数の地点から。いまは木の枝が上からの視線をさえぎってくれていたが、通りからはまる見えだった。ブライアンは道を渡り、建物の角をまわって中庭へはいった。

中庭は闇に包まれていた。黒々とした糸杉のような木々とイチイの茂みが絶好の隠れ場所になってくれた。ブライアンは中庭の小さな建物のほうへあとずさりしていって、壁に背中をつけた。そのままじっとしていると、暗闇と物音に目と耳が慣れてきた。建物の裏側はまっ暗で、中にはいるには理想的だった。

問題はひとつだけ。

上階で待ちかまえている者がいるとしたら、そいつはブライアンがこちら側からはいってくることを予測しているはずだ。

裏階段のドアには鍵がかかっていた。ブライアンはそれを揺すってみて、また上を見あげた。室内に動きはなかった。階段の右側の窓はどれも、下半分が白いカーテンで目隠しされていた。ブライアンは爪先立ちになって、カーテンの上から中をのぞいてみた。暗くて室内の様子はわからなかったものの、キッチンだろうと見当をつけた。

もう一度上を見あげた。階段とキッチンの窓のあいだに伸びる縦樋は、かなりしっかりしているように見えた。両手でつかんで揺すってみた。雨樋をよじ登るのはこれが初めてではなかった。不意にあの病院の屋根が目に浮かんできた。百年も前のことのように思えた。

樋はつかみやすかったし、乾いていて頑丈だった。壁に足を突っ張って、腕で体を引きあげた。

思った以上に体が重くなっていた。

一階の軒蛇腹にたどりついたときには、早くも気持ちがくじけそうになっていた。心臓が恐ろしい勢いで打ち、爪先が痛んだ。どの階も高さが少なくとも三メートルはあった。先は長かった。

三階にたどりついたときには手が痺れていた。キッチンの窓のほうへ身を乗り出すと、樋を壁に固定している金具がきしんで、漆喰の粉が降ってきた。いちばん下の窓ガラスを何度か押してみたが、外れそうになかったので、こんどは階段の窓のほうを向いた。こちらは窓枠が朽ちて脆くなっていた。手のひらで慎重に、だが力をこめて押すと、ついにガラスが外れた。すさまじい音がした。

彼は掛け金をはずして窓をあけ、中に這いこんだ。裏階段はじめじめしており、手探りで踊り場までのぼっていくと、壁の漆喰がぽろぽろとはがれた。キッチンのドアは鍵がかかっていた。ドアの下の隅を足でそっと押してみた。ほんの少しだけ動いた。次に錠の高さのところを押してみた。そこはびくともしなかった。どうやら錠はひとつのようだ。彼はそのちっぽけなドアの強度を、映画でよく見るような程度だろうと踏んだ。それなら把手を下げてできるだけ内側に押しつつ、ドアの下のほうを強く蹴ればことたりる。ただしそれと同時に、見も知らぬ室内に転げこまなくてはならない。

そう思うとぞっとした。中で誰かが待ちかまえていたらどうする？

危険な賭けだった。冷や汗が出てきた。彼は銃を抜いた。まずドアを破る。そして中にはいったら、立ち止まって待つ。

一秒後、ブライアンは木の床に倒れて痛みにもだえていた。爪先が死ぬほど痛んだ。音はあまりしなかったが、事態もほとんど進展していなかった。ドアは閉まったままだった。

彼は耳を澄ました。聞こえるのは、押し殺した自分のうめき声だけだった。踊り場に出てきて彼を殺そうとする者もいなければ、下の階から「泥棒！」と叫ぶ声もしなかった。何も起こらなかった。

やっとの思いで立ちあがり、こんどは逆の足でドアの下の隅を繰りかえし押しはじめた。そのほうが利口なやり方だった。

何度も繰りかえしていると、ついに錠が弾け飛んでドアがあいた。室内はまっ暗だった。彼はそのまま二分間、階段から様子をうかがった。だが、何も起こらなかった。

キッチンは黴くさくてつんとする名状しがたいにおいがした。蛍光灯をつけると、冷たい光で目がくらんだ。時間が止まったようなキッチンだった。薄緑色の壁、皿を立てるラック、琺瑯引きのソース鍋、傷だらけの分厚いカウンター。バターの瓶とビスケットの袋がまだテーブルにのっていた。ブライアンは暗い廊下に出て、手探りで電灯のスイッチを入れた。

だが、明かりはつかなかった。不審に思い、壁にぴたりと体を寄せて拳銃を構えた。キッチンの明かりが隣室へわずかに射しこみ、ビニールのテーブルクロスのかかった丸い食卓が見えた。くたびれた椅子の前に皿が置かれ、ビスケットが四枚のっている。一枚は一口かじってあった。

ブライアンは唾を二度、ごくりと呑みこんだ。口がからからだった。まるで住人が突然立ち去ったように見えた。椅子から人が消えているのも、明かりがつかないのも、いかにも不穏だった。空いたほうの手で額の汗を拭うと、その手を隣室のドアの隙間に差しこんで、壁のスイッチを探った。カチリという音はしたものの、こちらも明かりはつかなかった。

それ以上考えるのはやめてドアを押しあけ、隣室に飛びこんだ。室内には街灯の光が射しこんでおり、彼は何か軟らかいものにつまずいた。

敵がいるのではないかと、すばやく周囲を見まわしたが、誰もいなかった。ほっとして床を見おろすと、目をかっと見ひらいて女が死んでいた。

五分後、彼はようやく冷静になった。かたわらには死体がふたつ横たわっていた。女のほうには見憶えがなかったが、女がしがみついている男のほうは、赤目のシュティヒだった。どちらもまだ温かかった。

暗がりでもふたりの顔ははっきりと見えた。痙攣で引きつったままで、かっと見ひらかれた目がにぶく光っていた。

赤目の男の口には、ふたりを殺したものがまだ突っこまれていた。だから明かりがつかなかったのだ。ブライアンは二本のコードを見つめた。焦げた肉のにおいがまだ漂っており、吐き気をもよおした。死んだシュティヒも、生きていたときのシュティヒと変わらないほどおぞましかった。

そしてその哀れな女も、夫の道連れにされたのだ。

58

〝ワイナリーについたらBMWは本道のほうに停めよう〟車を走らせながらブライアンはそう結論をくだした。用心するに越したことはない。この数時間のあいだに、いろいろなことがありすぎた。それなのにどこへもたどりついていなかった。

ローリーンとペトラはまるで大地に呑みこまれたかのようだった。

シュティヒのアパートを家捜しした彼は、不愉快なものをたくさん見つけていた。薄暗いライターの光でも、ペーター・シュティヒの本性は隠しようがなかった。どの引き出しからも、棚からも、部屋からも、老人がいまだに暗い過去に生きている証拠が現れた。死んだ連中の写真、武器、勲章、旗、レリーフ、雑誌、本、そしてまた死んだ連中の写真。

ブライアンは誰にも見られずにシュティヒのアパートを出ると、決然としてクレーナーの屋敷へ向かった。クレーナーの屋敷はすでに二度にわたって監視していたが、これが最後の訪問になるはずだった。

まっ暗な広い前庭を彼は玄関へ近づいていった。人の気配を伝えるものは、二階の小さな明かりだけだった。

それ以外は、人けのない廃墟のように見えた。ドアベルを二度鳴らしたあと、彼は前庭にもどって小石を拾い、二階の窓に投げつけた。窓ガラスはかちゃんと音を立てただけだった。彼はさらにいくつか小石を投げた。しまいにはまとめて投げつけたが、みなはねかえって芝生に落ちた。

そこではたと、自分の愚かさに気づいた。

ブライアンは車の窓から外を見た。月はまだ昇っておらず、家と葡萄畑は闇に包まれていた。

ランカウのカントリーハウスの私道につく前から、中庭の明かりが消えているのがわかった。ヘッドライトを消すと、あたりはまっ暗になった。彼は車を降り、歩きだした。手探りで溝を越え、葡萄畑の横を二百メートル進んだ。手前にならんだ葡萄の木々に隠れて母屋に近づいていくと、ランカウを椅子に縛りつけておいた部屋がちらりと見えた。

中は暗く、静まりかえっていた。

彼は真相を突きとめる努力をもう一度するつもりになっていた。そしてその役に立つのはランカウしかいないと、二十分前にクレーナーの屋敷のまわりをうろついているあいだに気づいていた。屋敷には誰もいなかった。クレーナーはすでに巣を離れ、ローリーンとペトラを支配下に置いていると思われた。

ブライアンは腰をおろして耳を澄ました。クレーナーのほうが先に到着していることを示すものは何もなかった。聞こえてくるのは、鳥たちのしゃがれた鳴き声だけだった。

暗い空を見あげると、彼は二十メートル先の母屋の角までそろそろと近づいていった。

59

こんどは絶対に油断すまいとランカウは固く決意していた。ペトラを搾汁機に縛りつけたあとは、ずっとハンティングルームの窓から闇に目を凝らしていた。そのあいだに一度、椅子に縛りつけておいた女がヒステリーを起こしかけた。女は闇の中ではっと我に返ると、まわりを見まわして、うろたえた。縛られていることに気づくと、猿ぐつわの奥でウンウンうなりながら縛めを引っぱった。だが、ランカウが片隅から姿を見せると、魔法のようにおとなしくなった。その目には恐れや不安より、驚愕が表れていた。ランカウはにやりとした。「しゃべれないわけじゃないんだろ?」と小声で言い、女のところへ行った。口の端に食いこんでいる猿ぐつわをゆるめてやると、女は嫌悪のあまり顔をそむけた。「口がきけないわけじゃないんだろう、え?」と彼はもう一度、こんどは英語で言った。

「ああ、おまえは完全にひとりぼっちだよ」と彼はドイツ語と英語で交互に言った。「ペトラのやつはここにはいない。あいつに会いたいか?」とランカウは笑ったが、女は反応しなかった。

「何かしゃべってくれませんかね、ラウラさん。いやまあ、本名はちがうのかもしれないが」彼は女の前にしゃがみこんだ。「ちょっと叫んでみるというのはどうだ?」と女の鼻先で手を広げてみせた。それから女の顔を大きな石か何かのようにつかんで、指に力をこめると、女は悲鳴をあげた。だが、最後まで言葉は出てこなかった。

「まあ、おれが本気になりゃ、おまえもしゃべる気になると思うがな」彼は立ちあがり、女を見おろした。できるのはわかっていた。納屋の電源スイッチは家事室にあった。そのスイッチを入れたらペトラがどんな目に遭うか教えてやれば、女は必ずしゃべる。しゃべれるのであれば。

彼は猿ぐつわを締めなおすと、窓辺にもどった。

アルノ・フォン・デア・ライエンの姿を最初にとらえたのは、フォン・デア・ライエンが本道でBMWから降りたときだった。腰をかがめたその姿を見て、ランカウは興奮した。獲物から目を離さず窓敷居に手を滑らせた。食べかけの林檎の横に置いてあったナイフをつかむと、決然と女のほうを向いた。どこまで思い切った手段をとるべきか思案したあと、とりあえず生かしておくことにした。

鎖骨のすぐ上の部分の首を一発殴りつけると、女は気を失ってがっくりと椅子にもたれた。

侵入者は葡萄の木々のむこうに隠れ、しばらく姿が見えなくなった。ランカウは畑の中に動きをとらえようとしたが、むだだった。窓から離れて後ろへさがった。

＊　＊　＊

屋外は充分に乾いていたとはいえ、玉石敷きの中庭は滑りやすかった。ブライアンは慎重に歩いていたものの、苔むした石の上で何度か足を滑らせそうになった。中庭の照明が消えている理由がわからないまま母屋にはいるのは不安だった。安全装置を解除した九四式拳銃を手にしていても、その不安はぬぐえなかった。シュティヒのアパートに忍びこんでからというもの、闇にばかり出くわしている。

それはよからぬ徴候だった。

玄関ホールにはいったとたん、馴染みのある感覚を覚えた。だが、なんなのかわかる前に、脇腹に激痛を覚えた。彼はよろよろと居間に転げこんだ。するとまた同じ感覚を覚えた。こんどはますます強烈に。

突然、拳銃を手から蹴り飛ばされ、明かりがついた。

仰向けに倒れているブライアンに見えたのは、まばゆい天井灯の光を背にしたランカウのシルエットだけだった。ブライアンは目がくらんだ。反射的に横へ転がると、硬くてごつごつしたものにぶつかった。それをつかみ、シルエットの頭めがけて渾身の力で投げつけた。

効果は絶大だった。ランカウは大声でわめきながら床に倒れた。

ブライアンは苦労して起きあがり、壁に背中を預けて精いっぱいのところまで立ちあがった。部屋の様子をすばやく見て取った。ランカウは床に倒れ、憎々しげに彼を見あげていた。ナイフはまだ握っていたが、飛びかかってくる準備はできていなかった。理由はすぐにわかった。鼻梁に短く深い傷ができ、青白い軟骨がのぞいていた。

脇腹に激しい痛みを感じて下を見た。三番目の肋骨の下を刺されていた。あと三センチ深かったら肺に穴があいていただろうし、あと五センチ深かったら死んでいただろう。

出血はさほどひどくなかったが、左腕が麻痺したようになっていた。

それに気づくと、ランカウは彼のほうへ這ってきた。ブライアンはいま投げつけたのと同じような薪を、手探りでもう一本見つけた。切りつけてきたランカウの腕に薪を投げつけると、ナイフも薪とともにどこかへ飛んでいった。

「この野郎！」とランカウは吼え、重たい体を起こして片膝をついた。ふたりは荒い息をしながらにらみあった。たがいのあいだは二メートルしかなかった。

「見つかるものか！」ブライアンが床を見まわしているのに気づいて、ランカウはわめいた。ブライアンはすばやく目を動かした。ナイフも拳銃もそれほど遠くには飛んでいかなかったはずだ。ところが目にはいったのは、二カ月前に彼が妻に贈ったライターだった。ほかにもローリーンのこまごました持ち物が床に散らばっていた。はっとして首をめぐらすと、椅子に縛りつけられた足が見えた。その瞬間、部屋に転げこんだときに感じたものがなんだったのかわかった。ローリーンの香水だ。戦慄が体を駆けぬけた。

ローリーンは猿ぐつわをかまされ、まっ青な顔で椅子に縛りつけられていた。

だが、ブライアンがそのショッキングな光景に気を奪われたのはほんの一瞬で、すぐにまたランカウが襲いかかってきた。その顔は他人に苦痛をあたえる喜びに燃えていた。ブライアンは大男の攻撃を必死にかわそうとした。脇腹に激痛が走り、左腕はほとんど役に立たなかった。

ふたりはからみあったままローリーンのバッグの中身の上を転がった——パック入りの煙草、タンポン、アイライナー、コンパクト、手帳、そのほかわけのわからない雑多なものの上を。家具に激突し、カーテンをレールから引きちぎり、アフリカの木彫りを倒した。

ブライアンが優位に立ったと思ったとたん、ランカウは横に転がってブライアンを突きはなした。

ふたりは二メートル離れて起きあがり、たがいに次の手を考えながら息を整えた。人を殺すことならば熟知している初老の男と、幸運は長続きしないことを承知している中年の医師。どちらも武器として使えそうなものを探した。

先に見つけたのはランカウだった。あまりにすばやかったので、ブライアンはそれに気づかなかった。サイドボードが倒れてきて鎖骨を直撃し、息が止まった。それと同時にランカウが、まるで羽が生えたように飛びかかってきた。

ランカウは片手でブライアンの腹を殴りつけると、もう一方の手をブライアンのうなじにまわして、ローリーンが何度も短くさせようとした襟髪をつかんだ。

それから立ちあがり、鹿の角を飾った壁に途方もない力でブライアンをたたきつけた。角のうちの一本は胸の高さにあり、その鋭い先端がブライアンの上着を突きやぶった。

ローリーンの悲鳴がし、ブライアンは思わずそちらを向いた。次の瞬間、ランカウが全体重をかけてぶつかってきた。ブライアンの背骨にあたった角の先端がぼきりと折れ、ランカウは喜びの叫びをあげてさらに体重をかけた。

ブライアンは両手をあげて、上にあった別の角をつかんだ。ありったけの力でそれを壁からもぎ取ると、ランカウの太い首筋に思いきり振りおろした。角の先端が深く突き刺さり、ランカウは愕然として飛びのいた。

効果は明らかだった。彼は奇形の男のように鹿の頭蓋を首から突き出させたまま、意識を失いそうな様子でさらに二歩後ろへよろけた。だが、よろけながらも

「自分を縛れというわけか」

「まずは足だ!」

ブライアンは苦労して身をかがめた。「こんなことをしてただですむと思うのか?」

「誰がただですまさないんだ?」

「わたしがここに来たことはみんな知ってる!」

ランカウはあざけりの目で彼を見た。「ほう、そうかい。じゃあ、ミュンスタータールの町はずれに騎兵隊の一個連隊が待機してるのかな?」ランカウは笑った。「で、いまこの瞬間にも、狙撃兵がおれを狙ってるわけか? そりゃいい!」

「ホテルの受付係に、今夜どこへ行くか伝えてある」

「へえ、そうかい」とランカウは冷笑した。「教えてくれてありがとよ、フォン・デア・ライエンさん。じゃあ、おまえが失踪したもっともらしい理由をひねり出さないとな。それはそんなに難しくないが」

「わたしの名前はフォン・デア・ライエンじゃない。

ローリーンのほうへ近づいた。まだ切り札を隠していたのだ。

ブライアンが反応する間もなく、大男はローリーンの後ろへまわり、彼女の首に腕をまわした。ローリーンの首を折るには、後ろへちょっと体重をかけるだけで充分だった。

ランカウは何も言わなかった。荒い息をしながら、ブライアンから目を離さずに左手で首の角を手探りし、咆哮とともにそれを引き抜いた。ブライアンは壁から離れた。

「そこを動くな!」とランカウはわめいた。「余計な動きをしたら、こいつの首をへし折るぞ!」

それがたんなる脅しではないことは、ブライアンにもわかった。

「むこうにある紐を取ってこい」とランカウは命じた。

ブライアンは傷口から出血しており、自分が失血死しないことを祈った。

何度言ったらわかるんだ」

「黙って足を縛れ！」

「彼女がわたしの妻だということは知ってるんだろう？」

「おれはいろんなことを知ってる。あいつは耳が聞こえないってことも。口がきけないってことも。ラウラと呼ばれちゃいるが、本当はローリーンという名だってことも。フライブルクの生まれだが、カンタベリーに住むのが好きだってことも。で、おれの想像じゃ、おまえもたまたまカンタベリーに住んでたりするんだろうな」

「わたしは生まれてこのかたずっとカンタベリーに住んでる。戦争中の数カ月間だけは別だが、そのときどこにいたかは、あんたもよく知ってるだろう！」

「ほう。で、ふたりで仲よくここへ旅行に来たってわけか？　そりゃいい！」あざけるような笑みが消えて、ランカウは大きく息をついた。「すんだか？　しっかり縛ったか？」

「ああ」

「そしたら立ちあがって、紐の残りを持ってテーブルまで跳ねてこい。ちゃんと縛ってあるかどうか見せるんだ。手は後ろにまわしてろよ」

ランカウは紐を引っぱってみて、満足したようだった。荒い息づかいはなかなか収まらなかった。「テーブルの上に腹這いになるんだ」

ブライアンはテーブルの上に顎をのせた。右腕を後ろへぐいと、涙が出るほど強く引っぱられた。

「動くなよ」とランカウは警告した。「ちょっとでも動いたら、腕をへし折るぞ」

紐をブライアンの右手首に巻きつけ、つづいて親指に巻きつけると、ベルトの下をくぐらせて、ぐっと引っぱった。ブライアンは悲鳴をあげ、がっちりと背中に手を縛りつけられた。

「おまえらは本当に夫婦かもな」とランカウは言い、

ブライアンを仰向けにした。ブライアンは歯を食いしばって痛みに耐えた。「ペーターとアンドレアによく似てるしな。すこぶるチャーミングだし！　愛想がよくて、親切で、感じがいいし！」ランカウは笑った。

「おまえもあのふたりは知ってるよな」

「シュティヒは死んだ」ブライアンは左腕をこんどは体の前で、同じようにして縛りつけられながら、無表情にそう言った。

ランカウはぴたりと手を止めた。ブライアンを殴りつけようかと思案しているように見えた。「いい加減にしろよ、この野郎。おれをからかおうってのか」

「シュティヒは死んだ。一時間ほど前にルイーゼン通りのアパートで、女と一緒に死んでるのを見つけたんだ。ふたりともまだ温かかった」ランカウが拳を振りあげたので、ブライアンは目を閉じた。計算された強烈なパンチだった。ランカウはブライアンをローリーンの足元へ引きずっていって、そこへ放り出した。

「せいぜい別れを惜しむんだな」ランカウは自分の首をちょっとなでると、ローリーンの猿ぐつわをはずした。彼がそのスカーフを首の傷にあてるよりも早く、彼女は嗚咽を漏らしはじめた。

「ブライアン。ブライアン、許して！」と苦労して言い、目に涙をためて夫を見た。「ごめんなさい、ほんとにごめんなさい！」

「な？　おれの言ったとおりだったろう」ランカウは咳きこむほど大笑いした。「聾唖のドイツ人にしちゃ、ずいぶん流暢な英語を話すじゃないか」荒い息をしながら部屋の奥に腰をおろし、ローリーンの愛情のこもった絶望的な声に耳を傾けた。

ブライアンは首を傾けて彼女の膝を頬で愛撫しようとした。彼女は自分を抑えようとしながら、ささやき声で許しを乞いつづけた。ランカウの息づかいはほとんど聞こえなくなっていた。嵐の前の静けさだ、とブライアンは思い、ローリーンにうなずいてみせた。幻想は抱いていなかった。ローリーンも異常なほどおとなしくなっており、自分たちが致命的な状況にあることを悟ったようだった。

間もなく終わりが訪れるのだ。

「時間切れだ！」とうとうランカウが声をかけ、ぽんと手をたたいて立ちあがった。

ブライアンはランカウのほうを向いた。ローリーンは顔もあげられなかったが、ブライアンの目も彼女の目と同じくらい潤んでいた。「いまならまだあんたは、ひどい過ちを犯すのを避けられる。わたしはゲルハルト・ポイカートを見つけたいだけなんだ。友達なんだよ。彼はわたしたちと同じイギリス人だ。妻はわたしを追ってフライブルクに来ただけで、わたしはそのことをまったく知らなかった。嘘じゃない。彼女は誰の害にもなっていない。わたしたちを解放してくれたら、あんたの力になるよ」

「寝言はよせ」ランカウは首を振り、脂で汚れた歯をむき出した。「おまえがおれの力になるだと？　どうやって？　自分の立場ってものがわかってるのか？　笑わせるな！」

「シュティヒの死体が見つかれば、彼とあんたを結びつけるものがいろいろと発見される。あんたは事情を聞かれるし、警察はシュティヒのアパートを家捜しする。何が見つかるかわからないぞ。あんたは家族とともに高飛びしなきゃならなくなるかもしれない。どこか遠い土地へ。わたしはそれに力を貸せるかもしれない」

ランカウの笑みに一瞬、疑念のようなものが忍びこんだのが見てとれた。

「シュティヒの家にあんたを有罪にするようなものはいっさいないと、断言できるか？」ブライアンはたたみかけた。

「黙れ！」とランカウはわめいて、椅子からさっと立ちあがった。ブライアンの体は強烈な蹴りで半回転した。

　ブライアンがそばに転がってきても、ローリーンの視線は動かなかった。はっと息を呑んだが、彼のほうは見ていなかった。目を見ひらいたまま、呼吸を落ち着けようとしていた。たんに恐怖からそうしているのではないことは、すぐにわかった。

　彼女は口をほとんど動かさずに何やらささやいていた。ブライアンは唇の動きを読もうとした。するとローリーンは、目をいったん上に向けてから何度かすばやく下へ向けてみせた。

　ランカウが近づいてくると、ブライアンは彼女の絶望を感じ取った。「ごめんよ、ローリーン。きみには何もかも話すべきだった。フライブルクの病院のことも、ジェイムズのことも……」彼女が首を振るので、ブライアンは途中でやめた。そんなことは聞きたくないのだ。彼女は両膝をとんとんと打ち合わせた。ブライアンが彼女の脚を見ると、彼女は脚を動かすのをやめた。ブライアンの視線が床に落ちた。

　縛りつけられた足の後ろに銃が転がっていた。一メートルしか離れていない。

　ランカウはブライアンの後ろに立っていた。ブライアンはそちらを向いて、ふてぶてしくランカウを見あげた。「豚野郎め、おまえもシュティヒと同じ最後を迎えることになるぞ」と靴に唾を吐きかけた。ランカウはまたしても蹴りでそれに応え、ブライアンは床を転がってローリーンの脚にぶつかった。

　計算どおりだった。

　身をよじってあえぎながら、彼は背中に縛りつけられた右手で銃を引きよせた。使えるのは人差し指と中指だけだった。それから体を少し持ちあげ、ローリーンの爪先の助けを借りて銃をどうにか左側へ移動させた。体じゅうに汗が広がった。ランカウの呼吸がまた荒くなっていた。

「おれを馬鹿だと思ってるのか?」と彼は鼻のつけ根

に触りながら言った。傷の出血はすでに止まっていた。

「おまえがおれに信じこませようとしてる戯言など、一言だって信じちゃいない。そりゃまあ、その竹みたいなイギリス女がおまえの女房だという可能性も、おまえが近頃じゃアンダーウッド・スコットと名乗ってる可能性もなくはない。なにせ戦後は、大勢の仲間が名前を変えたからな。しかし、おまえはフォン・デア・ライエンだったし、いまでもフォン・デア・ライエンだ。問題はおまえをどうするかってことだけだ。あっさり消しちまっていいのか、いけないのか。おれももう若くないんで、昔みたいな危険は冒せない。ものごとは慎重にやらないとな」

「仲間？　わたしはおまえの仲間じゃない！」ブライアンはさらに体をひねり、痛みに顔をゆがめてまたあえぎ声を漏らした。それから左脇を下にしてがっくりと床に横たわった。それで銃がちょうど肘の下に来た。

ランカウの目つきは陰険で抜け目がなかった。「おまえが今夜ここに来ることを知ってるやつが本当にいたらどうするか。どうせおまえはまた嘘をついてるだけだ。じゃあ、いなかったらどうする。おれはおまえの首をへし折るか、おまえをプールで溺れさせてやる。で、その女はどうするか。連れていってペトラと一緒に搾汁機にかけてやるか。おまえのホテルの受付係は、その女もここにいることを知ってるか？　知らんだろうな」

ブライアンは痺れた左手を動かそうと努力した。いったん銃を手にしたら、チャンスは一度しかない。失敗は許されないのだ。

「ペトラはどこにいるの？」とローリーンが驚いて訊いた。彼女は落ち着きを取りもどしたらしく、初めてランカウをまっすぐに見つめた。

「ああ、やっと訊いてくれたか。ちょいと妙だよな、おまえらふたりがそんな親友だとすると。子供のころからの友達なんだろ？」

「会ったのは今日が初めてよ。彼女はどこ？」

「あのな。おれはそういう心配ってのは必ず報われるべきだと思うんだ。だからおまえらをもういちど一緒にしてやるよ。もちろん比喩的な意味でだが、何もないよりはましだろう」

「いったいなんの話をしてるんだ？」ブライアンは激しく咳きこんで全身を震わせ、そうしながら懸命に指を動かした。

「家事室にひとつのスイッチがある。そいつはいま切ってある。帰ってきたときに中庭の明かりが消えてるのに気づいただろ？」

ブライアンはランカウを見あげた。「それで？」

「そのスイッチはな、ガレージと、納屋と、納屋にある搾汁機の電源のスイッチなんだ」

「搾汁機？　なんだそれは？」

「知ってるだろう。葡萄をどさどさと中に入れるやつだよ。すると葡萄をぐるぐるまわして、きれいにつぶしてくれるわけさ。なかなか便利な機械だぜ」

「この人でなし！」とローリーンが目を怒りでぎらつかせて叫んだ。「まさかあのペトラを……」そこで彼女はぐったりとうなだれ、泣きはじめた。

「まさか、そんなことはしないさ。あの女にはまだ用がある。それがすんでからだ」

「ローリーン、落ち着け！」ブライアンは頭を押しつけて左右に動かし、彼女の脚を愛撫しようとした。

「そんなことにはならないさ。きみたちはふたりで一緒にここへ来たのか？」

「ええ」

「ペトラにほかに連れはいなかったんだな？」

「ええ！」

ブライアンはランカウを見あげた。左手の人差し指に少し感覚がもどってきた。じきに動かせるようになるだろう。それまで時間を稼がなくてはならない。

「ペトラがおまえたちに何をしたというんだ？」とブ

ライアンは尋ねた。

「それはおまえがいなくなったあとでしか答えられないことだな。残念ながら、おまえが知ることはないわけだ。タイミングが悪かったな」ランカウは笑った。

「だが、あの女が何をしたにしろ、結果は同じだ」ランカウはまわりを見まわした。「友人がシュヴァルツアッハの近くに立派なケンネルを持ってるんだ。おれはそこにドーベルマンを三頭預けてる。猟犬としちゃ、まるでだめだが、番犬としちゃ、ずば抜けてる。あいつらがこの週末こっちにいないのが残念だぜ。いれば何もかも一度にかたづくんだが」

ローリーンは下を向いた。ブライアンは彼女の足元にじっと横になっていた。彼女はまた呼吸を落ち着けようとしていた。いまはヒステリーを起こすときではなかった。

「そいつらは食欲旺盛なんだよ、三頭とも」とランカウはさらに言い、汚れた歯をむき出してまたにやりとした。「ペトラぐらいのサイズなら二日でぺろりと食っちまう。おまえみたいな痩せっぽちはもちろんのことな。一回で食い尽くせなくても心配は要らない。この冷凍庫にはたっぷりと余裕がある」

60

ゲルハルトがクレーナーの屋敷を出ようとしたとき、ドアベルが鳴った。ベルの音が耳の中に響きわたり、彼は悲鳴を漏らしそうになるのを懸命にこらえた。ドアの外はしんとしていた。誰かがそこでドアがあくのを待っているのだ。

そのとき奇跡が起きた。ドアのむこうから懐かしいペトラの声が聞こえたのだ。彼は自分が生きていることを実感した。悪夢は終わったのだ。その声で、長年の虐待と不信から生まれた暗い復讐の夢はすっかり消え去った。

だが、至福の時は短く、すぐに現実がもどってきた。身近にまだ裏切りがひそんでいそうだと気づいたのだ。

ペトラの次の言葉が錐のように突き刺さった。彼女の話す言語は、ゲルハルトの心に苦痛と恐怖を呼び覚ました。一語一語が彼をいっそう傷つきやすく、いっそう無防備にした。彼の中の悪がふたたびうごめきだした。そのとき別の女の声が聞こえてきた。ペトラの声よりもいかめしく、いっそう不安にさせる声が。ゲルハルトはうつむいて耳をふさいだ。そのままふたりの声がしなくなるまで、じっと数を数えていた。

彼の心にとても大きな位置を占めていた小柄な金髪女のイメージが揺らぎ、ゆがみはじめた。彼女の笑顔を思い出すのが急に難しくなった。めまいがして彼は壁伝いにあとずさり、廊下の隅にしゃがみこんでオーク材のドアに頭をもたせかけた。

家に帰りたかった。家に帰れば食べるものがあった。眠ることができた。彼の家は療養所だった。

そこに帰れば安全だった。

彼は首を振り、嗚咽を漏らしはじめた。いま聞いた言語が頭を離れなかった。自分はまだ誰かを信頼できるのか？　誰が自分に危害を加えたがるのか？

ゲルハルトの心にまず浮かんだのは、長年彼を虐待してきたランカウの大きな顔だった。あの冷血漢のパンチから彼を守ってくれるクレーナーはもういない。それを知ったらランカウはさぞ喜ぶだろう。あの男は断えず油断のない目つきでよからぬことを企んでおり、ゲルハルトはそれをしょっちゅう目にしていた。まわりの者はみなランカウに虐げられていた。そうでないのはクレーナーとシュティヒだけだったが、そのふたりはもう死んでしまった。

自業自得だ。

ゲルハルトは壁の鏡板を数えようとしかけてやめた。後悔はしていなかった。

立ちあがり、各部の筋肉を順に動かしはじめた。備えておかなければならなかった。ランカウともうひとりの男に。いまはペトラとその連れのことを考えているときではなかった。それは後まわしにすべきだった。

まずはランカウ、次にアルノ・フォン・デア・ライエンだ。ランカウがもうひとりのところへ案内してくれるだろう。実に簡単だ。あのふたりが生きているかぎり、自分は心の平安を得ることはできない。欲しいのは心の平安だけだ。だが、どうすればそれが手にはいる？　療養所に帰れば、またいいようにあつかわれてしまう。痛い目に遭わされて、過去の恐怖と対面させられてしまうだろう。

それだけは絶対に許せない。

過去には悪しかない。

ゲルハルトはトレーニングをやめて肩の力を抜いた。居間で時計のチャイムが鳴った。出かける時間だった。

ランカウは自分のカントリーハウスにいる。それがクレーナーの最後の言葉だった。街の郊外にある小さなワイナリーに。

こんなに歩いたのは、記憶にあるかぎり初めてだった。疲れはなかったが、耐えがたいほどの孤独を感じた。ゲルハルトはこれまでずっと、ひとりになったことがなかった。

空には一面に星が出ていた。闇は少しも怖くなかった。田園の上に月がぽっかりと出ている。大地には強い香りが漂っていた。まもなく収穫の時が来るのだ。シュティヒとクレーナーならその時を大いに祝うはずだ。

ゲルハルトは自分の足音に耳を澄ました。そこはひらけた場所だった。もはや引き返すことはできなかった。一歩ごとに、ふたりの男に対する憎しみがつのった。彼はウィンドブレーカーの襟を引っぱりあげた。

アルノ・フォン・デア・ライエンが失踪した当初、彼はひどくみじめな気持ちになった。だが、歳月とともにそんな気持ちは消えていった。ところが、いまごろになってなぜかその男が舞いもどってきて、そのみじめさをふたたび掻きたてた。だからゲルハルトはフォン・デア・ライエンを憎んだ。

あいつがいなければ、すべては元のままだったのだ。

あいつがいなければ、ペトラはいまだに自分の聖女だったのだ。

母屋には明かりがすべてついていた。まるでパーティでもやっているようだった。

私道の最初のカーブでゲルハルトは溝に隠れ、腹這いになって前進した。ランカウはよく、客が来ているときに犬たちを外に放すことがある。パーティがおひらきになると、中庭に立って犬たちを呼びよせ、客たちがおっかなびっくり銘々の車へもどる姿をながめる。

そんなとき、ランカウは喜びを隠そうともしなかった。

中庭は静まりかえっていた。本道を行き来する車の音も絶えていた。ゲルハルトは口笛を短くヒュッと鳴らした。物音を聞きつければ、馬鹿でかい獣たちは猛りくるい、ヒステリックに吠えだすはずだ。もう一度口笛を鳴らしてみて、彼は犬たちが今夜はそこにいないことを確信した。

溝は手前の建物の裏手へまっすぐに延びていた。湿った溝の縁から顔を出してみると、目の前に暗い中庭が広がっていた。すぐさま彼は何かがおかしいのに気づいた。家に人がいるときは、いつもなら外の照明がともっている。新たな緊張が全身に広がった。ランカウの発する信号を見落としてはならない。

家事室の明かりが石畳をぼんやりと照らしていた。駐車してある車は一台もなかった。ランカウの車さえ。

ゲルハルトはそろそろと立ちあがり、あたりを見まわした。その木造の建物の小さな四角い窓のむこうから、誰かに監視されている可能性は充分にあった。横へすばやく一歩移動して、道具小屋のドアにたどりついた。

そこにはこれまで何度もはいったことがあった。療養所でゲルハルトが従事させられている整然とした作業療法に比べると、そこはずぼらな人間の楽園で、農具や工具のほか、ありとあらゆるガラクタが放りこんである。片隅の釘に、何度も研がれたため刃がすっかり薄くなった短いナイフが一本かけてあった。

彼はそれを取ると、柱に寄りかかり、親指で刃をなでてみた。いまだに剃刀のように鋭かった。彼の呼吸はまったく落ち着いていた。周囲の物の形がしだいに立体的になってきた。

彼の武器はそのナイフだけではなかった。ランカウに出くわしたら、いつもどおりにおとなしく従順に振る舞うつもりだった。油断させてやるつもりだった。アルノ・フォン・デア・ライエンのことをしゃべらせてやるつもりだった。すっかり安心させて。

それから初めてゲルハルトは、ごく普通に話しはじめるつもりだった。できるのはわかっていた。言葉はほぼ滞りなく舌の上に出てくるようになっていた。自分がいまここに存在しているのが感じられた。もはや薬に思考を妨げられてはいなかった。

そして最後にランカウを挑発し、本性をあらわにさせるつもりだった。そうすればあの男を憎むのが容易になり、襲いかかれるようになる。時と手段はおのずとわかるはずだった。ナイフは万一の場合の備えだった。彼はふたたび筋肉をひとつひとつ動かし、深呼吸をして、消えかけた昨年の葡萄の香りを嗅覚に染みこませた。

闇の中から鼠が砂利の上を走るような物音と、人のうめきが聞こえてきた。ゲルハルトはナイフを握りしめた。自分は何か見落としていただろうか？　ランカウが闇の中で待ちかまえているのだろうか？　柱にぴたりと体をつけ、彼は薄暗い隅をひとつずつ見ていった。

次に物音がしたとき、それがどこから聞こえてくるのかわかった。あいたままのドアのむこうに搾汁機があった。いまが収穫期だったら、とうてい考えられないことだった。

そちらへ行ってみると、搾汁機の巨大な螺旋刃の上に人影が横たわっているのがわかった。懇願するようなおびえた目が、ゲルハルトを見ると一瞬、希望に輝いた。

それはペトラだった。

ゲルハルトは呆然と立ちすくんだ。

61

ランカウは大股でブライアンをまたいでいった。ブライアンの後ろではローリーンが、犬の餌にされることを考えてまだ震えていた。

ランカウは椅子の残骸を足で横に押しのけた。ブライアンは首をひねって後ろを見た。壁に動物の皮が二枚ぴんと張ってあり、そのあいだに、壁と同じ色に塗られてほとんどそれとわからないドアノブがあった。

ランカウがそのドアを押しあけると、室内に新鮮な空気がどっと流れこんできて、ブライアンは頭がくらくらした。両開きの隠し扉のむこうに暗い夜空が見えた。

ランカウはテラスに出て、外壁についているスイッチを入れ、光の海で敷地をくまなく照らし出した。

ようやくブライアンは左手で拳銃をつかむことができた。ランカウに命中させたければ、反転して正しい角度まで上体を起こす必要があった。手を腰に縛りつけられていては、急角度で上を狙うのはほぼ不可能だ。ブライアンはそっとテラスのほうを向き、ランカウが外を検分し終えてさがってくるのを待った。ローリーンは息を殺していた。

ついにランカウが後ろ向きで室内にさがってきたとき、距離は五メートルもなかった。彼が向きなおろうとした瞬間、ブライアンは発砲した。

弾は頭のすぐそばの梁に鈍い音を立てて命中し、ランカウははっとして振り返った。

ブライアンはもう一発撃ったが、ランカウはテラスに姿を消した。

「あたった?」ローリーンの声がヒステリックに響いた。「ブライアン、あたしたち殺されちゃう!」そう言うと彼女は泣きだした。

ブライアンにはよくわからなかった。二発目が命中したかもしれなかった。彼は道路に面した窓のほうを向いたが、見えたのは木々の暗い輪郭だけだった。

ランカウはじっと待っているのだ、とブライアンは思った。実際のところランカウに必要なのはそれだけだった。ブライアンのほうは切り札を持っていても、立場は不利だった。彼がローリーンのそばを離れたら、ランカウはいつでもふたたび彼女を人質に取れるのだから。

ローリーンがすすりあげるのをやめると静寂が広がり、遠くから夜鳥の羽ばたきが聞こえてきた。近くで聞こえるのはプールの浄化装置のかすかなうなりだけだった。息づかいも、動きも、ドアのむこうに人の気配はいっさいなかった。

「あたしたち殺されちゃう」ローリーンはこんどは小声でそうつぶやいた。ブライアンは「しっ」と彼女を黙らせた。玄関ドアがあいたのに気づいたのだ。音はしなかったが、隙間風が床をかすめたのがわかった。

ブライアンは仰向けになって、廊下への戸口に狙いをつけようとした。ランカウがどこかに銃を隠していたのかもしれないと思うと、ぞっとした。戸口に人影が現れた刹那、彼は撃った。木屑が飛び散り、ドア枠にティーカップより大きな穴があいた。

相手は撃たれてもまったく動じず、中にはいってきた。その姿を見て、ブライアンは心臓が止まりそうになった。まっさきに気づいたのは、半分ちぎれた耳たぶだった。引き金にかけた指が凍りついた。

息が止まった。

外からの光を浴びてそこに立っていたのは、彼が半生にわたってその死を悼んできた相手だった。会いたくてたまらなかった相手、罪悪感を抱いてきた相手、遠い昔に失った友だった。自分が見捨て、裏切り、置き去りにした友――

ジェイムズだった。

ジェイムズは幽霊のようにそこに立ち、ブライアンの目をまっすぐに見つめていた。あまり年を取っていないように見えたが、やはり変わっていた。じっとそこに立ちつくし、自分の目にしているものを理解しようとしていた。

ジェイムズが近づいてくると、ブライアンは口ごもりつつ何度も彼の名を呼んだ。

ローリーンはふたたび息を詰めて、見知らぬ男とテラスのドアを交互に見た。

銃を握ったブライアンの手は、もはや言うことを聞かなかった。涙で目がかすんだ。

「ジェイムズ!」と彼はささやいた。

ジェイムズが自分の前に膝をつくと、ブライアンは彼の顔を目に焼きつけようとした。現れたときと同じように急に消えてしまうのではないかと不安だった。

「生きていたのか!」彼の目は喜びに輝いた。

だが、ジェイムズは無表情だった。

ローリーンをちらりと見ると、あいたままのテラスのドアに目をやった。それからまたブライアンをまっすぐに見つめたが、その目は死んでいた。

「ランカウに気をつけろ」とブライアンは嘆願した。「あいつはすぐそばにいる!」

その言葉を聞くと、ジェイムズは彼の手からそっと銃を取りあげた。ブライアンは大きく溜息をついた。まるで奇跡だった。もう一度友を見あげ、左腕を揺すってみせた。「これをほどいてくれ、ジェイムズ。急いで!」

ブライアンの顔にぴしゃりと唾が吐きかけられた。ジェイムズは表情をゆがめ、震える手で銃口をブライアンのこめかみに向けた。あまりにも突然だったので、ブライアンはまだ微笑んでいた。

次の瞬間、ランカウがまばゆい光を背に、テラスから中にはいってきた。

ジェイムズは平然とそれを見ていた。

62

「ゲルハルト！　おまえ、こんなとこで何してるんだ？」言葉づかいは乱暴だったが、ランカウは親しげに声をかけた。「いや、怒ってるんじゃない。その反対だ」床のフォン・デア・ライエンから目を離さずに近づいていった。「来てくれてよかったぜ」心のこもった態度でゆっくりと手をあげてみせた。「助かったよ。よくやった。でかしたぞ」

フォン・デア・ライエンは震えが止まらないようだった。嘆願するようにゲルハルトを見あげた。口にできたのは「頼む（プリーズ）……」の一言だけだった。

その言葉にゲルハルトはびんたを食らったような反応をした。ランカウがフォン・デア・ライエンとにらみあう間に、廊下のほうへあとずさった。興奮している様子はなく、表情はうつろだった。

「こっちへ来いよ、ゲルハルト」とランカウは満面に笑みを浮かべ、精いっぱい穏やかに言った。「その銃をよこせ。そんなものを持って歩いちゃ危ない」なだめるように彼を見て、ゆっくりと手を差し出した。

ゲルハルトは首を振った。

「まあ、落ち着けよ、ゲルハルト。安全装置をかけさせてくれ。おまえがやるのはまずい。さあ。もう何かもすんだんだ」

ランカウはゲルハルトの目を見た。ゲルハルトがそんな強情な目つきをするのは初めてだった。「おい、ゲルハルト、そいつをよこすんだ。さもないと怒るぞ！」ランカウは近づいていって手を差し出した。「さあ、よこせ」

ゲルハルトの目つきがますます反抗的になった。彼は安全装置をかけはしたが、銃は渡そうとしなかった。

ランカウは部屋の中央へもどり、悪童でも見るような目でゲルハルトを見た。「ゲルハルト。おまえ、そんなところをシュティヒやクレーナーに見られたら、どうなると思う？　銃をおれに渡せ！」

「あのふたりは何も言わない。死んだ」

ランカウは啞然としてあんぐりと口をあけた。ゲルハルト・ポイカートの口から筋の通った言葉を聞いたのは初めてだった。

それも、よりによってそんなことを言うとは。この阿呆の言ったことは本当なのか？　ランカウは電話のところへ行って、シュティヒの家にかけてみた。しばらく待ったが誰も出ないので、こんどはクレーナーにかけてみた。やはり誰も出なかった。受話器をもどすと、ゲルハルトのほうを見ずに黙ってうなずいた。

「たしかに、ふたりともいない」と顔をしかめた。

「ひょっとすると、おまえの言うとおりかもな」

ゲルハルトは考えごとを中断させられたかのようにランカウを見た。大量の新しい印象に戸惑いはじめているようだった。

「何を信じていいかわからん」とランカウは言い、首を横へかしげてみせた。「おまえ、どうやってここへ来た？」

「歩いてきた」とゲルハルトはすぐさま答え、口をきっと結んだ。

ランカウは用心深く彼を見た。「そうか、えらいぞ」と最後ににっこりしながら言った。「よくやった！　だが、どうしてペーターとアンドレアのところにいなかった？　何があった？」ランカウはじっと彼を見つめた。妙な肩のすくめ方も、上目づかいの目つきも、癇に障った。「何か見たのか？」とさらに問いつめたが、ゲルハルトの表情を見てあきらめた。「ペトラはどうした？　どうしてあいつのところへ行かなかった？　シュティヒのアパートからなら、あっちのほうがずっと近いだろうが」

「ペトラはそいつと一緒だった」と、目をつむって座っている女をゲルハルトは咎めるように指さした。「おまえ、ペトラがこいつらと共謀してると思うのか？」ランカウが近づこうとすると、銃口がすっと彼のほうを向いた。「だが、おれたちは信頼し合えるだろう？　心配するな、おれはおまえからその銃を取りあげたりはしない。なんだっておれにそんなものを向ける？　おれはおまえのたったひとりの味方だぞ」

ゲルハルトの眉毛がゆっくりと持ちあがった。「銃なんかおろせよ。そんなものはテーブルに置いて、フォン・デア・ライエンを運ぶのを手伝ってくれ」ゲルハルトが言われたとおりにするのを、ランカウは満足しながら見ていた。「さあ、こいつを始末しちまおう」

女は絶望的な目をしていたが、アルノ・フォン・デア・ライエンはランカウに足を、ゲルハルトに腋を抱えあげられても、いっさい抵抗しようとしなかった。

テラスは灰色がかった白だった。プールは当然ながら建築上の配置にぴたりと収まっていた。夏が長かったために水はまだ抜かれておらず、水面には最初の落ち葉が浮かんでいた。

ランカウはいくぶん荒い息をしながら、プールの縁までまっすぐにフォン・デア・ライエンを運んだ。おろされたフォン・デア・ライエンは、プールサイドのタイルで頭を打った。ゲルハルトが腰をかがめて目をのぞきこんだ。フォン・デア・ライエンは悲しげに彼を見あげ、意識を失った。

「ざまあ見やがれ」とランカウは腰を伸ばしながら言った。「さてと、おれたちはこれを多少は自然に見えるようにしなきゃならない」と独り言を言った。「誰かがこいつを捜しにくるかもしれないし、そうしたら、まずいものが見つかっちまうかもしれない。指紋だのなんだのが」と楽しげにつぶやいた。「だからいちばんいいのは、こいつしか見つからないことだ」ランカウはぐったりした体を爪先でつついた。「その場合、実際には何が見つかるか？　泥酔して溺れ死んだ外国人だ！」彼はにやりと乱杭歯をむき出した。

女は目をすっかり泣き腫らしており、ランカウが中にはいっていってもほとんど気づかなかった。「おい」と彼はいたずらっぽく女を見た。「一杯やっちゃどうだ？」ウォッカのマグナムボトルを掲げてみせると、それを持ってふたたび外へ出た。

「ゲルハルト、おまえ、どう思う？」とランカウは訊いた。ゲルハルトは身じろぎもせずにそこにつっ立って、意識を失った男を見おろしていた。「まさにこの野郎にふさわしい死に方だと思わないか？　考えてみりゃ、こいつは昔まさにこうやっておれを殺そうとしたんだ」彼はプールサイドにしゃがみこんで、塩素消毒された水を手ですくった。「こいつの思うとおりになってたら、おれはライン川で溺れ死んでたんだからな」ランカウはひとりでうなずいた。

63

冷たい水をかけられて、ブライアンは顔を横にそむけた。頭が一瞬、混乱した。ジェイムズの青い瞳に見つめられているのに気づいてようやく、自分の置かれた状況を思い出した。

現実がもどってきた。

歳月は二十八年前にブライアンから幼友達を奪い、代わりにいま怪物を返してよこしたのだ。それはブライアン自身の責任だった。その思いが彼の心を乱し、たとえいまこの場を生き延びられたとしても、元の生活にもどることを不可能にしていた。彼はぎこちなく首をひねり、自分が屋外にいることを知った。縛られた腕を何度も引っぱった。

「ようし、フォン・デア・ライエン」と上から声がした。「目を覚ます時間だぞ。いまから鼠みたいに溺れ死ぬんだ。苦い薬を味わってもらうぜ」

ブライアンは抵抗したが、むだだった。顎を押さえつけられて、ボトルを口にあてがわれた。顔をそむけようとするたびに、ランカウが空いたほうの手でますます強く顎を押さえつけた。頸動脈を締めつけられて目の前が暗くなり、口がだらしなくあいた。アルコールが流れこんできた。

ウォッカが喉を灼き、ブライアンは咽(む)せた。ランカウは手をゆるめて、ブライアンが咳きこむにまかせた。

「窒息されちゃ困るからな。そういう計画じゃないんだ」

「検死審問があるぞ」とブライアンは咽せながら言った。「体から痕跡が見つかる。深い傷もある。言い逃れは難しいぞ、豚野郎め!」

「どうかな。実際に何かが見つかるかどうかなんて、誰にもわからないさ。検死医がくたびれてるかもしれない。ときどきあるんだよ、そういうことが。おれは知ってるんだ」ランカウは巨大なボトルからウォッカをぐびりと飲んだ。「検死医とおれが知り合いかもしれない。ああ、考えてみたら、おれはあいつをよく知ってるんだった」ランカウはもう一口飲み、「ううう！」と大きく息を吐いた。「おまえとおれは一緒に飲んでたんだが、おまえのほうがちょっとばかり船酔いする質だったんだな」そう言うと全身を揺すって笑った。

　ブライアンは周囲のものが意味を失いつつあるのを感じた。

　ランカウは笑いながらブライアンをプールの縁から体半分、水の上に押し出した。それからブライアンの頭を乱暴に引っぱり起こし、ふたたびウォッカを飲ませた。「飲んだほうがいいぜ、フォン・デア・ライエンさんよ。そのほうが苦しまずにすむ」ウォッカがブライアンの唇を灼いた。ボトルは使命を果たし、じきに空になりそうだった。下の水は緑色にきらめいて、美しくさえあった。ランカウに頭を水に沈められたのも、ブライアンはほとんど気づかなかった。水は氷枕のようにひんやりと優しく彼を包んだ。こらえきれず肺に水を吸いこみそうになる直前に、ふたたび頭を引っぱりあげられた。

　さらに二度、頭を水中に押しこまれると、ブライアンは自分の身に起きていることにすっかり無関心になった。アルコールの幸せな効果が現れてきたのだ。

「こいつ、泣きごとも言わないのかよ！」目の前からランカウの饐えた息を吐きかけられた。「もう声も出ないのか？　それとも飲みすぎちまったのか？」ランカウはブライアンをがくがくと揺すった。

　それから彼をプールサイドに放り出した。「もう一ラウンド残ってるんだぞ」ランカウの鋭い視線はブライアンの朦朧とした意識にまで届いた。「おまえにはむこうで搾汁機の働き具合を見てもらわなきゃならない。女房とペトラがあれでつぶされるところを。どっちがいいか言ってみな――最初がペトラで、次がおまえの女房か。その逆か。家事室のスイッチをぱちりと入れりゃ、ぐしゃっ！　一丁あがりだ！　そういうことになるんだよ、おれの邪魔をすると」ランカウは下唇を突き出して、ボトルを持ちあげた。「おまえをもうちょい早く捕まえられなくて、シュティヒとクレーナーには悪いことをしたが。まあいいさ。最後に笑う者がいちばんよく笑うんだ」

ランカウはまたぐびりとウォッカを飲んだ。髪はもつれ、上半身はプールの水で濡れていた。ひどく苦労して立ちあがり、ブライアンの上に身をかがめた。

「ゲルハルト、こいつを持ちあげろ。納屋へ連れていくぞ」

64

ランカウがブライアンの足をつかんだとき、テラスを横切ってくる人影が目にはいった。次の瞬間、彼は体当たりを食らってよろめき、プールへ転落した。

「ゲルハルト、ふざけやがって！　ひどい目に遭わせてやるぞ！」あえぎあえぎそう言いながら、服から水をぼたぼたとしたたらせて梯子をあがった。

憤りを隠そうともせずに顔を拭って初めて、彼は何があったのかを悟った。それは単純な馬鹿げたヘマだった。ペトラをどうするつもりか、ゲルハルトの前でぺらぺらしゃべってしまったせいだった。中のテーブルに銃が置いてあることを、ふと思い出したが、もう遅かった。ゲルハルトがフォン・デア・ライエンのむこうに立ち、ランカウにぴたりと銃を向けていた。

「なんだよ、ゲルハルト」とランカウはなだめるように両手を突き出した。「おれたちはもう友達じゃないのか?」ゆっくりと彼に近づいた。「ペトラについておれがあんなことを言ったせいか? だったら謝る」

ランカウは憎悪に満ちたゲルハルトの目を見つめ、どういう戦略をとるべきかすばやく考えた。「あれは冗談だったんだ。なんだと思ったんだ? フォン・デア・ライエンのやつに命乞いをさせるために言っただけさ、わかるだろ」あと一歩距離を詰めたら、飛びかかるつもりだった。「ペトラはぴんぴんしてる……」

ランカウはそれ以上言えなかった。ゲルハルトがいきなり叫びだしたのだ。

あまりの激しさに鳥たちがばたばたと飛び立ち、ランカウは身をこわばらせた。叫びがまだあたりにこだましているうちに、彼ははっきりと悟った。ゲルハルトは彼をそれ以上一センチたりとも近づけるつもりはないのだと。顔面をまっ赤にし、唇をめくりあげて歯をむきだしていた。ランカウはあとずさり、自分のこしらえた水たまりで足を滑らせそうになった。両手をあげ、後ろ向きのままテラスのドアのほうへ大きな弧を描いてそろそろと移動した。ゲルハルトは銃をかまえて立っているだけだった。大きく息をしながら、ランカウのぎこちない動きを目で追っている。

室内にたどりつくと、ランカウは身をひるがえして家事室へ走った。

ゲルハルトが追いついたときには、ランカウはもう納屋の電源スイッチに手をかけていた。うまくいった。「銃をよこせ、ゲルハルト! さもないとこいつを入れるぞ」と、彼はスイッチにかけた指を動かしてみせた。「そうしたらもうペトラには会えなくなる。それでいいのか?」

「おまえの言ったことはちゃんと聞いたぞ!」ゲルハルトはまだ顔を引きつらせていた。「どっちにしてもやるんだろう!」ランカウのこめかみに銃口をぐいと押しつけた。

「馬鹿言うな。おまえは病気のせいで、現実と妄想の区別がつかなくなってるんだ」冷静な口調とは裏腹に、額には汗の粒が浮かんでいた。

ゲルハルトはランカウがスイッチにかけている手のほうへ、ゆっくりと手を伸ばした。

「おれに触れてみろ、電源を入れてやるぞ!」ランカウは脅したが、骨張ったその手はさらに近づいてきて、ついにランカウの手にかかった。ランカウは抵抗をあきらめた。ゲルハルトの目は冷静で油断がなく、氷のように冷たかった。

次の瞬間、ランカウは思わず身をすくめた。ゲルハルトがスイッチを入れたのだ。中庭の照明がつき、納屋から鋭い音が聞こえてきた。悲鳴が聞こえたかどうかはわからなかったが、搾汁機ががらがらと音を立てて、死をもたらす回転を始めた。

それからの数分間、ランカウはゲルハルトの言うことに迷わずしたがった。こっちへ銃を向けたまま安全装置をいじったりしないでくれよ、と心の中で祈りつつ、この窮地を脱する方法をひたすら考えた。

ゲルハルトの命令でランカウは、フォン・デア・ライエンを女のところへ引きずっていった。その間に彼は、妻のおもちゃのような猟銃がどこに隠してあるか思い出そうとした。女の後ろの壁に飾られた珍しい武器のコレクションの前にさしかかると、一か八か、それを一挺つかみ取ってやろうかと考えた。

だが、ゲルハルトは隙を見せなかった。

「テーブルの前に座れ」ランカウが命じられた仕事を終えると、ゲルハルトはそう言った。アルノ・フォン・デア・ライエンは床に横たわったまま、女に微笑みかけようとした。

いまいましいことに、ランカウの中にゲルハルトの冷静さに対する賛嘆の念が生じた。それは燃えるような憎悪と結びついていたが、とりあえずは我慢するほかなかった。

「両脚をテーブルの下に入れて、椅子を引きよせろ」ゲルハルトは彼のほうを見もせずにそう命じた。ランカウは仏頂面をして、迫り出した腹をテーブルの縁に押しつけた。

ゲルハルトはランカウの妻の書き物机を掻きまわし、ランカウの前に一枚の罫紙を放ってよこした。「それに書け」

「おまえは自分のしてることがわかってないんだ」ランカウはその白紙を見つめた。「なあ、ゲルハルト、おれが療養所まで送ってやる。もう一度考えてみろ。このふたりさえ現れなけりゃ、すべては元のままだったんだ。おれのせいじゃないだろうが！」彼は悪態をつき、ゲルハルトを見あげた。「こいつらさえ現れなけりゃ、おまえとペトラはあいかわらず幸せにやってたはずだし、クレーナーとシュティヒの身にも、何も起きなかったはずなんだ。ちがうか？」

ゲルハルトがテーブルに投げてよこしたボールペンは、イギリス人の女のものだった。ゲルハルトの足元の床に転がっていたのだ。

「撃つならおれじゃなくて、あいつらを撃てよ」ランカウは縛られたふたりのほうへ頭を振ってみせた。

「あいつらを！　あいつらがもたらしたのは災いだけだ。殺して何が悪い？　おまえならやれるよ、ポイカート連隊指揮官。どのみち誰もおまえに手出しはできない。できるわけがない。おまえは療養所にもどれる、約束する。すべて元のとおりになる。おまえはまたエーリヒ・ブルーメンフェルトにもどるんだ。もう一度考えなおせ。長年おまえの面倒を見てきたのは、おれたちなんだぞ。忘れたのか？」

ゲルハルトは落ち着いて拳銃を握りしめた。首をわずかに傾け、眉間に皺をよせた。「憶えてるさ」と答え、紙をランカウの腹の前に押しやった。「おれの言うとおりに書け」

「わかったよ」とランカウは答え、拳銃の弾倉に弾があと何発残っているかを計算しようとした。

ゲルハルトはゆっくりと口述を始めた。「われわれ、フライブルク・イム・ブライスガウの市民であるアレックス・ファーバーこと、元山岳師団連隊指揮官ホルスト・ランカウ、ヘルマン・ミュラーこと、元親衛隊上級大隊指揮官ペーター・シュティヒ、ならびにハンス・シュミットこと、元親衛隊上級大隊指揮官ヴィルフリート・クレーナーの三名は……」

「おれは書かないぞ！」とランカウは言い、ペンを置いた。

「書かなければ、おまえの妻を殺す！」

「ほう。それがどうした？」ランカウは椅子の上でほんの少し体を動かした。どっしりしたテーブルは思いのほか重たかった。投げつけるには超人的な力が必要だ。彼は大きく息を吸った。

「おまえの息子もだ！」

「へええ、そうかい？」ランカウはペンを遠くへ弾き飛ばした。

ゲルハルトはしばらく彼をじっと見つめたあと、口をゆがめた。「おれなんだよ。おれがクレーナーとシュティヒを殺したんだ」

ゲルハルトはランカウから目を離さなかった。ランカウの息づかいはまったく穏やかだったが、ふてぶてしい態度は消えていた。

「シュティヒは感電死させた。アンドレアも。おまえにも見せたかったよ。哀れな姿だった」ゲルハルトはそこで言葉を切った。口の両端に唾が白く固まっていた。ポケットに手を突っこんで揺すった。かちゃかちゃという音がした。瓶入りの錠剤だろう。目つきが少しぼんやりしてきた。

ランカウはゲルハルトをじっと見つめた。禁断症状が出ているように見えた。一錠でもいいから服みたいと思っているように。

「ゲルハルト、具合が悪いんじゃないのか？　どうした、手を貸してほしいか？」ランカウの声は尻すぼみになった。

「クレーナーのほうは溺れさせた」とゲルハルトは背筋を伸ばして静かにつづけた。「おまえがそこの豚を溺れさせようとしたのと同じやり方で。ゆっくりと」

「嘘をつけ！」ランカウは動揺したものの、精いっぱい平然と椅子に寄りかかった。この動作とともにテーブルを力いっぱい押しあげれば、自由になれるはずだった。

「おれのまわりには優秀な教師が三人もいたからな」

ランカウはプライドをくすぐられて微笑んだ。が、ゲルハルトの言葉は危険な真実だった。「何が言いたい？」

「わかっているくせに」ゲルハルトは口の端を拭い、床に唾を吐いた。

「喉が渇いてるのか、ゲルハルト？　納屋にいいラインワインがある。飲みたくないか？」彼は唇をなめ、ウィンクしてみせた。

「黙れ！」ゲルハルトはすかさずそう言った。

フォン・デア・ライエンが床でげえげえと嘔吐しはじめた。だが、ふたりとも顔を向けようとさえしなかった。

「憶えてないのか？　自分がどんな方法で人を殺したか、おまえらは競い合うように話してたじゃないか」ゲルハルトはつづけた。「憶えてるよな。おれはよく憶えてる。おれもおまえらに殺すと脅されたんだからな！」

「なに言ってるんだ！　おまえを脅したことなんかないぞ。いやまあ、ずいぶん昔にはそういうこともあったかもしれんが」とランカウは反省するふりをした。

「それはおまえを信用できるとわかる前の話だ」

「嘘をつくな！」ゲルハルトは噛みつかんばかりに顔

を近づけてきた。ランカウはいつでもテーブルを押しあげられるように身がまえた。

吐物のにおいがしてきた。フォン・デア・ライエンはうめき声をあげ、さらに何度か嘔吐し、体を起こそうとした。「ジェイムズ、そいつを殺せ」と英語で力なく言った。

だが、その言葉は無視された。

「ランカウ、おまえがいちばんたちが悪かったんだぞ」ゲルハルトは軽蔑もあらわにつづけた。「獲ったばかりの獲物の血をおれに飲ませたのを、憶えてないのか？」と激昂して横へ一歩動いた。

ランカウはよく憶えていたが、懸命にそれを顔に表すまいとした。ゲルハルトは彼の後ろにまわった。

「犬の小便を飲ませたのを、憶えてないのか？　おれのくそを食わせたのを！」とわめいた。

ランカウの額に汗の粒が浮いてきた。彼はまだゲルハルトを説得できると思っていた。だが、豚のように汗をかいていたら、嘘をついているのがばれてしまう。ランカウは用心深く腕をあげて額を拭った。「どれも記憶にないな。シュティヒだったんじゃないか。あいつは我を忘れると、悪魔のようになることがあったから」

ゲルハルトはランカウの後ろでしばし黙りこんだ。それから九四式拳銃で大男の頭を殴りつけた。とたんに銃が暴発し、ランカウは首をのけぞらせた。自分が生きているのが不思議だった。耳鳴りがしていた。横を見ると、弾はフォン・デア・ライエンの頭のすぐ上に命中していた。女は声もなく泣いていた。

ゲルハルトは唖然として銃を見つめた。引き金は引いていなかった。

「だから気をつけろと言ったろ！　その銃はすぐに暴発するんだ」額の汗が冷たくなった。ランカウは首を振った。

「それが心配なのか？　そんな必要はないぞ」ゲルハ

ルトの興奮がランカウの耳鳴りをいっそう激しくした。

「おまえはいまに、これを使ってくれとおれに懇願するようになるんだから。おまえがテラスで言ったことを、おれは忘れてないぞ！」

「ペトラを殺したのはおまえだろうが！　おまえが搾汁機を動かしたんだぞ！」

「おれの言うとおりに書かなければ、もっとつらい運命が待ってるぞ。苛性ソーダでおれを脅したのを憶えてるか？　それを飲ませるといって、おれをなぶったのを」

ランカウは精いっぱい体をひねった。また汗がどっと出てきた。ゲルハルトはアルノ・フォン・デア・ライエンのところへ行った。「立て！」と自分の反吐の中に倒れている男に命じた。

「何を言ってるのかわからない」と床の男は英語で静かに応えた。「英語を話せよ、ジェイムズ。おれに話せ」


ゲルハルトはしばらく床の男を見おろしていた。呼吸が荒くなってきたのにランカウは気づいた。

「立て！」と、ゲルハルトはこんどはゆっくりと英語で言った。

ランカウは愕然とした。自分がどれほど決定的に状況判断を誤っていたのかを、卒然として悟った。一日じゅう誤った判断をくだしてきたのだ。

アルノ・フォン・デア・ライエンはすぐに顔をあげた。だが、ゲルハルトの目はあいかわらず険しく冷ややかだった。ふたりのあいだになんらかの絆があるとしても、それはランカウには謎だった。

「ジェイムズ！」床の男はそれしか言わなかった。

「立て！」拳銃はしっかりとゲルハルトの手に握られていた。呼吸が荒かった。ランカウは彼の興奮に気づいて不安になった。「キッチンからおれの言うものを持ってくるんだ。片手をほどいてやる」ゲルハルトは一歩横に動いてランカウの背中を殴りつけた。「馬鹿な考えを起こすなよ、いいか？」

　ゲルハルトが脅しを実行することは、ランカウも疑わなかったが、その警告は無視することにした。彼はテーブルの縁をしっかりと握り、いつでもひっくり返せるように準備していた。

　アルノ・フォン・デア・ライエンはゆっくりと起きあがり、膝をついた。ゲルハルトが何を望んでいるのか、わかっていないようだった。脇腹と背中の傷がひどく痛そうだったが、ゲルハルトは手を貸そうとしなかった。

　じっとりとしていたランカウの背中が冷たくなってきた。

「キッチンの戸棚から苛性ソーダを取ってこい」とゲルハルトは言った。「〝腐食剤（エッツミッテル）〟というラベルがついてる。それと、グラスに水を一杯ついでくるんだ、わかったか？　余計なまねはするなよ。どのみちむだなあがきだ」

　フォン・デア・ライエンは立ちあがり、腰を伸ばした。つらそうな顔で体を横へひねり、ゲルハルトの顔にもう一度目をやったが、そこにはなんの感情も表れていなかった。

「おれの言うとおりにしたら、もう少し楽な死に方をさせてやる。その女にもな」とゲルハルトは言った。

「死に方？」フォン・デア・ライエンはアルコールの霧を払おうとしているように見えた。「ジェイムズ、なんの話をしてるんだ？」

「おい、気にするな、酔っぱらい」ランカウは思わずそう言っていた。「こいつは正真正銘の精神障害者だ！」

　フォン・デア・ライエンはゲルハルトの胸に顔を押しつけた。「ジェイムズ、おれだ、ブライアンだ！　おまえを捜しにきたんだ。聞いてくれ」ゲルハルトは無反応だった。フォン・デア・ライエンは体を起こした。傷口がふたたびひらいたのだろう、服にできた黒っぽい染みがさらに広がった。「おれはおまえの友達なんだ！　家に帰ろう、ジェイムズ。カンタベリーに。ペトラも一緒に来ればいい」フォン・デア・ライエンは当惑して首を振った。彼もまた何が起きているのかわからないのだ。

ゲルハルトはランカウのほうを向いた。「こいつはおまえにカクテルを作るのを拒んでる」

「そのようだな」嘲りの口調でランカウは緊張を押し隠した。手はがっちりとテーブルの縁をつかんでいた。

「おれがこいつを説得できないと思ってるな？」

「可能性はある」

「書く気になったか？」

「絶対にいやだね」

「なら、別のやりかたをしないとな」

ゲルハルトはフォン・デア・ライエンを押しのけて、女のところへ行った。女はゲルハルトに見つめられて身震いし、少しでも離れようと体を引いた。涙で化粧が崩れて目の下が黒くなっていた。「手伝わないと、女を殴るぞ」

「苛性ソーダ？」とアルノ・フォン・デア・ライエンは力なく問い返した。「なぜ？」ゲルハルトが女を殴ると、彼は身をすくめた。女はすすり泣きを始めた。

「これでもいやか？」

フォン・デア・ライエンは首を振り、女がまた殴られると、また身をすくめた。

「言うとおりにして、ブライアン！」女がだしぬけに叫んだ。その激しさにランカウの体内の血が凍りついた。「お願い！」

フォン・デア・ライエンは女を見おろした。女は体を横に傾け、激しくあえいでいた。ゲルハルトは胸を殴ったのだ。

フォン・デア・ライエンはゆっくりと体を起こした。

ランカウは平静を保とうとした。息を吸うたびに鳩尾のあたりが痛んだ。すでにテーブルの全重量を手のひらと毛深い前腕で支えていた。ふたりが前に立つと、彼は目をあげた。「友達の縛めをほどいてやらないのか?」と、穏やかに微笑みながらゲルハルトに声をかけた。「そうすりゃ、そいつがそもそもグラスを持てる状態かどうかわかる」

ゲルハルトの油断のない青い目がランカウをじっと見つめた。片手に銃を持ったままフォン・デア・ライエンのベルトから結び目をほどくのには、しばらく時間がかかった。ランカウは反り身になり、フォン・デア・ライエンとゲルハルトのほうへ正確にテーブルをひっくり返すことに全神経を集中した。

不意打ちの効果は絶大だった。ランカウがテーブルを前腕にのせたまま一気に立ちあがると、ゲルハルトはすかさず安全装置を解除して二発撃ったが、もう遅かった。テーブルはふたりのほうへ飛んでいきながら銃弾を受けとめた。ふたりはテーブルの重みで後ろへ倒れ、その下敷きになった。銃がゲルハルトの手から飛んで、廊下のほうへ滑っていった。

ランカウはふたりが重荷から逃れようともがきだす前に、もう立ちあがっていた。勝利の雄叫びをあげ、テーブルをまわりこんでいって銃を拾おうとした。弾はまだ三発残っている。それをすべて使ってやるつもりだった。ひとりに一発ずつ。

だが、そうはいかなかった。

「動かないで!」そう言われただけで充分だった。むかいにペトラが立っていた。

彼女の目つきは見まちがえようがなかった。銃はすでにしっかりと手に収まっていた。

「わたしにやらせて、ゲルハルト! 瓶のありかはわかってるから」ペトラはうむを言わさぬ態度で彼を見て、銃を渡した。

ランカウの鳩尾の痛みが強まり、息が苦しくなってきた。こんどは壁を背にして、テーブルの短辺の前に座らされた。

縛られた女のほうはまだショックで震えていた。ペトラは女にも、女の足元にまたうずくまっているアルノ・フォン・デア・ライエンにも目を向けなかった。

「ゲルハルト、彼女のことは放っておいてあげて。必要なことはわたしがやるから」

「すべて終わるまでここへは近づくなと、言っておいただろう」ゲルハルトの顔は青ざめていた。

「それはわかってるけど。いまはわたしの言うとおりにして」

ペトラはキッチンへ姿を消した。まもなく瓶の蓋をあけるポンという音が聞こえてきた。ランカウは壁のポスターに目をやった。コルディエラ・デ・ラ・パス。冒険の世界が急速に遠のいて、手の届かないところへ去っていった。

ランカウはペンを持って、書きはじめた。〝……ハンス・シュミットこと、元親衛隊上級大隊指揮官の三名は……〟その一文を書きおえると顔をあげた。「これで全部か？」と、ふてぶてしく尋ねた。

ゲルハルトは静かに彼を見て続きを口述し、こう締めくくった。「わたしは家族に許しを乞う。他の者たちの圧力に屈してしまった。しかたなかったのだ」

ランカウはゲルハルトを見返した。眉をあげてペンを置いた。それは要するに遺書だった。彼が何をしようと関係なかった。むこうはなんとしてもランカウの命を奪うつもりなのだ。

彼は目を閉じて、コーヒー豆の香りを夢想した。乾いた大地と、原生林の谷から吹いてくる風を。木陰を作ってくれるカカオの木々を。インディオの小屋の物音が聞こえてきた。するとふたたび胸が苦しくなってきた。こんどは前よりもさらに激しく。肌が冷たくなってきた。苛性ソーダなど使う必要はない。そうはっきりとわかった。「自分で書きやがれ！」と彼は叫び、目をあけて、むなしく椅子を後ろへ押そうとした。すかさず弾が飛んできて、頭上の梁に深い穴をえぐった。

ゲルハルトは一瞬たりとも躊躇しなかった。

ホルスト・ランカウはキッチンの戸口を見た。ペトラがグラスを持って立っていた。「苛性ソーダで自殺する人がいるなんて、誰も信じないわよ！」

「どうかな」ゲルハルトは戸口の女のほうを向いた。「来いよ、ペトラ」

ランカウは険しい顔をして、しばらくじっと座っていた。中身のはいったグラスは、ゲルハルトの手に渡されていた。ランカウは歯のあいだから大きく息を吐いた。

それからもう一度ペンを取り、言われたとおりに書いた。そして、うつろな表情でペンを置いた。

ゲルハルトは横からそれを読み、うなずいた。

「さっさと終わりにしろ！」ランカウは歯を食いしばって言ったが、腹と心臓の痛みのせいで、いまひとつ迫力に欠けた。体を横にずらすと、ゲルハルトに銃口をこめかみに押しつけられた。「言われたことはもうやったぞ」

「そうすれば助かると、本気で思ってたのか」ゲルハルトは抑えた口調で言った。「自分がいつも言ってたことを忘れたのか？〝面白くなるのは、相手が恐怖のあまりチビってからなんだ〟――そう言ってたじゃないか」彼は銃をさらにきつく押しつけた。

ランカウは息を止めて、グラスから立ちのぼるにおいを嗅ぐまいとした。「なぜおれがこんなものを飲まなきゃならない？」またしても汗が顔を伝い落ちるのがわかった。「撃てよ。おれは飲まないぞ！」

「なら、かけてやる！」

ランカウは憎しみをこめて彼を見ると、大きく息を吸った。だが、吐き気をもよおす刺激臭はしなかった。ランカウはもう一度グラスのにおいを嗅いだ。ペトラは横に立って目をそむけていた。ランカウは頭をのけぞらせて笑いだした。こめかみに押しつけられた冷たい金属のことも忘れ、笑いつづけた。椅子に縛りつけられた女が、またすすり泣きを始めた。

「こいつは傑作だ！　このグラスには苛性ソーダなんかはいっちゃいない！　入れられなかったんだよな、ペトラ？」彼は勝ち誇ってゲルハルトを見つめた。「おまえら、これも計画してたのか？　何を入れたんだ？　浴用塩(バスソルト)か？」笑いながらペトラを見ると、ペトラは唇を噛んでいた。

「はは！」ランカウは舌を出し、グラスのほうへ突き出してみせた。「ペトラにはできなかったんだよ、ゲルハルト。おれたちのかわいいペトラはな、絶対にそんなまねはしないのさ」

銃口がこめかみから離れた。ゲルハルト・ポイカートはきょときょとと落ち着きなく室内に目をさまよわせ、最後にペトラの目を見つめた。

彼女は嘆願するようにゲルハルトを見た。「やめて、ゲルハルト！　お願い！」

ゲルハルトは身じろぎもせずに立ちつくし、呆然とグラスを見つめた。やがて落ち着きを取りもどした。

「そういうことなら、やれよ。そこへ舌を突っこんでみろよ！」

ランカウは彼ににやりと微笑んでみせると、自信満々でグラスの上に身をかがめた。からかうようにゆっくりと、中身に舌を近づけた。だが、表面に触れたとたん、ぱっと舌を引っこめた。表情が瞬時に変わった。「なんだこりゃ」と彼は叫んだ。顔をまっ赤にして舌を振り、唾を吐きはじめた。刺すような痛みが口内を灼いた。唾液がとめどもなく出てきた。一瞬ののち、彼はうめきはじめ、空気を求めて激しくあえぎだした。

長いあいだ忘れていたかのようにゆっくりと、ゲルハルトの笑いが表にあらわれてきた。うつろで皮肉なその笑いは、ランカウのいよいよ苦しげになる息づかいの伴奏になった。

「ペトラはそんなまねをしないだと？　おれも本当に

そう思いかけちまったよ。喉が渇いたのか、ランカウ？」と彼は笑った。「納屋にいいラインワインがあるぜ。おれに飲ませてくれるんじゃなかったのか？それともおまえはグラスの中身のほうがいいのか？いつもとにおいがちがうかもしれないが、気にするな。効果があればいいんだよ、そうだろ？」

65

ペトラは怖くなり、ゲルハルトを見つめてあとずさった。ゲルハルトは彼女の表情に気づくと、すぐにランカウから離れた。しばらく顎の筋肉をぴくぴくと動かしていたが、まもなく自分を取りもどした。「もういい」と毒入りのグラスをペトラに返した。

ランカウはまだ息を切らしながら、ゲルハルトを目で追った。ゲルハルトは窓辺へ歩いていくと、そこにあったランカウの食べかけの林檎を、小さな生き物でもあつかうように慎重につまみあげた。

「たしかにペトラの言うとおりだ。苛性ソーダで人が自殺するなんて、誰も信じないだろう。たとえ、おまえみたいなやつでもな」と彼はまっすぐにランカウを見た。「ちょっと思い返してみようぜ。憶えてるか？　病院にいたころ、おまえらが夜中によく、身のまわりのありふれたもので人を殺す方法について話をしていたのを。編み針とか、金槌とか、濡れた布とか。おまえとクレーナーがどれだけ笑ったか憶えてるか？　自分たちの方法のおぞましさを競い合ったのを。おまえらの想像力はとどまるところを知らなかった」ゲルハルトは林檎を握りしめて宙を見つめた。ペトラは身じろぎもせずに聞いていた。彼の口からそんなにたくさんの言葉が出てくるとは思いもしなかった。声は美しかったが、状況は醜悪だった。

それに、ゲルハルトの目に宿る冷たさも見たくなかった。

「思い返してみると、おれが最も強い印象を受けたのは、いちばん単純な方法だった」彼はランカウの前で林檎を放りあげてはつかんでみせた。「おれの考えてることは、もうわかったよな」と、にやりとした。

ランカウの顔が暗くなった。はあはあと荒い息づかいをしているにもかかわらず、油断のない目をしていた。

「あれを考えついたのは、実際にはクレーナーじゃなかったか？　おまえのほうがおれよりよく知ってるはずだよな。おれが憶えてるのは、林檎のかけらを無理やり呑みこませられた犠牲者の、生々しい描写だけだ。時間はかかるが、きわめて単純な方法だ。そして誰も不審に思わない。誰にでも起こりうることだ。殺人でもないし、自殺でもない。自然に見えるかぎりはな。そうだろ？」

こともなげなその問いかけに、ペトラはぞっとした。ゲルハルトはその気になれば、明らかにその脅しを実行できるのだ。体がすくんで動けなかった。搾汁機から解放してくれたとき、ゲルハルトはシュティヒとクレーナーのことはもう恐れなくていいと彼女に保証してくれた。あのときペトラは心の底からほっとした。

だが、その感覚はもう消えていた。

ランカウの目がゆっくりと曇ってきた。彼の目の中にペトラは初めて老いを見て取った。角膜は濁り、白目は黄ばんでいる。ゲルハルトは林檎を一口かじって、それを手のひらに吐き出すと、ランカウの首筋をつかんでそちらへぐいと押した。ランカウは信じがたいという目で林檎のかけらを見つめた。ゲルハルトがもう一度押すと、ランカウは両腕を振りまわして暴れはじめた。ゲルハルトが口元へ強引に林檎のかけらを持っていくと、ランカウは苦しげに大きくあえいで、顔をそむけた。何か言おうとして片腕をちょっとあげた。熱っぽい目をしていた。

ゲルハルトが口をこじあけようとするまもなく、ランカウは激しく身をこわばらせた。それから、驚愕の表情を浮かべたままゆっくりと頭を垂れ、顎を胸につけた。

ゲルハルトはしばし途方に暮れた。たるんだ頰を押してみると、ランカウの首はすなおに横を向いた。

ランカウはゲルハルトが復讐を果たす前に死んでしまったのだ。

ペトラは自分がいま目にしたものを信じまいとした。疑惑、無力さ、安堵、悲しみ、それらが一緒くたになって彼女を圧倒した。

ゲルハルトは何があったのかを悟ると、もうひとりの男のほうを向いた。そしていきなり、事態を理解しようとしている男に飛びかかり、手負いの獣のようなうなり声をあげて何度も殴りつけた。

ウォッカのせいで、フォン・デア・ライエンにはどこからパンチが飛んでくるのか見当がつかなかった。身を守るには、あまりにもへろへろだった。ローリーンはヒステリックに首を振った。

「やめて、ゲルハルト！」ペトラは後ろから叫んだが、ゲルハルトはペトラに腕をつかまれてやっと、彼女の気持ちがわかったようだった。荒い息をしながら、片手は銃を握り、片手は拳を握ったまま、背を丸めて後ろへさがった。だが、気を静めることはできなかった。

ペトラの懇願にも耳を貸さず、フォン・デア・ライエンの襟首をつかんでテラスへ引きずり出した。

ペトラはすぐさま、気を失いかけているローリーンのほうを向いた。それからキッチンへ行ってナイフを取ってきた。兎の皮をはぐナイフだった。ローリーンの足首と手首の縛めは、縫い糸のようにあっさりと切れた。

「彼は頭がおかしくなったんだと思う」叫びださないように努力して、ローリーンにささやいた。「手伝ってちょうだい」

ローリーンは立ちあがろうとした。手脚がすっかり痺れていた。ペトラは彼女の前にしゃがみこんで脚をさすりはじめた。「がんばって」

＊＊＊

プールサイドに放り出された痛みも、ブライアンにはウォッカの酔いを通してぼんやりと感じられただけだった。ジェイムズは襟首をつかんで彼を膝立ちにさせた。ブライアンは微笑んで首を振った。酔いが波になって押しよせてきた。銃を向けられていることにも気づかなかった。口の中にまだ不快な味がした。短く咳をして、首をのけぞらせ、湿った夜気を深く吸いこんだ。夜風が心地よかった。ブライアンは横を向いた。そちらから罵声が聞こえてきたのだが、一言もわからなかった。友の姿はぼやけていた。

「ジェイムズ、おまえか？　これをほどいてくれ」と彼は左腕を動かしてみせた。そして微笑んだ。

「ああ、おれだよ」と頭の上からはっきりしない押し殺した声がした。英語だった。

「ジェイムズ……」とブライアンはつぶやいて、目の焦点を合わせようとした。これまでになく優しい声だった。それから体を横に傾けて、友の脚に顎を押しつけた。「ああよかった」そうつぶやいた。

「おまえたちはそこを動くな！」という鋭い声が頭上で響いた。遠くからローリーンがブライアンの名を呼んでいるのが聞こえた。ブライアンはそちらを向いて深呼吸をしようとした。家の横にふたりが立っているのがぼんやりと見えた。「それ以上近づいたら、こいつを水に落とすぞ。そこを動くなよ」

ジェイムズが一歩横へ動いたので、ブライアンは倒れそうになった。ジェイムズが手にしているものの形がゆっくりと焦点を結んできた。拳銃だった。ブライアンは状況を把握しようとしたが、むだだった。「ジェイムズ、これをほどいてくれよ」とまた頼んだ。

ジェイムズは彼の前にしゃがんだ。「アルノ・フォン・デア・ライエン！　ブライアン！　どっちがおれにそう頼んでるんだ？」憎しみに満ちた目で彼をにらんだ。「おまえはおれを助けるために何かしたか？　おれを自由にするために何かしたか？」

ブライアンは答えようとして眉をあげた。

「口をひらくな！」ジェイムズは立ちあがってブライアンに銃を向けた。「おまえはおれを置き去りにした。虐待された病気のおれを。おれは一生あそこに寝てたかもしれないんだぞ。うち捨てられたガラクタみたいに！」ジェイムズはいきなりブライアンの左の袖をびりっと引きちぎった。ブライアンはまた吐き気をもよおした。ジェイムズはブライアンの腋の下にぼんやりと残る刺青を確かめた。「まだこいつを入れてるのか。驚きだな」

ブライアンは二、三回嘔吐し、粘液が口の端から垂れたままになった。

「ずっとこれをつけたまま歩きまわってたわけだ。完全に消しちまったほうがよかったんじゃないか？　記憶と同じように」ジェイムズはブライアンの腕を放した。「おまえはあの病院にいるのがどんなものだったか、憶えてないのか？　どのくらいあそこにいた？　半年か？　もっとか？　そのぐらいなんだというんだ」

ジェイムズは女たちのほうに目をやった。ペトラは懇願の目で彼を見つめ、自分にすがりついたままのもうひとりの女から手を離した。

「三十年近くあれをつづけることを想像できるか？」ジェイムズはさらに言った。「子供はいるのか、おまえ？」うなずいたブライアンの顎から垂れる涎を見て、彼は鼻で嗤った。「三十年だぞ、ブライアン！　おまえが子供を育ててるあいだも、愛を交わしてるあいだも、世界を見てるあいだも、人生を楽しんでるあいだも、眠ってるあいだも、両親の家の庭を散歩してるあいだも、夢を実現してるあいだも——おれはずっとここに座ってたんだ。三十年間！」

そのわめき声で、ブライアンは放心状態からはっと我に返り、顔をあげた。友はポケットに手を突っこんで、錠剤のはいった瓶を取り出した。

「あのころを追体験したくないか？　おまえが自分の人生を生きてるあいだ、おれがどんなありさまだったか、知りたくないか？　おれがどんなところへ姿を消してたか、知りたくないか？」

ブライアンはおとなしく口をあけた。最初の一錠で、塩素を主成分にした薬に特有の口の渇きを思い出した。三十年もたつというのに、即座に唾液分泌反応が起こった。

「もうひとつ！」とジェイムズはわめき、錠剤を口に押しこんだ。「おれを見捨てていた一年につき、一錠服むんだ」ジェイムズは次々と錠剤を喉の奥へ押しこみ、ブライアンはしまいに吐きそうになった。べろべろに酔っていて、とても抵抗できなかった。「ついでにみんな服んじまえ！」ジェイムズはさらに押しこんだ。ブライアンはそれを全部呑みこみ、瓶は空になった。まもなく意識が薄れてくるはずだった。

そのあとの数分は騒音地獄だった。女たちの悲鳴、ジェイムズの絶え間ない侮辱と、悪態と、問いかけ。ブライアンは答えなかったし、理解もできなかった。友の目には哀れみのかけらもなかった。

だが、ブライアンにはどうでもよかった。

66

ローリーンの頬に血色がいくぶんもどってきた。彼女はプールサイドで起きていることをまのあたりにし、ペトラの腕にしがみついてひたすら祈っていた。ペトラは首を振り、やむをえなければそれを使おうと、皮はぎナイフをしっかりと握りしめた。

ゲルハルトの言葉は何ひとつ、彼女の人生がこのようになってしまった理由を理解する助けにはならなかった。けれども、過ぎ去った過去を明らかにし、彼女の自己欺瞞を暴いてくれた。この数時間のできごとを新たな光の中で見られるようにしてくれ、もっと詳しく知りたいという欲求を掻きたてた。

もはや手遅れかもしれなかったが。

ローリーンはなすすべもなく地団駄を踏みながら、朦朧とした夫がゲルハルトに薬を服まされるのを見ていた。すべて呑みこむと、彼女の夫はふらふらと揺れはじめた。

ペトラはぞっとした。ゲルハルトは致死量の薬を服ませていた。彼女は愛する男に懇願しつづけた。やめて、わたしの言うことを聞いてと。いまならまだ手遅れではない。まだ逃れられるし、過去を葬ることもできる。わたしたちの前にはまだ生きるに値する人生がある。そのぐらいの借りはわたしにあるはずだと。

だが、彼はそれに答えず、しだいに意識を失っていくブライアンを冷淡に見つめていた。狂気と復讐がひとつになっていた。

ローリーンはペトラにしがみついたまま、彼女の腕を何度もきつく握りしめていたが、ついに手を放し、しゃにむに夫を助けにいこうとしかけた。その瞬間、ペトラがナイフをかざしてゲルハルトに突進した。ローリーンは凍りついた。ゲルハルトを刺したら、ペトラはもはや生きていけないだろう。ゲルハルトがペトラの顔に銃を向け、ペトラからローリーンへ、ローリーンからペトラへと視線を移した。ペトラには彼の警告が聞こえなかった。ナイフが彼の喉に届きそうなところまで近づいて初めて、彼の目の底知れぬ深みに気づいた。彼女はナイフを落とした。

ペトラの平手打ちは、息子を諭す母親のそれのように優しかった。ゲルハルトはペトラの手をつかんで、彼女が力を抜くまでがっちりと押さえていた。それから手を放し、彼女の目を深くのぞきこみ、握っていた銃を芝生に落とした。そして身じろぎもせずに、そこに立ちつくした。

ペトラが気づいたときには、ローリーンはもうブライアンの頭を膝にのせていた。

「体を持ちあげて！」とペトラは命じ、ためらわずブライアンの喉の奥に指を突っこんだ。ローリーンは夫の腹に腕をまわして、ぐっと引っぱりあげた。三度目にようやく成功した。ブライアンは激しく咳きこんで、べとべとに溶けた白い塊をいくつも吐き出した。顔がまっ青になっていた。

「手を貸してあげないと」とペトラは言い、ブライアンの頭をのけぞらせて人工呼吸のやり方を実演してみせた。

背後の芝生でゲルハルトがうめき声をあげて、ぐったりと芝生に膝をついた。

ペトラはすぐに彼の横へ行った。「ゲルハルト、終わったのよ」すすり泣きながらそう言い、彼の頬に両手をあて、愛撫し、キスをした。

それから微笑みかけ、もう一度頬をさすり、優しくゲルハルト、ジェイムズ、エーリヒと呼びかけた。だが、彼は蒼白で、目がうつろだった。ペトラは腕をまわして彼をきつく抱きしめたが、反応はなかった。

「ゲルハルト！」とペトラは叫び、彼を揺すった。懇願し、語りかけ、三つの名で交互に呼びかけた。

だが、ゲルハルトは黙りこんだままだった。ふたたび別の世界へ行ってしまったのだ。自分の内に引きこもり、無に呑みこまれてしまっていた。芝生に膝をついたまま、うつろに宙を見つめていた。

数メートルしか離れていないプールサイドでは、ローリーンが夫の回復の早さに驚いていた。ブライアンははっと我に返ったが、あいかわらず酔っていた。ローリーンを見るとにっこりして、すぐに彼女を抱きよせた。自分のありさまにも、ぞっとしない外見にも、まるで気づいていなかった。彼がむさぼるようにキスをすると、ローリーンは笑いながら泣きだし、彼を抱きしめた。

ペトラはジェイムズの肩に顔を埋めた。ふたりはしばらくそのまま動かなかった。ペトラがふたたび顔をあげると、ローリーンが手を伸ばして拳銃を捜していた。それを見つけると、彼女は慎重に立ちあがり、酔った夫を引っぱりあげた。ペトラが静かに祈りをつぶやくと、ローリーンは銃をようやく地面に落とした。

＊＊＊

ブライアンは自分がどこにいるのか初めて気づいたというように周囲を見まわすと、芝生のふたりのところへよたよたと歩いていった。ふたりを押し倒しそうなほどそばに膝をつき、友の顔を自分のほうへ向けた。ジェイムズはまったく抵抗しなかった。ペトラはジェイムズを放して、両手に顔を埋めた。

ブライアンは身をかがめ、友の耳に語りかけた。「ジェイムズ、ジェイムズ、聞こえるか？」ブライアンは友の頬に鼻を押しつけた。馴染みのないにおいがした。「何か言ってくれよ、頼む。なあ、ジェイムズ」彼は友の顔を両手ではさんで揺すり、それから頬をたたいた。「おい、なんとか言えよ！」ペトラが気を取りなおしてブライアンを押しのけると、ブライアンはおとなしくしたがった。

ペトラは愛する男をふたたび抱きしめた。だが、ゲルハルトも、エーリヒも、ジェイムズも反応しなかった。

ローリーンはペトラの落胆ぶりを見ると、自分もはらはらと涙を流しはじめた。ブライアンは湿った草の上にひっくりかえって、だしぬけに笑いだした。笑って、笑って、笑い、それから何かのメロディーを二小節ばかり口笛で吹いた。

陽気な酔い方だった。

少しずつ彼はそれを思い出してきた。子供のころふたりが自分たちのものにしていた歌を。〝人がなんと言おうと知ったこっちゃない、どのみちなんの変わりもない……〟記憶の深みから歌詞が浮上してきた。

見あげれば、壮麗な星空がどこまでも広がっていた。ブライアンは横向きになり、幼友達の顔を見ながら過去にもどったようにそれを歌った。記憶のかけらが少しずつもどってきた。ふたりがドーヴァーの崖をよじ登ったときのことが。足の下のあの海の轟きと、暑さと、恐怖が。

「憶えてるか、ジェイムズ？」彼は笑って、さらに歌った。「〝なんだろうとぼくは反対だ！〟」

　ローリーンが横にしゃがんで彼の袖を引っぱったが、ブライアンはかまわずあたりにこだまするような大声で歌いつづけた。「〝きみの提案は素晴らしかろうが、ひとつ憶えておいてくれ。なんだろうとぼくは反対だ！〟」何度もそのリフレインを歌った。

　ジェイムズは無反応のままペトラに抱かれていた。ペトラは顔をあげて、神聖な時を汚されたというようにブライアンを見た。泣き腫らしたその顔は老けて見えた。彼女がジェイムズの肩にふたたび頭をのせると、ジェイムズは突然体を引きつらせた。彼女ははっと体を起こし、ジェイムズが卒倒する前に体をつかんだ。胸の奥がごろごろと鳴った。彼はマラリアにでもかかったように体を震わせた。

　ペトラは彼を抱きよせて首筋をなで、涙を拭ってやった。彼の視線をとらえようとしたが、彼は地面を見つめていた。そしてついに、長年彼の内で荒れくるっていた痛みが噴出した。何度も何度も慟哭の叫びをあげたのだ。その叫びは彼の心の最も深いところから発せられ、まわりの者たちの心に沁みた。ペトラとローリーンはすすり泣き、ブライアンは徐々に状況がわかってきたように思った。

　やがてジェイムズはゆっくりと顔をあげてペトラの目を見た。彼女の頬をなで、口に優しくキスをした。ペトラは目を閉じてふたたび彼に寄りそった。

　やがてジェイムズは宙を見つめて溜息をついた。咳払いをし、ためらいがちにブライアンのほうを向き、しばらく彼を見つめた。それから、悲しみと驚きと憎しみと安堵の入り混じった表情で、何か言おうとした。

言葉はなかなか出てこなかった。だが、誰も邪魔をしなかった。「ブライアン」と、ようやく彼は穏やかに言った。三十年たったいまでもよく憶えている懐かしい声だった。「教えてくれよ、ブライアン。デイヴィッド・コパフィールドの二番目の妻はなんて名前だっけ?」

ペトラとブライアンは当惑して彼を見つめた。ブライアンは目を閉じて、事態を理解しようとした。その質問は途方もなく些末に思えた。友を見つめたまま、混乱した気持ちを反映する表情を見つけようとした。

ローリーンが夫の髪をなでた。「アグネスよ、ジェイムズ。二番目の妻の名前はアグネス」

67

ブライアンの吐き気は翌朝には収まったものの、傷はまだひどく痛んだ。夜中に三回も包帯を替えなければならなかった。治るまでには数ヵ月かかりそうだった。彼はいたわりの目でローリーンを見た。彼女は一睡もしておらず、頭痛にさいなまれていた。何度化粧をしてみても、殴られた痕は隠せなかった。

彼は煙草を取り出した。まっ青な顔をしてふたたび受話器を握った。

「まっすぐイギリスへ飛んじゃいけないの?」と彼女は言った。

ブライアンは今朝自分のホテルをチェックアウトしてからというもの、ローリーンのホテルの部屋でずっと電話にかじりついていた。

　ローリーンはすでに荷造りを終えていたが、途中で何度も腰をおろさなければならなかった。こんな朝にブリジットがそばにいると、うるさくてかなわなかった。ブリジットはローリーンの顔の痣を見るとブライアンをひっぱたこうとし、がみがみと噛みつきだしたのだ。幸いにも彼女は昨日のできごとを何も知らなかったので、ふたりは信じたいように信じさせておいた。

　とうとうローリーンはブリジットに五百マルク渡し、あたしたちには話し合わなければならないことがたくさんあるから、と彼女を街へ追い払った。

　ブリジットは唖然として出ていった。

　ブライアンが受話器を置くと、電話はすぐにまた鳴った。数秒後、彼はくすくすと笑いだした。ローリーンははっとし、脇腹の傷を押さえて笑っている夫をあきれ顔で見た。

「ウェルズだ」電話を切ると、ブライアンは言った。

　ローリンはほっとして無関心にうなずいた。「エルフルトでゲルハルト・ポイカートという名の精神病患者を見つけたと知らせてくれたんだ」彼はもう一度笑おうとしたが、不安になってシャツの脇腹を見た。赤くなってはいなかった。「どう思う？　エルフルトだぞ！」

　ローリーンは肩をすくめた。「パスポートは手にはいった？」

「使えそうなやつを見つけたよ」と彼は言いながら、次の番号をダイヤルした。「列車でシュトゥットガルトまで行って、そこから飛行機に乗る。バーゼル・ミュルーズからは乗らないほうがいいと思うんだ」そう言うと、片手をあげて静粛を求めた。ようやく電話がつながった。

「ペトラ・ヴァーグナーです」という声が聞こえた。疲れているようだった。

「どうなった？」ブライアンは最後の一口を吸い、煙草を揉み消した。

「高くなりそう。いまの段階ではそれ以上なんとも言えない」彼女は冷ややかに答えた。

「金のことは気にしないで。彼女は信用できるの？」ブライアンは訊いた。

「それは大丈夫」

「ならば必要なことはなんでもしてくれていい。で、ジェイムズは？　いや、〝ゲルハルト〟と言うべきかな？」

「ジェイムズでいいわよ」と彼女は疲れたように答えた。「ええ、うまくいくと思う」

そのあとペトラとの話を終えるまで、ブライアンは何度かローリーンのほうを見た。ローリーンはベッドに腰かけて、手を力なく膝にのせていた。

「具合はどうだい、ローリーン？」電話を切ると彼はそう声をかけ、もう一本煙草に火をつけて、脇腹を手で触った。

彼女は肩をすくめただけで、返事をしなかった。

「聖ウルズラ療養所のレーマン所長は、ジェイムズを退院させてあいつのファイルを破棄する見返りに、五十万ポンド要求してる」

「けっこうな金額ね」ローリーンは無関心に応じた。

「でも、あなたは払うんでしょう？」

ブライアンは妻をよく知っていた。返答を期待しているわけではないのだ。もちろん彼は払うつもりだった。

「死体のことはラジオじゃ何も言ってないと、ペトラは言ってる。まだ発見されていないと思うとさ」

「いずれ発見されるわよ」とローリーンは言った。

「そのころにはもう、こっちははるか遠くにいる。誰もぼくらを事件と結びつけたりはしないさ。本当のことなんか突きとめられないよ」

「そうかしら」ローリーンは宙を見つめた。「あたしとペトラをあそこまで乗せてったタクシーの運転手は、あたしたちがむかいの農場に行ったと思いこんでるから、大丈夫だとは思うけど。ほかにもいろいろとあるわよ」と不安そうな顔をした。

「ジェイムズがランカウに書かせた遺書が決定的な証拠になるさ。あとの三人の死も、ランカウの死と結びつけられる」

「あなた、ランカウに言ったじゃない、あいつのワイナリーに行くとホテルに言い置いてきたって」

「あんな話を真に受けたのはきみだけだと思うね」

ローリーンは顔をしかめて天井を見あげた。

「指紋は？　指紋が残ってるんじゃない？」

「車の中に？　大丈夫。気をつけていたから」

「家のまわりや、納屋や、テラスには？　きっと山ほど手がかりが残ってるわよ」

「何も見つからないと思うな。あんなに徹底的にやったんだから」

ローリーンは溜息をつき、すべてをもう一度検討しなおそうとした。「確信がある？　後始末をしたときは暗かったのよ。あなたはべろべろに酔ってたし。ペトラは心ここにあらずだったし。あたし、真相が露見するんじゃないかと心配しながら残りの人生を過ごすなんていやよ」

「ランカウがほかの連中を殺したんだ。警察はそう考える。あいつの遺書を見つけて、あいつがあれを書いたことを立証するはずだ」

「で、警察は、ランカウがペトラの見つけたあの小型猟銃で自殺するつもりだったと推測する。そういう筋書き？」

「ああ、そういうこと。ところが、ランカウはそれを実行に移す前に発作を起こしたんだ。検死解剖をすれば、まったく自然な心臓発作だったことが明らかになる」

「じゃあ、あいつの怪我は？」

「きみもあのたくさんの瘢痕を見ただろ。ランカウはお上品なやつじゃなかった。自分自身に対してもね。警察は不審に思うだろうが、じきにあきらめるさ」

「じゃあ、猟銃と弾は？」

「あいつの指紋しかついてないだろう」

「ほかの場所はどう？　クレーナーの屋敷とシュティヒのアパートは？　手がかりが山のように残ってるんじゃない？　ジェイムズの指紋がいたるところについてるはずよ」

「そりゃそうさ。でも、ジェイムズは見つからない。警察はどこを捜せばいいのかも、誰を捜してるのかもわからないだろう。捜そうとするかどうかも怪しいものだ。あの三人組の二重生活が引き起こすスキャンダルに対処するだけで手一杯だろう。心配する必要はないよ」彼はそのまましばし考えこんだ。それから静かにこう言った。「それに、たとえ捜査の結果、真相が判明したとしても、罪に問われるのはジェイムズだけだ。ぼくらじゃない。でも、そんなことにはならないさ、安心しろよ」

「この事件でいったい何人が死んだかを知ったら、レーマンというその所長も絶対に警察へ行くと思うけどな」ローリーンは鼻の頭にそっとハンカチを押しあてた。

「いや、行かないよ。収賄も職権濫用も、彼女の職業からすると、いい宣伝にはならないんだから。口をつぐんでるさ」ブライアンは自分のスーツケースをぽんとたたいた。あとはオリンピック選手団に電話すれば、それで出発できる。「ローリーン。レーマン所長は自分のしてることをよくわかってる。黙っていればこれから一生安楽な暮らしができることを知ってるんだ。五十万ポンドを受け取る段取りを、きちんと考えてあった。まるで前々から計画してたみたいに。小切手をいやがるんだ。そう、金は彼女の名前でチューリヒの銀行口座に直接振り込まれる。そうなったら、もうあともどりはできない。良心の呵責を覚えたとしても、口をつぐんでるしかないんだ」

ローリーンはまた窓辺へ行った。今朝はこれで数回目だ。ブライアンは立ちあがり、彼女のところへ行って肩に手をのせた。彼女の漏らした溜息は彼女の混乱を示していた。ホテル・コロンビの前の青々とした芝生には誰もいなかった。むかいの公園のかなたから、たくさんの切り替えポイントを通過する路面電車の音が、かすかに聞こえてきた。

「じゃあ、ブリジットは？」と彼女は静かに訊いた。「彼女、知りすぎてるんじゃない？ 昨日そばで話を聞いてたんだから。三人組の名前とか」

「ブリジットは何も憶えちゃいないよ。たとえ脳に彫りこまれたってね。昨日は午後から酔ってたし、今朝の顔つきじゃ、夜はもっと酔ってたはずだ。それに、イギリスの新聞が三人の元ナチの死なんかに関心を持つはずもない。彼女は絶対に気づかないよ」

ローリーンは深呼吸をしようとした。傷めた肋骨がますます痛んできた。「で、彼は本当にあたしたちと一緒にイギリスへ帰るべきなの？」彼女は夫の目を見つめた。

答えが返ってくるまでには長い時間がかかった。

「うん、帰るべきだ。そのためにぼくはここへ来たんだから」

「で、ペトラは？ 彼女はそれについてなんと言ってるの？ 納得してるの？」

「ペトラはそれがジェイムズにとっていちばんいいと思ってる。そして、彼女はジェイムズを誰よりも愛してる」

ローリーンは唇を噛んでブライアンをまっすぐに見た。頭の中にはさまざまな疑念や考えが渦を巻いていた。「ペトラは彼をうまくあつかえると思う？」

「彼女自身はそう思ってる。いまにわかるさ。ジェイムズはぼくらと一緒に帰るんだから」

「彼をあたしたちのそばには置けないわよ、ブライアン。

ン、聞いてる?」ローリーンはまたブライアンの目を見つめた。
「いまにわかるよ、ローリーン。ぼくがなんとかする」

ローリーンとブライアンが駅に着いたときには、ペトラとジェイムズはすでにプラットフォームにいた。ジェイムズは新しい服を着て、きれいに髭を剃り、どこまでも延びる線路を見つめて巌のように立っていた。ブライアンに挨拶も返さず、ペトラの手をかたときも放さない。

「万事オーケー?」ブライアンは訊いた。

ペトラは肩をすくめた。

ジェイムズはブライアンたちを見ようとしなかった。ローリーンはサングラスの奥から彼を見つめ、ブライアンを必ず自分とジェイムズたちのあいだにはさむようにした。

「彼は悲しんでるの」とペトラが弁解した。

「何かあったのか、ジェイムズ?」とブライアンは友の目をとらえようとした。日射しがまぶしかった。隣のプラットフォームには、手荷物と郵便物のワゴンが連なっていた。まもなくそれを積みこむ列車が来るのだろう。

「なくなったスカーフのことを気にしているの。朝からそのことしか言わない。クレーナーの屋敷でそれが見つかると思ってたみたい。ゲルハルトの考えでは……」彼女はそこで言葉を切って言いなおした。「ジェイムズの考えでは、屋敷で見つけた小さなボール紙の筒にそれが隠されてるはずだった。だからその筒をウィンドブレーカーの下にしまって、ゆうべわたしのアパートまでずっと持ってきたの。夜中に二十回は起きて、中をのぞいてたと思う」

「ジェイムズ、それはジルのスカーフか?」ブライアンは友に近づいた。友は黙ったままうなずいた。ブライアンは脇腹を押さえてペトラのほうを向いた。「それはジェイムズが子供のときにもらったスカーフでね。入院中に偽患者たちに盗まれたんだ」

「彼はその筒の中に絶対スカーフがあるはずだと思ってたのに、はいってたのはデッサンだけだったの。それですっかり打ちのめされてるわけ」

ブライアンは悲しげに首を振った。「ジルというのはジェイムズの姉なんだ。戦争中に亡くなった」

ブリジットはぎりぎりになってようやく現れた。プラットフォームをおぼつかない足取りで気取って歩いてくるので、ローリーンは穴があったらはいりたくなった。だが、「ブリジットったら、遅いじゃない！」と、まるで数年ぶりのように彼女を迎え、荷物と一緒に抱きしめた。ブリジットはペトラとペトラの隣に立っている男に力なくうなずいてみせると、最後にブライアンに、燃えている石炭も凍るような視線を向けた。

列車に乗りこむと、コンパートメントの座席にどう座るかはおのずと決まった。ジェイムズは窓側に、ローリーンは通路側に座った。

ブリジットは新鮮な空気を求めて空いている窓の前に立ち、ペトラは身をかがめてブリジットの腕の下から窓の外をのぞいた。

「誰か来るの？」とブライアンが訊いた。ペトラは悲しげに外を見ていた。

「でも、あたしたちもう安全なんでしょう？」とローリーンが聞き取れないほどの声で言った。

「安全って、何が？」とブリジットが好奇心に駆られて振り返った。

「正しい列車に乗ってるってことだよ」とブライアンがぶっきらぼうに言い、断固とした表情でそれ以上の異議をはさませなかった。斜めむかいに座ったジェイムズは、コンパートメント内の物音にも動きにもまったく反応しなかった。ペトラの見つけてくれた新しい服を窮屈そうに着て、プラットフォームを行き交う人々を数えるかのように、ひとりひとりをほんの一瞬ずつ見つめていた。

ペトラはふたたび窓のほうへ身を乗り出し、こっそりと涙を拭った。それから溜息をついて自分の席にもたれた。

「まあひどい！」とブリジットが声をあげた。「近頃のヒッピーって、どんどんへんてこになるわね。あんないっぱい頭に布を巻いちゃって、あれじゃアフリカ人じゃない」彼女が窓からちょっと体を引いたので、あとの者にもその女が見えた。ペトラがすばやく立ちあがって、にっこりと微笑んだ。「すぐにもどるから、ここで待ってて」とジェイムズに声をかけた。

プラットフォームでのふたりのやりとりを見て、ブリジットは饒舌に論評しはじめたが、あとの者たちは窓をふさがれていて何も見えなかった。

ふたりがコンパートメントにはいってくると、ジェイムズの表情が一瞬明るくなった。ローリーンはブライアンの驚きを見逃さなかった。「誰、あの人？」とブライアンの耳にささやいた。

「このあいだはどうも」と女は言って、ブライアンに手を差し出した。

「マリアン・デヴァース！」とブライアンは驚きの声を漏らした。

「あたしたち、うちの母以外にも共通の知り合いがいたみたいね」と彼女は笑顔でジェイムズを抱きしめた。何枚も重ね着した服の布地を伸ばし、ジェイムズの目を見つめて彼と親しく言葉を交わした。それからもう一度彼を抱きしめると、ペトラをしばらく見つめて心を落ち着けてから、別れを告げた。

コンパートメントから出ていく前に、彼女はブライアンのほうを振り返った。「あなたと母が夫婦にならなかったのが残念ね。あたしたち、いい家族になったはずなのに。そのうえこうして、あたしからいちばんの親友と大好きなエーリヒを奪うなんて。どういうつもり？」彼女の目は親しげで、深く感動していた。そして改めてペトラを抱きしめると、帰っていった。

「どういうこと？」とローリーンがついにサングラスをはずして言った。「誰よ、いまの女？　あの人の母親があなたとなんの関係があるの？」

ブライアンはすぐには答えなかった。彼はペトラを見た。「ギーゼラ・デヴァースの娘だよ」としか言わなかった。

ペトラはうなずいた。

「きみは彼女の知り合いだったの？」ブライアンは訊いた。

ペトラはまたうなずいた。「ええ、彼女のお母さんと知り合いだったから。ギーゼラはわたしの親友だった。だから彼女が死んだとき、マリアンの面倒を見たの。わたしにとっては娘みたいなものよ」

ブライアンは大きく息をついた。「じゃあ、マリアンはジェイムズを知ってたんだ」

「彼女はエーリヒと呼んでるけれどね。幼いころから知ってた。よくお見舞いにきてくれたものよ……ね、ジェイムズ？」

ジェイムズは彼女の横でそっけなくうなずいた。

「ということは、彼女は最初の日にぼくをジェイムズのところへ案内できたわけだ」ブライアンは大きな溜息をつき、あわてて脇腹を押さえた。なんとも受け容れがたい事実だった。

「ええ、そうね。マリアンに彼の写真を見せていればね」ペトラは下唇を突き出した。「でも、マリアンもきっとジェイムズの写真を何枚かどこかにしまいこんでるはずよ。ギーゼラが彼を家族の集まりに連れていくこともよくあったから」彼女はにっこりして、ジェイムズの手の甲を優しくなでた。ジェイムズはあいかわらず窓の外を見ていた。「ときには彼がシャッターボタンを押させてもらえることもあったしね」

目を閉じると、マリアンの家で見せてもらった最初の写真の中の、ギーゼラのぼやけた顔がまぶたによみがえった。あれはあまり手慣れた写真ではなかった。ブライアンは座席にもたれ、ヘッドレストに頭をぽんぽんと打ちつけながら独り言をつぶやいた。

ブリジットはブライアンからローリーンを見て、またブライアンを見た。何か言おうとしたとき、誰かが窓をノックした。

「エーリヒ！」マリアン・デヴァースがプラットフォームから叫んだ。ジェイムズはもの憂くそちらを向き、笑みを返そうとした。「忘れるところだった。これ、あなたのじゃない？」彼女は大量のスカーフをほどいた。「何年も身につけてたの。クレーナーから盗んじゃった。あいつがあなたから盗んだって自慢するもんだから。あいつのそばでよくこれを巻いてたんだけど、あいつはとうとう気づかなかった！」彼女は窓からその布を列車内に投げこむと、ペトラにもう一度微笑み、身をひるがえして去っていった。

「変な人ね」とブリジットは言い、投げこまれたスカーフを不思議そうに見おろした。ジェイムズはそれを見た。布地がすりきれて薄くなっていた。青い縁取りがほどこされ、片隅に小さなハートが刺繍してある。彼はそれをそっと拾いあげ、とてつもなく壊れやすいものでもあつかうように大切に胸の前に持った。

68

冬はまだ終わっていなかった。ローリーンは不安な気持ちで道路を見つめ、目的の家までの最後の数キロを車に揺られていた。ここまでドライブをまったく楽しめなかった。

「どうしても行くの？」彼女はまた訊いた。これで四度目だった。

「ああ、ぼくはね。でも、きみはまだ抜けられる」ブライアンは指を広げてから、もう一度ハンドルを握りなおした。

「彼がまた凶暴にならないって、どうしてわかるわけ？」

「それはもう話し合っただろう。蒸しかえさないでくれよ」

「たしかに話し合いはしたけど。でも、確信ある？」

「ペトラが大丈夫だと言ってるし、医者も保証してる」

ローリーンは溜息をついた。四カ月ぶりにジェイムズに会うのが怖いという気持ちは、ブライアンにもよくわかった。

帰国して以来なのだ。

「彼がカンタベリーじゃなくて、ドーヴァーに身を落ち着けてくれてよかった」と彼女は言った。

「それはわかってるよ」ブライアンは脇道をひとつひとつチェックした。交通量が少なくなってきたので、目的地は近いはずだった。このあたりまで来たことがないわけではなかったが、彼のよく知っている界隈ではなかった。「あいつはなぜカンタベリーに住みたがったのかな」ブライアンは彼女のほうを見ずにつづけた。「カンタベリーにはもう実家もないし、両親とジルは亡くなってるし、もうひとりの姉のエリザベスはロンドンに住んでるのに」

「なぜか」フロントガラスの内側が曇ってきたので、彼女はそれを拭いた。「あたしが教えてあげる」ブライアンは彼女に見つめられているのを感じた。「それはね、あなたがカンタベリーに住んでるからよ」

ブライアンはにやりとした。「それはあいつにとってたいした理由じゃなかったはずさ」靄のむこうに厚い雲が見え、そのむこうに断崖と英仏海峡があるのがわかった。「ペトラの話じゃ、あいつはぼくのことを何も話さないらしい」

ローリーンは自分の手を見おろした。その落ち着きのなさが彼女の内心を明かしていた。「ねえ、彼の具合はどうなの、本当のところ?」

ブライアンは肩をすくめた。「医者が考えるに、脳スキャンをしたときに見つかった瘢痕組織はどれも、小さな血餅に由来するものらしい。それはぼくには不思議じゃない」

「なんでそう思うの?」

ブライアンの眼前に、身じろぎもせずベッドに横たわる男の姿が浮かんだ。電撃療法と薬の副作用に苦しみ、仲間の患者たちに虐待され、孤独と絶え間ない不安にさいなまれてうつろな目をした男の姿が。「理由は色々あるけど、主として、病院で受けた輸血のせいだと思う。死ななかったのは奇跡だよ」

「で、いまはどうなの?」

「まずまずだと思う。ペトラの話じゃ、よくなってきてるそうだ」

ローリーンは大きく息をついた。「それはよかった。とりわけ、あなたが彼の治療にどのくらい使ってるかを考えるとね」彼女は口を結んで目を閉じた。

ブライアンは内心の不安を彼女に悟られたのがわかった。

「今日は何もかもうまくいくよ」

「だといいけど」とローリーンは言い、過ぎ去っていく景色に目をやった。

その家はとくに大きくはなかった。ブライアンとしてはもっと広々とした物件を買ってもよかったのだが。石壁に沿って若い常緑樹が植えてあり、昨日の霜で白っぽくこわばっていた。

迎えに出てきたペトラは、いくぶん老けたようだった。

かすかに微笑みながらブライアンの手を握った。

「とっても楽しみにしてたのよ」とローリーンは抱擁を返しながら言った。

「招待してくれてありがとう、ペトラ」ブライアンは自意識過剰ぎみに彼女を見た。「きみたちと会えるようになってうれしいよ」

彼女はうなずいた。

「具合はどう？」と彼は家のほうを見ながら尋ねた。

「まあまあね」ペトラは目を伏せた。「ドイツ語はもう話そうとしない」

「それはいいことだよね？」ブライアンはまっすぐに彼女を見た。

「ええ、たしかに。でも、わたしには楽じゃない」

「きみには本当に感謝してるよ、ペトラ」

「わかってる」と彼女はまた微笑んだ。「わかってるわよ、ブライアン」

「だいぶ落ち着いてきた？」

「ええ、でも、最初はたいへんだった。物見高い人たちが彼をひと目見ようとやってきて。みんなあそこに車を駐めるの」と彼女は断崖のほうへつづく草地を指さした。

「ブライアンが教えてくれたんだけど、ジェイムズにとっての第二次世界大戦は、何年か前に太平洋の島で発見されたあの元日本兵の場合より長くつづいたと言われてるんですってね」ローリーンが驚いたふりをした。

「ええ、そうなの。だからああいう野次馬が来ちゃうの」ペトラはふたりをうながして玄関のほうへ歩きだした。風が身を切るように冷たかった。

「できれば秘密にしておきたかったんだけど、役所がね……」とブライアンは言った。「どこから恩給を受け取ればいいのか、なかなかわからなくて」ジェイムズはまだ姿を見せていなかった。「でも、まあ、結局もらえることになったんだ。それも過去にさかのぼって。一種の慰謝料としてね」

「ええ」とペトラは言いながらドアをあけた。

ジェイムズは居間に座って窓の外をながめていた。ローリーンは彼を見たとたんにそわそわしはじめ、すぐにペトラの縄張りであるキッチンへ行ってしまった。

ブライアンは緊張していた。ジェイムズはだいぶよくなったようだった。体重が増え、目つきも穏やかになっている。ペトラがきちんと世話をしてくれているのだ。

「やあ、ジェイムズ」彼が声をかけると、ジェイムズはびくりとした。それ以上は何も言えなかった。

ジェイムズは振り向き、長いことブライアンを見つめた。ばらばらの顔のパーツを、まずはひとつに組み立てなければならないというように。それから短くうなずいてよこすと、ふたたび窓の外に目を向けた。

ブライアンは横に腰をおろし、彼の胸が上下するのを三十分間、見守っていた。

女たちはキッチンで楽しんでいた。気楽なおしゃべりがペトラにいいのは明らかで、ローリーンはキッチンを離れるつもりはなかった。ふたりはブライアンがはいってくると、どうだった、というように彼を見た。

「ぼくには一言も口をきかないんだ」ブライアンは小さな食卓へやってきて、どさりと腰をおろした。

「もともとあまり口をきかないのよ」

「幸せじゃないのかな」

「幸せなときもあるけれど。でも、めったにない。最近はあまり笑いもしないし」ペトラは食器棚からカップをもうひとつ出した。「もう少し時間をあげないと。ゆっくりとだけれど、少しずつよくなっているもの」

ブライアンは自分のカップが満たされるのを見守った。「ぼくにできることがあったら、遠慮なく言ってくれ」

「何もしてくれなくていい」

「金は？」

「もう充分にもらってる。それに恩給もあるし」

「必要になったら教えて」

「ええ。それにね、まだあのデッサンもあるの」

ブライアンはペトラの最後の言葉にかすかな懐疑の響きを聞きつけた。

「デッサン？」

「そう、ジェイムズがクレーナーの屋敷から持ってきたボール紙の筒にはいっていたやつ」ブライアンの顔に戸惑いが浮かんだ。待って、というようにペトラは手をあげて、二階へ姿を消した。

「彼……変なの？」ローリーンが、返事をききたくなさそうな不安げな顔でブライアンを見た。

「うん、ちょっとね」

「やっぱりもう少し待ってから来たほうがよかったのかも」

「かもね。昼食のあとで、あいつを散歩に連れ出してみようと思うんだ。そうすれば、少しは話ができるかもしれない」

ローリーンはカップを置いた。「気でもちがったの？」

「どういうことさ」

「あたしは許さないからね。ジェイムズと一緒に崖になんか行かせないから」

「どうして？」

「とにかくだめ。彼はあなたに危害を加える。あたしにはわかるの!」彼女は語気を強めた。ペトラがおりてきて、ローリーンが顔を赤くしているのに気づいた。

「ごめんなさい……」とペトラは言い、出ていこうとした。

「謝ることなんかないよ。昼食のあとジェイムズと散歩に行こうと思うと、話してただけだから」

ペトラはローリーンの目をちょっと見てから、庭に目をやった。

「あいつはまだぼくのことを憎んでるのかな?」返事を聞く勇気はあまりなかった。

「わたしにはわからない」ペトラは眉を寄せた。「彼はあなたのことをいっさい口にしないから」

「でも、ありうる?」

「ジェイムズに関するかぎり、どんなことでもありうるわね」ペトラはブライアンのほうを向いて、持ってきた包みを渡した。「これよ」

紙は黄ばんでくしゃくしゃになり、紐は細くて古びていた。新聞のようだった。〝娯楽版(ウンターハルトゥングス・バイラーゲ)〟と古風な文字で書いてある。ブライアンは最初のページをめくった。デッサンが小さな束になってはいっていた。彼はそれを一枚ずつ見ては、食卓にならべていった。紙とサインを調べつつ、ペトラの顔を何度か見た。

「クレーナーがこれを取っておいた理由がよくわかったよ」と彼は言った。「鑑定はしてもらった?」

「こういうものはそう簡単に鑑定なんかできないって、ジェイムズが言うの」ペトラはデッサンに手を置いた。

ローリーンはいちばん小さいものをじっくりと見て、信じられないというように首を振った。「これ〝レオナルド・ダ・ヴィンチ〟って書いてあるんじゃない?」

ペトラは黙ってうなずいた。

「これも、これも。そしてこれにはベルナルディーノ・ルイーニのサインがある」ローリーンは言葉を切り、きっぱりとペトラを見た。「こんなものをそのへんに置いておくわけにいかないわよ」

「決めたのはわたしじゃない」ペトラはそれしか言わなかった。

＊＊＊

昼食のあいだもジェイムズは一言も口をきかなかった。ローリーンは一度試みただけで話しかけるのはあきらめたが、彼の動作のひとつひとつには注意を払っていた。ジェイムズはがつがつと食べた。自分の皿を見つめていないときには、料理が盛られた大皿に目をやり、勝手にお代わりをよそった。

「ジェイムズ、ブライアンが一緒に散歩に行かないかって」一同がデザートを食べているときに、ペトラがそう言った。ローリーンはびっくりして彼女のほうを向いた。ブライアンはスプーンを置いてジェイムズを見た。ジェイムズは食べるのをやめたものの、顔はあげなかった。

「どうだ、ジェイムズ。行かないか？」ブライアンは言った。彼のほうを見たジェイムズの顔は無関心で冷ややかだった。

ペトラがジェイムズのコートを取りにいっているあいだに、ローリーンはブライアンを脇に引っぱっていった。「お願いだからやめて、ブライアン」とささやいた。

「いやな予感がする」

「いい加減にしてくれよ」

「あたしが彼のことをどう感じてるかわかってるでしょ。どうしても行かなきゃならないの？　せめてあたしたちも一緒に行かせて。彼は一日じゅう一言もしゃべってない。おかしいわよ！」彼女は一語一語を強調した。

「あいつは先週ロンドンの病院に行ったときからずっと外出してないんだ、ペトラがそう言ってた」

「それでもあたしは反対。ねえ、やめて、ブライアン——お願い！」と彼女は懇願した。「彼があなたを見る目に気づかなかったの？」

＊＊＊

風はやんでいた。東からの微風が海の空気でふたりの肺を満たした。地面はまだ凍っていて、植物のきわめて少ない崖の上は足元が不安定だった。

ふたりは数メートル離れて、よそよそしく無言で歩いた。ブライアンは何度かジェイムズのほうを見て微笑みかけようとした。

「ペトラにあのデッサンを見せてもらったよ」とブライアンは静かに言った。

だしぬけに鷗たちの鳴き声が響き、ふたりは海のほうへ目をやった。ブライアンは言いたいことを頭の中で何度か練習してから口にした。「あれは本物じゃない、わかってたか？」

ジェイムズは無言のまま、どうでもよさそうに短くうなずいた。

崖の縁まで行くと、眼下で波が冷たく荒々しく砕けていた。ブライアンはコートの襟を立てて、友のほうを見た。

「おれたちが気球をあげたのは、このすぐ近くじゃなかったかな、ジェイムズ。憶えてるか？」案の定、返事はなかった。「あのときは楽しかったな。危うく大惨事になるところだったが」ブライアンは今日最初の煙草に火をつけた。軽い煙草が爽快だった。背後には街のほうまでずっと人影がなく、海はさながら寒色の狂宴だった。

ジェイムズは小さなうめき声を何度か漏らし、コートを体にぴったりと引きよせた。

「帰ろうか、ジェイムズ？　寒いのか？」

答えるかわりに、ジェイムズは足を速めた。

足を止めたのは、明らかにふたりがかつて来たことのある場所だった。はるか昔に。ジェイムズは崖の下を見おろした。それから振り返った。

「いや」と彼はだしぬけに言い、足元の地面を見つめた。「よく憶えてない。一部しか」

ブライアンは煙草を深々と吸いこんだ。「なんのことを言ってるんだ？　おれたちの気球の冒険のことか？」

「憶えてるのは、おまえがおれを崖にぶらさがったままにしておいたことだけだ」つかのまの明晰な表情はたちまち消えた。

「ぶらさがったままにしておいた？　おれが引っぱりあげてやったんじゃないか。忘れたのか？　あれはまぬけな事故だったんだ。おれたちはただの傲慢なガキだったんだよ」

ジェイムズは咳払いをした。さっきまではすっかりリラックスして立っていたのに、いまはもう全身の筋肉を順繰りに動かしはじめている。態度も表情もころころと変わってばかりいた。ペトラにとってはさぞやたいへんだっただろう。

「憶えてることもあれば、憶えてないこともある」そう言って、ジェイムズは黙りこんだ。それから急に、「おまえは偽患者どもの過去をまだ全部は知らないよな？」と話題を変えた。

「ああ。おれが知ってるのは、ペトラがローリーンに話したことだけだ」

ブライアンが見ていると、ジェイムズは崖の縁から二歩遠ざかった。「あいつらの過去はおれの人生の最も重要な要素だ」ぼんやりと前方を見つめ、首を振り、ふたたび悲しみに呑みこまれた。「しかもそれはおれ自身の過去でさえない。情けない話じゃないか？」

ブライアンは背後をちらりと見た。崖の縁まで一メートルもなかった。ジェイムズはブライアンの真正面に立ち、初めてまっすぐに目を見つめた。

「ペトラから聞いたが、ブライアン、おまえ、医者になったんだってな」と彼は唐突に言った。

「ああ」

「で、えらく金持ちになったとか」

「ああ。製薬会社を経営してる」

「で、きょうだいもみんな健在だってな」

「ああ、健在だよ」

「おれとはずいぶんちがうよな？」

ブライアンが友の目を見つめると、そこに冷たい色彩の海が映った。「おれにはわからないが。たしかにちがうかもしれない」答えたとたん、ブライアンは自分の不正直さを後悔した。

「〝わからない〟だと？」ジェイムズは静かに言い、一歩近づいてきた。顔がくっつかんばかりになり、息が甘くにおった。「むだになった自分の人生には、おれは耐えられると思う」と言って唇を結んだ。「だが、耐えがたいこともいろいろある」

「たとえば？」

「たとえば、おまえだよ」ジェイムズは笑っていなかった。「それにもちろん禁断症状も。おれに話しかけてくるあの連中も。あの連中に答えを求められることも。自分が同時にゲルハルトであり、エーリヒであり、ジェイムズでもあることも！」

「そうか」

ジェイムズの首筋の腱が盛りあがった。彼はゆっくりとブライアンのほうへ両手を伸ばした。「だが、最悪なのはそれじゃない」

ブライアンは一歩あとずさって足を踏みしめ、大きく息をついた。

「最悪なのは……」とジェイムズはつづけながら、ブライアンの二の腕をそろそろとつかんだ。「最悪なのは、おまえがおれを連れにこなかったことだ！」

「ジェイムズ、それはないだろ。おれはおまえを捜すために、あらゆる手を尽くしたんだぞ。それでも見つからなかったんだ。どうすればよかったんだ？」

ブライアンの腕をつかむ手に力がはいり、ジェイムズの目が一瞬うつろになった。やがて彼は気を取りなおし、鷗の叫びにかき消されそうなほどの小さな声でささやいた。「だが、何より最悪なのは、自分からは何もしようとしてないのを、ずっと意識してたということだ」

ジェイムズの顔にほんの一瞬浮かんだ何かが、ブライアンを過去の深みへ引きずりこんだ。きらきらした目とそばかすだらけの小麦色の肌をした頬のこけた少年が、頭上で気球のキャンバス地が裂けていくなか、必死でブライアンを挑発して助けてもらおうとしている姿がよみがえってきた。そうなる直前にジェイムズは「だいじょうぶだよ」と言ったのだ。「うまくいくさ」と。ブライアンがいま友の顔に見た表情も、それと同じだった。自己嫌悪に満ちたすがるような表情だった。

「でも、できなかったんだよ、おまえには」とブライアンはささやいた。「おまえは病気だったんだから」「病気なんかじゃなかった！」ジェイムズはだしぬけに感情を爆発させ、顔をゆがめた。その目には絶望が表れていた。「たしかに最初は病気だったかもしれない。それに最後も。だが、そこへいたるには長い時間がかかった。長い長い歳月が。あのころは薬からしか安らぎを得られなかったんだ。恐ろしい安らぎだよ。たしかにおれはジェイムズだったし、ゲルハルトだったし、エーリヒだったが、病気じゃなかった」腕をつかむ手にますます力がはいったので、ブライアンは言葉をはさむのをやめた。「とにかく、ほとんどのあいだはな」とジェイムズは締めくくった。

ふたりはじっと見つめ合った。ジェイムズの目には怒りと、ためらいと、悲しみが表れていた。ブライアンの腕をつかんだ手に、ジェイムズの体重がかかった。ジェイムズは言葉を探して二度口をひらきかけたあと、ようやくこう言った。「ところがいま、おまえはおれに気球のことを憶えてるかと訊く。で、さらにいろんなことを訊いてくるはずだ。次から次へと、おまえらのよく知ってること――おれのごく一部が、それもほんのかすかに憶えてるにすぎないことを！　まるでみんながおれに、何もせず待っていたあの歳月を忘れろと、そう強制するみたいに！」

「なぜそんなふうに思うんだ？　おれたちがどうしてそんなことを望むんだ？」ブライアンは友をじっと見つめ、ゆっくりと両手をあげて彼の前腕をそれぞれつかんだ。

ジェイムズは目を閉じた。やがて目をあけて眉をあげると、表情はいくぶん穏やかになっていた。彼は短く笑った。「結局は少しずつ記憶がよみがえってくるんだよ」ジェイムズはブライアンの二の腕を体に押しつけた。ブライアンは懸命にバランスを崩すまいとした。「このごろはまた、あの犬を連れたパトロールを思い出すんだ。長いこと忘れていたというのに。やつらに捕まりそうになるところを。犬どもがどんどん近づいてくるところを。するとそのとき、谷間で二本の列車がすれちがうのが見える。一方は西へ、もう一方は東へ。天の助けだ――あのときおれたちはそう思った」

ブライアンはうなずいて、ジェイムズの手から身をもぎ離そうとした。

「するとおれは思うんだ。あれに飛び乗らないほうがよかったのかもしれないと」

「そんなふうに考えちゃだめだ。そんなことをしても意味はない」

ジェイムズはブライアンの肩に顎が触れるほど身を乗り出した。背後の崖はいまやほとんど霧に包まれており、下のほうから波の轟きが聞こえてきた。ブライアンは波に呼ばれているのを感じた。

た。「それに東行きの列車じゃなくて、あの列車に飛び乗ったからよかったんだぞ」

ジェイムズは空を見あげて風に髪をなぶらせ、鼻孔をふくらませて深呼吸をした。それから目を閉じた。

「どうしてかわかるか?」ブライアンは長いことそこに立って友を見つめていた。風が一瞬収まり、ジェイムズは目をあけてブライアンを見た。

「だって東行きの列車に乗ってたら、おれはおまえをシベリアまで迎えにいかなきゃならなかったはずだからな!」

ジェイムズはしばらくブライアンを見ていたが、やがて顔をそむけた。空に向けられた目の動きからすると、猛烈な勢いで流れていく雲をひとつひとつ数えているようだった。

それから彼は静かに微笑むと、頭をのけぞらせて午後の陽光に顔をさらした。

崖の下から海鳥が一羽、けたたましく鳴きながら舞いあがってきた。そのとたん、ジェイムズはブライアンの腕を放して全身を震わせはじめた。そして突然、けらけらと笑いだした。ブライアンは彼が笑いの発作に襲われている隙に、すばやく左脚を後ろへ引いて右へまわりこんだ。笑いは始まったときと同じように唐突にやみ、ジェイムズはもの思いにふけるようにぼんやりと遠くへ目をやった。

ブライアンはそろそろと右脚へ体重を移して、ジェイムズの後ろへまわりこんだが、ジェイムズはろくに気づいてもいなかった。ブライアンが崖から離れると、深淵からの誘惑も魔力を失った。

ジェイムズは肩の力を抜いた。その顔はすっかり穏やかになっていた。

「ジェイムズ、おれたちはあの列車に飛び乗ってよかったんだよ。失敗だったなんて考えちゃだめだ」ブライアンは首を傾けてジェイムズの目をとらえようとしジェイムズが行ってしまうと、ブライアンは夕陽の中を家へ帰っていく友を見送った。友はついに一度も振り返らなかった。

ブライアンは目をつむり、大きく息を吸いこんだ。酸素が必要だった。

震えが波になって体を駆けぬけた。

最後に肩から力を抜くと、目の前にローリーンが立っていた。

彼女はこれまでにないほどまじまじとブライアンの目をのぞきこんだ。まるで心の中をのぞきこもうとするように。コートの襟元をしっかりと掻き合わせて、彼に笑いかけようとした。「あのデッサンはぜんぶ贋作だと思う」と短い沈黙ののちに言った。「鑑定してもらったほうがいいと、ペトラに言っておいた」

「ぼくもそう思ったよ」腹を空かした鷗たちの叫びが聞こえた。

「ペトラがそうするかどうかはわからないけどね。ジェイムズはあれを売る、と彼女に言ったらしいから。おれを信じろ、おれがすべて面倒を見ると」

「面倒を見る、か」ブライアンの呼吸はまったく穏やかだった。「どこかで聞いた台詞だな」

ローリーンは彼の腕をつかみ、空いたほうの手で風になぶられる髪を押さえた。

「ブライアン、あなた、ちょっとしょんぼりしてるんじゃない？」と遠慮がちに尋ねた。

ブライアンは肩をすくめた。波しぶきが強風に乗って崖の表面を吹きあがってきた。基本的にはローリーンは勘ちがいをしていた。だが、彼をとらえている気分は、たしかに妙なものだった。

「見捨てられた気分なの？」と彼女は静かに尋ねた。

ブライアンはポケットに手を突っこんだ。鍵束とともに煙草のパックを取り出すと、一本くわえ、火をつけないままじっと立っていた。ローリーンの奇妙に逆転した問いについて考えていたのだ。ブライアン自身はそこまで明確な言葉にはしていなかったが、ジェイムズが背を向けて立ち去ってからというもの、同じような問いが喉元まで出かかっていた。

「ぼくは見捨てられた気分なのか？」急に頬が震えだし、ブライアンは頬の内側を噛んだ。「それがどんな気分なのかはわからない。でも、自分が信頼を裏切ったとは感じてきた。これまでずっと！　その気分なら、ぼくはよく知ってる」

自分が約束を破ったときどきのことが次々と脳裏をよぎった。だが、それらに対する羞恥の念も、ジェイムズが彼を断崖上に残したまま無言で去っていったときに感じた痛みとは、比べものにならなかった。

「ブライアン、どうしたの、こわい顔をしちゃって」

ブライアンは首を振った。「考えてるんだよ、その問いが正しく尋ねられるのに三十年もかかったのはなぜなんだろうと」彼はつぶやいた。

ローリーンは身じろぎもしなかった。

夕陽が後光のようにブライアンの顔を包み、海が暗くなってきた。

「でも、前にそう尋ねられても、答えられなかっただろうな」

「いまは？」

「いま？」ブライアンは襟を掻き合わせた。「いまは自由になった気分だ」彼はしばらくそうして立っていた。それからローリーンの肩に腕をまわした。彼女をそっと引きよせて優しく抱いていると、彼女の緊張が解けるのがわかった。

彼はポケットから鍵束を取り出した。「車を取ってきてくれないか？　あの木立のところで拾ってくれればいい」と道路の先を指さし、鍵を渡した。「ぼくはもう少しここにいたいんだ」

ローリーンが反論しようとしたときにはもう、ブライアンは彼女を放し、強まってくる寒風のほうを向いていた。彼女がブライアンの手を取ってそれを頬にあててたのにも、ほとんど気づかなかった。数歩あるいたところで、ローリーンは振り返って彼の名を呼び、ブライアンが振り返ると、愛情をこめて彼を見つめた。

「もう一度彼と顔を合わせたくないのね？」

眼下の断崖はいつまでも残るだろう。その永遠の歩みに比べたら、彼の命など一瞬でしかない。ものごとはそうやって、たちまち過去になってゆくのだ。

ブライアンは空を仰いで、遠い過去の歓声のこだまに耳を澄ました。不意に車のエンジンをかける音が聞こえてきて、こだまは消えた。

友情とは相互性にもとづく同盟だということは、すでによくわかっていた。一方の行動が友情を破壊する場合もあるということが、ブライアンを三十年近くも苦しめてきた知識だったのだから。だが、いま彼をとらえているのは、他方が行動しないことも友情を破壊する場合があるのだという、新たな考えだった。三十年かかってようやく彼は、この考えを受け容れたのだ。

ブライアンは崖の縁を見つめた。

ふたりの少年が笑いながら彼に別れの手を振ってきた。彼は飾らずに元気よくふたりに笑い返すと、不確かな未来のほうへ顔を向けた。

アルファベット・ハウス最後の偽患者のために、一日の最後の光がもの憂く踊った。

著者あとがき

これは戦争小説ではない。

『アルファベット・ハウス』は人間関係の亀裂についての物語である。このような亀裂は、結婚生活や職場のような日常から、朝鮮戦争やボーア戦争、イラン・イラク戦争のような極端な状況まで、どのような場面でも生じうる。

第二次世界大戦をこの物語の枠組みとして採用したのには、いくつかの理由がある。父が精神科医だったため、わたしは一九五〇年代から六〇年代初めにかけて、デンマークでは〝きちがい病院〟と呼ばれていた場所で育った。父はかなり進歩的で、この分野では新しい考えの持ち主だったとはいえ、わたしは精神障害者が当時どのようにあつかわれていたかを、いやでもこの目で見ることになった。患者の多くは三〇年代からそこに入院しており、わたしは当時の――とりわけ戦争中の――治療法や医師や病院というものに大いに関心を惹かれた。知り合いになった患者のなかには、ナイーブで注意深い子供の目からすると、精神病のふりをしているだけではないかと思われる人たちもいた。

この慢性的な患者のなかに、基本的にふたつの台詞しか言わずに病院生活を送っている男がいた。

彼はほぼどんなことにも、「そう、それは一理ある!」と言った。そしてほぼどんな状況でも、「ああ、ありがたい!」と心底ほっとしたように締めくくるのだ。わたしは彼のことも仮病を使っているのではないかと疑っていた。社会に背を向けて、医療施設の穏やかで平和な世界に逃げこんでいるのではないかと。

だが、健康な人間がそのような状況のなかで長年にわたって理性を失わずにいられるだろうか?いられるとは考えにくい。とりわけ、当時用いられていた治療法のがさつさを思うと。寡黙なこの患者は、遅かれ早かれ病んでしまうのではないだろうか。

父は長年ののち、この患者に再会した。それは七〇年代のことで、世の中はいろいろな点でだいぶ自由になっていた。それはこの男にも影響をおよぼしており、彼は「くそくらえ!」という台詞をレパートリーに加えていた。しっかりと時代の波に乗っていたわけだ。

そこでわたしはまた疑問に思った。「彼ははたして病気なのか、健康なのか?」と。

精神を病んでいるのかもしれない人物と、第二次世界大戦——わたしを魅了するこのふたつの対象を結びつけたいという願望は、カルナ・ブルーンという母の友人と話をしたことでいっそう強まった。彼女はバート・クロイツナハの病院のザウアーブルッフ教授のもとで看護師として働いており、わたしの考えていた仮説のいくつかを裏づけ、発展させてくれた。

一九八七年の夏、イタリアはテラチナの星空の下で、わたしは自分が温めてきた物語の概略を妻に語って聞かせた。当時からすでにわたしは調査能力と文学的能力とが分かちがたく結びついた作家にあこがれてはいたものの、この無謀な企てにはかなり慎重だった。だが、妻はわたしの物語を、やってみるに値するものだと信じてくれた。

それ以来、妻のハネ・エーズラ・オールスンはわたしのミューズにして批評家であり、わたしが当初の計画を実現できるようにつねに援助してくれた。

そしてそれを、わたしはほぼ八年がかりで実現した。

その間に、この物語のかなりの部分の舞台となるフライブルク・イム・ブライスガウへの旅を認めてくれたデ・トレスコウスケ・フィダイコミスと、フライブルクの軍事ライブラリー、ならびにフライブルク公文書館上級理事のエッカー博士には、とても感謝している。

有能な友人たち――ヘニング・クーア、イェスパ・ヘルボー、トマス・ステナー、エディ・キラン、カール・ロスコウ――と姉のエルセベツ・ウェーレンス、母のカーアン・マーグレーテ・オールスンが、この作品の原稿を読んでくれ、積極的に力を貸してくれたおかげで、物語は多層的な深化と短縮の過程を経て、わたしが望んだとおりの表現を見つけることができた。

ユッシ・エーズラ・オールスン

訳者あとがき

〈特捜部Q〉シリーズで世界的に人気を博しているデンマークの作家、ユッシ・エーズラ・オールスン。その作品はいまや、世界の四十近い国々で翻訳され、一千万部以上を売りあげている。本書『アルファベット・ハウス』は、その彼が一九九七年に発表したデビュー小説で、オランダ、スペイン、ノルウェーでベストセラーになったという。そして近年の著者の人気の高まりに合わせるように、二〇一二年にはドイツ語に、二〇一四年には英語にも翻訳され、これまた好調なセールスを記録している。

物語は第二次世界大戦中の一九四四年に始まる。ドイツ上空を偵察飛行中だった連合軍機が撃墜され、乗っていたふたりのイギリス軍搭乗員が、敵地深くに取り残されてしまう。パトロールに追われたふたりは、ちょうどやってきた病院列車に飛び乗り、からくも追跡を逃れたものの、こんどはその列車から脱出できなくなってしまう。進退きわまったふたりは、重傷の親衛隊将校になりすましてベッドにもぐりこんだ。正体がばれないようにするには、砲弾ショックで正気を失ったふりをするしかなかった。

そしてふたりが最終的に運ばれていったのは、戦場で精神に異常をきたした親衛隊将校ばかりが収容されている警戒厳重な精神病棟〝アルファベット・ハウス〟だった。正体を見破られる危険に日々さらされながら、ふたりはそこで電撃療法と薬物によって、着実に心身をむしばまれていく——と書くと、本書はこの警戒厳重なアルファベット・ハウスからの脱走をテーマにした戦争小説のように思えるかもしれないが、「著者あとがき」にもあるとおり、そうではない。物語は中盤からこんどは、ミュンヘン・オリンピックに沸く一九七二年のドイツに舞台を移し、友情と、罪の意識と、そこからの救いの物語になるのである。

ユッシ・エーズラ・オールスンは父親が精神科医だったため、いくつかの精神病院で少年時代を過ごした。その体験が本書を書くきっかけのひとつになったというのは、これまた「著者あとがき」にあるとおりだ。『特捜部Q—檻の中の女—』の吉田奈保子氏による「訳者あとがき」によれば、著者は当時の精神病院について、「患者よりも医師たちのほうがずっと怖かった」と語っているという。

主人公が狂気を装って精神病院に逃げこむ物語といえば、ケン・キージーの小説『カッコーの巣の上で』（一九六二年、岩元巌訳、白水社）を思い出すが、キージーもこの小説を発表する前の一時期、在郷軍人病院の精神病棟で看護人をしており、実際に患者たちと接していたのだという。そういうふたりがともに、狂気を装う人間を描いているという点が、なんとも興味深い。

著者に関してもうひとつ書いておけば、彼はマルクス兄弟の熱心なファンでもあるらしく、本書で小説家としてデビューする前に、グルーチョ・マルクスについての著作を二冊発表している。少年時代のブライアンとジェイムズが自分たちの〝戦いの歌〟にしていたのは、そのマルクス兄弟の一九三二年の作品《御冗談でショ》で用いられたI'm Against Itという曲である。

彼は現在のところ十作の長篇小説を書いている。

単発作品

- *Alfabethuset*（1997）『アルファベット・ハウス』本書
- *Firmaknuseren*（2003）
- *Washington Dekretet*（2006）
- *Og Hun Takkede Guderne*（2008）

特捜部Qシリーズ

- *Kvinden i Buret*（2007）『特捜部Q―檻の中の女―』
- *Fasandræberne*（2008）『特捜部Q―キジ殺し―』
- *Flaskepost fra P*（2009）『特捜部Q―Pからのメッセージ―』ガラスの鍵賞受賞
- *Journal 64*（2010）『特捜部Q―カルテ番号64―』
- *Marco Effekten*（2012）『特捜部Q―知りすぎたマルコ―』
- *Den Grænseløse*（2014）『特捜部Q―吊された少女―』（早川書房より二〇一五年十一月刊行予定）

前出の吉田奈保子氏によれば、単発作品の *Washington Dekretet* はアメリカ大統領選前夜の暗殺事件から始まる物語、*Og Hun Takkede Guderne* はイラクが舞台の作品だという。こちらもぜひ邦訳が出てほしいものだ。

なお、本書は英訳からの重訳だが、適宜ドイツ語訳を参照した。両者には多少の異同があるため、本書にも英訳版とは異なる個所のあることをお断わりしておく。

二〇一五年十月

症状だが、それ以外にも不眠や、集中力ないし記憶力の減退、痛みの感覚の増大などの症状が現われることがある。この状態になると、普段は意識していない肉体機能を不快な形ではっきりと意識する（たとえば動悸や息切れなど）。さらにたいていの患者はひどく不安になり、自信をなくし、困難な状況や過酷な状況を避けがちになる。

L15-2　軽度の精神遅滞、衰弱（たいていは軍務適格とされる）。

U15-2　より進行した精神遅滞、痴愚。

U16　精神遅滞、ならびに癲癇。

vU15-1　既往の精神疾患と現在の精神疾患。

vU15-2　重度の精神遅滞、白痴。

vU15-3　病的で極端な精神異常。たとえば強迫神経症や、重度の先天的鬱病、恐怖症など。

L17、U17、vU17　脳ならびに脊髄の慢性異常による疾患と、小児麻痺のあとの永続的麻痺のような後遺障害。

A18　末梢神経系における軽度の慢性麻痺

kvU18、vU18　末梢神経系における重度の慢性麻痺

A19　治癒した頭蓋骨折、ないし後遺症のない脳震盪。

Z19　最近こうむった頭蓋骨折ないし脳震盪で、まだ後遺症の出ていないもの。

L19　突起やへこみなど頭蓋の形の異常と、ヘルメット等のかぶりものの着用を困難にする頭蓋骨折ないし既往の脳震盪。ただし、後遺症として意識の攪乱やめまいをともなわないもの。

U19、vU19　L19と同種の症例だが、後遺症としてときに意識の攪乱やめまいをともなうもの。

これらが、主人公たちの入院していた病棟にアルファベット・ハウスという呼び名をあたえることになった文字と数字の組み合わせの一部である。

a.v.＝arbeitsverwendungsfähig＝労働勤務可。通常は熟練労働者、軽度の身体障害者が多かった。

◎軍務不適格者の略称

Z.U.＝Zeitlich untauglich＝一時的不適格。検査時に一時的な疾患をひとつないし複数、抱えてはいるが、まもなく実戦任務可能になる者に対する略称。

下位カテゴリー
z.b.＝現在不適格。2カ月後に再検査される。それでも不適格だと見なされた場合は、“一時的g.v.”ないし“一時的a.v.”に分類されるか、（2カ月後に再検査されて常時不適格とされれば）w.u.＝ wehruntauglich（軍務不適格）に分類される。

軍務不適格とされた者たちは、軍務を免除された理由にしたがって、さらに“vU疾患”、“L疾患”、“U疾患”のほか、U15-2と、軍務の無条件免除を意味するU16に分類された。それ以外は治療ののち、“g.v.H”や“a.v.”任務に適格とされることもよくあった。これらのカテゴリーは大部分が肉体的疾患のみをあつかっている。アルファベット・ハウスの患者たちに見られたような心因性の疾患は、基本的に以下のように分類されていた。

w.u.	軍務不適格（ただし1944年秋からは予備役編入可能に）。
A15-1	先天的に神経が興奮しやすい者。
A15-2	知能の低い者。
A15-3	軽度の精神異常（通常は実戦任務可能とされる）。
Z15-1	外的原因による一時的神経疲労。
Z15-2	アルコール中毒など、習慣性のある薬物により引き起こされる疾患。
L15-1	神経障害、精神衰弱。これは疲労がおもな

付録：『アルファベット・ハウス』という題名の背景

第三帝国ではドイツ人の典型的な徹底性をもって、軍務につく者はすべて、医療検査官により独創的なアルファベット・システムにもとづいて分類された。これはのちに戦争に関連して負傷した場合にも適用された。記号を用いたこの厳密なシステムは、被検査者がどの程度の軍務にふさわしいかを決定するものだった。

戦争が進むにつれ、これらの“レッテル”のいくつかはそれを貼られた者たちに、根絶をはじめとして、致命的な結果をもたらすことにもなった。とりわけ狂気と精神遅滞においてそれは顕著だった。

ロルフ・ファレンティン著『Die Krankenbataillone』（Droste Verlag, 1981）によれば、なかでも以下のような略称が用いられたという。

◎軍務適格者の略称

k.v.＝kriegsverwendungsfähig＝実戦任務可。このカテゴリーには、場合によっては個々の特殊性を明記されることもあった。たとえば、L40＝重大な発話障害、B54-1＝夜尿症、L54-1＝矯正不能夜尿症、など。

g.v.F＝garnisonsverwendungsfähig Feld＝駐屯任務可。たとえば、オフィスや厨房での勤務、防空や補給の任務、建設労働など。

g.v.H＝garnisonsverwendungsfähig Heimat＝内地駐屯任務可。たとえば、アルファベット・ハウスで親衛隊将校たちの世話をした病院雑用係などもこれにあたる。そのほか伝令、工房職人、監督官などにも用いられた。

Sohn, April 1989, Herford und Bonn.
Rolf-Dieter Müller/Gerd R. Ueberschär, Wolfram Wette; *Wer zurück weicht wird erschossen! Kriegsalltag und Kriegsende in Südwest-Deutschland 1944/45.* Dreisam Verlag GmbH, 1985.
William L. Shirer: *The Rise and Fall of the Third Reich.* Simon & Schuster, 1960.
V. Feist: *Waffen-SS in Action.* (Det kongelige Garnisonsbibliotek) 1973.
Sydnor: *Soldiers of Destruction.* (Det kongelige Garnisonsbibliotek) 1977.
G. Reitlinger: *The SS-alibi of a Nation.* (Det kongelige Ganisonsbibliotek), 1956.
C.B. MacDonald: *The Siegfried Line Campaign* (VIF). (Det kongelige Garnisonsbibliotek) 1963.
C.B. MacDonald: *The Last Offensive* (VIH). (Det kongelige Garnisonsbibliotek) 1973.
Syndor: *Soldiers and Destruction, The SS Death's Head Division, 1933-1945*; chapter: *The Führer's Firemen.* Princeton University Press, 1990
Norman Harms: *Waffen SS in Action, Combat Troops No.3*; chapter: *Backgrounds to the SS and Waffen SS.* Squardron/Signal Publications.
Correspondence with Oberarchivrat Dr Ecker, Stadtarchiv, Freiburg.

London.
Otto Peter Schweling: *Die deutsche Militärjustiz in der Zeit des National Sozialismus.* N.G. Elwert Verlag, 1978, Marburg.
Ferdinand Sauerbruch: *En kirurgs Liv.* Jespersen & Pio, 1952.
G. Baron: *Schools & Progress in England.* Pergamon Press, 1968.
Charles Messenger: *Bomber Harris and The Strategic Bombing Offensive, 1939-1945.* Arms and Armour Press, 1984.
Harold J. Wright: *Pathfinder Squadron.* William Kimber & Co., 1987.
Michael F. Jerram: *Super Profile: P-51 Mustang.* Winchmore, 1984.
Alfred Granger: *Aerodata Int. no.3: P.51D Mustang.* VAP, 1978.
Seventh US Army in France and Germany 1944-45, Vol.2. Graef, 1946.
Folkets Almanak 1940, 1942-1945. N.C. Roms Forlagsforretning.
Henry Olsen, head psychiatrist: conversations regarding psychiatric reaction patterns.
Merian 7.xxxix/C 4701E: *Freiburg im Br.*; Walter Jens: *Freiburg im Krieg*; E. L. Hess: *Die Leiche ist noch Munter.* Der Taubergiessen. ???
Travel guides for London, Wales, Canterbury, Freiburg.
Study trip to Freiburg, spring 1989, with the support of Det Treschowske Fideikommis.
Karl Bierring: *Lærebog i systematisk anatomi.* Store Nordiske Videnskabsboghandel, 1946, Copenhagen
Thomas Schnabel/Gerd R. Ueberschär: *Endlich Frieden! Das Kriegsende im Freiburg 1945.*
Interviews with military librarians in Freiburg about battles on the Rhine.
Hans Schadek: *Das Freiburger Münster und der 27. November 1944, heft 6,* Stadtarchivs Freiburg i. Br. Freiburg, November 1984.
Rainer Mennel: *Die Operation in Elsass-Lothringen im Herbst und Winter 1944/45. Militärgeschichtliches Beiheft zur Europäischen Wehrkunde, heft 2.* Verlag E.S. Mittler und

参考文献・出典

Anatomie des SS-Staates, Band 1-2. DTV, 1967, Munich.
Eugen Kogon: *SS-staten*. Gyldendal Norsk Forlag, 1981, Oslo.
Janusz Piekalkiewicz: *Den Anden VerdenskrigI-II*. Peter Asschenfeldts Bogklub, 1986, Copenhagen.
Interview 02-978003 with officers, Danish Air Force library.
Goebbels' Diaries. Notes: Louis P. Lochner. Branner, 1948, Copenhagen.
Olympiadebogen. Gunnar Hansen, ed. Samleren, 1972, Copenhagen.
Verdensdramaet i Karikaturer, 1939-1945. Commodore, 1945, Copenhagen.
Klinisk Ordbog. Høst & Søn, 1951, Copenhagen.
Intern Medicin. Faber, Holst, Petrén. Gyldendal, 1934, Copenhagen.
Året fortalt i Billeder, various yearbooks. Carlsen if, Copenhagen.
Politikens Aarbog/Politikens HHH, various yearbooks. Politiken, Copenhagen.
Karna Bruun: Interviews dealing with her work as nurse in German hospitals during World War II.
Erik Strømgren: *Psykiatri*. Munksgaard, 1979, Copenhagen.
John B. Nielsen: *Psykiatrisk ordbog*. Høst & Søn, 1975, Copenhagen.
Harly Foged: *SS-frivillig*. Bogan, 1985, Farum.
Hans Rumpf: *The Bombing of Germany*. Fr. Müller Ltd., 1961, London.
Rolf Valentin: *Die Krankenbataillone*. Droste Verlag, 1981, Düsseldorf.
F.M. Richardson; *Fighting Spirit*. Leo Cooper, 1978, London.
Franz Kurowski: *Der Luftkrieg über Deutschland*. Econ, 1977, Vienna.
Lipmann Kessel: *Surgeon at Arms*. Leo Cooper, 1958/1976, London.
Medical Services in War. Her Majesty's Stationery Office, 1968,

HAYAKAWA POCKET MYSTERY BOOKS No. 1900

鈴木 恵（すずき めぐみ）

早稲田大学第一文学部卒，
英米文学翻訳家
訳書
『黒いスズメバチ』『ドライブ』ジェイムズ・サリス
『わが名はレッド』シェイマス・スミス
『赤と赤』エドワード・コンロン
『今日から地球人』マット・ヘイグ
（以上早川書房刊）他多数

この本の型は，縦18.4センチ，横10.6センチのポケット・ブック判です．

〔アルファベット・ハウス〕

2015年10月10日印刷　2015年10月15日発行

著者	ユッシ・エーズラ・オールスン
訳者	鈴木　恵
発行者	早川　浩
印刷所	星野精版印刷株式会社
表紙印刷	株式会社文化カラー印刷
製本所	株式会社川島製本所

発行所　株式会社　早川書房
東京都千代田区神田多町2－2
電話　03-3252-3111（大代表）
振替　00160-3-47799
http://www.hayakawa-online.co.jp

（乱丁・落丁本は小社制作部宛お送り下さい
送料小社負担にてお取りかえいたします）

ISBN978-4-15-001900-6 C0297
Printed and bound in Japan

ハヤカワ・ミステリ〈話題作〉

1883 **ネルーダ事件** ロベルト・アンプエロ 宮﨑真紀訳
ノーベル賞に輝く国民的詩人であり革命指導者のネルーダにある医師を探してほしいと依頼された探偵は……。異色のチリ・ミステリ

1884 **ローマで消えた女たち** ドナート・カッリージ 清水由貴子訳
警察官サンドラとヴァチカンの秘密組織に属する神父マルクスが出会う時戦慄の真実が明らかになる。『六人目の少女』著者の最新刊

1885 **特捜部Q ―知りすぎたマルコ―** ユッシ・エーズラ・オールスン 吉田 薫訳
犯罪組織から逃げ出したマルコは、殺人事件の鍵となる情報を握っていたために昔の仲間に狙われる！ 人気警察小説シリーズ第五弾

1886 **たとえ傾いた世界でも** トム・フランクリン ベス・アン・フェンリイ 伏見威蕃訳
密造酒製造人の女と密造酒取締官の男。偶然拾った赤子が敵対する彼らを奇妙な形で結びつけ……。ミシシッピが舞台の感動ミステリ

1887 **カルニヴィア2 誘拐** ジョナサン・ホルト 奥村章子訳
イタリア駐留米軍基地で見つかった人骨が秘める歴史の暗部とは？ 駐留米軍少佐の娘を誘拐した犯人は誰なのか？ 波瀾の第二部！

ハヤカワ・ミステリ〈話題作〉

1888 黒い瞳のブロンド ベンジャミン・ブラック 小鷹信光訳

フィリップ・マーロウのオフィスを訪れた優美な女は……ブッカー賞受賞作家が別名義で挑んだ、『ロング・グッドバイ』の公認続篇！

1889 カウントダウン・シティ ベン・H・ウィンタース 上野元美訳

〈フィリップ・K・ディック賞受賞〉失踪した夫を捜してくれという依頼。『地上最後の刑事』に続いて、世界の終わりの探偵行を描く

1890 ありふれた祈り W・K・クルーガー 宇佐川晶子訳

〈アメリカ探偵作家クラブ賞最優秀長篇賞受賞〉少年の人生を変えた忘れがたいひと夏を描く、切なさと苦さに満ちた傑作ミステリ。

1891 サンドリーヌ裁判 トマス・H・クック 村松 潔訳

聡明で美しい大学教授サンドリーヌは謎の言葉を夫に書き記して亡くなった。自殺か？他殺か？ 信じがたい夫婦の秘密が明らかに

1892 猟 犬 J・L・ホルスト 猪股和夫訳

〈「ガラスの鍵」賞／マルティン・ベック賞／ゴールデン・リボルバー賞受賞〉停職処分を受けた警部が、記者の娘と共に真相を追う。

ハヤカワ・ミステリ〈話題作〉

1893
ザ・ドロップ
デニス・ルヘイン
加賀山卓朗訳

バーテンダーのボブは弱々しい声の子犬を拾う。その時、負け犬だった自分を変える決意をした。しかし、バーに強盗が押し入り……。

1894
他人の墓の中に立ち
イアン・ランキン
延原泰子訳

警察を定年で辞してなお捜査員として署に残る元警部リーバス。捜査権限も減じた身ながらリーバスは果敢に迷宮入り事件の謎に挑む。

1895
ブエノスアイレスに消えた
グスタボ・マラホビッチ
宮﨑真紀訳

建築家ファビアンの愛娘とそのベビーシッターが突如姿を消した。妻との関係が悪化する中、彼は娘を見つけだすことができるのか？

1896
エンジェルメイカー
ニック・ハーカウェイ
黒原敏行訳

大物ギャングだった亡父の跡を継がず、時計職人として暮らすジョー。しかし謎の機械を修理したことをきっかけに人生は一変する。

1897
出口のない農場
サイモン・ベケット
坂本あおい訳

男が迷い込んだ農場には、優しく謎めいた女性、小悪魔的なその妹、猪豚を飼う凶暴な父親がいた。一家にはなにか秘密があり……。